Émélie Allaire

Honoré Grégoire

Hélène Jolicoeur
petite-fille d'Émélie et Honoré

Les années grises

(saga des Grégoire : tome 4)

Dépôt légal:
Bibliothèque nationale du Canada
Bibliothèque nationale du Québec

ISBN 2-922512-33-9

André Mathieu

Les années grises

L'éditeur :
9-5257, Frontenac,
Lac-Mégantic
G6B 1H2

Un clocher dans la forêt

Les années grises s'inspire de l'ouvrage intitulé *Un clocher dans la forêt* par Hélène Jolicoeur, petite-fille d'Émélie Allaire et Honoré Grégoire, figures centrales de cette saga familiale, et Canadiens français de bonne souche.

Hélène a elle-même basé ses écrits sur divers témoignages et fait preuve d'une grande authenticité dans sa recherche sur la famille Grégoire.

Mon regard sur ma paroisse natale où vécurent les Grégoire, s'ajoutant à celui d'Hélène sur cette grande famille beauceronne, donnent une oeuvre qui tient autant du roman biographique que de la fiction. Mais ce qui compte d'abord, c'est l'esprit qui animait ces gens d'autres époques, mentalités qui furent si bien comprises par Hélène, et que j'ai tâché de rendre avec mes yeux d'enfant de 1950 et ma plume de maintenant.

J'ai dédié *La forêt verte*, premier tome de la série, à la mémoire de Berthe Grégoire, mère d'Hélène Jolicoeur.

Le second, *La maison rouge,* est à la mémoire d'Alfred Grégoire, un grand personnage de mon enfance.

Le troisième, *La moisson d'or*, à celle de Bernadette Grégoire, un être exceptionnel qui a eu l'une des plus belles places dans mes ouvrages et dans mon coeur à ce jour.

Les suivants sont dédiés à la descendance.

L'auteur

La vie est un court exil.

Platon

Chapitre 1

Septembre 1908

Émélie et Honoré s'échangèrent un regard intense. Il se produisit alors un événement unique dans leur vie, à part le jour de leur noce : ils s'étreignirent devant tous, devant l'univers, devant Dieu. Le feu menaçant en était le prétexte, la mort de leur fils en était la cause...

On était le 13 septembre en cette grande année de deuil profond. Le couple Grégoire venait de perdre un fils de façon soudaine, brutale, cruelle. Ildéfonse, un matin d'août, souffrait d'un mal de ventre. Le docteur Goulet, jeune praticien de 24 ans nouvellement installé à Saint-Honoré, diagnostiquait une appendicite et requérait l'aide d'un chirurgien de Québec, le docteur Calixte Daigneault, qui était venu le jour même et, par soir d'orage, avait opéré l'adolescent sur la table de cuisine. À onze heures du soir, pour diverses raisons, inconnues des médecins eux-mêmes, et l'une d'elles étant la perte de sang suite à une absorption trop forte d'aspirine, Ildéfonse, ce fils vigoureux, rendait son âme à Dieu à 17 ans, sous le regard horrifié de ses parents.

Le couple avait du mal à retrouver un minimum d'équilibre depuis la tragédie. On n'avait même pas souligné l'anniversaire de naissance d'Éva le dix septembre et la jeune fille de dix-neuf ans serait en retard au collège, tout d'abord en raison du deuil de son frère et maintenant à cause du grand feu qui s'était déclaré le jour même de sa fête.

Une fumée si épaisse qu'on la disait à couper au couteau étouffait tout être vivant, hommes, bêtes et végétaux. Et même les choses inanimées comme l'église, le magasin, les maisons et granges des alentours. C'était l'asphyxie du village dans son entier. L'enfermement total.

Repu pour quelques heures par tous ces acres de végétation dévorée en cet autre jour de sécheresse, le feu s'était couché pour la nuit. Son oeil droit situé dans le rang Petit-Shenley était maintenant fermé et pourtant, le gauche dans le rang 9 restait mi-clos. Mais le monstre possédait un troisième oeil, à savoir une froide et cruelle intention de se ruer sur ce village tout fait de bois sec aux délectables promesses. Que vienne l'aurore ! Et puis d'autres de ses yeux nombreux lorgnaient vers les forêts du rang 6 à l'est tandis qu'un cinquième oeil, doté celui-là d'une vision nocturne et à distance, allait jusqu'à viser les bois du rang 4.

Qui d'autre que Dieu Lui-même pouvait museler et terrasser l'ogre insatiable ? Le curé Godbout avait été le premier à comprendre et à proposer à tous non pas que la prière individuelle et ses moyens limités mais aussi la prière collective, publique, et ses grands moyens. "*Réunissez-vous pour prier et moi, je serai au milieu de vous,*" disait le saint évangile.

C'était veille de procession. Les villageois allaient et venaient dans le soir profond comme des fantômes errants, promenant leur inquiète lenteur sur la rue principale, guidés par les seules lumières jaunes des fenêtres de maisons noires fondues dans l'obscurité d'une nuit enfumée.

À part les fenêtres si faiblement allumées, il n'y avait plus qu'une seule couleur là, dehors : celle de l'absence de couleur. Et si c'était le prince des ténèbres qui attisait le feu! À plusieurs, on le chasserait sûrement le jour d'après. Déjà, on préparait le terrain pour la grande bataille rangée en tenant à la main un chapelet ou une petite croix. Il y avait des gens de tous âges là, dehors, à part peut-être des vieillards qui se savaient incapables de respirer l'air vicié et restaient à l'intérieur, sachant que les murs et fenêtres d'une maison servent en quelque sorte de filtre rudimentaire. Femmes suivies d'enfants, couples découragés, adolescents silencieux, jeunes filles qui gardaient un mouchoir devant leur bouche pour mieux respirer, c'était une sorte de dévotion spontanée pour demander au ciel la pluie tant espérée, la pluie vitale.

Émélie observait ces marcheurs déambuler et se questionnait sur l'appel qui les faisait sortir et aller de cette si triste manière. Certes, le soir, plusieurs faisaient une petite randonnée de désennui qui les menait au bureau de poste, au magasin ou à l'église, mais jamais autant de monde, mais jamais de ce pas funéraire. Ce n'était tout de même pas la fumée qui les faisait sortir puisqu'elle faisait s'encabaner les plus sages. Sûrement qu'on voulait devancer le curé dans la prière collective ! Mais d'aucuns, les plus vulnérables, risquaient de tomber par insuffisance d'oxygène. Il fallait sortir les masques et elle le dit à Honoré :

–On a un lot de masques depuis...

–Le déménagement du cimetière... je pensais exactement la même chose que toi, Émélie. Allons les chercher. Sont au deuxième, au fond, en haut de l'étagère... J'y vais... Dis aux gens d'approcher, on va leur en prêter pour le temps que ça va durer en attendant que cette... mauvaise soupe se dissipe.

En raison de la noirceur, il n'était possible d'apercevoir les passants qu'au moment où ils marchaient devant le magasin; là, dans chacune des deux vitrines, des lanternes dispensaient leur éclairage jaunâtre sur ce qui se trouvait devant. Puis les piétons s'évanouissaient dans le nuage de fumée. C'était au tour d'une mère qui tenait par la main un petit bout de femme, sans doute une enfant de l'âge de Bernadette. Au dernier moment, après avoir reconnu la femme adulte, Émélie retrouva le prénom de l'enfant dans sa mémoire :

–Corinne, viens ici avec ta maman : madame Grégoire va vous prêter un masque.

La femme s'approcha :

–Vous avez dit ?

–Madame Mathieu, je vais vous prêter un masque pour vous protéger de la fumée.

–Ah, c'est pas nécessaire ! La boucane, on connaît ça.

–C'est comme vous voulez, mais...

–Vous-même en portez pas.

–Mon mari s'en vient avec une boîte... je vas en mettre un... comme l'année du déménagement du cimetière.

–Nous autres, on vivait à Beauceville dans ce temps-là.

Petite, regard méfiant, la femme Mathieu restait sur ses gardes; et pourtant, elle aussi marchait pour prier et demander au ciel une pluie abondante qui puisse tuer cette bête féroce s'apprêtant à dévorer le village.

Honoré revint avec une boîte à chaussures remplie des masques de l'année 1902 confectionnés par une couturière du village afin de répondre à tout besoin urgent, besoin qu'on n'aurait pas imaginé alors devoir être celui provoqué par la fumée d'un feu aussi important et dangereux.

–Commençons par madame Mathieu et sa petite Corinne.

Se rendant compte qu'elle ne serait pas la seule à porter le masque, la jeune femme devint un peu plus confiante et accepta. Émélie en assujettit un à la fillette qui s'en montra ravie par des yeux éhabis et tout souriants :

–Vous les rapporterez plus tard... quand le feu sera fini.

Ensuite, d'autres vinrent au couple. Émélie disait à tous :

–On sait pas c'est que la fumée peut faire aux bronches et aux poumons... ça peut les affaiblir et ensuite, la tuberculose a meilleure prise.

Elle convainquit la plupart sauf quelques adolescents débiscaillés et de jeunes garçons comme Mathias Dulac, le fils de huit ans de Cipisse, qui se voulait un homme et refusa joyeusement et avec désinvolture l'accessoire proposé.

Puis le couple rentra au magasin. On ferma en bloquant la clenche comme chaque nuit, et Honoré se chargea de distribuer des masques aussi aux enfants et à la servante Alvina Mercier. Pendant ce temps, Émélie se rendit à son salon (du magasin) après avoir dit à son mari qu'elle allait s'attabler pour écrire à sa cousine, la religieuse Alice Leblond dont la prière serait peut-être le coup d'épaule requis aux dévotions des citoyens pour que le feu s'arrête enfin. La lettre partirait au matin par la poste et serait à Québec le soir même. Si le feu devait se rapprocher encore durant la journée, sans doute que les prières d'Alice s'ajoutant à toutes les autres, auraient un effet majeur sur le cours des événements. Et pourtant, Émélie avait parfois remis en cause l'intervention divine ici-bas aux heures de grand malheur, et encore tout récemment à la mort d'Ildéfonse. Une fois la douleur passée, elle revenait au bercail de la pensée catholique et s'en remettait, elle aussi, comme tout le monde à la divine Providence.

"*Chère Alice,*

Mon coeur pense depuis quelque temps et dans ses pensées les plus tendres, il y a toi, toujours toi. Ta lettre, suite à notre deuil, fut très réconfortante. Le bon Dieu nous envoie ces jours-ci une autre épreuve, comme si la première n'avait pas été assez dure à vivre. Il y a le feu qui nous menace. Peut-être en as-tu entendu parler ? Peut-être as-tu lu quelque chose sur le sujet dans le journal ?

Tu sais, il y a des lisières de forêt qui touchent le village et qui pourraient nous transmettre le feu. Les hommes creusent des tranchées, font des feux de rempart, font sauter de la dynamite, suent, ont beau travailler vingt-quatre heures sur vingt-quatre, ils n'arrivent pas à bloquer le monstre qui veut nous avaler tous.

Les femmes, nous autres, on tâche de faire notre part en prières. Mais l'ennemi est puissant. La sécheresse dure. On a beau adresser à la vierge Marie une pluie de suppliques, la pluie réelle ne tombe pas, ne tombe jamais et tout est si sec, si sec qu'on croirait que chaque chose peut s'enflammer d'elle-même sans la moindre étincelle.

Les femmes et les enfants se promènent sur la rue. Il fait si noir qu'ils se heurtent parfois parce qu'ils ne se sont pas vus. On dirait des fantômes qui errent dans un monde de néant, oublié par le Créateur lui-même.

Trois maisons ont passé au feu dans le Petit-Shenley, deux dans le 9. Rien n'est épargné. Les récoltes d'avoine sont perdues dans ces deux rangs. Le vent est faible par chance, mais quand il se lève à peine, c'est vers nous qu'il dirige la bête rouge.

S'il fallait qu'elle (la bête) attaque le village, on perdrait tout, mais le pire, c'est qu'on ne saurait plus où trouver refuge pour ne pas brûler nous-mêmes. Tu sais, il n'y a aucun lac autour du village. Il va falloir évacuer vers Saint-Évariste en espérant que les flammes ne nous coupent pas la route. Honoré me rassure : il dit que quand il y aura danger, on va tous partir. Même que le maire, monsieur Dubé, va ordonner l'évacuation complète du village.

Ce soir, tout le monde se demande ce qui arrivere à la famille de monsieur Beaudoin du rang 9. Il paraît que le feu courait partout autour et que personne ne pouvait plus passer pour se rendre à la maison. M. Beaudoin a refusé de quitter les lieux à temps. Il pourrait bien y avoir des morts par sa faute. C'est un homme entêté qui ne veut recevoir d'ordres de personne. On prie pour lui et les siens. Demain, on fait une procession sur la grand-rue : on va prier tous ensemble pour le sauvetage de la famille piégée... mais...

Je pleure notre grand garçon, tu sais, Alice. Pas avec mes larmes. Jamais avec des larmes visibles qui coulent sur mes joues, mais en silence, ou bien par mes mots dans cette lettre. Je voudrais bien avoir des larmes pour essuyer ma peine, mais elles demeurent enfermées comme derrière un barrage. Et pour cela, ma peine, je le sais durera toujours...

T'en souvient-il quand nous cultivions des fleurs devant la maison à Saint-Henri ? Tu sais que j'ai les mêmes dans mon jardin. Et chaque fois que je les regarde, je pense à toi, la plus belle fleur qui soit passée dans ma vie d'enfant avec, bien sûr, ta soeur Cédulie, avec aussi ma mère Pétronille et mes petites soeurs Georgina et Marie.

Le temps passe. J'en suis à 42 ans maintenant. Honoré a 43, lui. Nous avons eu une douzaine d'enfants; en reste neuf encore en vie. Le bon Dieu nous en a demandé trois déjà : Bernadette 1, Armandine et Ildéfonse. Je prie pour que tous les autres me survivent. Des enfants, ça doit mourir à leur tour. Et leur tour, ça vient après celui de leurs parents.

Je te redis des choses que tu sais, mais la plus urgente, c'est cette funeste nouvelle concernant la menace qui nous guette tous. On a besoin de tes prières, Alice. Dieu t'entendra mieux que nous puisque tu lui as consacré ta vie, à Lui et aux malades. Demande à la vierge d'intercéder pour nous afin que vienne la pluie. Quant à moi, je demande leur soutien à ceux qui sont partis trop tôt : ma mère, ma soeur Marie et notre fils Ildéfonse. Peut-être qu'à leurs requêtes auprès des autorités du ciel s'ajouteront les petites prières de Georgina, Bernadette et Armandine. Elles ont tant souffert : leurs souffrances doivent bien valoir quelque chose.

Si la pluie vient vite, si le feu s'éteint enfin, si la vie reprend son cours normal, encore que normal ne veut plus rien dire après la mort d'Ildéfonse, alors je vais t'écrire de nouveau pour te dire merci. En attendant, je te dis merci d'avance. Dieu te protège. Il le fait car tu l'aimes mieux que nous tous depuis toujours.

Ta cousine/soeur, Émélie."

***

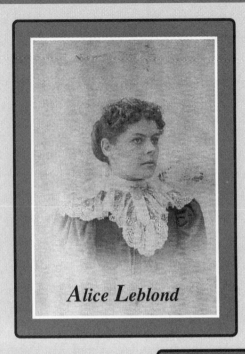

Alice Leblond

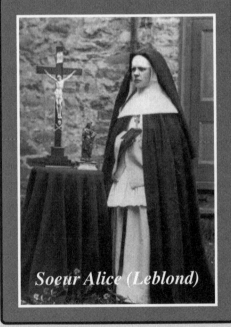

Soeur Alice (Leblond)

Chapitre 2

Le jour suivant, tandis que le curé prenait la tête d'une procession suivie par des femmes seulement plus quelques vieillards comme le père d'Émélie rendu à 76 ans ou Grégoire, le demi-frère d'Honoré qui venait, lui, d'avoir ses 72 ans, ainsi que des enfants, un drame se préparait dans le rang 9. Le feu avait repris du poil de la bête et certains qui avaient prévu aller sortir la famille Beaudoin de l'impasse en furent empêchés par la fumée et les flammes qui s'élevaient de chaque côté du chemin. Empêchés aussi par une voix forte; Théophile Dubé, maire et chef des sapeurs, déclara :

–C'est trop risqué. Aurait fallu que Beaudoin sorte hier.

–On peut pas les laisser mourir, objecta un moustachu.

–J'ai pas le droit de laisser quelqu'un y aller : c'est la mort qui l'attend peut-être. D'un autre côté, si quelqu'un peut en revenir, ça veut dire que les Beaudoin peuvent survivre chez eux. Ils peuvent se trouver de l'air à respirer au ras du sol... Si quelqu'un y va pis qu'il peut pas revenir, les Beaudoin le pourraient pas non plus. Ça servirait donc à quoi d'y aller ? À augmenter le nombre de morts, rien d'autre, mes amis. Et puis, vous imaginez-vous avec un cheval et du feu des deux côtés du chemin ? Vous allez perdre le contrôle de n'importe quel cheval, c'est certain.... Bon, continuons à abattre des arbres... Noré Grégoire va arriver avec tout ce qui lui reste encore de dynamite...

Hilaire Paradis avait été dépêché par Dubé pour informer Honoré des derniers développements et lui demander d'apporter tout le T.N.T. disponible. Dynamite de la dernière chance. Il fallait tracer un arc de cercle déboisé dans la lisière la plus susceptible de nourrir le feu et de le conduire directement au village : le stopper derrière un barrage d'espace dégarni. Et ce Beaudoin têtu qui inquiétait tout le monde... lui-même un squatter inquiet...

Quand Hilaire à cheval fut au village, la procession tournait sur elle-même devant l'entrée du rang 9 pour reprendre la direction de l'église dans la fumée dense qui, toutefois, n'empêchait plus de voir ses pas et quelques pieds devant. Alors qu'il approchait du magasin, il entendit un bruit inconnu et le cheval devint nerveux, secouant la tête, hennissant par petits coups, se cabrant même à demi... Puis quelque chose apparut, se dessina sur le chemin, devant la maison Racine juste en face de l'ancienne maison Grégoire devenue hangar. Hilaire fit arrêter le cheval et la chose plutôt bruyante se laissa alors identifier : c'était une machine automobile. Jamais le jeune homme n'en avait vu une autrement que par des photographies. Il dirigea sa monture sur le chemin Foley et se rendit attacher le cheval derrière le hangar afin que la bête rétive ne puisse voir le véhicule et pour qu'elle l'entende le moins possible.

Il entra dans le magasin par l'arrière. Deux voix fortes lui parvinrent alors qu'il franchissait la seconde porte donnant sur le couloir près du bureau de poste. Il attendit quelques secondes pour en savoir plus. Et reconnut Uldéric Blais qui échangeait avec Honoré Grégoire. On se parlait naturellement de l'incendie dévastateur qui mettait en danger les propriétés du village, l'église pas encore achevée, le tout nouveau presbytère, le magasin et les dépendances, bref toute construction de l'agglométation : maison, grange, hangar.

–Hilaire, tu peux venir, lança le marchand qui savait quand on entrait par cette porte et avait jeté un coup d'oeil pour voir qui c'était.

À trente-sept ans, Hilaire restait célibataire. Depuis une vingtaine d'années, il avait fréquenté plusieurs jeunes personnes, mais n'était arrivé à s'engager avec aucune. Seule Mary Foley l'aurait décidé à se marier, mais elle lui avait préféré Firmin Mercier. Surtout, depuis cet accident qui l'avait blessé aux vertèbres du cou, l'homme ne se reconnaissait plus les aptitudes pour fonder une famille. Il bégayait et juronnait pour faire oublier son trouble de la parole.

–Je... j... j'arrive du 9.

Honoré lui fit un signe de la main :

–Apporte-nous des nouvelles fraîches, si on peut parler de nouvelles fraîches dans les circonstances...

Le commissionnaire dit que le maire Dubé réclamait toute la dynamite encore disponible. Puis il raconta que la situation de la famille Beaudoin était désespérée, vu que pas un cheval ne voudrait avancer dans un couloir de feu. À ce moment, Honoré et Uldéric s'échangèrent un regard qui disait tout. On irait à la rescousse de la famille piégée en machine automobile.

–Te sentirais-tu le courage de traverser le feu avec ta machine, mon Déric ?

À trente ans, Uldéric gardait cet esprit d'aventure de la jeunesse qui l'avait conduit au Klondike en 1899, là où il avait couru bien des risques dont ceux parsemant la longue marche via la piste Chilkoot. Et puis il possédait la fierté d'un coq, fierté qui avait fait de lui le premier propriétaire d'une automobile dans la paroisse alors qu'on aurait cru que d'autres le deviennent avant lui, comme le docteur Goulet, le curé Godbout et surtout Honoré Grégoire, sûrement l'homme le plus riche et progressiste de Shenley.

–Suis venu au village pour savoir si je pouvais aider

d'une manière ou d'une autre.

–Ben tu pourrais...

–On va emporter la dynamite dans ma machine pis là-bas, on va aller les chercher, les Beaudoin.

–Peux-tu te rendre à la cabane à dynamite ?

–Sans aucun problème.

–Je vais avertir ma femme, dit Honoré qui souleva la planche à bascule et se rendit monter l'escalier menant au salon d'Émélie.

Il n'eut pas à ouvrir la bouche; son épouse se tenait devant la porte, mains sur les hanches, ultimatum dans l'oeil :

–J'ai tout entendu. Je vas m'occuper du bureau de poste. Mais tu vas me promettre une chose, Honoré Grégoire, tu feras pas le fou au feu. Un homme pour aller chercher les Beaudoin, c'est assez.

–J'ai même pas pensé une seconde que je pourrais y aller avec Déric Blais.

–T'es mieux ! Oublie pas qu'on a neuf enfants à s'occuper et que c'est les tiens autant que les miens. Aussi un gros magasin et un bureau de poste...

–Ben oui, ben oui, ma femme. Je venais juste te dire qu'on part pour... le 'front' si on peut dire. Mais y a personne qui tire des balles de fusil là-bas.

–C'est peut-être plus dangereux que la guerre armée.

–Écoute, on est pas des enfants d'école.

–J'imagine que Marcellin Veilleux va faire son voyage de malle comme de coutume ? Faut que le courrier parte sans faute.

Émélie songeait à son importante lettre à sa cousine Alice et aux prières ferventes qu'elle voulait d'elle.

–Marcellin a manqué une journée depuis des années et c'est l'autre jour...

–Oui, je sais, je sais...

Émélie voulut effacer, sitôt revenue à son esprit, l'idée de la mort de leur fils. Ce jour-là, il avait fallu envoyer Veilleux chercher le docteur Daignault à Saint-Georges, et la malle du soir était restée jusqu'au lendemain à la gare de Saint-Évariste où il fallait la prendre quotidiennement.

–Bon... on y va asteur, nous autres.

–Je t'ai demandé de promettre, Honoré.

–J'te promets la prudence...

–Non, tu promets que t'iras pas avec Déric Blais faire sortir les Beaudoin de leur tanière.

–J'avais pas l'intention d'y aller.

–C'est pas ça que je te demande, je te demande de me le promettre.

L'homme hocha la tête, soupira :

–Je le promets, je le promets... Peut-être que Déric ira même pas lui non plus, ça va dépendre du feu.

–Et mets ton masque contre la boucane.

–Y a pas un homme qui met ça : j'aurais l'air de qui ?

–C'est tous des fumeurs de tabac : ils ont les poumons accoutumés à la boucane. Pas toi.

Talonné, il dit, le ton à la résignation :

–C'est correct, je vas le prendre.

–Emmènes-tu les gars ?

–Ça me fait penser... s'il faut que le feu prenne à Saint-Gédéon... c'est Alfred qui pourrait se trouver mal pris...

–Quand le feu sera fini, on va s'en parler, de celui-là. Alfred, va falloir qu'il lâche son lot pis qu'il vienne s'occuper du magasin avec nous autres.

–On peut pas briser son rêve de cultiver la terre.

Elle déclara avec la certitude de l'autorité :

–Il fera les deux : il s'occupera du magasin avec nous

autres et on va lui trouver une terre pas loin. Petit à petit, il va comprendre où se trouve sa vraie place...

–En tout cas, c'est pas le moment. Ils ont besoin de dynamite au plus vite dans le 9. Faut partir.

–Pars, mais t'as besoin de revenir.

–Je vas revenir. Crains pas, tu vas m'endurer encore vingt, vingt-cinq ans.

–Ça fait quasiment trente ans que je t'endure, vingt-cinq de plus...

Ils se quittèrent sur ces mots à la fois légers et un brin menaçants. Émélie doutait de sa parole toutefois. Honoré avait tendance à se croire indestructible en des situations risquées où il se croyait en devoir d'agir. Il n'avait rien à son épreuve et en avait fait la démonstration à quelques reprises dont cette fois, un jour d'été 1900, au déménagement de l'ancienne sacristie alors qu'il avait risqué sa vie à deux reprises en l'espace de quelques minutes pour ne pas perdre la bâtisse qui menaçait de s'effondrer.

Les trois hommes se rendirent à l'auto, y montèrent pour trois instants, le temps d'atteindre la cabane à dynamite. On chargea tout ce qu'il restait de l'explosif ainsi que les détonateurs et, Henri et Pampalon arrivés entre-temps, l'on reprit avec eux le chemin vers la limite du feu de forêt. Paradis suivit à cheval, à une certaine distance pour garder le contrôle de la bête impatiente. Et l'on fut bientôt à la ligne de semi-tranchées défendue par Dubé et des dizaines de volontaires crasseux aux yeux rougis.

La fumée s'y trouvait moins épaisse par la vertu d'un couloir qui laissait circuler un minimum d'air venu de l'ouest. Et le feu qui était passé par là pour se retirer ensuite durant la nuit avait laissé tout autour de la calcination. Mais voici qu'il attaquait de nouveau sur tous les fronts y compris ceux qu'il avait dévastés la veille, vif comme le serpent, rampant comme le reptile et pourvu comme l'hydre d'un grand nombre de têtes. Les hommes salis de noir cessèrent de bûcher, de creuser, de travailler et s'approchèrent des arrivants, sueur au front, angoisse dans l'oeil et alerte dans l'oreille.

–J'ai pas souvent été dans le 9, fit Uldéric. Sais pas où c'est que Beaudoin vit. Qui c'est qui vient avec moé ?

–Tu vas pas aller là, mon homme, objecta Dubé. Tu pourrais y rester. Quand on avance un peu, on voit le feu qui court des deux côtés du chemin. C'est un gouffre.

–Ça, une machine, ça passe où c'est qu'un cheval est pas capable d'aller. Je vas chercher les Beaudoin. Suis venu icitte pour ça. Débarquez la dynamite vous autres... pour pas qu'on saute en chemin...

Il y avait pourtant un danger bien pire caché dans le réservoir d'essence qui exploserait si les flammes devaient le chauffer de près.

–Voudront pas venir, les Beaudoin, lança une voix.

–Vont venir, opposa Uldéric, ou ben je vas traîner le bonhomme par le chignon du cou. En tout cas, s'il veut rester dans le feu, tant pis pour lui, mais je vas ramener son monde, veut veut pas. Ça me prend un homme avec moé.

Aucun ne fut volontaire. L'on s'échangeait des regards qui rappelaient les paroles de Dubé. Et Honoré se crut obligé de briser sa promesse faite à Émélie :

–Beaudoin, c'est mon client, je dois aider à le sortir du feu.

Puis, en montant sous le regard atterré de ses fils, il tourna la chose à rire :

–Si un marchand laisse brûler sa clientèle, il s'en va à la banqueroute, c'est couru d'avance.

Théophile intervint, la voix remplie d'appréhension :

–Allez pas là, les gars, vous reviendrez pas en vie.

–On va vous montrer qu'une machine, ça vaut autant

qu'un cheval, clama Uldéric.

Et il éclata d'un rire qui arrondit encore davantage sa figure, son nez, ses yeux, toute sa personne.

Honoré qui avait apporté trois masques blancs, deux pour ses fils et un pour lui-même, mais ne les avait pas sortis de sa poche, en prit un qu'il installa au chauffeur puis un autre qu'il assujettit devant sa bouche.

Henri ne s'était jamais senti aussi fier d'avoir Honoré pour père. Il aurait voulu être du voyage. À treize ans, il aurait pu en faire partie. Si l'esprit d'aventure d'Uldéric ne se manifestait que dans des circonstances exceptionnelles, celui de l'adolescent grandissait chaque jour et l'appelait n'importe où au loin. Pampalon, au contraire, s'inquiétait fort pour son père. Pour lui, la famille importait plus que tout et la perte récente d'Ildéfonse l'avait affligé autant que sa soeur Éva et peut-être même que leur mère Émélie.

Blais fit un signe de la main et mit le véhicule en marche avant. Le chemin consistait en une trace faite avec le temps par les voitures à chevaux, mais il était durci par l'été; et aucun obstacle, Honoré le savait, ne risquait d'endommager l'automobile. Le pont sur la rivière à Marie était bien assez solide pour supporter le poids qui n'était quand même pas supérieur à celui d'un chargement de bois comme il en passait parfois, et même des billots transportés par Beaudoin occasionnellement vers le moulin à scie construit et opéré par Uldéric dans le rang 4.

C'est en redoutant la malice du sort que l'on regarda la voiture et ses passagers s'enfoncer dans le nuage de fumée gris bleu vers l'inconnu, le redoutable inconnu.

–Ils entrent dans la gueule du monstre, s'exclama Dubé qui provoqua par son dire des airs inquiets sur le front des hommes et consternés sur celui des enfants Grégoire...

Au village, la procession arrivait à hauteur du magasin.

Elle s'arrêta pour des prières solennelles, dernière étape avant le retour à l'intérieur du temple paroissial. Émélie venait de s'agenouiller sur le perron, le regard vers l'est, sans bien voir l'église que la fumée enterrait de gris. Éva était à ses côtés. Ni l'une ni l'autre n'avaient pu se joindre à la procession vu l'absence d'Honoré et parce qu'elles devaient voir à elles deux aux choses du magasin et du bureau de poste. Veilleux serait bientôt de retour avec les sacs de courrier entrant. Il fallait accomplir son devoir quotidien malgré toutes les vicissitudes et ce n'est pas Émélie qui y manquerait, grand feu ou pas. Qu'à cela ne tienne, on avait l'occasion de se joindre aux autres tout en restant à l'écart, puisque femmes et enfants se tenaient debout, tout juste là, devant, en état de prière et de crainte.

–Nous allons réciter trois Avé tous ensemble, ordonna le curé dont la noire soutane se dessinait malgré la fumée qui enrobait tout et imprégnait les chairs et les esprits.

Le prêtre n'avait pas voulu souiller un quelconque habit sacerdotal de rituel et c'est pourquoi il avait dirigé la procession, vêtu de sa soutane coutumière. Du noir sur du noir, ça paraissait moins.

Les robes des dames semblaient toutes délavées à cause de l'air anormal qui rôdait partout. Plusieurs portaient un masque sur la bouche. La plupart des enfants de moins de dix ans en avaient aussi. Il y avait ceux prêtés par le magasin et d'autres confectionnés par les mères pour la protection des petits. Quelques-uns dépourvus de l'accessoire toussaient parfois ou bien raclaient leur gorge irritée par les substances irritantes en suspension dans l'air.

La halte prit fin sur un 'ainsi soit-il' que le ciel n'entendait peut-être pas et le pieux défilé se remit en marche au signal du prêtre. Émélie et sa fille le regardèrent s'estomper dans le jour assombri et la femme soupira :

–Après la moisson d'or, c'est peut-être les années grises qui commencent pour nous autres, Éva.

–Les années grises ? Non, maman ! Après 1908, il fera beau, vous verrez bien. L'année noire achève...

–J'ai un mauvais pressentiment.

–Vous avez traversé tellement d'épreuves depuis que vous êtes au monde, le pire est passé.

–Le pire est jamais passé, il est toujours à venir.

–Vous êtes donc pessimiste !

–Suis réaliste.

Puis la femme secoua la tête et fit son signe de croix :

–Bon... l'ouvrage nous attend. Viens, Éva.

–Oui, maman.

Ce n'était pas un couloir de feu dévoreur comme on s'y attendait. En fait les arbres bordant le chemin avaient brûlé l'avant-veille pour ne plus former qu'un corridor de végétaux calcinés et la Ford progressa sans peine, mais à vitesse réduite, afin d'atteindre la portion des terres faites où le danger diminuerait forcément.

–Moins compliqué qu'on pensait ! déclara Uldéric qui, passé le pont enjambant la rivière, fit arrêter sa voiture devant une maison proche du chemin et où l'on pouvait déceler des signes de vie.

–C'est la terre à mon beau-père Allaire, fit Honoré. Je pensais que les Page s'étaient réfugiés au village. Ben non, ont l'air de pas avoir bougé de chez eux.

Les deux hommes abaissèrent leur masque. Uldéric appuya sur le klaxon. Le bruit d'un coq à moitié égorgé fut entendu et des jeunes femmes en noir sortirent sur la galerie. Il s'agissait des filles à Edmond Lepage, Marie, Anna et Elmire, toutes trois aux environs de trente ans et aucune mariée ni désireuse de prendre époux. Et surtout, échalotes hautes comme trois pommes, comme si elles avaient cessé de grandir à l'âge de la puberté.

–Tout va bien ? demanda Honoré.

–Ben oué, fit Elmire, la moins timide des soeurs.

–Votre père et votre frère Jos ?

–Sont montés faire de l'abattage pour r'tenir le feu.

Uldéric et Honoré s'échangèrent un regard entendu, l'air de se dire que le feu était peut-être plus dangereux dans les têtes que sur le terrain.

Anna, celle des trois qui gardait toujours le corps bien droit, s'avança d'un pas pour ajouter, les yeux rapetissés :

–Jos pis not' pére, ils ont pas peur du feu pantoute. Du temps de Beauceville, ils en ont éteint plusieurs. Pis des fois des pas mal gros, hein !

–Grand bien leur fasse ! fit Honoré. Nous autres, faut aller chercher les Beaudoin, là-bas.

–Le feu, c'est là où c'est que vous allez qu'il est le pire, fit la troisième soeur, la Marie qui regardait au loin sans rien voir autrement que par le pouvoir de sa pensée.

C'est que passé quelques terres faites, il y avait un second couloir d'arbres, et que la maison de la famille Beaudoin ne se trouvait pas entourée comme la plupart des autres d'un espace dénudé; le bois s'en approchait par tous les côtés. Le défricheur s'était permis cette dangereuse fantaisie que la plupart des colons bien avisés ne se permettaient jamais pour précisément éviter la catastrophe en cas de calamité comme celle de maintenant.

–On s'en va chercher les Beaudoin qui sont au milieu du feu là-bas.

–Monsieur Beaudoin voudra pas s'en aller, dit Elmire en hochant la tête.

–Il a pas le droit de retenir avec lui sa femme et ses enfants, fit valoir Honoré.

–Bon, ben on continue, nous autres, dit Uldéric.

–Attendez-moé, fit Elmire, je vas revenir ça sera pas ben

long.

Et la jeune femme rentra dans la maison puis reparut quelques minutes plus tard sur le côté, car elle était sortie par l'arrière, avec entre les mains deux poches de jute qu'elle avait trempées dans l'eau du puits. Elle vint à l'auto :

–Quen, vous autres, mettez-vous ça su'la tête pour vous protéger. Comme mon pére pis mon frére Jos, ils font...

–Ben bonne idée ! s'exclama Honoré qui accepta.

Au risque d'avoir l'air idiot, les deux hommes firent passer la prudence avant l'allure et revêtirent cet habit de fortune formant capuchon sur la tête et protégeant le tronc jusqu'à la taille, un accoutrement dont se pourvoyaient joyeusement les enfants par jour de grande pluie pour courir dehors et s'amuser quand même sans attraper la mort.

On en resta là. Chacun remit son masque sur sa bouche. Uldéric remit l'auto en marche et l'on partit. Cette fois, on n'y échapperait pas : le feu se trouvait là devant, qui semblait les attendre pour leur en faire voir de sa seule couleur à lui. L'on s'arrêta avant de plonger dans le corridor :

–Toujours certain de vouloir venir, mon Noré ?

–Toujours certain de vouloir y aller, mon Déric ?

Ils firent ensemble un signe de tête affirmatif et la voiture reprit le chemin. La fumée plus dense devait s'avérer un plus grand danger que le feu lui-même qui, bien qu'il se fasse voir de tous côtés, ne barrait jamais la voie. Et l'on s'arrêta finalement dans la cour de la maison Beaudoin. Aussitôt, Honoré descendit de voiture, ôta son masque et alla frapper. Il fut reçu par l'homme de la maison qui gardait les sourcils froncés et devinait sans peine la raison qui amenait ce visiteur à sa porte et cet autre qu'il pouvait discerner ainsi que sa 'machine' devant, pas loin.

–On vient vous chercher pour vous emmener au village.

–Pourquoi c'est faire ?

–Parce que le feu est partout aux alentours pis que t'es en

danger de mort, mon ami, toi pis ta famille.

–Rentre, tu fais rentrer de la boucane en dedans...

Honoré s'adressa à Uldéric :

–Ça sera pas long.

–Retardez pas trop, on étouffe par icitte, dit le chauffeur.

–Garde ton masque, Déric, on revient que ça sera pas trop long.

Honoré avait déjà eu raison de l'entêtement du même homme en le touchant à un point sensible : son portefeuille. Un jour de déménagement de la sacristie, alors que Beaudoin refusait d'avancer avec son attelage et bloquait le passage aux autres, il lui avait parlé d'un besoin de bois franc que l'autre pouvait satisfaire. Le stratagème avait réussi et le personnage, têtu comme une mule, avait clappé pour que son cheval dégage la voie. Et puis Honoré avait tenu sa parole ensuite. Mais cette fois, c'est par le coeur et la raison qu'il l'atteindrait. Après tout une femme et des enfants étaient en cause et pas seulement sa personne à la tête de cochon.

La femme Beaudoin demeura assise à table, comme pétrifiée par les événements. Et peut-être interdite quelque part entre son devoir d'obéissance à son mari et sa volonté de sauver ses enfants d'une mort affreuse.

Les petits, au nombre de quatre, deux garçons et deux fillettes dont les âges allaient de trois à dix ans étaient assis par terre dans la cuisine. Ils y respiraient mieux que debout, mais la frayeur semblait les étreindre et se lisait dans leurs yeux tristes. Eux, tout comme leur mère, avaient peur du feu et plus encore de leur père autoritaire qui ne manquait pas de les battre pour des raisons qu'ils ne comprenaient pas toujours. Ils avaient tous la tête basse, appuyée à un bras lui-même reposant sur des genoux repliés et regardaient du côté de l'arrivant en le suppliant en silence de les soustraire à ce drame dont toutes les composantes se nouaient les unes aux autres autour d'eux comme les îlots de feu qui risquaient de former un grand cercle mortel autour des bâtisses.

–Le feu va arrêter, il est à la veille de mouiller.

–Tu sais ça, toi, Beaudoin ?

–Je le sais.

–Y en a au village, comme Cipisse Dulac, qui sont ben bons pour prédire le temps qu'il va faire, mais qui se trompent à tous les jours depuis le commencement de la sécheresse.

–Pis ?

–Ben c'est ça... On peut même pas voir le ciel à cause de la boucane.

–C'est pas en regardant le ciel que je le sais, c'est en regardant en dedans de moé.

–Tu peux savoir le temps qu'il va faire en regardant dans toi ? Serais-tu un... spiritualiste ?

–Un quoi ?

–Laisse faire... Envoyez les enfants, levez-vous, vous venez avec monsieur Grégoire et monsieur Blais. On va vous faire faire un beau tour de machine. Madame Beaudoin, venez, on s'en va au village.

–Non, non, non, non... Retourne au village, Noré avec l'autre, là...

–C'est Déric Blais, tu le connais, tu fais scier à son moulin du 4.

–Saprez votre camp, nous autres, on reste icitte. Le feu viendra pas tant qu'on restera icitte pour l'empêcher. On le repousse parce qu'on a pas peur de lui, nous autres. Il se tient aux alentours pis si on se met à en avoir peur, c'est là qu'il va nous avaler...

Les enfants incrédules ne savaient qui croire entre l'alarmiste Grégoire et leur fataliste de père.

La femme Beaudoin avait l'air hagard. Elle aussi souffrait de fatalisme. Les événements la claustraient dans une sorte d'incertitude qui, loin de la tenailler en faisant passer sa volonté d'une direction à une autre, l'enlisaient dans des sables mouvants qui l'aspiraient à la lenteur de l'insupportable.

Honoré s'adressa à elle :

–Madame, protégez vos enfants, venez avec moi au village. On va vous garder chez nous le temps du feu. On va vous nourrir, vous loger. C'est gratuit. Vous êtes nos clients. On vous aime... Allez-vous venir ?

Debout, devant le poêle à trois ponts, Beaudoin s'objecta fermement :

–Nastasie, on reste chez nous.

Honoré ignorait le prénom de la femme, le même que celui de sa mère. Il fit un détour par cette voie prometteuse :

–Ma mère s'appelait Anastasie... comme vous. Elle, c'était une Fillion. Et vous ?

–Gaulin, fit-elle à mi-voix en levant doucement la tête.

–Je sais que vous venez des bas (*paroisses de la basse Beauce pas loin de Lévis*) comme nous autres. Moi, Saint-Isidore; ma femme, Saint-Henri. Vous autres, Elzéar ?

–Pas d'importance ! fit l'autre en haussant les épaules.

–Sainte-Hénédine, répondit Anastasie pour lui.

–Le vieux Clément Larochelle vient de là itou.

–On le sait, dit Elzéar qui mit ses mains sur ses hanches pour qu'on en revienne à l'essentiel.

–Bon, greyez-vous les enfants, madame Beaudoin, on vous emmène en machine.

Contre toute attente, Elzéar cessa soudainement de faire obstacle et se fit même désinvolte :

–Allez-y, au village, vous autres, d'abord que vous avez envie. Moé, je reste icitte. Ça va être moins dur qu'avec des personnes qui ont peur aux alentours de moé... allez-y... allez-y...

Les enfants ne se firent pas prier. Anastasie non plus.

Elle passa devant son mari sans même le regarder et suivit ses enfants qui couraient à la porte, pris d'une autre crainte, celle d'une volte-face de leur père, un revirement brutal et tout à fait imprévu comme il en avait parfois.

Beaudoin voulait faire la démonstration de ce qu'il croyait, soit que la peur amène le pire et qu'en l'occurrence, la meilleure manière de contrer le feu, c'était de lui faire face sans trembler, sans sourciller, de le piétiner du pied par l'imagination voire de le défier. Grégoire et Blais, dans son esprit, feraient rire les gens une fois le feu fini. Et c'est lui qui serait cru bien que la chose l'indifférât pas mal. Il défendrait sa maison tout seul. Et le feu le respecterait, le contournerait, s'aplatirait pour longtemps...

Uldéric descendit et fit monter les petits qui eurent leur place sur la banquette arrière, bientôt accompagnés de leur mère. Honoré fit une dernière requête à Beaudoin :

–Elzéar, viens donc... Tu vas périr si tu restes...

L'autre ironisa en imitant le ton doucereux d'Honoré :

–Grégoire, va-t'en donc... pis laisse-moé faire à ma manière. Tu vas manger plus de misère que moé...

Résigné, Honoré pencha la tête et partit. Il monta rapidement en voiture, trouva trois masques dans sa poche, les donna à la femme Beaudoin pour ses enfants. Y ajouta le sien propre. Ce que voyant, Uldéric se défit du sien pour le donner à la pauvre Anastasie dont les émotions coulaient abondamment par ses yeux en larmes.

Déjà la porte s'était refermée sur Elzéar. Déjà Uldéric remettait la voiture en marche, décrivait un arc de cercle dans l'herbe haute et reprenait la piste sombre du rang vers le village. On donna aussi les poches de jute d'Elmire à la famille qui les utilisa tant bien que mal, et c'est protégés par leur seule détermination que les deux hommes virent venir le couloir de feu là, devant.

Maintenant, le chauffeur connaissait bien la chaussée

qu'il avait mémorisée tout le temps de leur venue : il put accélérer sans risquer de briser un essieu ou une pièce essentielle sous le véhicule motorisé.

Les yeux des enfants ne tardèrent pas à sourire. Mystifiés, ils se regardaient l'un l'autre, croyant au miracle. Aucun n'était jamais monté dans une automobile et ce voyage leur donnait des ailes. Ils s'échangèrent même des rires...

La traversée du pire s'accomplit sans problème important. L'incendie se poursuivait sans que son attention ne soit éveillée par cet étrange véhicule qui lui passait entre les reins. La chaleur émise par les flammes était en partie neutralisée par le déplacement de l'air provoqué par la lunette avant. La seule chose qui ne devait surtout pas se produire, c'était la panne. Ce serait alors le piège mortel, la catastrophe, sans doute la fin pour les sept personnes concernées.

On déboucha bientôt dans une portion de terres faites. Et le seul ennemi qu'il fallait encore combattre, c'était l'air que viciait toujours la fumée dense. Puis on fut devant la terre Lepage. Les trois sœurs n'avaient pas bougé de la galerie. À elles s'étaient ajoutés leur père et leur frère Jos. Celui-ci fut le premier à s'esclaffer à s'étouffer, exprimant par là sa joie de voir revenir l'auto et ses occupants.

–Si c'est pas Noré pis Déric en machine, ha ha ha !

–Avec madame Beaudoin et les enfants, dit Honoré lorsque Uldéric eut fait un arrêt devant la porte de cette maison qui frôlait littéralement le chemin.

–On le savait que vous étiez pour r'venir, on a prié la bonne sainte Vierge, argua Elmire.

Marie et Anna l'approuvèrent toutes deux d'un signe de tête et montrèrent le chapelet que chacune avait à la main.

–Je vous dirai que c'est correct de prier de même et qu'au village, ils font une procession pour que le feu se rende pas là. Va falloir prier à plein...

–Le bon Yeu laissera pas brûler son église, affirma le

père Lepage.

Uldéric émit un doute :

–Une église, ça peut brûler itou. Ça arrive, ça arrive...

Anna ramassa tout son courage pour lancer :

–Pas nous autres, pas nous autres.

Honoré reprit la parole :

–Vous devriez monter au village, vous autres itou. La boucane pourrait rempirer...

Personne ne mentionna le nom d'Elzéar. Elmire se contenta de demander à leur voisine :

–Vous allez ben, madame Beaudoin ?

Anastasie se contenta d'un signe de tête affirmatif et on put voir qu'elle souriait un peu. Uldéric reprit le commandement et fit rouler l'auto tandis qu'on se disait de part et d'autre des choses que personne ne saisissait mais qu'on devinait être des encouragements et des mots rassurants.

Les hommes de Théophile Dubé se regroupèrent quand on cria que Blais revenait avec les Beaudoin. Ils applaudirent avec élan. Uldéric leva la main en signe de victoire.

–L'avenir est aux machines, lança Honoré.

–Pis Beaudoin, lui ? s'enquit Dubé.

–Il dit qu'il est capable tout seul d'arrêter le feu.

–Ben comme c'est là, le feu marche à pas d'homme vers le village pis personne peut l'arrêter.

–Vous avez pas dynamité, on n'a rien entendu ? demanda Honoré.

–Là, on ramasse nos outils et tout le reste pis on retourne au village : on va faire un barrage dans la lisière de bois de la terre à Augure Bizier pis de la terre à Joseph Foley.

–Le vent, les étincelles ? dit Honoré en fronçant les sourcils. C'est ça, le pire.

–On va tout faire pour ôter à manger au feu pour l'empêcher d'avancer par là, pis le vent pis les étincelles, on va laisser au bon Dieu le soin de les gérer à sa manière. Pis va falloir se savoir un chemin clair de feu pour évacuer le village vers Saint-Évariste s'il faut. C'est ce qu'on avait prévu, c'est ça qu'on va faire. Pis je peux vous dire sans sonner la grosse cloche d'alarme que si la pluie tombe pas avant demain matin, tout le village va y passer. C'est le boutte du boutte aujourd'hui...

Ces mots noirs semèrent la consternation dans tous les regards sauf ceux des enfants Beaudoin.

–Nous autres, on s'en retourne au village sans retarder, déclara Uldéric.

Dubé parla avec une autorité encore plus solide :

–Demandez aux femmes valides de s'amener dans la lisière de bois à Foley, à la limite avec la terre à Augure, on va les faire travailler. On a besoin de tous les bras qui peuvent lever une roche pas trop grosse. On va faire des digues, là, on va dynamiter... Allez-y, on arrive avec tout le bataclan.

Honoré s'adressa à ses fils :

–Les gars, agrippez-vous en arrière chacun son côté.

Henri et Pampalon qui, depuis le retour de leur père, avaient dans l'oeil la fierté et le soulagement, sautèrent sur le pare-chocs de l'auto et fixèrent leurs mains à la banquette arrière. On repartit.

Un autre chapitre du grand feu vorace de 1908 attendait Saint-Honoré-de-Shenley... Peut-être bien le dernier chapitre. Et le pire... Et le plus cruel...

***

Uldéric Blais au volant de sa Ford 1908

Chapitre 3

–Vous deux, ayez pas le malheur de dire à votre mère que j'sus allé avec monsieur Blais chercher les Beaudoin !

Honoré s'adressait à ses deux fils qui venaient de descendre du pare-chocs tandis que lui-même mettait pied à terre. Il parlait sur un ton menaçant mais sur une voix coupée afin que la femme Beaudoin n'entende pas. Uldéric était au courant de la promesse faite à Émélie par son époux qui l'en avait informé durant leur dangereux périple.

Personne n'eut le temps d'en dire davantage. Émélie apparaissait sur le perron, Éva à ses côtés, toutes deux sans leur masque. Ce qu'elle appréhendait depuis le départ d'Honoré lui parut être une réalité quand elle aperçut la famille Beaudoin. Les masques parlaient. Ceux absents des visages de ses fils et des deux autres hommes tandis que tous les Beaudoin en portaient un. On les avait sauvés, ce qui était un exploit héroïque mais constituait un bris de promesse. En plus de n'avoir pas tenu sa parole, Honoré lui dirait-il le contraire et donc lui mentirait-il ? Si cela devait être, elle avait en réserve une grave punition à lui infliger... Une punition de femme de toutes époques...

–Uldéric a sauvé la famille avec sa machine. Elzéar a pas

voulu venir; on pouvait pas le forcer. Il dit qu'il est capable d'affronter le feu tout seul... de commander au feu, tandis que nous autres, tout le village ensemble pis ben du monde de la paroisse, on arrive pas à l'empêcher de...

–Es-tu allé avec monsieur Blais ?

Impassible, Honoré fit une esquive. Son refus de répondre directement, elle le savait, était un refus de lui mentir tout autant que de lui dire la vérité.

–Une machine, ma femme, ça va là où c'est que pas un cheval peut ou veut aller. Laurier dit que le vingtième siècle, ça va être le siècle du Canada, moi, je dis que ça va être le siècle de la machine.

Émélie voulait savoir. Elle pensa qu'il ne lui dirait rien. Il lui fallait emprunter une autre voie. Elle descendit les marches en s'adressant à la jeune femme Beaudoin qu'elle connaissait mieux qu'Honoré :

–Anastasie, rentre chez nous avec tes enfants. Si vous avez faim, Alvina va vous préparer quelque chose. Moi, faut que je m'occupe du magasin et du bureau de poste avec ma grande fille, mais on va s'occuper de vous autres ben comme il faut. Si votre mari dit qu'il est capable de s'en sortir, pour moi, il va s'en sortir. Et ça sera plus facile pour lui tout seul. Venez, venez... Les enfants, vous avez fait un beau tour de machine ? Vous êtes contents ?

–Répondez à madame Grégoire, les enfants.

Ils donnèrent à Émélie plein de regards souriants et de 'oui' retenus par le tissu des masques, mais fort éloquents. Et l'on suivit la marchande qui rentra dans le magasin et tint la porte ouverte pour faire entrer la famille à sa suite. Puis elle referma et les précéda vers la maison privée. Éva reprit le chemin du bureau de poste où elle finirait de répartir le courrier dans les cases.

–Vous allez vous installer à la table de cuisine et je vas demander à madame Alvina de vous servir à manger. Y a de la fumée en dedans, mais pas mal moins comme vous voyez. C'est grâce aux arbres autour et aux murs isolés. Ça filtre un peu l'air. Vous pouvez ôter vos masques...

Sur place, Émélie demanda à la servante de faire attabler la mère et ses enfants et de leur servir des crêpes, du pain et de la confiture. Anastasie se confondait en remerciements après avoir libéré sa bouche du masque sans le déboucler pour qu'il reste autour de son cou. Et elle fit de même avec les quatre enfants pour qu'ils puissent manger.

–Comme ça, mon mari est allé vous chercher.

–Quand je l'ai vu entrer dans la maison, je savais qu'on était sauvés, moé pis les p'tits.

Émélie regarda ces belles tignasses d'enfants blonds, les petites filles avec les cheveux aux épaules et les yeux bleus, les garçonnets qui lui rappelaient Ildéfonse à cet âge. Et ses yeux eurent l'air de durcir, mais c'était pour cacher sa tendresse. S'il avait fallu que ces êtres-là meurent brûlés... comme sa petite soeur Georgina... s'il avait fallu... Honoré n'en avait pas moins brisé sa promesse. En la lui arrachant, elle se doutait qu'en situation d'urgence, il n'écouterait que son courage; c'est de sa témérité dont elle avait voulu le priver par cet engagement.

–Ton mari va s'en sortir, lui aussi, j'en suis certaine.

–C'est le bon Dieu qui va décider, pas lui.

–Et le dicton veut : 'aide-toi et le ciel t'aidera'.

–C'est justement, madame Grégoire.

–Je vous laisse manger, je vas revenir.

–Les enfants, dites merci à madame Grégoire.

–Merci, madame Grégoire, dirent-ils en choeur.

Émélie retourna au magasin. Elle ignorait qu'il avait brisé sa promesse et ne devait même plus y penser, songea son mari.

–Faut faire appel à toutes les femmes disponibles pour

aller tracer un coupe-feu dans le haut de la terre à Foley, voisin de la terre à Augure. C'est là que s'en vont les hommes qui se trouvaient sur la ligne de feu du 9.

Uldéric enchérit :

–On va se servir de ma machine pour ramasser le monde.

Émélie reprit la parole :

–La procession a eu lieu le temps que vous étiez partis. En tout cas, c'est pas les prières qui vont manquer. Et quand je regardais prier Éva, je me disais que le bon Dieu peut pas faire autrement que de l'écouter. De toutes les personnes que je connais, c'est elle qui craint le plus le feu. Ça la terrifie !

–En plus de prier, on va les faire travailler, déclara Honoré qui tâchait de faire montre d'humour malgré les circonstances pénibles et surtout angoissantes.

Deux heures plus tard, une cinquantaine de femmes adultes et adolescentes s'égrenaient comme un chapelet le long de la clôture menant vers le haut de la terre à Foley. Il fallait ce fil d'Ariane ou bien on aurait risqué de se perdre parmi les vaches du pacage, de tourner en rond et peut-être d'étouffer dans l'air bleu trop peu oxygéné.

Honoré précédait le convoi. Uldéric le fermait. Henri et Pampalon en étaient, qui tous deux électrisés voulaient se battre comme des hommes contre l'ennemi de tous, ce qu'ils avaient fait plus tôt avec l'équipe de Théophile Dubé sur le front du 9.

Le taux d'humidité dans l'air ambiant annonçait la pluie et devait sûrement ralentir un peu les ardeurs du feu, mais ce ne serait pas la première fois que le ciel promettait lourdement et ne livrait point la marchandise. Au moins dispensait-il ce jour-là un brin d'espoir...

Et l'on rejoignit les hommes de Dubé qui étaient tous en train d'abattre des arbres. Sauf Dubé et Paradis qui préparaient la dynamite utilisée pour faire sauter les souches, en fait les soulever de terre avec leurs racines pour que l'arrachis fasse rempart au feu à cause de la terre humide recouvrant les racines. L'ensemble des souches formerait un barrage qui traverserait la lisière de bois. À part la pluie, c'était de l'avis de Dubé la seule manière de sauver le village. Encore que d'aucuns soutenaient sans trop le dire que ce sont les premières bâtisses entourant l'agglomération qu'il faudrait faire sauter afin d'entourer les survivantes des débris que l'on arroserait avec l'eau des puits non encore taris.

En ce moment même, le curé Godbout priait à l'église, agenouillé devant l'autel, tandis que des fidèles, tous des vieillards comme Édouard Allaire, Grégoire Grégoire et son épouse Séraphie Mercier, Clément Larochelle et sa deuxième femme, et comme de bien entendu Restitue Lafontaine-Jobin, aïeule d'une descendance nombreuse, adressaient à ceux de l'autre monde des suppliques ardentes.

Dans le bois à Foley, on dispersa les bras et chacun se mit à l'ouvrage. Honoré, ses fils et Uldéric allèrent travailler sur le rebord ouest de la lisière. Tous avaient remis leur masque pour se protéger. Et on oeuvrait en silence. Au bout d'un quart d'heure, un bruit sourd et lointain résonna dans l'air.

–Un coup de dynamite, s'écria aussitôt Pampalon.

–Non, mon jeune ami, dit Uldéric, ça, c'est le tonnerre.

–Monsieur Blais dit vrai, approuva Honoré qui se redressa et regarda vers l'ouest, sans espoir d'y voir quelque chose en raison du nuage de fumée dense qui les entourait toujours. Puis un deuxième coup fut entendu...

Émélie entendit et leva la tête de ses livres. Elle savait qu'un orage viendrait et sortit de son salon du magasin pour constater qu'il faisait plus sombre que sombre à l'extérieur.

En bas, les enfants Beaudoin se tenaient tranquilles, assis par terre entre les tabourets fixes à sièges mobiles. Ils avaient l'estomac rempli et le coeur heureux. Sages comme des images. Toute leur vie, ils se souviendraient de leur randonnée en automobile et de ce séjour dans le grand magasin du village.

Leur mère faisait les cent pas aller et retour devant le comptoir des dames. Elle s'arrêta. Son regard et celui de la marchande se croisèrent. Chacune dit à l'autre son espoir que le tonnerre se rapproche, qui transporterait avec lui la pluie bénéfique. Il y avait une certaine réserve dans les yeux de chacune toutefois. En celui d'Émélie, rôdait le souvenir de ce lugubre soir d'orage où son fils s'était envolé vers un autre monde : une soirée de violence, de détresse et de mort. En celui d'Anastasie, il y avait le souvenir de toutes ces attaques par son mari, soirées de violence et de détresse. Peut-être qu'il devait subir une leçon du ciel avant que le ciel ne le sauve de la mort ?

–La pluie s'en vient, on dirait.

–On dirait, oui.

L'on entendit alors la porte de la cuisine s'ouvrir. Une petite fille entra dans le magasin, espaça des petits pas incertains vers les enfants Beaudoin. C'était Bernadette qui leur souriait comme durant tout ce repas qu'ils avaient pris à la table tout à l'heure.

Il lui était fait défense de venir au magasin, mais elle n'obéissait pas toujours. On ne la punissait pas; on ne la grondait pas. On lui répétait que le 'bonhomme-sept-heures' viendrait la chercher si elle n'était pas sage. Et le vieux croque-mitaine l'impressionnait pas mal, même si par curiosité, elle aurait bien aimé voir de quoi il avait l'air.

L'intéressait plus que les autres une fillette de cinq ans au prénom d'Alicia devant qui elle alla se planter pour lui sourire sans rien dire.

–Bernadette, fit Émélie, d'abord que tu sais ton *Je vous salue Marie*, prie avec les petits Beaudoin pour que la pluie tombe.

–J'en ai deux qui savent répondre, dit Anastasie.

Et les enfants commencèrent à prier, et alors un coup de tonnerre plus rapproché se fit entendre.

Sur la ligne du contre-feu en haut de la terre à Foley, les hommes, de même que les femmes nouvellement arrivées cessèrent de travailler et se regroupèrent autour du chef Dubé qui, au porte-voix, leur avait crié de venir.

Il leur adressa la parole alors que le tonnerre se rapprochait à chaque éclat :

–Écoutez, on pense tous que la pluie approche. Vous voyez plusieurs voitures, c'est là, en dessous, que vous pourrez vous abriter si l'orage éclate. Si d'aucuns veulent s'en retourner chez eux tout de suite, ils peuvent le faire, mais c'est pas garanti qu'ils se feront pas mouiller.

Dubé fit une pause comme pour interroger sans poser de questions. Honoré prit la parole :

–Moi, je m'en retourne au village. Si d'aucuns veulent me suivre, suivez-moi. Si on se fait mouiller, tant pis pour nous autres.

La plupart de ceux qui étaient venus avec lui, de même que Uldéric décidèrent de repartir. Henri et Pampalon furent du groupe de même que Napoléon Lambert et Hilaire Paradis ainsi que Octave Bellegarde, Louis Champagne et son fils Alphonse.

Alice Grégoire se montrait docile depuis le début de l'invasion du village par la fumée. Et on la trouvait là où elle devait être soit dans la vieille maison devenue hangar. Sa voisine et amie Alice Foley avait permission d'y être elle aussi pourvu que toutes les deux portent leur masque. L'air y était respirable comme ailleurs dans toutes les bâtisses du complexe Grégoire, mais on restait prudent. Et puis Alvina se rendait vérifier l'état de la situation de temps en temps pour en faire ensuite rapport à Émélie.

Craignant l'orage, les deux Alice s'en vinrent au magasin et trouvèrent refuge au deuxième étage où Bernadette aurait bien voulu les suivre, ce qui lui fut refusé par sa mère restée debout en haut du large escalier.

–Faut que tu continues à prier, Bernadette, avec les petits Beaudoin. La bonne sainte Vierge entend mieux les prières des enfants que les nôtres.

La petite fit les grands yeux comme pour imprimer à jamais dans son âge les mots de sa mère à propos de la vierge Marie. Émélie reprit :

–Viens t'asseoir avec moi en haut, Anastasie. Viens me conter ce qui s'cst passé chez vous avant et après que monsieur Blais et mon mari soient venus vous chercher... Viens...

Émélie écouta le récit de la femme d'une oreille et les coups de tonnerre de l'autre. Puis le son le plus agréable qu'il lui ait été donné d'entendre depuis longtemps, celui d'une grêle de gros grains de pluie frappant l'arrière de la bâtisse, lui parvint.

–C'est la fin du feu, Anastasie, c'est enfin la fin. Allons voir dehors par la porte du magasin. Viens...

Déjà les enfants avaient leurs petits nez collés aux vitres et regardaient la pluie tant espérée, la pluie presque divine, qui tombait dans une abondance presque furieuse, comme si finalement, on avait trop prié pour qu'elle vienne.

–La pluie ! La pluie ! s'exclamait Émélie qui songeait à toutes les demandes qu'elle avait adressées à Ildéfonse dans son au-delà.

Accourue depuis le bureau de poste, Éva s'émerveillait dans son coeur. Elle dit à deux reprises elle aussi, mais à mi-voix :

–On brûlera pas; on brûlera pas.

En tout cas, ceux qui avaient quitté la ligne du haut de la terre à Foley ne s'enflammeraient sûrement pas car ils parvinrent au magasin trempés jusqu'aux os. Honoré entra le premier en chantant à pleins poumons comme il l'avait fait dès que l'orage leur était tombé dessus au milieu de leur marche de retour :

"Prenez garde au feu trop ardent, grand'mère !
 Pour mettre le feu,
 Il en faut si peu !
Prenez garde au feu !
Prenez garde au feu !
 Pour mettre le feu,
 Il en faut si peu."

Tous ceux qui accompagnaient Honoré entrèrent à leur tour, pissant l'eau de pluie par le bout de leur nez, par le bout de leurs doigts, par le bout de leurs pieds. Les femmes avaient du mal à traîner leurs robes tant le tissu, de l'encolure jusqu'aux chevilles, était alourdi par l'eau. Tous se répartirent le long des comptoirs après avoir reçu les salutations d'accueil d'Émélie qui gardait ses yeux dans les vitres à côté de ceux d'Anastasie afin de recueillir pour jamais les images enchanteresses de la pluie furieuse.

Il faut avoir vécu des jours entiers dans la grisaille menaçante et asphyxiante de la fumée d'un feu de forêt pour apprécier à sa valeur profonde celle d'un orage magnifique aux splendeurs régénératrices. L'une remplaça l'autre en fort peu de secondes et il ne restait plus pour voiler la vue de la maison Racine et de l'ancien presbytère de l'autre côté de la rue que les pans de pluie qui fendaient l'air ambiant et les dents de scie des éclairs violents qui le scindaient en cent parties.

Le tonnerre claquait sans arrêt. Il semblait que le ciel était non seulement en colère contre la terre mais aussi contre lui-même tant il vociférait. Pourtant, il n'effrayait personne à part les enfants. Émélie soudain sentit une petite main toucher la sienne et la prendre. Elle eut un mouvement de recul à peine esquissé, mais se retint de dégager sa main. Et Bernadette y lova la sienne en laquelle elle avait déposé toute sa frayeur de fillette.

Double surprise, Alicia qui l'avait vue faire, se glissa entre Émélie et sa mère et s'empara des deux mains avec chacune des siennes. Elle aussi reçut bon accueil. Et obtint des sourires. Éva encadra Bernadette et lui prit l'autre main. Le mouvement se répandit. Honoré vint prendre la main d'Éva et il donna la sienne à Séraphie Mercier qui prit celle de son époux Grégoire. Et ainsi de suite à l'arrière du magasin. Puis une seconde chaîne se forma spontanément à l'exemple de la première le long du comptoir des dames. Même les hommes se donnaient la main sans crainte. Une troisième chaîne se forma devant l'autre comptoir. Les gens se regardaient en se souriant. Plus personne ne portait son masque. Pas un faux sourire. Pas une moue de doute. C'était la joie à la chaîne. Pure et entière. Et le tonnerre devenait musique de Mozart. Et la pluie devenait orchestre symphonique.

Alors qu'Honoré allait chanter quelque chose pour rendre grâce au Seigneur survint un visiteur inattendu, porteur de la bonne nouvelle. Tout de noir vêtu, sous un parapluie noir dont il devait tenir les broches pour qu'il ne se retourne pas, le curé Godbout gravit les marches du perron, entra et tomba sur cette cohésion paroissiale qui passait d'une main par l'autre, du plus humble comme Napoléon Lambert ou les petits Beaudoin au plus notable comme le docteur Goulet en personne qui s'était amené au magasin un peu avant la pluie pour l'espérer avec d'autres.

Des 'bonjour monsieur le curé' fusèrent de toutes les directions. Le prêtre déposa son parapluie par terre devant l'étalage à balais et déclara, constatant l'allégresse :

–Le bon Dieu ne nous a pas abandonnés. Il nous a envoyé la pluie. Rendons-lui grâce. On va célébrer demain un *Te Deum* comme les anciens. Ah, mes amis de Saint-Honoré, si vous saviez comme j'ai prié pour que cet orage vienne. Et puis vous également, la procession et tout... À force de prier, le ciel ne nous laisse jamais inexaucés. À condition que la demande soit raisonnable bien entendu...

Un autre violent coup de tonnerre se fit entendre. Et la voix d'Uldéric tonna à son tour :

–Ça, pour être raisonnable, on peut dire que notre demande l'était en bout de crime. Pis c'est pas d'hier...

Le curé hocha la tête en guise de protestation :

–Mon ami, mon ami, on ne peut pas forcer la volonté divine, on ne peut qu'essayer de l'infléchir. Et plus on prie, plus on y arrive. La preuve est là en ce jour...

Comme pour approuver le prêtre, voici que le tonnerre claqua encore et que le vent poussa avec force la porte du magasin qui s'ouvrit et frappa Éva à la hanche. Elle la referma aussitôt et s'assura que la clenche soit bien en place.

–Dieu nous parle par les éléments, mes amis, il faut juste savoir lire ce qu'il veut nous dire.

–Et ça, vous le savez mieux que nous autres, vous autres les prêtres, lança de sa voix pointue et chevrotante Restitue Jobin dont l'oeil pétillait malgré l'âge.

La boucle était bouclée. Le curé était venu d'instinct –ou bien avait-il été envoyé par le vrai bon Dieu des catholiques– au bon endroit, au bon moment, pour récupérer l'événement au profit d'une foi qui encadrait si bien ces gens.

On a eu la pluie grâce aux prières de l'abbé Godbout, dira-t-on plus tard. Quant aux travaux de Dubé et ses hommes, ils auraient tôt fait de sombrer dans l'oubli.

Et les chaînes de la solidarité paroissiale se défirent à mesure que les regards se rivèrent sur le prêtre qui commanda bientôt un *Pater* public en attendant le *Te Deum* de dimanche. Récupérer, c'était aussi son métier et il l'avait rempli les devoirs de sa tâche à la perfection...

Toutefois, le grand feu n'en avait pas encore tout à fait fini avec Saint-Honoré. Il restait à retrouver Elzéar Beaudoin sain et sauf. Qui pouvait savoir s'il ne se trouverait plus là-bas, à l'endroit de ses bâtisses, qu'un tas de cendres avec un corps calciné au beau milieu ? Il fallait attendre la fin de l'orage. Le pire était passé. Tous savaient qu'il en était assez tombé pour éteindre le feu de l'enfer lui-même. Et c'est une autre raison pour laquelle on y reconnaissait sans peine la volonté divine.

–On retourne dans le 9, chercher Beaudoin, lança Uldéric en se détachant des autres pour se rapprocher d'Anastasie et des Grégoire réunis près de la sortie. Ma machine est restée au sec en dessous du 'punch' à Noré. Ça me prendrait encore un homme vu que les chemins pourraient déjà être vaseux à des places.

Émélie sourit avec ironie :

–Demande le même zélé qu'à matin, Déric !

Honoré s'empressa de faire esquive une autre fois en prenant l'initiative :

–Y a mon gars Henri qui pourrait y aller, mais... il est un peu jeune... Hilaire Paradis, ça ferait-il ton affaire ?

–Coudon...

–Quen, je me porte volontaire. J'ai déjà trouvé un pendu, j'pourrais ben trouver un brûlé...

Anastasie ne broncha pas. Émélie le remarqua. Peut-être avait-elle affaire à quelqu'un qui tout comme elle-même contrôlait bien ses émotions ? Ou bien qui aurait pu savoir ou même l'imaginer, peut-être que la mort de son mari ne la ferait pas mourir, elle ?... Chez bien des enfants, la perspicace Émélie décelait la crainte du père, et chez bien des épouses, elle devinait la crainte du mari, mais rarement autant que chez cette famille, la peur n'était-elle visible. Et elle avait pu s'en rendre compte encore bien plus nettement lors de son entretien avec la femme Beaudoin dans son salon un peu plus tôt.

–La pluie achève, allons-y, proposa Honoré en poussant Blais vers la porte par une main au milieu du dos.

–Je vas revenir en avant pour vous prendre tous les cinq, prévint Uldéric en s'adressant à la femme Beaudoin.

Anastasie se confondit en remerciements auprès d'Émélie, et bientôt, la voiture reprit le chemin avec sept personnes à bord. Sept personnes qui avaient pu laisser tomber leurs masques. Sept personnes que le ciel avait libérées de sa longue menace, un ciel apaisé laissant tomber un baume rafraîchissant qui lavait toutes choses des résidus laissés sur elles par la fumée conquérante dont l'ultime bataille s'était soldée par une formidable défaite.

La terre buvait avec avidité l'eau reçue. Le gravier du village avait beau être mouillé, il n'avait rien de boueux encore et il eût fallu trois fois cet orage pour y creuser des ornières. La chaussée du rang restait tout aussi solide. L'on pouvait de loin voir la maison Bizier là-bas et plus trace de fumée nulle part, encore moins de feu. Les flammes n'avaient eu d'autre choix que de donner leur démission au diable lui-même qui les avait toutes emportées au fin fond de son enfer.

–Espérons qu'on aura jamais un feu de forêt aussi pire, s'exclama Honoré quand on franchit le pont du premier ruisseau, un endroit qu'aimait toujours son beau-père pour y être venu s'abreuver en la si merveilleuse compagnie de Marie-Rose Larochelle de son vivant.

–Des coupe-feu, il va falloir en faire avant les feux de forêt, pas durant, argua Blais. Mieux vaut prévenir que guérir. Toutes les lisières de bois qui raboutent encore au village, on va les organiser ben comme il faut.

–T'as raison. Avant d'aller faire chantier dans le fond des concessions de Dorset, on va couper ce qui pourrait amener le feu au village. Je vas acheter le bois coupé et je vas te le faire scier.

(*Ce qui plus tard serait accompli et mettrait l'agglomé-ration villageoise à l'abri de l'élément destructeur pour au moins trente ans.*)

L'on parvint devant la maison Lepage. Elmire et Jos se montrèrent sur la galerie. On s'arrêta.

–L'feu est feni, cria le jeune homme à du monde qui le savait depuis un bon moment.

C'était sa façon d'exprimer son contentement et celui de sa famille.

Elmire brandit son chapelet :

–C'est lui qui y a vu. Il a souffert su'a croix pour ça...

–Tout va comme vous voulez ? s'enquit Honoré.

–Diguidou ! dit Jos.

Et la voiture reprit son chemin. Aucun obstacle ne la retarda dans sa progression vers la terre Beaudoin. On franchit le couloir carbonisé. Tout était si bien éteint qu'il ne restait même rien de fumant pour témoigner de l'existence de flammes quelques heures plus tôt par là. Et voici qu'enfin, l'on déboucha à l'endroit des bâtisses. Il n'en restait que des débris calcinés et, ceux-là fumaient encore. Pas âme qui vive aux alentours. Silence de mort ! Elzéar n'avait pas pu trouver refuge dans le bois, brûlé 360 degrés à la ronde. Il ne pouvait donc se trouver que sous les décombres.

Honoré soupira :

–Il a eu beau pas avoir peur du feu...

Anastasie ne sourcilla même pas. Le sort pour elle en était jeté. Elle serait veuve. Pour longtemps peut-être. Encore qu'élever des enfants sans un homme pour gagner le sel, c'était se condamner et les condamner à vivre dans la misère. Son seul devoir pour l'heure était de prier pour l'âme de celui qui ne lui avait apporté que fort peu de bonheur depuis leur mariage et même avant.

–Bout de crime, fit Blais, c'est pas drôle de se laisser

mourir pour prouver qu'on a raison. On me dit que j'ai une tête de cochon, mais pas encore assez pour faire de la tête à fromage...

Honoré ne put réprimer un rire à deux ou trois notes. Puis la bienséance reprit le dessus.

–On va aller voir si on trouve le corps.

–Nous autres, on fait quoi ? demanda la femme à voix blanche.

–Restez là, on va vous ramener au village tantôt. Là, faut voir où c'est que se trouve le corps de votre mari.

Non seulement Beaudoin avait-il sacrifié sa vie à son idée fixe, mais aussi celle de quelques bêtes, heureusement ni vaches ni chevaux, qui se trouvaient dans les champs et avaient pu survivre à la fumée tout le temps du grand feu, mais des poules et des cochons enfermés dans l'étable.

Alors qu'ils s'approchaient des noirs décombres, les deux hommes entendirent une voix sourde venir de nulle part. En fait, il s'agissait d'une voix bien réelle et non pas d'outre-tombe. Les quatre enfants et leur mère tournèrent au même moment la tête en direction de ce son familier.

C'était du côté des restes de la grange. Honoré et Uldéric s'échangèrent un regard. L'un dit :

–Personne pourrait survivre à un feu de même. Reste rien que des madriers noircis.

En s'approchant, l'on pouvait même apercevoir un corps brûlé à noir, et seule la forme de la tête différenciait ce cadavre de porc de celui d'un être humain.

L'autre ajouta :

–Là où c'est qu'un cochon meurt, un homme peut ben mourir itou.

La voix mystérieuse se fit de nouveau entendre. Et tous comprirent en même temps, les sauveteurs aussi bien que les Beaudoin. Elle venait du puits dont la margelle bien que souillée de noir de fumée n'avait pas brûlé car en pierres des champs. Elzéar, on le comprenait aussi, avait trouvé refuge là, en ce lieu, probablement à sec vu la longue période sans pluie ni eaux de surface pour alimenter le puits. Honoré accourut et fut au bord du trou en trois secondes :

–C'est toi, Elzéar ?

Soulagé, l'homme qui pataugeait au fond dans un pied d'eau lança à la tête de celui qui venait de se pencher au-dessus de lui :

–J'te l'avais dit, Noré Grégoire, que l'feu m'aurait pas.

D'en haut, on ne pouvait bien discerner au fond.

–T'es correct, Beaudoin ?

–Ça va prendre un câble pis un cheval pour me sortir d'icitte.

–On a pas de cheval, mais on a tout ce qu'il faut, lui cria Uldéric qui à son tour penchait la tête au-dessus du puits. T'as rien de cassé toujours ?

–Non... rien...

–T'es pas en danger de mort toujours ?

–Non... non...

–On revient dans une minute ou deux avec un câble.

–Ben bon de même.

Uldéric qui retournait vers l'auto avec Honoré lui dit :

–Bout de crime, il avait dit qu'il serait plus fort que le feu, j'commence à croire que c'est un sorcier d'homme.

–Il disait ça parce qu'il savait qu'il pourrait se protéger dans le puits. Mais avec sa famille, il aurait jamais pu.

Puis on annonça à la femme une nouvelle qu'elle connaissait déjà :

–Ben votre mari est pas mort.

–Je l'ai entendu...

Elle ne sourit pas. Le ton disait bien plus de désarroi que

de joie. Et toute la résignation du monde y passait. Son veuvage n'avait duré que le temps des roses. Le soulagement n'est toujours qu'éphémère.

Un observateur eût pu voir la crainte passer d'un regard d'enfant à l'autre.

Uldéric se remit au volant alors que son collègue trouvait un câble dans la malle cubique fixée à l'arrière de la voiture. Et ce ne fut pas long que l'on put tirer Elzéar de sa fâcheuse position. Il enroula le câble autour de sa taille et le saisit plus haut à deux mains. La Ford tira à l'autre extrémité et tout doucement, si bien que le rescapé émergea par à-coups de son asile temporaire.

Il put enfin poser les deux pieds au sol, regard vers ses bâtisses en cendres, immobile, les yeux durs. Tous étaient dans l'attente d'un mot de sa part. On pouvait voir sa mâchoire gauche se serrer et l'on crut pendant un moment qu'il regrettait son attitude du matin. Il finit par dire, ivre d'orgueil :

–Le feu, je l'ai renvoyé en enfer, moé tuseul...

Puis il se tourna lentement et l'horreur envahit tous les regards lorsqu'on aperçut son profil droit. Cette moitié de son visage était brûlée à un degré tel que l'homme demeurerait à jamais marqué dans sa chair.

Monstrueux du coeur, Beaudoin le serait désormais du visage, et pour toujours.

Tout le temps qu'il avait été au fond du puits, l'homme avait pu faire diminuer la douleur en aspergeant ses brûlures d'eau, mais voici qu'une souffrance atroce revenait lui gruger le visage et l'âme. Il accepta qu'on le ramène au village et qu'on le conduise au docteur Goulet...

Après l'avoir traité et bandé, le docteur fut appelé auprès d'une mère sur le point d'accoucher. Il se fit accompagner par Restitue Jobin. L'ancienne sage-femme lui servait d'infirmière. Pendant ce temps, on trouva gîte et couvert pour la famille Beaudoin chez l'aubergiste, madame Lemay.

À la fin de l'après-midi, Restitue vint visiter les Grégoire au bureau de poste. C'était l'heure tranquille où le magasin est désert, un temps du jour appelé aussi l'heure des vaches. Éva toutefois se trouvait sur place à aider ses parents pour la dernière journée avant son départ pour une dernière et tardive année scolaire à Stanstead. Et puis dès le lendemain aussi, quelqu'un irait chercher Alfred à Saint-Gédéon. Il était temps de le faire entrer dans la bonne case, celui-là. Et cette case-là, c'était le service de la clientèle au magasin...

–J'ai vu quelque chose de... d'épouvantable tout à l'heure.

–Où ça ?

–Chez madame Bélanger.

–Ah oui ! fit Honoré. Elle est pas morte toujours.

–Non, non c'est pas ça, mais l'enfant...

Émélie intervint :

–S'il est mort, c'est pas rare. Les enfants en bas âge, ça meurt comme les mouches l'automne.

–Non, non, non, c'est ben pire. Seigneur, j'sais pas comment dire... j'sais même pas si j'devrais le dire... Mais ça va se savoir pareil, ça, c'est certain.

–Infirme, dit Honoré qui était assis dans le bureau tandis que sa fille se tenait dans l'entrée arrière et que sa femme et Restitue parlaient dans la partie attenante près de la planche à bascule.

–Pire qu'infirme, on dirait un monstre du visage. Son petit corps est minuscule mais normal. Sa face ? Une gargouille on dirait. Serait mieux mort. Peut-être qu'il va être aveugle, sourd, muet... Pauvre madame Bélanger... On dirait pas que ça la décourageait. Elle veut le faire appeler François. Si cet enfant-là survit, quelle sorte de vie il va avoir ?

–C'est des choses qui arrivent. Dans toutes les familles, y

a un enfant ou deux pas comme les autres.

Honoré se désola, soupira :

–Le bon Dieu nous aura donné deux monstres en une seule et même journée. Une chance que j'suis pas superstitieux parce que j'dirais que c'est Elzéar qui a jeté un sort au bébé des Bélanger.

Émélie s'insurgea :

–En bonne vérité, y a rien qui tient debout dans ton discours, Honoré. D'abord le petit... c'est François qu'il va s'appeler ?... était formé dans le ventre de sa mère avant de venir au monde. Monsieur Beaudoin serait mort dans le feu que le petit Bélanger serait un...

–Monstre.

–C'est toi qui le dis... en tout cas... il serait pas normal quand même...

Éva qui parlait rarement glissa :

–Si on a deux monstres de plus dans la paroisse, on en a un de moins... le grand feu...

Les trois autres sourirent sans rien dire.

Éva fit une moue qui exprimait son soulagement profond...

***

Note de l'auteur

Le personnage Elzéar Beaudoin de ce chapitre n'est pas celui de mon enfance, qui lui, a laissé une nombreuse descendance et aura sa place dans un prochain tome de la saga. Il en va de même pour Hilaire Paradis qui n'est pas le même que je visitais avec son petit-fils dans mon jeune âge...

P.-A. GODBOUT
1905-1909

Le curé Godbout

Chapitre 4

Après si grande menace écartée, les gens avaient envie d'acheter quelque chose. N'importe quoi. Quand on se procure un bien, c'est toujours sous le commandement indirect de l'instinct de survie. On croit que la chose augmentera le nombre de ses jours ici-bas. Émélie réalisa de bonnes ventes au cours des heures qui suivirent et elle dut travailler comme une fourmi jusqu'à la fermeture du magasin à neuf heures du soir alors que de commis, elle devint trésorière.

Honoré qui en avait beaucoup accompli au cours de cette dernière journée du grand feu ressentait pas mal de fatigue lui aussi. Ses 43 ans bien sonnés s'inscrivaient sur son visage dans les rides du labeur et l'énergie d'une journée n'était pas la même qu'à 20 ans. Il en possédait un trop-plein entre le temps de son arrivée à Shenley en 1880 et son mariage en 1885; maintenant, il lui en manquait quand venait le soir d'une journée longue et ardue.

Comme tous les soirs à part au pire temps de l'hiver, avant de refermer la porte sur le silence du magasin, Émélie se rendit sur le perron afin de remercier le ciel à sa manière et pour voir les formes sombres des bâtisses, celles aux fenêtres allumées tout comme les autres, comme le vieux presbytère en face et l'église à côté, qui dormaient dans leur nuit noire. C'était pour elle un moment de recueillement, de souvenance et de ressourcement. Il lui passait par l'esprit les visages aimés qu'elle avait connus et qui étaient si vite passés par sa vie. Et ce soir-là, elle se demandait qui parmi les disparus avait trouvé grâce auprès du Seigneur afin que vienne enfin la pluie et la grande délivrance. Car sa lettre à sa cousine/soeur Alice Leblond n'avait pas eu le temps de se rendre. Puis elle songea que bien d'autres avaient aussi prié et que c'est peut-être eux, comme le bon curé Godbout, qui avaient obtenu la pitié du ciel.

Mais elle savait aussi que piété n'égale pas toujours pitié. Et puis l'esprit des êtres vivants agissait peut-être directement sur le cours des événements sans qu'on ne s'en rende compte. Qui sait si Elzéar Beaudoin ne possédait pas un don pour contrer les grandes menaces ainsi qu'il l'avait soutenu si fort et payé si cher.

Une autre idée lui traversa l'esprit dans son analyse des événements récents. Il se pourrait aussi que ce petit François Bélanger tout juste venu au monde avec une tête de gargouille, ait sacrifié en quelque sorte son bonheur terrestre pour sauver Saint-Honoré.

Et puis Éva qui craignait tant le feu qu'elle avait pu le faire fuir... ou bien l'attirer par une sorte de pensée créatrice...

La plus belle de ses pensées fut pour la petite Bernadette. La fillette de quatre ans rendait heureux tous ceux qu'elle regardait, qu'elle côtoyait, à qui elle parlait, comme si le ciel lui avait accordé un grand don en naissant : celui d'apaiser et de rendre plus léger... Peut-être qu'elle avait pu, sans même savoir ce qu'elle faisait ou qu'elle le faisait, chasser hors de la paroisse le monstre au souffle rageur et le renvoyer en enfer pour ramener le sourire au coeur de tous ? Il fallait la voir quand elle priait la vierge Marie... il fallait la voir...

Il faisait clair de lune. Des gens passaient sur la rue. Ils profitaient de ce beau temps d'automne pour respirer à fond cet air pur qui leur avait tant manqué ces dix derniers jours. On lui servait en abondance des *'bonsoir madame Grégoire'* ou des *'bonsoir Émélie'* qu'elle recueillait dans son coeur et transformait en *'bonsoir à vous, fait beau hein !'*

Parmi ces voix, l'une parvint à la femme derrière son dos par la porte laissée entrouverte :

–L'ouvrage est fini au bureau de poste, on peut s'en aller se coucher.

–Viens voir un peu, Honoré, comme c'est beau dehors, cette nuit.

–Depuis quand que ma femme s'exclame de même ? C'est du neuf, ça !

–Sans fumée, c'est beau, notre village, tu trouves pas ? Viens voir.

Il sortit et resta debout auprès d'elle qui reprit :

–J'me sens chez nous par ici asteur.

–Ça t'a pris du temps.

–Pas toi ?

–J'me suis senti chez nous la première journée que j'suis venu.

–J'pense bien, tu m'as vue.

Il éclata, parlant en riant :

–C'est un peu vrai. Je m'étais dit : elle, ça va être ma femme pour la vie.

Émélie devinait ce qui se passait en Honoré. Au lieu de s'intéresser comme elle aux attraits nocturnes de leur village sauvé du feu, il marchait autour d'elle avec ses gros sabots de la séduction. Elle insista :

–Le vieux presbytère, je me demande ce qu'ils vont faire avec.

–Le vendre.

–On pourrait l'acheter.

–Pour faire quoi ?

–Un restaurant comme à Paris.

L'homme rit aux éclats de nouveau, mais ne dit mot. Émélie reprit sans conviction :

–Sais pas, je disais ça comme ça. Me semble qu'il faudrait quelqu'un pour habiter là. Une maison morte juste en face de notre magasin si vivant...

–Mais, mais, mais... ma petite femme est sentimentale à soir... c'est le soulagement qui...

–C'est vrai que le soulagement, ça... ça soulage...

Il rit de nouveau. Elle reprit une autre fois :

–Je remercie le bon Dieu d'avoir sauvé notre village. Peut-être que par notre deuil, on en a payé une partie du prix. Peut-être que notre Ildéfonse a payé lui aussi.

–J'pense pas que tu penses comme ça, Émélie. Les événements de la vie, ça se négocie pas, ça se vend pas comme de la marchandise de magasin. On dit qu'il faut payer pour ses péchés, mais on n'a pas à payer pour des situations qu'on a pas provoquées et qui sont en dehors de notre contrôle. Bref, on marchande pas avec le ciel.

–Seigneur, monsieur philosophe. C'est le quêteux Rostand qui t'a mis des idées de même dans la tête ?

–Ça fait pas longtemps qu'on l'a vu, celui-là... Et puis, j'ai une autre idée dans la tête pour fêter la fin du feu...

Il lui posa la main sur une fesse, sachant qu'on ne pouvait pas les apercevoir.

–Oui, on va enfin pouvoir dormir en paix... et encore plus profondément si...

–Non, mon cher Honoré, pas ce soir... pas...

–C'est meilleur quand on est fatigué.

–C'est pas la fatigue, mon ami, c'est autre chose. Essaie pas de m'enjôler.

–Mais après autant de tension, ça nous ferait du bien à tous les deux...

Émélie perdit soudain son penchant sentimental du moment d'avant et la froide femme revint en surface :

–Honoré, j'ai pris aujourd'hui la décision de... désobéir.

–Notre devoir d'époux, c'est pas de l'obéissance.

–T'as brisé ta promesse et t'as mis ta vie en danger, ce qui veut dire l'avenir de ta famille, alors moi, je vais mettre en veilleuse ma promesse faite au pied de l'autel le 8 septembre 1885... je vais aller dormir dans la chambre à Ildéfonse durant... un an... Y a de bonnes chances pour que vienne mon retour d'âge et comme ça, notre famille sera complète. On a eu 12 enfants, notre devoir est amplement accompli... Le treizième, on le laisse dans le néant.

Il retira sa main pour croiser sur sa poitrine des bras boudeurs et contestataires :

–Ça se fait pas, ce que tu dis là.

–Toute ma vie, j'ai entendu cette parole-là : ça se fait pas. C'est pas parce que tout le monde fait une chose que ça se fait pas de refuser de la faire. Et de pas la faire. On a eu notre quota d'enfants. En plus qu'un treizième, ça pourrait bien pas être chanceux, ni pour nous autres ni pour l'enfant. Restons-en à notre douzaine, même si quatre sont morts.

–On a déjà discuté de ça, Émélie. On vient de se le dire : on négocie pas avec le bon Dieu.

–Laisse faire le bon Dieu. On peut avoir chacun notre coin douillet, toi dans notre chambre d'en bas et moi dans la chambre à Ildéfonse.

–Es-tu virée folle ? On dirait quoi aux enfants ? Le monde saurait ça dans la paroisse : pis les gens diraient qu'on est en chicane.

–Au contraire, on va être bien moins en chicane chacun dans notre chambre.

−Je vas brûler un an de temps.

−Tu feras de la boucane.

−Tu me punis à cause de ma promesse, mais comment que tu sais que je l'ai pas tenue ?

−Anastasie m'a tout conté.

−Ça serait pas plutôt les gars ?

−Les gars, ils se feraient couper la langue avant de te trahir. Henri et Pampalon, t'es leur dieu vivant.

Honoré soupira longuement :

−C'est monsieur le curé qui serait pas d'accord. Pas du tout ! Il parlerait de... d'insoumission...

−Que le curé mène dans son presbytère, moi, je mène dans ma maison.

−Écoute, je pouvais pas laisser une femme et quatre enfants périr dans le grand feu.

−D'autres que toi auraient pu y aller avec Déric Blais. Des Hilaire Paradis qui ont pas de famille.

−Personne se portait volontaire.

−T'as pas dû attendre trop longtemps pour le faire, toi, tel que je te connais.

−Quand le devoir m'appelle, je réponds, moi.

La phrase était bien choisie pour égratigner Émélie qui avait décidé que le devoir conjugal, c'était aussi l'abstinence comme celle qu'on avait pratiquée entre chaque conception d'ailleurs.

Mais cette fois, Honoré devrait faire maigre et jeûne non seulement pendant un an, mais durant deux longues années. Chambre à part jusqu'en 1909. La promesse brisée en était le prétexte, le bon sens en était l'origine, le repos d'un corps qui commençait à se délabrer en était le demandeur.

−Je connais mon devoir envers moi-même, envers la famille, envers le ciel. Avec un peu de chance, Armand va rester le bébé.

–On a remplacé Bernadette 1 par une autre Bernadette et c'est une petite fille qui rit toujours, heureuse, de bonne humeur, peut-être une future religieuse comme Alice Leblond... On pourrait remplacer Ildéfonse...

Voilà qui en était trop pour Émélie. Les paroles d'Honoré sonnaient à ses oreilles comme des propos ratoureux voire sacrilèges. Elle tourna les talons pour rentrer :

–On remplacera jamais Ildéfonse, jamais ! ! !

–J'veux pas dire prendre sa place, là...

Cette dernière phrase d'Honoré tomba dans le vide et resta inerte sur le perron. Déjà Émélie alignait ses pas rebelles entre la table centrale et le comptoir des dames en direction de la maison privée. Et il ne resta au regard de son mari que son ombre longue.

**

Magasin Honoré Grégoire, début 20e siècle

À gauche : Alfred Grégoire
Devant la vitrine : Cipisse Dulac
Dans l'entrée : Honoré Grégoire
Les deux hommes à droite : des inconnus

Chapitre 5

Honoré glissa dans la main d'Éva un billet de cinq dollars tout neuf sur lequel apparaissait la tête de Édouard VII, le roi du Canada.

–En quel honneur ?

–Pour ton anniversaire de naissance qu'on a oublié de fêter l'autre jour.

–C'est pas nécessaire, papa, voyons !

–Tu te paieras des petites douceurs au couvent.

–Les petites douceurs, c'est pas mal rare au couvent, vous savez.

–Bonne fête en retard !

Éva remarquait un attendrissement chez son père depuis quelque temps. La mort de son frère et la menace du grand feu conjuguées avaient rendu le personnage plus attentionné aux autres. Quelque chose toutefois lui causait de l'inquiétude : ses parents avaient fait chambre à part la nuit précédente. Elle qui connaissait depuis un bon moment les choses de la vie ne pouvait que penser à un différend d'ordre intime. Il lui aurait fallu le toupet d'Alice pour l'interroger sur le sujet et elle ne l'aurait jamais, cette audace, elle, si réservée et si respectueuse, au-delà de sa volubilité coutumière, du secret d'autrui.

Le train siffla. On y était monté une dizaine de minutes auparavant direction Mégantic puis de là vers Sherbrooke. Honoré tourna la tête pour voir la dévastation des champs par la sécheresse d'août-septembre. La terre comme toujours s'en remettrait, mais elle avait encore besoin d'eau car si l'orage de la veille en avait jeté des trombes sur toute la région, il n'avait pas assouvi la soif des sols. Comme si le ciel avait dispensé aux Beaucerons le nécessaire pour éteindre le feu avant de revenir vite à son entêtement ensoleillé.

Honoré qui conseillait souvent aux enfants de toujours dire la vérité, s'adonna soudain à un mensonge, devinant le questionnement qui devait se produire en sa fille aînée en raison de la nuit séparée de son couple :

–Ta mère a mal au ventre de ce temps-là. Elle va coucher un bout de temps dans la chambre à Ildéfonse.

En fait, il s'agissait d'une demi-vérité. En effet, Émélie avait parfois des problèmes avec son ventre. Et puis surtout, elle ressentait une grande fatigue interne quelque part dans les organes de la reproduction. Quelque chose lui avait conseillé de laisser reposer son utérus. Ça aussi, elle l'avait dit à son mari quand le soir, il était venu la saluer dans la chambre de leur fils où elle avait élu domicile pour un temps.

–Ah !

Et ce fut tout. L'homme savait que sa grande fille arrangerait les choses aux yeux des autres enfants en âge de s'interroger eux également sur l'inhabituel dans la vie de leurs parents. Puis la tristesse qui couvait en lui depuis leur départ, ce sentiment qui ne le laissait pas depuis la mort d'Ildéfonse, refit surface pour mouiller son coeur et ses pensées. Un an plus tôt, c'est avec Éva et Ildéfonse qu'il faisait ce voyage; cette année, pas d'arrêt au séminaire de Sherbrooke. Peut-être en ferait-il un au retour pour y saluer l'abbé Léon Marcotte, un prêtre-professeur qui était venu représenter son institution aux funérailles du jeune homme.

Le reste du trajet fut plutôt silencieux. Éva aurait bien voulu soigner l'âme de son père avec des mots, mais les mots restaient empêtrés dans la confusion de ses doutes, parmi les heurts de ses craintes, au royaume de l'incertitude. Elle avait peur d'aller trop loin dans les profondeurs de son coeur et provoquer le désagrément, ou bien pas assez et faire croire qu'elle ne prenait pas ses malheurs au sérieux.

Il la serra dans ses bras au moment du départ et cela suffit pour qu'ils se comprennent...

*

Alfred qui n'était pas venu à Saint-Honoré depuis les funérailles de son frère n'avait guère eu connaissance du grand feu autrement que par de la fumée qui s'était rendue jusqu'à lui à Saint-Gédéon. Mais il ignorait que la cause en était un incendie de forêt dans les rangs de Shenley, si près du village et si menaçant pendant les derniers jours de sa progression jusqu'à l'orage miraculeux : une pluie abondante mais d'assez courte durée et qui avait éclairci son atmosphère comme celle de toute la haute Beauce.

Ce samedi, il attela et retourna à la maison, s'attendant à ce que ses parents tentent de le mobiliser pour reprendre du service au magasin voire même être officiellement désigné comme leur successeur quand viendrait leur tour de dételer. Mais il refuserait. Sa terre l'attachait de plus en plus. Sa sueur était à Saint-Gédéon avec son coeur. Et puis il avait mal à l'âme à Shenley quand il voyait Arthémise en la compagnie de son rival Odilon Bolduc. La jeune femme avait choisi quelqu'un d'autre et sans doute qu'elle l'épouserait avant l'hiver. Peut-être qu'Éva en savait quelque chose, mais sa soeur était sûrement partie pour Stanstead. Et puis il n'aurait pas pu en tirer de secrets tant elle se faisait discrète sur ces choses-là.

Il y avait plusieurs gués sur la Chaudière vu le très bas niveau de la rivière. Il emprunta le premier qui laissait voir un rang habité de l'autre côté et se dirigea vers le village de Saint-Martin dont il pouvait apercevoir la flèche de l'église quand les arbres s'éloignaient quelque peu du chemin. C'était la première fois qu'il franchissait la rivière aussi tôt et il ne devait point le regretter car après un demi-mille, il parvint aux abords d'une école où il ne se trouvait personne dans la cour puisque c'était jour de congé, mais qui livra à sa vue l'institutrice qui se rendit à l'extérieur pour le saluer.

–Bonjour !

–Bonjour ! Huhau ! Huhau !

Le cheval s'arrêta. La jeune femme, une brunette qui lui rappelait Marie-Zélou Tanguay, une personne qu'il avait admirée naguère, mais trop âgée pour lui, prit place à demi sur la garde d'une petite galerie comme pour inviter le passant par son geste à lui faire un brin de causette. Ou bien c'est elle qui la lui ferait...

–Je t'ai jamais vu par ici, toi. Tu restes pas dans le rang ou ben je te connaîtrais.

–Moi, suis de Saint-Gédéon... j'veux dire de Shenley...

Elle se mit à rire :

–Saint-Gédéon, Shenley, c'est pas tout à fait pareil. Y a Saint-Martin entre les deux.

–Pas partout.

–Ah bon ? Comment ça ?

–Par les grands bois, Shenley pis Saint-Gédéon, ça se raboute quelque part.

–Ah, mais suis pas une fille qui court les grands bois, moi. Suis pas le chaperon rouge...

Et elle éclata de rire cette fois, le regard petit et bleu rempli de bonne humeur et la voix de cristal. Elle bougeait la tête et ses cheveux longs et blonds balayaient ses épaules. Un ruban rouge y formait une boucle jolie. Le jeune homme en avait plein la vue.

–Je m'appelle Alfred Grégoire. J'ai un lot à Saint-Gédéon, mais je viens de Saint-Honoré-de-Shenley.

–Toi, t'es sûrement du magasin Grégoire.

Il avoua, le regard à l'étonnement :

–Le plus vieux de la maison.

–C'est arrivé qu'on aille acheter chez vous, mais je t'avais jamais vu.

–J'ai été un bon bout de temps aux États. Mais suis revenu au Canada pour rester à demeure.

Elle demeura silencieuse. Il ne savait quoi dire maintenant qu'il s'était présenté. Lui vint tout à coup une idée simple, mais à laquelle il n'avait pas songé, une question qu'elle attendait :

–T'es la maîtresse d'école : c'est quoi, ton nom ?

–Eulalie Veilleux. Je viens de Saint-Georges, mais je fais l'école ici.

–Ça fait longtemps ?

–Ma deuxième année. J'ai toutes les divisons, de la première à la septième. Vingt-neuf élèves. Tu vas passer le dimanche chez vous ?

–C'est ça.

–Une chance que le feu est fini.

–Quel feu ? On a eu de la boucane à Saint-Gédéon, mais on savait pas d'où c'est que ça venait.

–De Shenley. Paraît que le village a quasiment brûlé.

–C'est que tu dis là ?

–Ben... sais pas trop... paraît que des maisons ont passé au feu avec le grand bois vers Saint-Éphrem pis Saint-Benoît. J'pourrais pas t'en dire plus...

Ces propos bizarres semèrent l'émoi dans le coeur du jeune homme qui décida de se hâter vers chez lui.

–Ben je vas repasser par ici lundi tard, si tu veux qu'on

se reparle...

–Ben oui, je veux...

–Bonjour là !

–Bonjour... Alfred.

Et le jeune homme commanda à son cheval de trotter au moins afin d'arriver au plus vite à la maison. Malgré son inquiétude et sa nervosité peu coutumière, cette belle Eulalie trottait aussi, mais dans sa tête.

*

Alice qui avait terminé ses études primaires à la petite école de la Grand-Ligne, poursuivrait ses classes au couvent de Sainte-Marie pendant les deux prochaines années après quoi, il était prévu qu'elle remplacerait en quelque sorte sa soeur à Stanstead. Mais elle aussi avait été retardée par les événements dramatiques de la fin août et du début de septembre. Émélie était entrée en contact avec la supérieure de là-bas où enseignaient des religieuses de la congrégation Notre-Dame pour excuser l'arrivée tardive de sa fille. Il lui avait été répondu de prendre tout le temps requis pour que les choses se tassent à Shenley.

Émélie décida d'accompagner Alice à Sainte-Marie et de poursuivre ensuite à Saint-Henri où elle passerait le reste de son dimanche avec sa cousine Cédulie Leblond. Avant de quitter la maison pour la gare de Saint-Georges où les emmènerait Marcellin Veilleux, elle convoqua Alfred à son salon du magasin alors que sa fille jouait de l'harmonium au salon de la maison.

–On voulait te parler, ton père et moi, mais il est pas revenu de Stanstead comme tu sais. Et moi, je dois aller reconduire Alice. Je vais donc te parler seule. Assis-toi, Alfred.

Le jeune homme obéit, le coeur battant. Sa mère l'impressionnerait toujours par sa détermination, son autorité, son expérience qu'il percevait vaste comme le monde.

–T'es libre de faire ce que tu voudras, rendu à 21 ans

asteur; mais on te le demande encore une fois : veux-tu venir travailler avec nous autres au magasin pour plus tard prendre la relève à ton compte complet ? Écoute, j'te demande pas de me répondre sur l'heure, mais d'y penser ben comme il faut.

Alfred grimaça dans l'ombre. Elle n'en tint aucun compte et ne lui laissa pas le temps de parler, poursuivant :

–Je le sais que tu vas avoir tes lettres patentes l'année prochaine et ça t'empêcherait pas de les avoir, avancé comme tu l'es dans ton défrichement là-bas, à Saint-Gédéon. Ensuite, tu pourras la vendre, ta terre. Nous autres, on va t'en trouver une pas loin qui est déjà claire d'obligations. Tu feras les deux : tu cultiveras ta terre et tu travailleras avec nous autres. Tu sais qu'on aurait pu se passer de toi et te laisser à ton rêve de cultiver ta terre... –c'est même ça qu'on a fait– de cultiver comme ton grand-père Allaire a aimé le faire toute sa vie, mais on avait Ildéfonse qui s'intéressait au magasin. Il est parti ailleurs... on a besoin de toi, Freddé, on a besoin de toi... T'as du coeur au ventre, tu vas te trouver une blonde... une belle p'tite maîtresse d'école disons et tu pourras t'établir sur ta nouvelle terre par ici...

La pensée du jeune homme se porta vers cette jeune institutrice rencontrée plus tôt à Saint-Martin. Il regrettait de l'avoir quittée si précipitamment, mais il y avait urgence de constater l'état de son village après cet incendie de forêt majeur. Et c'est avec soulagement qu'il avait aperçu la flèche de l'église lui faisant comprendre que la maison de ses parents et le magasin avaient sûrement aussi été épargnés. Puis on lui avait appris que pas une seule bâtisse du village n'avait brûlé. Eulalie avait exagéré et lui avait dramatisé.

–Tu m'écoutes au moins ?

–Ben oué !

–Bon... moi, je m'en vas à Sainte-Marie et ensuite à Saint-Henri. Ton père va peut-être revenir aujourd'hui, mais probablement demain. Tu vas avoir du temps tout seul pour réfléchir. T'auras même pas à t'occuper du magasin, c'est

Jean Jobin qui va venir. Il est là en bas, t'as dû le voir à l'ouvrage.

Elle se leva et fit deux pas en direction de son fils et de la sortie, s'arrêta :

–J'y vas pour pas trop faire attendre Marcellin Veilleux...

Émélie fit un geste inattendu, elle posa sa main sur l'épaule de son fils en disant :

–On a ben besoin de toi, Freddé, ben besoin tu sais... Ildéfonse nous a ben déçus, ton père et moi, sans le faire exprès. C'est le bon Dieu qui est venu le chercher. Mais toi, t'es capable de pas nous décevoir. Le bon Dieu te garde avec nous autres ici-bas... Tu comprends tout ça ?

–Oué...

Elle quitta de son pas le plus solide. Il l'entendit descendre les marches et pouvait percevoir les vibrations, à moins que ce ne fussent celles de son coeur...

Jamais sa mère ne lui avait mis la main sur l'épaule. Rarement sa mère ne l'avait-elle appelé Freddé comme tout le monde. Était-ce le malheur récent qui la rendait si humaine tout à coup ou bien l'était-elle toujours autant sans jamais le laisser paraître ?

Le jeune homme resta pantois. Il aurait voulu que sa soeur Éva soit là pour lui en parler. Ou même le quêteux qui l'avait persuadé d'accepter son départ pour les États. Mais il était seul pour penser en ce moment. Seul... Une solitude qu'il aimait à Saint-Gédéon car elle lui permettait de ne pas trop penser précisément et de n'avoir jamais à prendre d'autres décisions que celle de travailler chaque jour, chaque heure. Une solitude vivifiante au coeur d'une nature forte et belle... où il n'aurait bientôt manqué qu'un visage féminin et des cris d'enfants.

Peut-être que le plan exposé par sa mère pourrait lui apporter tout cela et tout arranger tant pour eux que pour lui. Une terre à Shenley, il pourrait y vivre et y élever une famille tout en oeuvrant au magasin. Cette maîtresse d'école au souvenir tout frais, tout chaud, elle n'était pas plus loin de Shenley que de Saint-Gédéon. Et puis s'il devait être plus présent ici, il se pourrait que la belle Arthémise Boulanger se fasse plus accessible au point même, pouvait-on savoir, de briser ses fréquentations avec Odilon... Il y avait peu d'espoir de ce côté, mais, si au moins, il gardait toutes les bonnes cartes dans son jeu.

Une phrase lui revenait tout le temps à l'esprit : "*On a ben besoin de toi, Freddé, ben besoin tu sais...*" Des larmes montèrent à ses yeux. Il se leva et se rendit fermer la porte discrètement. Puis il retourna s'asseoir et laissa couler ses larmes lourdes sur ses joues dans le noir de la pièce...

*

Comme chacun des enfants l'avait fait au moins une fois, Alice comme les autres, Alfred décida de se rendre visiter son grand-père afin de lui demander conseil et peut-être puiser en lui l'énergie requise pour refuser le plan de ses parents pour lui. Chemin faisant, il se souvenait d'une phrase de son père quand, après un accrochage avec sa mère, Alice avait trouvé refuge chez Édouard avec dessein d'y rester.

"Est allée se confier au vieux," avait dit Honoré sans donner au mot 'vieux' un sens péjoratif.

À cette époque, son grand-père vivait encore sur sa terre du rang 9. Le vieil homme avait reconduit sa petite-fille au village avec son attelage le plus fin. Et la vie avait repris son cours normal.

À 76 ans, Édouard demeurait alerte du corps et vif d'esprit. Aucune trace de sénilité. Et il visitait les uns et les autres de son âge ou autour. Jouait aux cartes. Placotait du vieux temps. Parfois se rendait au cimetière se recueillir sur la tombe de Marie et celle de Marie-Rose, la femme mythique dont le souvenir mélangé à celui de Pétronille gravait son coeur pour l'éternité.

Il ouvrit devant Alfred.

–Je t'ai vu venir, la tête pas mal basse. C'est quoi qu'il se passe donc aujourd'hui ?

Le jeune homme entra. Une odeur caractéristique le reçut, celle commune aux demeures des gens de cet âge : senteur de tomates mises à mûrir devant une fenêtre sous un soleil qui les protégeait du gel, relents d'un corps qu'on ne lave pas tous les jours, odeur de paille dans les paillasses, effluves dégagés par le cèdre de coffres à linge, fumet de chou qui cuit...

–Assis-toé su'a berçante.

–Merci.

–Comment que ça va su' ton lot ? As-tu eu tes lettres patentes coudon ?

–Pas encore, mais ça va ben. J'en ai assez de fait pour les avoir déjà. Je vas les demander le printemps prochain.

–Ben content pour toé.

–Mais...

Édouard qui prenait place dans une autre berçante savait pourquoi son petit-fils venait le voir. Il le devinait au regard des événements récents dont surtout la mort d'Ildéfonse. On voulait sûrement –il l'avait compris dans des propos surpris chez Émélie et Honoré– que Freddé délaisse son lot et devienne commis au magasin en attendant d'en être le propriétaire à part entière. Cela d'ailleurs était dans l'ordre des choses normales.

L'homme frotta sa barbe blanche qu'il ne rasait que deux fois la semaine et attendit que le jeune homme s'ouvre le coeur et se livre à lui. Ce qui se produisit. Alfred raconta sa rencontre avec sa mère. Il parla des avantages rattachés à son plan d'avenir. Mais se désola de se voir contraint d'abandonner son rêve. Encore que la promesse de lui acheter une terre à Shenley venait mettre du baume sur la plaie.

Édouard prit la parole :

–Si t'es venu m'en parler, c'est parce que tu veux mon

idée, ben je m'en vas te la donner. D'abord t'en rappelles-tu quand t'es venu me voir avec le livre de monsieur Buies ? Tu m'en avais lu un boutte vu que moé, j'sais pas lire. J'ai pensé que t'étais un p'tit gars de la terre. Comme moé. Je le pense encore. Mais... dans la vie, on fait pas toujours tout' c'est qu'on veut. Je m'en vas te parler d'une femme que j'ai connue v'là ben ben longtemps...

–Madame Larochelle.

–C'est ça. Tout le monde sait que j'avais un penchant pour elle, mais ce que personne a jamais trop su, excepté peut-être ta mère, c'est que pour moé, la terre c'est un peu pareil comme une femme... C'est une compagne... Tu peux perdre ta femme comme j'ai perdu la mienne... je parle de ta grand-mère Allaire... Tu peux vivre sans compagne comme je l'ai fait depuis 35 ans... J'ai un peu de misère à t'expliquer ça... Là où c'est que j'veux en v'nir, c'est que si t'as ta terre à toé par icitte, pis une femme plus tard avec des enfants, tu vas pouvoir t'occuper du magasin itou. Ce que ta mère t'a dit, j'trouve que c'est plein de bon sens. C'est Marie-Rose Larochelle qui m'avait fait comprendre ça... Je vas essayer de me rappeler les mots qu'elle m'avait dits... Attends...

"Laisse-moi te dire... j'y ai beaucoup songé ces derniers temps et j'ai trouvé... Ce n'est pas moi qui t'appelais par ici, Édouard, c'est la terre. Tu as eu cet appel de la terre en premier puis tu m'as connue et, au fond de toi, le terre est devenue moi. Tu appartiens à la terre. Tu es un laboureur, un semeur, un moissonneur..."

Édouard avait utilisé sa propre manière de parler, avec les 'moé', les 't'as', les 't'es' plutôt que les 'moi', 'tu as' et 'tu es' de la femme Larochelle qui possédait une meilleure éducation. Cela ne changeait en rien la perception d'Alfred qui y saisit le seul langage du coeur.

–Ildéfonse en partant a tout changé. Ton chemin doit être mitoyen pour ainsi dire entre la terre pis le magasin, entre ton rêve pis ton devoir. Si ta mère t'a demandé ça, pense pas que c'est rien que pour elle pis ton père, elle a dû longtemps réfléchir à ton avenir, à toé itou... Elle te demanderait pas de te sacrifier pour elle pis Noré. Elle pense ben faire pour toé. Pis je l'pense moé itou, mon p'tit gars.

Tout avait été dit. Alfred comprit que sa voie se trouvait au milieu du bonheur et non pas à son faîte. Avec un peu de chance, l'avenir tracé serait peut-être le bon. Mais son grand-père, avant qu'il ne parte, lui ôta un morceau de ce peu de chance sur lequel il comptait en lui apprenant une nouvelle désolante pour lui :

–Une blonde, ça sera pas long que t'en auras une. Parce que la p'tite Arthémise, faut pus compter su'elle... vu qu'elle va se marier dans un mois avec Odilon Bolduc...

Alfred crâna :

–Elle ? Ça fait longtemps que j'pense pus à elle...

–Tant mieux de même !

***

Chapitre 6

Alfred y mit ses conditions au retour de ses deux parents, Émélie de Saint-Henri et Honoré de Sherbrooke. Une rencontre eut lieu au salon d'Émélie en haut du magasin.

Le couple ignorait totalement quelle serait la décision de leur fils. Il avait conservé un air taciturne depuis leur arrivée. On avait appris par Jean Jobin qu'il avait rendu visite à son grand-père et cela laissait présager la moins bonne solution selon eux. Car on savait depuis belle lurette que le vieil Édouard était un homme de la terre, un colon dans l'âme, et que voilà la raison qui l'avait fait démissionner comme marchand pour passer la main à sa fille et à son gendre en 1885.

Honoré eut une idée en entrant dans la pièce éclairée par une lampe à l'huile. Il prit les devants, plaça deux chaises devant le bureau d'Émélie et dit sur le ton de l'ordre :

–Toi, Freddé, tu vas t'asseoir à la place habituelle de ta mère. Nous autres, on va t'écouter. C'est à notre tour de d'écouter parler. Veux-tu ?

–Ouè...

–Émélie, assis-toi avec moi !

–Ben oui, ben oui...

Mal à son aise, Alfred obéit. La nervosité le porta à rire quand il fut à la place de sa mère. Honoré voulait lui faire sentir profondément qu'un jour, il pourrait la remplacer.

–J'aimerais ben ça avoir mes lettres patentes sur mon lot. Je voudrais finir le défrichement. J'ai pensé à tout ça, à tout ce que vous m'avez dit pis... ben c'est O.K., je vas travailler avec vous autres, mais quand la chance va arriver, je vas acheter une terre par icitte. J'veux pas rester sans terre... Peut-être que plus tard, un de mes frères pourrait me remplacer au magasin : Henri ou Pampalon, même le p'tit Eugène.

Jamais l'on n'avait entendu plus beau O.K. et ce n'est pas Honoré ni Émélie qui reprocheraient à leur fils sa formule d'acceptation plutôt lapidaire.

–Oublie ça, fit Honoré. Si t'embarques, c'est pour tout le temps. Commis d'abord. Marchand ensuite après nous autres. C'est ça qu'on veut. C'est ça le mieux qu'on pense pour toi comme pour toute la famille.

Émélie ajouta :

–C'est tes propres enfants qui prendront la relève, Freddé, pas tes frères.

Le regard du jeune homme s'obscurcit :

–C'est pas demain que je vas avoir des enfants.

–Tut tut tut... ça se fait vite, ces choses-là... D'aucuns se connaissent et se marient au bout de trois mois. C'est loin d'être rare, ça.

Alfred avoua son intérêt pour la maîtresse d'école de Saint-Martin :

–Si j'peux voyager tout l'automne à Saint-Gédéon, je vas pouvoir connaître mieux une personne... s'appelle Eulalie...

–Tu nous avais pas dit ça ! s'exclama Honoré. Mais c'est excellent, excellent ! Hein Émélie ?

–Plus qu'excellent ! C'est ça que ça lui prendrait, une maîtresse d'école pour le seconder au magasin...

*

Les horizons commencèrent à s'éclaircir dans le devenir du couple Grégoire. Il restait la chambre-musée Ildéfonse appelée à durer vingt ans; il restait son souvenir écrit dans la vitrine du magasin par la sleigh de ses dix ans; il restait pour un temps cette séparation du couple, le temps pour Émélie de perdre sa fertilité et de se refaire une santé du ventre.

Mais il y avait un bonheur se rétablissant grâce aux enfants qui tous, avec leurs qualités et leurs défauts, se comportaient bien, grâce à la prospérité grandissante et grâce à l'amitié publique. Personne ne fait jamais l'unanimité, mais l'on ne comptait pas d'ennemis avoués dans la paroisse, et s'il se trouvait des envieux, l'on n'en savait trop rien.

Honoré continua d'agir comme banquier, acceptant l'argent qu'on lui confiait et le prêtant à taux raisonnable. L'année noire achevait ainsi que l'avait dit Éva à sa mère le jour de la procession. Le soleil s'endimanchait pour revenir...

*

Alfred continua de voyager à Saint-Gédéon, sauf qu'il n'y restait plus que trois jours par semaine : du lundi au jeudi. Et voilà qu'il empruntait le chemin du bord de l'eau afin de passer devant l'école d'Eulalie. Le lundi, le voyant venir, elle s'approchait de la fenêtre et le saluait de la main; et le jeudi, elle l'invitait à entrer pour prendre un thé, car le jeune homme passait par là après la classe dans l'après-midi. Elle risquait de faire jaser les gens, de passer pour une étourdie. Mais prenait ce risque en s'amusant.

Ce jour d'octobre, au milieu des splendeurs d'automne, il attacha son cheval à un poteau de galerie de l'école et se rendit frapper à la porte. Elle l'attendait. Lui ouvrit. Comme la nature des alentours, elle resplendissait. Alfred avait dans le coeur une proposition qu'il avait fignolée en mots toute la semaine en bûchant, en suant et en chantant.

–Tiens bonjour Alfred.

–Allô !

–Brrrr ! Entre ! Fait froid dehors !

–Faudrait installer la contre-porte : c'est l'automne.

–Et quel magnifique automne ! Du soleil tant qu'on veut. Des couleurs plus belles que jamais.

Il la sentait heureuse. Et se disait qu'il faisait sûrement partie des motifs qu'elle avait de se réjouir et de trouver la vie agréable.

Il la connaissait mieux maintenant. Son père travaillait pour le compte d'un très jeune homme d'affaires de Saint-Georges dont le nom et la réputation commençaient de se répandre dans la région : Édouard Lacroix. Il transportait du bois durant la période de coupe; et le reste du temps cultivait une terre qu'il possédait sur le chemin de Beauceville, côté ouest. Eulalie était l'aînée d'une famille de sept enfants. Elle avait fait sa onzième année plus une année d'école Normale. Au-delà des grandes lignes de sa vie, Alfred percevait aussi ses qualités d'âme. Cette jeune personne éclatait de bonheur. Elle rêvait par ses mots et les expressions de son visage. Remplie d'espérance et de générosité, à l'évidence, elle adorait les enfants qui le lui rendaient bien. Mais aussi, elle était capable de fermeté quand leur bien le commandait.

Chaque trait d'elle allait s'inscrire dans une grille d'analyse au coeur du jeune homme et lui faisait comprendre de plus en plus clairement qu'il brûlait de l'aimer pour de bon. Pour cela, il restait une étape à franchir : il devait la fréquenter pour le bon motif, ainsi qu'on le disait communément. Et c'était ça, la proposition qu'il s'apprêtait à lui faire.

–Viens, on va s'asseoir comme de coutume.

Cela voulait dire qu'on se rapprochait du poêle, allumé ce jour-là, et que lui, prenait place sur un banc d'écolier tandis que la jeune femme allait quérir sa chaise de maîtresse pour venir s'asseoir à peu de distance devant lui. C'était la façon la plus commode de se parler sans la contrainte du cou tordu, du froid qui fige, du son de la voix qui fait des détours pour revenir trop en écho...

–Conte-moi ta semaine, Alfred.

–Des arbres qui tombent. Des souches qui se font arracher. Des tas de branchages. Et quand ça sera moins sec et pas dangereux, l'abattis à finir avec le feu.

–Tu gardes les arbres abattus, c'est certain.

–Non. Ça va brûler avec le reste.

–Pourquoi ? Tu pourrais les vendre.

–À qui ? Tout le monde en a.

–Monsieur Lacroix en achète. Du bois dur autant que du bois mou. Mon père va en ramasser partout pour lui.

–J'avais pas pensé à ça.

–Tu sais, on est en 1908. Le bois a repris de la valeur depuis dix ans.

–T'en sais, des affaires.

–J'écoute parler mon père quand je suis à la maison.

–Bonne idée.

–Tu transportes ton bois au bord du chemin le plus passant... d'abord, tu le coupes de longueur, ensuite tu réunis les billes dans un même tas... et tu le vends...

–Sais pas si j'ai le droit... C'est encore un lot...

–Ben sûr que t'as le droit.

Voilà un autre aspect d'elle qu'il découvrait : son intérêt pour le domaine des affaires. Peu de femmes s'intéressaient à ces choses. Décidément, Eulalie lui convenait...

Ils se parlèrent un peu du temps. Elle connaissait sa décision de vendre sa terre le moment venu et celle de travailler au magasin. Et avait trouvé qu'il agissait bien et que sa mère savait ce qu'elle faisait en le persuadant de suivre cette voie.

–Vu qu'aux neiges, je vas arrêter de passer devant, je me demandais si... ben... j'pourrais peut-être venir te voir pareil... si tu veux ben entendu...

Elle eut l'air de réfléchir. Son front se rembrunit. Il s'inquiéta. Elle dit :

—C'est que ça va te faire loin à voyager... le soir, c'est sans bon sens, c'est pas comme le jour.

—Mon cheval connaît le chemin par coeur. C'est une ben bonne bête.

—Oui, mais y a pas de grange ici, c'est une école. Tu peux pas laisser ton cheval dehors trop longtemps l'hiver. Faut qu'il mange, qu'il boive...

—Je pourrais venir le dimanche après-midi.

—Ben... c'est que moi, le vendredi, je m'en retourne à Saint-Georges et je reviens le dimanche après-midi.

Alfred commençait à se décourager. Elle fermait la porte sans lui dire carrément non. Il ne savait plus comment s'y prendre. Elle perçut son désarroi, soupira :

—Laisse-moi penser à ça. Je trouverai ce qu'il faut faire d'ici à une semaine ou deux. D'abord tu vas retourner à Saint-Gédéon jusqu'aux neiges, t'as dit ?

—C'est ça.

Il se sentit soulagé. L'espoir en lui se ralluma et brûla de nouveau d'un feu plus ardent que précédemment.

La brunante approchant, il reprit la route.

Plus loin, il se retourna. Elle lui fit un signe de la main par la fenêtre, une joyeuse salutation pleine de vie et de tendresse...

*

La fillette venait d'avoir ses onze ans. Elle fréquentait l'école du bas de la Grand-Ligne et y faisait sa cinquième année. Ce beau samedi d'automne, elle se rendit au village avec son père. L'homme avait affaire chez le forgeron et la toute jeune fille avait besoin de chaussures plus appropriées que les siennes pour accomplir chaque jour de classe le trajet d'un mille séparant son domicile de l'école du rang, une distance doublée du fait de l'aller et retour.

Quand on fut sous le porche du hangar du magasin, Napoléon Martin dit à sa fille :

–Éveline, tu vas voir madame Grégoire. Elle va te chausser comme il faut. Tu lui demanderas de mettre ça sur mon compte. Moé, je vas aller voir monsieur Racine à sa boutique de forge. Tu pourras revenir t'assire dans la voiture si j'sus pas revenu.

–C'est correct.

Elle descendit, sautilla pour se rendre au magasin, entra. Alfred lui répondit :

–La p'tite Martin... tu veux quelque chose à matin, la p'tite Martin ?

–Madame Grégoire est pas là ?

Éveline conservait la rondeur des joues de l'enfance. Et son regard franc et profond brillait, comme s'il s'emparait de tous les rayons de lumière des alentours. Des yeux noisette s'harmonisaient avec sa chevelure brun moyen faite, sur la nuque, de mèches qui formaient arcs de cercle pour se rejoindre derrière une broche qui retenait le tout en place. Elle était quelqu'un qui sourit de l'intérieur et ne laisse pas voir son intérêt pour les gens et les choses jusqu'au moment où son être, comme soudainement mu par une force inconnue, lançait des invitations par un visage qui s'éclairait et donnait à l'autre l'impression d'être pris pour un roi ou une reine.

Éveline séduisait par ce tempérament tout de moirures, de nuances et de mystère. Était-ce là l'image de ce démon de la concupiscence qui, selon l'Indienne Amabylis, l'habiterait tout au long de son existence ?

–Je veux des chaussures.

–Pourquoi ? taquina Freddé.

Elle répondit du tac au tac :

–Pour marcher. Des chaussures, c'est pas pour dormir...

Le jeune homme qui se trouvait derrière le comptoir de la marchandise sèche se rendit à l'escalier et monta jusqu'au milieu où il s'arrêta pour dire à Éveline :

–Tu viens, la p'tite Martin ? Les chaussures pour toi, c'est en haut. Reste pas plantée là...

Immobile au-dessus de la grille de la fournaise, elle sortit de son attente et, comme mue par un ressort, suivit en courant Alfred qu'elle rattrapa en haut.

–Sais-tu quelle pointure que tu chausses toujours ? dit-il en parvenant devant le rayon cherché.

–Cinq.

–C'est des bottines que tu veux ?

–Oué.

–Assis-toi là, sur le petit banc. Je t'apporte des bottines 5.

Il revint à elle avec deux boîtes qu'il mit par terre. Puis s'agenouilla d'une seule jambe, ouvrit la première boîte, prit la chaussure brune et allait lui tendre quand la jeune fille souleva vers lui son pied dénudé.

–T'as pas de bas, t'as pas de chaussettes ?

–Non, pas aujourd'hui.

–C'est pas pareil, essayer des chaussures pas de bas.

–Ben...

–En tout cas...

Il la regarda dans les yeux. Elle gardait son pied levé, dans l'attente qu'il lui enfile la bottine.

–T'es pas capable de te la mettre toute seule ?

–Non.

–Bon...

Il se déplaça pour former un angle droit avec elle, s'empara du pied avec sa main gauche et y installa la bottine qu'il tenait dans sa droite.

Elle émit de longs soupirs à répétition.

–Ça fait mal ?

–Non. Non.

Il tapota le pied pour s'assurer que la chaussure convenait, demanda :

–C'est pas trop serré ?

–Non.

Alfred songeait à lui-même en disant cela. On lui avait
fait porter des bottines trop étroites dans le temps de sa
prime jeunesse. Émélie ne s'en était rendu compte que le
jour où elle avait remarqué que son fils claudiquait. Et depuis ce temps, malgré de bonnes chaussures, Alfred marchait
toujours anormalement. C'est qu'un problème de dos peut-
être relié aux chaussures l'avait aussi affligé et que son père
l'avait à deux ou trois reprises fait voir par un ramancheur de
Scott-Jonction dans le temps. En tout cas, quand il vendrait
des chaussures, Alfred, conscencieux au bout des ongles,
verrait à ce qu'elles soient confortables pour le pied.

–Je vas serrer les lacets pis les attacher, dit-il tout en
s'exécutant.

Sitôt fait, elle tendit l'autre pied. Il tourna la tête, vit
quelque chose de mystérieux dans ses yeux, et un très fin
sourire à sa bouche. Et il lui parut qu'elle avait le goût de se
faire tripoter les pieds. Voilà qui le troubla dans sa chair et
plus encore, par la contrariété, dans son esprit. Que lui arri-
vait-il donc ? Éveline n'était toujours qu'une enfant. N'était-
elle toujours qu'une enfant ? Il avait cru remarquer de la poitrine chez elle quand elle se trouvait sur la grille de la fournaise. Il fallait chasser cette étrange excitation qui rôdait
autour de son estomac et pour cela, il songea à Eulalie qu'il
avait hâte de revoir. Ce fut pire.

–Tu veux pas te la mettre toute seule, ta bottine ?

–Non.

–Bon.

Alfred demeurait un être qui ne s'oppose pas, patient, docile, généreux, à caractère flexible. C'est à lui-même qu'il s'en prenait en raison de son trouble intérieur, pas à la jeune fille. Il enfila la chaussure, mais cette fois, sans trop de ménagement. Ce que sa cliente parut apprécier encore davantage que sa façon de faire au premier ajustement. En tout cas ses soupirs profonds semblaient le révéler. Le côté proprement charnel du jeune homme entra dans la ronde de la stimulation interne. Il se hâta de lacer la deuxième bottine et sa voix devint bourrue :

–Mets-toi debout pour voir.

Ce qu'elle fit. Sa robe brune retomba sur ses pieds. Elle piétina et posa sa main sur le dos courbé du vendeur. Puis le frotta avec sans-gêne, comme si le mouvement allait de soi avec ceux de ses pieds.

–Bon, bon, tu dois savoir si c'est les chaussures qu'il te faut là ?

–Oué.

–Tu vas les prendre ?

–Ben... oué...

Alfred émit un grand soupir et se releva. Elle s'empressa de dire :

–J'voudrais remettre mes vieilles chaussures pis ramener les autres dans la boîte.

Elle se rassit aussitôt, souleva sa robe jusqu'au genou et tendit le pied. Déjà rouge, le visage d'Alfred tourna au cramoisi. C'est par la colère intérieure et les grognements qu'il s'en sortirait sans pensée impure et sans pécher dans sa tête.

Finalement, elle se remit sur ses jambes et prit la boîte qu'il avait remplie et fermée. Et sautilla pour retourner à l'escalier en disant :

–Tu mettras ça sur le compte à mon père.

En replaçant la seconde boîte dans la réserve, Alfred se dit qu'elle en avait, du toupet, celle-là. Jusqu'à le tutoyer alors que dix ans les séparaient, qu'elle en avait à peine 11 et lui 21. Et le connaissait bien peu quand même...

*

Éveline se précipita à la porte du magasin, sortit, courut au porche, déposa sa boîte dans la voiture, se rendit devant le cheval et lui caressa le chanfrein. Puis, au lieu d'attendre son père comme il le lui avait demandé, elle courut de l'autre côté du chemin vers la boutique de forge d'Elzéar Racine, un jeune homme que tous surnommaient Tine.

Érigée sur l'emplacement de l'ancienne sacristie, la bâtisse à première vue ressemblait plus à un lieu infernal qu'à un lieu sacré. Le bois ayant servi à sa construction n'avait pas été traité : ni à l'huile, ni à la chaux, ni à quelque enduit que ce soit; et l'action du soleil s'y écrivait en stries multiples et gris foncés. L'intérieur était fort sombre en raison du peu de fenêtres et de la souillure des vitres causée par les émanations lourdes du charbon qui brûle dans le feu de forge. Quelqu'un qui se présentait dans l'embrasure de la porte se trouvait donc aveuglé par des pupilles encore inadaptées à la noirceur intérieure. Toutefois, le feu restait visible au milieu de la bâtisse, sur le côté, sous une hotte qui acheminait le pire de la fumée vers l'extérieur, et d'un soufflet qui alimentait les flammes en air frais oxygéné.

Le visage du forgeron apparut en premier à Éveline. Il lui parut rouge et noir. Et ses yeux semblaient des braises. Pareille scène lui était inconnue et attisait sa curiosité. Deux hommes se tenaient debout de l'autre côté du feu, mais elle ne pouvait encore savoir leur identité, présumant tout naturellement que l'un d'eux était son père.

Un cheval frappa le sol de sa patte et hennit tout près d'elle. On l'avait attaché dans une stalle à la gauche de la jeune fille qui sursauta. Puis elle fit deux pas de côté et toucha la croupe qu'elle se mit à caresser avec lenteur et délicatesse. Une voix caverneuse fut entendue :

–Attention, la p'tite, c'est rétif, c'te jument-là. Tu pourrais te faire ruer dans la face.

–Je t'avais dit d'attendre à la voiture, dit une autre voix.

Éveline tourna la tête vers le feu. Cette fois, ses yeux étaient adaptés. À l'aide de pinces, Racine sortit des flammes un fer rougi à blanc et le posa sur l'enclume pour le battre et le façonner. La jeune fille put reconnaître aux côtés de son père l'un des hommes les plus connus de la paroisse : Onésime Lacasse. Un sage et un diplomate. Un personnage qui agissait dans l'ombre pour accorder tous les violons de ce drôle d'orchestre symphonique que Saint-Honoré et toute agglomération du genre étaient alors. Officiellement, c'est le curé Feuiltault, Honoré Grégoire et Onésime Pelchat qui avaient eu raison de la dissidence en 1900 à propos de la construction de l'église; officieusement, le mérite en bonne part revenait à ce brave homme, vraiment l'ami de tout le monde, un personnage tout fait d'étoffe du pays et de la meilleurc sorte.

Mais ces choses d'adultes échappaient encore à Éveline Martin et ne l'auraient guère préoccupée, même les entendant dire. Les sensations, les émotions, les pulsions, tout ce qui pouvait provoquer en sa personne les vibrations de la jeunesse et de la vie qui se renouvelle, l'intéressaient, et elles seulement. Et c'est par les images fortes qu'elle ressentait les ivresses intérieures si puissantes chez elle.

Voici qu'il s'en trouvait une de ces images offertes à sa vue et pas des moindres. Un homme fait, le corps en camisole souillée de houille noire, à la sueur qui lui coulait sur le visage et traçait des sillons sur son front, ses joues, son cou. Un bras puissant qui empoignait le manche du marteau. Le feu qui lançait parfois des escarbilles. Un fer frappé qui projetait des étincelles aussitôt éteintes par les objets heurtés dans leur course.

Et le bruit. Quel bruit ! Le fer du marteau qui s'écrase sur le métal du fer à cheval. Parfois un court hennissement d'un des chevaux attachés, en attente de se faire chausser chacun leur tour. Des hommes qui parlent avec leur bouche et leurs mains. Et ces flammes silencieuses et puissantes dont la danse transformée en image entre dans l'oeil, dans l'âme et magnétise...

Napoléon n'était pas un homme très autoritaire, contrairement à la plupart de son époque. Il laissa sa fille découvrir cet univers que lui-même ne voyait pas du tout du même oeil, lui qui avait évolué dans un milieu plus dangereux, bruyant et exigeant comme le moulin à scie Dubé où il avait un jour failli perdre la vie alors que son collègue Lavoie le sauvait de justesse de la grand-scie vorace, au lourd prix de son bras sacrifié.

Le forgeron souleva le fer qui recommençait à noircir puis le plongea dans une cuve d'eau. Un bruit caractéristique fut entendu : de la fumée s'éleva. Puis il vint au cheval noir près de la porte, lui prit la patte entre ses jambes et compara la grandeur du sabot à celle du fer. Il fallait peaufiner le travail. Avant de retourner, l'homme resta debout devant la jeune fille pour lui dire un mot :

–C'est toé qui s'appelle Éveline, hein ?

–Oué.

–Ta grande soeur s'appelle Marie-Laure ?

–Oué.

–Fais attention à la jument : tiens-toé dans l'autre porte, là. C'est un cheval rétif, ça...

–Oué...

Elle se tassa. Il repartit. Elle le regarda aller dans toute sa splendeur d'homme fort et dur. Alors elle respira les odeurs. Tout un mélange. Celle dominante des chevaux. La senteur de charbon. L'odeur de poussière. Les relents douteux dégagés par le chaud crottin de cheval dans l'allée, derrière les bêtes. Et son propre parfum discret, emprunté à sa mère...

Il y avait symphonie sons, lumières et senteurs dans cet étrange atelier au coeur du royaume des mâles. Éveline s'en abreuva de toutes les manières puis elle quitta les lieux et se rendit dans la cour marcher dans les feuilles tombées qui formaient un immense tapis tout autour.

Elle se mit à chercher les feuilles les plus belles. En prenait une un temps puis la posait au sol quand une autre lui paraissant mieux dessinée lui apparaissait...

À l'intérieur, pendant ce temps, il était question des boutiques de forge de la paroisse. Elzéar dit que son père s'apprêtait à vendre la sienne à Georges, le fils d'Onésime Pelchat. Onésime Lacasse dit quant à lui que Joseph Foley avait l'intention de fermer la sienne pour se consacrer uniquement à sa terre. Comme naguère, il n'en resterait que deux en opération si les événements se produisaient tel qu'anticipé : celle de Pierre Racine au coin du Grand-Shenley, opérée par le jeune Georges Pelchat, et celle de Tine au coeur du village, devant le magasin général.

–Vous allez m'excuser, fit abruptement Lacasse, je dois voir Honoré Grégoire. Je vous salue, messieurs et je vous dis : à bientôt !

–Salut, monsieur Lacasse, dirent ensemble Elzéar et Napoléon...

Éveline s'assit par terre, adossée au mur de la boutique, une feuille dans la main, tenue par le pétiole. Elle la fit tourner devant ses yeux pour en absorber toutes les nuances et souffla dessus doucement, tout doucement, comme pour lui transmettre de ses propres frissons sans la briser...

Elle se sentait heureuse dans son jeune corps féminin...

***

Chapitre 7

Honoré, depuis quelques années, chantait la messe du matin à l'occasion. Il avait la voix. Il était assez matineux et ponctuel pour répondre aux besoins du curé. Le reste du temps, c'était Onésime Lacasse qui agissait comme premier chantre officiel. L'homme âgé maintenant de 67 ans avait conservé intactes ses cordes vocales, mais il ressentait de la lassitude et voulait passer le sceptre à un plus jeune.

–Je peux partir n'importe quand : faut quelqu'un d'autre, dit-il à Honoré qu'il alla rencontrer après sa visite à la boutique de forge.

–Ouais, c'est pesant : premier chantre.

–Asteur que t'as Freddé avec toé.

–C'est sûr que c'est un gros morceau de plus pour faire virer le commerce. Sa mère et moi, on est pas mal contents de l'avoir, encore qu'il passe trois jours par semaine à Saint-Gédéon. Mais... on compasse...

–T'es capable de dire oui pour la paroisse.

–Autrement dit : j'pourrais pas dire non.

–Regardons ça du beau côté. Ça fait du bien, chanter. Ça fait oublier les problèmes. Ça fait sortir de l'ordinaire. C'est comme... se faire soigner l'âme. Une pilule qui te garde en santé, qui te guérit, qui calme pis qui te donne de l'élan en même temps.

—Vous me donnez toutes les raisons de me demander pourquoi c'est faire que vous restez pas premier chantre.

—L'âge est là. Pis ça, y a rien qui peut aller trop contre. Chanter, ça rajeunit, mais ça ôte pas toutes les années que le temps nous met sur le dos. Pis faut laisser sa place un jour ou l'autre. Autant que ça se fasse au bon moment. J'ai donné ma démission au curé. Je lui ai dit que tu me remplacerais avec avantage. Il m'a cru. Il attend ta réponse... une réponse affirmative.

—Bon... j'pense que j'ai pas le choix.

—T'as le choix de refuser. On pourrait demander à un autre, mais à qui ? T'es le premier choix; t'es le meilleur choix.

—Je vas en parler à ma femme...

Comme souvent, Émélie avait tout entendu de son salon du magasin. Elle vint en haut de l'escalier et parla aux deux hommes qui échangeaient au pied :

—Suis pas contre l'idée. Ça va faire en sorte que Alfred sera là à plein temps plus vite. On va s'arranger pour que ça marche.

Honoré sourit :

—Le pire, c'est de me lever à cinq heures du matin.

—Je me charge de te réveiller, dit-elle, le sourcil menaçant mais joyeux.

—Tout est bien qui finit bien, déclara Lacasse qui fit le geste d'applaudir sans le bruit qui aurait dû aller avec.

*

—Tu t'appelles Bernadette.

—Toi... Eugène.

Ce n'était pas à son petit frère que s'adressait la fillette mais plutôt à Eugene Foley dont le prénom était par tous prononcé à la française avec un accent grave et non à l'anglaise avec un I long sur le 'ge'... Le garçonnet, douzième enfant de la famille Foley, avait eu ses cinq ans le 14 juillet et il devrait attendre encore une année avant d'aller à l'école, ce qu'il espérait de tout son coeur. Durant la saison estivale, il avait partagé les jeux des garçons plus vieux, mais voici que l'automne les avait ramenés en classe. En septembre, il avait en quelque sorte fait la découverte de cette petite voisine qui avait commencé à sortir seule de la maison pour explorer son milieu ainsi que le souhaitaient les parents de ce temps.

En ce moment, ils se trouvaient sur le trottoir de bois situé entre la résidence neuve et la maison rouge, devant la porte qui donnait sous l'ancien magasin. Elle n'était pas verrouillée; il suffisait de peser sur la clenche et de pousser pour qu'elle s'ouvre sans peine, même sous des mains enfantines comme les leurs.

–Pis quel âge que t'as, toi ?

–Quatre ans.

–Ben moi, j'ai cinq ans.

Ainsi tous les petits enfants font-ils connaissance : leur prénom d'abord, leur âge ensuite. Ça les situe l'un par rapport à l'autre. Mais ils perçoivent bien autre chose qui n'est pas dit. Bernadette fut imprégnée de la bonté du regard de ce petit voisin. Eugène était rassuré par le si large sourire de sa petite voisine.

Ils se tenaient debout, l'un devant l'autre, lui adossé au mur de la résidence et elle au milieu du trottoir. Ils cherchaient des mots pour se parler. Des phrases peut-être si leur jeune cerveau pouvait en concocter. Mais ce qui comptait le plus, c'étaient les impressions que chacun voulait donner à l'autre.

–T'as-tu une catin, toi ?

–Ben oui, j'en ai une...

–Comment qu'elle s'appelle ?

–Pétronille.

Il rit. Elle redevint sérieuse. Il comprit qu'elle le questionnait par ses yeux grands ouverts.

–Ben... ça ressemble à... citrouille.

Bernadette rit à son tour. Elle savait ce qu'est une citrouille, mais ne voyait guère de ressemblance entre ce végétal pansu et sa poupée molle, toute de chiffon. Elle comparait des images, lui avait rapproché les mots.

Elle se souvint qu'il y en avait, des citrouilles, dans la maison rouge, dans la chambre du fond. Il lui fallait les montrer. Elle lui prit la main et l'entraîna sur le trottoir jusqu'à l'escalier et le précéda sur ce qu'on appelait la passerelle mais n'était en fait qu'une galerie haute. Elle dut s'y prendre à deux mains pour sonder la porte qui s'ouvrit sous son action sur la clenche. Et ils entrèrent. Eugène la suivait sans savoir pourquoi. Elle courut devant lui jusqu'à la chambre dont elle poussa la porte. Il y mit son nez à son tour et plein de lumière tomba sur nombre de citrouilles étalées sur le plancher autour du lit.

Cela suffit à les faire rire tous les deux ensemble.

–Des citrouilles, disait-il.

–Ben oui.

*

C'était lundi.

Les arbres de l'automne ayant tous perdu leurs flamboyants vêtements frissonnaient sous le vent, nus et frileux, décharnés et frêles. Alfred les regardait passer de chaque côté de sa voiture et s'en laissait attrister. Et pourtant, l'espérance aurait dû le remplir de bonheur, lui qui se dirigeait vers Saint-Gédéon et s'arrêterait à l'école d'Eulalie pour recueillir sa réponse sur leurs fréquentations à venir, à savoir si elles se feraient sur une base régulière ou non. Quelque chose lui faisait craindre le pire, c'est-à-dire qu'elle ne soit plus intéressée à ses visites quand il passerait par là à l'avenir. Peut-être qu'elle voudrait éviter les cancans dans le rang. Peut-être qu'elle n'était pas libre et avait à Saint-Georges un ami de coeur. Peut-être que ceci, peut-être que cela...

Comme il trouvait la vie contrariante !

Il voulait savoir au plus vite et pourtant, n'avait pas hâte de savoir. L'incertitude est souvent l'une des pires tortures morales. L'esprit devient vite désemparé, sans rien pour le guider, perdu, incapable de s'accrocher à quoi que ce soit tout comme le regard du jeune homme parmi ces arbres qui se remplaçaient les uns les autres à sa vue, chacun n'offrant que des similitudes, que des hébétudes, que des solitudes...

Enfin Belzémine, la jument ainsi baptisée par Alfred en déformant le prénom de la servante du curé, prit la montée de l'école. Il l'avait laissée libre et l'habitude guidait ses pattes. Même qu'elle se rendit au poteau de la galerie où on l'attachait toujours pour une heure ou deux quand on passait par là.

Les enfants venaient de quitter l'école et Alfred en avait rencontré le long de son parcours, qui retournaient à pied à la maison. Ils l'avaient croisé sans oser lui crier des 'folies' qui leur passaient par la tête, entendues dans la bouche de leurs parents, et qu'ils devaient retenir derrière leurs lèvres de crainte de se faire admonester par la maîtresse.

Eulalie sortit.

Elle souriait.

Semblait contente. Heureuse. En veine sentimentale ?...

Alfred lui jetait des regards furtifs et essayait de percevoir son réel état d'âme, et deviner son ouverture à lui et à son projet de la fréquenter assidûment.

–Bonjour Freddé !

–Oué, bonjour.

Le jeune homme retenait son émoi. Il jetait des mots sur la table de la conversation tout comme il jetait de la monnaie sur le comptoir du magasin pour choisir les bonnes pièces à remettre à un client en train de payer sa marchandise. Cette rudesse était le meilleur déguisement de sa tendresse.

–J'avais hâte de te revoir.

–Moi itou.

–Viens, entre.

–J'arrive là.

Il finit d'attacher le cheval puis monta l'escalier deux marches à la fois en redressant sa lourde mèche rebelle qui s'obstinait à couper son front par le travers.

On entra et on prit place près du poêle comme chaque fois qu'il venait. Eulalie portait une jolie robe de coton brun ornée de quatre bandes larges en tissu noir. Ses cheveux d'or coiffés en boudins longs abritaient ses épaules et son cou à l'arrière. Sa personne exhalait un doux parfum qui enivrait le visiteur tout en l'inquiétant. Était-ce pour lui qu'elle se faisait aussi belle ? Il semblait oublier qu'elle l'était tous les jours et que sa jeunesse lui permettait de l'être autant.

–T'as travaillé fort depuis jeudi ?

–Dimanche surtout. On dirait que toute la paroisse vient au magasin après la messe. Le magasin est plein. On court. C'est essoufflant. Mais c'est comme ça, le commerce.

–Paraît que tes parents sont riches.

Il s'esclaffa :

–Qui c'est qui a ben pu te dire une chose de même ?

–Les parents des élèves.

–Y a les bâtisses à payer. Les études de ceux qui vont en dehors : Alice, Éva, Ildéfonse... Ben pas lui asteur... Les inventaires grossissent. Y a des clients qui payent pas. Le crédit monte. D'aucuns meurent sans payer.

–C'est quand même mieux un magasin général qu'une

terre inculte.

–Mieux pour l'argent, c'est entendu, mais pas mieux pour le contentement.

–Quoi, t'aimerais mieux une terre qu'un magasin ?

–C'est pas pour rien que je défriche un lot...

Ils s'étaient dit ces choses en d'autres mots, mais les territoires de leurs échanges n'avaient pas la vastitude de ceux partagés par Honoré et Émélie qui, eux, plus que leur fils aîné, aimaient se situer non pas que dans la Beauce, mais aussi dans le pays voire dans le monde et, pour ce faire, tâchaient de se tenir renseignés sur les grands événements se produisant au Canada, aux États-Unis et en Europe.

–J'aimerais ça, moi, un magasin.

Cette phrase ralluma une flamme plutôt basse en Alfred. Son regard s'éclaira. Il l'interprétait comme une réponse à sa grande question.

–Ben... j'aime ça itou. Mais... je vas avoir une terre pareil... Prendre ça en bois debout et en arriver à voir du foin à pleines clôtures, avec des vaches, des chevaux, des volailles... Un cultivateur crèvera jamais de faim...

–Un marchand général non plus.

–C'est tout ce qu'on peut dire. Tout d'un coup que les gens auraient plus d'argent pour acheter... On sait pas...

Elle rit et se pencha vers lui pour le toucher à la main :

–Ben non ! T'inquiète pas pour ça. L'avenir est à ceux qui travaillent dur, que ce soit dans un magasin ou sur une terre.

–Ou dans une école.

Et il rit à son tour. Elle retrouva son sérieux :

–Comme tu peux pas attendre à la noirceur pour repartir et que le temps passe vite ensemble, je vas répondre à ta question. On va pouvoir sortir ensemble... mais pas avant le printemps. C'est ça qui serait le mieux pour nous deux. J'en ai parlé avec ma mère : elle pense comme moi. En attendant, tu pourras continuer d'arrêter en allant à Saint-Gédéon ou en revenant. On se chauffera devant la bavette du poêle.

Alfred se montra inquiet :

–Eulalie, avec les neiges, je vas arrêter de voyager.

–Tu pourras venir pareil le lundi après-midi et le jeudi après-midi. Mais pas le vendredi parce que je retourne à Saint-Georges. Et ben sûr, pas le samedi et le dimanche étant donné que je serai trop loin.

–Saint-Georges, c'est pas si loin avec un bon cheval comme le mien.

Elle se pencha de nouveau vers lui, prit sa main, la flatta et sourit avec gentillesse :

–Vois-tu, quand ma décision est là, je reviens pas là-dessus. Va falloir attendre le printemps comme je t'ai dit.

Alfred eut peur de lui avoir donné l'image de quelqu'un qui en demande trop. Il se rallia aussitôt au projet qu'il entreposa dans son hangar aux espoirs.

En attendant les douceurs d'avril, il bûcherait sur son lot, il bûcherait au magasin et il ne manquerait pas de braver les pires tempêtes, les bancs de neige, le gel, pour venir au moins une fois la semaine visiter sa nouvelle amie Eulalie.

–Le samedi soir, tu pourras aller veiller avec d'autres si tu veux. Je vas pas t'en faire reproche.

Voilà qui étonna le jeune homme. Voulait-elle qu'il prît place entre deux chaises ? Son coeur pouvait-il se trouver à la fois au four et au moulin ? Encore qu'il ne percevait pas ses relations avec la gent féminine comme un travail à accomplir. Alfred ne parvenait pas à démêler les écheveaux de la pensée d'Eulalie. Saisit-elle sa réaction profonde ?

–Tu vas tout comprendre au printemps, tout, je te le promets, je te le promets.

Et comme il regardait intensément ses cheveux, elle ajouta :

–Tu peux les toucher si tu veux.

Il lui vint en tête l'image d'une moisson d'or dans un champ divin parcouru par un moissonneur qui frôle les épis de ses mains ouvertes en marchant dans l'abondance. Un moissonneur qu'il reconnut comme lui-même, qui possédait ses mains, son visage, son bonheur...

Elle conduisit la main d'Alfred à sa chevelure et la fit glisser sur les boudins soyeux pour qu'il s'en imprègne au moins le coeur. Il se produisit en lui un événement unique en sa vie, violent, magique, impossible : tout son univers mental craqua, bascula... Il venait de tomber en amour... Pour de vrai. Pour de bon.

*

Alfred Dubé ne cessa de harceler Alfred les jours suivants pour que tous deux se rendent à Saint-Évariste ce samedi-là visiter deux jeunes filles d'une même famille. Freddé n'avait pas du tout le coeur de ce côté. Dubé avait besoin d'un acolyte pour se donner du courage.

–C'est ben pour te rendre service, finit par lui dire Alfred dans un consentement à l'arraché.

Par chance pour son ami que la belle Eulalie lui avait dit qu'il pouvait et devait voir d'autres personnes qu'elle-même les samedis et les dimanches...

***

Alfred Grégoire et Alfred Dubé

vont voir les filles…

Chapitre 8

1909

Tout l'hiver, Alfred alla visiter Eulalie dans le rang du bord de l'eau à Saint-Martin. Les gens des alentours qui ne connaissaient pas beaucoup le jeune homme, pas plus du reste que la maîtresse d'école, s'habituèrent à leurs rendez-vous et cessèrent de cancaner. On s'attendait à un mariage dans l'année et c'était dans le bon ordre des choses.

Avril revint et chassa les rigueurs de mars. Un soleil vivifiant commença de souffler des secrets à la terre qui se remettait à vibrer en ses profondeurs sous des restes de neige parsemant les prés çà et là.

–J'ai reçu mes lettres patentes pour mon lot avant-hier, annonça Alfred à Eulalie alors qu'il retournait pour la première fois depuis des mois à Saint-Gédéon.

–Suis très contente pour toi, très contente.

Ils étaient de nouveau à leur endroit favori de la grande classe, près du poêle à deux ponts qui servait à cuisiner et à chauffer. Et qui, durant un hiver particulièrement dur, n'avait pas toujours permis aux enfants de se dévêtir, sa chaleur ne suffisant guère à les protéger du froid qui pénétrait à l'intérieur, porté par le vent coulis et des portes qui fermaient tout de travers.

–Mais... va falloir que je vende asteur... J'peux pas garder ma terre.

–Mais t'as réalisé ton rêve. T'en rêvais et là, tu l'as.

–Pour la perdre aussi vite.

–C'est pas si grave, ça. L'important, c'est ce qu'il nous reste dans le coeur.

–Ça, c'est pas mal vrai. Et toi, tu prends de la place encore ben plus dans moi...

–Tu veux que je te dise une chose, Alfred ?

–Tu peux m'appeler Freddé.

–Pas aujourd'hui. Tu veux que je...

–Envoye...

–Je ressens... de l'amour pour toi.

–Ah oui ? C'est la première fois que tu me le dis.

–C'est la première fois que je le ressens autant.

–Tu veux dire que... on peut commencer à se voir tous les bons soirs ?

–N... non, mais... ça ôte rien au sentiment que j'ai pour toi, vraiment pas.

–Tu m'avais dit : au printemps...

–J'avais une grande décision à prendre cet hiver.

Eulalie avait enroulé ses cheveux sur eux-mêmes. Ils formaient des beignes sur ses oreilles. Sa robe d'un coutil gris et marine n'avait pas les attraits de celles qu'il lui avait vues sur le dos depuis qu'ils se connaissaient. Par ses mots, elle lui paraissait si proche; par les airs si loin...

–Je t'écoute, mais...

Alfred croyait la partie perdue. Elle l'était, mais Eulalie voulait lui faire comprendre que non, que leurs rencontres avaient été enrichissantes et demeureraient pour elle inoubliables.

–Tu sais, quand t'as commencé à venir me voir à l'école,

j'avais un fiancé à Saint-Georges. Et la décision qu'il m'a fallu prendre, c'est si je l'épouserais ou non, d'abord qu'il m'avait demandée en mariage et que je le faisais attendre pour bien réfléchir. Puis t'es venu dans ma vie et j'ai eu besoin d'encore plus de temps. J'ai pris l'hiver... Et là, c'est fait... Je vais me marier cet été.

Alfred sentit un tombeau s'ouvrir sous ses pieds. Il avait tant de fois rêvé d'elle comme épouse, comme partenaire de vie, de travail au magasin, comme reine de son foyer, comme celle qui remplacerait la terre qu'il ne pourrait labourer, tout comme la terre avait remplacé Marie-Rose et l'amour dans la vie de son grand-père Allaire. Elle poursuivit en cherchant ses yeux qu'il avait abaissés dans la tristesse et le désarroi :

–Tu restes dans mon coeur, Alfred. Je serai... comme la maison rouge chez vous, tu m'en as parlé si souvent. Je serai le bon souvenir. La belle d'autrefois si je peux dire. Je serai celle qui aura connu un grand sentiment pour toi. Et pour qui tu auras ressenti la même chose.

Une belle grande lueur traversa son regard en même temps qu'elle poursuivait :

–Tu te reposeras dans une image de moi comme si t'allais te reposer dans la maison rouge. C'est ça que je voulais dire... C'est important, la mémoire du coeur.

Le tombeau devint encore plus profond sous le jeune homme et quelque chose l'y aspirait irrémédiablement. Il chercha à fabriquer un morceau de colère en lui pour ne pas sombrer dans le néant :

–T'aurais pu me le dire, que t'avais un cavalier.

–Je pensais sincèrement que t'avais autant d'importance que lui dans mon coeur.

–Ça se fait pas, deux cavaliers en même temps.

–Oui, ça se fait quand on a le coeur grand... Comme Lady Guenièvre avec le roi Arthur... et le chevalier Lancelot qu'elle faisait souffrir mais aimait tout autant...

–De quoi c'est que tu parles ?

–Le roi Arthur et les chevaliers de la table ronde. T'as jamais entendu parler ?

–Ben... un peu...

–Je vais t'en parler un peu...

Elle prit sa main qu'elle enveloppa des siennes sans parvenir à ramener le soleil dans son âme mourante. Puis un barrage éclata en lui. Un flot de larmes s'en échappa. Elles roulèrent sur ses joues rougies par l'émoi et le désespoir.

–Pleure pas, Freddé, je vas toujours être là, dans ton coeur et tu vas toujours être là, dans le mien. Tu m'as parlé de ton grand-père qui aimait une femme en secret. Ce sera notre secret éternel. Je vas penser à toi. Je vas prier pour toi. Et peut-être que dans l'éternité, quand ça sera notre tour d'y aller, on va se retrouver.

Le jeune homme regarda par la fenêtre le jour qui déclinait. Il déclara :

–Va falloir que je parte. J'peux pas passer plus loin : la rivière est encore trop haute. J'dois retourner au pont du village pis avant de me retrouver sur mon lot, il va faire noir comme su'l'loup...

Elle trouva un mouchoir dans une poche de sa robe et essuya le visage de son ami :

–Tu vas me promettre de revenir me voir avant que l'année finisse. Viens comme avant. Une fois par semaine dans l'après-midi, qu'on jase encore. J'me sens bien en ta compagnie. T'as du coeur et j'aime ça.

Il se dégagea d'elle, se leva :

–Je vas revenir.

Mais il n'en avait pas l'intention. Il venait de mentir. C'était une réponse bien anodine à ce qu'il prenait pour un trop gros mensonge, soit que la jeune femme ait ainsi joué sur deux tableaux. Sa colère ne parvenait pas à se cristalliser, à faire bloc, et elle tournait en chagrin profond à mesure qu'il tâchait de la ramasser en boule.

Elle comprit qu'il ne reviendrait pas. Mais elle ne pouvait rien faire pour le retenir, pas même en lui faisant part de son appréhension. Il claudiqua vers la porte sans se retourner :

–Bon, ben bonjour là...

–Bonne chance, Freddé...

Elle resta un moment immobile puis courut à l'autre fenêtre pour le voir aller quand elle sut que l'attelage avait repris la route. Pas une seule fois, il ne se retourna. Eulalie avait la main haute, touchant le bord du châssis pour le cas où il tourne la tête : elle lui adresserait un bien grand *je t'aime, tu sais*...

Alfred disparut entre les arbres...

Elle murmura :

–T'as du coeur, tu retrouveras l'amour, tu verras bien, tu verras...

À chaque pas du cheval, à chaque soubresaut de la voiture, le jeune homme sentait s'enfoncer en son pauvre coeur la couronne d'épines dont l'avait coiffé la décision d'Eulalie et ce qu'il percevait comme une tromperie de sa part mais n'en était pas une pour elle.

Il parvint à sa terre de Saint-Gédéon passé la brune mais sous un quartier de lune qui rendait la nuit moins opaque. Avant de dételer, il alluma une lanterne et se rendit compte que la porte de son camp était entrouverte bien que les planches qu'il avait clouées aux fenêtres à l'automne fussent intactes. Quelqu'un avait sans doute défoncé et pénétré à l'intérieur pour voler des objets.

Il attacha le cheval sous l'appentis fermé où il restait du foin de l'automne, le soigna puis alla voir de quoi il retournait en avant. Ce qu'il découvrit augmenta encore sa pro-

fonde tristesse : on avait arraché les crampes retenant le ca-
denas et on était reparti sans refermer, de sorte que la neige
avait fait son chemin à l'intérieur et y formait une accumula-
tion qui empêchait de refermer.

Mais on avait emporté les outils : pelle, hache, sciotte,
pic, pince de fer, cannedogue. Vaisselle et ustensiles, draps et
couvertures, fanal, lampe, seaux, il ne lui paraissait rien rester sauf le poêle, la table et deux chaises. Et personne pour
lui venir en aide à moins d'un demi-mille. Par chance qu'il
avait toujours une pelle dans la voiture. Il alla la quérir ainsi
que ses provisions et vida le camp de la neige invasive puis
referma la porte.

Tout cela lui permit de moins penser à sa blessure morale
sans pour autant cesser de la ressentir. Il alluma le poêle,
s'étendit sur la paillasse du lit et s'abrita sous la couverture
qu'il avait prise au cheval en s'excusant de le laisser dormir
sans rien pour le protéger, se disant qu'une bête qui avait
marché dehors tout l'hiver avait développé une toison naturelle suffisante pour la protéger du froid quand même très
modéré d'une nuit de fin d'avril.

Et il se sentit seul.

Si seul.

Et il pleura tout son soûl, lui qui connaissait bien la vertu
des larmes. Pas comme sa mère qui leur faisait barrage au
risque d'éclater non pas qu'en sanglots mais en morceaux de
coeur. La fatigue l'emporta dans un monde rose où il aurait
voulu s'installer pour l'éternité. Il s'y trouvait Eulalie habillée
de ses seuls cheveux qui lui recouvraient tout le corps jusqu'aux chevilles. Et qui marchait à son côté dans un grand
champ d'avoine mûrie par le soleil, dorée, pleine de vie et de
promesses.

"C'est toi que je veux épouser, Alfred."

"C'est toi que je veux marier, Eulalie."

Un bonheur extrême dans son intensité parce que d'une

simplicité extrême.

Vidé de ses larmes, arrosé par elles, l'être d'Alfred était en train de se régénérer dans la nuit et les rares rais de lumière lunaire s'insinuant à travers les planches des fenêtres y semaient des graines d'espérance... infiniment petites... imperceptibles.

Un autre que lui, ce matin-là, aurait abattu rageusement une dizaine d'arbres pour se libérer de son impuissance morale. Alfred remballa ses provisions et les quelques petites choses que les voleurs avaient dédaignées, et se rendit chez la voisin le plus proche pour lui faire savoir –et pour qu'il le dise le dimanche sur le perron de l'église– que sa terre, claire de toutes redevances et obligations, était à vendre à très bon prix. En fait, l'acheteur obtiendrait gratuitement tout le travail et toute la sueur que le jeune homme avait dépensés pour obtenir ses lettres patentes.

Puis il reprit le chemin de Saint-Honoré et... du magasin.

*

Plusieurs hommes du village avaient trouvé l'hiver long et ennuyeux. C'est que les réunions de parlotterie avaient été interrompues par les événements. Celles de l'automne par la fermeture de la forge Foley, celles de l'hiver, tenues de coutume au magasin, par le deuil du couple Grégoire. Rares avaient été ces soirées à la forge de Pierre Racine, maintenant opérée par le jeune Georges Pelchat à Onésime qui venait d'épouser la Marie-Philomène Bilodeau. Et aucune encore n'avait eu lieu à la nouvelle boutique, celle de Tine Racine face au magasin général. C'était un peu la confusion. Le docteur Goulet remit la question sur le tapis en jasant avec Honoré au bureau de poste :

–Faudrait bien refaire un peu le monde, monsieur Grégoire, comme avant mon temps.

–Encore ton 'monsieur' gros comme le bras. Appelle-moi donc Noré comme tout le monde.

–Entre gentlemen, faut suivre des règles.

Honoré s'esclaffa :

–La bienséance constipe, c'est connu, ça.

Goulet rit fort à son tour. Honoré reprit :

–Un docteur devrait connaître les causes de la constipation, non ?

–C'est certain, c'est certain.

–Et puis, madame Goulet, comment elle aime ça, l'exil dans notre belle... forêt des concessions ?

–Blanche s'adapte bien comme il faut. C'est une belle paroisse. Peut-être qu'elle aurait aimé mieux vivre en ville, je l'ignore. En tout cas, je l'entends jamais se plaindre. À vingt ans, on s'accoutume partout.

–Elle a vingt ans ?

–Un peu plus... 21...

–L'âge de mon grand gars.

–Sont donc venus au monde en 87 tous les deux.

–Lui en tout cas.

–Elle aussi.

Joseph pencha la tête en biais, leva une main :

–Mais va falloir qu'il en trouve une autre, la mienne est déjà prise.

–À moins d'un divorce, blagua Honoré.

Le docteur mit son doigt en travers de sa bouche :

–Par ici, rien que prononcer le mot divorce est un péché assez grave.

–C'est vrai qu'on est des catholiques tout le tour.

–Parlant de ça, le nouveau curé est arrivé, il paraît ? On va l'avoir pour la première fois à la messe dimanche.

–C'est ça. L'abbé Godbout est parti sans saluer personne en particulier. Des adieux en chaire et salut la visite ! Avant, on savait pas mal ce qui se passait quand le presbytère était en face, mais asteur, le presbytère... c'est du mystère.

–Tu devrais relancer les soirées de bavardage comme jadis, Honoré. Le docteur Drouin m'en a parlé. C'était bon pour la santé mentale des villageois. Une veillée par quinze jours. Vu que t'as de la place en masse, pas besoin d'aller dans les boutiques de forge.

–Foley est fermé. Pelchat est loin. Tine, sa boutique est trop petite. C'est grand, mais c'est plein de... machinerie. C'est vrai, on va refaire ça ici, au magasin. Je vas en parler à Jean Jobin qui va lancer le mot pour samedi soir...

–Je serai le premier arrivé.

Émélie s'approcha pour recommander au docteur d'emmener sa jeune épouse avec lui. On pourrait jaser entre femmes au salon de la maison. Et puis on attendait la visite prochaine des amis de Québec, Obéline et Marcellin, sans compter, peut-être, celle du député Béland et sa compagne.

Mais ce que personne ne savait à part Émélie et son époux, lui qui attendait ce jour avec impatience, c'était que le jeûne d'Honoré prendrait fin cette dernière semaine du mois de juin. Émélie reviendrait à la chambre conjugale et la vie reprendrait son cours normal. Certes, elle n'avait pas eu de signes de ménopause, mais ferait en sorte de suivre son cycle afin d'éviter une nouvelle grossesse, ce qui ferait de bébé Armand le petit dernier, chouchou de tout le monde. D'ailleurs, beau comme un coeur, l'enfant avait tout pour charmer. Blond comme les blés, souriant comme l'aube, jasant comme l'eau qui coule, il se faisait bercer par tout le monde et parfois même par sa mère...

C'est à lui que la femme pensait en retournant à ses affaires derrière le comptoir des dames. Le docteur prit congé de son interlocuteur et salua Émélie d'un large geste de la main en passant devant elle.

–À samedi soir !

–C'est ça, madame.

*

Le lendemain, il arriva une lettre du bureau du docteur Béland. Le couple ne pouvait pas venir en visite comme annoncé précédemment. Il en vint une aussi d'Obéline et Marcellin : ils étaient aussi retenus chez eux. Et promettaient de venir vers la fin de l'été.

Honoré s'en doutait en jetant les enveloppes sur le comptoir devant Émélie qui les ouvrit pour en prendre connaissance et en transmettre la teneur à son époux. Quant au docteur Goulet, il dut se rendre dans le fond du rang 4 pour y faire un accouchement et de ce fait, ne fut pas disponible le samedi soir pour se rendre veiller chez Noré comme prévu. Sans lui, son épouse préférait rester à la maison.

Jean Jobin avait eu beau lancer le mot, il ne se présenta presque personne à la soirée des grands bavards. Honoré qui espérait le retour en force de cette tradition attendit en vain. Pas même Cipisse Dulac ne devait se présenter. Chacun était chez soi, pris par son barda, occupé à quelque chose, ou bien on n'avait plus envie d'entendre parler de tous ces Paris, Londres et New York situés à diable vauvert. Peut-être aurait-il fallu une autre affaire Cordélia Viau pour dérouiller les esprits et aviver les curiosités ?

Amabylis et Augure ne se présentèrent pas non plus. Ni Édouard Allaire. Des habitués de jadis comme Ferdinand Labrecque, Onésime Lacasse, Hilaire Paradis, le jeune Cyrille *Bourré-ben-dur* Martin, Napoléon Lambert, Théophile Dubé et son frère Joseph : pas un seul. Néant. Seul à marcher dans les allées, dos voûté, mains derrière le dos, Honoré discutait avec lui-même, cherchait les raisons d'une pareille désertion, d'un tel abandon. À mesure que la paroisse grossissait, les esprits se refermaient, pensa-t-il. Ou bien de lambin de Jean Jobin n'avait pas accompli sa tâche. Chaque hypothèse était abattue sitôt conçue. Croyait-on que ces soirées servaient à mousser les ventes au magasin ? Ou bien le hasard avait-il voulu que tous se désistent le même soir ? De guerre lasse, Honoré allait verrouiller la porte quand survint un personnage qu'il n'attendait pas : Uldéric Blais dans sa voiture neuve qui arrivait avec la brunante tardive de juillet. Il sortit pour l'accueillir :

–Venais-tu pour parlotter, mon Déric ?

–Certain que je viens pour ça ! fit l'autre dont la voix puissante porta jusque dans la maison Racine en face.

–Ben y a pas un chat à part nous deux.

–Ça miaulera pas fort... Le député ?

–Pas pu venir. Ni le docteur Goulet. Ni nos amis de Québec. Personne, pas même le quêteux de Mégantic.

–Veux-tu que j'en ramasse quelques-uns avec ma machine ? Ça serait pas long.

–Non... on peut pas forcer le monde à élargir ses horizons, hein !

–Ben élargissons les nôtres. Parlons de nos affaires pis des affaires du monde : c'est comme ça que le progrès se met en marche.

Le visiteur descendit de sa voiture garée devant le perron et que des enfants entouraient déjà pour l'admirer et rêver de randonnées, cheveux au vent.

–Touchez pas à la machine, là, vous autres.

Tous s'empressèrent de faire des petits signes négatifs de la tête. Voir d'aussi près leur suffisait amplement. L'envie de poser leurs doigts de fouine sur la tôle polie et le tissu soyeux des banquettes resterait bloquée dans leurs yeux avides. Parmi eux, se trouvait Eugène Foley à qui Honoré s'adressa avec l'autorité d'un père :

–Toi, le p'tit Foley, si un enfant touche la machine, tu entres nous le dire.

–Oui, monsieur Grégoire.

L'enfant se sentit mal à l'aise dans ce rôle de délateur qu'on lui attribuait bien malgré lui. Et puis Honoré avait enlevé de la tension sur les autres petits pour la jeter toute sur ses frêles épaules à lui. Mais il ramassa son courage à deux mains et croisa les bras comme pour faire barrage de son corps entre les mains curieuses et le véhicule sacré. C'était mal connaître la petite Bernadette que de croire qu'elle pourrait se contenter de regarder sans toucher.

Voici qu'elle apparut, venue de la maison par la sortie du côté de l'église. Alvina lui avait donné permission de sortir pour quelques minutes en se fiant à la noirceur prochaine pour la ramener à l'intérieur. Le bruit du moteur et les cris des autres enfants avaient aspiré la fillette dehors. Et puis celui qu'elle percevait comme son ami se trouvait là. Mais elle ignorait qu'il agissait comme cerbère, sévère mais pacifique, devant la nouvelle Ford à Uldéric.

Bernadette les connaissait par leur prénom, ces garçons un peu plus âgés qu'elle-même : Josaphat (Breton), Odilon (Poulin), Philias (Bisson). En fait, ce dernier avait aussi 4 ans et il avait vu le jour un mois tout juste avant la petite Grégoire. Et de tous les enfants sur place, il était celui que la Ford fascinait le plus. Ses yeux, ronds comme des billes et noirs comme le charbon, buvaient littéralement tout ce qui de la voiture offrait à ses yeux, surtout les endroits qui brillaient dans l'ombre du soir à son déclin.

L'auto avait été aperçue par plusieurs le dernier jour du grand feu, mais les enfants alors étaient tous retenus à l'intérieur des maisons, et la fumée leur voilait la vue quand ils se mettaient aux fenêtres. Prisonniers de l'événement ce jour-là, ils le furent de leur école ensuite alors que la voiture et son propriétaire revenaient au village et même de l'église quand Uldéric et sa famille étaient venus à la grand-messe.

Voir de loin avait ouvert grand leur appétit de voir de près. On avait vu passer la Ford, on l'avait entendue dans les chaumières et les petits avaient couru, pattes aux fesses, pour la rattraper et se laisser envoûter.

–Touche pas, Bisson ! ordonna Eugène à Philias qui s'approchait de trop près.

–Va chier, Foley...

Eugène suivit sur les talons le garçonnet qui marchait lentement autour de la voiture, tandis que les autres gardaient quelque distance par peur des adultes Uldéric et Honoré. Tout à coup, sans crier gare, Philias posa sa main sur un pneu pour en tâter la substance, aussi noire que sa chevelure ondulée.

–Hey, hey, hey... je vas le dire à monsieur Grégoire, toi, là... Touche pas à ça...

–Va chier, Foley !

Malgré l'expression un peu méprisante, l'enfant retira sa main et poursuivit sa marche autour du véhicule jusqu'à l'avoir contourné entièrement. Alors un grand dilemme se présenta au petit Eugène. Voici qu'il trouva Bernadette, ô sacrilège! assise sur le marchepied de la Ford, ce qui faisait bien rire les autres parmi lesquels aussi des petites filles.

–Bernadette, faut pas que tu touches à la machine. Ton papa veut pas...

–Assis-toi... ici...

La fillette ne tenait aucun compte de son avertissement et voulait qu'il partage avec elle un moment qu'elle sentait unique. Le garçonnet était déchiré. Il cherchait quoi faire. La prendre par la main et l'enlever de là ? Courir prévenir monsieur Grégoire ? Tout laisser tomber et se sauver à la maison et n'en plus sortir avant le lendemain matin ? Il demanda au bon Dieu de l'aider... Et il prit une décision bien différente de celles qui lui étaient venues en tête. La voix de l'amitié fut la plus forte et il fit ce que la petite fille lui proposait. Ce que voyant, les autres enfants se mirent à toucher et bientôt, la Ford eut l'air d'une ruche autour de laquelle bourdonnaient des petites guêpes insatiables de curiosité.

Il fallut un couple passant par là pour modérer leurs transports. Napoléon Lambert et sa fiancée Anne-Marie prenaient leur marche du soir au coeur du village quand ils s'approchèrent de l'auto pour, eux aussi, la voir et l'admirer.

–Les enfants, les enfants...

La jeune femme obtint leur attention et reprit :

–Si monsieur Blais vous voit, il va vous donner la volée. C'est sa machine : faut pas toucher à ça...

Les petits prirent conscience du côté sacré de l'automobile : on ne touchait pas sans raison à l'hostie consacrée non plus. Et Philias fut particulièrement imbibé de cet esprit, lui qui, sans même le savoir, avait pris en son être profond une inclinaison majeure : plus tard, il ne serait pas cultivateur comme tant d'autres, mais il réparerait des 'machines' comme celle-là... Et il en aurait une à sa vue chaque jour, chaque heure... Et la toucherait tant qu'il le voudrait...

Napoléon Lambert examina de son oeil valide tout ce qu'il pouvait voir, surtout cadrans et pédales à l'intérieur, qu'il était mieux en mesure que les enfants d'apercevoir en raison de sa taille d'adulte, bien qu'il ne dépassât guère cinq pieds, lui qui pourtant venait d'avoir ses vingt ans.

–Reculez, touchez pas, répéta Anne-Marie d'une voix douce et persuasive.

Ils étaient un peu rassasiés. Elle obtint du succès. Personne ne fut puni. Et le sentiment de l'amitié entre Eugène et Bernadette se resserra...

***

Chapitre 9

–Mes bien chers frères, le plus dur est passé pour cette belle paroisse. L'église est achevée et en bonne partie payée, le presbytère le sera dans cinq ans, c'est dire que le temps d'un couvent est venu. Toutes les paroisses des alentours ont le leur, il nous faut le nôtre. Y aura-t-il de la dissidence comme au temps de la construction de l'église ? J'en doute fort. La mentalité de la stagnation appartient à l'ancien siècle; nous sommes au vingtième, en plein vingtième siècle, le siècle qui s'annonce sous le signe de la paix, la paix que les grands progrès dans tous les domaines contribuera à donner à notre humanité. À moins que le péché ne vienne brouiller les cartes comme on dit. Une campagne de souscription populaire sera lancée dans les jours prochains par la commission scolaire et son président, monsieur Odina Bégin –sans passer sous silence le nom du vaillant secrétaire, monsieur Jean Jobin–, afin de ramasser la première mise de fonds en vue de la construction du couvent. Plus vos contributions seront généreuses, moins l'endettement de l'organisme sera élevé par la suite. Qui paye ses dettes s'enrichit...

L'abbé Lemieux en était à son premier sermon à Saint-Honoré. L'évêque lui avait dit que la paroisse dont il devenait curé possédait son église et son presbytère, mais qu'il restait à y faire construire un couvent et à faire venir des religieuses pour l'habiter, l'animer et dispenser de l'éducation aux enfants du village. Ce qui faisait taire les dissidents était bien moins la crainte de passer pour arriérés que l'économie prévue par le fait que les soeurs ne touchaient aucun salaire. L'on n'aurait plus besoin de maîtresses d'école que dans les rangs, et les enfants du village seraient éduqués pour les seuls frais de l'érection d'un couvent, de son entretien et d'une somme forfaitaire annuelle versée à la congrégation dont dépendaient les dépenses de nourriture et de vêtements des religieuses enseignantes.

Personne ne s'opposa. Personne ne grimaça. On s'attendait à ce que les travaux commencent dès l'année suivante en 1910 et que le couvent ouvre ses portes en 1911.

Émélie, dans le banc familial, revoyait en sa tête les visages des nombreux curés qu'elle avait connus depuis son arrivée en 1880. L'abbé Faucher qui s'était présenté aux Allaire quelques minutes seulement après que leur attelage se soit arrêté devant cette maison qui servirait de résidence et de magasin, et par conséquent devant le presbytère du temps. Un homme autoritaire qui souffrait souvent de congestion nasale et d'une sorte de constipation intellectuelle, mais qu'elle avait su amadouer par des sourires et des escomptes.

Et puis le timide curé Quézel qui avait béni son mariage avant de quitter la paroisse en 1885. L'avait suivi à la cure de Saint-Honoré le jeune abbé Gosselin, peu communicatif et qui n'avait pas trouvé moyen de s'adapter à un village de la forêt si reculé dans les concessions. Était ensuite venu pour huit ans un homme d'âge mûr, l'abbé Fraser que les autorités ecclésiastiques avaient remplacé par l'abbé Feuiltault, un bâtisseur dans l'âme. Il fallait ce prêtre énergique et autoritaire pour vaincre la dissidence et permettre enfin l'érection d'une grande église à la mesure des besoins d'une paroisse dont l'expansion avait été très rapide et importante dans la dernière décennie de l'autre siècle.

Puis l'abbé Godbout, jeune et dynamique, n'avait fait que passer, mais il avait doté Shenley d'un presbytère spacieux et de belle apparence. Et voici qu'on avait nommé l'abbé Lemieux, un personnage au regard profond et à l'autorité mieux assurée encore que celle de l'abbé Feuiltault.

Pour le couvent, les choses vont aller rondement, songeait Émélie. Pour les plus jeunes de la famille, un couvent et des soeurs, ce serait une bénédiction. Elle l'appelait de tous ses voeux. Ce prêtre aux cheveux ras disait les mots qu'il faut sur le ton qu'il fallait pour que Saint-Honoré devienne une paroisse aussi bien pourvue que ses voisines.

À la quête dont la moitié irait au fonds pour le couvent, elle mit un billet de cinq piastres. L'on dit au curé qui, après la messe, faisait le décompte de la somme ramassée, que ce don était sûrement celui de la famille la plus riche de la paroisse.

–Et qui est donc cette famille si généreuse ? demanda l'abbé à son vicaire.

–Les Grégoire du magasin général.

–Je ne manquerai pas de les visiter prochainement.

Interminablement grand, l'abbé Bilodeau avait été donné pour premier vicaire à Saint-Honoré. Filiforme, cheveux roux, un brin timide, il paraissait hautain au premier abord. Les paroissiens l'avaient à peine aperçu depuis son arrivée trois semaines auparavant, à l'exception de ceux qui avaient assisté à ses messes du matin et aux grand-messes des deux derniers dimanches où il avait été l'officiant seulement.

Le simple fait de pouvoir compter désormais sur deux confesseurs en réconfortait plusieurs. Les malades risquaient moins de mourir sans les derniers sacrements. Chacun des prêtres pourrait s'absenter à son tour de la paroisse sans pour autant laisser les ouailles sans pasteur comme jadis. Et puis le vicaire aurait pour tâche d'organiser des jeux pour la jeunesse, de voir à la préparation et l'entretien d'une patinoire l'hiver, et même d'effectuer pour le compte de la fabrique des travaux de rénovation ou d'aménagement à la mesure de ses talents manuels. Mais d'abord et avant tout, il réduirait presque de moitié la tâche du curé, ce qui permettrait à celui-ci d'établir des contacts plus personnels avec ses ouailles d'un peu tous les coins de cette grosse paroisse.

D'ailleurs, quelques jours seulement après son arrivée, le curé Lemieux dressa une liste des tâches à confier à son vicaire et ce dimanche-là, dans l'après-midi, la lui fit connaître à son bureau du presbytère.

Elle était longue et demanderait beaucoup d'énergie.

–Je suis apte à tout faire cela, dit l'abbé Bilodeau qui avait pris place dans un fauteuil de velours vert devant le bureau de son supérieur.

–Surtout, il faut le bien faire, insista l'abbé Lemieux qui scrutait l'autre jusqu'au fond de l'âme.

–Je vais faire de mon mieux.

–Il faut faire mieux que mieux, c'est ma devise. Lemieux fait mieux que mieux. Que se soit aussi 'Bilodeau fait mieux que mieux... ou que Lemieux...'

Le vicaire se demandait s'il fallait rire, sourire ou garder un visage impassible comme son vis-à-vis. La communication avec l'abbé Lemieux pourrait bien s'avérer difficile voire pénible si le curé devait se révéler un personnage pince-sans-rire, flegmatique, hermétique et énigmatique.

C'est en tout cas sur cette impression que devait se clore cette rencontre. Le vicaire se leva, prit la liste écrite, la lut sommairement après l'avoir entendu lire par le curé qui ajouta le point final :

–Je dis qu'il est faux de croire que le mieux est l'ennemi du bien.

–Je ne suis pas en désaccord avec votre idée.

Et l'abbé Bilodeau tourna les talons pour s'en aller dans son propre bureau situé de l'autre côté du couloir dans cette partie avant de la bâtisse.

*

Les deux soeurs Grégoire, Éva et Alice, se tenaient debout dans le plus haut jubé, celui de l'orgue et du choeur de chant. Chacune regardait une dernière fois sa partition avant de se lancer dans une prestation que les nouveaux mariés n'oublieraient jamais de leur vie.

C'était jour de mariage pour Anne-Marie Labrecque et Napoléon Lambert. La jeune femme connaissait les talents des filles à Honoré et avait osé leur demander de former un duo à l'occasion de la cérémonie qui l'unirait à son fiancé, ce jeune homme qui avait perdu son oeil gauche au cours de sa prime jeunesse, mais qui avait les yeux de l'âme si grands et si lumineux.

Ce ne serait pas la première fois que les deux soeurs chanteraient en duo. Elles l'avaient fait à des fêtes publiques, à des pique-niques sur le cap à Foley au cours de l'été, à la maison dans le salon d'Émélie. Mais elles n'avaient jamais chanté à l'église et leur nervosité se lisait dans le tremblement des feuilles qu'elles tenaient entre leurs mains.

Il s'agirait d'un chant profane en langue française pour l'exécution duquel une permission spéciale du curé Godbout avait été accordée aux mariés. L'orgue était touché par madame Alfred Boulanger, une bonne mère de famille, joufflue et souriante. Et le souffleur d'orgue, par exception, était Joseph Bellegarde, jeune homme de 18 ans, frère d'Octave, l'industriel et entrepreneur.

On avait pratiqué à au moins quatre reprises et c'est sans aucuns frais pour les mariés qu'on leur donnait autant de temps et de talent.

Le chant sélectionné avait pour titre *Sérénade*. Musique de Schubert et paroles de Gravollet. Quand par le miroir au-

dessus de sa tête, madame Boulanger vit les nouveaux mariés se rasseoir sur un signe du vicaire qui procédait au rituel, elle fit un grand signe affirmatif que les soeurs saisi-
rent, puis elle donna la note. Et ce fut le chant moderato...

Nuit d'avril, nuit parfumée,
Viens couvrir les cieux !
D'astres clairs au loin semée,
Viens à nos yeux.
Que des rêves d'espérance
Volent dans l'air pur,
Volent dans l'air pur !
Notre coeur vers toi s'élance,
Immortel azur !
Immortel azur !

Et sous l'éternelle arcade,
Lorsque tout s'endort,
Nous chantons la sérénade
Aux étoiles d'or !
Aux étoiles d'or !
Aux étoiles d'or !

Une larme apparut dans l'oeil du marié. L'orgue le touchait à l'âme et le chant au coeur. Les voix s'harmonisaient
dans une telle beauté cristalline que tous les assistants en
furent profondément remués. Napoléon tourna la tête pour
voir les deux jeunes filles et leur faire comprendre par son
geste qu'il les remerciait du fond du coeur.

Dans quelques jours, Éva aurait ses vingt ans. Alice en
avait eu 15 en juin. Deux caractères opposés et pourtant, une
belle entente dans la vie comme dans le chant. Leur réputa-

tion d'artistes accomplies devait se répandre dans toute la paroisse, mais l'on ne pourrait faire appel ni à l'une ni à l'autre dans les prochains mois puisque l'une, Alice, prendrait le chemin du pensionnat, celui de Stanstead, les jours suivants tandis que sa soeur aînée, une étudiante du couvent de Stanstead ces dernières années, prendrait quant à elle le train dans une autre direction, celle de Québec et de l'école Normale Laval où elle deviendrait une enseignante diplômée. Et bilingue, ce qu'elle était déjà comme l'avaient tant voulu ses parents pour elle, pour Ildéfonse et pour Alfred.

Au presbytère, plus tard en journée, l'abbé Bilodeau vanta les mérites des soeurs Grégoire devant le curé qui eut l'air d'en douter :

–Je ne vais pas tarder à visiter cette famille Grégoire. Et je vais demander à Honoré, notre chantre du matin, qu'il forme et dirige une chorale de messieurs pour chanter les grand-messes.

Ce soir-là, le curé Lemieux se rendit au magasin. Il vit Émélie en premier et devina qu'il s'agissait de l'épouse du propriétaire. D'ailleurs, il l'avait vue au pied de la chaire à la grand-messe du dimanche, malgré un chapeau étendu.

–Je suis venu saluer deux de mes plus illustres paroissiens, fit-il en tendant la main vers elle par-dessus le comptoir des dames.

–Enchantée, monsieur le curé. Mais là, vous me faites rougir. Illustre, ça contient le mot lustre... et, ma foi, nous, on se voit comme du monde ordinaire.

–Non, non, ne protestez pas, vous faites partie de l'élite paroissiale et un curé doit pouvoir compter sur des gens comme vous et votre mari. Se trouve-t-il ici ?

–Continuez : au fond, c'est le bureau de poste. Il est là.

Honoré avait entendu et vu le personnage à travers les

vitres au fond des cases à courrier.

Les deux hommes se présentèrent l'un à l'autre. Le curé alla droit au but :

—Je voudrais que l'on forme —ou forme de nouveau s'il y en a déjà eu une— une chorale d'hommes à Saint-Honoré pour rendre les messes du dimanche plus grandioses. Et, à entendre votre voix riche aux messes du matin...

—Vous m'excuserez si je ne suis pas allé vous serrer la main à la sacristie, mais...

—Je comprends ça. De toute façon, nous étions appelés à nous connaître un jour ou l'autre.

—Et c'est à soir.

—Vous connaissez mon vicaire ?

—Oui, il est venu. Un charmant garçon.

—Un peu réservé, mais... oui, charmant comme vous dites avec... conviction.

Honoré se tenait debout au milieu du bureau, bras croisés, regard inquisiteur, pas tout à fait à son aise, pas comme il l'était avec les autres curés, particulièrement les abbés Fraser et Feuiltault. Son visiteur avait posé ses mains à plat sur la planche à bascule et il parlait avec assurance et grand calme, ce qui ne pouvait qu'impressionner l'interlocuteur.

—Pour répondre à votre question par rapport à la chorale d'hommes, je suis obligé de vous dire que si je peux chanter en solo, ma voix domine trop dans un choeur de chant. Deuxièmement, je ne possède pas le talent de diriger une pareille chorale. Et troisièmement, ce qui va vous faire plaisir, je connais quelqu'un qui pourrait le faire cent fois mieux que moi et qui, j'en suis certain, serait très intéressé. Je vous le nomme : il s'agit de notre bon jeune docteur Goulet. En plus de posséder une voix extraordinaire, il a l'expérience de la direction d'un choeur au collège durant ses études. Si vous ne savez pas où il vit, c'est deuxième voisin d'ici du côté ouest. Il y a la maison Foley et ensuite la sienne, une grande maison presque neuve.

Le front du prêtre se rembrunit. Une ride soucieuse le barra par le travers au-dessus de la glabelle.

–S'il refuse ?

–On s'en reparle. Mais il refusera pas. Il est jeune... 24-25 ans seulement...

–Et vous aussi.

–Moi, j'ai 44 ans bien sonnés, monsieur le curé.

–Vous ne les faites pas, mais pas du tout.

–Pourtant, ils y sont. Mais c'est pas l'âge qui m'empêcherait...

Le souhait d'Honoré fut exaucé. L'abbé Lemieux se rendit voir le docteur qui accepta ce rôle de directeur d'une chorale qu'il devrait aussi bâtir.

***

Le curé Gaudiose Lemieux

Chapitre 10

Après les joies de l'espérance, les peines du deuil. Le jour même du mariage de Napoléon Lambert et Anne-Marie Labrecque, un homme encore trop jeune mourut subitement d'une attaque cardiaque. Romain Leconte, époux de Marie Paradis, fille du gros Hilaire, passa de vie à trépas. Le couple et leurs enfants habitaient sur la Grand-Ligne entre le village et le rang 6. Ce fut un choc pour la grande famille paroissiale vu l'âge du défunt. On fit appel à Octave Bellegarde afin qu'il assure le service d'embaumement et celui du corbillard pour conduire la dépouille à son service funèbre puis à son dernier repos. Mais d'abord, comme le voulait la tradition, il fallut procéder à l'exposition du corps afin que tous et chacun puissent venir prier devant le disparu et présenter leurs condoléances à la famille éprouvée.

Le deuxième soir, ce fut une véritable procession depuis le village jusqu'à la maison en deuil. Parmi ceux qui se rendirent là-bas, il y avait des représentants de la famille de Joseph Foley, soit lui-même, son épouse Lucie, leur fille Mary et son époux Firmin Mercier ainsi que l'un des fils de la maison : Alcid, âgé de 19 ans.

Les Grégoire furent incapables de se rendre au corps. Il

fallait reconduire les filles à leurs études à l'extérieur et même en comptant sur l'aide d'Alfred et de Jean Jobin au magasin, Émélie se devait d'y rester, quitte à se rendre aux funérailles le surlendemain en compagnie d'Honoré qui serait revenu de voyage. Néanmoins, elle écrivit un mot de sympathie à l'endroit de la veuve Leconte et le remit à Alcid qu'elle avait fait attendre en bas du magasin en sachant qu'il se rendrait à la maison du deuil ce soir-là, et lui confia pour mission de le remettre à qui de droit.

Un an plus tôt, la paroisse était en feu; voici qu'elle était en deuil. La disparition subite d'un homme si jeune faisait réfléchir à la précarité de la condition humaine et c'est pourquoi tant de citoyens se faisaient un devoir d'aller au corps.

L'on exposait souvent sur des planches, mais cette fois le progressiste Octave Bellegarde avait fourni dès le certificat de décès émis par le docteur Goulet, un cercueil à la taille du défunt et c'est dans cette boîte de bois de cèdre à l'odeur prenante que le corps reposait au beau milieu de la cuisine de sa maison.

La fraîcheur du soir s'engouffrait à l'intérieur chaque fois qu'on ouvrait la porte pour entrer, ce qui se faisait toujours sans frapper vu l'occasion publique. Et la veuve avait revêtu ses trois enfants assis de chandails de laine tout noirs comme le sien propre. Elle n'avait que vingt-cinq ans et son mariage ne datait pas de loin, le temps seulement de donner la vie à trois nouvelles personnes humaines que frappait lourdement le mystère de la mort en ces instants interminables qu'ils devaient traverser si jeunes encore.

Les membres de la famille Leconte et ceux de la famille Paradis avaient pris place le long des murs et il s'en trouvait même quelques-uns dans la chambre à coucher qui se désolaient à voix basse. Sous la table du cercueil, un chien noir silait parfois pour pleurer à sa façon, puis il fermait l'oeil jusqu'au prochain visiteur.

L'homme des pompes funèbres avait installé un long

prie-dieu devant le cercueil et les visiteurs pouvaient s'y agenouiller à trois chaque fois pour se recueillir avant de serrer
la main de Marie Paradis, de ses parents et des parents Leconte, tous encore bien portants, ce qui rendait la mort de
Romain encore plus étonnante.

Au tour des Foley, ce furent tout d'abord Joseph et Lucie,
de même que leur gendre Firmin Mercier; puis les suivirent
Mary, son fils Joseph âgé de sept ans, et son frère Alcid qui
s'agenouillèrent devant la dépouille. La veuve eut un étrange
pressentiment quand elle aperçut ces trois-là. Comme si l'un
d'eux –ou tous– portait un signe du destin, une coupure à
venir... Mais ce vague présage devait demeurer à l'état d'es-
quisse. Était-ce la mort ou un événement heureux qu'elle
voyait écrit en filigrane dans leur image invisible ? Qui saurait jamais !? Et pourtant, la vue de ce trio donnait à la
veuve un frisson indéfinissable...

Endimanché de noir, Alcid se leva et trouva dans sa poche de veston l'enveloppe que madame Grégoire lui avait
confiée pour la veuve, et il se rendit la lui donner.

–C'est madame Émélie qui vous envoie ça.

–Ça demande réponse ?

–Ben... sais pas... faudrait lire la lettre...

–Je le fais tout de suite. Attends avant de partir pour le
cas où...

L'éclairage projeté par trois lampes disposées à distance
d'elle ne suffisait pas pour lui permettre de lire aisément.
Elle s'éloigna et se rendit près de l'escalier où un fanal accroché au mur rendrait sa lecture possible.

"*Permettez-moi de vous offrir nos sincères condoléances,
à mon mari et moi-même, vu le décès prématuré de votre
époux. Nous comprenons votre affliction. Pourquoi Dieu
vous prive-t-il maintenant de Romain ? Il est le seul à pouvoir répondre. Je profite de l'occasion pour vous dire que
nous effaçons de nos livres les sommes dues par vous à no-*

tre magasin. Sans homme, la vie pourrait être lourde à por-
ter pour vous; il ne faut pas que vous commenciez chargée
de soucis financiers. Votre crédit chez nous s'efface à zéro et
votre marge sera, comme pour toutes les familles, fixée à
cinquante piastres. Une fois encore, toutes nos sympathies.
Nous prions fort pour vous et vos enfants. Je confie cette
lettre à Alcid Foley qui vous la remettra en mains propres.
Nous serons, mon mari et moi, aux funérailles après-demain.

Tristement vôtre, je signe :

Madame Honoré Grégoire"

Tant de bonté chez une personne aux allures si froides et
distantes toucha fort la jeune veuve qui se remit à pleurer
après l'avoir fait à plusieurs reprises depuis le moment où
elle avait trouvé son mari inerte dans le lit conjugal la veille.
Alcid qui la surveillait, vit qu'elle avait fini de lire et s'approcha. Elle lui parla aussitôt :

–J'te remercie ben gros de m'avoir apporté la lettre, Alcid. C'est quelque chose qui me fait ben du bien. Tu vas
remercier madame Grégoire. Je vas le faire en personne plus
tard, mais fais-le pour moé en attendant dès que tu la verras
au magasin ou ailleurs.

–Oui, madame... Leconte.

Ils se regardèrent au profond des yeux. Des yeux noirs,
intensément noirs chez l'un comme chez l'autre. Des yeux
faits pour se comprendre et se réchauffer l'âme. Et se récon-
forter. La lettre d'Émélie, par sa générosité, devenait pour la
veuve et à son insu même, la lettre d'Alcid. Il y avait en lui
une force de protecteur qui transcendait. L'événement qui les
réunissait pour un court moment en cette heure si sombre
était-il appelé à changer leur destin ? Était-ce là la réponse à
l'étrange question que Marie s'était posée quelques minutes
plus tôt en apercevant alignés au prie-dieu Mary Foley, son
fils Joseph et son frère Alcid ?

Bouleversé par la souffrance intense et si visible de la jeune veuve, Alcid baissa les yeux et murmura :

–On va prier pour vous, madame Leconte.

–Il manque du bois de chauffage pour passer l'hiver... si jamais... tu... si jamais t'avais le temps un de ces prochains dimanches, tu pourrais venir abattre un arbre ou deux... je te paierai le montant qu'il faut, c'est sûr...

Il releva la tête. Leurs yeux se croisèrent de nouveau :

–Je vas venir faire ça pour vous, madame, je vas venir... dans deux semaines, le dimanche au midi. Je vas revenir, je vous le dis. Mais...

Son hésitation rendit Marie un peu mal à l'aise. Il poursuivit :

–... à une condition... vous allez pas me payer pour ça. Autrement, j'veux pas venir.

–Au moins, tu me laisseras te donner à souper...

–Bon...

Sur le chemin du retour, Alcid revoyait l'image de Marie. Une jeune femme que sa jeunesse rendait jolie, finement membrée, brunette et au regard que faisaient briller ses larmes aussi bien que son sourire facile.

Revenue à son état de prostration dans la chambre funéraire, la veuve songeait à l'image de ce jeune homme qu'elle connaissait mais qui, pour la première fois, laissait en elle une impression appelée à durer. Large d'épaules, sourire attendrissant, nez accusé, généreuse moustache...

*

Éva avait demandé à ses parents de la laisser se débrouiller seule pour se rendre à l'école Normale par train. Son père l'avait accompagnée à Stanstead chaque jour de rentrée les années où elle avait étudié là-bas, maintenant, c'était au tour de sa jeune soeur Alice. Toutefois, Honoré s'arrangea pour que ses deux grandes partent le même jour; ainsi, il pourrait les accompagner toutes les deux au moins jusqu'à la gare de Saint-Évariste et c'est là seulement qu'on se séparerait.

On y était par ce frais matin de septembre. Le train pour les Cantons de l'Est venait d'entrer en gare et son fracas prenait du repos, à part, de façon sporadique, les bruits de vapeur soufflée qui sortait des flancs de la noire locomotive. Celui en direction inverse à bord duquel Éva monterait pour se rendre à Québec ne serait là que deux heures plus tard. Après le départ de sa soeur et de son père, l'aînée attendrait sagement à l'intérieur.

–J'te souhaite une bonne année scolaire, petite soeur, dit Éva quand vint le moment du départ pour Alice et son père.

–À toi itou, grande soeur !

–Pis j'espère que tu t'ennuieras pas trop de tes... prétendants.

–C'est toi qui prétends que j'ai des prétendants.

Toutes deux s'esclaffèrent sous le regard attendri de leur père qui, plus loin, près du wagon à voyageurs, attendait Alice pour monter.

–All aboard ! cria Honoré. Le train attend jamais, lui.

–J'arrive, cria Alice qui dit un dernier mot à Éva.

–Attention à toi, tu vas peut-être rencontrer des beaux garçons à l'école Normale.

Rien n'était plus probable car Éva fréquenterait une école mixte et y côtoierait des jeunes gens de son âge à peu près.

–Oublie pas de pratiquer ton harmonium.

–J'oublierai pas.

–On fera un duo chantant à la messe de minuit, comme au mariage à Poléon Lambert.

–J'aimerais chanter *Les anges dans nos campagnes*.

–On chantera *Les anges dans nos campagnes*. Je vais

écrire à madame Boulanger pour lui proposer ça.

–J'ai des larmes aux yeux, Éva.

–Et moi au coeur, Alice.

Elles s'étreignirent et ce fut la séparation.

Alice regarda sa soeur une dernière fois avant de monter dans le wagon puis la salua par une fenêtre et sourit d'un ennui déjà ressenti. Éva vivait pareille tristesse profonde. C'était comme si elles en étaient à une croisée des chemins où chacune prenait la direction de son destin... à distance de l'autre... mais prêtes à se rapprocher dans l'épreuve...

*

Émélie réclama Honoré dans son salon du magasin quand il fut de retour des Cantons de l'Est. Tous deux étaient endimanchés de noir et s'apprêtaient à se rendre au service funèbre de Romain Leconte. Alfred avait dit pouvoir s'occuper seul du magasin en l'heure et demie de leur absence. Jean Jobin n'était pas disponible ce jour-là.

–T'as fait bon voyage à Stanstead ?

–Comme de coutume.

–As-tu parlé à soeur Sainte-Winefride ?

–Comme chaque fois.

–Tout se répète et rien de nouveau sous le soleil !?

–On dirait ben.

–J'ai pas la meilleure nouvelle de l'année à t'apprendre.

–Quand on a plusieurs enfants, faut s'attendre à plusieurs problèmes. Lequel est malade ?

–Tu l'as dit : plus on a d'enfants, plus on a de problèmes.

–On prend ce que le bon Dieu nous envoie.

Elle soupira profondément en regardant dans le vague :

–Eh bien, le bon Dieu, il a décidé de nous en envoyer un autre. J'ai 43 ans... c'est plus le temps des grossesses, mais en voilà une autre.

–Ben... disons que... y a toutes les chances pour que ça soit ta dernière.

Elle soupira de nouveau, puis regarda en biais vers le plafond :

–J'me suis dit ça souvent depuis cinq ou six ans.

Il se frappa les mains l'une contre l'autre :

–Faut le prendre du bon bord ! Peut-être que ça sera un prêtre ou un évêque...

–J'ai plutôt le sentiment que ça sera une fille... et si c'est une fille, ça sera pas un prêtre.

–C'est sûr, ça.

–Des femmes prêtres, c'est pas pour demain dans l'Église.

–Jésus et les apôtres, c'étaient des hommes, on sait ça.

–Ça prouve quoi ?

Il ne répondit pas et demanda plutôt :

–C'est pour quand ?

–Milieu de mai à peu près.

–Treizième enfant : ils pourront pas dire qu'on a pas fait notre part.

–J'espère bien que c'est pas rien que là que tu t'en rends compte.

–Tu sais que non. Avais-tu autre chose à me dire pour aujourd'hui ?

Elle sourit, y injecta de l'ironie :

–Rien que ça ! C'est pas beaucoup, hein !?

–C'est beaucoup quand on n'a pas l'habitude, mais c'est pas beaucoup quand on l'a...

Elle soupira :

–Partons pour l'église, mon ami. Les funérailles attendront pas les Grégoire...

**

Chapitre 11

1910

Malgré l'élection d'un nouveau maire en la personne de Elzéar Quirion, Jean Jobin garda son poste de secrétaire-trésorier de la municipalité. Il était aussi secrétaire de la commission scolaire et travaillait à l'occasion au magasin Grégoire. Tandis que Onésime Lacasse parcourait ses derniers milles de piste, on se tournait de plus en plus vers Jobin qui devenait l'homme-clef de Saint-Honoré : lent mais efficace. Et son influence était au moins aussi grande que celle d'Honoré Grégoire.

Beaucoup d'autres événements tout aussi importants se produisirent, qui étaient appelés à modifier le destin de la plupart des paroissiens tout autant que celui de la famille Grégoire et de chacun de ses membres.

Début mai commencèrent les travaux de construction du couvent, avec Octave Bellegarde pour entrepreneur. L'abbé Lemieux n'avait pas perdu son temps depuis son arrivée et sa campagne avait levé sitôt lancée sans jamais devoir reprendre son souffle de tout l'automne 1909 et l'hiver 1910. Tous les organismes publics y avaient mis du coeur. Déjà Jean Jobin adressait des lettres à diverses congrégations de religieuses afin que l'une d'elles envoie un contingent de sept soeurs pour animer le couvent.

Douze jours plus tard, tandis que des hommes butinaient dans les échafaudages et que d'autres qui n'y travaillaient pas mais étaient à regarder faire, un garçon de huit ans s'amena et s'adressa à son père Honoré :

–Faut venir à maison : maman vous demande.

C'était Eugène qui avait été dépêché par sa mère pour prévenir Honoré, elle qui était sur le point d'accoucher et voulait que son mari partage un peu de l'événement.

Contrairement à une vieille habitude, Restitue Jobin n'assisterait pas à la naissance du prochain enfant Grégoire. La vieille dame était retenue à la maison par maladie. Toutefois, le docteur Goulet avait pu venir à temps et il se trouvait en ce moment auprès de la future maman.

–Les Sauvages sont arrivés, dit Honoré aux hommes qui se trouvaient avec lui.

Eugène remarqua les sourires entendus et se demandait à quoi cette phrase de son père pouvait bien rimer. Il attendait. Honoré s'adressa à lui :

–Cours dire à ta mère que je m'en viens. Envoye, là...

Eugène était un garçon que son côté féminin marquait plus que les autres de cet âge. À peine avait-il appris à lire qu'il avait abreuvé son esprit à des poèmes pour enfants. Et voici qu'il lui arrivait maintenant de se faufiler dans la chambre de ses parents afin d'explorer la bibliothèque cachée de sa mère, à laquelle venait de s'ajouter un livre de poésie signé Albert Lozeau, un protégé du premier ministre Sir Wilfrid Laurier.

Même qu'il l'avait 'emprunté' temporairement et caché sous son oreiller où il le retrouva après avoir prévenu sa mère comme son père le lui avait demandé.

Et pendant que sa mère mettait sa petite soeur au monde, l'enfant assis par terre, appuyé à la porte de sa chambre, lisait dans ce livre intitulé *Le Miroir des jours*. Il en était à la

page 84 qui présentait un poème au titre de *Érable rouge*.
Une poésie remplie de souffrance aux airs d'agonie...

Dans le vent qui les tord les érables se plaignent,
Et j'en sais un, là-bas dont tous les rameaux saignent !

Il est dans la montagne, auprès d'un chêne vieux,
Sur le bord d'un chemin sombre et silencieux.

L'écarlate s'épand et le rubis s'écoule
De sa large ramure au bruit frais d'eau qui coule.

Il n'est qu'une blessure où, magnifiquement,
Le rayon qui pénètre allume un flamboiement !

Le bel arbre ! On dirait que sa cime qui bouge
A trempé dans les feux mourants du soleil rouge !

Sur le feuillage d'or au sol brun s'amassant,
Par instant, il échappe une feuille de sang.

Et quand le soir éteint l'éclat de chaque chose,
L'ombre qui l'enveloppe en devient toute rose !

La lune bleu et blanche au lointain émergeant,
Dans la nuit vaste et pure y verse une eau d'argent.

Et c'est une splendeur claire que rien n'égale,
Sous le soleil penchant ou la nuit automnale !

Cloué au lit, Lozeau cherchait à s'évader de la douleur par sa poésie. En ce poème, et cela Eugène malgré son âge le comprenait, il y a la délicatesse et la tendresse du coeur. Le rêve poétique est devenu un songe illuminé, l'expression de son âme. L'enfant en train de lire se laissait bercer par la sonorité des vers, se laissait griser par la couleur des mots et il paraissait que toutes couleurs exprimées, l'écarlate, le rubis, l'or et le brun, le rose des ombres et le bleu de la lune, toutes passaient par l'outremer de ses yeux qui, dans l'ombre, captaient aussi bien l'image d'un chemin sombre que la splendeur d'un soleil couchant.

Eugène Grégoire possédait une âme d'artiste.

*

À la sacristie, une fois le sacrement de baptême administré au nouveau-né, le curé fit lecture de l'entrée dans le registre paroissial.

Le quatorze mai mil neuf cent dix, nous, prêtre curé, soussigné, avons baptisé Marie Berthe Lucienne, née la veille, fille légitime de Honoré Grégoire, marchand, et de Émilie Allaire de cette paroisse. Parrain: Pampalon Grégoire, frère de l'enfant; marraine: Elmina Grégoire, cousine de l'enfant, qui ont signé avec nous. Lecture faite.

L'abbé Lemieux ignorait l'insistance avec laquelle Émélie voulait qu'on écrive son prénom avec un 'é' et non pas un 'i' comme il l'avait fait dans le baptistère de Berthe ou bien il aurait agi autrement. Peut-être pas non plus car pendant toute la durée du baptême, il s'était abreuvé à l'image de la belle marraine, la grande Elmina, fille de Grégoire Grégoire qui, en plus jeune, ressemblait à s'y méprendre à sa soeur aînée Séraphie. Elle était bien en chair, la Elmina, et le curé Lemieux avait maille à partir avec sa propre chair quand il se trouvait en présence d'une femme si bellement vêtue.

Bernadette qui aurait ses six ans dans un mois avait emmené avec elle son petit frère Armand pour assister au bap-

tême de leur soeur. Elle n'avait rien perdu des gestes et prières du prêtre tout en conservant sur son visage un sourire
désarmant que n'appréciait guère l'abbé Lemieux, inquiet de
savoir si les attaques de son désir à voir Elmina se pouvaient
lire dans ses yeux.

–Vous êtes des petits Grégoire ? demanda le prêtre aux
deux enfants afin de les amadouer ou bien les intimider.

Il réussit l'un et l'autre.

–Oui.

–C'est quoi, ton nom ?

–Bernadette.

–Et ton petit frère ?

–Lui, c'est Armand.

–Tu ne vas pas à l'école, Bernadette ?

–Au mois de septembre.

–Tu n'as pas encore tes six ans ?

–Au mois de... juillet.

–Eh bien, soyez sages, Bernadette et Armand. Vous avez
de bons parents et vous devez leur obéir en toutes choses.

–Oui, monsieur le curé.

Bernadette absorbait toutes les paroles du curé, mais son
petit frère regardait le prêtre en biais, l'oeil méfiant...

*

Ce que l'on craignait un peu depuis plusieurs années déjà,
que l'on savait à coup sûr depuis plus d'un an, devint réalité
au début de juin : Louis Champagne se mit à l'édification
d'un magasin.

–Le soleil reluit pour tout le monde, commenta Honoré
devant Cipisse Dulac qui lui faisait part de la nouvelle par
un soir frais et beau.

–Il va t'ôter du gagne, le Louis Champagne.

–On est capable de prendre le coup. Ça sera pas si pire,

mon Cipisse, pas si pire que le monde pense.

–En tout cas, moé, j'vas te garder ma pratique.

–Non, non, t'iras voir de tes yeux. Si jamais le prix est plus bas sur quelque chose que tu veux acheter, tu me le diras et je te ferai le même prix que Louis.

Ce que déplorait quelque peu Honoré était que son futur concurrent ne lui ait rien dit alors qu'ils se croisaient souvent à l'église puisque l'un chantait les messes du matin tandis que l'autre agissait encore comme sacristain. Comme si le message avait été lancé par voie télépathique, voici qu'au milieu d'un échange avec Dulac et Onésime Pelchat survint Louis Champagne qui demanda à parler personnellement à Honoré. Les deux hommes se retrouvèrent bientôt dans le salon d'Émélie où ils purent se parler à porte fermée.

–On t'aura dit que je commence les travaux pour bâtir de magasin ?

–On vient de me le dire, mais la rumeur courait depuis plusieurs années, mon Louis.

–C'est pas parce que je t'aime pas, Noré, tu sais ben, c'est pour faire manger ma famille. Ma femme a déjà une bonne clientèle du côté des chapeaux. On va pas essayer de t'écraser. On va grandir côte à côte.

–Certainement, on va vivre en ben bonne intelligence, mon Louis. On va continuer de ben faire nos affaires et toi, tu vas ben faire les tiennes. Faut dire... on a toujours peur de la concurrence sur le coup, mais c'est elle qui nous fait progresser. On va trouver des manières de faire qui vont coûter moins cher. On va mieux acheter. On va trouver des meilleurs fournisseurs peut-être. Finalement, on va se retrouver gagnants tous les deux. La paroisse grandit, s'enrichit chaque année : y a de la place en masse pour deux magasins. On va pas se piler sur les pieds.

Champagne soupira :

–Ben content de t'entendre parler de même. Tu me soulages. J'avais un peu peur de ta colère.

–Je te dirai encore mieux, mon Louis. Si le gouvernement change à Ottawa, demande le bureau de poste. Parce que de toute manière, moi, je vais probablement le perdre si Laurier perd le pouvoir.

–Ben voyons donc, ils vont te le laisser, vu que tu l'opères, le bureau de poste, depuis une quinzaine d'années.

–Treize ans.. En tout cas, j'aime autant toi pour l'avoir qu'un autre.

–J'irais pas jusque là, Noré.

–Tu pourras aller jusque là. C'est ça, la vie en société. Chacun essaye de tirer son épingle du jeu du mieux qu'il peut. C'est ça que j'ai pour mon dire.

–T'es ben généreux... Changement de propos, j'sais pas si tu le sais, mais on perd notre vicaire.

–Non, savais pas.

–Il s'en va dans quelques jours. Son remplaçant, ça va être l'abbé Cloutier, Thomas Cloutier. Il ressemble à l'abbé Bilodeau : grand, maigre, rouquin... Il est venu la semaine passée pis je l'ai vu à la sacristie.

–Y a-t-il autre chose que tu sais et que j'ignore encore ?

–Peut-être.

–Comme ?

–Il s'ouvre une caisse populaire dans la place dans quelques semaines d'icitte.

–Ça, je le savais. Même que le premier Conseil d'administration est déjà formé. Et moi, je vas perdre mon commis. J'ai su que Jean Jobin serait le gérant de la caisse.

–En plein ça !

–À partir de ce moment-là, il pourra pas revenir travailler ici. Ah, notre Freddé est ben bon asteur...

–T'en sais autant que moi.

–C'est le docteur Goulet qui m'a renseigné. Aussi Oné-sime Pelchat : on parlait justement de ça avant que t'arrives.

–Le curé Lemieux est président du Conseil d'administra-tion et le vicaire Cloutier va siéger à la Commission de cré-dit avec nous autres... Il a accepté avant même d'arriver dans la paroisse. C'est sûr que l'abbé Bilodeau s'en allant...

–Tu vas en faire partie, de la Commission de crédit ? T'as dit : *qui va siéger avec nous autres...*

–Oué, avec Joseph Bougie, Rémi Nadeau pis Anselme Mercier. T'aurais dû venir à la première assemblée, ils t'auraient nommé sur le Conseil d'administration avec le doc-teur Goulet, Onésime Pelchat, Théophile Dubé, Xavier La-chance pis Charles Rouleau...

–T'oublies Auguste Gagnon, Jos Beaudoin et... Philibert Pelchat.

–C'est vrai.

–J'ai trop à m'occuper avec le magasin... mais là, ça va être moins pire vu que tu vas reprendre une part de clientèle.

Le front de Louis se rembrunit. N'est pas aisément un concurrent qui veut. Honoré était là avant lui avec son expé-rience de trente ans dans la chose d'un magasin. Honoré était son aîné de six ou sept ans. Lui n'avait pas encore atteint la quarantaine alors que l'autre en était à mi-chemin.

–Si j'ai du temps de trop, poursuivit Honoré, j'irai plutôt au Conseil municipal.

–Bonne idée ! Plusieurs disent que le poste de maire te revient.

–Pas si vite ! Pas si vite ! Je commencerai par le poste de conseiller... Mais quand ? On verra.

Louis fit un mouvement tournoyant avec sa main à hau-teur de ceinture :

–Je vas le faire savoir... pis ça va courir pour te deman-der de venir sur les rangs cet automne.

*

À Lévis, Éva attendait dans le wagon à voyageurs d'un train en partance pour la Beauce. C'était le retour à la maison après sa première année scolaire à l'école Normale. Et que de satisfaction pour elle et ses parents !

Éva s'y distingua par sa brillante intelligence. Lors d'une visite éclair de l'inspecteur d'école, elle fut la seule à pouvoir lui débiter la devise du cardinal Louis-Nazaire Bégin en latin : "Verbo et opere" qui signifie 'tout restaurer dans le Christ'.

Au cours d'une distribution des prix (deux semaines plus tôt) Émélie (qui y assistait) dut se lever à 17 reprises pour recevoir les honneurs mérités par sa fille au cours de l'année...

Un clocher dans la forêt, page 46

Et pourtant, la jeune femme était loin en ce moment de songer à ces agréments résultant du devoir accompli. D'autant que la modestie et la mesure faisaient également partie de sa personnalité. C'est à quelqu'un plutôt qu'elle pensait et non point à elle-même et ses succès. Et peut-être que ce quelqu'un lui parlerait enfin et lui dirait en personne ce qu'elle savait de lui par d'autres bouches.

Ce jeune homme, normalien tout comme elle, avait pour prénom royal celui d'Arthur. Certes, ils s'étaient vus souventes fois au cours de l'année scolaire et même sur le quai des gares aux vacances du temps des Fêtes, mais aucun d'eux n'avait encore osé aller plus avant que les lueurs favorables de son regard. Là-bas, on se trouvait souvent dans la même classe, mais comme il était interdit de communiquer entre les personnes de sexe différent à l'intérieur des murs de l'institution, tout ne pouvait passer que par les yeux.

Un observateur aurait su, la dernière fois qu'ils s'étaient croisés dans un couloir peu après la distribution des prix, que leur rencontre, réelle et concrète, n'attendait plus qu'un peu de temps pour arriver. Mais Arthur brillait par son absence et Éva devrait retourner passer l'été à Saint-Honoré avec pour seul souvenir de lui l'image qu'elle en gardait, celle d'un jeune homme de très grande distinction, à la tenue soignée et au langage châtié. *'Un vrai monsieur,'* aurait dit de lui Grégoire Grégoire et d'autres personnes âgées du village.

Éva ferma les yeux et concentra son esprit sur l'image de son collègue. Et c'est son port de tête qui marquait d'abord sa mémoire : altier, droit, digne. En cela et en plusieurs autres caractéristiques, elle lui trouvait de communes mesures avec son père Honoré. Et ces cheveux qui formaient une vague puissante renvoyée à l'arrière sur la gauche : pas un seul jamais ne s'échappait de l'ensemble. Arthur possédait un nez que ses joues un peu creusées et sa bouche étroite rendaient plus important qu'il ne l'était en réalité. Mais toute sa personne morale avait pour double miroir des yeux s'appuyant sur les interlocuteurs : bleus, profonds et sérieux. Le jeune homme en imposait par sa haute stature. Quiconque se trouvait devant Arthur Boutin ressentait le besoin de s'élever sans que le personnage ne se montrât jamais hautain. Il était de ceux qui, par nature et par don du ciel, incitent au dépassement de soi.

–Mademoiselle Grégoire...

Éva croyait entendre quelqu'un parler au-delà du lointain où voyageaient ses pensées.

–Mademoiselle Grégoire...

Elle prit conscience de la réalité sans avoir le temps de se demander qui lui parlait ainsi et ouvrit les yeux. La voix reprit son nom :

–Mademoiselle Grégoire, je me demandais si on pourrait faire un bout de chemin ensemble. Je vous ai vue toute l'année sans jamais pouloir ni oser vous parler. Mais le temps est peut-être venu de le faire.

Comme il s'exprimait bien, ce jeune homme ! songea-t-elle. Et cette voix riche et charmante !

–Euh...

–Je peux vous laisser du temps pour y penser. Je vais prendre la banquette voisine...

–Non, non... ben...

Il sourit :

–Je vous prends par surprise un peu.

–D'abord, dis-moi 'tu' ou bien je voyage toute seule.

Cette fois, Éva venait de retrouver tous ses moyens et le sens de l'autorité de sa mère fit surface, qui parfois demeurait caché sous son extrême bienveillance et ses bienséances raffinées.

–C'est qu'il y a des barrières... que je n'arrive pas à jeter aussi vite par terre... mais je peux essayer si ça me vaut de... te parler jusqu'à ce que nos voies se séparent à Tring-Jonction.

Elle se glissa sur la banquette jusqu'à la fenêtre et montra la place à son côté :

–Voilà !

Il avait déjà disposé de ses bagages et s'assit sans autre échange pour le moment. Et prit quelques secondes pour éliminer les plis de son veston, un geste plutôt symbolique puisque le tissu n'obéirait qu'au fer à repasser.

–Bon... si tu me dis ce que tu sais déjà de moi, je ferai la même chose.

–À toi de commencer : je te cède la parole.

–Bon... je sais que tu es première de classe, que ton français est impeccable, que tu es bilingue, que tu es une normalienne modèle. Je sais que ton père est marchand à Saint-Honoré-de-Shenley et qu'il est aussi le maître de poste de l'endroit. Je sais même que c'est un fidèle partisan de sir Wilfrid Laurier en politique. Je sais que tu as plusieurs frères et soeurs, que tu es la deuxième de ta famille après un gars qui s'appelle Alfred... et qui va reprendre le magasin après tes parents. Je sais aussi que l'un de tes frères est décédé il y a deux ans d'une péritonite...

–Seigneur Jésus, mais comment peux-tu en savoir autant sur moi ?

–Les murs ont des oreilles. Et moi, j'en ai des plus grandes encore que les murs : regarde !...

Il tira sur les pavillons des siennes pour les décoller de sa tête, ce qui lui valut un éclat de rire de la part de sa compagne. Et il reprit, content d'avoir obtenu cette réaction :

–À ton tour maintenant !

–Ben... C'est drôle, mais ça se ressemble beaucoup, nos deux familles. Mon grand-père a ouvert le premier magasin à Saint-Honoré... comme le tien à Saint-Gédéon. Ton père est marchand donc comme le mien. Et maître de poste comme mon père. Et mon frère Alfred a rasé s'installer pour de bon par chez vous à Saint-Gédéon... C'est pas mal ça...

Elle ouvrit les mains devant elle, secoua la tête, sourit. Il ajouta :

–T'as oublié... ou tu l'ignores... le plus important...

–Quoi ?

–On est une famille libérale comme la tienne.

–Ah oui ?

–À vrai dire, c'est pas ça le plus important, c'est sûr, mais... ça nous rapproche...

Et il redevint sérieux à travers son hésitation. Comme pour lui transmettre déjà un message important, lui qui ne parlait jamais sans gravité, même quand il plaisantait alors que ses blagues étaient chaque fois mesurées pour faire réfléchir en même temps que faire sourire.

Éva regarda par la fenêtre. Le train bougea. Sa propre image aussi. Il dit sans tourner la tête :

–Ça va être une belle et bonne heure en ta compagnie, Éva Grégoire.

Elle tourna la tête vers lui. Il fit de même. Elle sourit sans rien dire... Chacun savait déjà que son avenir passerait par l'autre...

*

L'été d'Éva serait heureux. Mais long. Tous les jours, il lui tardait de reprendre le train pour retourner à Québec. Elle ne parla d'Arthur qu'à sa soeur Alice avec sa promesse d'en garder le secret.

"Si tu penses que je vas te parler dans le dos, grande soeur, tu peux dormir sur tes deux oreilles."

"Je le pense pas, petite soeur, ou bien je te l'aurais jamais confié, mon grand secret. Et quand t'en auras un, toi aussi, je le garderai bien au chaud dans mon coeur."

Telle était la complicité de ces deux soeurs aimantes. L'avenir leur en ferait récolter les meilleurs fruits...

***

Arthur Boutin

Chapitre 12

Cet automne-là...

Avant leur départ pour les études, un dimanche frais et beau de septembre, un groupe de jeunes filles fêta les vingt et un ans d'Éva. Par avance; et parce que le jour de son anniversaire de naissance, le dix, elle serait partie pour l'école Normale. Cela se passait dans le magasin en la partie dégagée au pied de l'escalier. Alice et son amie Alice Foley avaient installé sur la table centrale un des graphophones en étalage, le nec plus ultra en son genre, et l'on s'amuserait ferme avec la permission d'Émélie qui avait promis ne venir que le seul temps de saluer les invitées.

Pas question d'écouter de l'opéra mais bien plutôt de la musique d'un grand orchestre. Et on danserait entre filles. Pour éviter les regards d'enfants trop curieux, on avait bouché les vitres des portes centrales avec du papier brun. Et impossible de voir jusqu'au fond du magasin en appuyant même son museau de fouine sur l'une ou l'autre des vitrines.

Ce fut tout d'abord un goûter aux sandwichs préparé par les deux Alice pour sept personnes en tout, soit elles-mêmes, Éva ainsi que leurs amies Blanche, Philomène, Cordélia et Marie. Elles se taquinèrent à table tout en écoutant de la musique semblant provenir d'un lieu caverneux. Il faisait sombre à l'intérieur, le seul éclairage étant fourni par les vitrines et un puits de lumière en provenance du deuxième étage. Alors qu'on était au milieu du repas, une visiteuse non invitée s'amena doucement, qui ouvrit la porte de la cuisine et mit d'abord son nez puis entra sans bruit et sans se faire remarquer jusqu'au moment où Alice l'aperçut de l'autre côté du comptoir.

–C'est que tu viens faire, Bernadette ? C'est une fête de grandes filles. Retourne dans la cuisine.

La fillette pencha la tête et prit un air contristé.

–Elle peut rester avec nous autres, intervint Éva. On fait pas de mal...

–Et on a même pas de garçons avec nous autres, enchérit Blanche Jobin.

–Pis c'est mieux de même, plaisanta Marie Bégin.

–Veux-tu un sandwich ? demanda Philomène Bilodeau.

Bernadette fit un signe affirmatif.

–Viens chercher.

Quand l'enfant émerveillée fut à la table pour recevoir la chose offerte, Cordélia Bolduc lui dit :

–Tu commences-tu l'école demain, Bernadette ?

–Oui.

–As-tu hâte ?

–Oui.

–T'as pas peur d'avoir des coups de règle sur tes doigts ? questionna Philomène.

–Ben... non.

Éva intervint :

–Elle en aura pas de coups de règle. Elle sait déjà compter jusqu'à cent et connaît toutes les lettres de l'alphabet. Dis-nous les lettres, Bernadette.

L'enfant s'exécuta :

–A, B, C, D, E, F, G, H, I, J... K, L, M, N, O... P, Q...

Alice dit :

–ABCD, la maîtresse a pété... JKL, elle dit que c'est pas elle...

La petite fille eut le fou-rire à s'étouffer, un oeil fermé, une jambe soulevée, le dos racotillé.

Éva protesta :

–Dis-lui pas ça, Alice : si elle va répéter ça à l'école, là, elle va en avoir, des coups de règle.

–Ben non, elle va pas répéter... ABCD, la maîtresse a pété... JKL, elle dit que c'est pas elle... Hein, Bernadette, tu vas pas répéter ABCD, la maîtresse a pété...

Éva fit les gros yeux à sa soeur :

–Ah toi ! Tu ferais pendre ton père.

Alice haussa une épaule en ayant l'air de s'extasier :

–Tiens, ça serait peut-être une bonne idée, ça. Juste au-dessus de nos têtes, là...

Mais elle n'obtint pas grands rires. L'idée d'une pendaison, même sous forme de plaisanterie, ne passait pas. Et Alice trouva autre chose pour faire sourire. Elle se leva et prit Bernadette par les bras :

–Vous savez quoi, les filles, on va danser. Laisse ton sandwich sur la table, Bernadette, on va danser l'aéronette.

–Quoi ? demanda Alice Foley.

–L'aéronette... une nouvelle danse... On fait comme... un aéroplane, mais ça se danse à deux. C'est nouveau.

–Si c'est nouveau, ça doit être beau, commenta Cordélia, une brunette aux yeux clairs.

–Bernadette qui danse l'aéronette, ça va être chouette, lança Blanche en robe bleue.

–Attendez, je vas changer de cylindre, fit Alice qui en mit un de musique et remonta le ressort de l'appareil.

Puis reprit sa petite soeur qui ne demandait pas mieux que de participer au jeu :

–Ça va comme ça... On fait l'aéroplane... on s'envole... comme ça... on vole le temps de quelques pas... ensuite, on redescend... puis on atterrit...

Par les gestes, les pas et les corps, on imitait la nouvelle invention dont tant de gens parlaient et rêvaient. Toutefois, la danse était plus un jeu qu'une ronde gracieuse et n'était pas appelée à faire long feu dans les chaumières. Bernadette riait tellement qu'elle amenait tout le monde à rire aussi. Et c'est ainsi que sans le vouloir mais grâce à sa petite soeur pleine de joie, la bonne humeur d'Alice devint contagieuse.

Ce fut une belle fête. On garda la fillette qui s'amusait tant et de si bon coeur qu'elle en oublia de manger...

*

Venue de la région de Sainte-Marguerite, une nouvelle maîtresse s'installa dans l'école de la Grand-Ligne ce jour-là. Sa classe comme toutes les autres ouvrirait le jour suivant. C'était une jeune femme de vingt-deux ans portant le nom de Amanda Nadeau.

Alfred Grégoire qui revenait de Saint-Évariste en voiture l'aperçut par la fenêtre et son coeur ne fit qu'un tour. En fait, qui que soit la personne, quels que soient son apparence et son tempérament, elle avait ce qu'il faut pour le faire chavirer : la jeunesse, la blondeur et le métier. C'est que le jeune homme, sans le savoir, nouerait une idylle avec Amanda, même si elle devait s'avérer un laideron car c'est Eulalie qu'à travers sa personne, il aimerait. Un peu comme qui s'achète un cheval chez un maquignon. Le commerçant rase boucler sa vente en faisant étalage des mérites de la bête, puis le client va voir un autre maquignon et achète la première rossinante qu'on lui présente...

Amanda lui fit un signe de la main par la fenêtre, sorte de salutation nerveuse, pour elle sans signification, sinon qu'elle le croyait quelqu'un du voisinage immédiat avec peut-être des enfants qui lui seraient confiés. Alfred fit s'arrêter son cheval. La jeune femme répéta le même signe en éclatant de rire : une manie chez elle. Dès lors, le sort en était jeté. Alfred était harponné. Il osa descendre de voiture, conduire l'attelage dans la cour et se rendre frapper à la porte qui s'ouvrit aussitôt :

–Bonjour, monsieur. Vous êtes un parent d'élève, j'en suis sûre, fit-elle avec grande aménité et force gestes.

–Oué, bonjour.

–Entrez.

Il la suivit comme il l'avait fait tant de fois avec Eulalie.

–Je m'appelle Amanda. Et toi ?

–Alfred. Tout le monde m'appelle Freddé.

–Suis la nouvelle maîtresse d'école.

–Je reste au village.

–Assis-toi.

Alfred prit une place d'enfant dans un banc. La jeune femme rit sans raison. Mais l'éclat était si vibrant, si accueillant, que Freddé se sentit rassuré.

Elle prit place plus loin, s'appuyant au dossier pour lui parler. Et posa une question vide, sachant la réponse :

–Comme ça, t'as pas d'enfants, Freddé ?

–Suis même pas marié.

–Ah non ? Intéressant...

Ce fut une conversation à bâtons rompus. Et Alfred renoua avec sa relation brisée par la si belle Eulalie...

Amanda n'avait ni la beauté, ni le charme, ni le coeur de l'autre, mais son rire dansait si bien la gigue...

*

–Affreux, affreux, affreux !

Le docteur Goulet entra en coup de vent dans le magasin

en secouant la tête. Alfred qui était à peser du sucre leva les yeux, et sa mère, du côté des dames, fit de même.

–Je trouve que la vie est souvent vraiment injuste, madame Grégoire.

–Qu'est-ce qui s'est donc passé ?

Depuis le bureau de poste, Honoré qui avait entendu s'écria :

–Quelqu'un est mort subitement que ça me surprendrait pas pantoute. Un autre Romain Leconte dans la paroisse...

Le médecin s'arrêta à mi-chemin de l'allée, devant Émélie qui se contentait de le questionner du regard. Il déclara, choqué et découragé à la fois :

–Pire que ça, pire que ça... On a un aveugle dans la paroisse, un pauvre aveugle.

–Mais qui ça ? demanda Émélie qui pensait à Napoléon Lambert.

–Le petit Lambert... Il vient de perdre son autre oeil, c'est affreux ! Il vient de se marier, sa dame est enceinte et il devient invalide pour la vie entière. C'est pire que la mort.

Honoré vint au-devant du personnage, sourcils froncés, Alfred piqua la petite pelle dans le grand sac de sucre et demeura interdit, pétrifié.

–Seigneur ! s'exclama Émélie qui parlait rarement ainsi, c'est vrai que c'est sans justice ! C'est qu'il va faire pour gagner sa vie ? Il est arrivé quoi pour qu'il perde son bon oeil asteur ?

–Bêtement un clou. Il a voulu le planter, a frappé avec son marteau et le clou lui a sauté dans l'oeil qui a coulé sur-le-champ.

Honoré qui ne mettait pas en doute les mots du docteur montra quand même une fausse incrédulité :

–Mais ça se peut pas. Un clou, ça relève pas de même.

–Ça doit arriver une fois sur un milliard, et ça lui est

arrivé, à lui qui était déjà borgne. Un bien curieux destin, vous ne trouvez pas ?

–Ça va lui prendre une pension, dit Émélie qui ne cessait de hocher la tête dans le plus grand déplaisir.

–On va lui trouver des travaux qu'il pourra faire, ajouta Honoré.

Alfred avait des larmes plein les yeux. Son ami devenu aveugle : pourquoi lui ? Tout ce qu'ils avaient partagé depuis l'enfance lui revenait, scène par scène. Cette fois où on l'avait retrouvé caché dans la grange sous la crèche d'un cheval, terrorisé par son père. Cette autre où, sur le cap à Foley, on l'avait inclus dans un groupe de glisseurs qui comptait des grands comme Odile et Marcellin. Et quand, ensemble, ils avaient grimpé dans la structure de l'église jusqu'à son clocher pour... voir au loin. Mais surtout ce terrible jour où son ami avait perdu un oeil, le premier à lui être ravi par son pénible destin. Alfred avait alors couru à en mourir au presbytère chercher le curé en espérant un miracle; et ni lui ni le saint prêtre Alfred Pampalon n'avaient permis à l'enfant de garder son oeil...

Si souvent battu, si souvent bafoué par son père, voici que malgré sa générosité et sa belle humeur constante, Napoléon serait un grave infirme pour toute la vie.

Pour une raison inexplicable, Alfred se mit à songer à la jeune institutrice nouvellement arrivée dans la paroisse. Il n'avait pas osé lui demander pour la revoir. Cet événement tragique l'y poussait sans qu'il ne sache pour quelle raison. Peut-être, qui aurait su, que le jeune homme voulait par là partager le triste sort fait à son ami Lambert. Mais par quelle douteuse logique le lien entre les deux faits pourrait-il donc être établi ? Voilà qui dépassait et de loin son entendement.

–Je vais voir monsieur le curé qui pourra peut-être faire quelque chose, dit le docteur. Moi, je ne pouvais plus rien pour lui : son oeil était perdu, les humeurs avaient coulé hors du globe oculaire...

Honoré lança expressivement sous le regard contrarié de son épouse :

–À deux prêtres, la première fois, ils ont pas pu, par leurs prières, préserver son oeil, à Poléon, j'pense pas que le curé Lemieux, avec tout le respect que je lui dois, soit capable de faire plus...

–Peut-être pas, mais il peut lui confier des travaux à faire... comme creuser des fosses au cimetière... faire les commissions du presbytère...

–Honoré, s'exclama Émélie qui en fait parlait indirectement au docteur, il est aveugle ! T'as pas l'air d'en prendre conscience.

–Madame : un aveugle développe un sixième sens pour le guider en bien des choses.

Elle lui fit un regard en coulisse :

–Va falloir en tout cas qu'il apprivoise son nouvel état. C'est pas rien, perdre les deux yeux. J'aimerais mieux être morte, moi.

Personne ne remarqua le coeur d'Alfred à travers ses yeux embrouillés. Le jeune homme sortit un mouchoir et essuya ses larmes. Il se sentait seul au monde en ce moment...

*

Peu de temps après, le jour même du couronnement en Angleterre de George V, successeur de son père Édouard VII, Honoré Grégoire devenait conseiller municipal.

Napoléon Lambert traversa une phase profondément dépressive. On l'aida de toutes parts. Son épouse enceinte tout d'abord qui fit preuve à son égard d'une bonté incomparable. "On va se débrouiller, tu verras." "Y a des petits travaux que tu pourras faire." "Je vas travailler itou... tiens, je vais tâcher d'écrire... oui, écrire pour le journal L'Éclaireur... même pour Le Soleil..." "Je pourrais cuisiner pour madame Lemay..." "Suffit de se creuser la tête et on va trouver."

Tout ce qu'il y avait d'amour dans le coeur et les yeux

d'Anne-Marie transparaissait dans sa voix. Elle y mit de la détermination pour deux. Elle parvint peti-peta à faire émerger son âme de l'obscurité. Malgré son grand malheur, il n'arriva jamais à Napoléon d'en imputer la responsabilité à son père et à la manière qu'il l'avait élevé.

Anselme Grégoire qui avait fait bâtir maison en haut d'un button à quelque distance du grand chemin, quitta sa petite maison basse située en face de celle du docteur Goulet et il la mit à la disposition du couple Lambert qui ne tarda pas à y emménager afin de se rapprocher du coeur du village.

Mais la première véritable sortie publique du jeune homme aveugle fut pour assister à l'inauguration du nouveau magasin général. C'est Alfred qui le persuada de s'y rendre avec lui et Amanda qu'il avait commencé de fréquenter récemment, stimulé par un amour naissant.

Les deux couples, encadrés par Émélie et Honoré, eurent droit au premier rang sur des chaises alignées dans la rue devant la bâtisse à bénir. De temps en temps, Anne-Marie se penchait vers son mari et lui glissait à l'oreille un détail sur ce qui se passait. Ce qui comptait en cette cérémonie, c'était autant l'ouïe que la vue. Il y eut quelques discours. L'un par Louis Champagne qui parla de bonne entente entre lui et les Grégoire. Un autre par le maire Quirion. Un laïus aux mots allongés, par Jean Jobin. Le curé mit son mot avant et après ses prières en français et en latin. L'idée principale évoquée par tout un chacun fut celle de progrès et Honoré applaudit tous ceux qui prirent la parole.

Il eût été malséant de demander à un marchand de parler au public en faveur de l'autre et Champagne avait décidé de ne pas le faire. Au dernier moment, avant que le curé ne procède à la deuxième et dernière partie du rituel, il regarda son concurrent et osa :

–Si t'as un mot à dire, Honoré ?...

Son concurrent se leva et dit une simple phrase que tous surent sincère :

–Mesdames, Messieurs, on va pas se nuire, Louis et moi, on va se donner la main et s'entraider.

Les deux hommes furent copieusement applaudis.

Et ils le furent encore plus chaleureusement par Napoléon Lambert qui donnait là un signe de son renouveau intérieur et de son goût retrouvé pour la vie...

Ensuite, au retour, l'on s'arrêta près du couvent en construction. Honoré raconta à Anne-Marie l'aventure de son fils et de Napoléon dans la grande structure de l'église en 1901. Et le jeune aveugle manqua s'étouffer de rire en l'entendant. À travers sa douleur morale, il trouvait moyen de répandre du bonheur autour de lui...

Émélie se sentait émue, qui n'en laissait pourtant rien paraître...

***

Le magasin Champagne

Chapitre 13

Durant l'hiver 1911, Alfred vendit son lot de Saint-Gédéon et se procura une terre à Shenley, tout près du village, au début de la Grand-Ligne, côté est, vers Saint-Martin.

Dès les premières lueurs de mars, il fit la grande demande à sa chère Amanda. À vingt-trois ans, son tour arrivait de fonder une famille. Mais la jeune femme ne s'y attendait pas. Peut-être avait-elle aussi un prétendant là-bas, à Sainte-Marguerite, comme Eulalie lui avait si soigneusement caché le sien jusqu'au jour où, brutalement, elle lui avait annoncé son prochain mariage.

C'est la peur au coeur qu'il attela ce dimanche-là pour se rendre à l'école d'Amanda sur le chemin de Saint-Évariste pas loin de la famille Napoléon Martin. Elle l'attendait comme tous les dimanches à la même heure. Et le salua de la main par la fenêtre avant même qu'il ne descende de son borlot. Voilà qui lui parut un excellent augure.

Il entra et fut accueilli par un de ces éclats de rire fabriqués de toute pièce dont la jeune femme usait abondamment pour amadouer et décontracter.

–T'es rougeaud comme un coq, Freddé. C'est le vent du printemps qui te peinture la peau de même ?...

Elle prit la main du jeune homme et pinça en riant. Il se retint de grimacer, se contentant de dire :

–J'ai la couenne épaisse pas mal.

–Je vois ça. Viens... Viens t'assire, on va veiller à côté du poêle sans se mener le diable.

Et elle s'enveloppa de son chandail noir, bras croisés dessous. Il la suivit. On prit place sur des chaises disposées là avant son arrivée. La mise en scène rappelait tant de souvenirs au jeune homme qu'il en demeura bouche bée pendant quelques instants.

Amanda s'esclaffa de nouveau.

–C'est quoi qui te fait rire ?

–Ben... j'ai dit : on va veiller à côté du poêle. On veille pas l'après-midi, c'est le soir qu'on veille. Je disais ça pour... rien... pour m'amuser.

Elle eut encore un éclat de rire aux notes pointues. Malgré sa propension à confondre Amanda et Eulalie dans son inconscient, Alfred ne parvenait pas à rapprocher ce geste nerveux d'une autre personne connue. Comme si Amanda avait été la seule au monde à rire de cette manière. Encore que Jos Lapointe, un garçon qui se tenait parfois avec Pampalon manifestât également cette tendance à rire sans raison apparente.

–T'as passé une bonne semaine ?

–Et puis toi, la tienne ?

–Pas pire.

–Des bonnes ventes au magasin ?

–Pas pire.

–Y a-t-il quelque chose qui est allé mieux que 'pas pire' ?

–Ben... non... Les élèves... en as-tu puni d'aucuns ?

–Oui, une... la p'tite Martin.

–Laquelle ?

–Éveline. Est dissipée des fois, celle-là.

–Des fois qu'elle m'énerve quand elle vient s'acheter des chaussures.

–Ah oui ? Comment ça ?

Alfred raconta comment ça s'était passé la dernière fois, mais il omit de dire que la jeune fille avait provoqué des réactions inavouables en lui.

–J'pense que sa mère est pas assez ferme avec elle. Trop de liberté pour un enfant de nos jours, c'est dangereux.

–Ça... j'sais pas...

Il fut ensuite question d'autres élèves, d'autres problèmes que la jeune femme disait savoir régler comme il faut. Alfred gardait au bord du coeur sa grande question qu'il n'arrivait pas à formuler. Et chaque fois qu'il allait s'y jeter, il en était empêché pour une raison ou pour une autre. La plus inattendue fut la venue de quelqu'un qui frappa à la porte. On n'avait vu venir personne. Pas un attelage n'était passé devant depuis l'arrivée d'Alfred. On devina en tout cas que la personne qui frappait le faisait discrètement et n'était sûrement pas un homme fait.

–Je vas voir...

Alfred perdit de vue Amanda qui sortit de la classe pour aller dans le vestibule où était la porte qu'elle ouvrit. C'était Éveline Martin avec un panier dans la main. Elle dit :

–Maman vous envoie de la tarte aux pommes.

–Ah oui !? Entre, Éveline, entre donc !

À douze ans, l'adolescente était l'une des plus grandes élèves de la classe. Elle faisait tout pour plaire à sa maîtresse qui ne l'aimait guère et regardait ses gestes avec une lunette grossissante afin de lui en faire reproche ensuite. Éveline en avait parlé avec sa mère et Odile la supportait, la protégeait; c'est la raison pour laquelle, ce jour-là, elle l'envoyait porter un cadeau de bon voisinage à l'institutrice.

–Suis-moi dans la classe !

La jeune fille savait qu'Alfred se trouvait là. Les gens du rang s'attendaient à ce que le fils aîné des Grégoire demande la maîtresse en mariage. Leur idylle était connue et approuvée. Personne n'aurait mis leur moralité en doute parce que le jeune homme lui rendait visite à son école sans chaperon aux alentours. Tout était dans l'ordre normal des choses puisque Amanda venait de loin et habitait l'école. Une jeune personne instruisait les enfants des autres jusqu'à ce qu'elle trouve et accepte mari. Certaines même enseignaient après leur mariage, si les naissances ne se faisaient pas trop drues.

–Bonjour, monsieur Freddé.

–Ouais... bonjour toi.

–Je viens porter une tarte à ma maîtresse.

–Ça va lui faire plaisir, j'en doute pas.

–Vous pourrez en manger, tous les deux.

–Si c'est ta mère qui l'a faite, ça doit être quelque chose de bon.

–Comment tu le sais ? dit Amanda qui prit le panier et l'emporta vers la petite cuisine à l'arrière de la classe.

–Parce que sa mère, madame Martin, a travaillé pour nous autres ça fait plusieurs années... quand j'étais jeune. Elle nous faisait souvent à manger. La tarte aux pommes, c'était ça qu'elle faisait de meilleur.

Amanda éclata de rire pour la dixième fois. Elle toucha le chignon de cheveux à l'arrière de sa tête. Quelque chose lui déplaisait qu'elle devait cacher : la mère d'Éveline dont elle ignorait même le nom lui apparaissait comme une rivale par le simple fait qu'elle s'y entendait dans la confection de tartes aux pommes. Et par conséquent, Éveline l'était aussi. Elle disparut un moment dans l'autre pièce puis revint.

–Ben tu peux t'en retourner asteur, Éveline. Tu diras merci à ta mère.

–Ben correct, mademoiselle !

–Peut-être ben que ça sera pas longtemps 'mademoiselle', et que ça sera madame avant la fin de l'année 1911.

Alfred entendit ces mots inespérés, inattendus. Il comprit que la réponse à sa question du jour serait favorable. Quelque chose tournoya en sa chair. Ce même appel du désir qui lui venait souvent sans raison, mais qui, cette fois comme le jour où il avait ajusté les chaussures d'Éveline, était attisé par quelqu'un de l'autre sexe, montra la tête. Là, il n'eut pas besoin de trop le museler...

Alors que l'adolescente refermait la porte, les mots vinrent au jeune homme :

–Comme ça, t'accepterais de me marier ?

Elle pouffa de rire :

–Ben entendu, Freddé, j'pensais que tu me le demanderais jamais.

Mis dans son tort, il pencha la tête. Elle reprit :

–Et puis... tu m'embrasses pas ?

–Ben...

Amanda parsemait son propos de 'et puis', mais les étirait en prononçant 'et pe-uis' plutôt qu'un bref 'et puis'. Une bizarre façon de dire que lui ne connaissait pas, mais qu'il trouvait charmante comme tout ce qui est étrange chez quelqu'un qu'on aime.

Ils s'étirèrent le cou tous les deux et leurs bouches se touchèrent. Aucun n'avait entendu le bruit de la porte qu'on ouvre. C'est que l'adolescente revenait prendre ses mitaines oubliées sur un pupitre. Elle resta un moment à regarder les amoureux et ses prunelles brillaient dans l'ombre. Et espérait qu'ils se lèvent et s'étreignent, corps contre corps, et s'échangent un baiser passionné. Mais cela ne devait pas se produire et il lui fallut se contenter de l'imaginer l'espace d'un court instant. Elle poussa la porte pour que le bruit alerte la maîtresse et son ami, ce qui réussit.

–C'est que tu veux encore, Éveline ?

–Je viens chercher mes mitaines.

Amanda se leva du banc et marcha nerveusement, espa-çant de petits pas drus vers l'adolescente. Au passage, elle prit les mitaines et les lui mit à plat sur les mains, disant :

–T'as pas oublié autre chose, là ?

–Non, mademoiselle Nadeau.

–Ben retourne chez vous... tu mériterais une punition pour être rentrée sans cogner à la porte...

–Je l'ai fait, mais...

–Envoye, pars !

–Oui, mademoiselle.

Au retour vers Alfred, Amanda rit encore.

–Ah, la p'tite gueuse, des fois même une p'tite poison...

Lui qui regrettait ce qu'il avait raconté au sujet d'Éveline tâcha de nuancer :

–C'est du monde qui aime ben le monde... c'est mieux aimer qu'haïr...

–On peut pas aimer n'importe comment non plus...

–Quant à ça...

Amanda ne s'arrêta pas auprès de lui; elle se rendit à son pupitre de maîtresse sur la tribune, et y trouva dans un tiroir un petit calendrier qu'elle rapporta :

–Le mieux pour le mariage, ça serait... le... 14 août...

–Un mardi ?

–Un lundi.

–De coutume, les curés aiment mieux marier le mardi.

–On se fera marier par le vicaire.

–Ben c'est comme tu voudras...

La jeune femme possédait l'autorité d'Émélie et cela sub-juguait Alfred qui se sentait en sécurité auprès d'elle. Un avenir clair et net se dessinait devant son regard. Seuls les enfants à venir restaient pour lui forcément un mystère à découvrir. Un beau mystère...

–Asteur, je vas te présenter à ma mère et mon père. Depuis le temps qu'ils veulent te connaître.

–La seule sortie que j'ai faite jusqu'asteur, c'est pour aller passer les Fêtes à Sainte-Marguerite.

–On pourrait aller au village tout de suite après-midi.

Amanda secoua la tête de manière négative, mais dit à travers une quinte de rire :

–Mais ben certainement ! Et puis... je connaîtrai tes frères et tes soeurs.

–Il manque Éva et Alice.

–Les autres seront peut-être là ?

–Le dimanche, Pampalon pis Henri, ça court les chemins. Une que tu manqueras pas, c'est Bernadette. Elle sait tout. Elle voit tout. Elle écoute tout. Elle regarde tout.

–Quel âge qu'elle a ?

–Bernadette ? Heu... six ans... va avoir sept au mois de juillet.

*

Si Amanda parut sympathique à Bernadette, Eugène et Honoré, elle ne se fit guère aimer par Émélie qui la trouvait fausse, ampoulée, pédante et imbue d'elle-même. Amanda sentit que sa future belle-mère ne la digérait pas et redoubla d'efforts pour la séduire, ce qui la rendit encore plus fausse, ampoulée, pédante et imbue d'elle-même aux yeux d'Émélie.

–On aurait dû s'en mêler avant, dit-elle à Honoré, venu s'entretenir avec elle dans le salon du magasin.

–Comment ça ?

–C'est pas une femme pour lui.

–Écoute, on l'a envoyé aux États malgré lui, on lui a dit que la terre, c'était pas un métier pour lui, on l'a fait changer de cap, on l'a détourné de son rêve. On peut toujours pas intervenir encore. À 23 ans, faut que Freddé apprenne à se décider par lui-même.

Émélie se contenta d'un soupir de résignation et de quelques regards bourrés d'incertitude adressés à son mari mais autant aux choses de la pièce.

Peut-être après tout que sa première impression enlaidissait la réalité ?...

*

Chez les sucriers, c'était branle-bas de combat en ce 20 mars ensoleillé. Vilebrequin au poing, on se lançait à l'assaut des érablières pour entailler. Un dimanche idéal avait indiqué la veille aux cultivateurs que le moment était venu de récolter la sève sucrée pour la transformer en sirop délicieux et en tire joyeuse.

La plupart des familles en dehors du village possédaient un certain nombre d'érables à sucre y compris les Jolicoeur du Grand-Shenley. Et pourtant, ils auraient, eux, un jour de retard sur les autres. Et pour une raison bien simple et incontournable : on faisait baptiser.

Gédéon attela tôt. L'enfant était né le samedi. En se rendant à la messe du dimanche, l'homme avait demandé à des voisins d'agir comme parrain et marraine, ce que Joseph Poulin et son épouse avaient accepté de faire. D'autres baptêmes avaient été prévus pour cet après-midi-là, celui d'un enfant Dostie et d'un enfant Viger; et le curé fixa au lendemain la date du baptême du nouveau-né Jolicoeur.

Marie-Laure, l'aînée des filles, âgée de 10 ans, fut porteuse. On fit monter les Poulin et la sleigh glissa moitié sur la neige du bord du chemin et moitié sur la terre nue du milieu que le soleil dégageait toujours en premier vu un certain entretien dont le chemin faisait l'objet au cours de l'hiver. Qu'importe au gros cheval noir qui tirait sa charge sans le moindre effort !

–T'en as comment asteur, Gédéon ?

–Onze... C'est le onzième...

–Un gars ? Une fille ?

–Un garçon.

Marie-Anna, la marraine, savait déjà ces choses. Elle avait secondé le docteur Goulet à l'accouchement le samedi. Mais vu que son mari ne lui avait posé aucune question à son retour à la maison, elle n'avait rien dit. Même que sa voisine ne lui avait pas demandé pour être la marraine du nouveau-né. Il lui avait fallu en parler à Gédéon avant. Elle prit la parole :

–Pis comment qu'il va s'appeler ?

–Ovide. Cyrille Ovide.

–Un nom à la mode.

–C'est ma femme qui décide tout ça. On a un Wilfrid, un Joseph, elle, c'est Marie-Laure... On a un Philippe, une Marie-Ange, une Zénaïde, un Albert, un Ernest, un Léopold, un Roland. Pis là, ben ça va être un Ovide.

–Comment c'est que tu fais pour te rappeler les noms de tous tes enfants, mon Gédéon ? Moé, j'en oublie tout le temps.

Marie-Anna marmonna :

–Une mère oublie pas le nom de ses enfants.

–C'est justement, commenta Joseph qui l'avait entendue, une mère, ça s'occupe des enfants pis un père, ça s'occupe du reste.

–C'est de même, la vie, enchérit Gédéon. Chacun son ouvrage.

*

Une tâche incombait à Bernadette depuis la naissance de sa petite soeur Berthe : l'endormir en tirant sur la corde attachée à la quenouille du berceau.

"*Cette occupation durera au moins trois années pendant*

lesquelles, aux dires même de Bernadette : "Le ber en faisait du feu." Au son des comptines et des bruits étouffés de voix en provenance de la cuisine toute proche, la petite Berthe rejoignait chaque après-midi le pays des vieilles fées « si haut coiffées »

Toute l'attention que Bernadette accordait à sa petite soeur devint vite indispensable pour cette dernière qui réclamait à tout moment la présence de sa soeur à ses côtés lorsque venait le temps de dormir. Pour échapper à cette dictature infantile, Bernadette, qui adorait aller cueillir des fraises sauvages avec ses amies, se mettait à quatre pattes dès que la respiration de la petite devenait régulière et sortait de la chambre, le plus silencieusement du monde, afin que Berthe ne s'aperçoive pas de sa disparition. Lorsque par mégarde, une planche de bois franc craquait sous les genoux de Bernadette, la petite dernière alertée par ce bruit insolite se mettait à pleurer et toute l'opération devait recommencer à zéro.

Un clocher dans la forêt, page 85

*

Et pendant que sa soeur veillait sur sa soeur, Eugène se glissait derrière elle pour fouiller dans la bibliothèque familiale, à la recherche d'un nouvel ouvrage à découvrir. Ce serait l'une des dernières fois qu'il aurait à le faire de cette façon. Émélie et Honoré avaient en effet pris la décision de mettre ces livres à la vue de tous en plein salon et à la disposition de chacun des enfants qui s'y intéresserait comme le faisait, on le savait bien, ce génie solitaire si avide de connaissances et de bonne lecture.

Eugène aurait bientôt ses neuf ans et continuait de dévorer les journaux. Premier de classe, tout travail intellectuel lui était d'une facilité déconcertante.

"Il aurait pas besoin d'aller à l'école, disait de lui Honoré, il sait tout d'avance. À se demander s'il en sait pas plus que la maîtresse des fois." Mais son père prenait soin de ne pas discourir ainsi devant le garçon de peur de lui faire 'une grosse tête'.

Une tranche rouge et or apparut à l'enfant. Puis un nom d'auteur : Thomas Chapais. Il retira le livre flambant neuf d'entre les autres et en lut le titre sur le couvert dur : *Le Marquis de Montcalm*. Il connaissait le nom du vaincu des plaines d'Abraham. On en parlait dans son livre d'Histoire du Canada. Son intérêt pour le contenu le poussa à emporter l'ouvrage avec lui.

–Maman, elle veut pas qu'on sorte ses livres de la chambre, lui souffla Bernadette qui ne voulait pas réveiller la petite Berthe.

–Moi, je veux.

–T'as pas le droit, Eugène Grégoire.

–Si tu le dis, ben chaque fois que tu vas vouloir faire dormir Berthe, je vas venir faire du bruit pour la réveiller.

–T'es pas fin.

–Si t'es fine, suis fin. Si t'es pas fine, suis pas fin.

–O.K. d'abord, je le dirai pas.

Et c'est ainsi que le garçon, malgré les obstacles, put se plonger dans une lecture que la plupart des adultes eux-mêmes n'auraient jamais voulu faire.

*

Fin juin, Éva et son ami Arthur se retrouvèrent dans le train en partance de Lévis pour la Beauce. Au cours de l'année, ils avaient trouvé moyen de se voir souvent et surtout de s'écrire. La profonde amitié les unissant n'avait pas tardé à se renchérir d'un sentiment amoureux d'une grande dignité et d'une haute valeur.

Mais voici qu'ils avaient plus d'une heure pour se parler en toute liberté, sans les gros yeux des surveillantes à l'école ni les risques de renvoi pour avoir fraternisé avec quelqu'un de l'autre sexe, ce qui faisait l'objet d'un interdit formel.

Et pourtant, sur quelques milles après le départ du train, ils ne se dirent rien du tout. Après les salutations et leur installation dans une même banquette, la dernière du wagon à voyageurs, il lui avait pris la main, s'était appuyé la tête au mur et avait fermé les yeux. Éva comprenait ce langage muet de beau sentiment : Arthur voulait communiquer d'âme à âme en passant par leur chair.

Elle entra vite dans le jeu. Instant divin de magie pure. Sa main qui portait son coeur se fit d'une infinie tendresse. Et pourtant, il passait par elle d'immenses vagues d'exaltation et de don de soi. Elle aurait voulu déverser dans son être spirituel toute cette lumineuse intensité que son sentiment pour lui faisait surgir de son âme comme d'une source intarissable.

La demande en mariage qui eut lieu à ce moment serait unique. Car muette. Elle passerait par un sentiment. Par un moment de totale euphorie. Par un profond et pur silence. Et ses seuls mots seraient un regard qu'ils s'échangèrent. Le seul bruit qu'on aurait pu entendre si on y avait prêté attention, était celui, sourd mais très présent, des roues du wagon. Et voilà qui symbolisait leur lien éternel. Le train de leur vie roulerait sur les rails de leur sentiment réciproque, appelé à ne jamais mourir. Ils iraient côte à côte sous le soleil ou sous la tempête, fidèles par choix, solidaires par désir, admiratifs par certitude.

On se verrait au cours de l'été, contrairement à l'été d'avant. Arthur se rendrait à Shenley tous les samedis et en reviendrait le dimanche en journée. Ainsi, il pourrait faire ample connaissance avec la famille Grégoire. Il aurait sa chambre dans la maison rouge où Émélie et Honoré n'émigreraient pas pour la saison, contrairement à leurs habitudes et pour donner à leur grande fille toutes les chances de mieux dessiner son avenir suivant ses voeux, pourvu qu'elle se fasse la gardienne des bonnes moeurs, ce dont on ne doutait pas un seul instant.

Les Grégoire n'avaient pas tardé à l'aimer, ce personnage raffiné vite devenu semblable à un fils. Peut-être était-ce lui qui remplaçait Ildéfonse ? Leur cher disparu avait d'ailleurs été moulé de la même manière par la vie jusqu'au jour où elle s'était brisée subitement par un coup de son cruel destin.

Arthur l'avait annoncé : il achèterait le magasin général de son père dans les mois à venir. Puis il terminerait son école Normale en juin de l'année suivante. Et la suite, on la connaissait sans se la raconter : ce serait le mariage avec Éva, suivi de la prise de possession du commerce de Saint-Gédéon. Et leur installation là-bas.

Restait à faire la grande demande à Honoré...

*

Commençaient les grandes vacances pour Henri également qui finissait sa deuxième année au collège de Sainte-Marie. Le jeune homme de seize ans suivait les traces de son frère aîné Alfred qui y avait complété son cours commercial quelques années auparavant. Toutefois, il n'était pas certain encore de son devenir. La seule chose qu'il savait, c'est qu'il voulait quitter la demeure familiale le plus tôt possible. Et s'il devait aller s'installer aux États-Unis, pas question d'en revenir plus tard comme l'avait fait Freddé, pas même pour la plus belle fille de Shenley.

Pour l'heure, c'est plutôt un vent de spiritualité qui souf-flait sur son âme; et sur le train du retour, le nez dans la fenêtre, malgré l'inconfort de la banquette de bois dur, il eut l'idée vraiment d'embrasser la carrière ecclésiastique. Et ce rêve nouveau, il en fit part à son ami et voisin Edward Foley dès son retour à la maison. Et l'autre le partagea aussitôt entièrement.

"Avec son ami (Édouard), Henri composa dans ce but une lettre d'application au collège Mont-de-Lasalle à Mon-tréal, le noviciat des frères des Écoles chrétiennes. Voulant se donner un temps de réflexion avant de poster la lettre ou encore craignant qu'Honoré ou Alfred ne voient leur lettre

en estampillant le courrier, Henri et Édouard se rendirent à la grange des Foley et cachèrent la lettre dans une meule de foin. Comble de malchance, quelqu'un la découvrit et tourna en dérision la demande des deux jeunes hommes. La nouvelle se répandit très vite et fit le bonheur des plaisantins pour quelques semaines. À chaque fois que quelqu'un du village rencontrait Henri ou Édouard, il l'abordait en lui chantonnant :

Frère Sijebert
Mont-de-Lasalle
Maisonneuve
Montréal.

L'on faisait allusion bien sûr à l'adresse indiquée sur la fameuse enveloppe. Cet épisode coupa court à la vocation religieuse d'Henri et renforça son idée de partir."

Un clocher dans la forêt, page 59

***

Chapitre 14

–C'est un Buick Runabout (*prononcé Béouique Ru-na-boutte*) : c'que y a de mieux en fait de machine sur le marché en 1911, mon cher monsieur Grégoire. J'ai su que vous étiez l'homme pour avoir ça, pour vous promener avec ça, pour faire ben des affaires avec ça. Un bijou de machine. C'est là, devant le perron de votre magasin. Manque rien que vous pour venir essayer ça...

Honoré regardait son interlocuteur avec un oeil incrédule et l'autre bourré d'ironie. Pour toute la première fois, un vendeur d'automobiles lui rendait visite. Venu de Saint-Georges, l'homme d'une quarantaine d'années parlait avec autorité, portait un ventre énorme et attirait la sympathie par le son de sa voix, la proéminence de ses yeux et ses manières polies et déférentes.

–Monsieur Dallaire, pensez-vous qu'à mon âge, on peut apprendre à conduire une machine ?

–Mais, monsieur Grégoire, vous avez même pas 50 ans.

–46.

–Le temps de le dire, vous allez savoir. Mais pas besoin de chauffer vous-même, peut-être qu'un de vos garçons...

Henri et Pampalon avaient tous deux le nez dans le couloir à l'arrière du bureau de poste et espéraient de toutes leurs forces que leur père achète la voiture. Après tout, plusieurs disaient que c'est lui qui aurait dû avoir la première voiture automobile à Shenley, avant même Uldéric Blais, puisque Honoré passait pour le plus riche et le plus affairé des citoyens de la place.

Honoré sentit l'intérêt de ses deux gars pour la voiture qui attendait dehors et se dit que s'il ne leur achetait pas le plaisir, il leur donnerait au moins le désir. Et plus tard, on verrait... Une fois dessiné, le projet ne tournerait pas en eau de vaisselle.

–Je vas essayer ça, mais... ça m'engage à rien.

–C'est free gratis... Si vous voulez acheter aujourd'hui, tant mieux. Si vous voulez attendre, ça sera pour plus tard. Suis là pour vous faire connaître le Buick Runabout.

–Comment tu dis ?

La barrière du vouvoiement venait de tomber du côté d'Honoré et cela plut au vendeur qui reprit les mots qu'il avait prononcés à la française jusque là :

–Béouique Ru-na-bout.

Honoré reprit en anglais :

–Buick Runabout.

–Ouais, c'est comme vous dites qu'il faut dire. Mais moé, mon anglais marche nu-pieds, vous savez.

Honoré sourit à l'image, souleva la planche à bascule et suivit le vendeur, ses fils le talonnant et qui, en passant, jetèrent à leur mère un regard ravi. Elle n'eut aucune réaction apparente et se pencha de nouveau sur un carnet de factures.

Le bijou apparut dans toute sa splendeur, flamboyant comme l'automne, admiré par plusieurs jeunes gens et jeunes filles du voisinage : des Foley, des Mercier, des Jobin et jusqu'au docteur Goulet qui aurait bien voulu que les chemins des rangs soient carrossables plus longtemps que de juin à novembre, encore que cinq mois à se servir d'une voiture automobile pour aller aux malades, cela justifiait amplement son achat.

Dallaire, personnage portant un col dur qui lui faisait un troisième menton, au teint basané et aux cheveux intensément bruns, ouvrit grand les bras comme pour offrir un miracle à la population, une apparition céleste :

–Regardez-moé ça !

Sa blancheur frappait sous le soleil de juillet. Ailerons blancs. Carrosserie blanche. Roues blanches. Essieux blancs. Ressorts blancs. Capot repliable blanc. Cette couleur omniprésente, étincelante, éblouissait le regard. Aussi, elle mettait en évidence les phares en cuivre luisant, de même que la massive enveloppe de la grille du radiateur. Et rehaussait la beauté du cuir bourgogne de la seule banquette. Et donnait de la valeur au bois du volant.

–Ouais, une belle machine à plein ! s'exclama Honoré.

Pour plusieurs dont Pampalon, cette phrase signifiait qu'il l'achèterait. Il reprit et leur servit à tous une douche froide :

–C'est de valeur qu'elle ait rien qu'un siège. Pour une famille nombreuse, c'est pas trop l'article. En plus : pas de capote pour protéger du vent, de la pluie... Ah ! mais c'est une belle machine pareil.

Le vendeur mit sa main sur son coeur :

–L'important pour moé, c'est pas pantoute de vous la vendre aujourd'hui, c'est de vous rapprocher des machines.

–Ah, mon ami, c'est fait ! Mais c'est déjà fait !

Et il raconta l'aventure du dernier jour du grand feu en 1908 alors qu'avec la Ford à Uldéric Blais, on avait rescapé la famille Beaudoin.

–Tu prêches à un converti, ajouta-t-il, les yeux agrandis.

–Dans ce cas-là, je vas revenir avec une autre qui sera ben à votre goût.

–Celle-là est à mon goût, mais pas à ma convenance. En passant, ça se vend cher, ça ?

–1495 piastres. Tout compris.

–Un Ford se vend moins cher, je pense.

–Question de qualité : plus vous avez de qualité, plus le prix augmente. C'est dans tout. Un marchand général sait ça.

–T'as raison, mon gars. C'est quoi ton nom ?

–Dallaire.

–Ton premier nom.

–Albert.

–Allons essayer ça, mon Albert Dallaire.

Honoré monta sur la banquette côté passager tandis que l'autre s'installait au volant. Le moteur tournait déjà. Le vendeur dit :

–Écoutez-moé ça, c'te machine-là. Le moteur, ça vire comme un p'tit taon.

Il mit en marche et l'on prit la direction ouest, vers le bas de la Grand-Ligne. Beaucoup d'ornières et de rigoles entamaient la chaussée, mais la Buick absorbait les contrecoups sans que les deux passagers n'en souffrent trop.

–Quand on va revenir, tu vas aller faire un tour avec mes deux gars. Je vas te payer pour. Les machines, ça les excite pas mal, ces deux-là.

Puis il fut question du garage récemment inauguré à Saint-Georges et qui vendait non seulement des voitures de la General Motors mais aussi d'autres comme la Ford et la De Dion-Bouton. Dallaire parla d'un tout nouveau moteur, conçu d'abord pour les avions, mais adapté aux machines routières et qu'on appelait le V-8.

Et tout naturellement, l'on en vint à parler de la nouvelle compagnie fondée par le jeune Édouard Lacroix en vue de l'exploration forestière au Maine et au lac Frontière.

–Toutes les semaines, il achète une terre à bois là-bas, dit le vendeur parmi d'autres propos que son interlocuteur n'était guère appelé à se souvenir.

Mais cette phrase, il l'emmagasina pour de bon en sa tête et l'idée d'acheter lui aussi des terres à bois devint plus séduisante que jamais. C'est là qu'il devait investir. C'est là qu'il tirerait les meilleurs bénéfices. D'autant que les petites gens emprunteraient bien moins de lui, maintenant qu'il se trouvait à Shenley une caisse populaire pour répondre à leurs besoins financiers.

La randonnée les amena sur le chemin de la Grand-Ligne et provoqua une autre réflexion chez Honoré, en plus de celle à propos de ses futurs investissements. Il en fit part à Dallaire :

–Pour que le monde achète des machines, il va nous falloir des meilleurs chemins. En haut de la Grand-Ligne, de l'autre côté du village, c'est vaseux jusqu'aux essieux tout le printemps pis même des fois en plein été quand il mouille pas mal. Mais... ça sera pas facile à faire comprendre ça au monde. Ah, ils ont fini par comprendre, les dissidents, pour l'église en 1900, pour le presbytère en 1907 et même pour le couvent qui va recevoir des soeurs au mois d'août et les enfants en septembre, mais des chemins pour des machines : ils vont dire que c'est pour les riches.

–Un bon maire peut tout faire. Vous devriez vous présenter pis faire une campagne des bons chemins.

Honoré se mit à rire sans éclat puis sourit en secouant légèrement la tête :

–Sais-tu, mon Albert Dallaire, que t'es un bon vendeur ? Quand je vas acheter une machine, ça sera de toi, de personne d'autre. T'es un sapré bon péteux de broue...

–Tant mieux pour moé !

–Et tant pis pour les autres !

Quand il descendit de voiture, Honoré se dit qu'il n'avait pas perdu son temps et même que cet essai d'une automobile lui avait fait faire des pas importants vers le progrès. Il héla ses fils qui attendaient sur le perron le retour de cette formidable mécanique leur apparaissant comme la plus grande merveille du monde, bien mieux que ce pont de Québec qu'on n'en finissait pas de construire et dont on disait qu'il ne serait achevé que dans deux ou trois ans... à moins d'une autre catastrophe comme celle du 29 août 1907...

–Monsieur Dallaire va vous faire faire un tour en machine. Si ça vous intéresse, bien entendu...

Pampalon se précipita le premier, se faufila comme une anguille devant son frère et grimpa sur la banquette. Henri ne demandait pas mieux : il occuperait le bord tandis que son jeune frère serait coincé entre lui et Dallaire.

Alfred les regarda partir depuis le magasin, bras croisés, debout derrière les portes centrales. Il se voyait lui aussi prendre le grand départ, mais dans une machine bien différente de celle-là, tout aussi brillante et prometteuse : celle du mariage...

*

Quelques jours plus tard, Honoré se rendit à Saint-Georges. Il se fit reconduire tout droit au bureau de la nouvelle compagnie *Édouard Lacroix Ltée* dont il voulait rencontrer le président fondateur lui-même. Sans rendez-vous préalable, son entreprise n'en réussit pas moins. Lacroix qui n'avait pas encore de personnel de bureau à son service le reçut en personne et l'invita à s'asseoir sur une chaise droite dans une pièce aux murs de bois rond.

–Suis marchand général à Saint-Honoré-de-Shenley.

–Suis passé par chez vous. Suis même allé au magasin. C'était un tout jeune homme... attendez, il avait un assez drôle de prénom... drôle, j'veux dire rare...

–Pampalon, c'est sûr.

–Non... c'était... Ildéfonse. C'est la première fois que j'entendais ce nom-là.

178

–Ça doit faire quelques années dans ce cas-là.

–Autour de trois ans.

–Parce que mon fils... Ildéfonse est mort en 08.

–Désolé, monsieur...

–Grégoire, Honoré Grégoire.

Lacroix, malgré son jeune âge, observait les visages et il étudiait les êtres par ce formidable chemin de connaissance. Il venait de voir une lueur de tristesse dans le regard d'Honoré et donc de lire une souffrance dans son âme, un drame inachevé.

–Vous avez plusieurs autres enfants, j'imagine ?

–Dix survivent. Mon plus vieux doit être plus âgé que vous. Il est venu au monde en 87.

–Et moi en 89.

–Voyez.

–Qu'est-ce qui peut bien amener un commerçant comme vous chez un commençant comme moi ?

–L'esprit du commerce justement. Le vôtre... le mien... Je vais mettre les cartes sur la table, monsieur Lacroix...

–Appelez-moi donc Édouard !

–Si vous m'appelez Honoré.

–O.K. Honoré !

–O.K., ça me rappelle le collège de Sainte-Marie...

–Que j'ai fréquenté dans mon jeune temps.

–Ah oui ? Et moi de même. En 89, j'étais là... Non, non, pas en 89, en 79.

–Nos bons frères des Écoles Chrétiennes.

–Mon gars Alfred est allé là itou. Et j'en ai un qui finit sa deuxième année du commercial là aussi : mon fils Henri.

–Bon, tout ça nous met en pays de connaissance.

Lacroix possédait une voix riche, persuasive et un regard

profond, insistant, mais qui savait se détourner de l'autre pour ne pas le mettre dans ses petits souliers. Il dévisageait un moment pour aussitôt après regarder vers un lointain connu de lui seul. Ouvert et fermé successivement. Était-ce le secret de son ascendant naturel sur la plupart des gens ?

Le propos d'Honoré devait l'étonner fort.

–En réalité, suis venu voir quelqu'un qui connaît mieux que moi la région du lac Frontière où on dit qu'il y a des terres à bois en masse à vendre. On dit aussi que vous...

–Tu.

–... que t'en achètes. Je voudrais que tu m'aides à devenir... ton concurrent. Là, si tu veux que je prenne la porte, je vas le faire.

Et Honoré fit mine de se lever.

–Bouge pas ! T'es fait en bois franc, Honoré Grégoire, et j'aime ça. Et puis... il est bon de connaître ses concurrents, présents ou futurs. Si je t'aide pas, tu vas de toute façon trouver un autre chemin pour aller où tu veux aller.

Une troisième raison d'apprécier ce visiteur passa par l'esprit de Lacroix : son intention de prolonger lui-même jusque dans la profondeur des terres à bois la ligne de chemin de fer que l'État faisait construire jusqu'au lac Frontière. Ainsi, Grégoire ne serait pas qu'un concurrent, il pourrait devenir un utilisateur de la ligne projetée. Donc un client. Et puis à qui Honoré vendrait-il le bois qu'il ferait couper sinon à un propriétaire de moulin ? Ce qui était également dans les projets immédiats du jeune homme.

–Tu veux savoir quoi ?

–Tout.

Lacroix sourit en regardant dans le vague :

–Je vais tout te dire... ou presque.

Les deux hommes se penchèrent sur des cartes forestières. Honoré laissa son instinct décider du coin qu'il exploiterait là-bas. Puis il se renseigna sur les meilleures façons de s'y rendre et de marcher les terres.

La franchise généra ce jour-là une paire d'amis.

*

Il vint enfin pour Alfred, ce grand jour du 14 août 1911.

Son mariage se déroulerait bientôt dans la grande église de Sainte-Marguerite-de-Dorchester en la présence de plusieurs des deux parentés.

Émélie, Honoré, Éva, Alice, Pampalon, Henri et Bernadette venus par train la veille et qui avaient passé la nuit à Saint-Henri. Des Nadeau et des Provost : proches de la mariée. Des Grégoire venus des paroisses d'en bas. Cédulie et Alice Leblond arrivées ensemble une heure avant. Des Méthot et des Chabot...

Sous son air austère, le marié jubilait.

Sous son air joyeux, la mariée pensait à bien autre chose.

La joie remplissait l'église et baignait chacun des assistants. Chacun sauf une. Émélie se sentait incapable d'embarquer dans cette liesse et il lui faudrait se composer un visage pour sourire à la noce. Son opinion sur Amanda n'avait pas changé; même qu'elle s'était renforcée. Mais elle s'était tue et se tairait à jamais. Quelque chose de bizarre se passait chez la jeune femme et les hommes ne s'en apercevaient pas. Émélie s'en était rendu compte dès la première rencontre puis elle avait eu l'idée de Restitue, une vieille dame chargée d'expérience des humains. Tout avait passé dans un seul regard de la veuve qui n'avait rien eu à verbaliser pour se faire comprendre.

Alfred ne serait pas très heureux dans son ménage. C'était la conviction de sa mère. Il attribuait à une jeune femme déséquilibrée les vertus d'une autre. Que seraient les enfants d'un tel couple ?

La veille de la noce, elle jasa longuement avec ses cousines Alice et Cédulie Leblond, comme au temps de leur enfance et pas même à elles, ne souffla mot de ses inquiétudes. Le secret demeurerait à jamais enfoui au plus profond de son être, quoi qu'il advienne dans le ménage d'Alfred.

C'est ce qu'elle se disait dans l'attente du prêtre, l'abbé Joseph Lavoie qui bénit le mariage.

La noce fut des plus simples et le jour même, la famille Grégoire regagnait Saint-Honoré.

Dès son retour, le couple de nouveaux mariés s'installa dans la maison du bout du village et leur vie prit un cours qui ne serait peut-être pas normal...

*

Dix jours plus tard, un événement d'importance se produisit dans la paroisse. Il arriva de Québec (Bienville) un groupe de trois jeunes religieuses de la congrégation des soeurs de la Charité de Saint-Louis. C'étaient la révérende Mère Sainte-Adélaïde, supérieure, Mère Anna-Maria, maîtresse de classe et Soeur Marie-Albert, oblate. Une postulante et une institutrice laïque compléteraient le personnel enseignant. Un grand jour pour l'éducation à Shenley !

Elles étaient attendues à la gare par Marcellin Veilleux qui avait utilisé pour l'occasion une voiture fine et un robetail, lui conduisant la première et son fils Philias dit Pit, âgé d'à peine treize ans, responsable de l'autre.

Une délégation de citoyens dont Honoré Grégoire et Onésime Pelchat, se rendit à la porte du couvent pour leur souhaiter la bienvenue. Le curé Lemieux et le vicaire Cloutier y furent aussi. La clef leur fut remise par le maire Quirion et le curé prononça un mot de bienvenue. Mère Anna-Maria se mit à pleurer. Venue d'Europe, elle se sentait plus loin que le bout du monde... esseulée...

*

Quelques jours plus tard, le coeur battant, les mains tremblantes, le regard brillant, plus de cent enfants se présentaient dans la cour du couvent avec au dos ou à la main un petit sac contenant les fournitures scolaires de base : crayon, gomme à effacer, cahiers (souvent à moitié usagés) et pour certains, des livres de lecture ou d'arithmétique de l'année scolaire précédente.

Parmi eux, Bernadette Grégoire, sept ans, qui commençait sa deuxième année et aurait pour maîtresse Soeur Anna-Maria.

Mère Supérieure apparut sur la haute galerie, suivie de Mère Anna-Maria. Elle agita une petite clochette qui lui valut l'attention de tous les enfants aux quatre coins de la cour.

–Venez vous aligner en rang, les enfants. Ici, devant l'escalier, les grandes de 8e et 9e années. Puis, de ce côté, tous ceux qui seront en 5e, 6e et 7e. Ensuite, ceux de 3e et 4e. Et enfin, les autres.

Le mouvement eut lieu. Quand les regroupements furent terminés, la soeur demanda plus d'ordre :

–Maintenant, formez un rang double : deux par deux. Pareil dans tous les groupes.

Bernadette s'était trompée de groupe. Distraite, elle avait suivi Eugène qui lui, se trouvait dans celui des 3e et 4e.

–Mademoiselle, là, dit Mère Supérieure qui se rendait compte de la méprise vu la taille de la fillette, quel est votre nom ?

Bernadette regarda autour comme plusieurs autres, aucun ne se sentant interpellé.

–Vous, là, avec le ruban rouge dans les cheveux.

Cette fois, c'était clair. Tous et aussi elle-même comprirent de qui il s'agissait.

–Bernadette.

–Bernadette qui ?

–Grégoire.

–Bernadette Grégoire, en quelle année étiez-vous avant les vacances ?

–En première année, madame.

–On ne dit pas madame, on dit : oui Mère.

–Oui Mère.

–À tous les enfants... écoutez bien... Moi, je suis Mère Supérieure ou encore Mère Sainte-Adélaïde. Et voici Mère Anna-Maria. Quand vous avez une religieuse comme elle et moi devant vous, vous dites : oui Mère, non Mère, merci Mère. C'est comme ça qu'il faut faire. On ne va pas vous punir pendant un mois, le temps que vous allez prendre pour vous habituer à dire 'oui Mère', 'non Mère'...

Pendant qu'elle parlait, les trois autres enseignantes, sorties par l'avant de la grande bâtisse, contournaient le couvent pour rejoindre leurs groupes respectifs. Et Bernadette demeura dans l'expectative, alors que la Supérieure appariait groupes et responsables. C'est alors que la fillette se rendit compte de son erreur; et elle se déplaça pour retrouver dans le double rang voisin ses petites amies de deuxième année qui tremblaient pour elle.

–Ah, tiens, la petite Bernadette vient de se réveiller.

L'ensemble des élèves se mit à rire. La fillette se sentait rougir de honte. Soeur Anna-Maria descendit l'escalier et rejoignit ses élèves. Elle se rendit auprès de Bernadette et lui souleva la tête pour lui sourire. Cela ramena de la lumière au front de la petite fille qui oublia rapidement sa méprise et sa mésaventure...

***

Couvent érigé en 1911

Chapitre 15

–C'est à peu près sûr qu'on va perdre le bureau de poste si Laurier est battu aux élections.

Honoré répétait cette phrase à Émélie tous les soirs avant qu'ils ne s'endorment.

–Ça sera pas un désastre.

–C'est pour ça que j'ai acheté une terre à bois au lac Frontière. Son exploitation va compenser pour la perte de revenu.

–Tu dis ça comme si Laurier devait se faire battre.

–Tous les gouvernements finissent par tomber. Laurier détient le pouvoir depuis quinze ans. Il fait son élection sur la réciprocité complète avec les États-Unis et l'idée a pas eu le temps de faire son chemin dans le Canada anglais. Même si le Québec vote rouge mur à mur comme de coutume, on est pas sorti du bois.

Il ne restait plus pour éclairage dans la chambre que la flamme réduite d'une lampe à l'huile. Bébé Berthe dormait à poings fermés dans son ber bleu près du mur le plus chaud de la pièce. Honoré restait à moitié couché, adossé à des oreillers, bras croisés derrière la tête, à réfléchir sur leur avenir prochain. Elle réfléchit tout haut :

–C'est pas dit que les bleus vont nous l'ôter, le bureau de poste ?

–Écoute, Louis Champagne doit avoir déjà rempli sa formule de demande. D'ailleurs, j'ai été le premier à lui dire de le faire aux prochaines élections.

–C'est plus que de la générosité de ta part, ça frise la bonasserie.

–Je m'appelle Honoré Grégoire et je veux me tenir au-dessus de la mêlée. On a eu le bureau poste. Barnabé Tanguay l'a perdu quand on l'a eu. Notre tour arrive : Louis Champagne pourra l'avoir et nous remplacer. En plus qu'il a monté une organisation dans la paroisse. Il peut compter sur un bon organisateur bleu par rang. Tiens, il a réussi à recruter Gédéon Jolicoeur dans le Grand-Shenley : c'est un gars respectable et respecté.

–Un peu dur avec sa femme et ses enfants, mais ça, c'est pas vu comme un défaut en politique. On sait ben : la politique, c'est fait par des hommes... pour des hommes.

–Qui aime bien châtie bien, dit l'évangile.

–Pas besoin de maltraiter un enfant pour le bien élever.

–On sait ça tous les deux Émélie, mais d'autres pensent autrement. Et j'pense pas que Gédéon maltraite ses enfants. Y a une différence entre élever sévèrement et maltraiter.

La femme était couchée sur le côté, étendue de tout son long, la tête engoncée dans l'oreiller, prête à s'endormir. Mais Honoré la tenait en état de veille par ses propos nerveux. Et pourtant, elle n'avait aucune envie de se faire du mauvais sang à propos du bureau de poste. Ce que son mari disait tout haut à ce sujet, elle le ressentait profondément. Le plus important pour elle depuis toujours, c'était le magasin et sa clientèle. Même que souvent, elle se faisait le reproche de négliger sa famille au profit de ses pratiques.

–J'ai une idée... Si on perd le bureau de poste, on prendra

l'espace pour créer un rayon de chapeaux pour dames.

–Pourquoi pas ? Louis Champagne nous fait la concurrence, il risque d'obtenir 'notre' bureau de poste, pourquoi c'est faire qu'on le picosserait pas un peu à notre tour ? Histoire de s'amuser.

–Je dis ça comme ça, mais, dans le fond, laissons-les vivre. C'est peut-être à madame Champagne qu'on ferait le plus de tort. Et puis c'est une bonne personne.

–T'as raison, Émélie. Si on ajoute des lignes, ça sera pour notre clientèle, pas pour faire tort à Champagne.

–Asteur, on dort. On a une grosse journée à faire demain.

Émélie avait une autre bonne raison de se sentir moins enferrée qu'auparavant et c'étaient les signes certains de sa ménopause. Fini la prison des grossesses. Mais il y avait maintenant les bouffées de chaleur et autres inconvénients de l'âge...

Elle glissa une lueur d'espoir avant de sombrer dans la somnolence :

–C'est pas sûr que Laurier va perdre. Un pays qui se respecte peut pas rejeter un si grand homme d'État...

*

Émélie s'occupa du magasin, Alfred du bureau de poste, Honoré de la campagne électorale. Il imita le curé et s'engagea dans une visite de paroisse qui le mena aux 200 et quelques portes de Saint-Honoré. On le reçut aimablement un peu partout. Mais sans la chaleur d'antan, celle des premières années de Laurier. Les mêmes arguments qu'alors roulaient aujourd'hui sur les cerveaux des voteurs comme l'eau sur de la farine; il eût fallu fouetter le tout pour que le mélange prenne comme il faut, et l'organisateur, malgré sa foi, sa verve et son labeur, n'en avait pas le temps raisonnable.

Et puis les bleus répandaient leurs promesses et leurs étreintes. On disait que Borden, le chef conservateur, aimait beaucoup les Canadiens français. Et un Canadien français qui se fait parler d'amour peut tout donner, a fortiori quelque chose qu'il croit ne rien lui coûter comme un vote aux élections.

"La réciprocité complète ?" *"Les rouges veulent nous vendre pour pas cher aux Américains."*

"Laurier, l'idole des Canadiens français." *"Laurier, maintenant âgé de 70 ans, un bon homme qui a fait son temps."*

"On va voter rouge, mais... on a des bons hommes itou qui vont voter bleu."

Honoré Grégoire était devenu trop riche, trop influent pour ne pas susciter l'envie. Et l'envie des uns tiédit invariablement les autres, comme l'eau froide qui, mélangée à l'eau chaude, la refroidit. Dure loi psychologique...

Le 21 septembre eut lieu l'élection fédérale.

On connut les résultats pour tout le Canada le lendemain soir seulement. Des villageois plus que de coutume s'étaient rendus au magasin pour connaître l'issue du vote que ne manquerait pas de leur communiquer ceux qui recevaient leur journal quotidien.

Émélie fut la première à ouvrir le sac contenant la pile de journaux; elle ne tarda pas à s'en aller dans son salon du magasin pour y cacher son désarroi. Honoré lut l'article portant le titre '**Laurier est défait**'. Il confia à Alfred le soin de finir de dépaqueter la malle et se rendit voir les gens qui attendaient à la douzaine de part et d'autre de la table centrale. Il gravit quelques marches et leur fit lecture de la nouvelle.

"Les conservateurs, sous la direction de Robert Borden, reprennent le pouvoir après quinze ans d'opposition. Le Québec a élu 25 conservateurs."

De sourds bravos furent entendus et le regard d'Honoré devint encore plus noir tandis que son front se creusait de nouvelles rides. Il reprit :

"La journée d'hier a été fatale au gouvernement Laurier,

qui se trouve renversé du pouvoir après quatre années de luttes victorieuses et quatre succès consécutifs. On calcule que la majorité de Borden sera de 30 environ. La majorité de sir Wilfrid Laurier en 1908 ayant été de 47, c'est un renversement complet de votes..."

–Laurier a-t-il déclaré quelque chose ? lança Hilaire Paradis qui parvint à dire sa phrase sans bégayer.

–Oui... À Québec, hier soir, sir Wilfrid Laurier déclarait : *«En un jour sombre comme celui-ci, il me reste une grande consolation : la fidélité de la province de Québec à ses drapeaux. En effet, –et Dieu merci !– ce n'est pas de la province de Québec que nous vient la défaite.»*

–Bravo ! Bravo ! On va les avoir à la prochaine, lança Cyrille *'Bourré-ben-dur'* Martin.

Il obtint des applaudissements clairsemés, peu convaincus, presque silencieux.

Dans son salon-bureau, Émélie qui entendait tout, sortit un mouchoir et souffla fort dedans pour éviter de le mouiller avec des larmes refoulées.

–Ceux qui vont vouloir lire l'article au complet et qui ont pas de journal à eux autres, j'en laisse un sur la table du milieu, fit Honoré qui confia celui qu'il tenait au jeune Pit Veilleux et tourna les talons pour rejoindre Émélie en haut.

*

Octave Bellegarde non seulement construisait des édifices, mais il s'était fait entrepreneur de pompes funèbres depuis quelque temps. Et il avait fait l'acquisition d'un corbillard et de chevaux noirs pour le tirer ainsi que de harnais décorés de fleurs en tissu couleur pourpre.

Mais personne à Saint-Honoré ne possédait une voiture d'apparat permettant de transporter les visiteurs de marque. C'est en pareille circonstance qu'il aurait fallu une deuxième 'machine' dans la paroisse, puisque la Ford à Déric était en panne et ne pourrait être réparée que dans une semaine ou deux, quand on recevrait la pièce défectueuse.

Pas question de lésiner, pas question de tergiverser, il fallait décider. Au nom de la fabrique, le curé avait confié à Octave le soin de se rendre à la gare chercher Mgr Bégin qui, en ce beau mercredi d'octobre, venait en personne bénir le nouveau couvent. Octave décida. Dans son atelier, aidé par son frère Joseph, il transforma le corbillard en voiture d'apparat. Il suffit d'enlever la haute boîte vitrée et de la remplacer par deux banquettes de cuir noir. L'évêque n'y verrait que du feu. Et le public tout autant.

Ce fut tel attelage conduit par Joseph qui s'arrêta derrière la gare ce matin-là. Il fallait garder une barrière entre les deux chevaux fringants et le train bruyant qui, en sa proximité, ne manquait pas d'effrayer la plupart des bêtes. Suivant les conseils de son frère, le jeune homme resta dans la voiture même si les chevaux avaient été attachés par la bride à un anneau de fer vissé à la bâtisse.

L'ingénieur du train qui voulait souligner l'arrivée d'un personnage important fit rugir l'avertisseur deux fois plus que de coutume. Joseph dut descendre et parler doucement à ses bêtes pour les calmer et les empêcher de se cabrer. Cela dura tant que le train ne fut pas en gare. Alors le jeune homme entra dans la bâtisse qu'il traversa en vitesse pour se rendre accueillir Mgr Bégin. Il n'était pas le seul de Saint-Honoré à se trouver là et l'on formerait convoi sur la Grand-Ligne tout à l'heure. Le curé Lemieux était venu avec Marcellin Veilleux. Et le vicaire Cloutier avait voyagé avec le docteur Goulet. Une autre voiture avait transporté le maire Quirion, Onésime Pelchat, Onésime Lacasse et Joseph Foley. Les attelages attendaient tous loin de la voie ferrée. On ne tarderait pas à rattraper le landau d'honneur quand il se mettrait en route pour Shenley.

Personne ne remarqua l'absence de tout élément féminin dans la délégation d'accueil. Pas même le noble visiteur tout de noir et de rouge vêtu qui descendit du train la croix dans l'oeil et la main qui en traçait le signe afin de bénir ses hôtes venus le recevoir dignement.

L'abbé Lemieux fut le premier à baiser l'anneau pastoral, suivi du vicaire, du maire et des autres. Quand vint son tour, Joseph dit au prince de l'Église :

–Si vous voulez me suivre : la voiture vous attend en arrière de la gare.

–Comment donc, à l'arrière ? Pourquoi pas à l'avant ?

–Les chevaux... sont nerveux...

–Ah !...

L'évêque comprit qu'on se souciait de son bien-être et il oublia le protocole afin de suivre Joseph à travers la bâtisse. Le jeune homme aidé du curé l'aida à monter en voiture et l'on ne tarda pas à prendre la route pour se rendre à destination : un périple d'une heure environ.

Des dames alors, l'évêque en vit à volonté tout le long du parcours. À chaque maison, la femme venait au chemin avec les enfants en mesure de la suivre ou qu'elle pouvait porter dans ses bras. Une fois encore, Monseigneur pouvait mesurer toute la valeur de la famille canadienne-française : si prolifique, si catholique, si dynamique.

À l'école de la Grand-Ligne, le convoi fit un arrêt. L'évêque voulut bénir les enfants réunis dans la cour pour le voir passer et s'agenouiller devant lui. Monseigneur se mit debout dans le landau et salua de la tête en disant :

–Je vous dis bonjour à tous. Je suis sûr que vous êtes tous de bons enfants.

Son regard scrutateur s'arrêta tout particulièrement sur la plus grande élève de la classe. Éveline en fut troublée. Quelque chose d'indéfinissable remuait dans les tréfonds de son être. Une image lui revint en tête, un souvenir tenace : cette scène où la forgeron Racine lui était apparu dans toute sa splendeur noire sur un fond de feu de forge.

–Vous, mademoiselle, quel est votre nom ?

–Éveline Martin.

Elle avait répondu sans la moindre hésitation, ce qui plaisait à l'évêque.

–Et vous, le grand garçon derrière les autres ?

–Moé ? Ben... Narcisse Jobin.

–Narcisse, avez-vous dit ?

–Oué...

Le curé Lemieux qui accompagnait Mgr Bégin et partageait la même banquette, prit la parole :

–Mes enfants, quand on parle à un monseigneur, on dit : oui, votre Grandeur ou non, votre Grandeur. Monsieur Narcisse, répondez : oui, votre Grandeur.

–Oui... monsieur la Grandeur...

L'évêque ne broncha pas malgré sa contrariété. La maîtresse se pinçait les lèvres pour ne pas sourire. Joseph Foley, dans la troisième voiture du convoi, riait sans émettre le son du rire.

Un petit garçon mêlé au groupe clappa sans le vouloir. Il avait appris à le faire de son père et sa façon de mouvoir sa langue dans un bruit aigu qui portait loin réussissait à tout coup. Les chevaux noirs mal retenus par les guides tenus par Joseph se mirent en marche et le contrecoup fit perdre l'équilibre à l'évêque qui retomba assis sur la banquette au grand dam du curé Lemieux qui crut à une intention malsaine chez celui qui en était la cause.

–Il y aura plus de discipline avec les bonnes soeurs, vous verrez bien, dit l'évêque au curé confus.

–Je l'espère bien, Monseigneur.

Impressionnée par cet attelage éclatant, Éveline fut la dernière à rentrer dans l'école malgré un vent cru d'octobre. Elle enveloppa ses bras de ses mains sous son chandail de laine et regarda intensément le convoi s'éloigner. Elle aurait bien voulu assister à la bénédiction du couvent prévue pour le milieu de l'après-midi. Mais il fallait rester en classe. Contre toute attente, son voeu devait être exaucé. Le passage du convoi était le signal attendu pour fermer l'école et ainsi permettre à le plus d'enfants possible d'assister à l'inauguration avec leurs parents.

Éveline, sa soeur Marie-Laure et leur mère Odile se mirent en chemin une heure plus tard pour le village. C'était la joie au coeur des jeunes filles, mais la tristesse à celui de leur mère. Chaque fois qu'il y avait cérémonie à laquelle assistait l'épouse de Napoléon Martin, celle-ci ressassait maints souvenirs et pour cela, remuait trop de cendres au fond de son être. Une sorte de spleen inavouable l'envahissait. Ou plutôt faisait surface. Pour ne retourner somnoler en ses profondeurs que deux ou trois jours plus tard.

Le temps avait fait de Marie-Laure, 13 ans, et d'Éveline, 12 ans, des jeunes femmes. Et chacune savait la différence entre un avenir au féminin et un futur au masculin. Toutes les deux endimanchées, elles étaient d'une joliesse peu commune. La plus jeune surtout, capable d'appuyer son regard sur quelqu'un et de lui dire par les yeux combien elle le trouvait important. Et puis se dégageait d'elle une sensualité que même l'époque victorienne et son prolongement après la mort de la reine amoureuse ne parvenaient à dissimuler. Sa féminité grandissante transcendait, passait par les pores de sa peau pour se transformer en particules douceur-tendresse qui se répandaient vers les regards croisés. Voilà pourquoi l'évêque avait posé un regard insistant sur la jeune fille. D'aucuns dans un futur assez lointain appelleront cela du charisme; d'autres du sex-appeal. Mais l'époque d'Éveline ne baptisait pas ces étranges pulsions et impulsions secrètes que pas même le sujet ne se voyait ni n'aurait pu analyser.

Odile détela chez Foley puis avec ses filles, se rendit au magasin pour y passer du temps dans l'attente de la cérémonie annoncée pour deux heures de l'après-midi. De retour de son repas du midi, Émélie la repéra dès son arrivée derrière le comptoir de la marchandise sèche. Son sourire et son approche furent différents, pas comme avec les autres clients. Quand elle voyait Odile, Émélie se remémorait des images du passé et parmi elles, plusieurs qui mettaient en scène l'époux de son amie Obéline : Marcellin Lavoie, un être qui avait laissé sa marque dans le passé des Grégoire et dans celui même de la paroisse. Sans son accident bête au moulin, aurait-il épousé Odile ? Sans cet accident, serait-il quand même retourné aux États-Unis ? Sans cet accident, quelle aurait été son influence sur le destin des personnes qu'il aurait continué de côtoyer à Shenley ?

Peut-être que le mieux s'était produit ?...

–Venez vous asseoir dans mon salon, je vais vous servir du Coca-Cola. On en a reçu de Québec cette semaine.

Odile connaissait le goût de cette boisson gazeuse, mais pas les filles. Et c'est le plaisir dans les orteils que toutes deux suivirent leur mère et la marchande dans le grand escalier de chêne, suivies de regards d'envie de flâneurs du village en quête de choses à se dire.

Marie-Laure et sa mère se partagèrent une causeuse mise devant le bureau d'Émélie tandis qu'Éveline se voyait attribuer une chaise profonde en osier. La marchande prit dans une caisse de bois une bouteille brune qu'elle décapsula et présenta à Odile. Puis elle refit son manège et bientôt put prendre place à son tour devant un Coca-Cola embouteillé dans un contenant de verre aux lignes droites.

Éveline hésitait. Elle attendait que les autres se décident à boire pour faire de même. Émélie donna l'exemple et porta le goulot à ses lèvres, prit une gorgée, remit la bouteille brune sur la table et expira longuement :

–Tu peux boire, Éveline, et fais attention pour pas t'étouffer surtout.

–Oui, madame.

Amanda, l'épouse d'Alfred, s'était plainte d'Éveline devant Émélie, la traitant d'impolie et fantasque, et cela avait suffi à rendre la jeune fille bien plus sympathique aux yeux de la marchande. Tout en parlant avec Odile, elle ne manqua pas de l'observer sans en avoir l'air.

Éveline buvait avec mesure. Mais avant de le faire, elle portait l'ouverture du goulot à sa bouche et y posait ses lèvres en lenteur avant de le circonscrire avec sa langue. Puis elle prenait une petite gorgée qu'elle faisait rouler dans sa bouche avant de l'avaler. Et aucune expiration ensuite pour montrer son plaisir. Que le silence ! Un long silence avant de reprendre son manège.

Amabylis qui avait vu en Éveline avant même sa naissance le démon de la concupiscence avait-elle donné dans l'erreur ou bien cette façon de boire de la jeune fille signalait-elle la présence à ses côtés d'un mauvais ange qui lui soufflait à l'oreille des manières aussi suggestives ?

Odile qui avait eu tendance à y croire à la mort de la première Bernadette Grégoire anticipée par l'Indienne, n'y croyait plus du tout maintenant. Sa fille avait du coeur, sa fille avait du goût, sa fille avait du front, mais sa fille n'avait aucun vice en elle.

Étonnamment ou peut-être pas, les deux femmes se lancèrent en même temps dans une phrase qui concernait Amabylis Bizier. L'une demandait si l'Indienne serait à la cérémonie et l'autre (Émélie) disait qu'elle en serait.

–On a pensé à elle en même temps, on dirait, fit la marchande qui prit une autre gorgée de boisson gazeuse.

–Un adon !

–Certainement !

–Des nouvelles d'Obéline ?

–Sont venus au mariage d'Alfred. Tout va bien. Pas d'enfants. Il travaille toujours chez un marchand de gros. Elle fait l'école par là-bas. C'est l'homme qu'il lui fallait, à la belle Obéline.

–Pis c'est la femme qu'il lui fallait, à Marcellin.

On se redit les mêmes choses en d'autres mots puis survint une visiteuse inattendue : Amabylis que Freddé avait envoyée vers sa mère en disant à l'Indienne qu'elle était attendue là-haut.

Elle était vieille à faire peur, la pauvre femme au visage émacié, ridé comme peau de chagrin, ravagé prématurément par les rayons du soleil. La pièce plutôt sombre ajoutait ou bien retranchait quelques années à son âge. Ses vêtements toujours aussi bigarrés allaient chercher une partie de l'attention, empêchant de s'étonner devant son image quasi sépulcrale.

–Si c'est pas Amabylis ! Prends la chaise là, à côté de la petite Éveline... Je dis petite, mais elle est plutôt grande, vous savez.

Amabylis s'avança suivant ses airs timorés, en mode hésitation, et prit place. Émélie se leva et alla prendre un Coca-Cola qu'elle décapsula et lui tendit :

–Non, merci !

–Ben voyons ! On peut pas boucher la bouteille : ça reste pas bon. Faudrait mettre ça dans la glace et de la glace, en octobre, il en reste pas un seul morceau.

L'Indienne tendit la main et prit la bouteille. Comme pour lui montrer comment faire, Éveline prit une gorgée tandis qu'Émélie retrouvait sa place :

–Et puis, comment ça va, les gens du 9 ?

–Ça va ben.

Les mots fuyaient. Les regards également. Mais il y avait sur la peau des bras un frisson imperceptible et l'Indienne sentait qu'il était provoqué par la présence d'Éveline dont elle percevait toujours en ses alentours une entité qui n'était certes pas son ange gardien. Odile se souvenait de ses présages. Émélie les avait appris par Odile. Toutes trois, à travers les banalités de circonstance, y songèrent en même temps, comme si leur esprit s'était donné le mot.

Et toutes les pensées, à part peut-être celle de Marie-Laure, convergèrent en une seule phrase qui disait tout en ne disant rien, et qui fut débitée par Éveline :

–Madame Bizier, c'est bon, du Coca-Cola.

–Tu bois, Amabylis ? dit Émélie qui donna l'exemple.

–Oui...

Et la femme prit sa première gorgée. Il en coula quelques gouttes à la commissure de ses lèvres sans qu'elle ne porte la main pour les essuyer. Rien d'autre concernant les vieilles prédictions de l'Indienne ne transparut. Odile raconta que Mgr Bégin s'était adressé directement à sa fille dans la cour de l'école, ce qui surprit Amabylis qui toutefois n'en laissa rien paraître. Était-ce que l'homme d'Église avait perçu lui aussi la présence d'un mauvais ange dans l'ombre de la belle et flamboyante adolescente ?

Et bientôt, ce fut la voix d'Honoré qui remplit la pièce :

–Les femmes, c'est le temps de partir pour la bénédiction. Monseigneur nous attendra pas. Augure est déjà parti pour le couvent, lui. Allez, on y va.

On se leva. Il ne se produisit rien de plus entre l'Indienne et Éveline.

*

Longtemps après l'événement du jour, quelqu'un le relaterait dans l'album du centenaire de la paroisse.

"Cette belle et imposante cérémonie eut lieu le 18 octobre de cette année-là. Sa Grandeur, Mgr L.N. Bégin, dont la bonté est proverbiale, désirant récompenser les paroissiens de Saint-Honoré des sacrifices qu'ils s'étaient imposés pour bâtir un si beau couvent, voulut venir lui-même le bénir.

Vers deux heures de l'après-midi, les cloches sonnant à toute volée annoncent l'arrivée de Sa Grandeur. Toute la paroisse est en liesse. Tous les coeurs sont à la joie. L'église paroissiale est envahie par les fidèles anxieux d'entendre les sages et paternels conseils de leur vénérable archevêque.

Dans une courte allocution, Sa Grandeur nous fit voir tous les avantages d'une éducation chrétienne et le bien immense que nous pourrions retirer de notre couvent. Il fit aussi le plus bel éloge des SS. de la Charité de St-Louis qui venaient se dévouer pour nos chers enfants. Puis il félicite chaudement M. le Curé et ses paroissiens d'avoir érigé avec entente parfaite un couvent aussi magnifique.

Après avoir donné la bénédiction du très St-Sacrement, Sa Grandeur, accompagné de M. le Curé, le Révérend Gaudiose Lemieux, et du Révérend M. Ulric Brunet, curé de Saint-Martin, se rendit processionnellement au couvent pour en faire la bénédiction. Tous les curés voisins étaient présents..."

***

Chapitre 16

Avril 1912

Comme chaque soir, Honoré lisait son journal dans le bureau de poste, les jambes hautes, les pieds accrochés à la table de tri du courrier. La nouvelle en première page était énorme sous un titre noir dont les lettres mêmes donnaient la chair de poule :

Plus de 1200 personnes dans les abîmes de la mer

Il s'en était dit quelques mots pendant que lui et Alfred dépaquetaient la malle du soir ce seize du mois courant. Napoléon Lambert, maintenant capable de se diriger à l'aide de sa canne et de son instinct, s'était apitoyé sur le sort des naufragés, un sort somme toute moins pire que le sien. Honoré lui en avait glissé les grandes lignes, lui qui n'avait pas encore eu le temps de parcourir les articles relatant le désastre maritime. D'autres plus loin avaient prêté oreille. Un seul mot, un seul nom funeste allait de bouche à oreille : *Titanic*.

Le paquebot insubmersible avait coulé l'avant-veille et beaucoup de gens avaient péri dans les eaux glaciales de l'Atlantique nord. Une nouvelle qui avait fait le tour du monde grâce à la TSF.

Il entendit les pas d'Émélie dans l'escalier et leurs vibrations. C'était moins son poids quelque peu augmenté récemment que son mal à la jambe droite qui la suivait depuis avant la naissance de Berthe deux ans auparavant. Sans doute venait-elle aux dernières nouvelles ou bien avait-elle mis fin à sa journée de travail pour retourner à la cuisine où se trouvaient quelques enfants sous la garde d'Alvina.

Il saurait par le bruit du ressort de la porte de cuisine. Il sut par son pas dans le couloir arrière et ses mots prononcés dans l'ombre qui s'y trouvait :

–Une autre année grise, on dirait.

–Tu parles du *Titanic* ?

–De ça et d'autre chose.

–Comme ?

–Je t'en parlerai après... dis-moi ce qu'il y a de nouveau dans l'histoire du *Titanic* ?

–Je t'en lis des petits bouts... "*Des 2,180 passagers et hommes d'équipage du Titanic, 868 ont pu être sauvés par le Carpathia qui se dirige vers New York avec les rescapés. Tout indique que le capitaine Smith a péri avec son navire. Le Titanic a coulé à pic sous 2000 pieds d'eau à 3 heures, hier matin, lundi, au large de l'Île aux Sables, le tombeau des navires naufragés.*"

–Continue, je t'écoute.

–Bon... "*M. Charles M. Hays, président du Grand Tronc, est parmi ceux qui ont heureusement échappé à la mort. L'anxiété est grande autour du sort de plusieurs Canadiens et Montréalais. Scènes poignantes aux bureaux de la compagnie White Star. On sauve les femmes en grand nombre...*"

Émélie soupirait fort. Honoré se voulut rassurant :

–C'est terrible, mais c'est pas ça qui va faire de 1912 une année grise comme tu dis. Parce que des catastrophes dans le monde, chaque année nous en fait cadeau. Tremblements de terre, volcans, ouragans.

Survint le docteur Goulet venu chercher son courrier et son journal.

–J'étais en train de lire des extraits sur le terrible désastre du *Titanic*.

–Qui aurait cru ça d'un pareil paquebot ? Un géant des mers, comme ils disaient.

–Ah, un colosse aux pieds d'argile !

–Ils ont éventré le navire sur un iceberg : quelle erreur humaine grave ! Qu'est-ce que vous dites de cette tragédie, vous, madame Grégoire ?

–Effrayant ! J'trouve aucun autre mot. Mais on a nos tragédies à nous autres itou.

Le docteur baissa les yeux. Lui aussi, tout comme elle, songeait à leur voisine commune dont la vie était sur le point de s'achever, à moins que ne survienne un miracle. Or, les miracles ont toujours brillé par leur rareté.

–Tu penses à Lucie Foley, dit Honoré en refermant le journal qu'il plia machinalement ensuite.

–Comment qu'elle va, docteur ?

L'homme ouvrit les mains et fit une moue de désolation.

–Tu sais ben, Émélie, que le docteur peut pas parler de l'état de ses malades en public.

–On est tous de la même famille : il pourrait faire un passe-droit.

–Il n'y a aucun espoir, pas le moindre. C'est une question de jours, peut-être même d'heures. Monsieur Foley est anéanti. Je ne vous demande rien, mais si vous pouviez aller la voir une dernière fois ce soir même. Ses enfants sont là, mais... elle vous aime bien, madame Émélie.

–Qui s'entendrait pas avec une sainte comme Lucie ?

Honoré prit la parole :

–Oublions le bureau de poste, oublions le *Titanic* et pensons à notre voisine. Allons-y donc, la voir ?

–Qui c'est qui va donner la malle ?

–Demande à Eugène de venir.

–Il a rien que dix ans.

–Dix ans, Eugène ? Pas dans sa tête. Pas dans sa... culture. Pas dans tout ce qu'il fait. Il passe ses journées la tête dans des livres. C'est quasiment rien que pour lui qu'on a fait une bibliothèque dans le salon.

–En fallait une. C'était de la négligence du chef de famille de pas en avoir une...

–Voyons, voyons donc !...

Le docteur fit un de ces coq-à-l'âne dont il était friand quand survenait la tension, même légère :

–Le bureau de poste, finalement, vous le gardez ?

–Confirmé pour deux ans.

–C'est monsieur Champagne qui a dû être déçu.

–Une drôle d'histoire. Personne a demandé à l'avoir vu qu'ils pensaient tous que Louis Champagne le demanderait. L'inspecteur des postes est venu et a trouvé que le local proposé par notre concurrent était inadéquat.

–Entre vous, moi pis la boîte à bois, y aurait pas des jeux politiques en coulisse ?

Honoré sourit en regardant dans le vague :

–C'est sûr que le député Béland est pas mal pesant à Ottawa. Il compte des amis des deux côtés de la chambre, à ce qu'on en dit.

Il se frappa dans les mains avant de poursuivre :

–En tout cas, on verra l'année prochaine. Avant, c'était d'une élection à l'autre; asteur, c'est d'une année à l'autre.

Le docteur fit des signes affirmatifs :

–Moi, je vous dis que vous allez le garder encore longtemps, le bureau de poste. C'est la place ! Ça tombe sous le sens. Le monde est accoutumé. C'est à même le magasin. À côté de l'église. Et surtout, le maître de poste est un homme fiable, discret comme il doit l'être... Personne a jamais eu à se plaindre : j'étais pas par ici, mais c'est ça qu'on dit.

–J'ai manqué une fois à mon devoir et c'est parce qu'un devoir beaucoup plus grand me demandait... C'est le soir que mon grand garçon s'est fait opérer...

–S'il avait fallu que quelqu'un se plaigne...

–Je vas chercher Eugène pour te remplacer, fit Émélie qui tourna les talons.

Les deux hommes renouèrent avec le sujet du *Titanic*. On savait pour l'iceberg, mais on ignorait encore pour la vitesse excessive du navire en de telles eaux dangereuses parsemées de glaces flottantes. Survint Hilaire Paradis qui se mêla de la conversation et bientôt, Émélie revint avec Eugène, tout fier de la responsabilité qui lui était confiée. Bien sûr qu'on ne pouvait faire appel à Alfred, retourné chez lui à l'autre bout du village, pas plus à Éva ou Alice, toutes deux aux études, ni plus à Henri ou Pampalon qui suivaient leur cours commercial au collège (pensionnat) de Sainte-Marie ainsi que le voulait la tradition familiale pour ce qui concernait les garçons Grégoire. Il ne restait donc à la maison durant l'année scolaire que les plus jeunes soit Eugène, Bernadette, Armand et Berthe.

–Mon gars, on te confie le bureau. On sera pas longtemps dehors. Une visite à madame Foley qui se meurt. Tu ramasses les lettres que tu mets là, dans le panier. Tu distribues le courrier. Si tu sais pas où est la case de la personne, t'as qu'à lui demander. Ceux qui le savent pas, c'est grosso modo par ordre alphabétique en commençant en bas à gauche. Tout compris ?

–Oui.

–Tu diras que le magasin, lui, est fermé... même s'il est ouvert. Ouvert pour le bureau de poste, c'est tout.

–O.K.

–Un autre qui est allé à l'école à Freddé...

Personne ne sut qu'Honoré voulait signifier par là que son aîné disait souvent O.K. et qu'il le lui avait reproché à quelques reprises, notamment la fois où il avait osé escalader les échafaudages de l'église en construction.

Le couple partit avec le docteur. On ne se parla pas de la malade. De toute façon, pas même deux minutes ne séparaient le magasin de la résidence Foley; et une de plus, on était à celle du médecin.

Goulet reprit une idée émise un peu plus tôt :

–Ça va lui faire du bien de vous voir, madame Grégoire. Elle a beaucoup d'amitié pour vous.

–Merci.

Joseph Foley vint ouvrir quand on eut frappé à la porte. Il faisait noir dehors et on pouvait sentir la terre en train de se régénérer, et qui, pour cette raison, dégageait des odeurs pas très agréables.

L'homme salua d'un signe de tête. Le découragement lui voûtait le dos. Ses yeux déjà rougis par tant d'années de travail au-dessus du feu de forge l'étaient maintenant par les larmes enfouies, camouflées, retenues, muselées dans un coeur broyé par les événements.

La chambre était située à l'arrière; on y accédait par une porte au fond de la cuisine. Du côté gauche se trouvait le salon, et plusieurs enfants Foley, en fait des adultes, y parlaient à voix basse comme s'ils attendaient la fin pour très bientôt. Il y avait là Alcid, Philias et Arthur, tous dans la vingtaine, Mary maintenant proche de 30 ans, et des plus jeunes comme Wilfred et son frère Emil respectivement âgés de 12 et 11 ans. Seul dans son coin, dévasté par la perte imminente de sa mère, Eugene semblait dans un état de prière. Ce garçon de neuf ans mettait toute sa confiance en une intervention divine sans pour cela s'apprêter à reprocher à Dieu le rappel à Lui de sa mère trop jeune.

Joseph poussa la porte devant Émélie. Tout lui parut jaune dans cette chambre sombre. Même le visage de la malade à peine visible tant il était rapetissé par les effets de son cancer. La moribonde prit conscience de la venue de visi-teurs qui n'étaient pas de ses enfants. Cela lui fut confirmé par une voix douce et caverneuse à la fois : celle de Memére Foley que l'on n'avait pas aperçue jusque là puisqu'elle était engoncée dans un coin de la chambre, immobile comme une pierre tombale, le regard rivé sur la poitrine de la malade pour y déceler le moindre souffle, la plus petite élévation assurant qu'elle vivait toujours. L'autre part d'elle-même égrenait un chapelet et demandait au ciel d'ouvrir grandes ses portes pour y recevoir sa belle-fille, un être de si grande bonté, de si belle patience, de si longue persévérance, de si bonne écoute. À 82 ans, Euphemie avait l'expérience de la mort qui rôde et savait qu'il ne servait à rien de s'offrir soi-même à la place de la personne que la grande faucheuse s'apprête à moissonner pour l'emporter ailleurs. Restait à prier. Restait à laisser son coeur s'épancher quand Lucie re-prenait un peu de conscience, pour lui donner du réconfort.

–É...mé...lie...

Dites faiblement par la femme à l'agonie, les trois sylla-bes remplirent toutefois la pièce. Si peu devient si grand à l'article de la mort.

Émélie se rendit prendre place sur une chaise que Joseph occupait quand il était seul avec la malade et sa mère. Et les deux hommes restèrent au pied du lit, debout, attendant que les sentiments des femmes se manifestent par les mots, les regards, les mains et les ombres.

–Suis venue pour te saluer une dernière fois.

Cette phrase de sa femme étonna fort Honoré. Il était de ceux, bien plus nombreux, qui disent à un agonisant : *tu vas voir, tu vas t'en sortir, le bon Dieu va faire un miracle. Monsieur le curé s'en vient et tu vas vivre...* Des illusions que l'on sert à profusion au malade et à soi-même pour oublier que la réalité ne perd jamais ses droits.

–Je vais... retrouver... mon p'tit Jimmy...

–Et je sais que tu vas voir aussi les miens : Bernadette, Armandine et surtout Ildéfonse...

–Et Marie... et Georgina...

Émélie prit la main de Lucie entre les siennes :

–Et tu vas leur dire que ça sera pas long que je vas arriver à mon tour.

Les yeux entourés de bistre, le regard aux étincelles mourantes, les cheveux décolorés, le teint terreux : tout parlait de la fin imminente.

–Tu peux... compter sur moi... pour les... embrasser...

Joseph alors éclata en sanglots et quitta la pièce pour aller n'importe où hors de la vue de Lucie. Il ne devait pas montrer son chagrin, sinon la douleur de sa femme n'en serait que plus grande encore.

Honoré serrait les mâchoires. Euphemie marmonnait tout bas des Avé. Émélie tourna la tête vers son mari qui aperçut ses yeux embrouillés de larmes. Voilà qui ne le surprit guère car Émélie ne refoulait ses pleurs qu'une fois la personne décédée comme elle l'avait appris de sa mère dans son enfance.

–Tu vas me manquer, Lucie. On aurait pas pu avoir meilleure voisine que toi. Te rappelles-tu quand on est arrivés par ici en 80, ma famille et moi ? T'es venue nous aider à faire du ménage. T'avais 20 ans ou 21, et pas d'enfants. Tu étais comme... une madone... en blanc et bleu... Je te revois. Je te reverrai pour l'éternité... je t'ai trouvée tellement bonne et belle...

–Douze enfants... ça use une femme...

–J'en ai eu 13, je le sais.

–C'est la volonté...

–Du bon Dieu, oui, je le sais. Il nous en demande pas mal, le bon Dieu. Mais... faut croire qu'il va nous en donner pas mal en retour dans son paradis. Peut-être que si le bon

Dieu était une femme, il nous enverrait moins de grossesses, mais... fait pas se plaindre en plus...

La plaisanterie n'était pas nouvelle et déridait les femmes entre elles, sans trop susciter de réactions souriantes chez les gens de l'autre sexe, encore moins les curés.

Euphemie se leva et sortit lentement de la chambre à la porte entrebâillée. La vieille dame marchait à petits pas, mais sans trop de mal. Elle jeta un oeil au salon pour constater que Joseph ne s'y trouvait pas ni, non plus, Arthur.

–Papa et Arthur sont partis dehors, lui dit Mary.

Alors elle sortit et ne vit personne. Ses lunettes rondes et l'éclairage jeté autour par celui de l'intérieur fourni par plusieurs lampes dispersées dans les pièces auraient dû lui permettre d'apercevoir l'un ou l'autre, sinon les deux.

–Joseph ? Arthur ? dit-elle doucement en anglais.

Nulle réponse. Elle aperçut des silhouettes sombres marcher sur la rue. Il y avait un réverbère à l'huile de charbon de l'autre côté et sa lumière jaunâtre situait les passants sans toutefois permettre de les reconnaître.

–Arthur ? Joseph ? redit-elle de nouveau, mais en français et un peu plus fort.

Silence.

Arthur s'était quant à lui rendu au magasin où il avait demandé à Eugène Grégoire d'aller chercher Alvina qu'il fréquentait en discrétion.

Joseph ignorait cela. Il ne s'était pas arrêté pour regarder vers sa famille au salon avant de partir pour le presbytère réclamer la venue du curé en vue de faire administrer les derniers sacrements à Lucie.

Émélie demanda à la malade de se taire pour ménager ses forces.

–Je vas parler pour deux. J'ai assez d'énergie pour ça.

Honoré se sentait de trop :

–Je vas vous laisser un peu. Je vas aller jaser avec les enfants au salon.

–C'est ça qu'il faut : laisse-moi toute seule avec Lucie.

–Prenez tout le temps que vous voulez. On a la soirée au grand complet à nous autres.

–Monsieur Foley, on lui a donné les sacrements avant-hier. On ne peut pas multiplier ça par dix, vous savez.

Le curé Lemieux avait beaucoup à faire encore et une sortie ne le tentait guère.

–Peut-être que monsieur le vicaire...

–Bonne idée : allez donc le lui demander ! S'il ne le peut pas, revenez me voir.

Au magasin, dans l'ombre, près du petit lavabo (l'édifice avait été construit avec l'eau courante), Alvina et Arthur parlaient à voix basse.

–Bernadette endort Berthe. Armand dort déjà.

–As-tu dit à madame Grégoire que tu finirais de travailler à la fin du mois prochain ?

–Non, pas encore.

–Écoute, personne sait qu'on va se marier. On peut pas attendre à la dernière minute.

–Je le sais ben, mais...

–Veux-tu que je le fasse pour toi ?

–Non, c'est à moi de le faire...

Émélie sortit d'une poche de son tablier une petite bouteille qu'elle montra à Lucie :

–Sais-tu c'est quoi ?

–Non.

–De l'huile de saint Joseph.

–De... la vraie ?

–De la vraie. C'est Obéline qui l'a eue directement du frère André à Montréal. Elle me l'a envoyée. J'appelle ça un "au-cas-où". Le frère André a touché à cette bouteille-là, à cette huile-là... on sait jamais ce que ça pourrait te faire.

Lucie parvint à esquisser un tendre sourire. Émélie reprit:

–Je le sais, tu vas me dire que j'ai pas toujours cru à l'intervention divine, mais y a des choses qui s'expliquent pas des fois. Autant mettre toutes les chances de son côté.

–Mets-en sur moi... si c'est pas bon pour asteur... ben ça sera bon pour l'autre bord...

L'abbé Cloutier accepta de suivre Joseph. Les deux hommes se parlaient en marchant dans le noir du soir tandis que le prêtre agitait lui-même la petite clochette pour alerter les gens du passage des saintes espèces à proximité de chez eux.

–Elle passera pas la nuit.

–C'est bien dommage.

–À moins que le sacrement lui redonne de la vie.

–Ce sont des choses qui arrivent fréquemment.

–C'est pour ça que je suis allé vous chercher.

–Le docteur est là ?

–Il est venu tout à l'heure. Il a dit qu'il reviendrait plus tard dans la soirée. Il dit qu'il peut plus rien faire pour elle.

–La prière et les sacrements : voilà le remède ultime. Quand tous les autres ont échoué, il reste ceux-là.

–Peut-être que je pourrais travailler encore pour les Grégoire après notre mariage. Il paraît que madame Martin l'a fait, elle, dit Alvina à son fiancé secret.

–Mais nous deux, on va aller s'établir aux États. C'est là que y a du gagne. Vivoter au Canada, c'est pas trop tentant.

Elle soupira :

–Oui, t'as raison...

On entendit le ressort de la porte de cuisine. Il y avait un éclairage suffisant pour que Bernadette soit reconnue par Alvina et Arthur. Elle s'approcha pour demander :

–Maman, où c'est qu'elle est ?

–Est allée voir madame Foley qui se meurt.

–Pensez-vous que je pourrais y aller, moi itou ?

–Mais certain ! dirent ensemble Alvina et Arthur. Tu peux y aller tout de suite. Passe par en avant du magasin.

–O.K.

Et la fillette de près de huit ans courut dans l'allée puis sortit alors même que le prêtre et Joseph passaient devant. Elle s'arrêta net et fit son signe de croix. Puis les suivit à quelque distance en retenant son élan.

Euphemie avait retrouvé les enfants au salon. Ils étaient tous présents à part l'aîné Joseph jr qui habitait Daaquam avec son épouse Marie Quirion. Et Arthur, sorti pour pas longtemps ainsi qu'Alice aux études à Sherbrooke. La vieille dame savait la fin toute proche et devait les y préparer. Wilfred lui céda sa place sur un fauteuil et alla s'asseoir à même le plancher. Elle parla de sa voix chevrotante à l'accent anglais tandis qu'Honoré resté un peu à l'écart dans la cuisine, épaule contre le chambranle de la cloison, demeurait dans un silence ininterrompu depuis son départ de la chambre de Lucie :

–Mary, William, Philias, Alcid, Edward, Wilfred, Emil, Eugene, dites-vous que votre mère va partir en voyage ce soir. Un voyage dont on ne revient pas. Mais un voyage qu'on va tous faire pour aller la rejoindre chacun notre tour. Vous avez 20, 30, 50 ans devant vous autres, mais pas 100 ans, non, personne. On a le petit Jimmy qui a déjà fait ses bagages avant tout le monde. Vous étiez presque tous des enfants dans ce temps-là et maintenant, vous êtes quasiment tous du grand monde. Mourir, c'est pas disparaître à jamais, c'est continuer de vivre ailleurs. Là, on va dire une dizaine de chapelet pour votre mère...

Eugène, assis par terre à côté du piano, éclata en sanglots étouffés. Il les avait refoulés ou bien les avait déversés en cachette durant la journée quelque part à l'abri des regards, mais voici que la tempête émotionnelle avait repris de la puissance à travers les événements qui se coloraient de plus en plus de noirceur profonde.

Tant bien que mal, il fouilla dans une poche de son pantalon, mais ce n'était pas pour en sortir un mouchoir et plutôt son chapelet. Il eut alors une vision de son avenir : il se ferait prêtre afin de vivre le plus près possible du Seigneur à travers des oeuvres de compassion comme celle d'assister les mourants dans leurs derniers instants sur terre. Il ignorait que de telles vues du futur sont souvent des élans du coeur provoqués par la situation dramatique d'un moment donné.

Toutefois, ses pleurs diminuèrent alors que sa grand-mère entamait la dizaine de chapelet annoncée et que la porte de la cuisine s'ouvrait pour laisser voir l'abbé Cloutier suivi de Joseph : une image inoubliable pour chacun.

Suivit timidement les deux hommes Bernadette qui resta à côté de la porte et s'adossa au mur, mains derrière le dos, regard apeuré, n'osant aller plus loin.

Honoré en fut attendri.

Dans la chambre, alors que ces choses se déroulaient, Émélie parlait encore et encore à sa voisine agonisante. Depuis un moment, l'on tâchait d'anticiper l'avenir des enfants. Deux des fils Foley retinrent leur attention plus que les autres : Arthur et Eugène.

–Arthur est pas fait pour la prêtrise, Lucie. Comme tous les Arthur que je connais, c'est un homme proche des enfants. D'après moi, il va demander Alvina en mariage, que ça sera pas long.

–Celui que... que j'ai le plus de peine à laisser... c'est Eugene... Si jeune... Perdre sa mère à 9 ans... Je sais que... ben que j'aurais été... fière de lui plus tard...

–Là où tu vas, tu pourras être fière de lui, Lucie. Tu veux que je te dise, Bernadette parle tout le temps de lui... C'est rare, une amitié comme ça entre un petit gars et une petite fille. D'habitude, les garçons se tiennent avec les garçons. Ils ont quasiment le même âge : un an de différence. On sait pas l'avenir... J'ai toujours voulu que Bernadette ait jamais d'enfants, mais on sait pas l'avenir...

À ce moment, Joseph poussa la porte et le vicaire entra, étole au cou et petite valise sacrée à la main.

–Bonsoir, madame Foley. Bonsoir, madame Grégoire. Je viens apporter un peu de réconfort à notre malade. On dirait qu'elle prend du mieux.

Émélie se leva de la chaise pour faire de la place auprès de la malade. Le bon Dieu avait besoin d'espace. L'abbé s'assit, posa sa mallette par terre à côté de la table de chevet puis installa en triangle ses linges et huiles saintes de même qu'une lunule contenant l'hostie.

Honoré s'adressa aux enfants devenus silencieux de même qu'à leur grand-mère :

–Vous devriez venir dans la chambre pour participer à votre manière aux derniers sacrements.

Et s'adressant à sa fille près de la porte :

–Bernadette, tu pourras venir, mais attends que les autres soient dans la chambre, veux-tu ?

Elle accepta d'un grand signe de tête reconnaissant et resta rivée au mur.

Les enfants se levèrent tous, défilèrent suite à leur grand-mère qui regagna la chambre et ils allèrent s'aligner de chaque côté d'elle qui retrouva sa place sur sa chaise dans le coin gauche.

Entre-temps, Eugène avait couché sa tête sur ses bras croisés et perdu la notion du temps et des événements. Honoré entra à son tour et rejoignit sa femme à quelques pas derrière le vicaire qui achevait de préparer l'administration du sacrement de l'Extrême-Onction.

Une main douce toucha celle du garçon entré dans la somnolence, la tête appuyée à l'instrument de musique. Bernadette avait remarqué son absence parmi les autres puis, étirant le cou vers le salon, avait aperçu des pieds qui dépassaient au fond, à côté du piano.

–Viens-tu voir ta mère, Eugène ?

–Qu... quoi ?

–Sont allés avec ta mère.

–Ah.

–Viens.

Il replia les genoux et se mit sur ses jambes. Leurs yeux se rencontrèrent dans le clair-obscur. Elle devinait sa reconnaissance pour l'avoir prévenu. Il la précéda et se hâta par crainte d'arriver en retard dans la chambre de ses parents. Là, il resta dans l'embrasure de la porte. Impossible d'aller plus loin : la pièce était déjà remplie. Mais il avait la plus belle place pour être vu de la pauvre moribonde. Et Bernadette occupa timidement l'autre partie de l'entrée. Lucie parvint à esquisser un sourire en les voyant :

–Tu vois... c'est qu'on disait, Émélie...

Émélie suivit son regard qui entraîna le sien vers les deux enfants de l'amitié. Elle sourit sans plus et se reprit d'attention pour le prêtre et ses gestes et prières.

Bernadette brûlait de toucher la main de son ami comme

tout à l'heure, mais la tristesse du coeur l'emportait sur son élan de tendresse.

Et l'on assista au rituel.

Et l'on répondit aux prières.

Puis le prêtre se retira de quelques pas et laissa la place à Mary venue embrasser sa mère qui lui dit quelques mots, les soufflant presque :

–Tu sais... suis prête à partir... Le temps est venu... Oublie pas de... voir un peu... même de loin, aux trois derniers... Wilfred, Alcid, Eugene...

–Oui, maman. Je veillerai sur tout le monde tant que je vivrai.

–Que ça t'empêche pas... de faire ta propre vie !

Il y avait toutefois une ride d'inquiétude au front de Mary. Elle se souvenait avoir eu la garde et la responsabilité de Jimmy et de l'avoir perdu dans la nuit éternelle de la mort tandis qu'elle-même se trouvait bêtement dans la nuit profonde du sommeil. Mais on lui avait tant de fois répété qu'elle n'était en rien coupable de quoi que ce soit, qu'elle avait fini par apprivoiser son remords.

Vinrent auprès de leur mère les fils un à un : William, Philias, Alcid, Edward, Wilfred, Emil...

–Arthur, lui ? demanda la malade.

En ce moment, on entendit la porte de la maison s'ouvrir et quelqu'un entrer. Et l'on crut que c'était celui que la femme réclamait. Mais ce n'était pas Arthur. Et une main bientôt écarta en douceur les épaules de Bernadette et Eugène : celle du docteur Goulet qui revenait comme promis. Et même avant l'heure dite plus tôt. Il eut grand soulagement à voir le prêtre : ainsi il n'aurait pas à devoir le faire venir, révélant par cette demande l'état extrême de la personne malade. On l'avait devancé et c'était tant mieux. Il entra dans la chambre...

Dans le magasin, Alvina et Arthur continuaient d'échanger tandis que le jeune Eugène Grégoire avait pris place sur la chaise de son père et parcourait les pages du journal *Le Soleil*, à la manière d'un adulte chevronné.

–Memére a dit que ma mère pourrait mourir à soir, ça fait que j'ferais mieux de retourner à la maison.

–J'irais, mais j'ai les enfants... Armand pis Berthe. Ils dorment, mais...

–Je comprends ça... Ben, on va se revoir samedi.

–Peut-être avant... si...

Alvina comme Euphemie, Joseph et maintenant la plupart des enfants Foley, avait le sentiment que Lucie ne passerait pas la nuit. Ce n'était pas fondé sur un raisonnement ou des connaissances : ce n'était qu'une appréhension profonde et troublante...

Quand Eugène eut à son tour embrassé sa mère, Lucie ferma les yeux un court instant puis les rouvrit et dit à Émélie qui se penchait sur elle :

–J'aimerais embrasser ta petite Bernadette.

–Bernadette, viens ici.

La fillette s'approcha.

–Madame Foley veut t'embrasser.

Bernadette se pencha et reçut le souffle affaibli et les lèvres sèches de la malade sur sa joue.

Alors, les enfants, à la demande du médecin, quittèrent la chambre et retournèrent au salon tandis que le prêtre s'en allait aussi. Lucie avait fini son règne sur cette terre; il ne restait plus à la mince flamme de vie qui l'animait encore qu'à s'éteindre. Elle ferma les yeux pour ne plus jamais les rouvrir au moment même où son fils Arthur étreignait sa fiancée dans l'ombre du magasin désert.

Il faudrait une heure encore avant qu'elle ne rende l'âme et son troisième fils ne verrait d'elle, à son regret, que ce ramassis d'être pesant à peine cinquante livres et qui avait définitivement sombré dans l'inconscience, car son esprit avait abandonné après qu'elle eut le sentiment d'avoir accompli jusqu'au bout son oeuvre terrestre.

Le médecin qui lui prenait le pouls à chaque quart d'heure constata sa disparition vers neuf heures et demie. Il ouvrit les paupières et fit approcher une lampe pour mesurer la dilatation des pupilles. Enfin, formalité, il sonda la poitrine avec son stéthoscope. Puis il regarda Joseph :

–Partie.

L'homme éclata en sanglots dans les bras d'Émélie et Honoré sous le regard du benjamin de la famille et de Bernadette, tous deux restés dans l'embrasure de la porte.

Eugène courut se réfugier dans les bras de Mary au salon. Tous comprirent que la fin était venue et l'on put entendre des pleurs sourds surgir des quatre coins de l'ombre...

**

Chapitre 17

La mort n'est rien d'autre qu'un appel à la vie.

L'année 1912 en serait une de naissances, de mariages surtout et de voyages entrepris par une jeunesse qui dévorait à belles dents le vingtième siècle et ses innovations.

En mars, une foule énorme assista à l'ouverture du salon des moteurs à Montréal. Cela se passait donc avant la catastrophe du *Titanic* et la mort de la voisine des Grégoire.

À la table, ce soir du 25, un lundi, Honoré parla de progrès techniques. Émélie écouta en faisant autre chose. Bernadette et Armand n'y portèrent aucun intérêt. Pampalon et Henri étaient au loin tout comme Éva et Alice. Restait Eugène qui buvait les propos de son père.

–Un croquis dans le journal fait voir la foule nombreuse et le yacht Fairbanks. Du monde en masse... des canots-automobiles, des moteurs et encore des moteurs... des machines et des machines... Mais, rien n'est parfait... paraît que samedi, il manquait la moitié des exhibits. Et pourquoi ? Les maudits chemins. C'est partout pareil au Canada : on manque de bons chemins. Les chemins sont pas à la hauteur des progrès techniques. On a encore rien qu'une machine dans la paroisse : pourquoi ? Les chemins. Le monsieur Dallaire de

Saint-Georges l'a dit : faudrait une campagne des bons chemins dans toutes les paroisses.

–Pour ça, faudrait un maire qui est pour le progrès... plus
que monsieur Quirion.

Honoré cessa de parler alors et laissa son esprit dériver
dans des images d'un futur qu'il devait commencer de bâtir.
Il fallait des bons chemins à Saint-Honoré; ce serait le grand
oeuvre de sa vie publique s'il devait passer de conseiller municipal à maire de la grande paroisse.

*

Le 11 juin, les Grégoire assistèrent au mariage d'Arthur
Foley et Alvina Mercier. Tout avait été si vite après la mort
de Lucie. Le jour même de l'enterrement, Alvina avait annoncé son départ à Émélie qui ne s'y attendait pas aussi rapidement. Beaucoup de jeunes personnes qui se fréquentaient
passaient par l'étape des fiançailles, mais pas tous. Et vu que
ces deux-là étaient majeurs, ils avaient pris leur décision en
catimini et voulaient un mariage discret. De plus, ils parti-
raient s'installer aux États-Unis sitôt après et ce voyage
d'exil leur servirait aussi de voyage de noce.

On les reconduisit au train dans l'après-midi. Un convoi
de trois voitures leur servit d'escorte. Enfant trop sensible,
Eugène pleura quand son grand frère monta dans le wagon
après son épouse.

*

La mort de Lucie amènerait deux autres noces chez les
Foley avant la fin de l'année. Alcid annonça qu'il épouserait
Marie Paradis le premier juillet, tandis que Philias parla de
ses fiançailles à Rébecca Gagné. Leur mariage aurait lieu en
automne à une date qu'il leur restait à préciser.

Le départ prématuré, du moins inattendu, d'Alvina demandait au couple Grégoire de trouver quelqu'un pour la
remplacer à leur service domestique. Certes, il ne restait à la
maison que quatre enfants durant l'année scolaire, mais les

tâches au magasin étaient très lourdes. Et là, Émélie, ne parvenait pas à jeter du lest pour s'occuper davantage de la maisonnée. Gérante du magasin depuis l'âge de 15 ans, gérante du magasin pour toujours. Il fallait une aide domestique : on en recruterait une autre. Les jeunes femmes fort intéressées ne manquaient pas dans la paroisse. On en prendrait une qui pourrait servir plus longtemps que les précédentes. Mais qui donc possédait les aptitudes et répondait aux critères ?

Il en vint plusieurs en entrevue dans le salon du magasin. Émélie leur expliqua à toutes qu'il lui faudrait compter sur une servante pour au moins sept ans. Voilà qui éliminait bien des candidatures, une jeune fille préférant le mariage à un travail tout pareil à celui d'une mère de famille, mais accompli pour quelqu'un d'autre.

L'une d'elles retint l'attention de la marchande. Et pourtant, c'était un personnage un brin naïf, l'air gauche, bizarre sur les bords. Son nom avait circulé dans des échanges avec Honoré sur la question. Il avait dit : *ben non, pas elle, la simplette* !

C'était une vieille fille.

32 ans.

"Elle est simplement différente des autres jeunes filles," se disait Émélie tout en parlant avec elle au cours de cette entrevue du matin.

On connaissait bien la famille. Les Carrier (sans lien de parenté proche avec Delphine et les siens) étaient des clients de longue date du magasin. Même qu'ils avaient été parmi les premiers à faire partie de la clientèle régulière du temps de la maison rouge.

–Sais-tu, Denise, que t'es venue au monde l'année que je suis arrivée par ici avec mon père ? Et qu'on a ouvert le magasin ?

–1880.

–En plein ça !

–Et tu serais prête à t'engager pour nous autres ?

–À la maison privée... pas au magasin.

–C'est pour la maison privée... mais en curiosité, pourquoi dire *'pas au magasin'* ?

–Ben...

Denise était un être de frêle constitution et pourtant de grande énergie et d'une certaine nervosité qui pouvait en agacer d'aucuns. Et elle avait tendance à parler sur le bout de la langue, un défaut qui ajoutait à ses allures dont quelques-uns comme Hilaire Paradis se moquaient.

–Ça arrive, des fois, pas souvent, que je doive me faire remplacer.

–Madame Grégoire, moé, j'sais pas assez compter pour vous remplacer.

Voilà qui étonna fort Émélie. Elle n'imaginait pas qu'une jeune femme qui n'avait pas connu la guerre des Éteignoirs ni même les grands mouvements de dissidence à propos de l'école obligatoire puisse ne savoir ni lire ni écrire. Armand avait cinq ans et commencerait bientôt l'école, mais Berthe n'en avait encore que deux et il fallait quelqu'un possédant un minimum d'instruction pour mieux éveiller son esprit...

Soudain, Émélie s'insurgea contre elle-même. Elle avait toujours fait primer les qualités du coeur sur celles de l'intellect, alors pourquoi donner une moins bonne note à Denise parce qu'elle ne maîtrisait pas le calcul ? Tous étaient de bonne famille à Shenley y compris elle, la fille d'un homme qui avait été maire avant l'arrivée des Allaire dans la place.

–On donne quinze piastres par mois. T'as une journée de congé par semaine, soit le samedi ou le dimanche. Ou même une autre journée à ta guise.

Puis Émélie songea que le chiffre de quinze piastres ne signifiait peut-être pas grand-chose pour Denise.

–Vos enfants, je vas les emmener à l'église tous les jours si vous voulez.

–Ça serait une bonne idée. Surtout le petit Armand qui semble pas trop porté sur la prière. Quand vient l'heure du chapelet après souper, il trouve toujours moyen de se cacher quelque part. Peut-être que c'est des adons... C'est certain qu'on le cherche rien qu'à cette heure-là. Aux repas, la faim l'amène à table sans nous imposer de courir après lui...

–J'ai pas eu d'enfants à moé, mais j'vas ben m'occuper des vôtres, madame Grégoire.

Émélie la sonda jusqu'au fond du regard et se laissa convaincre :

–J'en parle avec mon mari et je reviens. Attends-moi ici, veux-tu ?

–Certain, madame Grégoire, certain !

Émélie descendit au bureau de poste. Honoré s'esclaffa quand elle lui fit part de son intention d'embaucher Denise Carrier.

–Denise Carrier ? s'exclama-t-il dans un souffle à l'étonnement. Tu y penses pas ? Simple d'esprit, bonasse, un petit peu craquée.

–Pourquoi tu dis ça ? Parce qu'elle se conduit pas comme les autres de son âge ? Parce qu'elle a pas trouvé de mari ou... voulu en trouver un ? Peut-être qu'elle a des raisons qui nous surprendraient. Mon père a perdu ma mère à 40 ans. Il s'est jamais remarié. Il est rendu à 80. C'est pas un homme craqué pour autant. Mais il a passé la moitié de sa vie veuf.

–On sait tous les deux pourquoi il s'est jamais remarié. Il aimait une femme qu'il pouvait pas avoir.

–On sait ben...

–Ben, écoute, fais comme tu veux. Mets-la à l'essai, la Denise. Si ça fait pas l'affaire, on la remplacera.

–À moins de faute grave de sa part, donnons-lui trois mois d'essai.

–C'est beau.

Et Denise Carrier devint ce jour-là la nouvelle aide domestique au sein de la famille Grégoire. Son principal atout : le célibat à 32 ans. On pourrait peut-être la garder longtemps, très longtemps...

*

Le grand événement de l'année Grégoire serait le mariage de leur fille aînée avec Arthur Boutin.

"Lorsque le jeune homme fit la demande à Honoré, celui-ci ne s'y opposa pas. Au contraire, il voyait d'un bon oeil que sa fille s'unisse avec un homme qui exerçait le même métier que lui et avec lequel il ne manquerait pas de s'associer professionnellement. De plus, Arthur partageait les mêmes couleurs politiques que lui, ce qui était encore plus à son honneur.

Le mariage d'Éva fut donc célébré le 15 juillet 1912 à Saint-Honoré, soit moins d'un an après le mariage de son frère Alfred. Les deux nouveaux époux firent une croisière au Saguenay à l'occasion de leur voyage de noce. Au retour, ils s'installèrent à Saint-Gédéon dans les appartement situés juste au-dessus du magasin général (acheté de son père par Arthur). Le départ de la maison familiale fut très dur pour Éva qui avait le sens de la famille très développé. Elle avouait bien honnêtement à qui voulait l'entendre qu'à Saint-Gédéon, elle s'ennuyait même de la plus vieille chaise de la maison rouge..."

Un clocher dans la forêt, page 46

*

C'était dimanche.

L'automne allumait le village de ses feux les plus beaux. Une voiture fit halte devant la résidence des Grégoire. Alfred en descendit et courut à la maison comme il l'avait fait si souvent ces douze années écoulées depuis la construction du complexe commercial et résidentiel.

Il pénétra à l'intérieur en coup de vent et en soufflant :

224

–Ça y est : je viens chercher le docteur.

Émélie et Honoré qui étaient encore à la table du midi, comprirent que le moment d'accoucher arrivait pour leur bru Amanda.

–Elle a choisi le bon jour, dit Émélie.

–Comment ça ?

–Ben... t'es à la maison : le magasin est fermé.

–Ah ! Ben je repars, le docteur m'attend dans la voiture.

–Le docteur a-t-il quelqu'un pour le seconder. Veux-tu que je demande à madame Restitue ?

–Elle a 80, la mère Jobin : est trop vieille pour ça.

Honoré intervint :

–Elle a toute son idée, tu sauras.

–Mais pas sa force... Non, la voisine, madame Boutin va venir aider le docteur. Je vas lui dire de venir en arrivant à la maison.

Et le jeune homme sortit, content des événements. Il avait grande hâte de voir ce miracle de la vie qu'est un enfant naissant, en tout cas au dire des prêtres et des âmes plus sensibles. Et de se rendre compte pour de vrai de son pouvoir de donner la vie.

Mais il rentra aussi vite :

–Allez-vous vouloir être de cérémonie ? On ferait baptiser demain, peut-être même en fin d'après-midi, aujourd'hui.

Émélie hocha la tête :

–Laisse le bébé venir au monde. On peut pas faire baptiser à l'heure qu'on veut de nos jours. On est en 1912, Alfred, pas en 1887. Vingt-cinq ans ont passé : les temps ont changé. Les prêtres décident eux-mêmes et fixent le rendez-vous. Mais... on accepte de servir comme parrain et marraine. L'enfant pourrait venir au monde rien qu'à soir. Le mieux est de penser au baptême pour demain, lundi, le... C'est quelle date, demain, déjà ?

–Le 7 octobre, dit Honoré. D'abord qu'aujourd'hui, le quantième, c'est le 6.

Si on avait le goût de sourire à la tendresse, on n'avait pas celui de rire aux plaisanteries. Le moment, le jour même étaient solennels par le fait qu'une nouvelle vie commencerait et ferait du couple Grégoire des grands-parents pour la toute première fois.

Alfred repartit à la hâte. Satisfait.

Coudes sur la table, index lissant sa moustache, Honoré soupira :

–Grand-père déjà ! Je viens d'arriver à Shenley avec mon cheval et mon petit bagage...

–Tu viens d'arriver ? Ça fait une trentaine d'années, mon vieux.

–La cinquantaine qui s'en vient. Ensuite... j'aime mieux pas y penser. La vie est un bien court voyage.

–Tout voyage doit finir un jour.

–As-tu pensé, Émélie, que tu viens de m'appeler *ton vieux*, as-tu pensé à ça avant de le dire ?

–Certainement, fit-elle avec ironie.

–Ça, c'est deux mots faux.

–Des quoi ?

–Des mots faux. Des faux mots...

–Comment ça ?

–D'abord à 47 ans, suis pas vieux. Pis suis pas 'ton' vieux.

–Comment ça, t'es pas 'mon' vieux ? T'es le vieux à qui d'autre ? Attends que j'y pense... T'as les yeux sur quelqu'un, toi, comme mon père toute sa vie sur Marie-Rose Larochelle.

–Ça se pourrait, ça se pourrait. Mais qui c'est donc ?

–Je vas te le dire, fit-elle en croisant les bras.

–Pas Denise Carrier toujours ?

C'était jour de congé pour la servante. Et cette personne, quoique dans la jeune trentaine, eût été la dernière au monde capable de s'attirer le moindre intérêt affectif de la part d'Honoré. Toutefois, lui comme Émélie avaient découvert chez elle bien des qualités cachées qui lui permettraient de garder sa place si elle le désirait.

Le drôle d'échange sous l'enseigne de l'humour et de la taquinerie servait à faire oublier aux époux qu'en devenant des grands-parents, ils mettaient un point final à une étape de leur vie.

–Ah, je sais. Élisabeth Veilleux.

–Qui c'est, celle-là ?

–La femme à Onésime Lapointe.

–Tu t'es trahi en disant que tu savais pas qui c'est, Élisabeth Veilleux.

–Élisabeth, je savais, mais Veilleux, je m'en rappelais pas du tout.

–Bon... j'en essaie une autre... Clothilde Paradis, la femme à Jos Beaudoin.

–Pas mon genre.

–Marie Lamontagne, la femme à Gédéon Jolicoeur.

–Elle a l'air sévère à faire peur... Mais toi, Émélie, t'as jamais regardé au-dessus de mon épaule.

–C'est interdit aux femmes, tu sauras.

–Qui a dit ça ? Le mariage, c'est comme une prison. Mais les prisonniers, homme ou femme, doivent de temps en temps regarder par la fenêtre, autrement, ils pourraient virer fous pis pas revenir.

–Pas sûr !

–Ça fait que t'as ben dû regarder un peu par la fenêtre dans ta vie, non ? Je meurs demain, tu pourrais... Tiens, Onésime Lapointe, Jos Beaudoin...

–Ça se lave jamais, ces hommes-là : ils sentent le chien mouillé.

–D'abord qu'on a un bain dans la maison, tu les fais laver comme il faut.

–Ils aiment ça, la crasse, eux autres.

–Tu me surprends : c'est rare que tu dis du mal de quelqu'un, toi.

–Mais c'est pas dire du mal, c'est voir ce qui est. Ça saute aux yeux... plutôt au nez...

–J'ai trouvé : Uldéric Blais.

–C'est mieux. Un peu jeune par exemple.

–Ben... il s'en va sur quarante ans, notre Déric.

–Mais si tu meurs, Honoré, ces hommes-là, c'est pas des veufs. Déric, il a sa femme Julia. Jos Beaudoin sa Clothilde et Onésime Lapointe son Élisabeth. En tout cas, on verra ça en temps et lieu. Pour aujourd'hui, on a un petit-fils –ou une petite-fille– qui nous arrive d'une heure à l'autre. Là, j'ôte la table et je lave la vaisselle.

–Je vas t'aider.

–En quel honneur ?

–Un grand-père, faut que ça aide la grand-mère.

En se levant de table, l'un et l'autre se rendirent compte que leur Bernadette était assise en haut de l'escalier où elle avait sans doute entendu leur conversation échevelée et pouvait en conséquence s'en inquiéter fort.

On savait Armand parti dehors avec son grand frère Eugène, et Berthe endormie, mais on avait oublié de situer Bernadette qui, comme souvent, s'était mise à l'affût pour entendre et apprendre.

–Je pense que des jeunes oreilles ont tout entendu, murmura Émélie vers Honoré.

–Quoi veux-tu qu'on fasse ?

–On a pas le choix de faire comme au jour de l'An.

Et marchant sur sa nature, Émélie ouvrit les bras pour recevoir l'étreinte de son mari et ainsi rassurer la pauvre Bernadette que leur conversation avait dû perturber pas mal vu leurs plaisanteries sur leurs éventuels 'regards par les fenêtres du mariage'...

L'enfant le fut encore plus par ce comportement inhabituel de ses parents. Elle se leva en discrétion et retourna dans sa chambre à l'étage, l'oeil en point d'interrogation, le coeur tout retourné...

*

Alfred et Amanda eurent ce jour-là un fils que le lendemain, à son baptême, l'on prénomma Raoul.

*

–Mes enfants, je vous annonce que monsieur Louis Cyr est mort. Il avait 49 ans.

C'était mère Anna-Maria qui, avec son si charmant accent étranger, se désolait pour ce peuple canadien-français qui venait de perdre un demi-dieu.

–Qui c'est ? souffla Bernadette à l'endroit des autres qui partageaient la même table dans la salle à dessin du couvent.

–L'homme le plus fort au monde, murmura Philias Bisson, la tête cachée pour qu'on ne le voie pas parler.

Tous les vendredis après-midi, plusieurs classes se retrouvaient dans la salle à manger au sous-sol du couvent, transformée ce jour-là en salle à dessiner. Car en cette institution de savoir, on ne faisait pas qu'apprendre à lire, écrire et compter aux enfants, on leur inculquait aussi des notions d'arts plastiques. Sans compter que la dissipation des dernières heures de la semaine était alors absorbée par une occupation qui demandait plus d'habileté manuelle qu'intellectuelle.

Regroupés en quatuors mixtes, les enfants avaient le droit de se parler, sauf quand une autorité s'adressait à eux alors que leur silence était exigé.

Anna-Maria, petit bout de femme au nez pointu et au visage juvénile, récoltait beaucoup d'estime et d'affection de la part de ces enfants qui pour la plupart, à la maison, devaient se débrouiller avec leurs émotions, leurs peurs et leurs pleurs. Elle souriait aisément et toujours de manière rassurante quand un petit s'adressait à elle. Et grondait rarement ou bien, quand ça lui arrivait, oubliait aussi vite. Son pardon allait à la même vitesse que son pas annoncé par le bruit de son gros chapelet noir suspendu à sa ceinture.

Le nom de Louis Cyr sonnait familier à plusieurs, même les plus jeunes, et Bernadette l'avait maintes fois entendu dans la bouche de son père, de Pampalon, d'Henri et d'Alfred. Combien de fois n'avait-on pas raconté ce qui s'était passé à Saint-Georges lors d'une visite du mastodonte de St-Jean-de-Matha alors que les fiers-à-bras invités à se mesurer à l'homme fort s'étaient pour la plupart désistés à l'exception d'Honoré, battu dans l'honneur, et qui avait été vanté pour son courage par Louis Cyr en personne ! ?

Cyr, devenu légende vivante, ne se donnait plus en spectacle. Sa prestation de Saint-Georges une douzaine d'années auparavant avait été l'une de ses dernières. Mais on parlait de lui plus que jamais. Et on se sentait fort à travers lui. Plus fort que le monde entier. Les petits gars rêvaient de muscles aussi puissants que ceux du colosse, invaincu en carrière. Les petites filles qui prenaient conscience de leur faiblesse musculaire se sentaient plus fortes à travers les sentiments qui les habitaient. Que la fierté soit enracinée dans le physique ou le mental, on ne saurait l'éradiquer avant au moins un siècle. Et encore...

Il y avait Corinne Mathieu et Julia Racine dans le groupe de Bernadette, et à la dernière minute, une fillette qui ne savait pas à qui se joindre, s'était ajoutée à eux. Elle avait pour nom Imelda Lapointe, mais on aurait pu l'appeler mademoiselle sourire.

Tous avaient 8 ans.

–Qui a parlé parmi vous ? Je viens d'entendre quelqu'un

parler, dit soeur Anna-Maria.

Des regards se posèrent sur Bernadette et Philias qui tous deux baissèrent les yeux. Bernadette seule leva sa petite main honteuse.

–Mademoiselle Grégoire, dites-nous tout haut ce que vous venez de dire tout bas. D'abord, levez-vous, s'il vous plaît !

L'enfant obéit et garda ses yeux coupables rivés sur la table devant elle.

–Je vous écoute. N'ayez crainte, ce n'est pas pour vous punir, c'est pour que tous puissent profiter, eux aussi, de vos paroles.

Bernadette mit sa main devant ses yeux comme pour cacher des larmes. La soeur s'approcha et lui mit les mains sur les épaules en disant :

–Faut pas pleurer.

Philias releva la tête et dit à la religieuse :

–Elle a demandé qui c'est, Louis Cyr.

–Et... vous lui avez répondu, Philias ?

–Ben... que c'est l'homme le plus fort au monde.

La soeur s'exclama :

–Alors voilà ! Ce n'était pas compliqué. Vous auriez dû lever la main et demander à parler devant tous. Voyez comme c'est pas difficile. Vous pouvez vous rasseoir, mademoiselle Bernadette.

Et la religieuse s'éloigna de quelques pas et s'adressa à tous, le regard complimenteur :

–Les amis, Bernadette a fait preuve de curiosité d'esprit, et c'est une belle grande qualité. Et on va l'applaudir. La prochaine fois, elle va lever la main et poser sa question devant tous. Allez, on applaudit !

Le sourire de l'enfant ne tarda pas à assécher ses larmes. Puis il fut demandé à la classe de se mettre à l'oeuvre.

C'était période de dessin libre. Chacun créerait une oeuvre à sa façon et pourrait choisir le sujet. On avait droit de parler tout en travaillant, mais pas de crier.

Quand soeur Anna-Maria le dit, les enfants fouillèrent dans leur sac et déposèrent sur la table crayons et cahiers. L'on s'étonna fort autour de Bernadette de la voir mettre devant elle une boîte sur laquelle était inscrit le mot Crayola. Un mot inconnu tout autant que le contenu.

–C'est quoi, ça ? demanda aussitôt la petite Imelda.

–Mes crayons de couleur.

Émélie avait acheté une douzaine de ces boîtes à son dernier voyage d'affaires à Québec. Chacune était vendue quinze sous au magasin et contenait huit crayons.

Tous les regards pétillèrent d'envie. Bernadette ouvrit la boîte. L'effet chez les autres fut encore plus évident. D'autant qu'il était défendu d'emprunter le matériel des camarades de classe.

–C'est quoi que tu vas dessiner ? lui demanda Julia.

–Une machine comme celle à monsieur Dallaire.

Philias dit :

–Moé itou, je vas dessiner une machine.

Pour un temps, soeur Anna-Maria se promena dans les allées, récitant son chapelet, rêvant à son pays d'origine, sans jeter les yeux sur les chefs-d'oeuvre en devenir un peu partout dans la pièce.

Philias réussit quelque chose d'assez ressemblant, mais pas Bernadette qui s'en désola. Elle ne manquait pas de créativité, mais le dessin n'était pas son fort. La clochette marqua la fin de la classe et comme chaque fois, personne ne remettait son ouvrage et l'emportait plutôt à la maison pour le terminer au cours des deux journées de congé.

Une fois dehors, Bernadette héla Philias sous la grande galerie et lui fit une proposition qu'il ne saurait refuser :

–Si tu me fais un dessin comme le tien, je te prête mes crayons de couleur jusqu'à lundi.

Le jeune garçon était d'une famille très pauvre. Il savait qu'il n'aurait jamais de crayons bien à lui. Elle sortit sa boîte. Il lui donna son dessin. L'échange fut fait et chacun repartit à la maison, la joie au ventre.

Mais ils furent dénoncés. Deux manquements au règlement avaient eu lieu : faire exécuter ses devoirs par quelqu'un d'autre; prêter son matériel. Soeur Anna-Maria dut y réfléchir à deux fois avant de trouver comment tirer le meilleur de la situation. En parler aux parents ne servirait à rien sinon à faire punir les enfants, peut-être exagérément. Elle les prit à part à l'heure d'une récréation et les conduisit là à la salle à manger, déserte à ce moment. Et referma la porte. Elle les fit asseoir et mit devant chacun le dessin qu'il lui avait remis la veille :

–Les amis, vous avez fait deux belles créations. Philias, vous avez dessiné la base et Bernadette, vous avez mis de la couleur dans une de ces bases. Les résultats sont très bons et comme vous y avez mis chacun de votre talent, difficile de vous faire des reproches.

Ils la regardaient dans les yeux. Elle n'y montrait que de la compréhension. L'épisode donnait à réfléchir à la jeune soeur sur le système scolaire qui, selon elle, favorisait trop l'individualisme et pas assez l'entraide. Mais elle-même devait se laisser mouler au creuset des règles et elle n'aurait d'autre choix que d'emprunter la voie de la contradiction.

–Mais pour que je vous donne une note, vous allez me promettre de ne dire à personne que vous vous êtes aidés l'un l'autre. C'est d'accord ?

–Oui, Mère, dirent les deux enfants en choeur.

–Je vais vous expliquer, Bernadette, pourquoi il ne faut pas prêter ses affaires...

L'enfant exprimerait avec sa tête qu'elle comprenait, mais

pas avec son regard en point d'interrogation. Alfred, Éva avaient donné des bouts de crayons à des camarades qui n'avaient plus rien pour écrire. Il arrivait à Pampalon de le faire aussi. Ceux-là avaient le don facile et Bernadette tout autant. Ainsi agissaient tous les petits Grégoire...

*

Ils étaient quatre autour de la table : Restitue Jobin, Memére Foley, Grégoire Grégoire, Édouard Allaire. Tous gens de 80 ans et plus. Tous au veuvage. Tous en assez bonne santé. Et ça jouait aux cartes ce jour-là et quasiment tous les après-midis. Histoire de marcher un peu pour se dégourdir les jambes, on changeait d'endroit chaque fois. Ce quinze novembre ensoleillé, on était dans la cuisine chez le père Allaire.

–Euphemie, c'est à toé la brasse.

–Je le savais, Édouard.

La femme ramassa et tassa les cartes puis commença de les mélanger. Restitue marqua les points sur une feuille. Elle avait Édouard pour partenaire de whist tandis que les deux autres formaient la seconde équipe.

–Savez-vous la plus belle mort qu'une personne peut pas faire ? dit Grégoire après les propos légers et sans beaucoup de suite qui animaient la tablée depuis le début de la partie une demi-heure plus tôt.

–Se réveiller mort, plaisanta Restitue.

Grégoire rit plein sa barbe, à la manière de son demi-frère Honoré, ce qui incitait les autres à une joyeuseté plus grande encore.

–Mourir de sa belle mort, enchérit Édouard.

–Ça revient au même... bon, ramassez vos cartes, là, c'est pas le temps de mourir, on a une partie à finir.

Grégoire jeta la première carte, un deux de trèfle. Restitue la couvrit du quatre de la même couleur. Euphemie ne trouva dans sa main que le sept et le jeta sur la table. Son partenaire grimaça. Il était de mise en troisième de 'forcer' le jeu en utilisant sa carte la plus forte et Euphemie n'avait pas eu le temps de déployer sa main, de sorte qu'elle n'aperçut la dame de trèfle entre deux autres qu'après coup. Édouard emporta la levée avec son huit puis il gagna aussi les deux suivantes grâce à l'as et au roi dont il disposait. Et Euphemie se fit avaler sa dame... Elle eut tôt fait de s'excuser :

–Je l'avais pas vue, ma dame...

–Pourtant, vous avez des bonnes lunettes, dit Grégoire.

–C'est pas les lunettes, c'est mes doigts qui sont un peu gourds.

Malgré quelques impairs, le couple Grégoire-Foley l'emporta sur le couple Allaire-Jobin et même, gagna la partie pour le plus grand plaisir de tous. Car on exprimait autant de plaisir à perdre qu'à gagner.

L'on parla ensuite du départ du vicaire Cloutier et de son remplacement prochain.

–Ce pauvre monsieur le curé, il travaille comme deux, s'exclama Restitue.

–Pas le temps de s'occuper de sa servante ! plaisanta Édouard.

L'âge déliait les langues. Entre elles, les vieilles personnes ne se gênaient pas pour se raconter des histoires parfois grivoises. Après toutes ces années à y vivre, la Beauce égrillarde les avait façonnés à sa mesure. Et quand on ne parlait pas des revenants (qui les faisaient rire autant qu'ils faisaient peur aux enfants), on s'amusait à propos des comportements humains tout en prenant soin, le plus souvent, d'y ajouter quelques assaisonnements à saveur d'épice.

–Un voyageur de commerce, un nommé Capistran en a conté une bonne à mon gendre qui me l'a contée ensuite, fit Édouard en brassant les cartes. C'est l'évêque qui visite une paroisse ben pauvre des concessions...

–Dorset disons ? glissa Grégoire.

–Peut-être ben... en tout cas, il visite le presbytère... Pis là : rien qu'une chambre. Il dit au curé : *où c'est que vous faites coucher la servante ?* Le curé dit : *dans le lit, avec moé.* L'évêque est scandalisé. Le curé dit : *inquiétez-vous pas, on fait coucher le chien au milieu, entre nous deux.* L'évêque dit : *mais si la tentation vous vient ?* Le curé dit : *dans ce temps-là, je me lève pis je vas marcher autour du presbytère.* L'évêque dit : *mais si la tentation vient à la servante ?* Le curé dit : *elle fait la même affaire, elle se lève pis va marcher tout le tour du presbytère.* Là, l'évêque dit : *mais si la tentation vous vient à tous les deux ?* Le curé dit : *ben là, on envoie le chien faire le tour du presbytère...*

Grégoire fit trembler les poutres du plafond par la force de son rire. Il faillit s'étouffer et le tout finit dans une quinte de toux. Les deux vieilles dames réagirent aussi. Leur fond de scrupule nuançait leur réaction, mais elles riaient quand même de bon coeur. Elles n'avaient plus de temps à perdre à se demander si une parole ou un fait raconté apparaissaient trop osés, et se disaient qu'elles sauraient bien s'expliquer avec leur Créateur le moment venu...

***

Chapitre 18

1913

Le maire Quirion démissionna. Honoré Grégoire le remplaça à pied levé. Peu de temps après, il fut élu par acclamation. Et sans tarder fut lancée la fameuse campagne des bons chemins qui ferait de la rue principale et de la Grand-Ligne dans toute sa longueur une voie mieux foncée, mieux égouttée, carrossable une bonne partie de l'année, y compris en période de dégel, favorisant alors un minimum de roulières.

En gros et en bref, Honoré Grégoire avait persuadé le Conseil municipal à l'unanimité de faire en sorte que Saint-Honoré s'ouvre aux machines automobiles qui n'y venaient guère qu'en plein été et un peu en automne. Et pour les mois d'hiver, on accentuerait les efforts afin que les voitures à chevaux puissent circuler avec le moins d'inconvénients possible.

Jean Jobin conserva son poste de secrétaire et continua d'agir comme gérant de la caisse populaire, caisse dont l'actif augmentait rapidement avec la prospérité générale de cette grosse paroisse agricole.

Honoré, malgré ses nouvelles fonctions et les préoccupations reliées à son travail de marchand, trouva moyen d'ouvrir chantier au lac Frontière. Il s'y rendait deux fois par mois pour recevoir les rapports de ses deux contremaîtres et y restait parfois jusqu'à cinq ou six jours d'affilée. Émélie parvenait à tout faire toute seule. La famille s'était rétrécie par le départ de plusieurs pour les études à l'extérieur. Alfred s'avérait un commis de grande qualité : fort comme un ours, travaillant comme une fourmi, ponctuel comme l'horloge, avenant avec la clientèle. Sa mère se demandait parfois comment on avait pu penser qu'il ne possédait pas vraiment les dispositions pour devenir marchand. De plus, comme maître de poste, il aurait pu battre son père dans un concours. Il estampillait les lettres deux fois plus vite avec le marteau, classait le courrier en moins de temps que lui, connaissait toutes les cases par coeur et se faisait moins craindre que son père par la clientèle. On l'aimait beaucoup.

Et puis Amanda attendait un deuxième enfant, ce qui ajoutait à la vaillance d'Alfred ainsi qu'à sa joie de vivre communicative.

Signes de changement, signes de progrès : l'arrivée du vicaire Eugène Beaudet tôt dans l'année puis celle d'un notaire, Me Busque, qui s'installa dans l'ancien presbytère face au magasin général.

Mais chaque année aussi, maintenant que la paroisse comptait sa part de personnes âgées, il lui fallait payer un tribut à la grande faucheuse. Il mourait entre dix et vingt personnes, enfants et adultes confondus, chaque douze mois. L'un des décès les plus marquants fut celui d'Onésime Lacasse le premier mars. L'homme était âgé de 72 ans. Les Grégoire se rendirent au service funèbre puis à l'inhumation sur la colline du cimetière. Un dernier mot d'hommage fut alors prononcé par le curé Lemieux près de la fosse.

–Mes amis de Saint-Honoré, l'un des plus éminents citoyens de notre paroisse en est arrivé à son dernier repos. Son corps, là, dans le cercueil, deviendra poussière. Ce que nous sommes tous. Mais son esprit demeure et demeurera, car il est entré dans l'éternité. L'homme s'est distingué de son vivant. Il fut d'un constant soutien pour son prochain. Il en faudrait comme lui à la tête des gouvernements du monde pour éviter la guerre. Homme de pardon, homme de compromis, homme de paix, homme de conciliation, de médiation : Onésime Lacasse fut sur terre de ceux qui nous permettent d'avoir la foi en l'homme malgré le péché trop présent partout. Et c'est parce qu'il avait une grande foi en Dieu qu'il nous était possible de croire en lui. En Dieu et en le bon saint Joseph. Comme vous le savez tous, *c'est avec une ardeur toute juvénile qu'il a inauguré le mois de saint Joseph; jamais il n'a chanté comme en cette occasion. Ce fut son chant du cygne. Le pieux chrétien pouvait dire avec le plus sage, le plus juste des Athéniens :*

"*Vous, qui près du tombeau, venez pour m'écouter, je suis un cygne aussi. Je meurs : je puis chanter.*"

Historique de Saint-Honoré, page 18

Bon chrétien, bon catholique, bon citoyen, diplomate accompli, brave homme, nous lui disons en choeur : au revoir, monsieur Lacasse. Amen.

–Amen, dit l'attroupement d'une centaine de personnes venu accompagner le 'brave homme' jusqu'à son dernier lit.

Onésime Pelchat avait conduit sa belle-mère Restitue au cimetière, soutenant son pas tout le long du parcours vu que la vieille dame avait subi une légère foulure en se rendant jouer aux cartes chez Grégoire Grégoire la veille. Son épouse Célanire n'avait pu venir aux obsèques de Lacasse, retenue par le soin qu'elle prenait de sa voisine, la femme de Jean Jobin qui, à 39 ans, était atteinte d'une maladie grave. Émélie s'approcha du couple pour prendre des nouvelles de Délia qu'elle connaissait si bien :

–Comment elle va, Délia ?

–Pas fort, la pauvre Délia, soupira Restitue.

–Si c'est pas de la tuberculose comme on le sait, elle a quoi au juste ?

–Son sang vire en eau.

–On appelle ça de la leucémie... mon doux Seigneur, c'est la mort qui l'attend au tournant.

Honoré intervint :

–Peut-être pas. Le docteur Goulet fait sûrement quelque chose pour...

–Si ça peut pas occasionner une crise d'apoplexie toujours !

–Faut espérer que ça ira mieux. Si jeune. Y a pas d'âge, mais... c'est pas nécessaire de mourir avant 60 ans dans le petit moins, hein ?

–Pensez-vous qu'on pourrait aller la visiter, nous autres, madame Jobin ?

Restitue s'adressa au couple :

–Célanire pourrait mieux vous le dire. Je vas lui demander pis aller vous donner sa réponse au magasin.

–Espérons que ça sera pas vu comme une visite d'adieu ! dit Émélie.

–Ça va dépendre de ce que vous allez lui dire.

–On sait jamais quoi dire dans des cas de même. Si on se montre trop superficiel, elle pourra croire qu'on lui cache du chagrin causé par son état trop sérieux; si on dramatise, on traumatise. Délia, elle nous a si souvent aidés au magasin.

Restitue dont la tête était souvent agitée d'un tremblement, sourit faiblement :

–Prenez ça comme prétexte : l'aide au magasin. Dites-lui que vous l'avez appréciée pis que vous voulez la reprendre de temps en temps... Un discours de même ben tourné, elle se doutera de rien pantoute.

Honoré reprit la parole :

–Même que ça serait mieux que tu y ailles seule, Émélie.

Onésime parla à son tour :

–Bonne idée ! Je voulais vous dire, j'ai mon autre gars, Ti-Jean qui va se marier durant l'été. Avec la fille à Hilaire Paradis... le gros Hilaire ben entendu, pas l'autre qui juronne pas mal trop...

–Itha ?

–Oué, Itha.

–Une belle grande fille, la Itha Paradis.

–Elle parle fort, mais elle parle doux en même temps. Une bonne personne.

Onésime reprit :

–C'est que je veux vous dire, c'est de venir au dîner de noce. On va faire ça chez nous tout bonnement. J'ai pris entente avec les Paradis pour que ça se fasse chez nous, au contraire de ce qui devrait se faire vu que c'est eux, les parents de la marié.. J'sais que vous êtes débordés d'ouvrage, mais... une saucette d'une heure ou deux...

Honoré approuva d'un signe de tête les mots d'Émélie :

–Ça se pourrait ben, oui, ça se pourrait ben. C'est quelle date ?

–On va vous le faire à savoir.

–Ben correct. Entre-temps, moi, je vais faire une visite à Délia. J'me rappelle avoir eu des discussions ben profondes avec elle. C'est une femme savante... autant que son mari.

–Plus même ! approuva Onésime.

On devait se quitter là-dessus. Il fallut tourner le dos à Onésime Lacasse et faire face à la vie qui se continuait inexorablement.

*

Émélie se fit accompagner de sa fille Bernadette pour rendre visite à la jeune femme malade qui habitait dans la seconde maison de la rue Labrecque laquelle rejoignait la rue principale pas loin du magasin, en biais, du côté sud.

–C'est qu'elle a, madame Jobin ? demanda la fillette quand on se mit en chemin pour la visite.

–Une maladie grave.

–Le consomption ?

–Mais non, pas la consomption !

Le ton pour le dire faisait comprendre à l'enfant l'énormité de ce mal qu'on appelait consomption. Et si à huit ans, bientôt neuf, Bernadette ne connaissait pas très bien le sens du mot synonyme, à coup sûr, elle savait que consomption équivalait à cimetière.

–Quoi d'abord ?

Émélie s'impatienta :

–Je le sais pas, Bernadette. Peut-être le cancer...

–C'est quoi, le cancer ?

–Une maladie... qui fait mourir.

–Ça fait quoi ?

–Ça... ça... fait pourrir le corps par en dedans.

–Hein !? Quoi ??

–Le corps, tu sais, pas besoin de se retrouver dans un cercueil pour qu'il se mette à pourrir. On peut être debout et se mettre à pourrir par le dedans.

Bernadette émit un quasi gémissement et sa voix exprima l'horreur à l'état pur. Émélie regretta aussitôt d'avoir dit ces choses abominables. Elle toujours si réservée, elle dont la mort avait si souvent visité la demeure pour y prendre un être cher et l'emporter vers les marécages pestilentiels de la pourriture, traversait un vent de révolte. Il y avait son inquiétude à propos de son ventre trop souvent sollicité par l'embryon, il y avait ses cuisses verruqueuses, il y avait ces souvenirs macabres de l'été 1902 alors qu'on avait déménagé le vieux cimetière, il y avait la vieillesse que des gens devenant grands-parents devaient commencer de regarder droit dans les yeux et puis, il y avait bien sûr cette consomption qui frappait tant et trop de familles de partout. Et tous ces cancers. Et toutes ces gangrènes. Et ces couches mortelles...

La mort et la pourriture faisaient flèche de tout bois. Avaient mille et une façons de détruire un être humain. Et toutes ces misères à connaître, toutes ces douleurs physiques et morales à traverser pour trouver parfois un peu de bonheur sur le bord de la route...

Ça ne la connaissait guère, ce pessimisme douloureux, et la femme parvenait mal à le museler malgré son désir de n'en rien laisser paraître devant ses enfants, ce qu'elle faisait en se retirant dans la vieille maison devenue hangar pour s'y bercer parfois et endormir son désarroi passager.

Le mieux était de se réfugier dans un silence complet sans même répondre aux questions répétitives de sa fille. Par bonheur, la route était courte et l'on frappa bientôt à la porte chez Jean Jobin.

–On peut rentrer sans cogner, maman, c'est la caisse.

–Ah ! j'oubliais...

Elles furent aussitôt à l'intérieur, dans une pièce qui servait à la caisse Desjardins. Un comptoir surmonté d'un grillage métallique doré l'indiquait bien et Jobin dont on ne pouvait apercevoir qu'une visière sur la tête, leva les yeux pour identifier les arrivants.

–Madame Grégoire ! De la visite rare !

Il est vrai qu'Émélie ne se rendait jamais à la caisse en personne. C'était une tâche accomplie par Honoré et lui seulement. Et comme du temps assez récent de la bonne santé de Délia, c'est celle-ci qui visitait Émélie presque tous les jours au magasin.

–On vient voir Délia.

Le visage de l'homme s'assombrit. Il fit un léger signe de tête exprimant une grande désolation :

–Je viens d'aller lui faire boire de l'eau; elle dort pas. Vous pouvez y aller toutes les deux : elle est dans la chambre au fond, à droite.

–Merci ! On y va. Viens Bernadette.

Délia leur apparut dans toute sa souffrance physique et morale. Dès leur arrivée dans l'embrasure de la porte, la malade alitée qui avait entendu leurs mots au loin et leurs pas se rapprochant, les regarda fixement. Le vide en ces yeux était causé par la douleur qui lui écrasait la gorge, par la certitude d'avoir atteint la fin du voyage ici-bas et par le mal incessant qui la rongeait, corps et coeur.

–Si c'est pas la petite Bernadette ! Bonjour Émélie.

–Bonjour Délia !

La malade lança un ordre que la faiblesse de sa voix rendait dérisoire :

–Demandez-moi pas comment ça va parce que ça va pas bien du tout.

En une fraction de seconde, Émélie se souvint de la visite que Délia lui avait faite après la naissance d'Henri en 95, voilà déjà 18 années en arrière. Elle la voyait comme cette fois-là, l'entendait, lui parlait...

"Délia était une petite femme noiraude, vive et joyeuse avec un beau visage aux traits de fillette. Et resplendissante de santé comme le disaient ses pommettes à la rougeur naturelle. Elle redevint songeuse aux prochaines paroles d'Émélie qui appuya sur chaque mot :

–On rêve tous d'une vie longue et prospère, et surtout en santé, mais en même temps, il faut la transmettre, cette vie qui nous a été donnée, et ça, c'est exigeant sur notre pauvre corps mortel. Ma mère est partie à 30 ans. Moi, j'en avais que six à sa mort. Ça m'encourage : mon petit Alfred aura ses 8 ans au mois d'août et je me sens en pleine santé. Dans le fond, les prêtres ont ben raison de dire qu'il faut laisser tout ça entre les mains du bon Dieu. C'est Lui qui sait quand c'est le temps de nous rappeler à Lui. On comprend pas toujours pis faut pas chercher à trop comprendre, parce que la

vie elle-même est un des grands mystères... j'allais dire de la vie. Pis la mort, un plus grand mystère encore.

Délia décela beaucoup de résignation et un grand esprit de sacrifice dans ces clichés entendus partout. Il restait en elle une certaine rébellion de la jeunesse et elle prit le temps d'absorber la pensée d'Émélie en ne la partageant qu'à moitié et regrettant son acceptation des choses en trop bonne chrétienne. Elle ne songeait pas qu'Émélie avait transposé son sens de la décision sur un autre plan, celui des affaires, et qu'en matière familiale, son couple se conformait aux diktats de la religion comme tous les autres couples, et même que les Grégoire vivaient l'abstention afin d'espacer les naissances d'au moins deux ans, une planification tout de même exceptionnelle.

L'on se parla d'autre chose. Délia quitta heureuse et pourtant inquiète, comme à son arrivée...

Ce que pouvait voir Émélie maintenant, c'était un visage complètement décharné, ruiné à jamais, les yeux éteints, les cheveux noirs déjà morts sur l'oreiller blanc. Elle aurait voulu mettre ses deux mains sur son visage pour ne plus se boucher la vue. Et le fit avec des mains invisibles. Et les choses du magasin vinrent l'aider comme l'avait suggéré Restitue :

–On s'en est-il assez conté, des affaires, toutes les deux, hein, Délia ?

La moribonde esquissa un sourire qui disparut vite.

–Venez... vous asseoir... à côté de moi...

La mère et la fille obéirent.

–J'avais peur... de partir sans t'avoir parlé...

–As-tu la force de parler, Délia ?

–Ce qu'il me reste d'énergie... j'veux le prendre pour te parler... et t'entendre... T'en rappelles-tu quand je t'ai... vue à la naissance de ton Henri ?

–Hein ! s'étonna Émélie, je pensais justement à ça en arrivant dans la porte tantôt.

–Ça me surprend pas.

–Comment ça ?

–Parce qu'on s'était parlé de la misère des femmes.

–Veux-tu que Bernadette m'attende dehors ou ben dans le bureau de la caisse ?

–Non... non... qu'elle reste avec nous deux.

Là aussi, les deux femmes tombaient d'accord d'emblée. Émélie depuis la conception de Bernadette, souhaitait que cette enfant se fasse religieuse non pas pour la grande motivation consistant à se rapprocher du Seigneur, mais surtout pour ne jamais devoir subir un chapelet de grossesses à l'intérieur du sacro-saint mariage.

Elles se parlèrent un peu des enfants de chacune puis la malade soupira :

–On a un ventre qui donne la vie et qui nous tue du même coup.

–Tu m'avais dit quelque chose de semblable à la naissance d'Henri et je t'avais parlé de résignation. Mais par la suite, j'me suis un peu rebellée, je dirais... Mais quand on fait ça, on se fait dire qu'on tient les propos du père Chiniquy, un excommunié.

Bernadette avait beaucoup de mal à suivre. En fait, elle n'y parvenait pas. Il manquait des éléments dans ses connaissances comme la façon de concevoir les bébés. Malgré sa grande curiosité, elle ignorait encore ce qui se passait entre un papa et une maman pour que dans le ventre de la mère s'installe la vie. Le plus loin qu'elle se souvienne avec netteté, c'était la grossesse de sa mère avant la naissance de Berthe. On avait certes répondu à ses questions quand elle craignait que sa mère ne soit malade. Émélie lui avait fait toucher son ventre quand le bébé s'agitait. Mais quand la fillette demandait : *mais qu'est-ce qu'il fait là, le bébé* ? on lui répondait évasivement. *Il s'est fait un nid. Il se prépare à venir au monde. Il a hâte de venir voir sa grande soeur Bernadette.*

–On s'ennuie pas... des enfants qu'on n'a pas eus...

–Mais on se fait briser le coeur par ceux qui meurent trop vite par exemple.

C'était une petite chambre sombre et pourtant, les draps, les oreillers et le visage de Délia formaient un ensemble pâle qui donnait à penser à un linceul. Une chandelle brûlait sur la commode. Une croix noire suspendue au mur au-dessus du lit parlait de tempérance. Et à vrai dire d'équilibre humain dans la bonne mesure.

Mais au chapitre des naissances, la mesure n'existait pas et les femmes en souffraient pour la plupart dans le plus résigné des silences. Et les positions sacrilèges du père Chiniquy sur la question au siècle précédent n'avaient fait que renforcer la pensée dogmatique de la sainte Église sur l'espacement des naissances que l'on n'appelait pas encore le contrôle des naissances, une expression qui aurait fait bondir et peut-être se déchirer toute robe noire digne de ce nom.

Ce que saisit Bernadette dans la suite des propos des deux femmes fut que les enfants en trop grand nombre tuaient les mères comme les Foley Lucie et comme les Jobin Délia. Peut-être qu'à ce moment, son inconscient se rappela les propos de sa mère du temps qu'elle la portait et qui en disait alors si l'enfant devait naître fille qu'elle n'aurait jamais de progéniture parce qu'elle le voulait ainsi de toutes ses forces pour elle.

Vint le moment de partir. Certes, les deux femmes s'entretinrent de bien autre chose que de leurs misères et les enfants eurent la meilleure part de leur échange. Éva surtout, la plus belle réussite peut-être de la famille Grégoire. Pas une seule fois, il ne fut question de l'état de santé de la malade, encore moins de son départ prochain. Tout passa par leurs mains au moment de se dire adieu. Émélie prit celle, glacée et squelettique de son amie en lui murmurant simplement deux petits mots qui en disaient plus long que tout :

–À bientôt, Délia !

–À bientôt, Émélie ! Bonjour, Bernadette.

–Bonjour, madame !

Jean Jobin remercia Émélie quand elle allait sortir :

–Ça va l'aider en grand.

–Bernadette va dire un rosaire pour elle à soir même.

–Ça pourra pas nuire...

Émélie ne reverrait jamais Délia vivante. La jeune femme de 39 ans décéda trois jours plus tard.

***

Chapitre 19

1913...

Henri et Pampalon revinrent du collège de Sainte-Marie quelques jours avant la fête de la Saint-Jean. Ils furent mobilisés aussitôt afin de préparer un char allégorique préparé par la municipalité à l'instigation de son maire afin de représenter la paroisse à une parade qui aurait lieu à Saint-Georges le jour de la fête nationale.

On fabriquait le char à même une longue voiture à roues cerclées de fer. Le thème : la colonisation du canton de Shenley. Les deux fils Grégoire et Édouard (Edward) Foley personnifieraient les trois pionniers du canton : Clément Larochelle, Pierre Boutin et Thomas Morin. Sur la fonçure, il y aurait des arbres à troncs modestes fixés là pour l'occasion ainsi que des souches. Tout cela n'était pas bien long à faire, mais il fallait aussi ériger une petite cabane ouverte sur deux côtés et dans laquelle seraient des outils d'époque. De quoi faire pleurer les personnes âgées. Et peut-être plus que tous les autres Édouard Allaire qui à 81 ans attendait la fin, l'ultime délivrance et peut-être le moment où il pourrait revoir son monde, aussi bien sa femme Pétronille que sa fille Marie et les autres. Sans oublier sa chère Marie-Rose dont les racines avaient creusé si profondément dans son coeur.

Mais le verrait-il, ce char ? On ne le paraderait pas dans la place et pour se rendre à Saint-Georges, on s'en irait dans la direction opposée à sa maison.

Ce jour-là de grande chaleur, Henri et son ami Édouard se rendirent dans la grange à Foley, là où était le char maintenant parachevé. Du reste, c'est là même, dans la batterie de la grange, qu'on l'avait monté. Il n'y manquait rien, pas même les lettres d'identification dessinées et taillées par Cyrille Beaulieu et qui avaient été clouées des deux côtés du long char : S H E N L E Y.

Le vicaire Beaudet s'était insurgé contre ce nom. Mais tous les curés qui s'y étaient essayé à faire dire par les gens Saint-Honoré plutôt que Shenley avaient frappé un mur. Et le curé Lemieux comme ses prédécesseurs. Peut-être en viendrait-il un plus persuasif un de ces jours ?

Diplômé en études commerciales, âgé de 18 ans depuis le 31 janvier, Henri apparaissait à toutes les jeunes filles de la paroisse comme le parti parfait. Très beau jeune homme, tenant plus de la lignée Allaire, il avait dans le regard une détermination farouche héritée peut-être de l'entêtement de sa mère en toutes choses. Des cheveux foncés, épais, soignés, formaient la ligne d'un coeur sur le front, ce qui en ravissait plus d'une. Chaque trait de son visage portait un équilibre dont l'ensemble créait l'harmonie : un regard profond, noir, des joues légèrement creusées, une bouche gourmande sans excès et le nez de sa mère.

Édouard et lui parvinrent au pont de la grange. Tous deux en manches de chemise, ils s'arrêtèrent là un moment comme souvent par le passé quand ils se rendaient à l'intérieur pour jaser et rêver.

–La petite porte est restée ouverte, s'étonna Henri.

Et les deux jeunes gens parlèrent sous un soleil qui ne tarderait pas à disparaître devant la grange dont l'arrière se trouvait au nord, vers le cap à Foley, tout près.

–Sais-tu qui c'est qui va mener le char à Saint-Georges ?

–Mon père dit que ça pourrait être Joseph Bellegarde.

–Oué... il a une bonne paire de chevaux.

–Et qui c'est qui va faire nos femmes de pionniers ?

–On le sait pas encore. C'est monsieur le vicaire qui s'en occupe.

–On va espérer qu'il va pas choisir les pires.

–Ça, tu peux le dire.

Puis on se rappela non sans rougeur au visage la fameuse lettre adressée au frère Sijebert au Mont-de-Lasalle. Henri commenta :

–J'ai toujours pensé m'en aller de par ici pis c'était ma manière de faire.

–Tu veux partir encore ?

Henri promena son regard sur la colline vers le rang 9, sur le cap puis sur le cimetière :

–Je vas pas dormir de mon dernier sommeil là...

–Tu penses tout le temps aux États ?

–Plus que jamais.

–Les prêtres disent que ceux qui s'exilent aux États sont des traîtres à leur patrie.

–Ah, les prêtres, ça parle, ça parle... Y a aucun mal à s'en aller aux États.

–En parles-tu avec ton père pis ta mère ?

–Ils veulent pas que je parte, c'est certain. Mais eux autres, ils sont partis jeunes des paroisses d'en bas pour venir s'établir en plein bois quasiment. Mon grand-père Allaire, c'est pareil. Mon oncle Jos parti pour les États. Mon oncle Thomas Grégoire établi au Yukon. C'est là que je voudrais aller, au Yukon... au pays de l'or qui court les rivières.

–C'est fini, ça fait longtemps, l'or au Yukon, Henri.

–Oué, mais... ils vont peut-être trouver des nouveaux filons. Ça s'est vu au Colorado...

–Moi, je t'écoute, Henri, pis je me dis que je veux rester par icitte. M'acheter une terre. Cultiver. Avoir une famille.

–Tu parles comme le grand-père Allaire.

–C'est pas plus un péché, ça, que de s'en aller.

–Je t'accuse de rien, mon ami... Edward Foley, un nom de même, tu passerais partout aux États. En plus que t'as des frères qui sont rendus là-bas.

–Ben non, Henri. Je m'appelle Édouard pis je vas rester par chez nous.

–Avoir la chance de venir au monde en anglais et la gaspiller comme ça.

Édouard se gratta le nez :

–On a souvent parlé de ça... On dirait que t'es pas sûr de ton affaire, Henri, quand tu dis que tu veux partir de Shenley.

–Moi : pas sûr de mon affaire ? Tu vas voir plus vite que tu penses.

–C'est quoi que tu veux dire avec ça ?

–Tu vas ben voir. En attendant, allons dans la grange voir si tout est O.K.

Ils franchirent la distance les séparant de la petite porte ouverte et entrèrent. Henri précéda son ami et marcha lentement afin de contourner le char et l'examiner sous toutes ses coutures. Mais voici qu'un bruit insolite lui parvint. Il s'arrêta et l'autre fit de même.

–On dirait que ça brasse dans le foin, souffla-t-il à Édouard qui cherchait à voir quelque chose dans la tasserie.

–Peut-être une petite bête ?...

–Un chevreuil, tu penses ?

–Ou un porc-épic.

–Attendons que nos yeux s'accoutument.

Ce qu'ils firent en continuant de se parler à mi-voix. Sûrement qu'un animal plus important qu'un petit rongeur s'était introduit par la porte ouverte et réfugié dans le foin sec qui restait là de l'année précédente.

L'on bougea encore. Le bruit du foin attira les regards vers non pas la tasserie mais vers le fond de la batterie où il y avait un mulon en attente d'être jeté par la trappe pour servir de nourriture aux animaux plus tard puisqu'ils se trouvaient en cette saison tous en pacage sur la terre et non dans l'étable d'en dessous.

Henri mit son doigt en travers de sa bouche pour suggérer le silence à son ami et marcha sur le bout des orteils vers l'endroit où l'on pouvait même voir le foin bouger maintenant. Comment un animal ne les entendait-il pas venir ? Ou bien ne les sentait-il pas ? Il fallait une bête dont l'ouïe et l'odorat n'étaient guère développés. Le jeune homme s'arrêta net, se disant qu'il pouvait sûrement s'agir d'une mouffette, petite chose pas peureuse pour deux sous et pour cause. Et surtout qui n'avait guère besoin d'utiliser son odorat...

–Allons voir, tant qu'à faire ! fit Édouard qui prit aussitôt les devants.

Il se rendit compte qu'en fait, on avait soulevé du foin à la main et que ce qui se cachait derrière avait été capable de se faire avec le foin un habit de camouflage. Alors on entendit un tout petit gémissement. Édouard balaya le foin du revers de la main et une scène pour le moins inattendue lui apparut ainsi qu'à Henri.

Le petit Armand se tenait debout contre la cloison et un garçon de son âge ou plus jeune d'un an peut-être était agenouillé devant lui. Il se passait un acte contre nature qui faillit faire tomber à la renverse le très placide Henri et son ami, un personnage plus flegmatique encore.

Surpris en flagrant délit, apeurés et même terrifiés, les deux garçonnets changèrent de position. L'un se remit sur ses jambes et Armand tourna le dos pour cacher son sexe et faire semblant de n'avoir rien fait.

Il y avait diablement loin entre l'échange à propos d'exil ou de char allégorique du moment d'avant et ce qu'on venait de voir. Henri et Édouard se regardaient sans savoir quoi faire, estomaqués l'espace de quelques secondes.

–Si je dis ça à mon père, il va le tuer. Si je dis ça à ma mère, elle va le dire à mon père.

–Dans ce cas-là, dis-le pas à personne.

Les deux garçonnets se glissèrent contre la cloison et Armand se jeta dans le trou de la trappe. Son ami Wilfrid le suivit. Il n'y avait aucun danger : du foin en quantité amortit leur chute dans l'étable.

–Le petit Armand, il a pas fait encore sa première communion. Il sait pas que c'est un péché...

–En tout cas, ils savent que c'est pas correct non plus, de la manière qu'ils ont réagi quand ils nous ont vus... Pis se cacher de même pour faire ça...

Henri hocha la tête et l'incident fut clos. Ce jeune homme farci de générosité faisait confiance en la vie et se disait que le chemin d'Armand passait par ce qu'il lui avait vu faire. Restait à savoir s'il avait forcé son petit camarade à se comporter comme il l'avait fait. Mais alors, Wilfrid aurait fui Armand; or, ils étaient si souvent ensemble à courir les champs, à se rendre sur le cap à Foley, à se rendre pêcher au verveux de fortune dans les ruisseaux du haut des terres...

Et Henri devait vite oublier l'incident pour lui bénin : il avait d'autres chats à fouetter et surtout un rêve à réaliser...

*

Il vint, ce jour de la fête nationale.

Le char fut amené par Joseph Bellegarde devant l'église. Les personnages pionniers masculins montèrent. Et on ne savait toujours pas qui incarnerait le rôle des épouses. L'abbé Beaudet avait-il pris ses responsabilités ? Il était tôt le matin, mais on devait partir sans tarder car la route serait longue. Il y avait de nombreux détours sur la Grand-Ligne à cause de la campagne des bons chemins qui s'était mise en marche quelque temps auparavant.

Le troisième personnage masculin représentait Thomas Morin et on avait demandé Alphonse Champagne, le fils de Louis, jeune homme de 19 ans, de l'incarner. Il y avait eu réticence. Alphonse aurait voulu être Clément Larochelle, le pionnier des pionniers. Mais comme Henri et Édouard le voulaient aussi, il avait fallu tirer au sort.

Et c'est Henri Grégoire qui personnifiait Larochelle. Les trois hommes qui en 1854 avaient fait trembler la forêt par leur premier coup de hache sur leurs lots du rang 10 étaient tous rendus dans la vallée de Josaphat et c'est depuis l'au-delà qu'ils pouvaient admirer ce char ou bien le dénigrer.

Ce départ faisait événement. Pas mal de gens de tous âges du village s'étaient déplacés pour venir y assister. On le savait depuis le dimanche précédent alors que le curé en avait parlé en chaire. Parmi eux, Édouard Allaire arrivé un des premiers après une marche depuis chez lui. Le vieil homme avançait lentement mais sans canne; il lui restait dans les jambes assez de muscle pour le porter sans peine là où il voulait se rendre. D'ailleurs, tous les jours, il se rendait au magasin échanger un mot ou deux avec son gendre ou sa fille. Le couple pouvait ainsi surveiller de près son état de santé et s'il advenait qu'il ne vînt pas vu la température, on s'inquiétait. Honoré dépêchait alors un enfant pour voir de quoi il retournait chez leur grand-père.

Le vieillard avait pris place sur la marche la plus haute du perron de l'église où il s'était assis. De là, il ne manquait rien de ce qui se passait sur le char.

Il y avait dans la cabane ouverte une paire de chaises berçantes. C'est là que prendrait place le premier couple soit Clément Larochelle et son épouse Marie-Rose ou en fait, Henri et la jeune personne qui la personnifierait. Sur la plate-forme se trouvaient quatre autres berçantes pour les deux autres couples formés ad hoc.

Édouard ne tarda pas à se rendre compte qu'on s'était permis pas mal d'accrocs à la vérité historique. Tout d'abord, les pionniers ne possédaient même pas de berçantes. Ni de vaisselle en porcelaine comme on pouvait en voir sur la table de cuisine. Pas non plus de paillasse sur le lit puisque l'on couchait dans les débuts sur un amas de branches de cèdre, ce qui permettait de mieux se défendre des poux et autres insectes indésirables. Qu'importe puisque le char allumait tant l'imagination.

Henri portait une fausse moustache et du fort vieux linge que lui avait prêté sa marraine Restitue en le disant lavé, bouilli et entreposé depuis des lustres dans un coffre en cèdre bourré de naphtaline. D'ailleurs la culotte d'étoffe du pays et la chemise à carreaux sentaient fort la boule à mites. Quant à Édouard, il avait été habillé et 'grimé' par sa grand-mère Euphemie qui cherchait par tous les moyens à ramener un peu d'âme dans la maison après le départ prématuré de sa bru Lucie et devant le désarroi permanent de son fils Joseph qui ne parvenait pas à apprivoiser son veuvage malgré tout ce qu'on pouvait lui dire.

Les trois personnages prirent place sous les applaudissements de l'assistance parmi laquelle se trouvaient les deux marchands, Louis Champagne et Honoré Grégoire, côte à côte et qui s'échangeaient des sourires bienveillants. L'on y pouvait voir aussi toute la famille Lepage venue du 9, soit Marie, Anna, Elmire et Jos arrivés en voiture fine aux aurores. Et puis Napoléon Martin et sa femme Odile. Aussi Napoléon Lambert et son épouse Anne-Marie qui lui faisait la description du char.

Beaucoup de jeunes adolescents trépignaient de plaisir à se rencontrer hors du cadre scolaire. Parmi eux, Philias Bisson, le petit noir frisé, Philippe Boutin, le garçon souriant, Pit Roy, 9 ans, fouine et belette comme pas un, et le minuscule Fortunat Fortier, grande gueule au menton en galoche, et un groupe de fillettes qui n'avaient pas non plus dix ans : Imelda Lapointe, Julia Racine, Évelyna Carrier ainsi que Bernadette Grégoire.

Et toujours pas d'épouses pour les pionniers sur le char !

C'était dimanche le 22 juin entre les deux messes du jour, la première ayant eu lieu à sept heures du matin par exception. Trop de gens avaient trop de travaux pressants à faire le 24, véritable jour de la fête nationale, pour prendre part à la parade comme figurants ou bien en assistant au défilé.

Vint un garçon solitaire qui gravit les marches du perron et alla se poster derrière Édouard Allaire qui ne le vit pas ni ne le sentit tout près de lui. Vêtu chic, digne, port de tête altier, il croisa les bras et resta debout pour tout examiner. C'était Eugène Grégoire du haut de ses dix ans. Ses yeux ressemblaient à des plaques photographiques ou bien à l'objectif de la caméra de cinéastes comme D.W. Griffith ou Mack Sennett. Ils retenaient tout ce qu'ils voyaient du char et du public devant, et le garçon savait qu'il en ferait la description dans un journal personnel qu'il avait commencé d'écrire quelques mois auparavant.

Son attention fut attirée par une fillette blonde qu'il connaissait par son nom et qui lui souriait chaque fois qu'elle le croisait sur la rue ou le voyait au magasin. Elle s'appelait Orpha Bilodeau et avait son âge. Tout ce qu'elle éveillait en lui néanmoins se résumait à de la simple curiosité. En tout cas pour le moment...

Un bruit se fit entendre derrière lui. Les trois pionniers sur le char se levèrent d'emblée. C'était la porte de l'église qui s'ouvrait, laissant passer le vicaire suivi des épouses des pionniers, toutes trois vêtues à la 1850, mais dans des robes du dimanche avec capeline. On eut d'abord du mal à savoir qui était chacune. Puis la plus âgée, Philomène Lapointe, jeune femme de 19 ans, fut reconnue.

Le vicaire jubilait : il avait pris tout le monde par surprise par son choix de jeunes filles et parce qu'il avait tenu la chose secrète jusqu'au dernier moment.

–Venez, mesdames.

Elles le suivirent. Près des marches, il les présenta à l'assistance :

–Mes amis, voici madame Thomas Morin.

Et il désigna le personnage incarné par Philomène.

–Et madame Pierre Boutin...

L'on reconnut Marie-Laure Martin, la fille de Napoléon.

–Et la jeune madame... Clément Larochelle.

Pour plusieurs qui ne l'avaient pas vue depuis un an ou deux, Éveline Martin surprit. Surtout dans cette robe qui affirmait sa féminité. Un tissu de coton bleu ciel avec tout partout de la dentelle et des appliques blanches. Et un sourire plein de soleil. C'est elle qui aussitôt vola l'attention générale.

Les soeurs Martin portaient chacune au bras un panier à pique-nique dans lequel leur mère avait placé le nécessaire pour manger au cours du voyage aller et retour appelé à durer, défilé compris, une bonne partie de la journée. Toutes deux avaient quitté l'école et grandissaient comme bien d'autres jeunes filles au sein d'une famille qu'elles quitteraient sûrement sitôt un bon parti venu.

Quand le vicaire avait demandé des volontaires pour figurer sur le char le dimanche précédent, Odile et ses filles avaient filé à la sacristie dès la fin de la messe et le prêtre avait retenu sur-le-champ la candidature de Marie-Laure et de sa soeur. Éveline avait une telle présence que l'abbé n'avait pas hésité un instant avant de lui confier le rôle le plus important : celui de Marie-Rose Larochelle.

Le vieil Édouard Allaire crut défaillir en l'apercevant. Il ne reconnaissait pas Éveline Martin, lui. Et ne voyait en Marie-Rose que... Marie-Rose.

Le prêtre fit aussi les présentations des figurants masculins :

–Mes amis, comme vous le voyez, Alphonse Champagne est le pionnier Thomas Morin... Édouard Foley est Pierre Boutin... Et Henri Grégoire incarne Clément Larochelle. Et leurs épouses peuvent maintenant aller les rejoindre.

Philomène descendit les marches et se rendit la première au char à côté duquel se trouvait un marchepied. Les soeurs Martin la suivirent. Éveline fut la dernière à monter et pour ne pas risquer de s'enfarger dans le tissu de sa robe, la remonta plus que ses consoeurs, jusqu'à montrer ses mollets tout blancs et fort agréables à regarder.

Le vieil Édouard sentir son coeur chavirer. Il crut que cette mise en scène avait été préparée exprès pour lui par les êtres chers partis ailleurs. Peut-être avait-il raison puisque son âme fut transportée dans un très lointain passé, à cette croisée des chemins sur la route entre Sainte-Marie et Saint-Henri alors que Marie-Rose Larochelle, la vraie, et lui avaient vécu un moment d'éternité...

Eugène qui s'était rapproché vit des larmes dans les yeux de son grand-père; il en fut fort touché. Oubliant le char, l'attroupement de gens, il s'assit près du vieillard qui n'en laissa pas moins ses larmes rouler dans les rigoles formées par le temps et le labeur sur ses joues sèches.

L'enfant ne questionna pas. Il savait que son geste était une interrogation. Le vieil homme comprit son désir de savoir et il lui ouvrit son album à souvenirs.

Et relata sa rencontre avec Marie-Rose Larochelle survenue soixante ans auparavant... Parla de la blessure qu'elle s'était infligée. De l'herbe qu'il lui avait donnée pour se soigner. De sa jeunesse. De son regard. De son départ... De ce qu'il avait fait ensuite de son bouquet d'herbe à dinde.

Édouard parlait comme un livre ouvert. Il racontait à son petit-fils ce qu'il n'avait jamais dit à personne de manière aussi vraie et claire. Eugène gravait tout dans sa mémoire. Il en ferait de la poésie amoureuse, sensuelle, un jour futur. Et quand il revint à la réalité du moment après le récit de son grand-père qui l'avait amené aussi au cimetière cette fois où il avait cru y voir Marie-Césarie, la fille de Marie-Rose, tandis qu'en fin de compte, il avait pu s'agir du fantôme de la femme aimée, plus personne ne se trouvait devant eux. Le char allégorique était parti pour Saint-Georges avec tous ses occupants à bord, dans la joie et l'insouciance de la jeunesse...

–Je te dirai, mon petit gars, qu'une personne qui vaut la peine qu'on pleure pour elle soixante ans plus tard, c'est pas une personne de rien.

–Ça doit ben ! dit Eugène qui comprenait ce sentiment-là malgré son tout jeune âge...

***

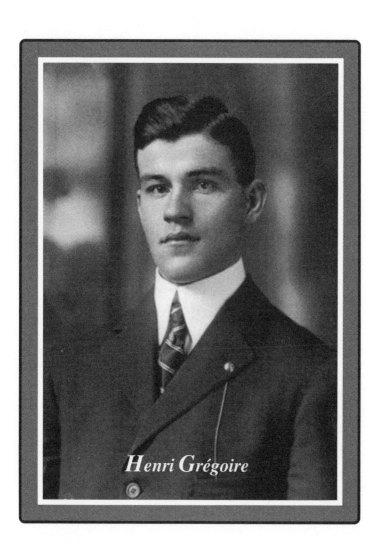

Henri Grégoire

Armand Grégoire

Chapitre 20

1913...

Éveline avait le coeur tout chaviré de se trouver avec le plus beau garçon de la paroisse. Quelqu'un lui avait dit que le personnage de son époux Clément serait incarné par Alphonse Champagne et voici qu'il en était tout autrement.

Henri qui avait participé à au moins une pièce de théâtre du temps de ses études, se sentait quand même un peu mal à l'aise ainsi accompagné par cette ravissante jeune fille. Au collège, seulement des garçons tenaient les rôles. Et puis lui et Édouard avaient supputé. Pas une seule fois, ils n'avaient songé aux soeurs Martin et toujours avaient pensé à des jeunes personnes du village qui en comptait plusieurs du même âge qu'eux ou pas loin.

Émélie savait, elle. Odile lui avait confié la chose le dimanche précédent. Et c'est elle qui avait suggéré à la mère des filles ainsi qu'au vicaire Beaudet le jeu du secret et du suspense sur l'identité des épouses fictives. Un joyeux complot qui n'avait pas que le seul plaisir pour objectif. La femme connaissait bien les intentions d'Henri. Il avait parlé à pas mal de monde de son désir de s'en aller au loin, à l'aventure, sans même recommander ou demander à qui que ce soit de n'en rien dire à ses parents. Comme s'il avait voulu les préparer par personne interposée. Éva savait. Alice savait. Éva s'était tue, mais pas Alice. Arthur Foley en avait glissé un mot à Honoré avant de partir lui-même pour les États après son mariage avec Alvina. D'autres aussi dont le docteur Goulet qui, ce faisant, ne trahissait pas le secret professionnel.

Émélie qui possédait une belle expérience comme marieuse, espérait que son fils soit accroché, bien hameçonné par le coeur et reste à Shenley. Il pourrait seconder Alfred et elle-même au magasin un an ou deux ou peut-être Honoré dans ses opérations forestières puis se lancer lui-même en affaires à la façon du brillant jeune Édouard Lacroix. Soit comme marchand général dans une jeune paroisse, soit comme exploitant forestier. On fournirait le capital de départ. Henri possédait la formation requise. Il pouvait vivre sa vie dans la Beauce et non dans l'exil comme Jos. Quelle chance de lui faire côtoyer un jour entier si mignonne jeune fille ! Car si Henri était plutôt réservé, il n'en était pas de même d'Éveline qui aurait tôt fait de le sortir de son enfermement, elle qui possédait un joyeux toupet.

–Salut, Henri ! dit la jeune fille en s'asseyant sur la chaise qui lui était réservée.

–Salut !

–Tu pensais pas que ça serait moi qui ferait ta... ton... ben Marie-Rose Larochelle, hein ?

–Non.

–T'es pas trop déçu toujours ?

–Ben... non...

–Ben moi, suis contente.

Il y avait en cette adolescente une chaleur peu commune. Une fois le contact établi, le son de sa voix passait de sec et fantasque à mélodieux et tendre, son regard cherchait le regard de l'autre puis le fuyait comme en un jeu de séduction, et elle se penchait parfois vers son interlocuteur comme pour le frôler avec son aura. Ou plus : pour que leurs auras se fondent un moment. Irrésistible !

–Mon grand-père Allaire, tu le connais ?

–Ben oui !

–On dirait qu'il est malade, regarde.

Le char était sur le point de partir. Édouard avait appuyé sa tête contre un garde-fou du perron et racontait à Eugène les grands événements de son sentiment pour Marie-Rose Larochelle.

–Ton petit frère va s'en occuper.

–Ça doit ben.

Le couple de chevaux noirs se mit en branle sous les applaudissements de l'assistance. Dans une chambre de la résidence Grégoire, Émélie, debout devant la fenêtre, observait ce qui se passait près de l'église et particulièrement sur le char. Elle avait tout vu depuis le début et se réjouissait de constater que tout allait comme elle le désirait.

Jos Page cria en postillonnant, avec son accent qui exhalait une forte odeur de terre noire :

–Vous allez gâgner le premier prix à San-Gheorghes.

L'idée était bonne : on applaudit encore plus chaleureusement. C'est l'enthousiasme qui frappait des mains.

Il avait été d'abord planifié que seulement les trois couples de pionniers seraient présents sur le char, mais le curé Lemieux était intervenu et voici que le vicaire les accompagnerait durant tout le voyage et au cours du défilé. Non point que le prêtre doutât des bonnes moeurs des personnes choisies, mais pour ne donner aucune prise aux ragots qui ne requérait pas une très longue gestation avant de naître et de courir les chemins.

On avait devant soi trois heures de route. Le vicaire, personnage rouquin qui rappelait vaguement à Émélie le curé Quézel, occupa la chaise berçante qu'on lui avait assignée près de la banquette aménagée pour le cocher. Ainsi, il suffisait de se regarder et de se parler pour bien s'entendre tant la surface de la plate-forme était restreinte.

–Mes amis, proposa-t-il peu de temps après le départ, si ça vous le dit, nous allons chanter en choeur pour agrémenter le voyage.

Personne ne s'objecta. Et jusqu'au rang 6 et après, en allant vers Saint-Benoît, ce furent des chansons ordinaires et d'autres à répondre. Souvent, l'on croisait une voiture : une famille qui allait au village à la grand-messe. On se saluait. On se communiquait de l'entrain. Il ne manquait que la bière pour que la fête nationale des Canadiens français soit complète... À Saint-Georges, il y en aurait peut-être... Édouard et Henri qui s'étaient proposé d'en trouver n'auraient pas la partie facile comme ils l'avaient espéré vu la présence imprévue du prêtre sur le char.

Et les milles joyeux s'ajoutèrent aux milles agréables.

Sur certaines côtes, l'on pouvait voir au loin les voitures venir et même quelques-unes s'en aller. L'on se dirigeait soit vers l'église de Shenley, soit vers Saint-Georges. Mais la proportion penchait de beaucoup en faveur de la grand-messe et on rencontrait plus qu'on ne suivait.

Sur la principale hauteur d'où l'on pouvait apercevoir l'église et le village de Saint-Benoît calés dans la verdure, le vicaire prit la parole pour expliquer à sa façon les choses de la journée :

–Mes amis, la fête nationale, c'est l'expression de l'identité d'un peuple, de sa solidarité, de son élan vers l'avenir. Regardez la belle terre de chez nous tout autour, c'est en elle que se trouvent les racines de notre nation, pas ailleurs...

Henri le voyait venir avec ses gros sabots. Le prêtre condamnerait l'émigration vers les États. L'Église entière s'érigeait contre cette migration des Canadiens français vers des cieux moins lourds et plus cléments. Quelle occasion que celle de la fête nationale pour culpabiliser, fustiger les partants pour l'exil !

Le prêtre fit une pause et examina tous les regards qu'il put croiser des yeux. Alphonse faisait un signe affirmatif. Henri détournait la tête. Édouard applaudit :

–C'est vrai, ça, monsieur le vicaire !

Les jeunes filles souriaient, comme si la chose n'avait rien à voir avec elles puisque toutes décisions étaient prises par quelqu'un du sexe masculin : père, mari, frère, prêtre et même Dieu que l'on savait aussi ne pas être comme de bien entendu un être de sexe féminin...

L'abbé Beaudet poursuivit :

–Il y a ceux qui restent; il y a ceux qui partent. Fuir la terre nourricière, c'est fuir son âme. Labourer son champ, c'est labourer son coeur pour qu'il y croisse la tendresse, la charité, la compassion...

Henri ne comprenait plus. Lui, jeune homme de bonne volonté, de don de soi qui pouvait atteindre l'exaltation les jours de grand élan, se faisait accuser, sous voile de nationalisme catholique, de dureté à cause de son rêve de voir l'ailleurs qui l'appelait avec tant de séduction depuis sa tendre enfance.

L'abbé devint grandiloquent, à la William Chapman, le poète beauceron qui donnait aisément dans le verbiage :

–Que l'assoiffé d'exil entende la voix de ses racines ! Que celui qui se laisse éblouir par le miroir aux alouettes de la ferblanterie américaine porte son regard sur l'arbre de la forêt verte, sur le sillon de la planche de labour, sur l'épi du champ d'avoine... Cette terre est bénie par le Seigneur, car y croît le bon grain...

L'excès dans le ton et le choix des mots fit apparaître le discours de l'abbé comme un prêchi-prêcha digne des orateurs portés par l'emphase et qui multipliaient les effets ampoulés sur les hustings électoraux. Henri se souvint d'une déclamation faite par un collègue de Sainte-Marie sur un texte de Victor Hugo ayant pour titre *L'Enlisement*. L'exagération distrait puis rend mal à l'aise et en fin de compte fatigue sans convaincre.

–Le Canadien erre quand il plante sa tente loin de sa patrie. Il oublie la terre de son âme qui l'oubliera en retour. Et quand, le coeur refroidi par la distance et le temps, il revient quérir un peu de chaleur, le passé se dérobe sous ses pas et l'exilé ne trouve plus que le reproche dans les arbres et le remords en lui.

Henri avait cessé d'écouter les symboles obscurs de l'abbé et revivait par le souvenir des événements épars du collège. Il revint à la réalité quand il entendit Édouard et les autres applaudir à la prestation du prêtre dont on avait saisi l'essence du discours sans trop en comprendre le sens.

Puis le faux intellectuel, ivre de mots et de phrases, alla se cacher au fond de l'esprit du vicaire et il sortit de lui un être volubile, joyeux, porté par le vent de la fête. Il inséra sa main à l'intérieur de sa soutane et en sortit un harmonica qu'il arbora :

–J'ai oublié de m'en servir tout à l'heure, quand on a chanté tous ensemble. Voulez-vous qu'on recommence en s'accompagnant de musique ?

–Pis on pourrait danser itou ! lança Éveline que l'enthousiasme emportait.

Tous regardèrent le prêtre sans rien dire, inquiets de savoir s'il réagirait à cette proposition peu orthodoxe. L'abbé garda son sérieux, eut l'air de réfléchir profondément puis afficha un petit sourire faussement résigné :

–Vous savez, danser sur un char allégorique, c'est pas comme danser dans une maison privée. Mais pour un set carré, il faut quatre couples.

–On est huit personnes, annonça Alphonse qui désigna le cocher et le prêtre lui-même, en plus des trois couples de pionniers.

Beaudet était issu d'une famille endiablée de Lotbinière.

Il trouvait exagérée la peur panique que le clergé montrait devant la danse, mais de là à participer lui-même à un set canadien, fût-ce en un jour de fête nationale, et qui plus est avec un jeune homme pour partenaire, il y avait tout un monde, un no man's land pour soutane noire.

Finalement, il manoeuvra de façon que seule la gigue simple soit dansée par Alphonse et Édouard pour le plus grand plaisir de tous. Ensuite, pour un temps, la fête prit du répit. Le vicaire s'appuya la tête sur un coussin et roupilla. Alphonse délaissa Philomène et prit place à l'arrière du char où il fuma une pipée, les jambes qui gambillaient et l'esprit qui vagabondait.

Éveline dégageait un doux parfum qui rappelait à Henri l'odeur du lilas. En fait, il s'agissait d'essence de lilas fabriquée par Odile à même des fleurs de cet arbre très présent autour de la maison Martin.

—On devrait dormir un peu, nous autres aussi.

—Avec les cahots du chemin, c'est pas facile. Ça sabote en mosus, dit-elle en le regardant droit dans les yeux.

Il passa quelque chose dans ces regards qui se mélangeaient loin de Shenley, de Saint-Benoît ou d'ailleurs. Chacun essayait de le définir, mais ne pouvait en savoir que la lumière intérieure injectée par soi aux lueurs qu'il lançait à l'autre.

Les voix changèrent.

—Aurait fallu s'emporter un oreiller.

—Oui, c'est ça qu'il aurait fallu faire.

—Ou un coussin.

—Ou un coussin.

—J'pourrais toujours dormir la tête dans les barreaux.

—Comme un prisonnier.

—Comme un prisonnier.

Il se fit une pause. Ils continuèrent de se regarder en

plein dans les yeux en s'interrogeant silencieusement. Des atomes crochus les empêchaient de s'arrêter. Les voix se firent encore plus émues :

—Vas-tu retourner au collège, Henri, l'année prochaine ?

—J'ai fini mes études.

—Vas-tu travailler au magasin ?

—Non, je veux partir au Yukon.

—C'est où, le Yukon ?

—Ben loin.

—T'es pas ben par icitte ?

—Je veux voir le monde.

—Comme monsieur Lavoie.

—Quel monsieur Lavoie ?

—A travaillé pour ton père en même temps que ma mère.

—Ah oui ! Marcellin qui a marié madame Obéline.

—Oui, lui...

—C'est ça : peut-être aussi m'en aller vivre aux États comme lui.

Éveline devint encore plus vibrante, regard maintenant qui étincelait :

—Tu vas faire pleurer ta mère.

Le jeune homme sourit :

—Jamais vu pleurer ma mère. Même à la mort de mon frère quand j'avais 13 ans.

—Elle pleure au-dedans d'elle.

—C'est ça, la vie : des fois, on pleure; des fois, on rit.

—Des fois, mon père dit : les larmes, ça arrose le rire et ça le fait pousser.

—Il en pense, des choses, ton père, Éveline.

—Il est pas beaucoup allé à l'école, mais il...

—... est intelligent comme sa fille...

La phrase décontenança et déconcentra la jeune adolescente qui détourna la tête. Accoler le mot intelligent au mot fille, ça ne se pouvait pas. Les personnes de sexe féminin, quel que soit leur âge, n'avaient pas le droit de posséder quoi que ce soit, de signer un contrat par elles-mêmes ou de voter aux élections (les premières femmes au monde ayant obtenu le droit de vote étaient les Finlandaises en cette même année 1913, mais les journaux du Canada n'en avaient fait état que pour ridiculiser la chose). L'intelligence était chasse gardée des hommes et en parler à propos d'une femme, c'était sûrement penser le contraire. Et puis Éveline ne se sentait aucunement lésée de laisser aux personnes de l'autre sexe le monopole du bon raisonnement. Elle préférait le territoire des émotions et de la sensualité... Une Indienne n'avait-elle pas prédit que le démon de la concupiscence la suivrait pas à pas toute sa vie durant comme son ange gardien ? Et heureusement qu'il y avait ce bon ange gardien autour d'elle également qui la suivait comme son ombre...

–Ben moi, j'voudrais pas m'en aller de par ici, fit-elle en appuyant sa tête au dossier de la chaise.

–Édouard, lui non plus.

Suivit un long silence. Comme si chacun venait de se retrancher derrière ses positions. La jeune fille fit semblant de somnoler. Puis elle se mit à fredonner un air rassurant que l'on chante à un bébé pour l'endormir. Un son doux et léger émanait d'elle. Si seulement Émélie avait ainsi chanté pour endormir Henri après sa naissance, Éveline aurait atteint quelque chose de puissant dans l'inconscient du jeune homme. Mais la pauvre mère en était à sa période le plus active de sa vie en raison de l'expansion vertigineuse du magasin suite à l'arrivée du train à Saint-Évariste. Et surtout, elle devait voir à cinq enfants dont le plus âgé, Alfred, n'avait encore que sept ans. Il manquait donc cette racine profonde en l'âme d'Henri Grégoire.

*

À compter de l'église de Saint-Benoît, le vicaire raconta des faits sur des gens de son village natal. La description des personnes avait un écho en chacun et lui rappelait quelqu'un de Shenley. Tout était semblable aux quatre coins du pays du Canada, songeait Henri. Malgré ce constat, il n'était pas insensible à la présence attentive de son 'épouse' Marie-Rose.

Et l'on fut à Saint-Georges pas loin de midi.

Le soleil disait l'heure, l'estomac le confirmait.

C'est là que les jeunes gens à part Alphonse et le cocher, de même que le prêtre, prirent conscience de leur indigence du moment : aucun n'avait songé à emporter de la nourriture. Il faudrait trouver quelque part un magasin général. Par bonheur, Henri avait sur lui assez d'argent pour acheter de la nourriture pour deux. Il le dit à Édouard, mais les soeurs Martin furent enchantées de les entendre. Marie-Laure montra son panier :

–J'en ai pour deux, moi.

On regarda Éveline qui devait être la deuxième bouche évoquée. Elle souleva son propre panier :

–Et moi aussi, j'en ai pour deux. Pour moi et pour mon mari Clément...

Et elle éclata d'un rire qui se communiqua à tous.

L'abbé Beaudet prit la parole :

–Moi, je vais manger au presbytère. Je serai de retour pour le défilé dans une heure.

Il quitta les lieux sans demander son reste, soutane qui battait contre son pas comme le drapeau fleurdelisé qui flottait au mât érigé entre la grande église et le presbytère.

Henri, Édouard et les soeurs Martin s'attablèrent dans la petite cabane sans cloisons. Le cocher trouva dans un compartiment sous le char de quoi soigner les chevaux maintenant attachés au mur d'un hangar vert d'où le défilé se mettrait en marche pour emprunter quelques rues de ce village de Saint-Georges ouest, jadis appelé Aubert-Gallion.

Il y avait une intention d'Émélie dans le panier d'Éveline. Certes, elle avait songé à envoyer quelque chose à manger à son fils par la main de la servante qui en avait même fait la proposition, mais s'était retenue. Et avait envoyé un mot à Odile via Pit Veilleux, le fils de Marcellin qui à 15 ans, agissait souvent comme coursier des Grégoire à la place de son père, l'homme de confiance d'Honoré. Ce mot d'Émélie demandait à Odile de préparer du manger pour deux dans chacun des paniers des filles; elle y ajoutait de l'argent pour compenser les coûts.

–Ben là, fit Henri une fois accoudé sur la table, on veut pas vous ôter le pain de la bouche.

Marie-Laure serina avec un large sourire :

–On le savait que nos 'maris' penseraient pas à s'apporter quelque chose à manger.

–On le savait, chantonna Éveline qui déposait sur la table des sandwichs et du fromage, du pain maison coupé en tranches et du sirop d'érable dans une bouteille.

C'est Marie-Laure qui avait apporté les petites assiettes de fer-blanc et un couteau pour le fromage et le beurre. Elle les mit au milieu de la table.

–On dirait que ça va être pas mal bon, tout ça ! s'exclama Édouard.

–On a des sandwichs aux oeufs, au suif, au sucre d'érable. Du pain frais d'hier. Pis... euh...

Henri avait du mal à ne garder son attention qu'à la nourriture. Ainsi assis devant Éveline au si beau visage et à la féminité bien affirmée dans son corsage, l'alchimie du cerveau créait en sa personne les substances étranges qui font agir l'humain autrement qu'il ne l'avait prévu.

Elle prit un premier sac de papier brun, regarda à quoi il était, l'annonça puis l'offrit à son 'époux' qui l'accepta et le mit devant lui.

–Ça nous prendrait de la bonne eau, dit-il en regardant

plus loin autour.

–La sacristie est pas loin, fit Édouard. Il doit y avoir une 'champlure' en dedans.

–Pis v'là des tasses pour boire, dit Marie-Laure qui en fit apparaître quatre des profondeurs de son panier.

Henri les prit par les anses et se leva en annonçant qu'il allait les remplir à la sacristie.

–Va l'aider ! demanda Marie-Laure à sa soeur.

Éveline n'aurait pu rêver à mieux. Il posa les tasses au bord de la plate-forme et sauta par terre.

–Veux-tu m'aider, Henri ? demanda-t-elle.

–Je peux y aller tout seul : je peux ramener quatre tasses d'eau ben pleines.

La jeune fille ignora ce qu'il venait de dire et redemanda son aide. Elle tira sur sa jupe de robe.

–Je vas te faire la courte échelle.

Il se pencha pour ça, mais elle protesta :

–La courte échelle, c'est pour monter, pas pour descendre. Tu veux que je me casse le cou ?

Henri venait de commettre un impair, mais le ton joyeux et pointu qu'elle avait pris pour le dire ne l'offensa pas. Il se redressa et aperçut alors ses jambes blanches au galbe magnifique. De quoi émoustiller un ours polaire.

Elle reprit sur le même ton badin :

–C'est de ton bras que j'ai besoin, Henri... ou Clément, c'est comme tu veux...

–O.K. madame Marie-Rose !

Elle se laissa glisser vers les bras tendus : confiante, sûre d'elle et sûre de lui. Et ne fut pas déçue : il la porta comme une biche légère et la déposa sur ses jambes sur l'herbe fournie qui poussait là.

Puis il reprit les tasses, lui en confia deux et ils marchèrent côte à côte vers la porte de la sacristie qu'on espérait non verrouillée et qui ne l'était pas. Leurs propos du moment furent sans grand intérêt, non plus que leur progression vers un but commun : trouver de l'eau fraîche.

De ce côté, il y avait deux portes, l'une donnant sur la partie haute de la sacristie via un escalier à sept marches et une plus petite permettant d'accéder au sous-sol par une descente inclinée sans marches. C'est là qu'entra le couple de pionniers, Henri précédant sa jeune compagne.

–Fait sombre ! dit-il.

–On dirait.

–Je me demande si on va trouver de l'eau.

–Cherchons une 'champlure'...

–À Shenley, y en a une. C'est deux églises bâties quasiment en même temps.

Ils s'étaient arrêtés le temps que leurs pupilles s'habituent au clair-obscur. Chacun se sentait dans un autre univers. Un monde fort agréable à tous les deux. Ils étaient ailleurs : plus proches de leurs rêves et de leurs sens. Et pourtant les enveloppait une atmosphère où le divin se faisait plus présent. Du côté droit, un escalier étroit conduisait à la sacristie proprement dite dont le plancher était d'un niveau plus élevé que celui de l'église. Du côté gauche, c'était la suite du couloir menant à la nef de l'église. Peut-être se trouvait-il quelque part en cette direction une porte donnant sur une salle de toilette ?

–Allons par là, suggéra-t-il en la précédant encore.

–Attends !

Il s'arrêta, tourna la tête :

–C'est quoi ?

Elle tendit la main :

–J'ai pas la vue ben bonne. Quand il fait sombre, je vois brouille. Veux-tu m'emmener... par la main ?

On le les verrait pas, songea le jeune homme. Il accepta la main dans la sienne et se remit à marcher dans l'ombre. Plus loin, une fenêtre dispensait plus d'éclairage. Et devant, discrète dans une encoignure : une chantepleure dite communément 'champlure' : robinet fixé à un tuyau de fer-blanc sur lequel perlaient des gouttes d'eau issues de la condensation. Henri délaissa la main d'Éveline; il mit les tasses de sa main gauche sous le tube et tourna le volant. L'eau jaillit en tourbillonnant. Le tuyau produisit un bruit caractéristique.

–Mets les deux tasses là en attendant.

Il avait désigné la tablette du châssis devant eux. Éveline obéit. Les deux autres tasses achevaient d'être remplies d'eau quand elle se redressa.

–Tiens, si t'as soif.

Elle prit le contenant par l'anse et attendit pour boire qu'il le fasse, lui d'abord.

–T'as pas soif ?

–Oui, ben oui.

Alors il but en la regardant droit dans les yeux.

Et elle but en le regardant droit dans les yeux.

L'eau pure les faisait boire à un même coeur.

L'eau fraîche les faisait tressaillir à un même plaisir.

L'eau belle les emportait dans un même bonheur de vivre.

Elle expira fort entre trois gorgées de suite. Lui en prit deux plus longues.

–On devrait aller voir l'église. Paraît que c'est la plus belle de la Beauce.

Elle sourit d'aise :

–Laissons nos tasses ici : on les reprendra en revenant.

–Faudra pas oublier de prendre de l'eau pour Édouard et ta soeur.

–J'oublierai pas, crains pas !

Il repartit vers l'ombre. Elle le rattrapa, lui reprit la main:

–Je vois pas comme il faut quand il fait sombre.

–Viens.

Pendant ce temps, le vicaire commençait de partager le repas du curé de Saint-Georges, l'abbé Dionne, un personnage bedonnant au front dégarni, à la chevelure aussi blanche que rare et au teint olivâtre.

–On dit que sans vous, monsieur le curé, les Saint-Georgeois iraient encore à la messe dans la vieille église.

–Qui datait de 1862. Facile d'attribuer le mérite à un seul homme. Les gens aiment les héros et leur donnent toute la gloire, une gloire qui du reste les ralentit dans leurs entreprises. Moi, je n'ai été que le tisonnier qui attise le feu en brassant les bûches et les braises. J'y ai mis tout mon coeur, il est vrai, mais c'était mon rôle de curé d'agir ainsi.

–Vous êtes un bel exemple à suivre.

–Est-ce l'homme qui fait l'époque ou bien l'époque qui fait l'homme ? Je suis arrivé ici dans un moment difficile. La dissidence avait bloqué le projet de la nouvelle église. J'ai tâché de discuter sans imposer, de considérer mes paroissiens les plus réticents comme des amis, pas des opposants, encore moins des sujets.

–Soyez-en félicité.

–Ne me flattez pas trop, monsieur le vicaire Beaudet, je suis un homme réaliste et les réalistes ont vite fait de mesurer la valeur des opinions qu'on clame à leur sujet. Le réalisme est un... comment dire... détecteur de mensonges.

Le vicaire s'insurgea avant de boire un peu de vin :

–Suis parfaitement sincère, vous savez. J'analyse ce que vous me dites et je me fie à votre réputation. Le curé Lemieux a une haute opinion de vous et ne s'attend à aucune faveur de votre part.

L'abbé Dionne avait allure de bon père de famille. Il injectait à ses reproches une tendresse rassurante. Voici qui réconfortait le vicaire tout en lui demandant de mettre au frais sa tendance à la flagornerie.

Sur le char, Marie-Laure et Édouard n'attendirent pas le retour d'Éveline et d'Henri pour manger. Ces deux-là s'entendaient fort bien sans s'attirer l'un l'autre. Ils s'échangèrent des commentaires sur des chars qui passèrent pour se rendre au rendez-vous de départ de l'autre côté du cimetière où l'on serait aussi le moment venu.

Puis la jeune fille lança soudain une phrase que bien peu de personnes de son sexe et de son âge auraient osé dire :

–Vont toujours pas s'embrasser dans la maison du bon Dieu, là, eux autres.

Édouard se mit à rire :

–Pourquoi que tu dis ça ?

–Ben... sont beaux pis on dirait qu'ils s'adonnent ben ensemble.

–Mais ils se fréquentent pas.

–Non, mais...

La jeune fille fit une moue signifiant 'quelle importance'.

Éveline et Henri arrivèrent dans l'église où l'éclairage semi-sombre laissait voir aussi bien les dorures des volutes et feuilles d'acanthe en haut des colonnes que les vitraux multicolores en haut du choeur. Mais aussi la lampe du sanctuaire et sa petite flamme jaune enveloppée de rouge indiquant la présence des saintes espèces dans l'église. Et la statue de saint Georges terrassant le dragon. (*Une autre serait érigée un jour à l'extérieur de l'église.*) Et l'autel dessiné par la blancheur du retable et les couleurs des reliefs qu'il portait ainsi que la structure d'or et de nacre du tabernacle.

Henri lâcha la main d'Éveline. Il se rendit près d'un support à lampions qui en montrait une centaine dont une bonne moitié qui brûlaient sous une flamme sautillante. Il fouilla dans sa poche, y trouva une pièce de deux-sous qu'il glissa dans l'ouverture du tronc puis alluma une mèche. À son côté, Éveline regardait et ses yeux brillaient. Il lui souffla :

–C'est pour ma mère... et un petit peu pour toi.

Elle ne savait pas comment le prendre. Le 'petit-peu' pour elle valait-il quelque chose ? C'est que la semaine avait creusé loin dans le coeur de la jeune fille, elle qui se demandait alors si le sort choisirait Henri comme son personnage de compagnie pour la fête nationale. Elle l'avait espéré. Elle avait craint que ce soit un autre que lui. Le coup de coeur s'était prolongé jusqu'au moment de monter sur le char ce matin-là. Et depuis lors, le coup de coeur devenait coup de foudre.

–J'en ferais brûler un, mais j'ai pas de sous.

–Je vais le payer.

Le jeune homme fit le nécessaire.

–Je te le remettrai, fit-elle à voix basse tout en allumant son lampion.

–Le mien, c'est tout pour toi, Henri.

–Pour qu'il m'arrive quoi ?

–Pour que tes rêves se réalisent.

–Tous mes rêves ?

–Oui.

Il pensait à son grand départ pour ailleurs. Peut-être eût-elle été bien avisée d'excepter ce rêve de partir en exil qui, s'il se réalisait un jour, ravirait à tous de son entourage ce jeune homme de qualité, d'une rare qualité.

–On verra.

Il regarda fixement les flammes danser comme pour s'en

laisser hypnotiser puis songea à ceux qui dehors attendaient pour boire. Et reprit le chemin de la sacristie, suivi de la jeune fille. On remplit les tasses et on sortit.

–Ouais, ça vous prend du temps pour aller chercher de l'eau ! s'exclama Marie-Laure qui souriait en regardant chacun tour à tour.

–On a fait brûler un lampion à l'église.

Henri dit à Édouard au regard éclairé :

–Viens donc prendre les tasses, mon ami.

Ce fut fait. Puis Henri sauta sur la fonçure et tendit le bras à Éveline qui monta à son tour. On se mit à table où l'on mangea en s'amusant. Il vint des visiteurs. On répondit à leurs questions. Ils voulaient savoir qui les jeunes représentaient. C'était léger. C'était fête nationale...

*

Le vicaire et le cocher revinrent au char; on le dirigea aussitôt vers le lieu de rendez-vous. Un quart d'heure plus tard, le défilé prenait forme sur la rue principale du grand village alors que le soleil se cachait et qu'une masse nuageuse remplissait le ciel.

Bellegarde dit au vicaire croire qu'il tomberait de la pluie avant la fin de la journée. Le prêtre répondit qu'il suffisait de prier bien comme il faut pour que l'averse attende.

On ne s'en soucia plus sur le char et ce fut la fête, le rire, la bonne humeur, les salutations au public dispersé sur les galeries des maisons et le long du chemin.

Éveline s'amusait comme une enfant. Parfois son éclat de rire surprenait par sa clarté et sa sincérité. Henri aimait bien sa présence. Il la préférait à Marie-Laure et à Philomène comme épouse de pionnier. Et parfois se demandait si son personnage correspondait bien à celui de Marie-Rose Larochelle, cette femme dont on disait que son grand-père Allaire portait le deuil éternel dans son coeur...

*

Les jeunes gens ne songèrent même pas à trouver de la bière quelque part. Ils n'en eurent pas besoin pour s'amuser ferme tout le long du parcours dans les rues. Les soeurs Martin participaient activement à la fête. Les garçons ne devaient pas besoin de se creuser les méninges comme avec des jeunes filles passives et réservées pour créer de l'agrément : c'est elles qui le provoquaient, le nourrissaient et savaient l'abreuver généreusement.

Le voyage de retour fut tout aussi joyeux. Par ses gestes, le vicaire était parvenu à faire oublier sa soutane et on l'avait intégré à ce cercle enjoué de pionniers insouciants. Vers Saint-Benoît, on le pria de jouer de nouveau de l'harmonica, mais quand il s'apprêta à le faire, l'averse qu'il avait éloigné par sa prière sur le coup du midi semblait devoir se transformer en orage. Il éclairait au loin. Et on entendait le tonnerre se rapprocher.

Le cocher prévint :

–Si vous voulez pas qu'on se fasse mouiller, monsieur le vicaire, falloir dire une dizaine de chapelet.

–Bonne idée, mon ami, bonne idée, vraiment !

Mais à chaque Avé, le tonnerre se rapprochait. Et à cette vitesse ou bien à n'importe quelle vitesse d'une paire de chevaux poussée au maximum, impossible d'atteindre le village de Saint-Honoré avant deux heures au moins.

Quand les premiers grains de pluie se mirent à tomber, tous, à part le cocher, se réfugièrent dans la cabane de fortune des pionniers. On ôta la petite table pour agrandir l'espace disponible.

Joseph Bellegarde avait prévu l'orage en préparant ses affaires ce jour-là comme chaque fois qu'il devait conduire le corbillard. Il avait caché un ciré noir sous la banquette. Il l'endossa, compléta son accoutrement avec un affreux

saouest de marin. Le jeune homme possédait ces survête-
ments depuis quelques années; il les avait récupérés d'un
ouvrier à la construction du magasin Grégoire en 1900.

Et ce fut la rage d'un ciel que le démon parut prendre en
contrôle pour un bout de temps. Il lui donna sa teinte semi-
opaque. Il lui souffla ses grondements et ses coups de fouet.
Il lui lança des zébrures pour le déchirer comme le voile
d'un temple. Il le tordit de ses immenses mains d'acier pour
en faire jaillir des gouttes d'eau, blanches de colère, qui
s'abattaient en violence sur les choses, les bêtes et les têtes.

Mais on lui opposa un cercle de vertu nationaliste. Les
sept occupants du char se donnèrent le mot dès le début de
l'orage : ils arrachèrent des branches des faux arbres d'orne-
mentation fixés sur la plate-forme pour les accrocher à la
structure de la cabane et ainsi faire dévier la pluie.

On prit place à l'intérieur de l'abri, chaise contre chaise,
en rond, couples de pionniers restés formés comme au départ
et durant la journée. Le vicaire prit la parole pour dire en
ouvrant les mains :

–On a beau y faire avec nos prières, il faut que la nature
à son tour ait droit de parole.

–C'est ben certain ! approuva à forte voix, regard à l'avenant, Alphonse Champagne.

–Ça prenait de la pluie pour faire pousser le foin, reprit
le prêtre.

–C'est ça que mon père disait, enchérit Marie-Laure.

Le tonnerre claqua. Si près que tous en blêmirent.
Éveline glissa sa main droite à travers les barreaux du côté
de sa chaise et trouva la main d'Henri :

–Le tonnerre, ça me fait peur...

–Ça fait peur à tout le monde, déclara l'abbé, mais sont
rares ceux qui l'avouent.

–Et vous ? demanda Édouard.

Le ciel fit claquer un autre coup de fouet; il parut que de l'électricité avait rôdé tout autour d'eux dans une sorte de grésillement inquiétant.

–Et moi de même ! avoua l'abbé Beaudet en levant le pouce et l'index. Surtout quand il frappe à ça de nos oreilles.

Henri, jusque là silencieux, voulut rassurer en parlant de l'aspect scientifique du phénomène, mais son intention tourna au morbide :

–Paraît que si un éclair frappe quelqu'un, la personne rô-tit d'un coup sec. Un boudin instantané...

Le vicaire commenta :

–C'est rare, ça ! Souvent, elles ont un bras arraché. Ou elles demeurent intactes, mais leur coeur s'est arrêté.

Ce discours terrorisait Éveline. Toute pensée relative à la mort était effacée impitoyablement de sa tête dès qu'on l'y faisait surgir par des paroles ou le récit d'événements funes-tes ou simplement funèbres. Henri le perçut par la main de l'adolescente qui se faisait toute petite sur la sienne et trem-blante, comme un chaton qui vient de naître et frissonne.

–Alphonse, t'as une belle voix, tu devrais nous chanter quelque chose, suggéra Édouard que le ciel ne rassurait guère, lui non plus.

Les autres approuvèrent. Le tonnerre claqua et les rédui-sit de nouveau au silence. Puis la voix d'Alphonse se fit en-tendre, d'abord lointaine et frêle, telle une mélopée d'Amaby-lis, puis de plus en plus puissante, comme s'il avait voulu répondre aux vilaines élucubrations d'un ciel en colère par des mots terre à terre et une mélodie simple :

Sur la route de Berthier...

Sur la route de Berthier...

–Envoyez, répondez... c'est une chanson à répondre, ça.

Mais Henri échappa sa voix par-dessus le grondement du tonnerre :

Sur la route de Shenley...
Sur le route de Shenley...

On le suivit dans la parodie. Alphonse s'arrêta, contrarié. Édouard prit la parole :

–À chacun de changer les mots à sa manière !

Alphonse fronça les sourcils.

–Excellente idée ! dit le vicaire. Continuons.

Le tonnerre claqua de nouveau. Alphonse reprit :

Il y avait un cantonnier...
Il y avait un cantonnier...

–Chacun son tour, dit le prêtre. À vous, Marie-Laure. Elle chercha une seconde et trouva une déformation :

Il y avait un cordonnier...
Il y avait un cordonnier...

On répéta après elle.

–À Édouard le tour.

Et qui chaussait,
Et qui chaussait...
Des souliers de beu
Des souliers de beu

Le chant se poursuivit ainsi au grand dam d'Alphonse mais pour le plus grand plaisir des autres. Le tonnerre n'avait plus qu'à se bien taire et laisser faire.

Puis le ciel se calma. Le soleil ne se montra pas, mais les arbres respiraient la vie renouvelée. Les feuilles mouillées, toutes d'un vert foncé, semblaient recouvertes de diamants. On quitta l'abri et les chaises furent de ce fait éloignées les unes des autres, ce que regrettait Éveline. Ce jour-là, l'eau lui avait été bénéfique. Celle du robinet dans la sacristie de Saint-Georges. Celle des tasses à table. Et celle du ciel sur le chemin du retour.

Lorsqu'on s'arrêta devant le magasin en fin d'après-midi,

Émélie sortit sur le perron. Elle avait fait préparer un goûter pour tous par Denise qui l'avait servi sur la longue table entre les deux comptoirs.

–Venez manger et nous conter votre journée !

Par le seul examen de son regard, elle se rendit compte qu'il y avait quelque chose d'invisible reliant son fils et la jeune Éveline. Voilà qui lui plaisait au plus haut point. Restait à souhaiter que ce fil, ténu ou pas, se développe. Elle tâcherait d'intervenir discrètement pour que la relation dure...

*

Au cours du repas, elle dit que les parents de Marie-Laure et d'Éveline ne sachant pas quand reviendrait le char allégorique, il avait été proposé de reconduire les filles par un autre moyen.

–Henri, va atteler la jument pour aller dans le bas de la Grand-Ligne.

Malgré ses réticences cachées quand sa mère ordonnait quelque chose, le jeune homme accepta de bon gré. Peu de temps après, l'on se mettait en chemin pour la dernière étape de cette journée bien célébrée.

Intimidé, Henri se cacha alors derrière son personnage, d'autant que les villageois sortaient sur les galeries pour les saluer en passant, attirés par les costumes d'antan et une forme de solidarité joyeuse.

L'on fut bientôt à destination. Odile sortit et invita le jeune homme à manger.

–C'est fait, madame Martin. On a mangé au magasin. Les filles aussi.

–Viens prendre un verre d'eau toujours, mon garçon.

–Viens donc, insista Éveline.

Il n'avait d'autre choix que de descendre de voiture. Il attacha la longe du cheval au poteau de galerie et y monta. Éveline qui désirait plus que tout lui servir son eau entra rapidement; elle revint avec un grand verre presque rempli. Marie-Laure et sa mère étaient rentrées.

–Tiens, prends !

–T'en as pas pris pour toi ?

–Y en a pour deux dans le verre.

–Bois d'abord !

–O.K.

Ce qu'elle fit, mais doucement, sensuellement, sans jamais cesser de le regarder dans les yeux. Puis elle expira fort et tendit le verre, profondément rassasiée.

–T'as l'air d'aimer ça, boire, Éveline.

–C'est si bon, boire de la belle eau fraîche.

Il sourit, but à son tour. Puis lui remit le verre où il restait une dernière gorgée. Elle l'avala vivement. Après une pause ultime, il annonça :

–Ben je retourne au village. J'ai passé une ben belle journée, une ben belle journée.

–Si ça te le dit, tu peux revenir la voir, la Marie-Rose.

–La Marie-Rose ?

Elle montra sa capeline :

–Marie-Rose Larochelle.

–Oui, oui : bonne idée !

Il salua une dernière fois et reprit la route. Elle le regarda aller longuement. Comme elle avait fait bonne route ce jour-là avec ce si beau jeune homme, la resplendissante et si attachante Éveline Martin !

***

Chapitre 21

1913...

Alice, Henri et Pampalon se rendirent dans le hangar qu'on appelait toujours la 'vieille maison', même si la bâtisse n'avait plus grand-chose d'une demeure familiale. Ils se suivirent dans l'escalier du fond qui donnait à l'étage où l'on retrouvait des airs d'antan.

L'on y forma un cercle de berçantes qui rappelait à Henri celui du char allégorique en l'heure de l'orage sur le chemin de Saint-Benoît. On y allait pour se raconter chacun son année scolaire. Ce n'était pas la première réunion du genre et l'idée au départ voilà quelques années déjà avait été suggérée par Éva et adoptée par les autres, du temps même d'Alfred qui étudiait encore. Mais Éva vivait ailleurs maintenant et Saint-Gédéon, c'était loin en voiture à chevaux. Elle avait beau s'y ennuyer comme les pierres, impossible pour elle de venir en son cher lieu de naissance plus d'une fois par saison. D'autant que le travail au magasin et au bureau de poste là-bas exigeait énormément de temps et d'énergie.

Il y avait une règle stricte gérant ces propos échangés: celle du temps écoulé. On apportait une montre et chacun pouvait parler deux minutes à la fois. Autrement, les silencieux de nature comme Henri n'auraient jamais eu la parole et les volubiles comme Alice auraient accaparé tout l'espace verbal disponible. La sage Éva, capable de penser à tous sans oublier personne ni jamais donner volontairement dans l'injustice, avait aussi été à l'origine de cette règle. Et depuis son départ, c'est Pampalon qui avait hérité de la tâche de minuter les bavardages.

La pièce consistait en une double chambre, soit un espace augmenté par la démolition d'un mur. Il arrivait qu'on acceptât à l'occasion des personnes hors de la famille comme Alice Foley ou Arthémise Boulanger avant son mariage, mais celles-ci n'avaient pas la permission de parler. Ce qu'elles ne prenaient pas pour du rejet, mais au contraire pour un accueil au sein de la famille Grégoire. Ce jour-là, on n'avait invité personne. Même Eugène n'était pas là et n'y serait pas. Une autre règle stipulait qu'il fallait avoir ses douze ans pour faire partie des 'amis de la bonne culture', un nom quelque peu ampoulé attribué par Alice au groupe dans ses premiers temps d'existence.

Pampalon qui venait d'avoir seize ans, le plus jeune des trois, croisa la jambe et se tint le corps droit. Avec les années, il avait apprivoisé son prénom, mais sa propension à faire rire ne le lâchait pas, et au collège de Sainte-Marie, on se demandait souvent s'il était bel et bien le frère du très sérieux Henri, un garçon réservé jusque dans son pas.

Il donna le signal. Alice commença la ronde des mots et confidences en leur donnant un rythme léger, aérien...

Bernadette aurait bien voulu assister une première fois à la réunion des grands, mais Alice lui fit comprendre sans trop de ménagement que ce n'était pas pour les enfants et que de toute façon, elle s'ennuierait à écouter des histoires de collège. La fillette se composa un front méchant et il lui prit l'idée de leur montrer, ou bien de se montrer à elle-même, qu'elle n'était pas si bébé qu'on le lui faisait sentir tout le temps. Et se rendit chercher son ami Eugène Foley avec qui, dans cette même pièce des réunions des grands, il lui arrivait de jouer au prêtre et à la religieuse.

–On va jouer dans le poulailler ? demanda le garçon qu'elle traînait par la main.

–Non, dans la maison rouge.

–Quoi faire là ?

Elle ferma un oeil, improvisa :

–On va... faire un gâteau.

–Es-tu folle, Bernadette ? On a même pas de poêle pour faire un gâteau.

–On va s'en faire un, un poêle, nous autres.

Eugène passa de l'objection à la résignation avant d'entrer dans la participation. L'on se rendit dans la 'cave' de la maison rouge...

"*Et ils se fabriquèrent un poêle en mettant deux grosses boîtes de thé en tôle placées l'une sur l'autre, la boîte du bas servant à faire le feu et la boîte du haut servant de fourneau. Puis, ils préparèrent leur gâteau avec des biscuits écrasés, des oeufs et de l'eau. Ils versèrent la pâte ainsi préparée dans des couvercles de boîtes de poudre à pâte qu'ils placèrent dans le fourneau de leur petit poêle. Tout innocemment, ils allumèrent le feu dans la partie du bas qu'ils avaient pris soin de bien bourrer avec de petits morceaux de bois sec. Les flammes ne tardèrent pas à s'échapper du petit poêle de fortune et une épaisse fumée envahit toute la pièce. Affolés, les deux jeunes coururent au magasin en criant : "Le feu est pris dans la maison rouge !" Honoré et les clients du magasin s'amenèrent en vitesse avec des seaux remplis d'eau. Une fois le début d'incendie éteint, Honoré, furieux, donna une bonne fessée à Bernadette et dit à Eugène Foley sur un ton péremptoire : "Si tu reviens ici faire de pareilles choses, tu auras toi aussi une bonne fessée, et de mes mains, à part ça!"*"

Un clocher dans la forêt, page 74

Durant ce tohu-bohu enfantin, les plus grands se racontaient leurs facéties de collège, sans savoir qu'approchait du village une voiture fine dans laquelle se trouvait un couple de visiteurs que personne n'attendait, a fortiori en beau milieu de semaine. Quand la chaussée n'était pas trop cahoteuse, le conducteur faisait accélérer son attelage et alors, la main de la jeune femme se portait à son ventre que sa robe ne parvenait plus à dissimuler.

Il y avait tellement d'endroits dans le complexe des Grégoire où un enfant de six ans pouvait se cacher qu'il eût été impossible à une mère de famille, marchande et commis de magasin de surcroît, de savoir tout le temps où se trouvait le dit enfant. En ce cas, il s'agissait du petit Armand que sa mère avait hâte de voir fréquenter l'école, là où on n'aurait pas besoin de le rechercher sans cesse. Ce que du reste elle ne pouvait faire ni même demander à la servante de faire à sa place. Toutefois, quand il lui arrivait une fois par mois de faire le tour complet du magasin et ses dépendances, Émélie cherchait à détecter toute situation dangereuse pour les enfants : empilages mal équilibrés, planches défoncées, clous poussés hors du bois par le gel ou autre cause, marchandise haut placée dans les entrepôts et dont la chute sur une tête d'enfant pourrait sérieusement l'endommager etc...

Il n'était arrivé en ces aîtres aucun accident grave et très peu de légers depuis la construction du magasin en 1900, treize ans auparavant. Personne ne s'était blessé, ni dans les étages du magasin, ni dans les hangars communicants, pas plus que dans les granges-hangars ou la cabane à dynamite plus loin sur le terrain arrière. Émélie Grégoire veillait à tout. Honoré ne songeait guère à ces choses-là...

Mais Honoré de son côté, se tenait collé au progrès et bien mieux qu'elle. Émélie à cet égard le questionnait, mais se ralliait à ses propositions le plus souvent. Toutefois, elle se demandait bien pourquoi il avait fait construire près de la porte de sortie du hangar donnant sur le trottoir de la maison rouge une petite cabane dont il disait, sans plus, qu'elle pourrait servir prochainement. Qu'est-ce donc qui lui trottait par la tête et pourquoi le cacher ainsi ? Honoré mijotait une surprise pour toute la famille...

Depuis sa mésaventure dans la grange des Foley, le petit Armand fuyait Henri comme la peste. Il craignait sans cesse la dénonciation. Et les foudres de ses parents. Mais le temps passait et rien de tel ne se produisait. Son ami Wilfrid venait le voir tous les jours et les deux gamins disparaissaient durant des heures. Ce jour-là, comme ils ne pouvaient se réfugier dans la vieille maison où ils allaient souvent pour soidisant jouer, ils se cachèrent dans l'ombre de la cabane neuve qui ne comptait qu'une ouverture fort étroite dispensant un semblant d'éclairage.

–C'est que tu voudrais faire quand tu vas être grand, Frid, toi ? Grand comme Freddé...

–Sais pas...

–Moi, j'voudrais être... ben, je l'sais pas trop...

–Un prêtre ?

–Ben non... Toi, tu ferais un curé...

–Sais pas.

Il y avait un certain temps qu'ils échangeaient ainsi à mi-voix quand des pas s'approchèrent et que l'on poussa la porte. Il leur fallut quelques secondes pour reconnaître Eugène Grégoire qui avait deviné où ces deux-là se trouvaient. Honoré, suite aux jeux dangereux de Bernadette et Eugène Foley, avait demandé à son fils de repérer Armand et de l'amener devant lui pour qu'il lui fasse la leçon à propos des allumettes interdites aux enfants.

–Armand, viens, papa veut te parler.

–Qui ?

Eugène arrondit les lèvres :

–Ton père... Comme le mien, il s'appelle Honoré... tu sais, Honoré Grégoire, là...

–Pourquoi ?

–Parce qu'il veut te saprer une bonne volée.

Armand se mit à trembler. Il connaissait la réputation de son père. Et ignorait qu'il ne s'agissait en fait que de cela : une réputation. Car jamais il n'avait vu Honoré frapper quelqu'un, pas même Bernadette une demi-heure plus tôt. Une fessée par ailleurs exceptionnelle en guise de punition et d'avertissement suite à une conduite dangereuse qui au sein de bien d'autres familles aurait valu à la fautive autrement plus que quelques coups retenus de la paume de la main.

–Pourquoi ?

–Parce que...

–Parce que quoi ?

–Je l'sais pas, c'est lui qui va te le dire. Viens avec moi au bureau de poste. Vite ou ben je vas lui dire que tu veux pas venir.

–Moi, je m'en vas chez nous, de dire Wilfrid qui se remit sur ses jambes et sortit de la cabane.

Voilà qui, sans raison aucune, confirma les pires craintes du petit Armand. Ses parents savaient que lui et son ami avaient joué avec ce qu'ils appelaient leur 'peteu' et que c'était une honte et un péché. Jouer avec son 'peteu', c'est pire que jouer avec le feu, disaient certaines mères de famille, parce que ça apporte le feu de l'enfer... Sans s'être jamais confessé ni donc avoir fait sa première communion, l'enfant connaissait la notion de péché et ce qui l'était l'attirait. Car il lui semblait que ces choses défendues apportaient bien plus de plaisir que celles permises.

–Grouille, Armand, viens !

Le garçonnet suivit son frère, le coeur tordu par la peur. Et pourtant, ce n'est pas la punition corporelle qui l'inquiétait et bien plutôt la misère morale qui se jetterait sur lui vu que la correction anticipée dirait à tous la faute qu'il avait commise. Il serait regardé comme un être méchant et pervers. Un petit mécréant...

Une fois dans le couloir entre le hangar et l'escalier de la cave qui menait de la cuisine au bureau de poste à l'arrière du magasin, Eugène fit trois pas et lança à son père :

–Je vous l'ai amené, papa, le petit Armand.

Mais Armand ne se trouvait plus derrière lui.

–Armand ? claironna-t-il. Armand, reprit-il en rouvrant la porte du hangar.

Il trouva l'enfant prostré, debout, incapable de faire un mouvement, éclaboussé par un rai de lumière venu d'une petite fenêtre grise percée dans le mur opposé. Eugène comprit qu'il avait apeuré son petit frère et voulut le rassurer :

–Écoute, il va pas te donner une volée : j'ai dit ça de même, pour rien pantoute. Envoye, viens...

Il le prit par la main et le conduisit à son père qui se tenait debout, comme un géant terrible, au beau milieu du bureau de poste. Le pauvre enfant lançait à la bonne Vierge Marie une prière chevrotante et lui demandait pardon d'avoir joué avec le 'peteu' de son ami...

–Viens ici, Armand ! dit l'ogre Honoré.

Eugène le poussa au milieu du bureau de poste en disant:

–Il a peur de se faire 'étamper'.

Honoré éclata de rire :

–Le bureau de poste, c'est la bonne place pour ça.

Eugène tourna les talons, laissant l'enfant terrorisé en face de son père qui le regarda, l'oeil à la menace :

–Mon p'tit gars, y a des affaires qu'un enfant doit pas faire, sais-tu ça ?

–Oui, monsieur.

–Tu m'appelles monsieur !!! Comme les petits enfants

américains font avec leur père... J'me demande ben où c'est que t'as pris ça. Quand même je te le demande, tu t'en rappelleras pas... Mais, mon gars, tu vas te rappeler de ce que je vas te dire. Sais-tu c'est quoi, ça ?

–N... non...

Émélie savait ce qui se préparait; elle s'était approchée par l'autre côté sans être vue de son mari et de son jeune fils. Mais ainsi embusquée dans l'ombre, il lui était donné de les voir en pleine lumière du jour, laquelle entrait en abondance par la fenêtre devant le gros coffre-fort vert pesamment installé dans un coin de la pièce.

En fait, l'image aperçue était celle du ventre rebondi d'Honoré devant le visage si fin d'Armand. Et chaque fois qu'elle le regardait, ce dernier-né parmi ses fils, voici qu'elle se laissait fasciner par ses boucles blondes. Et s'il ne lui arrivait jamais d'en parler d'elle-même, il se produisait pire pour l'enfant : quand une femme vantait sa chevelure en la comparant aux cheveux d'une petite fille, Émélie approuvait d'une lueur dans le regard et d'un visage qui s'éclairait d'un sourire de fierté quasi puérile. À telle enseigne que le petit pensait parfois à les couper au ras de la tête, ces cheveux de fille sur sa tête de garçon.

–C'est une boîte d'allumettes.

–Ah !

–Et tu sais que des allumettes, ça met le feu.

–Ben...

–Regarde...

Honoré ouvrit la boîte, en prit une qu'il frotta sous la table. Armand n'apprenait rien pour avoir maintes fois vu quelqu'un le faire au magasin : des hommes presque toujours qui voulaient allumer leur pipe. Eux frottaient le petit bout de bois sous un tabouret près du comptoir ou bien, le plus souvent, sous leur chaussure. Pire, Armand avait essayé la chose lui-même et il s'était cruellement brûlé deux doigts.

–Ça, c'est du feu; pis du feu, ça brûle. Sais-tu que l'année avant que tu viennes au monde, le village a manqué brûler de fond en comble, l'église y compris ? Savais-tu ça ?

–Ben...

Une voix féminine surgit de nulle part :

–Pas l'année avant qu'il vienne au monde, l'année d'après.

C'était Émélie qui, en rectifiant l'erreur, venait de révéler sa présence. Honoré reprit :

–Ben... en tout cas... en 1908... ça fait cinq ans de ça.

–Et Armand va avoir six ans demain.

–Ah oui ?

–C'est peut-être pour ça que Bernadette a voulu faire un gâteau ? Pour fêter son petit frère.

Honoré eut l'air de s'impatienter. Il étira une bretelle et la laissa retomber sur sa poitrine dans un claquement énervant, contrariant :

–Ça, c'est une autre histoire... Là, il faut que je montre à ce petit homme qu'il faut jamais jouer avec le feu.

La voix d'Émélie remplit de nouveau le bureau :

–D'après moi, il le sait. Tu le sais, Armand, qu'il faut pas jouer avec le feu ?

–Oui, maman.

–Tu vois, Honoré.

–En tout cas, je vas finir ma leçon pareil. Armand, ta soeur Bernadette a quasiment mis le feu dans la maison rouge tantôt. Tout le magasin aurait pu y passer...

Une autre voix féminine leur parvint : Honoré sut que ce n'était pas Émélie, mais, pour une seconde, il eut du mal à la replacer et pourtant, il l'avait entendue maintes fois. C'est que la porteuse de la voix faisait exprès pour la déformer en la rendant pointue :

–Le magasin brûlera pas, il est ben trop proche de l'église

voyons. Le bon Dieu prendrait pas de chance avec ça...

Armand reconnut la voix; un immense soulagement l'envahit. Émélie tourna la tête et aperçut un autre ventre rebondi dans la clarté du magasin.

–C'est quoi que tu fais par ici, toi donc !?

–Je viens voir mon monde avant de...

–Arthur est pas là ?

–Va venir. Il attache le cheval en dessous du 'punch'.

–C'est toi, Éva ? s'étonna Honoré à son tour.

–Oui, papa. Mais dites-moi ce qu'il se passe avec le petit frère Armand ?

–J'étais en train de lui montrer à pas jouer avec le feu. Notre Bernadette tantôt nous a quasiment fait brûler.

–Comment ça ?

Éva se rapprocha de la planche à bascule et parut dans la lumière du bureau tandis que sa mère restait dans l'ombre de la petite pièce attenante.

Armand l'aperçut. Son soulagement fit place à une profonde inquiétude. Celle qui l'avait si souvent bercé pour l'endormir était-elle donc malade pour avoir ce ventre aussi important que celui de son père ? Il y riva son regard. Elle s'adressa à lui avec un fin sourire aux lèvres :

–Viens, Armand, viens toucher au ventre de ta grande soeur.

–C'est quoi que tu fais là ? fit Émélie. Il est ben trop jeune pour savoir ces affaires-là, lui.

–Ben non, maman, ben non !

Armand s'approcha. Elle prit sa main et la mit sur son ventre.

–C'est un petit enfant qui se trouve là. Un petit bébé... Tout petit, tout petit... comme toi quand t'es venu au monde.

–Ah ! Ça grouillle...

–Ben oui, un petit bébé, ça bouge dans le ventre de sa maman.

Le garçonnet était estomaqué. Il n'y avait autour de lui en ce moment qu'une seule maman et c'était sa mère. Comment Éva pouvait-elle avoir un bébé dans son ventre ? Il demanda, le regard grand comme le magasin :

–Pourquoi qu'il est là, le p'tit bébé ?

Il y avait un autre témoin dans l'ombre. Confinée pour un temps à sa chambre, Bernadette qui avait les deux fesses brûlantes, et les yeux rougis par ses pleurs, avait vu arriver Éva et Arthur par la fenêtre et il aurait fallu la clouer au lit pour l'empêcher de descendre au magasin. Mais elle l'avait fait comme marchant dans un champ de tulipes sur le bout des orteils, évitant les marches qu'elle savait grincheuses, ouvrant la porte de la cuisine donnant sur le magasin, en grande délicatesse et lenteur pour ne pas énerver le ressort, écoutant pour se rendre compte que l'attention de tous était concentrée en ce moment, se glissant comme une souris jusque près du lavabo au bord du couloir.

–C'est les Sauvages, intervint Honoré.

–Madame Bizier ? dit Armand qui ne connaissait que deux personnes sauvages dans la paroisse, soit Amabylis, la femme Bizier, et Célestine, la femme Dulac.

Tout en écoutant attentivement, Bernadette ramassa de l'eau depuis le robinet qui fuyait et laissait échapper une goutte de temps en temps, puis glissa sa main mouillée à l'intérieur de sa jupette, à l'arrière, afin de rafraîchir un coin de son derrière endolori.

–Ben voyons donc, papa, faut pas lui conter des menteries de même ! dit Éva.

–Il a ben assez le temps de savoir.

Pour la première fois de sa vie peut-être, Éva contredit son père. Elle le fit sans même s'en rendre compte. Cela donna à réfléchir à sa mère. Émélie se dit que sa grande était maintenant une femme à part entière, capable d'exercer son jugement sans le soumettre forcément à un homme, en l'occurrence son père. Mais était-ce bien le cas avec Arthur ?

–Armand, quand un homme et une femme se marient, ils ont des enfants. Nos parents se sont mariés et ils nous ont eus. Puis vient notre tour et à notre tour, on a des enfants. Quand tu vas être grand, tu vas fréquenter quelqu'un, une petite blonde, tu vas l'épouser et t'auras des enfants... T'en as pas une, une petite blonde, toujours ?

–Non, jeta vivement le garçon.

Emportée par un élan qui l'empêcha de réfléchir, Bernadette révéla ainsi sa présence aux alentours quand elle lança de loin à voix pointue :

–C'est pas vrai ! Armand, il a une blonde : Gaby Champagne.

–Qui c'est qui a dit ça, là ? questionna Éva la première au nom de tous. C'est toi, Bernadette ? Viens voir Éva. Cache-toi pas. Viens me dire pourquoi c'est faire que t'as mis le feu dans la maison rouge.

–J'ai pas mis le feu, j'ai voulu faire un gâteau bon.

–Viens ici, viens...

La fillette parut dans l'entrée du bureau.

–Viens embrasser ta grande soeur là...

La fillette obéit, tiraillée par la peur en passant devant son père. Pendant qu'elle racontait ce qui s'était passé et révélait la pureté de ses intentions, Armand se sentait revivre. La peur l'avait quitté. Il était clair que son père ne voulait pas le battre parce qu'il avait joué avec son corps et avec celui de son ami Wilfrid. La terreur avait cédé le pas à un profond questionnement, en préparant le terrain du même coup. Qu'est-ce qui se passe quand un homme et une femme se marient pour que des bébés apparaissent dans le ventre de... Il regarda alternativement le ventre de son père et celui de sa soeur, et comprit sans qu'on n'ait à le lui dire que seule

Éva portait un bébé dans le sien. Alors des images s'accrochèrent les unes aux autres dans son esprit. Il avait aperçu le bébé Berthe quand la servante la changeait de couche. Et c'est pour savoir si Wilfrid était comme le bébé ou comme lui-même qu'il avait voulu explorer le corps de son petit copain. Et puis au magasin, il avait entendu des hommes parler de béliers, de taureaux et de verrats, d'animaux qui naissent et comment ça arrive...

Tous ces matériaux s'assemblaient dans une jeune intelligence très vive et s'ajoutaient aux questions qu'il se posait à propos de son propre corps. Et pourtant, s'il différenciait nettement le féminin dont étaient sa mère, Éva, Alice, du masculin dont étaient son père, Alfred, Henri, Pampalon, Eugène et son ami Wilfrid, ainsi que lui-même, il ne parvenait pas à imaginer concrètement la rencontre des deux et le processus de fécondité...

Là prit fin son questionnement ce jour-là. Il avait acquis une longueur d'avance sur le chemin de la connaissance de soi, mais aussi et surtout s'était un peu mieux circonscrite en lui une pulsion appelée à s'affirmer... Ses jeux secrets avec son ami Wilfrid, que seuls son frère Henri et son ami Édouard Foley savaient, lui parlaient un langage double. L'un, celui du plaisir exploratoire et l'autre de l'interdit aux conséquences pires que le feu...

–Où c'est qu'ils sont, les autres ?

Bernadette ne laissa pas ses parents répondre :

–Sont dans la vieille maison... en réunion...

Le visage d'Éva s'éclaira :

–Ah oui ? Ils ont continué sans moi ? Faut que j'aille voir ça, surtout entendre ça... À plus tard, papa, maman... Vous direz à Arthur que je suis allée dans le haut de la vieille maison. Alfred est-il avec eux autres ?

Honoré dit :

–Non, il est à la maison. Sa femme, comme tu le sais, est

sur le point de...

Éva s'en alla sans attendre. Émélie retourna derrière son comptoir. Armand disparut sans demander son reste. Honoré s'intéressa à une expédition de colis. Et Bernadette se glissa dans le hangar, suite à Éva, mais, à distance et sur le bout des pieds, se rendit à l'autre extrémité, à l'escalier conduisant à la réunion de la bonne culture. Il y avait une trappe qui fermait l'entrée tout en haut, que sa grande soeur avait refermée; la fillette se rendit le plus près possible et colla son oreille pour entendre les propos des quatre grands...

*

Tout d'abord, il y eut salutations, éclats de voix desquels les phrases et leur sens échappaient à la curieuse embusquée. Elle reconnut la voix d'Alice :

–Hey, il bouge, ton bébé, Éva : ça va être un gars, c'est certain.

–C'est ça que toutes les mères disent : quand le bébé donne des coups de pied, c'est un gars; quand il bouge en douceur, c'est une fille.

–Comme dans la vie ! lança Alice qui fit rire les autres.

Pampalon que le sujet intéressait demanda sur le bout des mots suivant une habitude prise tout jeune pour s'exprimer en rassurant l'autre :

–Tu vas le faire appeler comment ?

–Alfred.

–Un autre Freddé ?! s'exclama Alice qui n'y croyait pas.

–Non, pas Freddé... Alfred.

–Mais...

–Quand il va être jeune, on va l'appeler Ti-Lou : comme ça, personne va l'appeler Freddé.

Henri s'exprima :

–Ti-Lou Boutin, ça se dit bien. Mais pas Freddé Boutin, t'as raison, Éva, de prévenir les coups.

–Freddé : ça vient des États, ça. On est des Canadiens, pas des Américains.

–Tant qu'on vit en Canada ! ajouta Henri que la réflexion de sa soeur contrariait quelque peu.

Alice reprit la parole, le ton espiègle :

–Pourquoi que les enfants porteraient pas le nom de famille de leur mère ? Ça ferait Ti-Lou Grégoire : c'est beau, ça itou, vous pensez pas ?

Bernadette emmagasinait toutes les paroles échangées et son attention fut particulièrement retenue par des propos la concernant entamés par Alice :

–Vous savez quoi ? Bernadette a tout fait pour me convaincre de l'accepter à la réunion. Elle dit que la vieille maison, c'est à toute la famille, donc autant à elle qu'à nous autres. Je lui ai dit qu'on parle de choses qui sont trop compliquées pour les enfants. Elle m'a dit qu'elle aurait 9 ans dans quelques jours. Vous savez... j'pense qu'elle commence à se questionner sur... la provenance des petits bébés. Ça me surprendrait pas qu'elle le sait, mais que... elle fait semblant de pas le savoir ou ben qu'elle veut l'entendre dire par des grands.

–Peut-être qu'il faudrait leur dire, aux enfants, après tout, fit Éva. Leur dire que le papa met un petit grain dans le ventre de la maman et que ça donne un petit bébé...

Sous la trappe, les yeux de Bernadette devinrent grands comme des piastres. L'étonnement lui fit redresser la tête car dans cette position, elle avait le cou plié, mais son crâne frappa le bois sans lui faire de mal à part le bruit délateur.

–Avez-vous entendu ? fit Pampalon. Y a quelqu'un dans l'escalier. Je vas voir...

La fillette se précipita dans les marches, presque dégringolant, et son grand frère qui souleva la trappe n'en put voir que la semelle de chaussure, assez pour savoir que c'était sans doute Bernadette. Armand n'aurait pu dévaler les marches aussi vite et Eugène avait le pied plus important.

–Pour moi, on s'est fait espionner.

–Qui c'était ?

–La petite fouine, je pense.

Éva intervint en faveur de la fillette :

–Elle veut tout savoir, c'est beau. Est pas méchante. C'est une petite fille dévouée, travaillante... Pis est bonne en grand à l'école.

–Mais qui est venue ben proche de nous faire brûler aujourd'hui, se désola Alice.

–Pis qui s'est fait 'soincer' les fesses, enchérit Pampalon.

Le cercle de berçantes se reforma. L'on adopta un ton plus confidentiel, fermé.

Quant à Bernadette, elle courut s'enfermer dans la nouvelle cabane (encore vide) construite par Marcellin Veilleux derrière le magasin. Adossée à la porte refermée, elle se mit à prier pour qu'on ne la réprimande pas une autre fois ou pire qu'on se plaigne à ses parents, qu'on leur dise qu'elle a entendu un secret réservé aux grands, ce qui lui vaudrait peut-être une autre fessée, et en tout cas sûrement un coup de honte sur les fesses de son orgueil. Un enfant ne devait pas en savoir trop ou bien on se moquait de lui...

Son coeur battait la chamade. Son oreille restait à l'affût de tout bruit, le moindre chuintement; et le frôlement d'une aile d'ange ne lui aurait pas échappé. L'impossible arriva. Quelque chose frôla sa jambe. Un petit animal sûrement. Son état d'esprit fit en sorte qu'elle eut un grand sursaut et ne put retenir un gémissement derrière ses lèvres... Elle entrouvrit la porte et aperçut à ses pieds un chaton noir et blanc.

–C'est que tu fais là, toi ?

Malgré la pénombre, la lumière se fit dans l'esprit de la petite fille. C'est là qu'elle comprit le grand mystère de la vie. Des images et des mots s'ajoutèrent les uns aux autres.

Elle avait vu un matou monter la chatte de la maison. Entendu dire par sa mère que la chatte aurait des chats. Vu les chatons à leur naissance. Il avait été décidé par Honoré de ne pas les garder et c'est Henri qui avait dû les noyer. Il parut à Bernadette que l'un des petits de la chatte avait été oublié ou bien avait survécu à son exécution.

Les mots d'Éva revinrent à son imagination. Elle se pencha et prit le chaton pour le caresser dans ses bras.

"Peut-être qu'il faudrait leur dire aux enfants, après tout. Leur dire que le papa met un petit grain dans le ventre de la maman et que ça donne un petit bébé..."

C'est ce jour-là que Bernadette devint une grande fille dans sa tête avant de le devenir dans son corps... Mais elle avait du chemin à parcourir et beaucoup de travail à accomplir avant que ne se produise la seconde partie de sa transformation...

*

Vint enfin le jour de son anniversaire de naissance. C'était dimanche, le six juillet, et comme elle avait ses neuf ans faits, elle entamait donc sa dixième année sur la terre du bon Dieu.

Au repas du midi, à la table familiale, on lui souhaita bonne fête. La servante lui avait confectionné un gâteau au chocolat sur lequel était écrit le chiffre 9. Mais il n'y avait aucune chandelle à la demande d'Honoré. Il en donna la raison quand on fut à l'heure du dessert :

–Le feu, c'est trop dangereux pour qu'on mette une chandelle sur ton gâteau, Bernadette.

Cette idée avait beau venir de leur père, les enfants n'y souscrivaient pas et soupçonnaient une intention cachée de la part d'Honoré. On lui fit confiance comme toujours.

Émélie avait le front soucieux. De coutume, aux anniversaires, elle laissait les problèmes au magasin ou dans son salon-bureau pour y voir plus tard, mais là, quelque chose la turlupinait. En fait, quelque chose qu'elle ignorait encore mais dont elle se doutait. Celle qu'on avait embauchée et sur qui on avait cru pouvoir compter pendant des années, n'était plus la même ces derniers temps et l'intuition d'Émélie lui disait qu'elle les quitterait. Mais pour aller vers qui, elle qui ne fréquentait aucun jeune homme et avait passé l'âge de se marier depuis belle lurette ?

Peut-être faudrait-il cesser de regarder à l'extérieur de la famille pour obtenir l'aide nécessaire. Chaque fois qu'on embauchait une servante de valeur, elle s'en allait trop vite. À neuf ans, Bernadette pouvait accomplir pas mal de tâches domestiques et de travaux d'entretien au magasin. C'est à cela que la femme songeait en regardant fixement le chiffre 9 sur le gâteau... Mais elle ne voulait pas agir avant de savoir et elle saurait bien dans les jours à venir les intentions qui couvaient en la docile, dévouée mais plutôt nerveuse Denise Carrier...

***

Chapitre 22

1913...

Ce mardi soir, plutôt tard, tandis que le soleil couché depuis un moment ne laissait à l'intérieur du magasin que l'éclairage d'une seule lampe, les autres ayant été éteintes par Émélie à la fermeture, un couple que la pénombre rendait étrange émergea de la cuisine. La frêle, maigrichonne et très excitable Denise Carrier précédait la grande, forte et majestueuse Émélie Allaire qui, entre les deux, transportait une lanterne dont la flamme dansait en guidant leurs pas.

L'on se rendait au salon du magasin.

Avant d'aller se coucher, Bernadette avait entendu sa mère prendre rendez-vous avec la servante et s'était faufilée à sa manière discrète pour se retrouver embusquée derrière l'extrémité du comptoir, près de la porte avant verrouillée pour la nuit. À quatre pattes, cachée dans l'ombre, elle risqua sa tête pour voir le grand escalier de chêne lorsqu'elle entendit s'étirer le ressort de la porte de cuisine.

L'image qu'elle aperçut la troubla au plus haut point. On eût dit deux fantômes sortis d'une histoire de revenants comme en racontait souvent son grand frère Alfred et même comme il en inventait. Combien de fois n'avait-elle pas entendu le récit d'un événement qui avait fait mourir de peur ce pauvre Marcellin Veilleux ?...

"Une des victimes préférées d'Alfred était Paul Veilleux*, homme de confiance d'Honoré. Comme beaucoup de Beaucerons de cette époque, Veilleux avait une peur bleue des revenants. Le folklore local regorgeait d'histoires de morts qui apparaissaient à certaines personnes soit sous leur ancienne apparence ou encore sous la forme d'un animal ou d'un objet animé. Le revenant se manifestait habituellement aux vivants pour trois raisons : pour les réprimander d'avoir commis de mauvaises actions, pour leur demander un petit service qui leur permettrait d'accéder enfin au lieu de leur dernier repos ou encore pour les avertir qu'un événement important surviendrait dans leur vie. On ne sait pas laquelle de ces trois manifestations Paul Veilleux craignait le plus, mais pour les 'joueux de tours' cette précision était superflue. Un jour, Paul Veilleux annonça à Honoré qu'il devait se rendre dans le sixième rang nord à une veillée mortuaire et qu'il serait de retour à la nuit tombante. Alfred qui travaillait bien consciencieusement au magasin entendit la conversation entre les deux hommes et mit au point son plan. A la fin de sa journée de travail, il ramassa un lot de vadrouilles qui traînaient au magasin et s'arrêta prendre son ami Aurèle Roy. Les deux compères que le fou rire manquait d'étrangler à chaque minute, s'embusquèrent au bord de la route que devait emprunter Veilleux à son retour. Dès qu'ils entendirent le claquement des sabots du cheval, les deux hommes tapis dans l'ombre, sortirent les vadrouilles du taillis où ils étaient postés et se mirent à hululer comme des fantômes en agitant les vadrouilles. L'effet fut instantané. Paul Veilleux poussa un cri rauque du plus profond de sa poitrine et lança son attelage au galop, disparaissant au loin dans un nuage de poussière. Le lendemain matin, au magasin, tout le monde avait l'oeil moqueur : "Pis, Paul, as-tu fait un beau voyage hier ?" disait l'un. "Oh, rien de spécial," répondait Veilleux en riant jaune.

Un clocher dans la forêt, page 40

Bernadette ferma les yeux pour tâcher de revenir les pieds sur terre et pourtant, l'image qu'elle vit à nouveau de sa mère et de la servante la ramenait aux fantômes des récits d'Alfred. Voici qu'en jaquette blanche, toutes deux gravissaient lentement les marches de l'escalier, à demi éclairées par la faible lueur de la lampe du comptoir combinée à celle du 'fanal' qui se balançait de manière insolite tel un objet se transportant lui-même...

Émélie portait une tresse noire sur les épaules et son pas parfois faisait craquer la marche. Denise à sa gauche, légère et empressée, devait retenir ses jambes, ce qui lui conférait bizarre allure, comme si son corps avait été mu par une mécanique mal huilée. Enfin, elles entrèrent dans le salon et seule la lueur bougeait encore au regard de l'enfant à la respiration fébrile. Bernadette recula, se leva et courut, tête baissée, derrière le comptoir pour s'approcher le plus près possible de l'escalier afin d'entendre les secrets qu'on allait se dire là-haut...

Mais son regard s'assombrit quand elle vit que la porte avait été refermée sur les deux femmes. Alors elle prit une décision qui poussa son coeur à cent milles à l'heure et s'engagea à son tour dans l'escalier en s'aidant de la rampe sur un bout pour moins peser sur les marches et risquer de trahir sa présence par un bruit intempestif. Elle savait un endroit en haut du petit escalier transversal menant à la mezzanine où on pouvait entendre les paroles prononcées à l'intérieur du salon-bureau si tant est qu'elles fussent dites à voix normale et non à mi-voix.

–Assis-toi, Denise.

–Oui, madame Grégoire.

–T'as toujours été trop polie avec moi, Denise. On dit que ça, c'est être... obséquieux.

–Comme... aux obsèques ?

Émélie sourit. Elle n'avait pas songé à la parenté de ces

deux mots. Mais elle reprit vite son sérieux :

–Es-tu bien avec nous autres, Denise ? Des fois, je me le demande.

–Ah oui ! Parfait, madame Grégoire ! Suis ben ben avec vous autres.

–Pourtant, quelqu'un... m'a dit que tu voulais t'en aller.

Pour ne pas avoir le sentiment de mentir, Émélie songeait à son petit doigt en parlant de 'quelqu'un' comme elle venait de le faire.

–Ben... c'est pas de ma faute...

Ces quelques mots faisaient comprendre à la marchande qu'elle ne s'était pas trompée. Une partie d'elle-même s'y attendait, mais l'autre fut fort contrariée.

–Je t'accuse de rien, Denise.

–Non, c'est monsieur le curé qui...

La servante s'arrêta de dire. Un blocage l'en empêchait. Émélie fit en sorte de la décompresser :

–Monsieur le curé t'aurait découragé de travailler avec nous autres ? J'pense pas, hein ?

–Non, c'est pas ça. Mais... Je vas vous le dire... Belzémire s'en va pis ça prend quelqu'un pour la remplacer.

–Et monsieur le curé t'a offert la place ?

–D'une manière... j'ai toujours rêvé de travailler au presbytère...

–T'as demandé ta place et monsieur le curé t'a acceptée, si je comprends bien ?

–Oué... ben... disons que...

–C'est pas moi qui vais m'objecter, tu sais. Travailler au presbytère, c'est tout un honneur pour toi. Ça va te permettre d'être plus proche du bon Dieu.

–C'est ça surtout, oué : plus proche du bon Dieu.

Émélie aurait voulu dire que prendre soin de petits enfants rapprochait sans doute autant du bon Dieu que de servir des fèves au lard aux prêtres, mais elle s'abstint. À quoi bon ? Mais alors, il lui revint en tête cette idée mijotée le dimanche précédent à la table familiale devant le gâteau de fête de Bernadette. On ferait sans servante à l'avenir. Les tâches seraient définies sur une liste et partagées entre les divers membres de la famille. Chacun sa part et fini les aides domestiques qui vous laissent tomber à tout bout de champ.

–Peux-tu me dire quand tu vas partir ?

–Dans une semaine ou deux ? Quand c'est que ça vous arrangera, madame Grégoire ?

–Donne-moi deux jours que j'en parle à Honoré quand il va revenir de Québec.

–Ben correct, madame.

–Pis là, va réveiller Bernadette et amène-la ici. Je vas lui parler tout de suite.

La fillette qui avait tout entendu se sentit coincée. Elle comprit qu'elle n'avait pas le temps d'enlever ses chaussures et se précipita dans l'escalier sur le bout des orteils. Perdit pied et heurta Denise qui sortait du salon. Toutes deux tombèrent à la renverse dans l'escalier transversal d'en face.

–C'est qui arrive donc ? fit Émélie en accourant au bruit et aux cris.

–C'est notre Bernadette, là, dit Denise qui se relevait.

–T'es pas couchée ? lui demanda sa mère.

–Ben... non... J'ai vu des fantômes dans le magasin...

–C'est quoi que tu dis là ?

–Ben... j'pensais que c'était... des fantômes.

Émélie hocha la tête en souriant intérieurement. Elle-même s'était dit qu'on les prendrait pour des fantômes quand elles étaient venues au salon tout à l'heure :

–Quoi ? Denise et moi ? Des fantômes ?

–Ben...

–Bon... en tout cas... Bernadette, viens t'asseoir dans le bureau. Denise, tu peux retourner à la maison.

–Merci, madame.

Émélie fit asseoir sa fille à la place de la servante et l'amena à ce qu'elle voulait :

–Sais-tu que t'es une grande fille asteur que t'as 9 ans ?

–Ben oui.

–Et une grande fille, ça aide ses parents, tu sais ça aussi ?

–Oui.

–Es-tu capable de nous aider comme le faisait Éva ?

–Ben oué.

Bernadette ne comprenait pas trop, depuis le temps qu'elle s'occupait des enfants plus jeunes : Armand et Berthe dont elle était la petite mère comme Éva l'avait été long-temps de Henri et Pampalon voire même Alice dont quatre ans la distançaient.

–Laver le plancher du magasin ?

–Ben... oué.

–Faire de la lessive ?

–Ben... oué.

–Faire du ménage ?

–Ben... oué.

–Parce que tu sais, Denise s'en va travailler au presby-tère. Monsieur le curé a besoin d'elle. Et là, on va peut-être pas engager une autre 'mademoiselle' pour nous aider. Tout le monde va aider. Tu connais le commandement de Dieu : *Père et mère tu honoreras afin de vivre longuement.* Le bon Dieu a besoin de Denise pour travailler pour monsieur le curé et le bon Dieu a besoin de toi pour aider à la maison. Tu vas faire ta part.

–Pampalon itou ?

–Pampalon comme les autres.

–Pis Eugène ?

–Eugène comme les autres... quand il sera pas aux études naturellement...

–Moi, j'irai pas aux études ?

–Tu vas y aller aussi. Tous les enfants de la famille sont allés ou vont aller aux études. Je veux dire après leur école ici, au village.

–Où c'est que je vas aller, moi, après le couvent ?

–On va voir à ça dans le temps comme dans le temps.

–Bon.

C'est ainsi que la vie de la jeune Bernadette passerait de l'insouciance de l'enfance au labeur inévitable d'une vie de grande fille.

Mais au fond de son coeur, Émélie voulait surtout, par ce chemin, l'amener à envisager la vie religieuse et l'y préparer en quelque sorte. Ce soir-là, elle lui dit pour finir :

–Quand tu vas laver un plancher, tu le feras en pensant à la bonne sainte Thérèse...

*

Vingt-quatre heures plus tard eut lieu une importante réunion de famille dans le salon-bureau d'Émélie. L'on verrouilla la porte du magasin une heure plus tôt et ainsi le jour entrait encore dans le magasin quand les enfants commencèrent de se regrouper dans la pièce quand même sombre de là-haut. Émélie qui présiderait l'assemblée comme s'il s'agissait d'une rencontre pour faire des affaires arriva la première. Elle avait endossé du beau linge : ni habillée en semaine ni endimanchée. En fait, elle portait une robe dont elle avait fait ses beaux dimanches quelques années auparavant mais dont elle n'aurait pas voulu se débarrasser pour tout l'or du monde, pas plus que de chaque chose personnelle en sa possession, même les plus vieilles comme son coffret, sa croix de bois, ses chapelets de jadis. Et puis, elle avait mis son toupet des grands jours, ce qui la rajeunissait devant son miroir et faisait murmurer certains de ses enfants parmi les plus moqueurs comme Pampalon.

C'est à lui qu'elle avait confié la tâche d'installer dans la pièce chaises et bancs avec assez d'espace pour asseoir tout le monde, c'est-à-dire Honoré et les huit enfants. Seule Éva des 9 enfants vivants serait absente et pour cause. Ce qui était à l'ordre du jour soit une nouvelle répartition des tâches ne la concernait en rien puisqu'elle était mariée et habitait à quinze milles de là. Et puis elle-même et son mari Arthur devaient voir à leur commerce de Saint-Gédéon qui exigeait autant que celui des Grégoire.

Émélie feuilletait le cahier du crédit à la clientèle en prenant des notes. Plusieurs avaient fait monter leur compte au maximum et pour éviter d'avoir à le payer ne se montraient plus le bout du nez. "Ils nous punissent parce qu'on leur fait du bon," disait-elle parfois à Honoré. "Ils s'en vont acheter chez Champagne pour pas avoir à payer leur dette."

Par contre, le contraire se produisait aussi : des cultivateurs achetaient à crédit chez Champagne et quand ils avaient atteint la limite, déménageaient leur clientèle chez Grégoire. Et Honoré ne cessait de dire sans jamais le faire : "Faudrait s'entendre là-dessus avec Louis Champagne. Si le monde paye pas, on va crever tous les deux comme des beaux rats empoisonnés par le crédit..."

En ce moment, Émélie travaillait distraitement. Elle n'était guère préoccupée par le crédit et songeait plutôt à l'objectif de la réunion familiale. Impossible de répartir les tâches de manière égale et puis, avec Henri, il fallait marcher dans les tulipes : l'accabler serait peut-être la goutte de trop qui ferait déborder le vase et le pousserait à partir comme il en parlait de plus en plus à d'autres qui le lui rapportaient. Elle soupira en regrettant qu'il ne se décide pas à fréquenter la belle Éveline Martin dont elle avait su par Odile que son coeur chavirait rien qu'à entendre le nom du jeune homme.

Ce fut lui qui arriva le premier. Seul. Il prit la chaise la plus isolée. Croisa les bras. En fait, il avait été convoqué par sa mère un quart d'heure plus tôt que les autres enfants.

–As-tu l'heure, Henri ?

Il sortit sa montre :

–Huit heures et quart.

–T'es en avance, comme je te l'ai demandé. J'aimerais te parler un peu : j'ai pas souvent la chance.

–Suis là.

–Quelqu'un m'a dit que tu veux aller rejoindre ton oncle Thomas Grégoire au Yukon.

–Ça me tenterait.

–Je t'en ferai pas reproche. C'est ta vie. T'as 18 ans. Mais... j'ai donc peur que tu manges de la misère par là.

–Les voyages forment la jeunesse.

Émélie pencha la tête en avant. Il reprit :

–À 15 ans, vous êtes partie de Saint-Henri pour venir vous établir quasiment dans le bois...

Elle trancha :

–J'avais mon père avec moi. J'avais ma soeur Marie, mon frère Jos. On venait habiter une maison qui nous appartenait. On venait ouvrir un commerce. Papa avait de l'argent de la vente de sa terre. Toi, tu partirais cassé comme un clou. Pas une cenne qui t'adore. On a payé pour tes études, on paiera pas pour ton voyage à l'autre bout du Canada, tu sauras, mon gars. Ton voyage vers la misère noire... non...

–Je vas travailler; je vas m'en faire, de l'argent.

–Pour te rendre au Yukon ?

–Ben... je vas 'jumper' le 'tender'...

(Cela voulait dire monter dans un train en marche en courant à côté et en s'agrippant aux montants de fer.)

En ce moment, Honoré qui avait suivi Henri de peu et s'était arrêté près de la porte, s'adossant au mur, journal plié sous son bras, fit son entrée.

Le hasard –ou bien était-ce un flair parental peu commun– ? faisait magistralement les choses. Honoré avait apporté le journal pour annoncer une importante nouvelle à la famille et voici qu'une occasion en or de donner une leçon à Henri se présentait grâce à cela.

–Notre garçon va peut-être s'en aller au Yukon, dit Émélie. Pis pour voyager, il va 'jumper' le 'tender'.

–Coudon, arrivera ce qui arrivera... Fait assez clair : laissez-moi vous lire quelque chose dans le journal d'à soir. Ça adonne ben comme ça se peut pas.

Honoré s'approcha du bureau de sa femme et y déposa le journal qu'il ouvrit en quatrième page sous la lueur de la lampe toute proche.

–Écoute ben ça, mon Henri. Toi aussi, Émélie. La nouvelle vient de Chapleau, Ontario. Deux jeunes hommes sont victimes d'un accident de chemin de fer...

Eugène entra dans la pièce à son tour et put entendre la suite en prenant place près de la porte sur une chaise berçante.

–Deux jeunes gens dont l'âge se situerait entre vingt et vingt-cinq ans ont perdu la vie hier sur la voie ferrée menant vers l'ouest du pays. Vu l'absence de témoins, on ignore s'ils ont été happés par la locomotive alors qu'ils marchaient sur la voie ou s'ils ont voulu prendre le train en marche alors que leur tentative aurait mal tourné. Il se pourrait qu'ils aient été aspirés entre deux wagons pour ensuite se faire heurter et broyer par les dessous des voitures et déchiqueter par les roues. On a retrouvé des corps en lambeaux ainsi qu'une petite valise intacte dans laquelle des objets ont révélé l'identité de l'un d'eux. Il s'agit d'un jeune Français de France au nom de...

–Les Français sont pas habitués avec les gros chars, coupa Henri.

Le récit fascinait et terrifiait à la fois le jeune Eugène. Il imaginait la scène au point d'entendre le sifflement du train, les rires des deux jeunes gens puis leurs cris de mort et enfin les corps affreusement mutilés, ensanglantés, gisant aux abords de la voie ferrée.

–Je vous en passe un papier qu'ils ont pas été frappés par la locomotive. Un train, ça s'entend venir. Tu sens tes pieds frémir. C'est du jeune monde : c'est pas sourd comme des vieux 'tea-pot' du genre à mon frère Grégoire ou la vieille Restitue Jobin.

Émélie intervint, le ton à la réprimande :

–Ris pas d'eux autres, t'auras ton tour à venir sourd.

–Je ris pas, je constate un fait. Ça, c'est des jeunes hommes qui avaient pas une vieille 'token' pour payer leur billet de train et qui ont 'jumpé' le 'tender'.

Henri dit à voix raccourcie :

–C'est pas tous ceux qui 'jumpent' le 'tender' qui se font écrapoutir par les chars.

Il paraissait que la tentative d'Honoré d'impressionner son fils coulait sur lui comme sur le dos d'un canard. Mais sans qu'il ne l'ait voulu, c'est son fils Eugène que l'événement tragique sidérait. Il semblait maintenant impérieux à l'adolescent de connaître le nom de ce jeune Français que son père, interrompu par Henri, n'avait pas révélé. Il se leva et se rendit au bureau de sa mère.

–Qu'est-ce que tu veux ? lui demanda Émélie.

–Je voudrais lire le journal...

Honoré lui dit :

–T'es ben pâle : on dirait que t'as vu le diable en personne.

–Ben... non...

Les autres enfants entrèrent dans la pièce. Bernadette emmenait Berthe et Armand par la main. Alice, Pampalon et Alfred suivaient, absorbés par une conversation sérieuse à propos de rien.

–Assoyez-vous, y a de la place pour tout le monde, dit leur mère.

Honoré alla vers Henri pour parler d'autre chose.

Eugène reprit la lecture de son père et la termina en silence, le regard fixe et grand.

"Le jeune Français serait originaire de Brest en France. On croit, d'après ses notes de voyage, qu'il a vécu à Péribonka au Lac-Saint-Jean. Il a pour nom Louis Hémon..."

Qui aurait pu savoir ce qui troublait tant Eugène en ce moment ? Le type d'accident où l'horreur elle-même était maître d'oeuvre ? La mort prématurée de deux jeunes gens ? Ou peut-être que dans une partie inconsciente de lui-même, le jeune adolescent, artiste en profondeur, saisissait que ce jeune Français était aussi un artiste et avait terminé sa vie comme dans un grand roman...

*

Ainsi qu'il aimait le faire, Honoré parla aux enfants de progrès techniques. Tout d'abord, il fit circuler le journal et demanda à certains d'en lire quelques lignes n'importe où. Pampalon n'y parvint pas. Alice encore moins.

–Fait ben trop noir ici ! s'exclama-t-elle en refilant sans attendre l'exemplaire du Soleil à Bernadette.

–Lis-nous quelque chose ! demanda Honoré.

–Ben...

La jeune fille eut beau s'arracher les yeux, pencher le papier dans tous les sens, rien n'y fit. Elle se leva pour se rapprocher de la lampe sur le bureau de sa mère.

–Non, ça, c'est pas permis, dit Honoré. Tu dois lire de ta place. Si tu peux pas, donne le journal à Eugène.

Ce qu'elle fit aussitôt avec des yeux fâchés. Tous les regards se braquèrent sur le garçon qui lut de mémoire :

"On croit, d'après ses notes de voyage, qu'il a vécu à Péribonka au Lac-Saint-Jean. Il a pour nom Louis Hémon..."

Honoré s'approcha et prit le journal :

–Comment t'as fait ? C'est trop noir pour y voir...

Il tâcha de lire aussi sans y parvenir. Émélie riait dans sa barbe. Elle se rappelait que son fils était venu parcourir un article sous la lueur de la lampe un peu plus tôt. Honoré retourna au bureau et s'y appuya pour parler :

–Ce que j'ai voulu vous faire comprendre, vous autres, c'est que l'ancienne manière de faire est dépassée. Lire loin d'une lampe, y a de quoi s'arracher les yeux si seulement on y arrive.

Puis il montra un objet qu'il avait dans sa poche :

–Ça, c'est du fil électrique. J'en ai rapporté un rouleau gros comme ça de Québec. Pour faire quoi ? On va l'installer tout partout dans le magasin, dans la maison, dans les hangars et même jusque dehors en avant du magasin. Pour faire quoi ? Pour allumer ça...

Et il brandit une ampoule qu'il avait dans une autre poche de veston. Et reprit :

–Et avec quoi ? Avec ça. C'est un 'socket'... en français, ça se dit, je pense... quelque chose comme une douille...

–On va-t-il avoir une ligne de courant électrique par ici ? demanda Pampalon, la voix au plus grand étonnement.

–C'est pas demain la veille. Mais le magasin Grégoire va l'avoir. Parce que demain, on va recevoir par les gros chars une belle génératrice flambant neuve. On va la mettre dans la petite cabane de l'engin qu'on vient de bâtir. Tous les fils qui vont courir partout seront branchés sur la dynamo de l'engin. Dans une semaine, on va avoir le courant comme d'autres l'ont dans les grandes villes.

–Bravo ! Bravo ! s'écria Alice qui se mit à battre des mains, suivie de Bernadette puis les autres à part Eugène et Henri.

Même la petite Berthe frappa joyeusement des mains pour faire comme les plus grands sans savoir pourquoi elle agissait de cette façon. De tous, la plus surprise fut Émélie qui ne put retenir sa réaction :

–C'est donc ça que tu nous cachais, vieux venimeux ! J'en reviens pas.

–C'est un cadeau que je fais à toute la famille. Moins dangereux pour le feu. Plus besoin de traîner une lampe quand on va dans les hangars ou qu'on monte en haut de la maison ou du magasin. Le modernisme, c'est ça. Les gars, Henri, Pampalon, vous allez m'aider à faire courir le fil électrique tout partout...

Émélie se dit qu'il aurait pu en discuter avec elle avant de prendre une décision de cet ordre et pensa que son mari sentait probablement le besoin de s'affirmer de plus en plus à mesure que le temps passait. Et cette propension augmentait depuis l'achat de ses terres à bois du lac Frontière. Elle reconnaissait en son for intérieur que depuis son arrivée en 1880, Honoré avait peut-être souffert d'avoir à lui obéir d'abord, jusqu'à leur mariage, puis d'avoir à l'écouter en toutes les questions d'affaires. L'entreprise typiquement masculine qu'il avait mise sur pied là-bas, au loin, était son oeuvre à lui seul et l'épouse se résignait en pensant que c'était bien ainsi puisque cela contribuait à son bonheur.

Elle avait quand même droit à des questions et la première qui lui vint en tête fut :

–Ça doit coûter cher, une génératrice et tout l'équipement pour l'éclairage ?

–On va tout faire pour deux cents piastres, au plus trois cents.

–Va falloir remonter nos prix.

–Ben non, chère Émélie, ben non ! La clientèle de noirceur, elle va nous venir au lieu d'aller chez Champagne. Tout
le monde va venir voir ça... de Shenley et des paroisses aux
alentours. L'électricité, c'est la plus grande invention de tous
les temps. Pas mal plus important que l'automobile. C'est pas
demain que les machines vont remplacer les gros chars pour
transporter du monde ou de la marchandise, mais le courant
électrique, c'est comme qui dirait... le jour qui remplace la
nuit. Savez-vous qu'aux États, y a des machines –je parle pas
des automobiles– des petites machines électriques qui font
pas mal d'ouvrage ?

–Comme quoi, Papa ? s'empressa de demander Pampalon
que la curiosité emportait, alors que pourtant, il avait déjà
entendu parler de certaines, lui qui parcourait souvent les
journaux.

–Une machine à laver le linge.

–Hein !? Quoi ? lança Alice dont l'interrogation était
aussi importante dans le regard d'Émélie.

–Une personne va mettre le linge sale dans une cuve
avec du savon et la cuve va brasser toute seule comme une
grande grâce au courant électrique.

Malgré son heureux étonnement, Émélie redevint prag-
matique :

–Les ampoules, ça brûle le temps de le dire. Tu le sais,
ils nous l'ont dit à Québec déjà.

Il brandit celle qu'il avait apportée :

–Ah, mais ça, c'est différent. Le filament est fait d'une
substance qui s'appelle tungstène...

–Comment ? glissa Alice.

–Tungstène... L'ampoule dure dix fois plus longtemps.

–Montre-moi donc ça ?

Il la lui tendit. Elle l'échappa sur le bureau.

–Si on cogne dessus, c'est certain que le filament va casser. Pour savoir, on la secoue et si on entend un petit bruit, elle est brûlée. Donne...

Il n'y avait pas de dommage et l'homme reprit son exposé sur les inventions basées sur le courant électrique mais pas toutes commercialisées encore.

–Y a des radiateurs électriques. Pour réchauffer une chambre mettons. Toi, Eugène, frileux comme t'es, ça pourrait te servir. Il commence à en arriver d'Angleterre. Ils appellent ça des radiateurs 'Standard'... Mais c'est pas tout, savez-vous qu'il existe un fer à repasser électrique ? Pas besoin de faire chauffer le fer sur le poêle, il va toujours rester à la bonne température grâce au courant électrique. Encore mieux que ça, quelqu'un a inventé un appareil pour aspirer... un aspirateur électrique. Pus besoin de balayer au petit balai... l'appareil va aspirer la poussière : c'est pas beau, ça ?

–On pourra pas vendre nos balais en paille, objecta Émélie qui souriait intérieurement.

–On vendra des aspirateurs électriques. Mais c'est pas pour demain vu que ça prendrait le courant comme dans les villes ou une génératrice par maison.

Tous le regardaient avec admiration comme si Honoré avait lui-même inventé ces appareils dont il parlait avec emphase, sans compter ceux qu'il devait connaître et dont il n'avait encore dit mot. Il reprit la parole :

–J'ai même entendu dire qu'il existe une machine à écrire électrique. Et un jour, mais ça, c'est dans le futur, peut-être une machine automobile électrique. Ça pourrait venir dans vingt, trente ans...

–Ça va prendre tout un fil ! s'exclama Pampalon.

Ce qui fit rire Henri, demeuré coi depuis le début de la réunion.

Honoré comprit qu'il avait peut-être commis un impair et jugea que le moment était venu de ne plus rien dire. Il fallait que l'on passe à la répartition des tâches, le véritable motif de cette assemblée. Mais il avait voulu en profiter pour à la fois plaire à toute la famille et lui donner un moment de rêve tout en démontrant une fois de plus à quel point il était un homme de progrès et d'avancement.

Et elle fut faite enfin, cette répartition de tâches. Bernadette désormais verrait à l'entretien du plancher du magasin, ce qui voudrait dire un balayage tous les soirs et un lavage tous les samedis. Et parce que les robes avaient commencé de raccourcir, Émélie se proposa de fabriquer pour la jeune fille une jupe spéciale, plus longue que les autres, afin de sauvegarder la modestie car pour laver un plancher à la brosse, la jeune fille devrait se mettre à quatre pattes, et ce pendant deux ou trois heures, tandis que des clients circuleraient quand même entre les comptoirs du magasin...

Après la réunion, Henri s'approcha de son père pour lui signaler quelque chose :

–Les deux gars qui ont été tués en Ontario, là, ça se pourrait que les gros chars les aient fessés... Mettons qu'ils auraient pris de la boisson avant de partir sur la 'track'...

–Ça se pourrait, ce que tu dis là.

Et Honoré plaisanta :

–C'est moins dur de mourir quand on a pris un coup et qu'on s'endort à moitié...

Eugène qui avait entendu se retira, toujours profondément troublé par ce récit. Le soir suivant, il prit le journal et chercha afin de trouver si on parlait encore de cet accident fatal de Chapleau. Son instinct lui donna raison. Il lut et emmagasina :

"Vers 6:30 heures du soir, Hémon quittait la station du chemin de fer en compagnie d'un jeune Anglais. Ils allaient à pied marchant sur la voie ferrée destinée aux trains se dirigeant vers l'est. À 7:20 heures, tous deux étaient frappés par un train du Pacifique Canadien..."

L'adolescent avait lu sous l'éclairage d'une lanterne suspendue au-dessus du comptoir des dames. Il referma le journal et le rapporta au bureau de poste où Honoré achevait de distribuer le courrier dans les casiers à fond vitré.

Puis le jeune adolescent retourna dans l'ombre du magasin en songeant à cette parole dite par son père la veille :

"C'est moins dur de mourir quand on s'endort à moitié..."

Ce soir-là, il revécut par le souvenir le soir orageux de la mort de son frère Ildéfonse cinq ans plus tôt.

***

Louis Hémon est l'auteur du célèbre roman Maria Chapdelaine qui connut un succès universel. L'écrivain français fut tué le 8 juillet 1913 dans un accident de chemin de fer à Chapleau, Ontario.

Chapitre 23

1913...

Venir de soir au village signifiait devoir retourner à la maison à la noirceur. Mais les chevaux, possédant une vue supérieure à celle des humains, avaient pour la plupart l'habitude et suivaient docilement et correctement le chemin qui ramenait leur monde à domicile une fois les affaires de religion ou de commerce accomplies.

Mais de ce temps-là, c'était bien plutôt affaire de curiosité qui conduisait les paroissiens au coeur du village autrement que de bon matin ou de coeur de jour. Ils arrivaient au magasin Grégoire à l'heure du souper ou plus tard afin d'assister à ce qu'ils appelaient "l'ouverture des lumières". Un spectacle inoubliable pour plusieurs de ces gens qui, de toute leur vie, n'avaient jamais vu autre chose le soir que la clarté de la lune ou celle des lanternes et des lampes.

Honoré avait vu juste. Sa nouvelle génératrice et toutes les fournitures requises pour installer le courant dans toutes les pièces du complexe ne tarderaient pas à se payer grâce à l'attrait que la lumière électrique exerçait sur la clientèle voire jusque les fidèles clients de Louis Champagne et même d'autres de Saint-Benoît, Saint-Hilaire, Saint-Jean. Certes, ils étaient nombreux ceux et celles qui avaient vu la lumière électrique à Saint-Georges, mais de la voir rendue à Shenley avec autant de brillance étonnait, fascinait. Il était permis de rêver que bientôt, on jouirait de cette forme d'éclairage partout dans la paroisse. Un rêve appelé à durer bien longtemps mais dont seulement en discuter éclairerait les regards pendant des décennies...

Une voiture s'arrêta devant le porche du hangar. Un petit homme en descendit afin de mener le cheval par la bride jusqu'à l'anneau de fer où serait attachée la longe.

–Envoyez, débarquez, les filles ! chantonna le personnage à la moustache énorme et qui le faisait paraître encore plus minuscule.

Deux adolescentes qui ressemblaient à des jumelles mais n'en étaient pas, descendirent de voiture et battirent leurs vêtements pour les débarrasser de la poussière du chemin. Le jour commençait à décliner. Six autres attelages étaient déjà en attente sous le porche et l'homme put prendre la septième et dernière place disponible.

De son pas raccourci, tête haute et ligne des yeux étroite, crâne dégarni et couronne de cheveux foncés, il marcha vers le perron du magasin, suivi de ses deux filles qui portaient des robes longues mais pas plus bas que les chevilles. Ces gens n'étaient pas de Shenley. On ne les avait jamais vus à la messe du dimanche. Dans la maison Racine, en face, quelqu'un tira légèrement sur un rideau pour voir. L'une des jeunes filles s'en rendit compte et regarda plus loin, vers le presbytère, tout en surveillant quand même celle qui la surveillait. Il y avait quelque chose de familier en cette demeure de deux étages et ça lui parut bien étrange. Elle s'arrêta tandis que son père entrait dans le magasin sans se préoccuper d'elles.

–C'est que tu fais, Éva ?

–Ben... je regarde.

–Tu regardes quoi ?

–La maison en face.

–Ben c'est une maison, voyons.

–Oui, mais...

L'aînée, Marie-Louise, venait d'avoir treize ans et la plus jeune, Éva, en aurait bientôt douze. Elles étaient de même taille, avaient des cheveux de la même couleur, des yeux qui lançaient les mêmes lueurs aux mêmes tons.

–Faut venir en dedans du magasin si on veut voir la lumière électrique.

–Je vas y aller...

Éva allait gravir les six marches pour rejoindre sa soeur en haut du perron quand apparut soudain devant elle un garçon de son âge qui la fit s'arrêter de nouveau au beau milieu de son escalade. Surgi de l'autre côté du magasin, elle ignorait son nom et ne l'avait jamais vu, tout comme elle était pour lui une parfaite jeune inconnue. Et pourtant, il se passa quelque chose entre eux. Un mouvement intérieur, un tournoiement au centre de la poitrine. Un appel mystérieux qui allait dans les deux sens.

C'était Eugène Grégoire. Venu de la maison qu'on ne pouvait apercevoir depuis le perron, se dirigeant vers chez son grand-père Allaire dans le bas du village, l'adolescent s'arrêta et s'adossa au mur du magasin sans parvenir à délaisser le regard de cette jeune étrangère.

–Tu viens, Éva ? redit Marie-Louise.

–Euh... oué...

En deux pas légers, elle fut devant la porte. Mais au moment d'entrer, ne put se retenir de jeter un dernier coup d'oeil au garçon qui avait replié sa jambe et ancré son pied à la tôle du mur. Il tourna la tête, la regarda un court instant, ramena ses yeux vers l'ancien presbytère et sourit d'un seul côté du visage. Éva jeta une dernière oeillade vers la maison Racine qui l'intriguait tout autant que ce garçon au visage si beau et si fin.

Il n'y avait pas autant de gens à l'intérieur que le nombre d'attelages ne le laissait anticiper un peu plus tôt. Certains d'entre eux achetaient de la marchandise dans les hangars arrière avec Alfred. D'autres faisaient du magasinage au second étage, guidés par Émélie. Il ne restait sur l'étage que deux hommes à part ce client qui venait d'arriver et fut accueilli par Honoré occupé à servir derrière le comptoir de marchandise sèche.

–Si c'est pas mon ami... de Saint-Benoît...

Il avait oublié son nom. Ce client n'était pas un inconnu pour le marchand, mais son visage parlait mieux que son nom. Honoré prit un risque :

–Mathieu... Alphonse Mathieu...

–Phonse Mathieu, c'est pas mal plus loin que moi dans le 9 de Saint-Benoît, ça.

–Et toi, t'es sur le bord entre les deux paroisses, ça, je m'en rappelle. Ben dis-moi ton nom d'abord que j'en ai trop dans la tête.

–Pomerleau... Amédée Pomerleau...

Ce n'était pas l'homme qui venait de s'identifier lui-même et plutôt la voix d'Émélie qui se faisait entendre fortement depuis l'escalier qu'elle descendait, suivie de clients. Elle avait bien meilleure mémoire des noms inscrits sur les visages et se faisait un devoir de les mémoriser en associant une caractéristique physique au nom complet et en se répétant mentalement le lien, sans oublier de s'en représenter l'image.

"Grosse moustache triste sur petit bonhomme joyeux = Amédée Pomerleau de Saint-Benoît."

La femme ne vit pas sur le moment les deux jeunes filles. Nouvelles venues en ces lieux, Éva et Marie-Louise exploraient du regard la section des dames sans faire de bruit ni bouger; et le présentoir à balais les cachait à la vue de la marchande dont l'attention retourna vite aux personnes qu'elle servait. Les yeux agrandis par ce qu'elles voyaient, les visiteuses ébahies trouvaient moyen d'échanger :

–C'est beau, hein ? C'est plus beau que le magasin à Saint-Benoît.

–Certain !

Un bruit curieux attira leur attention. Et pourtant, un bruit que toutes deux connaissaient pour l'avoir entendu une fois par saison au moins à la maison, mais qu'elles ne parvenaient pas à identifier très bien. Cela venait de l'autre côté de la table longue, du côté droit, de l'allée où leur père avait marché pour se rendre à l'arrière.

Elles s'interrogèrent du regard. Puis Éva, la plus rapprochée du bruit, marcha doucement en cette direction, suivie de sa soeur. Et s'arrêta net devant une tête à cheveux noirs tressés, attachés en rond sur la nuque. Et au bout de cette tête-là, il y avait un corps de fillette à l'ouvrage. À l'aide d'une brosse, elle frottait le plancher de bois dur qu'elle avait d'abord mouillé d'eau et de savon.

–Passez à côté ! dit la petite Cendrillon à la voix bourrue.

Mais Éva resta là, à regarder Bernadette qui travaillait comme une fourmi. La jeune fille achevait son travail de nettoyage de l'immense parquet. Dans l'heure précédente, elle avait nettoyé tous les crachoirs disposés çà et là dans le magasin pour recevoir les expectorations nauséabondes, noirâtres ou verdâtres...

"Les hommes, pour la plupart, chiquaient du tabac et rejetaient dans le crachoir (appelé alors 'spitoune'), l'excédent de jus et de salive non sans avoir fait entendre un tonitruant "renâclement" de gorge..."

Un clocher dans la forêt, p 73

Ainsi que l'avait recommandé Émélie, Bernadette remerciait le ciel à chaque minute de son dur labeur et se disait que sainte Thérèse avait trimé bien plus fort encore. Et puis elle se comptait chanceuse de ce que le plancher soit en bois dur et non pas en bois mou comme chez les cultivateurs des rangs où il fallait les nettoyer avec du 'caustique' et une grosse brosse de poils rudes...

Bernadette s'arrêta, leva la tête, porta sa main gauche à son front dont elle essuya les plus grosses perles, plissa les paupières, cherchant à identifier cette adolescente figée devant elle :

–Qui que t'es, toi ?

–Éva.

–Éva qui ?

–Po... Pomerleau...

–Et toi ?

–Marie-Louise Pomerleau.

–Vous êtes venues acheter ?

–Ben...

–Oué... avec papa...

Bernadette se tourna, se tordit sans quitter son agenouillement et aperçut le petit homme qui s'entretenait avec son père tandis que deux autres personnages, assis sur les tabourets du comptoir, chiquaient, critiquaient et crachaient dans les récipients déjà à moitié souillés après avoir été remis là propres et luisants pas même une heure plus tôt.

–Ben... vous allez pas avec lui ?

–On y va, fit Marie-Louise qui s'en alla vers son père, mais qui, à l'autre bout de la longue table centrale, bifurqua vers le comptoir des dames.

–Et toi, Éva, vas-tu rester plantée là toute la nuit ?

–Ben... non... Veux-tu que... ben que je t'aide un peu ?

Atteinte au coeur, Bernadette cessa de bougonner. Elle dit en se levant de terre :

–Je voudrais, mais j'ai fini. Me reste à essuyer comme il faut avec la moppe.

–Je peux le faire, je le fais souvent à la maison.

Les deux jeunes filles se sentirent aimables, l'une l'autre. Éva prit la 'moppe' dont le manche était appuyé à la table et commença d'éponger l'eau qui restait.

–Tu restes pas à Shenley, Éva ?

–À Saint-Benoît.

–Ah.

–On est venus voir la lumière électrique, nous autres.

–Ça sera pas ben long asteur que mon père va l'allumer.

–Y en a beaucoup, des globes, on dirait.

–Tu sauras que y en a partout : j'en ai même dans ma chambre aussi.

Éva s'étonna en élargissant le ton :

–La lumière électrique ? Dans ta chambre ?

–Ben oui, fit Bernadette avec des grands yeux et tout un signe de tête.

–J'aimerais donc ça, moi.

–Veux-tu venir voir ?

La jeune Éva ressentait beaucoup de bonheur à se trouver là. À chaque instant depuis que la voiture de son père avait quitté le rang 9 pour pénétrer vers le coeur du village, il s'était produit quelque chose d'agréable. Elle aima tout de suite cette magnifique rue bordée de grands arbres tout verts et les maisons rapprochées autour desquelles la vie battait à travers les cris des enfants qui jouaient dans les cours, les plants qui sortaient de la terre des potagers, les odeurs de bonne cuisine libérées par les moustiquaires et qui se mettaient à la recherche d'appétits grands ouverts... Et puis la maison Racine qui, tout à l'heure, semblait la regarder avec bienveillance avec ses deux paires d'yeux remplis de reflets lumineux. Et ce garçon dehors qui lui était apparu comme venant de nulle part et qu'elle avait trouvé si propre, si bien peigné, si plein d'un charme un peu triste...

Bernadette lui prit la main et l'entraîna en disant :

–Je vas revenir chercher le seau d'eau pis la moppe. Viens, je vas te montrer.

Personne ne vit les deux jeunes filles s'en aller jusqu'à la porte de cuisine et disparaître de l'autre côté. En ces moments, Marie-Louise s'intéressait à des objets de piété, chapelets, statuettes, médailles, exposés dans la partie vitrée du comptoir. Émélie était en grande conversation avec une cliente. Quant à Honoré et Amédée, ils s'amusaient comme larrons en foire. Un rire n'attendait pas l'autre. Honoré éclatait et sa voix remplissait les deux étages du magasin. Et la petite voix sèche de Pomerleau trottait comme une souris le long des comptoirs. Un véritable concert à deux instruments vocaux.

–Suis-moi ! dit Bernadette à Éva.

Il faisait très sombre dans l'escalier. Elles ne se laissèrent pas la main.

–Sais-tu que ma grande soeur s'appelle Éva comme toi ?

–Ben... non.

–Elle a... attends... elle a 24 ans... ben je pense. Pis elle va avoir un petit bébé. Il est dans son ventre... Un Ti-Lou...

–Où qu'il est ?

–Dans son ventre, tu sais, dans son ventre.

–C'est les Sauvages qui l'ont mis là ?

Bernadette éclata de rire :

–Ben non, Éva, c'est pas les Sauvages. C'est des menteries, ça. Les petits bébés, ça vient dans le ventre des mamans, c'est simple de même.

On arriva à l'étage puis un court couloir les conduisit à la porte de la chambre. L'intérieur, bien que sombre aussi, était un peu mieux éclairé par le soir tombant qui entrait à pleine fenêtre.

–Bouge pas, je vas allumer la lumière électrique.

Bernadette se rendit au milieu de la pièce, promena sa

main pour repérer la corde qui pendait du plafond, la trouva et tira dessus. Un miracle se produisit devant le regard de la petite Éva. Comme il y avait de choses dans cette pièce ! Et pas rien qu'un lit et une commode comme dans la sienne qu'elle partageait avec ses soeurs Marie-Louise et Rose-Anna.

–C'est beau ! s'exclama Éva dont les yeux cherchaient à tout voir à la fois.

Bernadette avait aussi un lit et une commode, mais en plus un coffre en cèdre sur lequel étaient alignées deux poupées charmantes. Certes, elle était trop grande pour catiner, mais ses poupées lui tenaient à coeur. Éva n'avait jamais eu qu'un semblant de 'catin' en chiffon à moitié détruit par d'autres enfants avant elle.

Berthe était endormie dans sa grande couchette et ni la lumière ni le bruit ne l'avaient dérangée. Sa respiration régulière soulevait sa poitrine sous sa jaquette blanche : elle paraissait rêver aux anges.

–On est deux dans ma chambre. Elle, c'est ma petite soeur Berthe. Elle a trois ans. Moi, j'ai neuf ans. Toi, t'as quel âge, Éva ?

–Ben... j'ai onze ans... proche douze.

–Aimes-tu ça, la lumière électrique ?

–Certain !

–T'en as pas dans ta chambre ?

–Non.

Bernadette hocha la tête pour se désoler sur elle-même :

–Mais t'as pas besoin de laver un grand plancher chaque semaine... à quatre pattes avec une grosse brosse...

–Une grosse brosse ?

–T'as vu tantôt.

–Ben mon père, il prend tout le temps des grosses brosses, lui. Quand il revient à maison pis qu'il veut tout briser, on le 'poigne', mes soeurs pis moi, pis on le fait coucher... puis là, on lui tient les bras pis les jambes... Là, il se met à rire comme un fou pis il s'endort... Je te dis que c'est pas drôle, ça non plus.

–Mon père, il boit jamais... mais il est malin pas pour rire. L'autre fois, il m'a donné une méchante grosse volée.

Finalement, les deux jeunes filles, l'une de famille riche et l'autre de famille pauvre, prirent conscience de leurs misères respectives. Mais loin d'en pleurer, elles s'en amusèrent en se les racontant. Bernadette eut le mot de conclusion avant leur départ de la chambre :

–Je brosse, c'est sûr, mais ça me fait des bons bras.

Une amitié venait de naître, mais comment pourrait-elle grandir? Il était à peu près certain qu'elles ne se reverraient jamais. Amédée reviendrait sans doute au magasin Grégoire, mais pas sûr qu'il accepterait d'y emmener Éva comme cette fois très exceptionnelle. L'une appartenait à Saint-Benoît et l'autre à Saint-Honoré. L'une et l'autre ne fréquentaient pas la même église, la même école, les mêmes amis...

Elles purent s'en conter davantage une fois de retour dans le magasin. Éva dit le nom de ses soeurs : Albertine, Rose-Anna, Marie-Louise; Bernadette les siennes : Éva, Alice, Berthe.

–Itou, y a Cécile, notre petit bébé.

En disant cela, Éva se rappela que sa mère aussi avait eu le ventre gros avant l'arrivée du bébé l'automne d'avant et jusque dans le temps de l'Avent...

–Et lui, là, dehors, c'est mon frère Eugène. Il fait tout le temps ça le soir. Il s'accote sur le mur pis il baye aux corneilles en regardant la maison d'en face... Mon frère Pampalon dit qu'il rêve...

Soudain, ce furent des exclamations admiratives par tout le magasin. Honoré venait de tourner le bouton de contrôle de six ampoules qui s'allumèrent à la fois : trois du côté des dames et trois de l'autre. À la pénombre succéda une jaune brillance qui tomba sur la marchandise et les visages éclairés autant par l'émerveillement que par la lumière électrique.

Éva et Bernadette se regardaient en souriant. Puis le marchand se rendit dans l'escalier central et sur la cloison du bureau de poste, tourna un autre bouton. Là-haut, la lumière fut. Il y avait même une ampoule devant le magasin, à l'extérieur, et sa lumière mit Eugène en évidence. Il leva lentement les yeux vers elle comme pour s'en laisser inonder puis les abaissa; il avait l'habitude, lui, déjà, et préférait les spectacles de son imagination aux images de ce coeur de village qui l'avait vu naître.

Un vieil homme tout gris apparut bientôt sur la rue, émergeant de l'ombre, soutenu à chaque pas par une canne, l'air misérable. Et pourtant, le visage d'Eugène s'éclaira. C'était son grand-père Allaire qu'il devait visiter ce soir-là, mais en avait été empêché par l'arrivée de ces jeunes filles étrangères dont il ne savait encore rien et qu'il attendait de revoir à leur sortie, mu qu'il était par une agréable curiosité quant à la plus jeune d'entre elles.

Le voix chevrotante lui dit :

–Salut, mon p'tit Eugène, tu devais pas venir me porter du manger à soir ?

–Ben... oui, mais... euh...

Le vieillard comprenait la distraction de la jeunesse. Et puis il fallait bien qu'il marche un peu ou bien il ne garderait pas la forme pour se rendre à cent ans et traverser les vingt années qu'il lui restait encore à franchir pour devenir centenaire. D'ailleurs les maux de la vieillesse commençaient de l'assaillir plus sérieusement depuis qu'il avait coiffé le cap des 80 ans. Rarement malade au lit, mais parfois...

–C'est ben beau, le magasin tout illuminé comme ça, trouves-tu ?

–Ben... oué...

–Ça fait que... ben t'auras pas à venir à soir, tu viendras demain au soir d'abord.

–O.K.

Édouard sourit un peu. Il gravit les marches du perron et entra à l'intérieur.

–Grand-papa ! s'exclama Bernadette, c'est que vous venez faire à soir ? Eugène est pas allé vous porter à manger ?

–J'avais de quoi manger, ma petite fille, tu sauras. J'en ai tout le temps d'avance.

L'homme regarda le plancher. Il savait que sa petite-fille avait hérité de la dure tâche de son entretien.

–C'est net, ça : on voit que tu travailles ben comme une grande. Ben ça, c'est parce que t'es... une grande.

Bernadette rougit de fierté. Éva sourit, contente pour elle.

Émélie vit entrer son père, mais elle était préoccupée par le client de Saint-Benoît qui avait sorti un flacon de sa poche intérieure et prenait un petit coup tout en jasant encore avec Honoré.

–Boire en public, si c'est pas une misère, grommela-t-elle en jetant un coup d'oeil à Marie-Louise.

Elle avait bien vu l'autre petite Pomerleau fraterniser avec sa fille, mais en ce moment ne pouvait les apercevoir à cause du présentoir à balais. Quoi faire de mieux que de les plaindre ? Et puis l'alcoolisme était une plaie répandue partout et un homme sur dix en était atteint et en faisait subir à sa famille les trop souvent pénibles conséquences.

Édouard se dirigea vers Honoré et son client. Et voici qu'à hauteur de la grille de la fournaise, il s'arrêta et se mit à grimacer en se tenant la poitrine d'un bras replié. La canne tomba par terre, ce qui attira l'attention d'Émélie et de son mari ainsi que du petit personnage de Saint-Benoît qui aussitôt rempocha son flasque de boisson.

–C'est qu'il vous arrive donc, le beau-père ? demanda Honoré qui se hâtait de marcher vers l'autre bout du comptoir pour le contourner.

–Sais pas... sais pas trop... C'est icitte...

–Une crise d'angine de poitrine, affirma Pomerleau.

–Ça doit ben être ça.

Amédée et Honoré prirent Édouard par les bras et le conduisirent à l'escalier :

–Vous allez vous asseoir un peu : ça va revenir. Vous avez dû marcher trop vite pour venir au magasin, là, vous.

–Sais pas...

Émélie accourut. Elle vit son père en nage. À Bernadette qui arrivait à son tour avec Éva et Marie-Louise, elle demanda d'aller mouiller un linge dans le lavabo et de lui rapporter vite.

Quand la jeune fille fut de retour, elle lui dit :

–Vite, cours chercher le docteur Goulet. Dis-lui que ton grand-père fait une crise d'angine certainement.

Honoré s'inquiétait. Il savait fort bien ce qu'était une crise d'angine. Il savait aussi que la médecine parlait depuis un an d'une autre sorte de crise, rare, mais bien plus dangereuse encore : la crise cardiaque. On n'en savait pas encore grand-chose dans les milieux médicaux et personne encore n'avait écrit quoi que ce soit à propos de l'infarctus du myocarde. Les revues médicales et les articles de journaux tirés de ceux de ces publications avaient pour la première fois en 1912, voilà à peine un an, établi une adéquation entre la mort subite et la crise cardiaque.

On apporta un oreiller. Eugène accourut quand, en passant près de lui pour aller chercher le docteur, Bernadette lui dit que son grand-père était en train de mourir. Il se tint debout au pied de l'escalier, à côté d'Éva et de Marie-Louise. Le malade se plaignait et gardait les yeux le plus souvent fermés ou bien quand il les rouvrait, c'était pour regarder nulle part.

–Si le bon Dieu peut donc... venir me chercher, parvenait-il à dire entre deux souffles.

–Ben non, disait Émélie, le docteur arrive là. Il va vous sauver la vie.

–Il peut pas toujours sauver la vie, répondit le malade en grimaçant. Pis c'est une bonne affaire itou qu'il peuve pas...

La porte du magasin s'ouvrit puis claqua. Bernadette arriva en courant, suivie du docteur Goulet qui avait sa trousse noire à la main. Il se pencha d'abord sur son patient et prit en compte les premiers symptômes apparents. Et sans tarder, il glissa l'écouteur de son stéthoscope –qu'il avait déjà suspendu à son cou avant de venir– entre les boutons de la chemise afin d'ausculter le coeur par l'audition de ses pulsations.

–Vous avez du mal, monsieur Allaire ?

–En 'ma-foi-du-bon-yeu', tu sauras.

–Dans la poitrine ?

–Oué.

–Vous êtes venu à pied de chez vous ? On vous a vu passer devant notre porte tout à l'heure.

–Je fais ça tous les jours, ça fait des années.

–Oui, mais le jour... et peut-être moins rapidement que ce soir. On dirait qu'il y avait le feu tellement vous marchiez le gros pas.

Eugène ressentit une grande culpabilité. Il était censé prendre des boîtes de conserve au magasin pour les apporter à son grand-père qui n'aurait pas eu à venir au coeur du village depuis chez lui à l'autre bout, vers Saint-Évariste. Devant lui, en biais, se trouvaient les deux jeunes filles qui avaient retenu son attention plus tôt et empêché de faire son devoir. Elles étaient d'ailleurs et elles étaient jolies : deux

bonnes raisons pour une âme d'artiste de vouloir les connaître mieux.

–Quelle sorte de douleur avez-vous, monsieur Allaire ?

–Comme une charrette à 'beus' qui me passerait sur le
corps allant d'venant.

–C'est votre angine, mais là, vous êtes en crise. Le
meilleur remède, vous le savez, c'est un bon coup de cognac.

Et le jeune médecin ouvrit sa trousse dont il sortit un
flacon rempli de rien d'autre que de déception. Il était vide
en fait. Émélie et quelques autres du voisinage savaient que
le docteur buvait régulièrement. Il venait tous les jours au
magasin ou au bureau de poste et ne camouflait pas toujours
son odeur. Les alcooliques, même s'ils n'ont pas bu récemment, dégagent une senteur particulière par transpiration :
Émélie la détectait aisément chez les clients qui s'approchaient d'elle. Ce qu'elle tenait au secret par souci professionnel.

–Madame Grégoire, je manque de cognac, vous en auriez
pas en réserve ?

–On n'a pas le droit d'en vendre, comme tout le monde
sait, donc on n'en tient pas.

Honoré intervint :

–T'en aurais pas toi-même à la maison, Joseph ?

–J'en attends par la malle d'une journée à l'autre...

–On devrait peut-être le transporter dans un lit.

–Non, non... c'est bien, la position qu'il a... Mais...

Et le docteur expira fort en remisant sa bouteille, espérant un miracle. Une voix inconnue se fit entendre :

–J'en ai justement su' moé, du cognac, disait le petit
homme de Saint-Benoît en présentant son flasque à moitié
rempli encore.

–Quel heureux hasard !

–C'est pas un hasard : on est venus voir la lumière électrique, mes filles pis moé.

Goulet prit la bouteille et la tendit à Édouard qui but un coup puis un autre.

–Ça va vous replacer le coeur à la bonne place, monsieur Allaire.

Les vertus du cognac étaient bien connues et sans doute surfaites. Elles servaient de prétexte à boire à beaucoup d'hommes, mais le précieux liquide était en ce moment béni des dieux et de tous les témoins présents.

Il passa à nouveau en l'esprit d'Eugène cette phrase de son père à propos de la mort de Louis Hémon :

"C'est moins dur de mourir quand on a pris un coup et qu'on s'endort à moitié..."

On attendit en silence. Puis, subconscient aidant, Édouard reprit du poil de la bête. La douleur inscrite sur son visage commença de s'estomper. Le docteur redescendit les deux marches où il était et fit une déclaration en s'adressant à Amédée :

–Monsieur, vous avez probablement sauvé la vie de cet homme.

Émélie prit la parole :

–On va le payer pour son cognac et pour son geste, dit-elle à Honoré qui approuva d'un signe de tête.

–Pantoute ! lança Pomerleau de sa petite voix pointue. Un homme qui aide un homme en danger se fait pas payer pour ça.

–Du cognac, ça coûte de l'argent.

–Pas 'une token'. Un jour, ça pourrait être mon tour d'avoir une crise comme monsieur... Allaire.

–Vous êtes ce qu'on pourrait appeler un bon Samaritain.

–Comme dans l'évangile, ajouta Pomerleau lui-même en tournant le tout en un rire vif et soutenu qui dérida tout le monde et alla s'éteindre au deuxième étage du magasin, un rire éclairé sans doute par la lumière électrique...

Peu après, la famille de Saint-Benoît devait reprendre la route pour retourner à la maison à trois milles de là. Les deux filles prirent place sur la banquette arrière et leur père devant. Bernadette vint reconduire sa 'nouvelle' amie à la voiture :

–Vous reviendrez nous voir.

Éva lui sourit. Puis elle regarda l'ombre de la maison Racine qu'une aura de mystère semblait envelopper. Les fenêtres du premier étage maintenant allumées par la lueur jaunâtre des lampes semblaient lui dire au revoir, à la r'voyure...

Son regard ensuite se mit à la recherche du frère de Bernadette, mais elle ne le vit nulle part. Et pourtant, en ce moment même, Eugène, caché dans l'ombre, agrippé au mur du couloir reliant les deux hangars, les pieds arc-boutés à une planche, voyait l'attelage partir. Des rais de lumière en provenance du magasin éclairèrent le visage d'Éva. Eugène sourit. Mais elle regardait ailleurs dans l'espoir de le voir.

–Bonsoir Éva ! Bonsoir Marie-Louise ! cria Bernadette.

Deux bonsoirs lui furent retournés.

Eugène descendit de sa posture précaire et s'en alla dans la cabane de l'engin... Il se sentait bien en cet endroit et le bruit régulier et monotone de la génératrice devenait vite une sorte d'évasion. Son âme suivit la voiture des Pomerleau jusque dans l'inconnu du rang 9 de Saint-Benoît...

***

Eugène Grégoire

Chapitre 24

1913... suite et fin

Le couple Grégoire assista à un mariage la semaine suivante, celui de Joséphine Plante à Joseph Buteau. Ce fut un moment de grâce dans un été de labeur.

Et puis Émélie et Honoré redevinrent grands-parents deux fois encore, eux qui l'étaient depuis un an par la naissance de Raoul, fils d'Alfred. Voici que leur bru Amanda donna naissance à une fille que l'on prénomma Rachel tandis qu'Éva mettait au monde cet autre Alfred dont elle ne voulait pas que le prénom soit déformé en Freddé. Ti-Lou Boutin contribua à libérer sa mère de l'ennui qu'elle éprouvait toujours à vivre à Saint-Gédéon malgré une empathie des gens à son endroit au moins aussi bonne que celle de la population de Shenley.

Mais si Émélie et Honoré voyaient leur lignée s'enrichir de deux nouveaux sujets, ils connurent la douleur d'assister au départ d'Henri pour le Yukon. Quand il leur annonça sa décision finale, ils ne dirent pas un seul mot. On avait décidé bien avant son annonce anticipée de lui laisser la bride sur le cou s'il désirait à tout prix courir l'aventure à l'autre bout du pays. Pas question de l'embarrer à Shenley...

Un matin menaçant du mois d'août, il monta avec Marcellin Veilleux, féru de lettres reçues la dernière année de son oncle Thomas à qui il avait écrit ses intentions de le rejoindre, et de quelques dollars en poche. Il avait de quoi payer son billet de train jusqu'en Ontario où il 'jumperait le tender' pour se rendre aux confins du vaste Canada par la voie ferrée transcontinentale.

Quand Marcellin eut mis dans sa voiture les sacs de courrier en partance de Shenley, Émélie et Honoré sortirent sur le perron pour saluer une dernière fois leur fils et lui souhaiter la meilleure des chances.

–J'te demande juste une affaire, Henri... dit Émélie sans oser tout dire dans une seule phrase et pour qu'il demande à savoir, ce qu'il fit.

–Si je peux, je vas le faire.

–Je voudrais que t'arrêtes porter un message à Odile Martin en passant.

–C'est quoi le message, maman ?

–Dis-lui qu'elle vienne me voir au plus vite, j'aimerais ça lui parler. On va aller visiter Amabylis ensemble dans le 9.

Ce discours sonnait faux aux oreilles d'Henri. Certes, il ne se figurait pas que sa mère mentait, mais il pensa qu'elle lui demandait de s'arrêter chez les Martin pour une autre raison, camouflée derrière la première. Sûrement pour que la jeune Éveline lui laisse le goût de revenir de son exil quand assez de contretemps surviendraient qui le pousseraient à retourner au bercail. Lui partait dans l'exaltation, pas dans une perspective de retour.

–Ah, monsieur Veilleux pourra le faire, hein, monsieur Veilleux ?

–Certain, mon gars ! Ben certain !

–Non... j'aime mieux que tu le fasses, Henri.

–Pourquoi moi plus que lui ?

–J'ai pas à te donner mes raisons.

La femme se tourna vers l'église et leva les yeux au ciel. Henri osa lui dire :

–Vous voulez que je parle avec Éveline avant de partir ?

–Ça serait pas une faute, tu sauras.

Henri lut dans le silencieux regard de son père et dit :

–Ben oui, je vas arrêter. Et si Éveline est dans la prairie, je vais aller la saluer.

–C'est comme tu voudras, dit Émélie qui se retourna mais garda les yeux à terre.

Marcellin parla :

–Avez-vous quelque chose encore à vous dire ?

On lui répondit par le silence et il clappa. Le cheval se mit en route. Chez les Racine, les Mercier, les Lambert, les Grégoire (famille de Grégoire), on regarda passer Veilleux et son passager. Car on savait que le jeune Henri partait pour de bon. Une voix lui cria :

–Ben bonne chance, mon petit Grégoire !

C'était l'aveugle Napoléon Lambert que renseignait son épouse sur ce départ et qui voulait bénir à sa manière le jeune homme appelé à voir des millions d'images que lui-même ne verrait jamais que par l'imagination.

Quand la voiture disparut entre les arbres au loin, Émélie redit une fois encore à Honoré :

–*Ça prend beaucoup d'argent pour voyager et Henri n'en a pas.*

(Un clocher dans la forêt, page 59).

–Je vas t'attendre le temps qu'il faut.

Veilleux ne voulait pas que son passager soit obligé de continuer à pied jusqu'à la gare après sa visite chez les Martin.

–Pas nécessaire ! Je vas continuer par mes moyens.

–Les gros chars attendront pas après toé, mon gars.

–Je le sais, mais je prends le train pour Mégantic, pas pour Québec. J'ai deux bonnes heures devant moi.

–Quant à ça... Mais le temps pourrait revirer à la pluie, mon gars.

–La pluie, ça tue pas le monde. Va falloir que je m'accoutume parce que je pourrais ben coucher dehors durant mon voyage jusqu'au Yukon.

–J'me demande pourquoi c'est faire que tu veux t'en aller au bout du monde de même.

Le jeune homme sourit mais ne répondit pas. Veilleux fit repartir son cheval.

Henri allait frapper à la porte des Martin quand elle s'ouvrit devant lui. Il se trouva droit devant Éveline qui l'accueillit avec un sourire endimanché.

–Bonjour !

–Bonjour !

–Entre !

–Merci !

Une fois à l'intérieur et la porte refermée, il entendit le silence de la maison.

–Ta mère est pas là ?

–Non. Sont tous dans les prés.

–Ah oui ?

–Seule pour garder la maison. Viens t'assire.

Le jeune homme la suivit dans une petite pièce qui servait de salon près de l'entrée. Il songeait à la demande de sa mère sur le perron du magasin et se dit que ce qui lui arrivait en ce moment avait l'air d'être arrangé comme un film de Charlie Chaplin. Et le metteur en scène n'était nul autre que sa mère elle-même. Il avait fallu qu'elle entre en communication avec la mère d'Éveline pour que sa fille demeure seule à la maison quand il passerait par là pour s'en aller à la gare de Saint-Évariste.

Et plutôt de le décourager dans son entreprise, voilà qui lui donnait encore plus de détermination.

–Ça va bien, Henri ?

–Oui. Et toi ?

–Ben oué...

Il prit place sur un fauteuil et elle sur une causeuse. Non seulement son sourire était beau, mais toute sa personne de jeune fille à la fois forte et fragile possédait un charme discret en lequel on pouvait déceler la touche d'Odile.

–Paraît que tu pars pour le Yukon ?

–Oui. C'est aujourd'hui le grand jour.

–Tu t'en vas loin !

–Faut trois ou quatre jours en gros chars.

–Une chance que c'est pas à pied.

Il rit avec elle.

–Tu vas te rappeler de notre journée de la Saint-Jean-Baptiste ?

–Je l'oublierai jamais.

–Ni moi non plus.

La robe à mi-jambes fut tirée vers le haut en raison de la façon de s'asseoir d'Éveline et traversa même la ligne des genoux. Et son corsage en tissu couleur bourgogne accusait la ligne de sa jeune et gracieuse poitrine. Toutefois, cet attrait que sa personne physique exerçait sur lui serait dépassé par celui de son propos à venir.

–J'ai un grand bonheur dans moi parce que t'es venu me voir en t'en allant. Je t'oublierai pas, même si t'es loin, Henri. Même que je vas demander à ta mère une photo; elle m'a dit que t'en avais une de l'année passée dans ton bel habit avec une belle cravate. J'aimerais ça t'écrire quand tu vas être là-bas si tu veux me donner ton adresse...

Ce n'était pas la teneur de ce propos plutôt simple qui contenait la tentative d'envoûtement mais bien la suavité du ton pour le dire. Éveline parlait doucement, avec assurance, comme une femme de trois fois son âge aurait pu le faire.

Au ciel, dehors, un sombre entassement de nuages suggérait la pluie pour très bientôt. Et le salon était enseveli dans une faible clarté. Comme si la nature s'était elle aussi mise au service d'Émélie pour que son fils soit happé par le désir de rester plutôt que celui de partir.

–Je vas te l'envoyer, mon adresse.

–C'est ma mère qui va être contente.

Éveline aurait dû dire 'moi' et non pas 'ma mère' pour refléter son sentiment profond.

–Ta mère ?

–Ben oui... elle a pris soin de toi quand t'étais jeune.

–C'est sûr, mais ça fait longtemps.

–Elle t'oubliera jamais.

–Ça me fait plaisir d'entendre ça.

Puis ils se parlèrent des travaux de la terre, de gens qu'ils connaissaient bien tous les deux. L'on se rendit compte tout à coup qu'il pleuvait. Une pluie moyenne appelée à durer un bon bout de temps. Il soupira, bougea :

–Bon, va falloir que je parte.

–Pas en pleine pluie de même. Je vas atteler pis aller te reconduire à la gare.

–Suis capable de marcher.

–Tu vas être mouillé jusqu'aux os.

–C'est de la pluie chaude. Ça fait juste du bien.

–Je vas te reconduire : une affaire de rien.

–Tu laisses la maison 'tuseule' ?

–Ils vont revenir pour midi.

–D'abord, je vas aller t'aider à atteler...

–Ça serait plaisant...

Il y avait un cheval de chemin dans un enclos derrière la grange. Une bête docile que la jeune fille n'eut pas de mal à brider. Il la vit procéder et sa façon de faire, de marcher, de bouger, le charmait. Tous deux conduisirent la bête à l'appentis où elle fut attelée à un boghei recouvert d'un toit pliant.

–Tu veux venir m'aider à embarquer ? demanda-t-elle en s'offrant tout entière à son regard, à deux pas devant lui.

–Ben oui. O.K.

Il la suivit. Elle gardait la tête un peu de côté pour savoir à quelle distance il se trouvait et avant même d'atteindre la hauteur de la banquette, s'arrêta net. Tout l'être de la jeune fille, corps, coeur et âme, brûlait de désir. Et les gouttelettes de pluie sur son visage n'avaient fait qu'attiser ce feu intérieur qu'elle aurait voulu lui transmettre. Il y avait grange là, il y avait lit de foin à l'intérieur, il y avait les mystères de l'inconnu qui lançaient leurs appels en tournoyant dans sa poitrine. Sa mère avait si souvent ressenti les mêmes émois en la présence de Marcellin naguère qu'à voir sa fille en ce moment, elle aurait souhaité aussi fort qu'Éveline que le jeune homme s'empare d'elle et l'enveloppe. Et l'entraîne dans une aventure qui vaille mille Yukons bout à bout...

Arrêté aussi, tout près d'elle, il attendait qu'elle finisse le parcours jusqu'au bon endroit. Éveline paraissait à bout de souffle tant sa respiration était forte et raccourcie. Des mots muets s'échappaient de sa nuque, de ses bras dénudés, de son corps aux très légères ondulations.

Deux mains solides s'emparèrent de sa taille et soulevèrent le corps abandonné, pantelant. Elle ferma les yeux un court instant pour s'imaginer transportée à l'intérieur de la bâtisse, couchée sur un lit de paille, dévêtue, prise comme elle avait souvent surpris son père prendre sa mère dans cette même grange. Le fruit défendu, le péché de la chair, tous les interdits lui semblaient grandioses.

Mais c'est vers la voiture qu'on la porta.

–Tu voulais pas que je t'aide à embarquer ?

–Ben oui !

L'immense rêve n'avait duré que trois secondes infinies et infiniment courtes. Elle posa le pied droit sur le marchepied, s'agrippa et se retrouva sur la banquette, ce qu'elle faisait toujours seule. Et qui lui avait donné prétexte à se faire toucher.

Henri contourna l'attelage par devant, s'arrêta un moment pour entendre la pluie augmenter d'intensité :

–C'est parti pour durer, on dirait.

Éveline était fort déçue, mais sa persévérance lui conseilla de ne pas perdre son temps avec des regrets. Il restait une bonne demi-heure de route à faire et peut-être lui serait-il possible d'attendre à la gare jusqu'à l'arrivée du train et son départ pour Mégantic.

Il prit sa place à la gauche de la banquette.

–Tu conduis pas ?

–J'aime mieux la force d'un homme comme toi pour ça.

–C'est comme tu veux.

Il prit les guides et signala au cheval de partir, par un geste qui faisait onduler le cuir des longues lanières sur les croupes, et que toutes les bêtes domptées comprenaient. Aussitôt, l'on put entendre les gouttelettes frapper la toile du toit dans un bruit apaisant. C'est alors que la jeune fille se promit d'oser. Elle n'avait rien à perdre puisque le beau Henri partait pour le bout du monde. Quand on dépasserait les limites de Shenley pas très loin de là, elle se rapprocherait de lui sous un prétexte à inventer d'ici là et ferait en sorte qu'il vibre aux joies de l'amour, quelle que soit la façon de s'y prendre. Elle n'avait rien à perdre puisque le beau Henri partait pour le bout du monde, se dit-elle encore une fois.

Surtout ne pas rester immobile. Ne jamais rester sans bouger. Ne pas risquer d'énerver non plus par trop de gestes. Mais de temps en temps, laisser son corps onduler au gré d'une pensée douce et charnelle. L'odeur qui plaît, son corps l'exhalait. Odile, la veille, lui avait dit d'essayer le parfum tout discret dont Émélie lui avait fait cadeau... Et puis la voix... Chantonner juste assez. 'Sensualiser' chaque phrase. Poser des questions : écouter les réponses. Et prouver qu'elle écoute les réponses en questionnant de nouveau sur les réponses. Enrober le jeune homme d'une grande sécurité par la suavité des mots et leur valeur profonde.

Elle demanda à son ange gardien de l'aider. Plaire à Henri, ce serait peut-être le faire revenir plus vite à Shenley. Mais était-ce bien son ange gardien le plus susceptible de recevoir cette demande de soutien ou bien une autre entité dont elle ne connaissait pas l'existence et qui n'avait peut-être été, avant sa naissance, qu'une vision de l'esprit d'une Indienne à la transe facile ? Qui saura jamais ?

Les arbres çà et là sur le bord de la route ne formaient pas de rangs serrés : ils clôturaient de leurs ombres les champs aux verts mats de ce grand jour gris. Voilà qui permit à la jeune fille de les utiliser un à un pour se rapprocher de lui. Elle tendit la main sous son regard :

—Le bouleau, là, c'est le plus beau. On dirait que ses feuilles tremblent sous la pluie.

—Mon petit frère Eugène parle comme toi de temps en temps. Ma mère dit que c'est un futur poète.

—Vous riez pas de lui, toujours ?

—Ben... il nous fait sourire, mais pas rire.

—Il sait ce qui est beau.

—Et tu crois que moi, je le sais pas.

—Tu le sais, mais tu le dis pas.

—Regarde là-bas, c'est Marie-Laure qui nous fait signe.

—Au fond là-bas ?

–Oui.

–Comment elle fait pour nous reconnaître ?

–Ben... le cheval, la voiture...

–Peut-être qu'elle se doutait que tu viendrais me reconduire à Saint-Évariste.

–Elle savait même pas que t'arrêterais à la maison.

–Toi non plus ?

–Ben non, voyons.

–Ta mère non plus ?

–Comment qu'elle l'aurait su ?

–Ma mère aurait pu lui dire.

–J'comprends pas où c'est que tu vas chercher tout ça.

–C'est parce que ma mère, elle a le bras long, si tu veux savoir. Mais pas assez long jusqu'au Yukon.

–Je comprends toujours pas.

–Si on a été ensemble le jour de la Saint-Jean-Baptiste pis si on est ensemble aujourd'hui, y a quelque chose de ma mère en arrière de tout ça.

–Tu l'aimes pas, ta mère, Henri ?

–C'est pas ça que j'ai dit. Pas aimer sa mère pis pas vouloir se faire contrôler par sa mère, c'est deux choses différentes. Aimerais-tu ça que ta mère te dise tout le temps : fais ci, fais ça...

–Elle me le dit.

–Mais t'es une fille, pas un gars.

Éveline comprenait que cet échange ne mènerait nulle part et lui faisait perdre un temps précieux dont elle pourrait si plaisamment se servir pour séduire. Alors elle se poussa vers lui et désigna un boqueteau d'érables dont les feuilles s'agitaient sous les assauts de la pluie qui se faisait plus drue et plus lourde.

–Regarde, Henri, comme ils ont l'air de s'aimer, ces arbres-là.

L'image que s'en faisait la jeune fille était celle d'une famille : deux grands érables entourant une dizaine de petits et parmi lesquels croissaient des conifères.

–Des arbres, d'après moi, ça s'aime pas. C'est pas du monde.

–Moi, j'me dis que partout où c'est qu'il y a de la vie, il y a de l'amour.

Tête en avant, penchée mais regard rivé sur le visage du jeune homme comme celui d'une petite fille questionneuse, elle attendait son commentaire qui ne vint pas. Comme si son esprit avait été une paire de jambes sautant d'une pierre à l'autre sur une rivière, il fit une réflexion dont lui-même avait perdu la pensée d'origine :

–Les prêtres disent tout le temps : l'homme ne vit pas seulement de pain. Mon père dit, lui : mais l'homme ne peut pas vivre sans pain.

–C'est vrai, les deux. Mais, pourquoi que tu me dis ça ?

Il répéta sans conviction :

–Sais pas... ça me vient comme ça.

–Je pensais que c'est plutôt le petit bois qui te faisait penser à ça.

–Le petit bois ?

–Ben oui, les arbres là, qu'on vient de passer pis que je te dis qu'ils ont l'air de s'aimer.

–Je vas chercher pourquoi je t'ai dit ça, pis je vas te le dire avant la gare.

–C'est la dernière maison de Shenley.

–Monsieur Talbot.

–Tu connais tout le monde, toi, dans la paroisse, vu que tu vois tout le monde au magasin.

–Pas mal, oui.

–Tu vas pas t'ennuyer d'eux autres pis... de tous nous autres au fin fond du Canada ?

Le cheval se mit à trotter de lui-même. Elle reprit :

–Tu me réponds pas ?

–Éveline, je vas le savoir rendu là-bas, au Yukon. On peut penser qu'on va s'ennuyer pis on s'ennuiera pas; on peut penser qu'on va pas s'ennuyer pis on s'ennuiera en maudit.

–Je voudrais ben que tu t'ennuies en tout cas.

–Pourquoi que tu veux ça ?

–Pour que tu reviennes par ici avec nous autres.

Henri devint très songeur. Tout l'été, il avait pensé venir voir Éveline; tout l'été, il s'était dit que ce serait inutile puisqu'il s'en irait au loin avant l'hiver. Quelques minutes assise près de lui commençaient de produire un effet bien particulier, bizarre : sorte d'attraction agréable mais dangereuse. Une force inconnue le poussa à toucher la main de la jeune fille. Il dit sans la regarder et en feignant s'intéresser à la grisaille des prairies :

–Ben... j'te remercie de me dire ça.

Elle osa un pas en réponse à sa réaction et posa son autre main sur la main posée sur la sienne.

–C'est parce qu'on tient à toi ben gros, Henri Grégoire. Ma mère dit que ton départ, c'est une grande perte pour la paroisse, pour la Beauce, pour le Canada.

–Je vas être encore dans le Canada.

–Le Canada des Anglais, c'est pas pareil comme notre Canada à nous autres.

Il retira sa main et s'empara des guides en lançant au cheval :

–Vite, le cheval, c'est loin, le Yukon.

Éveline venait de subir un deuxième échec dans sa tentative d'une approche physique enrichie d'une ouverture de l'âme. Alors qu'elle le sentait sur le point de succomber à quelque chose qui n'était même pas la tentation, Henri reculait, son vécu et son vieux rêve le ramenant dans son droit chemin à lui : celui de son incontournable destin.

L'animal accéléra un moment puis se remit au pas normal. On ne court pas sous la pluie quand on est une bête de somme. Éveline crut bon d'utiliser le silence pour un temps, d'attendre qu'il lui tende une perche, volontairement ou pas.

–T'es quelqu'un que je vas pas oublier, finit-il par dire alors qu'on se dirigeait vers le pont en bas de la grande côte.

–Pourquoi ça ? Suis rien qu'une petite fille de 14 ans.

–Moi... je trouve que t'es la plus belle de tout Shenley.

Elle se mit à ricaner :

–Moi ? La plus belle ? T'es le premier à me le dire.

–Les gars sont ben trop gênés pour dire des choses de même aux filles. Mais au village, entre gars, on se le disait.

–Pis Alexina Quirion, Rose-Anna Fortier, Laura Gagnon... les belles filles sont par rares par chez nous.

–Je te le redis : c'est toi, la plus belle de toutes.

–Mais pas assez pour que tu me fréquentes, Henri ?

Cette fois, le ton était à la tristesse et à une sorte de résignation un peu boudeuse. Il répondit :

–Si je partais pas... ou si je reviens... ça serait pas pareil, pas pareil pantoute.

–Sais-tu que ça me fait mal au coeur, ce que tu me dis là, le sais-tu, Henri ?

–Je cherche pas à te faire mal. Je dis la vérité. Je dis ce que je pense au fond de moi.

Il y eut une longue pause. On entra dans le bois de conifères qui serrait le chemin de près. Le fond de la chaussée manquait de certitude. Les roues calèrent dans la terre noire que la pluie rendait boueuse, et le pas du cheval bai se fit plus ardu.

Quand on fut de l'autre côté de la portion spongieuse, la

jeune fille osa pour la troisième fois en se disant qu'à l'instar de Jésus dans son chemin de croix, elle risquait de tomber pour une troisième et dernière fois.

–Pars pas, Henri ! Reste, on va se fréquenter pis on va se marier quand je vas avoir mes 18 ans.

–C'est que tu dis là ?

–Qu'on pourrait se marier plus tard.

Il éclata de rire :

–Mais je m'en vas à l'autre bout du pays, Éveline. Tu viens me reconduire à la station pis je vas m'en aller pour revenir une fois par cinq ans, pas plus.

–Reste.

–Pis faire rire de moi par tous les gars de mon âge ?

–Qui c'est qui va oser rire ?

–Édouard Foley le premier...

–Pis ?

–Ben Phonse Champagne, Frid Gilbert, Louis Boutin...

–Quand ils vont rire une fois, ils vont se tanner pis te laisser tranquille. C'est pas une raison pour partir, ça, que de faire rire les autres. Tout le monde rit de tout le monde dans ce bas monde...

La phrase arrivait à point nommé et fit rire le jeune homme à la manière d'Honoré, d'une voix qui dut couvrir toute la forêt de Saint-Évariste.

–T'en as, des idées, Éveline Martin, t'en as, des idées.

–Pas plus que les autres.

L'on pouvait maintenant voir nettement les premières habitations de Saint-Évariste (*en fait l'environnement de la gare puisque le village et son église se trouvaient perchés à un bon mille sur le dessus d'une grande côte tandis que la voie ferrée courait, elle, autour de cette imposante colline*) et la jeune fille savait que sa dernière chance était venue. Il lui fallait sortir sa plus grosse pièce d'artillerie ou bien perdre la bataille et même, probablement, la guerre.

–Arrête le cheval, Henri !

–Quoi ?

–Arrête le cheval, je veux te parler.

–Pas besoin de ça pour parler...

Elle s'empara des guides avec autorité et fit arrêter la bête docile. La pluie se faisait régulière et la robe de l'animal paraissait entièrement mouillée sauf sous les cuirs et le ventre, ce qui lui conférait une couleur plus foncée. Éveline s'exprima avec force gestes :

–C'est pas pour rien que tu me dis que je suis belle. C'est pas pour rien que tu m'as pris la main. C'est pas pour rien que tu t'es arrêté à la maison tantôt. C'est pas pour rien que tu te laisses reconduire aux gros chars. C'est pas pour rien qu'on a passé ensemble une journée de rêve à la Saint-Jean-Baptiste. Tout ça, ça dit quelque chose à une jeune fille qui est pas folle. Ça fait que là, on va s'embrasser pour savoir si on s'aime.

–Hein ? Quoi ?

Il ne put parler davantage. Éveline lui fit dos, se tourna puis elle approcha son corps du jeune homme, mit ses mains sur ses épaules et, par crainte de le faire fuir, elle retrouva sa douceur de dire :

–Embrasse-moi, Henri. On va voir si on s'aime.

Il la regarda dans les yeux, interrogea :

–T'es sûre que tu veux ?

–J'ai l'air de quelqu'un qui veut pas ?

Il approcha son visage et l'embrassa sur une joue. Elle réagit :

–Non, pas comme ça.

–Comment ?

–Comme ça...

La jeune fille prit les commandes. Bouche contre bouche. Avec insistance. Avec langueur. Avec sensualité. Avec amour. Avec désir. Avec caractère. Avec détermination.

Il parut qu'elle lui communiqua toutes ces choses et voici qu'il prit l'initiative peu à peu et que, le ressentant, elle s'abandonna au même rythme.

L'animal comprit-il qu'ils ne devaient pas prolonger le geste afin que les mots remplaçant la suite soient à leur force maximum ? Toujours est-il qu'il se remit en marche après avoir tourné la tête et arqué pendant un moment d'investigation son long cou roux brun.

Le baiser prit fin. Mais les visages demeuraient rapprochés. Les yeux se pénétraient.

–Ben oui, on s'aime, Éveline, mais...

–Si on s'aime, on n'a pas de raison de se séparer.

–Non, c'est pas comme ça, tu sais. Ma décision a été prise. Peut-être que je vas revenir, on sait pas. Mais là, faut que je parte. Si je restais attaché par ici, je voudrais toujours me détacher pour aller au loin.

–Quoi faire au loin ?

Il projeta son regard vers le vaste inconnu et prononça à mi-voix un seul mot rempli de mystère :

–Voir.

Un autre attelage doubla celui du couple et la jeune fille dut retrouver sa place sur la banquette. Comme Jésus, elle venait de tomber pour la troisième fois et ça lui faisait mal au coeur. Il ne lui restait plus qu'à attendre. Peut-être que leur court voyage produirait des effets sur lui avant qu'il ne monte dans le train ? Peut-être pas. Sans doute pas... Sans se résigner, elle gardait peu d'espoir.

Le hasard ou bien le destin d'Henri fit qu'un autre attelage vint derrière et les suivit tandis qu'un premier les précédait. Voici que leurs libertés se trouvèrent bien encadrées. Et jusqu'à la gare.

Il descendit, prit sa valise dans le coffre arrière, dit :

–Si tu veux rester jusqu'à l'arrivée du train, tu peux attacher le cheval en arrière de la bâtisse.

–J'ai pas de plaisir à me faire du mal. Je pense que je vas repartir.

–C'est comme tu veux.

–Ben... dans ce cas-là, bon voyage au Yukon !

–Si je reviens, je vas pouvoir te voir ?

–Je vas t'attendre... un bout de temps... Bon voyage encore, Henri Grégoire.

Et elle ordonna au cheval de faire demi-tour. La roue du boghei frotta contre la fonçure tant le virage fut prononcé. Il la regarda partir sans rien ajouter. Inutile pour elle de tourner la tête vu que la capote de la voiture l'empêcherait de voir en arrière. De toute manière, elle ne tenait pas à voir...

–À toi de voir le monde, Henri Grégoire ! murmura-t-elle, une larme à l'oeil.

De retour à la maison, alors qu'elle dételait le cheval, Éveline entendit au loin le sifflement du train. Cela ressemblait à une lamentation...

*

Une semaine passa. Le train siffla à son entrée en gare. C'était celui du soir. Éveline l'entendit de sa chambre et comme chaque fois, elle se demandait sans du tout y croire si Henri revenait de son exil. Et elle pencha la tête sur sa broderie. Sur un mouchoir blanc, elle était à inscrire en lettres de fil bleu les initiales HG. Et quand elle recevrait l'adresse promise au Yukon, elle lui enverrait son cadeau imprégné du même parfum que celui qu'elle portait le jour de son départ et de leur courte et si grande randonnée sous la pluie romantique.

Il en descendit un jeune personnage pas mal délabré, fatigué, sali par les intempéries, les nuits de veille, les tentatives ratées de 'jumper le tender', affamé surtout. Il se présenta à Marcellin Veilleux venu quérir la 'malle'.

–Ah ben bout de baptême, Henri qui nous r'vient du Yukron.

–C'est moi, mais c'est pas le Yukron, c'est le Yukon.

–Ton petit frère Eugène parle tout le temps du Yukron, lui, le savais-tu ?

–Je le savais certain... Il m'a caché un poème dans ma valise... pour rire de moi, c'est sûr...

–C'est quoi, ça, un poème ?

–C'est comme... du rêve en mots. Je l'ai dans ma poche...

–T'as tu rêve en mots dans ta poche... Pis ta valise, elle ?

–On me l'a volée.

–C'est que t'as fait pour payer ton ticket sur les gros chars pour t'en revenir ?

–J'ai vendu ma montre.

–Dis pas ça à ta mère.

Henri haussa les épaules.

Quand on fut en route pour Shenley, il sortit le poème de sa poche de montre, déplia la feuille de papier :

–C'est monsieur Albert Ferland qui a écrit ça. Voulez-vous entendre ça, monsieur Veilleux ?

–C'est comme tu veux.

Henri lut tout haut en riant de lui-même et y mettant de l'emphase :

> *En rafales, l'Hiver déchaîne*
> *Ses vents hurleurs sur le Youkron,*
> *Et, seul, dans la forêt lointaine*
> *Qui longe les monts Koyoukon,*
> *Mon cher époux chasse le renne.*

Xami, Xami, dors doucement ;
Xami, Xami, dors, mon enfant !

–On dirait que c'est un Sauvage qui parle... Comme qu'on entend la femme à Cipisse Dulac parler des fois... Ou ben la femme à Augure Bizier.

–Voulez-vous que je lise la suite ?

Veilleux ôta sa pipe de sa bouche, cracha de côté dans la poussière du chemin :

–J'aimerais mieux que tu me contes c'est quoi qui t'est arrivé. Pourquoi c'est faire que t'es fripé de même ?

–Je lis un autre bout et je vous dirai ensuite...

–C'est comme tu veux.

J'ai brisé ma hache de pierre.
Bientôt je n'aurai plus de bois.
Les jours gris traînent leur lumière,
L'arbre se fend sous les cieux froids.
J'ai brisé ma hache de pierre...

Xami, Xami, dors doucement !
Xami, Xami, dors, mon enfant !

–T'es pas obligé de continuer... Tu liras ça à mon gars Pit quand c'est que tu vas le voir.

–Pas sûr que Pit est poète !

–La Célestine Caouette, elle va t'écouter, elle.

–Qui c'est ?

–Ben la femme à Cipisse Dulac.

L'homme à tout faire d'Honoré et le fils prodigue ne for-maient pas une paire qui puisse approfondir les choses. Et puis on approchait de la maison Martin. Marcellin demanda :

–Vas-tu arrêter voir la Éveline Martin, mon gars ?

–Non.

–Elle va se demander pourquoi.

–Je vas remonter ma blouse au-dessus de ma tête pis comme ça, elle me verra pas.

–C'est comme tu veux. Mais... t'es pas si sale que ça. En tout cas, conte-moé donc c'est quoi qui s'est passé depuis que t'es parti. T'es-tu rendu au Yukron toujours ?

–Yukon, pas Yukron.

Émélie fut la première à voir son fils dans la voiture à Veilleux. Avant tout, elle courut jusqu'à l'entrée du bureau de poste et jeta vivement avant de faire demi-tour :

–L'oiseau migrateur est de retour.

–Quoi ?

–Henri nous revient... mais avec les pleumas pas mal bas.

–Faudra pas l'humilier.

–Crains pas.

Le jeune homme entra, vit sa mère :

–C'est moi et j'ai perdu ma valise.

–Ta chambre t'attend.

Il aurait voulu faire rire de lui. Mais cette phrase à trois mots lui disait qu'elle était sûre de son retour. Comme si en sa tête de mère, il y avait une force plus grande que sa volonté à lui.

–Je vas demander à Bernadette de te faire chauffer de l'eau et tu vas prendre un bon bain. T'as pas attrapé des poux toujours ?

–Non, maman, non.

–As-tu arrêté chez Martin en venant ?

–Non, maman, non.

–Ben va t'asseoir dans la cuisine et dis à Bernadette de venir me voir...

Honoré s'avança :

–Salut, mon gars, t'es le bienvenu chez toi. Va te dé-greyer pis te reposer. Et si t'as rien à nous dire de ton voyage, c'est comme tu voudras.

–Oui, papa.

Une demi-heure plus tard, nettoyé, somnolent, Henri re-trouva sa chambre et son lit. Il mangerait après avoir dormi. Mais il ne s'endormirait pas avant d'avoir lu un écrit coincé dans un angle du miroir de sa commode. Un mot d'évêque. Une autre astuce de sa mère bien entendu.

« *Qui n'a observé que la nature, après avoir produit en chef-d'oeuvre, comme épuisée par son effort, semble se re-cueillir et ne plus donner qu'à regret un fruit inférieur et tardif ? Le même phénomène se produit dans les annales de l'humanité; rarement un héros engendre un héros.*

Donc, parmi les fils de nos premiers colons, quelques-uns, effrayés du rude travail qui les attendait et avides d'un gain plus facile, désertèrent le toit paternel et allèrent cher-cher fortune dans les manufactures des États-Unis. »

Un clocher dans la forêt, page 59

Voilà qui raviva la flamme en son fils. Pas celle du retour et bien celle du départ. Le vrai. Et définitif.

Henri esquiva tous les pièges tendus par Émélie pour le retenir à Shenley. Il s'abstint de revoir Éveline Martin. Il parla à bien peu de gens à part Édouard Foley. Et en pleine flambée des couleurs de la fin de septembre, il fila à l'an-glaise.

"*Cette fois-ci, il ne manqua pas son coup. Profitant de la visite de son oncle Jos Allaire, Henri se proposa pour le ramener à la gare de Saint-Évariste et, sans hésitation, monta avec son oncle dans le train en direction des États-Unis. C'est l'agent de la station qui informa –inconsciemment– Honoré du départ de son fils. Il lui fit parvenir un message pour lui signaler que son attelage de chevaux était sur le quai de la gare depuis le matin et que personne ne semblait être là pour le ramener à Shenley..."*

Un clocher dans la forêt, page 59

Henri ne révéla sa présence sur le train à l'oncle Jos que loin de l'autre côté de la frontière américaine. Il se plut dans la grande forêt du Maine à relire le poème de Ferland copié pour lui par Eugène et dont il avait gardé la feuille pour chercher à comprendre ce qui se cachait derrière les vers...

> *En rafales, l'Hiver déchaîne*
> *Ses vents hurlants sur le Youkron,*
> *Et, seul, dans la forêt lointaine*
> *Qui longe les monts Koyoukon,*
> *Mon cher époux chasse le renne.*
>
> *Xami, Xami, dors doucement !*
> *Xami, Xami, dors, mon enfant !*

***

Chapitre 25

1914

Une drôle d'année venait de commencer.

Janvier rageait.

Quand il ne soufflait pas sa colère blanche autour des bâtisses et du village, il demeurait immobile, pétrifié dans une humeur polaire.

Pampalon qui, deux fois plutôt qu'une, avait pleuré en cachette le départ de son frère Henri, conservait sa joie de vivre et l'alimentait afin qu'elle couvre les peines et les deuils. Durant les vacances des Fêtes, il prit l'initiative de faire un patinoire (le mot était alors utilisé au masculin) : partie sur le terrain familial, partie sur celui de la fabrique, soit en ligne avec la sacristie. Il avait pris soin au préalable d'obtenir la permission du curé Lemieux.

Tout se prêtait à la joyeuse entreprise. Il existait un puits de surface tout près et la fabrique avait fait installer une pompe aspirante et refoulante au fond. Manquait un boyau d'arrosage : Honoré le paya de sa poche. Et les patineurs et hockeyeurs pourraient utiliser le second hangar (ancienne sacristie) pour s'abriter et se réchauffer un peu avant de se relancer sur la glace en patins ou autrement.

Le hic, c'est que Pampalon devait retourner finir son année scolaire au collège de Sainte-Marie pas plus tard que le sept janvier. Alors il initia Eugène aux travaux à faire pour garder la glace dans le meilleur état possible. La neige accumulée en bancs servait à entourer la patinoire; on se promettait de fabriquer des bandes en bois l'année suivante.

Quand Pampalon repartit pour le collège, il se rendit admirer son oeuvre : une belle glace brillante fraîchement arrosée d'eau devenue miroir.

Alors il vit venir deux jeunes garçons qui marchaient ensemble dans la neige. L'un avait sur l'épaule, attachée par leurs lacets, une paire de patins alors que l'autre n'en avait pas. Malgré sa bienveillance, un mouvement de recul fut sur le point de s'emparer de Pampalon. Et il songea à la justice divine qui ne lui semblait pas avoir agi dans la distribution des chances chez ces deux enfants-là. Le premier, son jeune frère Armand, était fourbi de santé et de beauté physique. On parlait de plus en plus de lui comme du prochain petit saint Jean-Baptiste tant sa chevelure (en ce moment enfouie dans une tuque rouge) était fournie et frisée. Et l'autre : un être monstrueux. On le disait depuis sa naissance, mais on ne s'y accoutumait pas. Et quand il se trouvait parmi d'autres comme à l'école, c'est lui qu'on regardait pour sa hideur. François Bélanger avait maintenant proche six ans et son visage enlaidissait d'une année à l'autre.

–T'as pas des patins, François ? lui demanda Pampalon quand le garçon au visage de bouledogue fut près de lui, devant le hangar-sacristie.

–..on... é... pa...

Bien qu'il ait été accepté en sa première année de classe au couvent des bonnes soeurs qui le prenaient en pitié, le garçon était tout aussi handicapé mentalement que physiquement. Il baragouinait un langage que ses parents décodaient et quelques initiés dont Armand, mais pas Pampalon ni la plupart des gens.

–Je vas lui prêter les miens, dit Armand.

–Tu sais que notre mère veut pas qu'on prête nos affaires... parce que ça finirait pas... mais... elle est au magasin et c'est pas moi qui va aller lui dire.

Et Pampalon adressa un clin d'oeil à son jeune frère qui comprit son langage de générosité.

–oé... cé... pa...a-i-né...

–Il sait pas patiner, qu'il dit, mais on va y montrer, hein, Pampalon ?

–Certainement !

–On va te le montrer, François.

Le garçon sourit, mais on ne put s'en rendre compte que par les coins de ses yeux où les rides du sourire se formèrent alors qu'on se rendait dans la cabane de réchauffement.

Il avait les pieds infiniment petits et il fallut bourrer les bottines des patins avec des morceaux de poche de jute. Puis les frères Grégoire escortèrent François jusqu'au patinoire.

L'infirme portait des pantalons d'étoffe du pays et une veste à carreaux rouges sur fond noir. Sur la tête une tuque de laine sans aucune teinture. Les deux autres étaient lourdement vêtus et le froid mordant n'aurait pu les atteindre si tant est qu'ils bougent le moindrement pour activer la circulation du sang dans leurs membres. On s'engagea sur la glace. Quasiment porté par Pampalon et appuyé sur Armand sur la gauche, François n'avait pas eu à marcher sur une surface dure jusque là, mais quand on entra sur la glace, il lui fut impossible de se tenir sur les lames doubles des patins.

–À force d'essayer, il va réussir, commentait Pampalon tandis qu'on promenait le garçon le long du congère droit.

Ils n'étaient pas seuls en ces lieux : d'autres s'y amusaient et parmi eux l'un qui avait fait de François son souffre-douleur à l'école. Presque de son âge, Philippe Gaboury, fils de Tom, ne cessait de se moquer de l'autre, d'en rire et de lui donner des jambettes. Il s'était bricolé un bâton de hockey à même une racine d'arbre et jouait avec deux petits amis à l'autre extrémité de la surface glacée.

–Avez-vous vu, les gars, Bel-Ange qui patine ?

Bel-Ange était un diminutif de Bélanger et les deux parties du nom composé appelaient la dérision. Pampalon ne porta pas attention à ceux-là et l'on poursuivit le tour en soutenant François qui ne parvenait toujours pas à tenir sur les lames.

Au second tour, l'apprenti parvint enfin à garder ses chevilles droites. Il restait à faire des pas qui l'entraînent dans un exercice normal.

–âjé... oé... pa..

Armand comprit qu'il ne voulait pas qu'on le laisse à lui-même, mais il faudrait bien qu'on le fasse à la fin.

–Il veut pas qu'on le lâche, mais...

Pampalon sourit à son jeune frère; il se conclut une entente dans leurs regards. Le moment venait de laisser François à ses lames.

–Vas-y, vas-y, dit Pampalon qui se détacha de lui.

Armand se déroba à son tour. Le nouveau patineur parvint à garder son équilibre jusqu'au moment où il reçut au genou la rondelle de bois lancée par le petit Gaboury. François s'affala en pleine face. Philippe éclata de rire :

–Bel-Ange est tombé, Bel-Ange est tombé...

Une main d'acier l'attrapa par le collet et le souleva de la glace, presque dans les airs :

–Gaboury, t'es mieux de le lâcher tranquille parce que tu vas avoir affaire à moi, dit Pampalon, les yeux profondément noirs et terriblement menaçants du justicier qui se découvre.

–Quoi, j'ai rien fait, fit l'autre, penaud.

–Tu ris tout le temps de lui, intervint Armand.

–C'est vrai, ça ? demanda Pampalon qui ne lâchait pas de lui serrer les ouïes.

–Ben non, voyons.

–En tout cas, oublie pas ce que je t'ai dit.

–Ben... non...

Poule mouillée comme tous ceux qui s'en prennent à plus faible qu'eux-mêmes, Philippe multiplia les signes de bonne volonté devant un plus fort que soi.

François se remit sur ses genoux pendant ce temps. Il avait le visage en sang. Les frères le conduisirent chez le docteur Goulet en passant par le chemin Foley. Il n'y avait pas de fracture, mais ce nez déjà si large et relevé qui laissait voir l'intérieur des narines, porterait désormais cicatrice dans sa monstruosité.

Et l'enfant ne voudrait jamais plus patiner comme les autres de son âge aimaient tant le faire.

*

–Tu sais quoi, Honoré, je viens de recevoir une lettre de Québec. Obéline me dit que tout va bien pour elle et Marcellin. Mais elle s'inquiète. Il paraît que l'année 1914 sera terrible. C'est Marcellin qui le dit. Les *Étudiants de la Bible* croient en ça.

–Il est revenu à la religion catholique.

–Oui, mais ça l'empêche pas de s'inquiéter. Il dit que des gens sont capables d'entrevoir l'avenir.

–C'est pas trop catholique, ça.

–En tout cas, moi, j'vois pas pourquoi 1914 serait pire pour nous autres, pour Shenley pis pour le monde, que 1913.

–Ça, c'est tout ce que tu peux dire. D'après les journaux, ça brasse pas mal en Europe. Le bon pape Pie X s'inquiète de la situation politique. Le Kaiser d'Allemagne est, paraît-il, pas mal agressif...

Les deux époux échangeaient dans le salon-bureau du deuxième. Alfred servait seul la clientèle en bas. Et Bernadette en était à l'heure de l'entretien du grand plancher. Elle brossait, essuyait, rendait tout plus propre qu'un sou neuf.

C'était avril.

Un soleil tiède avait léché la neige en bien des endroits et laissé à travers champs des lisières de terre brune et mouillée. Mais l'odeur de printemps très prononcée atteignait Bernadette chaque fois qu'on ouvrait la porte du magasin. On entra. Quelqu'un passa près d'elle qui, agenouillée, lavait les planches de bois dur juxtaposées. Les bottines et la légèreté de l'être ainsi que son odeur de propreté lui révélèrent qu'il s'agissait d'une femme. Mais la jeune fille levait rarement la tête pour savoir qui arrivait, qui s'assoyait sur un tabouret ou qui repartait du magasin, ou alors elle aurait perdu la moitié de son temps.

–Madame Grégoire est là ? demanda une voix brisée au commis.

–Est en haut, répondit Alfred.

–J'voudrais du linge pour moi.

–Je vas lui dire.

Alfred se rendit au pied de l'escalier où il cria à pleins poumons :

–La mère, c'est pour vous. Madame Bellegarde veut s'acheter du linge.

–J'arrive ! cria à son tour Émélie.

La femme ne tarda pas à se présenter en haut du large escalier, suivie d'Honoré. Le couple descendit ensuite côte à côte. Émélie s'étonna :

–Delphine ? Ça fait longtemps qu'on t'a pas vue.

–J'ai pas sorti de l'hiver...

Mais la jeune femme ne put poursuivre, atteinte d'une toux creuse et prolongée.

Il avait été dit que l'épouse d'Octave Bellegarde avait la consomption. L'image qu'elle donnait en ce moment le confirmait ou à tout le moins indiquait la chose comme probable. D'autant que son visage émacié avait la pâleur cadavéri-que, encadré par des cheveux grisonnants. Et pourtant, la femme n'avait encore que 37 ans. À la voir ainsi, Émélie se souvint d'une scène du passé quand Delphine, toute jeune, était un jour venue au magasin de la maison rouge la remer-cier pour les cadeaux que ce jour-là, Émélie avait fait distri-buer aux élèves de l'école du village. Cela s'était passé en 1887, vers la fin de l'année scolaire, alors qu'Émélie était enceinte de son fils Alfred.

« *Un gamin hésita, regarda sur le côté puis fit un signe de tête affirmatif et se retira, rencontrant dans la porte une fillette de dix ans qui vint remercier à son tour. Émélie lui dit comme à l'autre :*

–Delphine, je compte sur toi pour en donner, de tes bon-bons, à tes petits frères pis tes petites soeurs.

La petite fit plusieurs signes de tête en souriant. Avant même qu'elle ne reparte, Octave Bellegarde vint à son tour au comptoir. En les voyant ainsi côte à côte, enfants du même âge, Émélie eut une sorte de prémonition : elle les vit adulte et mariés.

–Delphine pis Octave, vous êtes donc ben beaux, tous les deux.

Ils s'échangèrent un regard embarrassé...

Et ce fut ainsi pendant plusieurs minutes ensuite. Tous les écoliers vinrent offrir leurs remerciements. Émélie qui ne pleurait jamais sur une personne décédée avait la larme fa-cile devant certains événements anodins et de voir tous ces petits qui se demandaient ce qu'elle pouvait bien avoir dans son ventre lui en arracha quelques-unes... »

Se pouvait-il que cette enfant si jolie soit devenue cette femme si délabrée ? Il vint des larmes au coeur d'Émélie. Le temps bâtisseur détruisait à mesure ce qu'il construisait, comme un enfant capricieux dans un carré de sable.

Honoré vira pour aller au bureau de poste et sa femme

accueillit la cliente qui lui dit après avoir repris son souffle :

–J'ai attrapé la grippe pis ça s'en va pas vite.

Émélie l'entraîna à l'écart, au bout du comptoir et lui parla à mi-voix :

–Savais-tu que quand on tousse, on est mieux de se mettre la main devant la bouche ?

–Des fois, je l'oublie; excusez-moé, madame Grégoire.

–C'est surtout pour les enfants, tu comprends.

–Les microbes... oui, je vas faire attention.

–Comme ça, tu veux t'acheter du linge ?

–Surtout des chaussures : mes bottines prennent l'eau.

–C'est dangereux pour quelqu'un qui est déjà malade, ça. Mais va falloir monter en haut pour en essayer. Vas-tu être capable ?

–Ben oui : suis pas si malade que ça. Je tiens sur mes jambes; autrement, j'aurais pas pu me rendre au magasin.

Et pourtant, la pauvre femme ne put accomplir l'aller et retour à l'étage. En revenant, au moment de reprendre l'escalier latéral, elle fut prise de faiblesse et chuta. Émélie qui la suivait et ne s'y attendait pas, ne put rien tenter pour l'en empêcher, et Delphine se retrouva étendue par terre sur la section planche devant la porte du bureau-salon.

Alfred et Honoré entendirent le vacarme. Ils accoururent, tandis que Bernadette s'arrêtait de frotter le plancher pour regarder là-haut de quoi il retournait.

Les deux hommes gravirent les marches et portèrent la jeune femme dans la pièce. Émélie cria à sa fille d'aller quérir des couvertures. Quelques minutes plus tard, Bernadette arrivait avec deux couvertures de laine. Sa mère lui dit :

–Étends-les à terre, on va la mettre dessus pour pas qu'elle prenne du froid.

Entre-temps, Honoré était parti chercher le docteur Goulet tandis que son fils retournait répondre à la clientèle.

La jeune fille s'agenouilla auprès de la malade qui semblait dans un état de semi-conscience. Et alors qu'elle déroulait la première couverture, Delphine rouvrit les yeux mais aussi la bouche, pour entrer dans une violente quinte de toux par laquelle des milliers de gouttelettes de salive et autres expectorations aspergèrent la petite Samaritaine en train de lui prêter secours.

–Ôte-toi de là ! cria Émélie trop tard.

Bernadette ne savait pas pourquoi sa mère s'adressait ainsi à elle.

–Pourquoi ? J'ai pas fini...

–Je m'en occupe : retourne à ton plancher du magasin.

–Faudrait aller prévenir Octave, dit le docteur quand il eut prodigué des soins à Delphine qui, elle, put se lever et s'asseoir sur une berçante.

–On va envoyer Bernadette, fit Émélie qui sortit pour en donner l'ordre à la fillette.

–Ça serait moins long avec le téléphone, dit Joseph à Honoré.

–C'est le boutte du boutte : il est temps de se faire poser une ligne téléphonique dans toute la paroisse.

–Qui c'est de nous deux qui va convoquer une assemblée publique ?

–J'ai de l'ouvrage par-dessus la tête.

–J'en ai pas moins, Honoré.

–Dans ce cas-là, on va se partager les tâches. Compose un texte de convocation pour le curé. On fera l'assemblée ici, au magasin.

–Quel quantième proposes-tu ?

–Le dernier dimanche de mai. En juin, je dois aller au lac Frontière pour trois semaines.

–C'est diguidou ! En attendant, faisons de la cabale.

Et c'est ainsi que le mal de la pauvre Delphine permit de faire avancer le dossier du progrès en ce printemps 1914. Mais que resterait-il dans les voies respiratoires de Bernadette ?

Non seulement saurait-on officiellement que la jeune épouse d'Octave était atteinte de consomption, mais elle rendrait l'âme quelques mois plus tard sans jamais avoir quitté son domicile après cette dernière et malheureuse sortie faite en avril au magasin Grégoire.

*

Le progrès demanda plus d'une tragédie pour faire ce grand pas souhaité par plusieurs mais craint par autant d'autres. La propagande faite par les deux responsables en faveur d'une ligne téléphonique ne suscitait pas l'enthousiasme qu'on aurait voulu. Certes, les opposants ne pourraient faire pire que de s'abstenir de prendre des parts dans la compagnie de téléphone à être fondée, mais il faudrait suffisamment de futurs abonnés pour que les coûts soient abordables. Et la campagne ronronnait alors que la nature, elle, se réveillait de toutes parts pour envelopper le village d'une nouvelle feuillaison toute verte.

La veille de l'assemblée du dimanche, 31 mai, survint un accident dans le rang 6. Hilaire Paradis, 43 ans, connu de tous dans la paroisse, eut la main arrachée par la chaîne qu'il était à nouer autour d'un billot quand la paire de chevaux attelée à la tâche s'avança prématurément. Des compagnons de travail l'emmenèrent à la maison la plus proche où après des soins sommaires, on le porta dans un boghei à une seule banquette qui fut lancé à toute allure vers le village et le bureau du docteur.

Les deux hommes qui l'escortaient refirent mal le garrot de fortune et Paradis perdit tout son sang. Quand le docteur fut près de la voiture et qu'il aperçut le visage exsangue, il comprit aussitôt. Une auscultation confirma sa pire appréhension.

–Il est mort, déclara-t-il laconiquement.

Des témoins accourus ne purent se retenir de soulever la toile qui recouvrait le visage et le bras du malheureux. Parmi eux, devant la résidence du docteur Goulet, se trouvait Eugène Grégoire qui s'adossa au tronc d'un grand orme pour songer au grand mystère de la mort. Après que d'autres comme Onésime Pelchat, Omer Lacasse, Alphonse Champagne eurent satisfait leur curiosité un brin morbide, le jeune Philias Bisson osa regarder lui aussi : mal lui en prit, il faillit perdre conscience. Et l'on put voir Eugène Foley qui demeurait silencieux et immobile devant la dépouille à moitié camouflée. Bernadette vint auprès de lui :

–L'as-tu vu, monsieur Paradis ?

–Ben... non.

–Veux-tu le voir ?

–Pourquoi ?

–Tout le monde le regarde.

–Ben...

Elle le crut aussi curieux qu'elle-même et souleva la toile à son tour. Mais l'image qui se présenta fut vite effacée quand une voix et un bras d'acier la firent reculer :

–T'as pas d'affaire là, Bernadette ! Retourne à la maison.

C'était son père que l'effronterie de la jeune fille contrariait fort. Et puis, ce n'était pas un bon souvenir à emmagasiner dans une mémoire d'enfant.

Humiliée, grommelant, elle courut au magasin où elle gémit sa colère devant sa mère qui, hélas! ne lui fut d'aucun réconfort.

*

Dans l'après-midi du dimanche, le magasin se remplit de cultivateurs de tous les rangs et de villageois. L'on avait disposé de rangs de chaises de chaque côté de la longue table centrale et même derrière les comptoirs. Faute de places disponibles, des hommes furent obligés de s'asseoir dans les marches du grand escalier. Ils entendraient les voix de ceux qui s'adresseraient à eux, sans les voir à moins de se tordre le cou en tournant la tête à 60 degrés. D'autres enfin prirent place dans les escaliers latéraux et même dans les couloirs du second étage du magasin. C'est dans l'église, au pire dans la sacristie, qu'il aurait fallu tenir pareille assemblée et d'ailleurs, ce serait la toute dernière à se passer au magasin.

–Dieu, dit le curé Lemieux en le proposant à Honoré et Joseph, ne peut pas être contre le progrès. Et puis le bas de la sacristie permettra de tenir toutes les petites assemblées qu'on veut tandis que les grandes pourraient avoir lieu dans l'église comme dans le vieux temps...

Pour la majorité, la curiosité plus que l'intérêt les y amenait. On en avait parlé tout le mois de mai aux quatre coins de Shenley, de cette future ligne téléphonique, mais peu d'hommes étaient enclins à débourser deux ou trois piastres par mois pour s'y abonner et encore moins pour acheter des parts de la compagnie.

Trois 'orateurs' parleraient à l'assemblée : le curé Lemieux qui avait communiqué la convocation aux paroissiens à la messe du jour, Honoré Grégoire en tant que maire et chaud partisan du progrès, le docteur Joseph Goulet que des raisons humanitaires avaient amené à considérer le téléphone comme un indispensable de la vie moderne de ce début de siècle. Ils le feraient tour à tour, debout, dans l'embrasure de la porte du salon d'Émélie.

–Mes amis, dit le prêtre qui n'avait pas besoin d'être présenté, j'ai accepté de dire un mot ici, en dehors de la chaire et de l'église, en faveur de l'installation d'une ligne téléphonique, et ce n'est pas en tant que votre curé que je veux le faire, mais comme citoyen ordinaire de cette belle paroisse. Vous savez, le téléphone, il est déjà en bien des endroits de la province de Québec et pas seulement dans les grandes villes comme Québec ou Montréal. Par exemple Saint-Georges, Saint-Joseph, Saint-Jérôme, Mégantic, Saint-Côme... dans la Beauce comme au loin, en des centaines et des centaines d'endroits. D'aucuns l'ont depuis plus de vingt ans et nous pas encore. Pourtant, nous sommes une paroisse riche, pas une paroisse pauvre. Pouvez-vous imaginer tous les services que nous rendra une ligne téléphonique ? Tiens, j'ouvre une parenthèse et je laisse parler le curé que je suis. Imaginez l'un des vôtres à l'article de la mort... pensons à monsieur Hilaire Paradis qui n'a pas pu recevoir les derniers sacrements... et vous téléphonez au presbytère. Avec ma machine, l'été, l'automne, je puis être chez vous en une quinzaine de minutes; l'hiver, le printemps en voiture à cheval en une demi-heure... et la personne sur le point de mourir reçoit à temps les secours de l'Église... Et imaginez que c'est vous, cette personne à l'article de la mort. Préféreriez-vous avoir les derniers sacrements ou non ? La différence entre l'un et l'autre pourrait bien être tout simplement... la ligne téléphonique...

Le prêtre obtint plusieurs réactions positives. Il avait frappé dans le mille. Quelques mots encore, et il céda sa place à Honoré qui, bien plus terre-à-terre, n'en ajouta pas moins un mot solide à l'argumentation générale en faveur du projet soumis.

–Vous pourriez faire votre commande d'effets par téléphone et en arrivant au magasin, tout est prêt. Ça, c'est du progrès. Que de temps sauvé ! Vous pouvez pas venir quérir vos effets ? On vous les fait livrer moyennant un petit quelque chose pour le commissionnaire. Voyez-vous comme la vie va changer avec le téléphone ?

Il reçut des applaudissements.

Eugène entendait et pour lui, c'était l'enchantement. Assis sur la longue table, adossé à des sacs de fleur, bras croisés, il imaginait composer le numéro d'Orpha, la jolie blonde qu'il n'osait toujours pas aborder, et lui parler sans trembler de tout son corps ou bien fondre sur place.

Après Honoré, ce fut au tour du docteur Goulet. Son seul argument eut l'effet d'un coup de masse. Il parla tout d'abord de la mort d'Ildéfonse Grégoire survenue cinq ans plus tôt et qui aurait pu être évitée si on avait pu téléphoner à Québec plutôt que de télégraphier là-bas depuis la gare de Saint-Évariste afin de réclamer la venue d'un chirurgien.

–Le temps, c'est la vie sauve.

Et Hilaire Paradis, maintenant sur les planches, lui qui avait si souvent participé aux soirées du magasin depuis le temps de la maison rouge, le blagueur à tous crins, projeté dans la mort dans un horrible accident, emporta la plupart des adhésions au projet de la ligne téléphonique. Le docteur affirma que grâce au téléphone, cet homme aurait survécu. On aurait appelé le docteur qui aurait dit quoi faire aux gens sur place tandis que lui-même, avec sa machine neuve, serait arrivé bien à temps pour empêcher le blessé de rendre l'âme.

Cette fois, les applaudissements montrèrent que la cause était bel et bien gagnée. Pour coiffer la victoire, Honoré revint parler. Là, il fit part aux assistants d'une tragédie majeure survenue l'avant-veille, peut-être pire que celle du *Titanic* de si triste mémoire: le naufrage du géant des mers *L'Empress of Ireland* qui avait sombré au large des côtes de Rimouski, emportant dans la mort au moins mille personnes, peut-être mille cinq cents.

–Mais 362 personnes ont quand même pu être sauvées grâce à la téléphonie sans fil. Sans cette forme de téléphonie, elles auraient toutes péri. Le téléphone, mes amis de Shenley, c'est parfois la différence entre la vie et la mort comme l'a si bien exposé le docteur Goulet...

Cerise sur le gâteau, Émélie demanda aux hommes l'autorisation de parler à son tour. Elle promit cinq dollars de rabais sur chaque cent dollars d'achat à tous ceux qui feraient partie de la nouvelle compagnie et seraient des abonnés, et ce pour toute l'année 1915. C'est elle qui reçut le plus d'applaudissements.

Plus de soixante personnes signèrent la promesse de devenir actionnaires de la compagnie. Dès le jour suivant, on se mettrait à travailler à la charte d'incorporation. Tous s'entendirent pour que le futur président de la compagnie soit le docteur Joseph Goulet qui accepterait de remplir cette tâche afin de concrétiser la réalisation du grand projet.

L'assemblée prit fin dans la joie. Mais elle s'avérerait l'un des rares événements heureux de cette si noire année 1914... La sombre série des événements tragiques reprendrait bientôt son cours.

***

Dr Joseph Goulet

Chapitre 26

Honoré regrettait la belle époque des réunions de 'placotage' tenues à l'une des boutiques de forge en belle saison et au magasin de la maison rouge l'hiver. Il y avait eu suite dans le nouveau magasin, mais les années et les circonstances avaient fini par épuiser les assistances. Sans convocation et sans invitation, au début du mois d'août de cette année-là, plusieurs personnes s'amenèrent au magasin un vendredi soir. On avait appris par les journaux que la guerre avait été déclarée le 28 juillet en Europe, dans les Balkans, opposant l'empire austro-hongrois à la Serbie, avec pour premier prétexte l'attentat de Sarajevo le 28 juin. Par le jeu des alliances, voici que les grandes puissances entraient dans la ronde infernale les unes après les autres. Mobilisation en Russie. Mobilisation en Allemagne. Déclaration de guerre à la Russie par l'Allemagne. Déclaration de guerre à la France par l'Allemagne. Déclaration de guerre à l'Allemagne par la Grande-Bretagne. Une véritable épidémie de guerre. Déclaration de guerre de l'Autriche à la Russie, de la France à l'Autriche, de la Grande-Bretagne à l'Autriche.

Une gigantesque tempête de feu déferlait sur les vieux pays et beaucoup d'hommes de Shenley voulaient en entendre parler pour se rassurer. Des rumeurs couraient. Le Canada irait en guerre. Les hommes valides seraient conscrits. Le Kaiser enverrait des troupes par bateau pour attaquer Québec et on verrait une seconde bataille des plaines d'Abraham. Des scénarios possibles et d'autres complètement farfelus allaient d'une bouche à l'autre comme un rhume qui ne cessait de se répandre.

De retour du lac Frontière où il avait passé une partie de son été, Honoré avait pu constater les jours précédents que la campagne des bons chemins lancée en 1913 battait son plein. Il y avait dans presque tous les rangs des équipes de travail qui creusaient des fossés, installaient des ponceaux, étendaient du gravier. Jean Jobin, le secrétaire municipal, menait l'entreprise de main de maître. Honoré lui répétait qu'avec un homme comme lui, la paroisse n'avait besoin d'un maire que pour les apparences.

Eugène alla s'asseoir dans les marches de l'escalier latéral, côté droit, et regarda les gens entrer et prendre place. (Les mêmes chaises pliantes ayant servi à l'assemblée de la fin mai furent amenées à mesure depuis le hangar par Pampalon et ses deux amis Édouard Foley et Wilfrid Gilbert –qui avaient d'abord été les amis d'Henri– à la demande d'Honoré quand il comprit en parlant à d'aucuns qu'on venait aux nouvelles de la guerre.)

Non seulement vint-il des hommes, mais aussi des femmes et plusieurs adolescents. Et bientôt, le magasin fut rempli par la fumée des pipes. Bernadette vint. Elle marcha un temps derrière le comptoir, mains croisées derrière le dos, tête basse, en maugréant. Puis, le regard brillant de colère, elle souleva un crachoir en l'air pour lancer aussitôt avec vigueur :

–Hey, vous autres, il faut cracher dans les 'spitounes'. Pas à terre, là... dans! les! mosus de 'spitounes'!...

Tout le monde rit. Mais peu d'hommes l'écouteraient et à leur départ, on verrait sur le plancher de nombreuses taches de salive noircie. Par bonheur pour la jeune fille, Honoré avait mobilisé Pampalon et ses deux amis pour le nettoyage après coup.

Honoré gravit les marches de l'escalier. À mi-chemin, il s'arrêta pour s'adresser aux gens :

–Je sais pas si vous vous êtes donné le mot, mais je pense que vous êtes venus prendre des nouvelles de la guerre, hein, vous autres ? D'abord, je voudrais savoir si d'aucuns parmi vous ont lu tous les journaux depuis deux semaines...

Plusieurs mains se levèrent dont celles du docteur Goulet, de son épouse Blanche, d'Onésime Pelchat, de Cyrille 'Bourré-ben-dur' Martin et de son épouse Séraphie Crépeau, de Jean Jobin, de Cyrille Beaulieu, de Joseph Dubé et aussi de la plupart des jeunes gens ayant fréquenté l'école depuis le début du siècle. Parmi eux, Georges Boulanger, Omer Veilleux, Édouard Foley, Wilfrid Gilbert, Louis Grégoire, Alphonse Champagne et Arthur Bégin. Mais Jos Page garda la main basse : malgré ses trente ans, il ne savait ni lire, ni écrire, le pauvre. Et puis c'était hasard s'il se trouvait au village ce soir-là.

–Et parmi vous autres, y en a-t-il qui voudraient venir répondre aux questions des autres sur les événements de la guerre ?

–Toutes les mains se baissèrent.

–Le docteur, le docteur, lança une voix au fond de la salle.

–J'ai pas eu le temps de tout lire comme il faut, fit l'interpellé avec des gestes de refus.

Honoré leva les mains, voulant dire qu'il ferait tout seul et parla :

–D'abord, j'ai eu l'occasion de m'entretenir avec notre député, le docteur Béland, cet été. Il m'a dit que si la guerre devait se déclarer comme plusieurs s'y attendaient, et que la

Belgique soit impliquée, il fera ni un ni deux et s'engagera comme volontaire. C'est-il pas du beau courage, ça, mes amis ?

On applaudit. Mais une voix s'insurgea :

–On le crèra dans l'temps comme dans l'temps.

Honoré sourit :

–Mes amis, c'est un bon bleu du Grand-Shenley qui vient de parler.

Et à l'intervenant, il dit :

–Gédéon, si le docteur Béland dit qu'il va s'engager, tu peux gager là-dessus.

Jolicoeur ne fit aucun commentaire. D'ailleurs, contrairement à la plupart, il était là, lui, par accident. Venu par affaire au village, il était resté à la réunion spontanée par pur effet d'entraînement.

Uldéric Blais entra à ce moment. Il resta debout et croisa les bras, se demandant pourquoi une telle assemblée était tenue. Il n'avait pu être présent à la soirée de mai en vue de la création d'une compagnie de téléphone, mais en revanche, s'était fait le principal propagandiste du projet dans les quatre rangs de l'est de la paroisse.

–Déric, lui lança Honoré par-dessus les têtes, reste pas là, viens t'asseoir en avant : on a de la place pour toi.

–Ça va être ben correct de même. J'aime autant rester icitte.

–C'est comme tu veux... Comme je disais tantôt, vous êtes là pour entendre parler de la guerre et démêler le vrai du faux dans les nouvelles. On va essayer de faire ça du mieux qu'on va pouvoir...

Tandis que les adultes s'intéressaient à un sujet d'adulte, ailleurs dehors, il se créait un lien entre deux fillettes : Bernadette Grégoire et Anna-Marie Blais, fille d'Uldéric, venue au village avec son père en voiture automobile.

Jusqu'à ce jour, elles s'étaient à peine entrevues à la messe du dimanche, sans que l'une ne s'intéressât à l'autre. Bernadette l'aperçut, assise dans l'auto et s'approcha.

–Bonjour !

–Bonjour !

–T'es-tu la 'tite fille à monsieur Blais ?

–Oui.

–Moi, c'est Bernadette Grégoire.

–Ah !

–Tu restes-tu dans la machine ?

–Ben...

Uldéric possédait maintenant une berline de l'année 1913, sortie de la ligne d'assemblage continu de la compagnie Ford et Bernadette avait pu parler à l'autre jeune fille qui avait abaissé la glace arrière.

–Veux-tu venir avec moi dans la machine ?

–Ben... oué... Mais faut que je m'occupe de ma petite soeur Berthe...

–Où qu'elle est ?

–Elle joue en arrière de la maison rouge... Je vas la chercher pis je reviens.

–Bon.

Et Bernadette fut bientôt de retour, entraînant par la main sa soeur de quatre ans :

–Viens, on va embarquer dans la belle machine.

Berthe fut transportée de joie comme chaque fois que sa grande soeur l'emmenait quelque part. Anna-Marie avait ouvert la portière et les deux autres fillettes montèrent à bord.

L'on s'échangea des mots afin de faire plus ample connaissance. C'était tôt le soir après le repas et le soleil penchait sur l'ouest. Des gens, surtout de sexe féminin, que la réunion du magasin n'intéressait aucunement, profitaient de l'heure entre chien et loup pour marcher dans le village. Et parmi eux, un groupe de trois religieuses que Bernadette vit approcher.

L'une d'elles, soeur Anna-Maria, s'arrêta à l'auto après y avoir aperçu les fillettes. Elle fut heureuse d'apprendre que la petite Blais portait un prénom semblable au sien. Et Anna-Marie lui apprit que ses parents avaient l'intention de l'envoyer pensionnaire au couvent en septembre.

–J'aurais bien aimé te faire la classe, mais... je pars... je retourne dans mon pays, en Europe.

Bernadette blêmit, elle qui depuis le jour même de son arrivée vouait un véritable culte à cette soeur exceptionnellement gentille, s'exclama, contrariée :

–Ils disent, Mère, que c'est la guerre en Europe.

–C'est pour ça que je retourne là-bas. Pour être avec les miens, avec ma famille. Vous feriez la même chose. Imaginez-vous à ma place. Il faut aider ses parents, ses frères, ses soeurs quand ils sont dans le danger.

–La guerre, c'est quoi ? demanda Berthe qui n'avait fait qu'écouter jusque là.

Appuyée contre la portière, tête baissée pour voir à l'intérieur pendant que ses consoeurs attendaient plus loin en jasant, Mère Anna-Maria fit des bruits de méconnaissance avec sa bouche :

–Comment t'expliquer une chose aussi abominable. Tu as quatre ans, Berthe ?

–Oui.

–Je ne sais pas si, à quatre ans, on peut comprendre une chose aussi compliquée et aussi affreuse que la guerre, la terrible guerre...

–Est ben intelligente, ma petite soeur, s'empressa de dire Bernadette.

–Je ne sais pas si à quatre ans, il est bon de se faire une idée de la guerre.

–Y en a qui disent que les Autrichiens vont venir nous tuer.

–Non, non, faut pas écouter ça du tout. Ils ne viendront jamais ici. Les Allemands non plus. Nos amis vont nous défendre...

–Quels amis ? demanda Bernadette qui voulait tout savoir, elle, de la guerre.

–Nos amis les Français et nos amis les Anglais. Et les Russes aussi.

–Et les Américains ?

–Eux autres, peut-être pas. Eux autres, ils font la guerre seulement quand ils pensent qu'ils peuvent la gagner.

Berthe revint à la charge, elle qui n'avait en tête qu'une seule question étant donné que ce mot avait été si souvent prononcé dans la maison, au magasin, sur le trottoir, partout où elle s'était trouvée ces derniers temps. Pour elle, la guerre, c'était sûrement aussi important que le bon Dieu puisque les gens ne parlaient que de ça :

–C'est quoi, la guerre ?

Soeur Anna-Maria hésitait. Le visage de Bernadette s'illumina : elle venait de trouver une réponse à sa façon.

–Tu te rappelles, Henri et Pampalon, quand ils partaient à la chasse avec un fusil ? Ils revenaient avec un chevreuil mort ou des perdrix tuées. Ben la guerre, c'est comme la chasse : des monsieurs tirent des balles de fusil sur d'autres monsieurs. Et quand il y a assez de monsieurs qui sont morts, ben là, la guerre est finie.

Anna-Maria mit son visage entre ses mains pour cacher son envie de sourire, mêlée à celle de pleurer.

De nature timide, réservée, Berthe fit la baboune pour demander à sa soeur :

–C'est comme monsieur Cipisse ?

–Monsieur Cipisse ?

–Il tirait des balles de fusil... su' les 'tits chats pour les faire mourir.

Bernadette se rappela que son père avait confié à Dulac le soin de les débarrasser d'une portée de chatons. La mise à mort par fusillade s'était passée derrière la maison rouge. Nul doute que la petite Berthe se trouvait aux alentours et que l'événement l'avait frappée, marquée, peut-être blessée profondément dans son âme d'enfant.

–C'est ça aussi la guerre, dit soeur Anna-Maria.

Cette fois, chez elle, les larmes eurent le meilleur sur l'amusement de voir une enfant aussi charmante et curieuse s'exprimer comme le faisait la petite Berthe.

–Vous pleurez, Mère ? s'inquiéta Bernadette.

Anna-Marie Blais pour qui rien à part l'auto n'était bien familier, se tenait coite et regardait les autres tour à tour, emmagasinant images et mots.

–Dans mon pays, dans ma famille, j'ai moi aussi des petits chatons à protéger. Une autre soeur va me remplacer pour l'école. Moi, je vais partir la semaine prochaine au plus tard pour retourner en Europe. Je voudrais t'embrasser sur les joues, Bernadette.

–Oui, Mère !

Et la jeune fille présenta son visage dans la portière.

–Et la petite Berthe, elle ?

–Donne un bec à pincettes à Mère Anna-Maria, dit Bernadette à sa petite soeur qui s'avança sur la banquette et se laissa faire un court instant.

Pour que la petite Blais ne soit pas en reste, la soeur fit de même pour elle puis partit et rejoignit ses compagnes sur le trottoir de bois devant le magasin. Des voix mêlées lui dirent :

–Au revoir et merci, Mère...

Berthe ne sut dire plus que :

–R'ci, Mère...

Tandis que les trois soeurs disparaissaient lentement au bout du regard dans la grisaille du soir, un attelage se précisait de plus en plus sur le grand chemin. Il était constitué d'une jument baie, maigre comme un bicycle, d'un boghei à deux banquettes dont une seule occupée par le conducteur, et d'un personnage à la mine patibulaire.

L'étranger ne repéra aucun espace disponible sous le porche du hangar ni même autour et sur le chemin Foley où se trouvaient, souvent attachées à la queue leu leu, des voitures et des voitures. Pas de place non plus sur le terrain des Racine. Il aurait pu en trouver en abondance de l'autre côté du magasin, sur l'emplacement du vieux cimetière, mais fut illuminé par une idée qu'il trouvait intéressante quand il prit conscience de la présence de la 'machine' devant le perron. Vu que son cheval craignait les automobiles en marche, peut-être que de l'attacher au pare-chocs d'une auto silencieuse et de les mettre pendant un temps nez à nez, l'animal et le 'monstre' s'apprivoiseraient.

Les trois enfants sur la banquette arrière de l'auto se tinrent sans bouger, à examiner cet individu bizarre au visage plein de barbe, à la tresse indienne derrière la tête, à la maigreur cadavérique. Et à la jambe de bois quand elles le virent descendre de voiture en s'aidant d'une canne pour le faire, et ensuite pour marcher.

–C'est le quêteux, murmura soudain Bernadette qui en avait souvenance pour l'avoir vu à quelques reprises au magasin.

Rostand s'était fait rare à Shenley depuis la mort du jeune Ildéfonse Grégoire. Il lui semblait que les gens l'y associaient à la mort sans qu'il n'y soit sa faute et seulement parce que le hasard l'avait amené chez Honoré en ce tragique soir de l'intervention chirurgicale fatale subie par le grand fils des Grégoire. Comme si ce soir-là, il avait apporté avec lui l'orage et la tragédie.

Et puis, dans l'esprit d'Émélie, il faisait office d'oiseau de malheur car il avait prédit un jour, derrière la maison rouge, le destin tragique de son fils et même celui, tout aussi peu enviable de sa fille Éva. Heureusement, rien d'irréparable n'était jamais arrivé à l'aînée des filles et sa vie baignait dans le bonheur à Saint-Gédéon. Par contre, elle savait également que le mendiant de Mégantic avait aidé Alfred à prendre les bonnes décisions parfois, notamment lors de son départ pour un séjour en terre américaine.

Rostand portait un chapeau noir à larges rebords et une mante noire légère que le vent fit onduler quand il gravit les marches du perron après avoir attaché la longe du cheval à la voiture.

Un infirme inquiète les gens bien portants.

En ce sens qu'il les effraie un peu.

Tout comme un pauvre fait peur aux bien nantis tout en servant leur image.

Honoré perdit l'attention de tous quand Rostand fit son entrée dans le magasin. Autant chercher à la reprendre en passant par lui et il dit :

–Mes amis, vous connaissez peut-être monsieur Raymond Rostand qui lui, pourrait nous en parler en masse, de la guerre étant donné qu'il lui a sacrifié sa jambe. C'est pas d'hier, c'était la guerre des Boers en 1899.

Le visiteur resta debout devant la porte refermée. Il était porteur d'une mauvaise nouvelle et allait la dire quand les mots d'accueil le retinrent. Il garda la main sur la canne et leva l'autre pour saluer.

–En tout cas, t'arrives à point nommé, mon Raymond. Voudrais-tu venir dire au monde de Shenley c'est quoi, la guerre ? Les plus vieux ont connu Jean Genest qui repose dans le cimetière. Et Augure Bizier, un autre vétéran, mais qui est pas avec nous autres étant donné qu'il est malade et plus très jeune. De toute manière, ni Genest ni Bizier ont jamais voulu en parler parce que pour eux autres, c'était trop... dur... Mais peut-être que...

–La guerre, s'tie, c'est la folie furieuse, c'est la rage, c'est la peur, c'est l'horreur, c'est la douleur insupportable, c'est la souffrance morale pis c'est la mort. C'est tout ça, la guerre, tout ça, s'tie. Demandez pas de voir ça. Pis les jeunes hommes, demandez pas d'aller là. Parce que là, ils vont faire appel à des volontaires pis si vous allez là, vous allez voir vos amis en charpie pis vous-même, vous allez l'être. J'ai une jambe de bois : pas capable de cultiver, pas capable de faire un métier... Il me restait à quêter.

La nature humaine étant insondable et imprévisible quelquefois, il se trouvait dans l'assistance un jeune homme d'à peine vingt ans que le récit du quêteux fascinait. Il y a chez les héros, à l'instar de Jésus-Christ, une propension à l'immolation. Ce garçon solitaire, dénommé Jules Leblanc, s'imaginait sur le champ de bataille, mu par un sens du devoir, poussé en avant par le désir bizarre de sauver des vies au prix de la sienne, tout en abattant des hommes au nom d'un patriotisme préfabriqué par les Seigneurs des nations.

Il en avait l'eau à la bouche. Son regard était fixé sur Rostand qu'il se proposait de questionner si l'occasion se présentait plus tard.

–Y en a qui parlent de conscription, lança Uldéric Blais. Tu penses quoi de ça, toé, le vétéran de la guerre ?

–D'abord le Canada est pas en guerre...

–Il va suivre l'Angleterre d'après moi, dit Honoré de sa voix forte.

–Si c'est le cas, que les conscrits se cachent dans le bois s'tie... Dans les cabanes à sucre, les granges, partout où c'est qu'ils peuvent.

Le visage de Leblanc s'assombrit. La guerre, c'était aussi le grand départ de Shenley. Et pas seulement pour les États comme l'avait fait Henri Grégoire, mais pour l'Europe, de l'autre côté de la mer. C'était l'aventure, c'était la gloire, c'était le mystère de l'inconnu à découvrir : c'était ça, c'était la découverte. Découvrir est le propre de l'homme et les plus grands sont ceux qui le font le mieux. Voilà ce qui lui trottait par la tête en même temps que les propos entendus.

Arthur Bégin, un jeune homme célibataire, sage et tranquille, qui parlait rarement, prit la parole :

–Oui, mais si le feu prend su' votre voisin, vous allez pas l'aider à l'éteindre ?

Rostand hocha la tête :

–Le feu, oui, mais la chicane. Un feu, souvent personne l'a fait exprès pour que ça prenne, mais la s'tie de chicane, c'est pas pareil. Tu te mets entre les deux qui se battent pis c'est toé qui prends les coups su'a yeule.

–C'est vrai, c'est vrai, dirent certains, approuvés par d'autres qui marmonnaient.

–Si y a la conscription pis si d'aucuns veulent se cacher dans ma grange, je vas les prendre, lança Gédéon Jolicoeur.

Les assistants se regardèrent. Il y eut un moment de vide. Rostand promena ses yeux aux alentours et parla :

–Si le feu prend su' votre voisin, vous allez pas aller l'aider à l'éteindre. Y a quelqu'un qui vient de dire ça. Êtes-vous d'accord là-dessus, vous autres ?

Il obtint des approbations sous différentes formes bruyantes et silencieuses et reprit :

–Ben c'est tout un s'tie d'adon, mais le feu est pris su' vot' voisin. Le village Saint-Évariste a l'air en feu. J'étais sur la côte du Petit-Shenley quand j'ai vu la colonne de boucane pis même du vrai feu rouge. J'aurais pu m'en aller par là, mais quoi c'est qu'un bonhomme comme moé pourrait faire pour aider à éteindre un feu de village ?

–Tu pouvais venir nous le dire et c'est ça que t'as fait, fit Honoré. On va se greyer pis aller voir ça. Pampalon, va chercher le tuyau du patinoire. Veilleux, mets toutes les chaudières qu'on peut trouver dans le magasin dans ta voiture. Eugène, va atteler le cheval. Vous autres, si vous voulez aider, descendez à Saint-Évariste : ils vont avoir besoin de tous les bras disponibles. Un feu de village, c'est pas rien. On est venu proche d'y passer l'année du grand feu, en 1908. Peut-être que notre tour va venir un jour...

Honoré parlait maintenant dans l'inutile. Tous se levaient, parlaient, se proposaient de se rendre au moins sur la côte à Grégoire Grégoire, à un mille de là, pour voir de loin le village voisin que l'on disait la proie des flammes.

Uldéric fendit l'assistance qui se pressait vers la sortie et rencontra Honoré afin de lui proposer de monter avec lui, direction Saint-Évariste.

–Ben ça va nous rappeler des souvenirs de 1908, fit l'intéressé. J'avertis ma femme pis je te suis.

–Je t'attends dans mon char devant.

–C'est ben correct de même !

L'année du grand feu, les deux hommes avaient foncé dans le barrage de flammes du rang 9 pour aller à la rescousse de la famille Beaudoin au grand dam d'Émélie qui en avait fait l'amer reproche à son mari. Que dirait-elle maintenant qu'il se rendait à un feu de village ? Comme souvent, elle avait tout entendu depuis son salon en haut de l'escalier et alors que, pressé, Honoré montait les marches, elle parut, terrible, dans l'embrasure de la porte :

–Qui c'est que tu veux aller sauver encore, Honoré Grégoire ?

–Écoute, Émélie, c'est un feu de village : y a personne dans les maisons. C'est pas comme l'année du grand feu dans le 9, là... Ensuite, nous autres, on va arriver pas mal trop tard pour sauver qui que ce soit, hein...

–Quand même je te dirai de pas y aller, tu vas en faire à ta tête.

–Si le feu prend ici, on sera content que les voisins viennent nous aider.

–Les voisins de Saint-Évariste, c'est loin pas mal, je trouve, moi.

Émélie était dans son tort. L'on apprendrait le jour même que la famille Lamontagne, beaux-parents de Gédéon Jolicoeur, avaient eux aussi été éprouvés par l'incendie majeur qui laisserait une centaine de personnes à la rue.

Uldéric vit bien un attelage devant le nez de son auto, mais il ne réfléchit guère et la contourna par l'arrière, sans tenir compte non plus de la présence des enfants sur la deuxième banquette. Il monta et appuya aussitôt à fond sur la pédale de l'accélérateur afin d'établir le contact et faire virer le moteur. Quel gâchis ! La jument du quêteux se cabra sur-le-champ et jeta les pattes avant haut en l'air en les agitant dans le vent de la brunante. Elle étira le cou pour faire demi-tour, mais la longe retint la bride et la bête ressentit une forte douleur à la gueule. Deuxième tentative. Cette fois, les pattes en descendant frappèrent le capot de la voiture. Quel dommage ! Uldéric s'empressa d'actionner un levier qui coupait le contact. Un peu tard. Les dégâts étaient accomplis. Honoré accourut, suivi tant bien que mal par le quêteux, et s'approcha de la bête :

–Huhau ! Huhau !

Un témoin, Tine Racine, habitué et connaisseur des chevaux rétifs, traversa la rue depuis chez lui et rassura l'animal par son dire :

–Tout doux... tout doux... tout doux...

Bernadette gloussait comme une poule à l'intérieur. Anna-Marie tremblait de peur en songeant à la colère de son père et se demandait si ce n'était pas sa faute. Berthe n'avait pas conscience de la situation et loin de l'alarmer, le cheval excité l'amusait.

À trois auxquels devait se joindre Uldéric, on finit par maîtriser l'animal. Rostand était bouche bée. Blais bouillait. Grégoire fit l'étonné, mais il craignait une déclaration de guerre entre l'industriel et le mendiant. Car comment, quand on est quêteux à une cenne, peut-on ramasser l'argent qu'il faut pour faire réparer une 'machine' au nez si durement amoché ?

Pendant ce temps, tous les attelages avaient disparu dans le soir en direction de Saint-Évariste ou bien de son chez-soi pour y porter les nouvelles fraîches. Quelques adolescents montèrent sur leur vélo et partirent vers l'événement unique en train de se passer à quelques milles seulement. Quelques loustics vinrent voir l'accident devant le magasin. Et parmi eux, Philias Bisson qui avait la larme à l'oeil devant pareil dommage causé à si belle 'machine'.

–Va falloir changer le 'hood' au complet ! parvint à dire le propriétaire de l'auto.

–Ça coûte cher ? demanda Rostand.

–Plus que ce que tu gagnes dans la moitié de ton année.

–Ça vaut-il le prix d'un ch'fal ?

–À peu près.

–Ben j'm'en vas vous donner mon ch'fal pour vous dé-dommager.

La proposition ramena un peu de sérénité chez Uldéric. Et tandis que le forgeron et le marchand devisaient sur le coût des dommages, il eut le temps de réfléchir. Prendre le cheval du fautif, l'homme devrait revenir à la mendicité de l'ancienne mode. Mais pourrait-il le faire ? Il avait le visage d'un grand malade et le corps squelettique.

–Écoute, c'est autant ma faute que la tienne, mon homme. Détache ton cheval : on va oublier ça. J'achèterai un autre 'hood' de char. Un accident, c'est un accident.

Témoin d'une partie de la scène, Émélie fut édifiée par la

conduite du jeune industriel. Il avait compris que la guerre entre lui et le mendiant ne servirait qu'à les affaiblir tous les deux. Sa façon de faire lui vaudrait une réputation de magnanimité. Et le quêteux pourrait continuer de gagner sa vie. Misérablement certes, mais de la gagner tout de même. Car vu son état, il n'avait pas le choix de voyager en voiture et non plus à pied comme naguère.

–Envoye, Noré, embarque, on descend à Saint-Évariste. On va rattraper tout le monde...

Rostand remercia humblement et conduisit son attelage sous le porche du hangar tandis que la Ford s'élançait sur la route, la bonne route menant à Saint-Évariste...

***

Chapitre 27

Il ne resta plus dans le magasin que des chaises en désordre et deux personnages qui, au voeu d'Émélie, auraient bien pu, eux aussi aller au feu : le quêteux et quelqu'un lui ressemblant fort soit le jeune Jos Page qui, à trente ans, donnait l'air d'un vieillard.

La femme ne pouvait compter sur personne pour ranger en ce moment. Elle fit une proposition au seul homme valide dans la place : qu'il rapporte les chaises dans le hangar en un coin qu'elle lui désignerait moyennant quoi elle le paierait en marchandise pour un montant de quinze cents.

Jos refusa net.

–Chu capab' de faire ça gratis, moé.

Rostand fit un signe de tête à l'endroit de son infirmité.

–J'aiderais ben, mais...

–C'est sûr, c'est sûr ! fit Émélie qui se rendit devant le magasin pour ouvrir la porte et laisser sortir la fumée dense qui demeurait en suspension dans l'air ambiant.

L'homme alla s'asseoir dans les marches du grand escalier. Il attendit en silence que Jos finisse de transporter les chaises qu'Émélie pliait pour lui et empilait par trois le long de la table longue.

–Le plancher est pas mal sale : mais Pampalon va le nettoyer en revenant du feu.

–Il doit avoir eu son diplôme c't'année, votre Pampalon, Émélie ?

–Vous savez ça, vous.

–J'ai même su que vot' gars Henri est parti pour les États.

Émélie soupira en empilant les trois dernières chaises :

–On a perdu Ildéfonse : on sait qu'il reviendra pas. On a perdu Henri : on sait qu'il reviendra pas non plus. Y en a qui meurent, y en a qui volent de leurs propres ailes le plus loin qu'ils peuvent : c'est du pareil au même. Vous avez pas eu d'enfants, vous, monsieur ?

–Non, madame. Le bon Dieu a pas permis ça. Comme tout le monde dit : on s'ennuie pas de ceux qu'on a pas eus.

–Vous pouvez le dire.

Elle marcha sur le bout des pieds pour éviter les souillures sur le plancher et se rendit derrière le comptoir des dames. Jos finit son travail. Elle le remercia en lui tendant une bouteille de Coca-Cola. Et en donna une aussi à Rostand. Par charité. Mais quand elle la lui présenta et qu'il lui fallut s'approcher de lui, il lui parut que cet homme portait une grave maladie en son corps profond. Pourtant, elle ne l'avait pas entendu tousser. Il pouvait s'agir d'un cancer sinon de tuberculose. En retournant à ses affaires, elle se rappelait l'image de visages aussi émaciés, aussi exsangues, aussi défaits, comme ceux de sa soeur Marie, du vétéran Jean Genest et plus récemment la pauvre Delphine Bellegarde.

Jos Page qui s'était assis près du quêteux, s'écria soudain de sa voix la plus enrouée :

–Ben si c'est pas le p'tit Armand qui vient nous voir !

L'enfant de sept ans s'était caché au deuxième étage pour entendre ce qui se passerait durant l'assemblée. Depuis que les Grégoire ne prenaient plus d'aide domestique, le garçonnet s'en donnait à coeur joie avec sa liberté. Son ami Wilfrid n'était pas avec lui ce soir-là et c'est tout lentement qu'il descendait l'escalier en touchant la rampe sans nécessité.

Émélie entendit le baragouinage de Jos, mais elle ne tint pas compte des mots prononcés. Même que le nom de son fils lui échappa. En ce moment, elle se trouvait à l'autre bout à classer des bobines de fil dans un tiroir et son esprit accompagnait les sapeurs de fortune accourus vers Saint-Évariste tout à l'heure. Elle avait bien vu Bernadette au dernier moment et, la sachant avec son père, ne l'avait pas empêchée de partir dans la voiture à Uldéric.

—Assis-toé, mon p'tit gars ! reprit Jos Page.

Armand sourit et accepta. Il allait prendre place à côté de l'autre qui s'opposa :

—Non, non, pas là... icitte, entr' nos deux.

Et l'enfant se retrouva entre ces deux personnages d'exception, ce qui lui était peut-être naturel.

—Ta mére nous a donné d'la bonne litcheur : t'en veux-tu un peu ?

Jos tendit la bouteille que l'enfant prit aussitôt et porta à ses lèvres.

—T'aimes-tu ça ?

—J'en bois, des fois.

Rostand intervint :

—Quen, en veux-tu de la mienne itou ?

L'enfant accepta et en prit de l'autre aussi. Et c'est ainsi que microbes et bactéries dont peut-être le bacille de Koch entrèrent dans sa petite personne pour y couver à jamais ou bien pour y exercer des ravages, leur heure venue. Il n'était pas le premier enfant Grégoire à se faire contaminer : Bernadette avait respiré les postillons infectés de Delphine ainsi que d'autres émanant des crachoirs du magasin, qu'elle devait nettoyer deux fois par semaine. Il y avait beaucoup de tuberculose dans la paroisse, mais quand cela était possible, les familles cachaient la chose pour ne pas s'attirer l'opprobre et l'exclusion. D'autres personnes, comme cette femme célibataire de 39 ans, Octavie Buteau, ne changeaient pas leur vie pour autant : elles allaient à l'église, au magasin, à la forge si besoin, à la beurrerie même, en attendant que la mort vienne les chercher. Mais la consomption ne tuait pas toujours en quelques années et la vie de certains malades pouvait en être affectée jusqu'à 60 voire 70 ans. Et puis Octavie, elle au moins, traînait dans sa sacoche une petite boîte de fer-blanc à couvercle bien fermé, qui lui servait à déposer ses expectorations. On pouvait l'entendre à l'église tousser, écurer ses bronches puis baisser la tête pour cracher dans le petit récipient.

–C'est quoi que tu vas faire plus tard, toé, Armand ? lui demanda Rostand.

–Ben... un docteur.

–C'est beau, ça. Soigner le monde, c'est tcheuq'chose...

Émélie redressa le corps et se rendit compte que le magasin, vidé de la fumée, s'était à la place rempli de noirceur. C'est grâce à la lumière venue de la vitrine qu'elle avait pu accomplir son travail. Elle porta attention aux voix des deux hommes dans l'escalier sans leur jeter un oeil ni voir donc son fils encadré par eux. Il fallait qu'elle se rende tourner le commutateur afin d'inonder la place de lumière électrique. Elle longea le comptoir, marcha au pied de l'escalier toujours sans rien voir de précis et poursuivit son chemin jusqu'à l'interrupteur. Et la lumière fut...

À son retour au pied de l'escalier, elle s'adressa aux deux hommes :

–Comment c'est que vous aimez ça, du Coca-Cola ?

–Ben bon...

–Ben bon...

Armand avait disparu quant à lui. Lorsque sa mère fut passée devant lui au pied de l'escalier, il s'esquiva en douce via le bureau de poste. Elle ne saurait jamais ce qui lui était arrivé ce soir-là, pas plus qu'elle ne se rendait pas compte de la vraie nature de cette amitié particulière entre Armand et le petit Wilfrid.

–Dans un autre ordre d'idée, savez-vous que notre saint Père, le pape Pie X et très malade ?

–Hein ?!? s'exclama Jos Page.

–J'en ai entendu parler, dit Rostand. Un saint homme : le bon Dieu le laissera pas mourir.

–Faut pas dire ça : personne est exempt de la mort.

Jos prit la parole :

–Ben nous autr', on va pridjer pour lui.

–C'est quoi qu'il a, au juste, qui le rend malade ?

–La guerre, monsieur Rostand, la guerre. Qui saurait dire sa souffrance à la pensée des tueries à venir sur les champs de bataille ? Je l'ai lu dans le journal. Bronchite, pneumonie, inquiétude mortelle, c'est tout ça qui pourrait l'emporter.

–Si y en a un qui est ben placé pour comprendre ça, c'est moé... Pis en plus, j'pense qu'il est pas loin de 80 ans itou. Ça aide pas.

–J'ai lu 79, mais c'est tout comme.

Émélie soupira en ajoutant :

–1914, c'est une année noire comme l'a dit quelqu'un que je connais. Morts prématurées. Naufrages. Tremblements de terre. Grosse guerre. Et pour coiffer tout ça, la mort peut-être de notre saint Père.

Le quêteux frissonna de crainte :

–Ça va aller mieux l'année prochaine, dit-il en regardant quelque part dans un futur vague.

En le regardant, Émélie eut un pressentiment. Comme si cet homme ne verrait jamais 1915. Comme si un mal profond minait sa vie. Comme si la mort rôdait aux alentours de sa personne morale en attendant de happer l'autre. Y avait-il de quoi se surprendre ? Ne vivrait-on pas pour quatre mois encore en pleine année noire ?

*

Dans la nuit du 19 au 20 août, Pie X rendit l'âme.

Un mois après, ce serait le tour du quêteux Rostand. On l'apprendrait par quelqu'un de Mégantic de passage à Shenley. Pneumonie double, fut-il rapporté à travers les branches.

Mais puisque la vie se continue et que les cycles se suivent, les Grégoire réfléchirent aux changements inéluctables un soir de décembre dans leur chambre. Elle aurait 49 ans très bientôt, à la fin du mois et lui 50 fin janvier.

–Faut laisser notre place à d'autres.

–Et d'autres, il en vient au monde.

En effet, bien des familles comptaient un nouveau-né. On en fit une énumération de mémoire :

–Un bébé chez Cyrille Beaulieu : Laval qu'il s'appelle.

–Une fille chez Xavier Nadeau : Marie-Anna.

–Un petit gars chez Arsène Demers : Louis.

–Une petite fille chez Louis Champagne : Gabrielle.

–Un garçon chez les St-Pierre : Gérard.

–Et chez Alcide Campeau : Gérard aussi.

–Chez Uldéric Blais : ils l'ont appelé Raoul.

–Chez Joseph Vaillancourt : Rolland.

–Chez Romuald Breton : Alcide.

–Denise Carrier...

–Tu me dis pas qu'elle a eu un enfant, elle itou ?

–Fais pas le fou avec ça, Honoré. Elle m'a dit que dans le registre au presbytère, elle a compté 29 naissances en 1914.

–Pour une grosse paroisse comme nous, c'est normal.

–En tout cas, nous autres, on a notre quota.

–T'en voudrais pas un autre ?

–Non. Pas à cinquante ans.

Puis l'on fit le bilan de l'année noire. Tragédies, malheurs, décès et pourtant un heureux et nécessaire événement survenu début septembre : l'élection d'un nouveau pape qui avait pris le nom de Benoît XV.

Pour soulager l'anxiété mondiale, l'Église catholique fit poindre l'idée de la très certaine future canonisation du pape Pie X, l'un des grands depuis saint Pierre.

Malgré tout, aucun rayon de soleil ne venait percer l'épaisse couverture d'ombre qui enveloppait la terre entière à cause de la plus grande guerre jamais vue dans l'histoire de l'humanité.

***

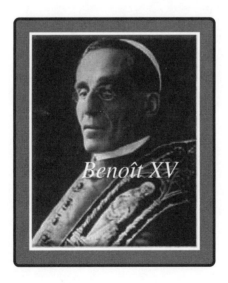

Benoît XV

Pie X

Chapitre 28

1915

Tout n'est jamais aussi sombre que les grands événements le font voir au premier chef. L'exceptionnel heureux se pouvait constater et contempler un peu partout malgré le pire en train de se produire en Europe : il suffisait de braquer sa lunette d'approche sur le quotidien et les êtres chers des alentours.

Personne mieux qu'Alice n'incarna le bonheur vivant au cours de la première partie de la décennie 1910 dans la maison Grégoire. La jeune femme qui s'était montrée frivole avant le départ de sa grande soeur Éva pour le mariage et la vie de famille à Saint-Gédéon allait devenir un modèle par la suite. Une parole dite par son père à son sujet fit son chemin, mise en exergue par son amour-propre, et celle qu'il avait qualifiée d'excitée à quelques reprises dont une devant le commis voyageur Pilon, deviendrait après ses études au couvent de Sainte-Marie et au collège de Stanstead, une perle rare qui permit aux époux Grégoire d'oublier ce deuil qu'avait signifié pour eux le départ d'Éva.

"Dans les années qui suivirent, elle prit, comme son père l'espérait, la relève d'Éva à la maison et s'appliqua à être

une bonne ménagère. Sous son règne, la maison d'Honoré et d'Émélie fut frappée par la baguette magique d'une fée. Le garde-manger regorgeait de pâtisseries et de bonnes choses. Une brassée de sucre à la crème n'attendait pas l'autre. La maison étincelait de propreté et régulièrement, Alice refaisait la décoration, changeant tel cadre ou tel vase de place. Honoré jubilait à nouveau, fier de sa fille. Et comme il se félicitait maintenant de lui avoir donné la meilleure instruction qu'il était possible d'avoir à cette époque ! "

Un clocher dans la forêt, page 53

Malgré tout, le front d'Honoré commença à se rembrunir quand Alice et son inséparable amie Alice Foley prirent l'habitude de recevoir à la maison de jeunes hommes dont Alphonse Champagne et Aristide Roberge.

Un fils de marchand général, Arthur Boutin, était venu ravir la princesse Éva, se disait Honoré. Un autre fils de marchand général, Alphonse Champagne, répéterait-il cet exploit et lui prendrait-il la duchesse Alice ? C'était à voir. En tout cas, il dresserait plus d'embûches sur son chemin qu'il n'en avait mis sur celui d'Arthur.

Et parmi les embûches, il y eut bien quelques bûches...

Pour éviter cette douleur que le départ d'Alice lui infligerait immanquablement, le malheureux Honoré se mit inconsciemment à décourager les cavaliers d'Alice de l'avoir comme beau-père. Lorsque cette jeunesse 'pacageait' au salon, jouant du piano ou de l'harmonium, Honoré signifiait à sa façon que c'était l'heure de partir. Il descendait alors à la cave pour aller chercher les dernières bûches de bois pour la nuit et faisait exprès pour en échapper une dans l'escalier. En entendant ce tintamarre, les rires, les chants et les notes de musique s'arrêtaient net et les amis d'Alice rentraient chez eux. Honoré pouvait soupirer d'aise, lui qui devait se lever à cinq heures du matin pour chanter ses messes. Mais

Alice, de son côté fulminait devant le manque de subtilité démontré par son père.

Un clocher dans la forêt, page 54

C'était le sur-surlendemain du jour de l'An, lundi, quatre janvier. Il faisait un froid à pierre fendre. Cet hiver-là, c'était de plus en plus souvent Philias dit Pit, le fils de Marcellin Veilleux, qui faisait la navette entre le magasin (et le bureau de poste) et la gare de Saint-Évariste. Plus maigre que 'Tavie' Buteau, marchant les pieds tournés vers l'extérieur, souvent traité de 'flancs-mous' par son père, Pit travaillait 'égal'. Jamais plus vite que le temps qui passe et sans jamais s'arrêter non plus.

Perdu dans son mackinaw d'étoffe, le jeune homme de dix-sept ans restait debout dans la gare, derrière une fenêtre, à guetter l'arrivée du train. Ce qu'il aurait fort bien pu faire en s'asseyant puisque le bruit de la locomotive et celui des roues sur les rails auraient pu réveiller une armée. Et il soufflait dans la vitre pour faire fondre le givre et y voir un peu mieux à l'extérieur.

C'est le train de Mégantic qu'il attendait. Et qui entrerait en gare d'une minute à l'autre. Les rayons du soleil frappaient la neige et rebondissaient dans les yeux du postillon rêveur pour les faire briller davantage. Depuis au moins trois ans que son coeur chavirait chaque fois qu'il se trouvait en présence d'Alice Grégoire. Et voici qu'il l'attendait, à son retour d'un voyage à Mégantic où elle avait passé le jour de l'An chez son amie de toujours, Blanche Jobin, mariée et résidant là-bas, pour la ramener chez elle à Shenley.

Il crut entendre un premier sifflement au loin et trouva sa montre dans sa poche. Le train avait deux ou trois minutes d'avance. De toute façon, ça n'avait pour lui aucune importance sinon qu'il verrait Alice un peu plus vite et tant mieux. Il avait été entendu à son départ qu'elle serait de retour le quatre... Le visage du jeune homme s'assombrit à l'idée qu'elle ne soit pas à bord du train pour une raison ou pour une autre. Le froid peut-être.

Ce voyage lui redonnait espoir. Si Alice aimait vraiment et profondément Alphonse, elle aurait passé le jour de l'An à Shenley. Certes, il les avait vus ensemble à la Noël et sur la patinoire à deux reprises, mais peut-être y avait-il eu rupture et cela expliquait-il l'absence de la jeune femme le premier de l'an.

Le pauvre Pit refusait de croire que ses chances étaient nulles avec elle. Premièrement, en raison de leur différence d'âge; car il était bien rare qu'une jeune femme acceptât de fréquenter, encore moins d'épouser, un garçon plus jeune qu'elle, a fortiori quand la différence allait jusqu'à cinq ans comme entre eux deux. Elle était née en 1893 et lui en 1898. Mais Alice avait le sourire si facile et si large qu'il le croyait pour lui seulement quand il la croisait dans les hangars ou le magasin, ce qui arrivait quotidiennement puisqu'il secondait son père, l'homme à tout faire d'Honoré dont le rôle avait acquis encore plus d'importance depuis que le marchand devait s'absenter sur de longues périodes pour voir à ses affaires du lac Frontière.

Le train siffla plus près. Pit frappa ses mains l'une contre l'autre pour exprimer sa joie, mais aucun bruit ne se produisit à cause de ses épaisses mitaines de laine.

–T'as l'air énervé à matin, mon Pit.

C'était le chef de gare qui s'adressait à lui via l'espace libre du guichet.

–Pas plus que de coutume.

–T'arrêtes pas de marcher de long en large.

–Pour me réchauffer.

–C'est vrai qu'il fait pas chaud icitte-dans. Les châssis sont pas trop ben calfeutrés pis avec le frette qu'il fait aujourd'hui, tu penses...

Le train siffla pour la troisième fois, signe qu'il était tout proche du chemin coupant la ligne quelques centaines de pieds plus loin.

–J'attends un voyageur, dit Philias. Je vas sortir pour prendre sa valise.

–Ça serait pas plutôt une voyageuse ?

Pit ne répondit pas et sortit sans tourner la tête et claquant la porte plus fort que de coutume, ce qui provoqua un sourire chez l'autre personnage.

Il se rendit à mi-distance sur le quai entre la gare et les rails. Le train approchait. La vapeur qui se dégageait de la locomotive ressemblait à un nuage de ouate tant elle se faisait dense. Au fracas général se mêla le bruit de la cloche qui parlait d'arrêt. Toujours impressionné par ce monstre de fer noir, Philias ne s'avança vers les rails qu'après le passage de la locomotive et bientôt les wagons à voyageurs furent là, devant le long quai, arrêtés.

Il lui fut facile de repérer Alice, la seule passagère d'un wagon. Elle descendit bientôt et se retrouva, grande et si bellement vêtue de noir, devant lui qui tendit la main pour prendre la petite valise.

–Allô ! Pit. Laisse faire, je vais l'emmener...

Ça ne lui plaisait guère, ce surnom, quand elle l'utilisait. Pit, ça faisait donc enfantin et ça accentuait leur différence d'âge.

–La voiture est de l'autre bord. Tu peux m'attendre dans la gare, le temps que je ramasse les sacs de malle. Ça sera pas long.

Elle s'y dirigea, entra.

Il y avait le long de la voie un chariot mobile à plate-forme servant à recevoir les colis et sacs de courrier à destination des paroisses des alentours non desservies directement par le train. C'est là que s'arrêterait le wagon concerné par ces expéditions, mais il fallait attendre que le train se remette en marche avant à petite vitesse. Ce qui ne tarda pas.

Le jeune homme put prendre le seul sac pour Shenley : plat et sans doute presque vide.

Il contourna la bâtisse et se rendit mettre le sac dans la voiture, une sleigh basse à deux lisses appelé communément 'toadsled', ne comportant qu'une seule banquette de bois. Il avait pris soin d'apporter non seulement une peau de carriole mais aussi une catalogne épaisse pour recouvrir les jambes et les pieds. Alice ne devrait pas se plaindre de son voyage de retour par ce froid mordant.

Elle vint mettre son nez dans la vitre de la porte. Il lui fit un signe de tête signifiant qu'il était maintenant prêt à partir. Alice entoura son visage d'une crémone qu'elle noua derrière sa nuque sous son chapeau de fourrure, salua l'homme de la gare et sortit par l'arrière. Il la fit s'abriter bien au chaud sous la catalogne et bientôt, l'on fut sur le chemin blanc menant à destination.

–Pas jasant aujourd'hui, Pit. Le 'frette' noir te rend muet...

–J'sais pas quoi dire.

–Tu me demandes si j'ai fait un beau voyage.

–As-tu fait un beau voyage ?

–Ben beau. Ben bon. Mégantic, c'est beau par là, autant en plein hiver qu'en plein été. Ou l'automne.

–Jamais allé : ni l'hiver, ni l'été, ni l'automne.

–Si jamais je m'en vas rester par là, tu viendras me voir. Je te ferai visiter...

Le coeur de Pit eut une défaillance :

–Pourquoi c'est faire que tu t'en iras par là ?

–Je dis ça comme ça.

Les paroles sortaient sourdement et devaient traverser la laine de l'écharpe pour parvenir jusqu'aux oreilles du jeune homme qui les protégeait mal avec les rabats de son casque. À un moment donné, aux abords du pont au pied de la longue côte, elle se rendit compte que le jeune homme avait du givre sur les lobes.

–Mon doux Jésus, Pit, tu vas te geler les oreilles. Attends, je vais attacher ton casque pour toi. Vois-tu ça, les oreilles te tomber dans le chemin ?

Elle ôta ses mitaines et s'empara de son menton pour lui tourner la tête en sa direction. Puis attacha les deux cordons pour que l'air brûlant de froid ne passe plus et ne puisse atteindre la peau des endroits du visage plus sensibles et vulnérables.

–T'aurais dû te mettre une crémone. C'est trop froid pour garder le visage découvert. Pauvre Pit ! Tu vas geler... geler ben dur... comme... une crotte de cheval...

La jeune femme éclata de rire : un rire étouffé qui jaillit tout entier par ses yeux bruns depuis les profondeurs de sa joie de vivre.

Voici que le coeur de Pit ne savait plus sur quel pied danser. Elle prenait soin de lui : était-ce par un certain sentiment que cette douce préoccupation s'exprimait ? Elle se moquait de lui : était-ce en raison d'une barrière qu'elle gardait haute entre eux ? Il aurait voulu la prendre dans ses bras et la serrer fort sur lui. Lui dire qu'il voudrait décrocher la lune pour elle. Et mettre des morceaux de soleil dans son quotidien. Il allait ouvrir la bouche pour lui dire merci à sa façon : celle d'un garçon bouleversé par la présence tout près de lui d'une jeune femme fascinante et belle comme la voûte étoilée d'une nuit d'été.

–Je...

–Dis donc, Pit, as-tu une blonde, toi ?

–Non.

–Non ? Hein ! T'as quel âge, là ? Seize ?

–Dix-sept... je m'en vas sur dix-huit.

–C'est le temps de te faire une cavalière. Hé... mais la belle Éveline Martin, elle a seize ans et c'est une vraie belle fille, trouves-tu ? D'aucuns disent que c'est la plus belle qui soit disponible dans toute la paroisse. On va passer devant, ça sera pas long, on va arrêter. On va demander pour se réchauffer. Madame Odile va être contente : est amie avec ma mère.

–J'en veux pas de cavalière...

–Tu l'aimerais pas, la belle Éveline ?

–Non.

–T'aimes mieux rester tout seul.

–Non.

–Ben là...

Pit ramassa tout son courage pour dire :

–Celle-là que j'voudrais, elle me voit même pas.

–Qui c'est donc ?

–Je le dis pas.

Et il cracha de travers de l'autre côté de la sleigh. Alice avait en horreur ce geste de trop d'hommes dont heureusement s'étaient toujours abstenus son père et ses frères ou bien ils auraient eu affaire à Émélie.

Puis il fit trotter son cheval gris sur un bout de chemin sans rien dire. Alice attendait qu'il parle et c'est elle qui dut de nouveau casser la glace ressoudée entre eux :

–Orpha Bilodeau, tu l'aimerais pas, Pit ?

–C'est pas de mon âge, voyons.

–C'est vrai qu'il faut être du même âge le plus possible.

Le jeune homme se mordit les lèvres. Il ne voulait pas de quelqu'un plus jeune de cinq ans et voudrait de quelqu'un plus vieux de cinq ans. Tombé dans la contradiction, il voulut se rattraper :

–C'est pas une grande fille, elle.

–Elle va devenir une grande fille et ça sera pas long asteur. Elle doit avoir douze ou treize ans, tu sais.

Il prit une voie d'évitement :

–Pis... à Mégantic ? Un beau jour de l'An ?

–Ah oui ! Ah oui !

Elle n'en dit pas davantage. Et n'en dirait pas plus. C'est que là-bas, elle avait connu un jeune homme de fort belle prestance. Et depuis, elle pensait très souvent à lui. Ce beau garçon d'à peu près son âge était télégraphiste et s'appelait Stanislas Apollinaire Michaud. Un nom à coucher dehors, avait-elle dit à son amie Blanche pour mieux cacher l'enchantement qu'elle ressentait à cause de lui. En dire un mot à Pit, ce serait comme de tout révéler à ses parents; or elle n'était pas prête pour ça. Et puis à penser à l'attitude de son père avec ses cavaliers, quelle serait sa réaction devant un prétendant d'aussi loin que Mégantic ?

Puis elle riait d'elle-même dans sa tête : elle l'avait connu seulement et Stanislas n'avait encore rien pour elle du prétendant. De plus, il y avait toujours Alphonse à Shenley. Mais Alphonse ne faisait pas battre son coeur comme ce jeune Michaud qui lui mettait dans la tête et la bouche les mots d'une chanson d'enfants qu'elle ne cessait de fredonner depuis trois jours :

Michaud est monté dans un peuplier.
La branche a cassé : Michaud est tombé.
Ah, relève, relève, relève,
Ah, relève, relève Michaud...

C'était la joyeuse manière d'Alice de penser à ce nouveau venu dans sa vie, un être qu'elle sentait devoir occuper une grande place dans son avenir.

Blanche Jobin avait le jeune homme en haute estime et c'est pour cette raison qu'elle l'avait présenté à sa meilleure amie. Mais Alice, si les choses devaient aller plus loin, sentait le besoin de faire connaître Stanislas à ses deux autres amies : Alice Foley et Marie-Ange Ferland. Pour cela, déjà, avec la complicité de Blanche, elle avait planifié un futur voyage à Mégantic aux alentours de Pâques.

C'est donc le coeur plus léger que jamais, soulevé par un nuage de joie, qu'elle revenait chez elle reprendre son rôle de petite mère auprès de la famille Grégoire, un rôle qu'elle jouait depuis le départ d'Éva, en fait depuis la fin de ses études.

Jamais il ne lui viendrait en tête que Philias puisse nourrir un sentiment envers elle. Jamais elle n'avait songé à cela depuis le temps qu'elle le connaissait. Pit avait grandi sous ses yeux tout comme son frère Eugène ou même Armand. Elle l'avait vu si souvent dans les bâtisses du complexe commercial qu'il faisait partie des meubles, de son quotidien au même titre que son père Marcellin.

Veilleux ramassa de nouveau tout son courage et lança :

–T'as ben dû t'ennuyer de Phonse le temps que t'as été partie à Mégantic ?

Elle ne répondit pas sur-le-champ, se racla la gorge :

–Ben... oui pis non...

–Ça se peut pas, ça : oui pis non.

Alice éclata de rire. Un rire qui cachait quelque chose.

–Je te dirai, Pit, que t'as pas à demander ça. Alphonse est un grand ami, mais...

–Tu vas pas te marier avec lui...

–Tu devines mes pensées, Pit.

Enfin un soulagement pour lui. Ce ne fut pas de longue durée. A l'approche de la maison Martin, Alice insista pour qu'on s'arrête se réchauffer comme elle l'avait suggéré plus tôt. Sitôt la voiture dans la cour, elle sauta dans la neige et gravit rapidement les marches de l'escalier tandis que Philias étalait une couverture sur le dos du cheval.

Éveline vint répondre à la porte.

–Alice ! s'émerveilla-t-elle en l'apercevant qui se défaisait de sa crémone.

–Éveline !

–Entre ! Tu vas geler dehors.

–C'est pour se réchauffer qu'on vient.

–On chauffe le poêle pis la fournaise sans arrêt depuis avant le jour de l'An. Jamais vu un hiver aussi frette de ma vie, moi.

Elles entrèrent. Pit demeura debout près de son cheval, se demandant s'il devait suivre la jeune femme à son tour, puis à se dire qu'il n'avait pas été invité à le faire par les gens de la maison.

–Tes parents sont ici ?

–Mon père est parti dans le bois. Ma mère est un peu malade. Je pense que c'est son foie. Est couchée, mais elle va être contente de te voir, Alice. Avez-vous eu des nouvelles d'Henri ?

–Imagine que non. Mon oncle Jos nous a écrit pour les Fêtes. Il nous a transmis les salutations d'Henri. Mon p'tit frère, il est pas vaillant sur l'écritoire, je te dis...

Le regard d'Éveline quitta la maison et le moment présent pour se perdre dans l'invisible. Il lui passa par la tête une image de la fameuse Saint-Jean-Baptiste alors qu'ils revenaient de Saint-Georges sur le char allégorique. Mais la scène s'estompa derrière un brouillard aveuglant, comme celui d'une poudrerie épaisse.

–À quoi tu penses, Éveline ?

–À vous autres, les Grégoire. Une famille unie, heureuse, riche...

–Nous trouves-tu trop gâtés par le ciel ?

–Des fois.

–C'est sûr... quand on pense aux Lepage disons... Pauvres comme Job, mais sont pas si malheureux. Hey... sais-tu ce que j'ai entendu conter par Jos l'autre jour ?

–Allons s'asseoir dans le salon. Viens...

Alice avança vers le divan et dans son récit :

–Ça fait quelque temps de ça... j'sais pas quand. C'était l'été en tout cas. Les vaches ont brisé la clôture de perches et sont passées dans le pacage du voisin. Quand ils l'ont su, les petites Page sont allées chercher les vaches... Ah, faut dire que le temps était à la pluie... Et là, ils ont ramené les vaches chez eux. Et là, ils ont demandé à la petite Marie de rester assise sur une pagée de clôture pour surveiller les vaches en attendant que le père vienne réparer la clôture. Jos était parti de la maison cette journée-là. Tu peux pas deviner ce qui est arrivé ? Ils ont oublié Marie qui a passé toute la nuit d'orage assise sur la pagée de clôture à se faire tremper jusqu'aux os pour voir à ce que les vaches retournent pas dans le pacage du voisin. Non, mais vois-tu ça ? Les éclairs, le tonnerre, la pluie battante et la pauvre Marie qui doit rester sans dormir –forcément– perchée sur sa pagée de clôture. Ça, c'est pas une question de pauvreté ou de richesse, Éveline, c'est une question de jugement.

–C'est terrible de penser à ça.

–J'te dis que c'est pas ma petite soeur Bernadette qui serait restée longtemps sur la pagée de clôture. D'un autre côté, elle travaille dur sur les planchers de la maison et du magasin. Chacun ses misères, chacun ses labeurs, chacun ses joies et chacun ses peines !

–Toi, Alice, tu donnes l'image du bonheur en marche.

–Tu trouves ?

–Ma mère dit souvent ça...

Une voix affaiblie se fit entendre depuis l'extérieur de la pièce :

–C'est vrai que je le dis souvent.

Odile venait de se lever et de marcher dans ses pantoufles silencieuses jusqu'à l'entrée du salon où en même temps qu'elle parlait, elle aperçut ce pauvre Pit qui tâchait de se réchauffer en dansant dehors autour de son cheval.

–Quoi, vous laissez le petit Veilleux dehors, vous autres, à geler ben dur ?

–C'est vrai ! Je l'oubliais, celui-là, fit Alice qui mit sa main sur sa bouche pour retenir sa courte honte.

Éveline accourut vers la porte :

–Je vas le faire entrer. Ôtez-vous du courant d'air, maman, là.

La jeune fille ouvrit à demi :

–Pit, viens icitte.

Il regarda vers elle, hésita, regarda ailleurs comme pour lui dire : c'est que tu me veux ? Elle redit :

–Icitte, Pit !

Il obéit et entra dans la maison en même temps qu'un large pan de vapeur.

–Assis-toi sur le banc de quêteux en attendant de te réchauffer comme il faut, lui ordonna Odile. Tu vas voir qu'il fait chaud icitte-dans.

Il accepta. Quand il eut pris place, il baissa la tête comme pour faire comprendre qu'il n'écoutait pas les propos lui parvenant depuis le salon.

–On dirait que vous êtes un peu malade, madame Martin, aujourd'hui ?

Elle mit sa main sur son ventre du côté droit de son corps enserré dans le tissu de son vêtement :

–C'est mon foie, je pense. Mal là où il se trouve. Étourdissements et tout. Déjà eu ça assez souvent.

–Prenez-vous quelque chose ?

–De l'eau chaude. Pis j'me mets des compresses chaudes vis-à-vis du foie. Ça aide.

–Peut-être que dans les remèdes de l'abbé Warré...

–J'voulais toujours aller jeter un coup d'oeil.

–Restez pas debout.

–Je m'sens mieux deboutte.

Odile avait le teint cireux, les yeux entourés de bistre, la voix mal assurée. Chaque année, Alice la trouvait vieillie prématurément tout comme Lucie Foley de son vivant; et pourtant Odile n'avait porté que bien peu d'enfants en regard de la voisine des Grégoire décédée en 1912. Par contre et par bonheur, on ne lui voyait pas de signes de tuberculose comme chez le quêteux Rostand ou Delphine Bellegarde. Se pouvait-il que son sang tourne en eau ? Et puis mille maladies peuvent assommer un être vivant, disait souvent Émélie. Mille qu'on connaît et mille autres qu'on connaît même pas... Il n'y a qu'une façon de venir au monde, disait-elle aussi, il y en a des milliers et des milliers de le quitter, ce monde où on ne fait que passer...

–C'est pas le temps de parler de maladies, parlons donc de toi, Alice, réclama Odile qui, bien enveloppée de sa robe de chambre en tissu chenillé crème et de la chaleur de la maison, s'appuya au chambranle de la porte.

–Ah, moi, tout va bien, madame Martin. Tout va sur des roulettes.

–On a su que t'étais partie à Mégantic : tu dois en arriver à matin ?

–C'est ça.

–De coutume, t'es à la fois joyeuse et sérieuse, mais là, on te sent à la fois joyeuse et heureuse.

–J'ai passé un ben beau jour de l'An, vous savez.

–Ça, fit Odile en passant la mains dans ses cheveux pour les ôter de sa figure, ça veut-il dire qu'il y a de la romance dans l'air ?

–De la romance ? Ben non voyons ! Alphonse est un bon ami, mais...

–Non, non, je voulais dire... une nouvelle romance... pas loin du grand lac Mégantic.

Alice éclata de rire :

–Vous en devinez, des choses, vous.

Odile soupira :

–La romance, c'est une chose que je connais...

Éveline aimait ce côté sentimental et lustré de sa mère... et savait fort bien la place qu'avait occupée dans son coeur le beau Marcellin Lavoie.

Et Odile commença à fredonner :

Parlez-moi d'amour,
Redites-moi des choses tendres
Votre beau discours
Mon coeur n'est pas las de l'entendre...

–Maman ! s'exclama Éveline qui écouta le refrain jusqu'au bout, ça nous regarde pas du tout, la vie sentimentale d'Alice.

–Mais ça nous intéresse.

–J'ai eu un beau jour de l'An vu que j'étais avec ma meilleure amie de toujours, Blanche Jobin. Puis Mégantic, c'est pas pareil : les montagnes toutes blanches, la glace à perte de vue sur le lac...

–Y en a-t-il qui parlent encore de Morrison par là, tu sais le cow-boy qui s'était battu en duel avec un Américain sur la rue principale ?

–Pas trop. Ça fait au moins vingt ans qu'il est mort, le hors-la-loi de Mégantic.

–On a jamais su si c'est vrai que tes parents l'ont vu et lui ont parlé ou si c'est une... comment ils disent ?

–Une légende ?

–C'est ça : une légende.

–Ma mère dit toujours qu'une légende doit rester une légende. La briser, c'est comme briser un vase précieux.

–Elle a ben raison. Éveline, voudrais-tu aller nous verser une bonne tasse de thé ? Y en a au chaud sur le poêle, qui doit pas être imbuvable parce que trop fort.

La suite de cette séance de réchauffement fut à la même joyeuse enseigne et la visite fit beaucoup de bien à Odile. On ne se préoccupa guère de Philias qui refusa une tasse de thé chaud tout en espérant qu'on insiste et persiste à la lui donner, ce en quoi il se trompa. Éveline ne forçait jamais la main de personne; c'était ça aussi sa façon de respecter la volonté des autres.

Consolation pour lui : au moins la trouva-t-il en effet très agréable à regarder, la Éveline Martin. Il avait fallu les mots d'Alice plus tôt dans la voiture pour qu'il ouvre les yeux sur cette réalité pourtant évidente. Mais aussitôt ressenti, il s'en voulut de pareille réaction. Comme si de trouver une jeune fille jolie constituait une sorte d'infidélité envers une jeune fille aimée, même en secret.

–Bon, ben, en route su'la croûte ! s'exclama Alice en se levant prestement.

Elle s'entoura la tête de son écharpe noire et la noua.

–Tu fais ben de te protéger comme il faut, commenta Odile. La consomption rôde pas mal de ce temps-là par icitte. À vrai dire tout le temps...

–Les personnes atteintes devraient pas aller en public.

–Ça, suis ben d'accord.

–Mes parents ont toujours dit que ma tante Marie avait attrapé sa maladie au contact du pendu avant qu'il meure... le vieux Jean Genest du Petit-Shenley.

–Oui, je sais. Je me rappelle d'avoir entendu ça. Ils ont probablement raison.

–Faut essayer de se garder en santé en mangeant du mieux qu'on peut, pas trop mais comme il faut. Surtout de la bonne viande...

–Faut les moyens pour ça; tout le monde les a pas, Alice, tout le monde les a pas.

Éveline se rendit la première à la porte. Elle sourit largement à Philias qui sortit d'abord en saluant vaguement sur des mots marmonnés.

–Bonjour là !

Enfin une phrase qui ne contenait pas le nom Pit. Celles-là, il les comptait.

–Arrête nous voir des fois, lança Odile d'une voix qui n'atteignit pas le jeune homme.

Éveline avait refermé la porte et Alice laissait à ses hôtes ses derniers mots :

–Je vas regarder dans la pharmacie des médicaments de l'abbé Warré pour voir si je trouverais pas quelque chose pour vous, madame Martin.

–Tu m'en diras quelque chose quand on ira au magasin si tu y repenses.

–Suis rarement au magasin comme vous le savez, mais dites à Freddé de m'avertir quand vous serez là. Bonne journée et surtout... mais mon doux Seigneur, on a oublié de se souhaiter la bonne année, nous autres ?

Et sans qu'elle ne dénoue sa crémone, ce furent les effusions traditionnelles, pendant que dehors, Veilleux rangeait la couverture dont il avait recouvert le cheval. Il prenait son temps pour que l'attente paraisse moins longue.

Emportée par la gaieté, Alice, au moment de monter en voiture lança au jeune postillon du roi :

–Pit, on s'est pas souhaité la bonne année, nous autres. Embrasse-moi donc pis donne-moi... ben donne-moi donc la mitaine...

Et voilà que sur un grand éclat de rire à la Grégoire, il y eut étreinte de tissus épais sous ce froid qui faisait éclater toutes choses ce qu'il arrivait à pénétrer jusqu'au coeur.

Fou de joie et tout confus, Pit ne saurait plus que bre-
douiller le reste du voyage. Et puis quel besoin de parler
puisque sa compagne fredonna tout le temps :

Parlez-moi d'amour,
Redites-moi des choses tendres
Votre beau discours
Mon coeur n'est pas las de l'entendre...

***

Alice Grégoire

*Alice Grégoire et
Alice Foley*

Chapitre 29

Dans les semaines qui suivirent, Alice ne parla de Stanislas Michaud que dans sa correspondance avec Blanche Jobin. Les mots révélaient ses espoirs secrets. Émélie devinait qu'il se passait quelque chose d'important dans le coeur de sa fille. Elle chercha à savoir en passant par Éva, mais la discrète Éva garda le silence sur le sujet, d'autant qu'elle aussi ignorait l'existence de cette petite flamme aux grands ravages qui brûlait dans le coeur de sa soeur. Et puis Éva venait peu souvent à Shenley. Mère d'un petit garçon, elle était enceinte de nouveau.

Craignant la réaction d'Honoré devant la nouvelle orientation de ses sentiments, Alice fit preuve envers lui de beaucoup d'attention dans les semaines qui suivirent. Et tout particulièrement à la fin du mois quand son père traversa la ligne tant redoutée de ses cinquante ans.

Le 29 janvier tombait un vendredi. Il fut décidé de fêter Honoré le dimanche. Alice confectionna un gâteau dont on se souviendrait. Grand comme tout le dessus du réservoir du poêle. Plein chocolat. Orné de lettres roses disant 'bonne fête papa' et de chiffres verts marquant l'âge atteint.

Le repas fut servi le midi. On ajouta un espace aussi

grand que la table à la table. Alice avait assisté à la basse messe pour mieux voir à tout durant la grand-messe. Et voici qu'elle regardait les couverts et situait chaque personne dans sa tête : ses parents au bout de la table vers le salon, Alfred et sa femme à leur droite, Éva et Arthur à leur gauche, Alphonse Champagne et elle-même ensuite face à leurs invités d'honneur, le docteur Goulet et son épouse, Édouard Allaire et Restitue Jobin ensuite, et enfin les autres enfants de la famille sur la seconde table : Pampalon, Eugène, Bernadette, Armand et la petite Berthe, grande fille de près de cinq ans.

Et aucun jeune enfant pour déranger par ses cris et ses pleurs. Ti-Lou Boutin était gardé par ses grands-parents à Saint-Gédéon. Et les enfants d'Alfred, Raoul et Rachel, avaient été confiés à la garde des Lambert tout près de là.

Le fameux gâteau était gardé sur le piano dans le salon, recouvert d'un papier glacé. Il flottait dans l'air l'odeur d'un pot-au-feu en train de mijoter. Tous étaient partis à l'église à l'exception d'Eugène qui, assis par terre dans le salon, au bout du piano, enveloppé d'une couverture de laine, lisait un livre qui semblait le fasciner. Et quand vint Alice prendre des objets dans un vaisselier, elle l'aperçut :

–C'est que tu fais là ?

–Ben je lis, tu vois.

–Tu lis quoi ?

–Un roman.

–Un roman !

–Oui, un roman.

–Quel roman ?

–Maria Chapdelaine.

–Ah oui ? Depuis quand que ce livre-là est dans la maison ?

–Depuis que maman l'a acheté à Québec avant les Fêtes.

–C'est beau ?

–Certain.

–Lis-moi donc un petit bout d'abord.

–O.K. ... "*Un beau garçon assurément : beau de corps à cause de sa force visible, et beau de visage à cause de ses traits nets et de ses yeux téméraires.*"

Le regard d'Alice quitta la pièce pour se retrouver dans le salon de Barthélemy Lachance à Lac-Mégantic, qui était l'époux de Blanche Jobin, cette grande amie très liée à Éva d'abord et à elle aussi maintenant. Et le beau garçon décrit par l'auteur de Maria Chapdelaine se trouvait là et avait pour prénom Stanislas Apollinaire.

–Comment il s'appelle, ce beau garçon aux yeux téméraires de ton livre ?

–François Paradis.

–On dirait que c'est intéressant... viens donc m'en lire d'autres bouts dans la cuisine le temps que je travaille à préparer la table.

–O.K.

Eugène se leva et marcha derrière sa soeur en lisant, absorbé par le texte de Hémon. Sans se départir de sa couverture, il prit place sur une berçante près du gros poêle qui lançait dans toutes les directions des bouffées de chaleur.

Alice mit sur la table les accessoires et attendit un moment la voix de son frère qui ne vint pas.

–Tu m'as oubliée ?

–Non... Attends que je trouve un beau bout...

–Ben moi, je vais préparer un mot pour papa...

Elle alla chercher une écritoire dans une armoire et la posa sur la seconde table ainsi qu'une feuille de papier jaunâtre. Et chercha quoi dire alors que son frère lui faisait lecture d'un autre passage du livre :

« *Il* –François– *semblait un peu confus d'avoir tant parlé, et se leva pour partir. "Nous redescendrons dans quel-*

ques semaines, et je tâcherai de m'arrêter plus longtemps, dit-il encore. C'est plaisant de se revoir !"

Sur le seuil, ses yeux clairs cherchèrent ceux de Maria, comme s'il voulait emporter un message avec lui dans les 'grands bois verts' où il montait; mais il n'emporta rien...››

–Comme c'est triste !

–Tu parles trop vite. Écoute !

–C'est beau. J'écris, mais j'écoute.

–Tu peux pas faire deux choses en même temps.

–Justement... parce que j'suis une fille, je peux...

Eugène soupira avec condescendance et reprit sa lecture :

‹‹ *Elle* –Maria– *craignait, dans sa simplicité, de s'être montrée déjà trop audacieuse, et tint obstinément les yeux baissés, tout comme les jeunes filles riches qui reviennent avec des mines de pureté inhumaine des couvents de Chicoutimi.* ››

–J'te dis que les jeunes filles ont l'air timide dans le bout du Lac-Saint-Jean.

–Comment que tu sais que c'est au Lac-Saint-Jean que ça se passe.

–Écoute, Eugène, je lis les journaux moi aussi au cas où tu le saurais pas. L'auteur Louis Hémon était un jeune Français mort en 1913 dans un accident de chemin de fer en Ontario. Écrivain. Son livre que t'as là a été publié l'année passée, en 1914. Ce que j'ignorais, c'est que maman l'avait acheté à Québec, c'est tout. Je passe pas tout mon temps comme toi à fouiller dans la bibliothèque.

–C'est-il un crime ?

–Avec tout ce qu'il y a à faire dans la maison, ça serait un crime de passer mon temps à lire.

–Comme ça, je devrais pas lire.

–C'est pas ce que je dis, Eugène, je dis que d'aucuns comme toi ont le temps de le faire et d'aucunes comme moi ont pas le temps. Envoye, lis-moi un autre bout, j'aime ça...

« *Maria songea qu'elle n'avait encore vu François Paradis que deux fois dans toute sa vie de jeune fille et elle se sentait honteuse de son émoi.* »

Alice éclata de rire.

–C'est quoi qui porte à rire là-dedans ?

–Honteuse de son émoi. On n'a pas à être honteuse de son émoi...

–Ça fait que deux fois qu'elle le voit...

–Pis moi une fois.

–Comment ça, toi, une fois ?

–Je me comprends, Eugène Grégoire, je me comprends.

–Moi, j'comprends pas.

Elle n'en dit pas plus et lui se retira dans sa bulle.

Alice écrivit :

« *Mon père de 50 ans,*

Après avoir consulté les astres, j'ai vu que votre cinquantième année sera la plus belle et la plus prospère. Le ciel va vous envoyer des bonheurs que vous n'auriez pas cru possibles. Souriez à la vie quoiqu'il advienne. Et ce qui adviendra vous fera sourire de joie. Même sans vos beaux habits du dimanche, sans ceinture fléchée, sans souliers souples, vous êtes endimanché dans le coeur tous les jours de la semaine. Tous vos enfants, du premier, Alfred, jusqu'au dernier, Berthe, ont pour vous une admiration que vous avez su mériter jusqu'à ce jour.

Le voyage que nous poursuivons tous ici-bas nous conduit vers la lumière et certains l'atteignent plus rapidement que d'autres. Vous êtes de ceux-là. Ce que vous avez bâti de plus précieux dans cette maison, c'est encore l'espérance. Et avec elle, sa fille aînée, la joie.

Malgré les peines, les deuils, le labeur, le soleil ne se couche jamais à l'intérieur de cette maison tant que vous y êtes et que maman y vit. Vos enfants s'en vont comme vous avez quitté votre famille de Saint-Isidore pour venir fonder la vôtre dans la forêt des concessions. Mais leur ombre, leur pensée, leurs rires et leurs petites peines toujours vont colorer les murs des pièces de cette demeure si chaude et si accueillante.

Vous avez le coeur à l'entreprise et il faut qu'il en soit ainsi pour suivre le progrès ou même le précéder comme vous l'avez toujours si bien fait avec l'aide précieuse de maman Émélie. Les astres me disent que vous allez, cette année, entreprendre quelque chose encore et que vous le réussirez à merveille comme tout ce que vous touchez.

Bon cinquantième anniversaire de naissance, Honoré Grégoire, de la part de tous vos enfants : Alfred, Éva, Alice, Henri, Pampalon, Eugène, Bernadette, Armand, Berthe. Et aussi de ceux qui sont partis et nous regardent vous aimer de là-haut : Ildéfonse, Bernadette, Armandine, Maurice.

J'ai reçu de monsieur et madame Lacroix une carte de bons voeux que j'ajoute aux nôtres, à ceux de maman et à ceux de tous. ››

Puis Alice roula le document et l'entoura d'un ruban rouge dont elle frisa les extrémités. Et elle déposa cette courte adresse devant l'assiette d'Honoré.

Il ne restait plus qu'à attendre l'arrivée de tous.

Restitue se présenta la première, qui n'avait pas assisté à la grand-messe et fut suivie de près par Édouard Allaire. Tous les deux se présentèrent par la porte du magasin qu'on avait laissée déverrouillée à leur intention. Alice les fit asseoir au salon après qu'ils eurent enlevé manteau et bottes d'hiver. Chacun était venu le petit pas. Tous deux souffraient maintenant assez gravement d'une incontournable et irréversible maladie : la vieillesse, cette partie de la vie qui vous détache de la vie...

Alice les fit asseoir au salon.

–Comment que ça va, ton coeur ? demanda aussitôt Restitue à Édouard.

–Mon angine est toujours là, mais pas trop forte... Suffit que j'marche pas vite vite... C'est à faire attention ben ben comme il faut. Pis toé ?

–Ah, j'ai donc le foie engorgé de ce temps-citte. J'prends de l'huile de foie de morue, mais c'est tout le temps tannant, là, dans le côté.

–Les jambes ?

–Les genoux... c'est ben dur c't'hiver. C'est l'humidité, tu comprends. Pis toé, ta dent creuse ?

–Est partie.

–Ah oui ?

–Ben oui. C'est Noré qui me l'a arrachée.

–T'as dû souffrir le martyre ?

–J'ai pris quelques bons coups de cognac. C'est le petit Armand qui nous regardait faire. Il riait jaune.

–Où c'est qu'il t'a arraché ça ?

–Drette icitte, au milieu de la cuisine. Émélie voulait pas pantoute. Elle voulait que j'me fasse arracher ça par le docteur Goulet. Mais Noré a le bras trois fois plus fort que le p'tit docteur.

–Des plans pour faire une crise de coeur.

–Mourir de ça ou ben mourir d'autre chose.

–Quant à ça... Pis le p'tit Armand a tout vu ?

–Noré a dit qu'il va y montrer comment faire pour arracher une dent. Comme septième fils de la famille, c'est lui qui a hérité du don de son père pour arracher les dents. En tout cas, le p'tit est ben parti pour l'apprendre parce que quand c'est que son père forçait après moé pour arracher la dent, lui, il a pris la bouteille de boisson pis il buvait un coup. Une chance qu'on l'a vu parce qu'il s's'rait soûlé, le p'tit v'nimeux.

–Les enfants, c'est curieux, ça veut tout savoir.

Et l'échange de propos sur la santé s'éternisa comme chaque fois qu'ils se rencontraient. Faut dire que les mois d'hiver les empêchaient le plus souvent de se réunir à quatre : eux deux, Grégoire Grégoire et Memére Foley, pour jouer aux cartes. Et chacun avait bien hâte à la fonte des neiges pour que recommencent ces parties mémorables alors que chacun pouvait tout à loisir mettre sur la table, entre les coeurs et les trèfles, ses problèmes de santé et leur évolution.

Une heure plus tard, tous étaient à table. On avait mangé le mets principal et arrivait le temps du gâteau d'anniversaire que plusieurs attendaient avec de grands yeux arrondis. Tous l'avaient vu et mangé du regard déjà. La réputation des délices d'Alice remplissait toutes les odeurs de la maison. Et c'est par ses couleurs que le gâteau y contribua à son tour ce jour-là.

Elle alluma une seule chandelle plantée entre le 5 et le 0 de l'âge d'Honoré et porta le gâteau, Berthe à son côté, vers la table en chantant le *'Joyeux anniversaire'*, accompagnée par les voix de la tablée dont, par-dessus toutes, celles de Pampalon et d'Eugène.

En même temps que le dernier mot, elle mit le gâteau dans l'espace aménagé plus tôt devant Honoré.

–Et là, je demanderais à la plus belle voix autour de la table de chanter en solo le 'joyeux anniversaire'...

Bernadette se leva à demi.

–Ben non, pas toi, Bernadette.

–Ça serait moi ? questionna Pampalon, pince-sans-rire.

–Tu sais ben que non ?

–Qui c'est qui chante les messes ? dit Édouard.

–C'est papa, répondit Alice, mais il peut pas se chanter

bonne fête à lui-même.

–Qui c'est, d'abord, la plus belle voix autour de la table ? s'enquit Émélie.

Alice regarda son beau-frère Arthur et le désigna de la main :

–C'est notre homme.

–Je veux bien chanter, dit Arthur en soulevant l'épaule, et ça va me faire grand plaisir, mais à la condition qu'on ne dise plus que j'ai la plus belle voix ici.

On l'applaudit.

Il se leva et chanta de nouveau le 'joyeux anniversaire'.

Puis Alice lut l'adresse qu'elle avait composée. On applaudit encore. Alors Honoré remercia en quelques mots préparés d'avance durant la grand-messe :

–Le plus beau cadeau qui m'est fait, c'est la santé. Et ça, ce cadeau-là, c'est le bon Dieu qui le fait aux humains. Merci à Lui. Merci à toi, Alice qui a tout préparé. Merci à Émélie qui a tout commandé. Merci à vous tous. Et vous savez, c'est peut-être pas le moment, mais je pense à notre ami le docteur Béland qui a été fait prisonnier par les Allemands en Belgique et je me dis qu'on a beaucoup de chance ici de ne pas connaître la guerre. En cet hiver 1915, tandis que tant d'hommes vivent et meurent dans les tranchées françaises, nous autres on vit dans la paix et l'harmonie. Je souhaite et je prie pour que ça continue encore longtemps. Que la guerre ne nous touche jamais, qu'elle ne vous touche jamais, aucun de vous !

Pendant qu'il prononçait ces mots, chacun pensait.

Émélie songeait au combat de la vie qui se faisait si dur parfois. Et se disait que des moments de bonheur comme celui d'aujourd'hui compensaient.

Bernadette chassait de son esprit l'idée qu'elle aimait plus Alice que sa mère.

Alfred savourait son plaisir de vivre. Tout lui souriait et il le savait. Un troisième enfant sur la route. Un travail de commis qu'il aimait de plus en plus. Une terre qu'il cultivait peu lui-même, mais dont les Veilleux s'occupaient pour lui. Une petite femme joyeuse, prompte à la colère, mais pas dangereuse.

Éva transportait une certaine tristesse dans son regard. Elle ne se l'expliquait pas. Nostalgie peut-être. Ou sens du futur : un futur dans le brouillard et le clair-obscur...

Le plus heureux de la table était sûrement Pampalon. Ses études terminées, il secondait Alfred au magasin, ce qui permettait de ne plus embaucher quelqu'un en dehors de la famille et laissait à Honoré beaucoup de temps pour voir à ses chantiers. Pampalon s'était affirmé comme joyeux luron qui aimait tout ce qu'il faisait tout en le faisant bien. Il rêvait de devenir boulanger, restaurateur, hôtelier...

La personnalité de Berthe s'affirmait peu à peu. Et s'il se trouvait au fond de son regard une certaine tristesse, l'enfant adorait la vie et n'hésitait pas à se lancer dans des expériences grisantes qui risquaient de tourner au désastre comme cette fois où elle s'était glissée dans un panier à linge pour faire du toboggan dans l'escalier du magasin. La course s'était terminée quand son corps, surtout son front, eurent heurté le comptoir du magasin après que le panier se soit renversé. Les semonces verbales par son père marquaient son âme et elle lui vouait une crainte qui ne s'effacerait jamais...

Eugène inscrivait dans son imagination toutes les scènes qui se succédaient depuis qu'il avait lu du Hémon à sa grande soeur avant l'arrivée des autres. Et depuis lors, il s'abreuvait au moindre geste pour le transformer en souvenir impérissable. Il lui semblait que chaque minute, chaque seconde devait être vécue à fond, comme s'il s'agissait de la dernière de sa vie...

À 31 ans, le docteur Goulet était devenu l'un des trois

hommes les plus en vue de la paroisse après les prêtres, les deux autres étant Honoré Grégoire et Jean Jobin, respective- ment maire et secrétaire municipal (+ gérant de caisse popu- laire). Il continuait de boire un peu plus que de raison sans pour autant nuire à sa pratique. La ligne téléphonique dont il s'était fait l'ardent promoteur vaudrait à la population autant que tous les médicaments prescrits, grâce au temps d'inter- vention auprès des malades qui s'en trouvait considérable- ment réduit. C'est à cela qu'il songeait en ce moment. Et il se demandait du coup pourquoi Honoré tardait tant à se procu- rer lui aussi une 'machine automobile' comme le curé, Uldéric Blais et lui-même. Mais ce n'était surtout pas le bon moment de lui poser la question.

Armand avait l'eau à la bouche, lui. Le gâteau le sédui- sait plus que quiconque. C'est l'euphorie que lui apportait la bonne nourriture qu'il goûtait le plus. Et la cuisine d'Alice le gâtait depuis trois ans. Personnalité orale, il avait toujours soif ou faim de quelque chose...

Les deux enfants par alliance, Amanda et Arthur, se sen- taient bien acceptés par leur famille d'adoption, comme ils le disaient des Grégoire. Alice s'en félicitait en pensant que ce serait pareil quand viendrait son tour de faire entrer quel- qu'un dans la famille. Oh, elle s'attendait bien à quelques embûches semées sur son chemin par son père, quelques bû- ches déboulant l'escalier, mais une ouverture apparaîtrait en fin de compte et l'opposition aurait tôt fait de s'estomper. La guerre des tranchées se passait en Europe, pas au sein de la famille Grégoire en laquelle régnait une belle harmonie parmi les difficultés vite aplanies...

*

Vint la fête de Pâques.

Tel que prévu et planifié, Alice prit le train pour Mégan- tic. Cette fois, elle n'était pas seule : l'accompagnaient ses très chères amies Marie-Ange Ferland et Alice Foley. On se fit conduire à la gare dans un des attelages d'Honoré. Les guides furent confiés à Pit Veilleux que l'on ignora tout le long du trajet jusqu'à Saint-Évariste.

Le pauvre avait mal à l'âme. Depuis ce voyage de retour de Saint-Évariste le 4 janvier alors qu'il avait embrassé Alice à sa demande à l'occasion de la nouvelle année, voici qu'elle oubliait jusque son existence. Il la voyait rarement dans les locaux commerciaux, elle qui passait le plus clair de son temps dans la résidence et ne s'intéressait pas le moins du monde à lui quand une rare occasion les mettait en présence l'un de l'autre. Et puis elle n'avait même pas rompu avec Alphonse Champagne qui continuait de la visiter les bons soirs et le dimanche, sans manquer de répandre dans le village l'idée que les deux magasins seraient un jour unis par les liens sacrés du mariage...

En passant devant la résidence Martin, Alice ouvrit une parenthèse dans la conversation entre filles pour s'intéresser moins d'une fraction de minute à leur conducteur :

–Vous savez quoi ? Notre Pit à un oeil sur la belle Éveline Martin. Mais il ose pas aller la voir.

–Ah oui, Pit ? fit Alice Foley. Attends pas, sinon c'est un autre qui va l'épouser.

Le jeune homme prit la mouche :

–Taisez-vous avec ça, vous autres. Pis achalez-moé pas.

Elles se regardèrent, se parlèrent avec les yeux, sourirent en biais et reprirent leurs joyeux propos sur ce qui les attendait à Mégantic, sans jamais toutefois mentionner le nom de Michaud ou faire la moindre allusion à lui.

Toutes trois savaient pertinemment qu'elles verraient le beau Stanislas dont on croyait Alice entichée et qu'une des raisons pour lesquelles leur amie avait organisé ce voyage, c'était pour choisir entre Alphonse et le bel Apollinaire. Et faire valider sa décision. Pour la jeune femme, l'opinion de ses meilleures amies importait bien davantage en la matière que celle de ses parents. De toute façon, sa mère ne dirait pas un mot et son père crierait au loup à quelques reprises et peut-être même aboierait en voyant un jeune homme de Mégantic s'approcher du magasin. Alors que vingt ans plus tôt, il n'avait pas reconnu en Morrison un hors-la-loi, voici qu'il risquait de reconnaître un indésirable en la personne d'un modeste, honnête et vaillant télégraphiste du CPR.

On était vendredi saint.

Il était prévu qu'on se rendrait à un office religieux en la grande église Ste-Agnès de Lac-Mégantic au début de la soirée. Blanche les y conduisit. Mais Stanislas n'y était pas ou bien, vu la grandeur de la nef et des jubés, on ne l'avait pas repéré, à moins qu'on ait fait preuve de trop de discrétion. En réalité, le jeune homme qui agissait aussi comme maître de cour à la gare en plus de ses fonctions de télégraphiste était occupé à la recomposition d'un train ce soir-là.

À la sortie de l'église, il fut suggéré par Blanche de marcher jusqu'aux abords de la gare à quelques centaines de pas à peine. Alice refusa net :

–Il va penser que je cours après lui.

–C'est vrai ! approuva Marie-Ange, une jeune femme mince avec des cheveux blonds qui s'échappaient de son chapeau de paille tout noir à voilette mauve.

Depuis quelques années, la mode raccourcissait les robes des dames ainsi que les manteaux. Toutes trois avaient apporté des vêtements plus courts, en fait qu'elles-mêmes, aiguilles habiles, avaient raccourcis, mais n'étrenneraient que le jour de Pâques.

Il y aurait repas chez les Lachance le dimanche midi et Stanislas y était invité. Il avait accepté d'y prendre part. Entre-temps, les joies ne manqueraient pas.

Le soir, on jasa à quatre jusqu'à trop tard. Le matin du samedi, on fit la grasse matinée. Et durant la journée, on se rendit dans les magasins de la rue principale. Ce furent des heures pleines et belles pour chacune.

Arriva enfin ce midi de Pâques. Après la messe, on aida l'hôtesse à terminer ses préparatifs en vue du repas. Le coeur d'Alice faisait des bonds chaque fois qu'elle regardait l'heure sur l'horloge juchée sur une tablette de la salle à manger. Viendrait-il ? Ne viendrait-il pas ? On la savait nerveuse et on lui parlait de tout à part Stanislas.

Enfin, l'on entendit des pas sur la galerie. La sonnette annonça qu'il arrivait. Blanche alla ouvrir. Les trois autres avaient couru au salon où Barthélemy lisait un journal de l'avant-veille et se renseignait sur l'évolution de la guerre.

L'hôtesse s'exclama de joie, vit entrer l'invité, le soulagea de son manteau. Il ôta ses pardessus et apparut en souliers que les couvre-chaussures avaient rendus plus brillants que ce matin-là quand il les avait polis et repolis.

Blanche le conduisit au salon où il salua d'abord l'homme d'un signe de tête, puis Alice par une poignée de main.

–Blanche et Barthélemy m'ont dit beaucoup de bien de vous depuis le jour de l'An.

–Ils auraient dû dire aussi qu'il faut me tutoyer ou bien je me prendrai pour une vieille fille.

Blanche présenta les deux autres jeunes femmes. Il tendit la main à chacune puis il prit place dans un fauteuil qui l'attendait dans l'angle formé par les personnes. Il se sentit toisé. Il l'était.

On le savait un peu plus âgé qu'Alice. En fait quatre ans les séparaient. Ils avaient tous deux les yeux de la même couleur : d'un brun moyen. Mais ce sont les lueurs qui s'en échappaient qui en firent, au premier coup d'oeil et ensuite, des âmes soeurs dans la perception des trois autres jeunes femmes qui s'énervaient pour Alice.

Le repas fut animé, joyeux. Il apparut évident à Blanche, Marie-Ange et Alice Foley qu'un futur couple venait d'être réuni après ce premier mot du destin le jour de l'An d'avant.

–Qu'est-ce que tu penses de lui ? demanda Alice à Marie-Ange dès que Stanislas fut parti en fin de journée, car les Lachance le gardèrent à souper.

–Marie-le tout de suite, Alice.

Tel fut le verdict de Marie-Ange que devait aussitôt approuver d'un large sourire Alice Foley.

On savait qu'il ne fallait pas déranger un télégraphiste dans son travail alors qu'on risquait de le surprendre en train d'envoyer un message important, mais ce lundi de Pâques du voyage de retour à Shenley, c'est le télégraphiste qui prit l'initiative de se 'déranger' lui-même. Il fit surveiller l'arrivée des trois jeunes femmes par le chef de gare qui l'en prévint le moment venu. Et Stanislas sortit de la bâtisse pour surprendre les voyageuses en les abordant par l'arrière :

–Mesdemoiselles, permettez-moi de vous souhaiter un bon voyage.

Elles remercièrent en gloussant joyeusement. Puis Marie-Ange et Alice Foley s'éloignèrent de quelques pas pour donner la chance au destin de faire un pas de plus.

–Je pourrais peut-être aller te voir chez toi prochainement, Alice ?

–Bien sûr !

–Je vas t'envoyer un télégramme pour te dire quand.

–Ils ont commencé à installer la ligne de téléphone, mais ça sera pas prêt avant l'été.

–Non, pas un téléphone, un télégramme qui va arriver à la gare de Saint-Évariste. Eux autres vont te le faire parvenir.

Elle s'exclama :

–Un télégramme ? Pour moi ?

Deux jours plus tard, Alice adressait une lettre de rupture à son ami Alphonse Champagne.

*

Un mois et demi plus tard, alors qu'Honoré se trouvait dans son chantier du lac Frontière, Stanislas se rendit à Shenley par train un beau samedi de juin, lumineux et doux. Il connut Émélie et les autres membres de la famille qui lui firent bon accueil. Et veilla avec Alice au salon. On lui fit partager la chambre d'Eugène ce soir-là.

Le dimanche matin, une autre page du destin d'Alice fut écrite en toute simplicité... Tandis qu'elle croyait le jeune homme en attente –au salon– du déjeuner qu'elle était à lui préparer dans la cuisine...

« *Stanislas s'avança doucement vers elle et pour toute demande, lui tendit une bague de fiançailles. Alice, qui était alors occupée à faire cuire une omelette, se tourna vers lui les yeux brillants : "Tu es mon sauveur !" lui dit-elle pour toute réponse.* »

Un clocher dans la forêt, page 55

*

Il restait un obstacle à franchir, une barrière à escalader : l'obtention du consentement du père. Stanislas savait, par tout ce qu'il avait entendu de la bouche d'Alice, que la partie ne serait pas facile pour lui. Alors il imagina se faire aider par une mise en scène propre à impressionner Honoré. Quelques jours plus tard, profitant de trois journées de congé d'affilée à la gare et sachant que le père d'Alice serait de retour du lac Frontière pour quelque temps, il emprunta l'automobile de ses parents et se rendit par monts et par vaux à Saint-Honoré où il arriva par un si beau soleil d'été.

Il stationna la voiture sur le terrain de l'ancien cimetière. Alice qui l'attendait sortit pour l'accueillir sous le regard attendri mais discret d'Émélie.

–J'pensais jamais que tu viendrais en machine.

–Sais-tu pourquoi ?

–Ben...

–Je vas te montrer à conduire.

–Non ! Es-tu devenu fou ?

–Euh... peut-être...

Et ils éclatèrent de rire en choeur tandis que Pampalon accourait pour examiner et admirer le véhicule arrêté.

C'est ainsi qu'au beau milieu de l'après-midi, des gens d'un peu partout dans le village virent passer la voiture de Stanislas avec, ô surprise, une femme au volant : la pétillante Alice Grégoire qui, selon leur dire, ne reculait devant rien pour avoir du plaisir et vivre plus intensément que les autres jeunes personnes de son âge.

–Ça me surprend pas pantoute ! s'exclama Napoléon Lambert en s'étouffant de rire quand Anne-Marie, son épouse, lui décrivit la scène.

L'on promena Marie-Ange Ferland, Alice Foley, Pampalon et Bernadette. Puis Émélie, Eugène et Armand.

Honoré revint à la brunante ce soir-là du lac Frontière. Il se montra froid avec le visiteur, parla peu et, se déclarant fourbu, se coucha et dormit jusqu'au lendemain. Et au matin, s'arrangea pour ne pas se trouver en présence de ce Michaud qu'il avait décidé de ne pas aimer le jour même où il avait appris son existence par la bouche d'Émélie.

Alice et Stanislas se rendirent à la basse messe puis la jeune fille prépara un copieux repas, espérant ainsi rendre son père plus avenant et réceptif. Mais Honoré se fit bien peu loquace et répondit par des phrases écourtées aux questions du jeune homme de Mégantic.

Émélie ne disait rien et ne voulait pas s'en mêler, sachant que de parler en faveur du mariage d'Alice avec ce garçon ne ferait qu'envenimer les choses. Elle aussi savait que Stanislas était sur le point de faire la grande demande à Honoré. Ce qui devait arriver arriverait, songeait-elle en surveillant le déroulement des événements.

Sans tarder, à la fin du repas, Honoré s'esquiva avec pour prétexte d'aller travailler à 'l'office' ainsi qu'on désignait le bureau de poste.

Après la vaisselle, Stanislas invita Alice et Pampalon à l'accompagner pour un tour de 'machine'. Ils se rendirent sur la Grand-Ligne pour constater que les poteaux de téléphone étaient tous installés et qu'il ne manquait plus que les fils. Puis Alice prit le volant pour le retour au village et arrêta le véhicule devant le magasin. À la demande de Stanislas, Pampalon se rendit chercher son père qui, loin d'être impressionné par le véhicule et par le fait que sa fille en soit la conductrice, s'exclama avant de tourner le dos pour rentrer au magasin :

–Ça prend des mains d'homme pour mener une 'machine' pas des petits bras de femme. Vous allez vous casser la margoulette, vous autres...

Stanislas sentait que le vase commençait à déborder. Il descendit et suivit Honoré au bureau de poste où il se lança dans la grande demande :

–Monsieur Grégoire, Alice et moi, on s'entend ben comme il faut. J'ai un bon emploi pour le Canadien Pacifique, je pourrai la faire vivre comme une dame à Mégantic. Elle a accepté de se marier avec moi. Je vous demande de consentir à notre mariage...

–Non !

Le ton fut sec comme une éclisse de cèdre qui pète au feu. Et Honoré y ajouta l'injure de se lever et d'aller inutilement mettre son nez dans le coffre-fort, tournant ainsi le dos au jeune homme hébété.

Et pourtant, Stanislas ne se laissa pas démonter par cette réponse qu'il trouvait déraisonnable pour ne pas dire insensée. Il répliqua :

–Tant pis, monsieur, je me passerai de vous ! Je m'en vais au presbytère procéder à la publication des bans. Bonne journée. Vous viendrez au mariage si ça vous chante : ça va se passer au mois d'août...

Il tourna les talons, les fit claquer et quitta les lieux...

« *Sidéré par tant de détermination et se voyant poussé malgré lui vers l'inévitable, Honoré se mit à courir après Stanislas en lui criant : "Attendez-moi, monsieur, Michaud, attendez-moi !"* »

Un clocher dans la forêt, page 55

–Qu'est-ce que vous me voulez asteur que tout a été dit en un seul mot, monsieur ?

–Ben... on pourrait arranger quelque chose... Quand on me prend pas surprise... Si vous me dites... au mois d'octobre pour vous marier, peut-être... Que je me fasse à l'idée...

Honoré essayait de gagner du temps. Il se disait qu'entre-temps, il amènerait Alice à changer d'idée. Il lui ferait peur avec le mariage. Lui parlerait de la santé de sa mère qui en prendrait un coup avec son départ. Il y avait sûrement moyen d'évincer ce blanc-bec de Mégantic...

Alice, encore au volant de l'auto, les regardait de loin sans trop deviner ce que les deux hommes se disaient, mais il lui paraissait que Stanislas était en train de gagner quelques points... Ça restait à voir...

***

Alice Grégoire au volant de l'auto des Michaud

Chapitre 30

Honoré ne savait pas à quel saint se vouer pour que sa fille rompe avec ce jeune étranger trop entreprenant qui avait voulu brusquer les choses, ce qu'il interprétait comme un signe négatif, signe que le personnage a quelque chose à cacher. Il y avait tant d'ivrognes, qui sait s'il ne dissimulait pas son alcoolisme ! Michaud avait gratis des passes de train et puis ? Il disposait de la 'machine' de ses parents à sa guise, mais bien des gens avaient les moyens de s'en offrir une, à commencer par lui, le marchand prospère de St-Honoré-de-Shenley. Et qui plus est, entrepreneur de chantiers au lac Frontière.

Sans doute pour une foule de raisons associées à son entrée dans la cinquantaine, l'homme fit preuve de comportements puérils dans les mois suivants. Les décisions importantes qu'il prit avaient toutes à voir avec son désir d'éliminer le dangereux prétendant d'Alice sans qu'elle ne s'en rende trop compte ou alors, il aurait eu à faire face à son entêtement proverbial.

Ah, Michaud pouvait voyager sans problème dans tout le pays et visiter l'Ouest sans frais ? Honoré voulut faire bien mieux que ça et il acheta une terre en Alberta. L'idée lui vint à parler avec un voyageur de commerce. *"C'est le pays du* pétrole; l'argent sort de terre là-bas," lui glissa en confidence ce bon et aimable monsieur Pilon.

Honoré n'en souffla pas un traître mot à Émélie. Pour la première fois, il effectuait une transaction importante sans lui en parler d'aucune façon, pas même y faire allusion. Mais elle finirait bien par le savoir un jour ou l'autre...

« *Pour la somme de $4,800., Honoré acquit une terre de 360 acres, renonçant à l'achat aux droits d'exploration minière et pétrolière que la compagnie "Calgary and Edmonton Railway" se réservait. Le sous-sol de ce terrain se révéla riche en gaz naturel, ressource en théorie non couverte par le contrat d'achat. Honoré fit donc des démarches pour que la compagnie "Transalta Minerals Ltd" paye, à lui ou à ses héritiers, des redevances sur l'exploitation future de cette richesse naturelle. Les pourparlers s'enfoncèrent dans un bourbier administratif inextricable. Émélie reprocha souvent à Honoré cette transaction qui lui coûta une fortune à cette époque.* »

Un clocher dans la forêt, page 24

Autre transaction provoquée par l'apparition mal venue de ce Michaud, ce 'voleur' de jeunes filles, dans la vie d'Honoré : l'achat d'une automobile flambant neuve. Lui ne la conduirait sans doute jamais et quelle importance puisqu'il la posséderait. Et il suivrait le conseil du docteur Goulet : c'est Pampalon qui deviendrait le chauffeur officiel de la famille. Et malgré son propos le jour où il avait vu Alice au volant, quant à la nécessité de bras d'hommes pour conduire 'ça', qu'elle s'en serve à sa guise et à son goût, Alice : comme ça, elle serait moins tentée par la 'maudite machine à Michaud'...

C'est Pampalon qui riait à s'en briser les côtes quand il se mit derrière le volant à Québec où on venait de se procurer l'automobile neuve. Non seulement ce beau jour du mois d'août ramena-t-il son père à Shenley, mais aussi un nouveau membre de la famille. Connaissant l'amour d'Alice pour les

Pampalon au volant à Québec

Chasseur

animaux et parce qu'on était sans chien depuis la mort du précédent, Honoré, après une visite au député Godbout à l'Assemblée législative, acheta d'une connaissance une sorte de dalmatien pas tout à fait pur de son sang, mais à la belle tête bien catholique, et portant le nom de *Chasseur*.

À l'égocentrisme d'Honoré provoqué par sa tristesse de voir partir Alice de la maison se mélangeait son inexpugnable fond de générosité. Un psychologue, s'il s'en était trouvé un pour voir en lui, aurait interprété son 'non' opposé à Michaud comme "*une longue plainte venue du fond de sa poitrine qui jaillit à la place des mots. Stanislas entendit 'non', mais Honoré avait simplement exprimé son désarroi et son impuissance devant l'inévitable départ de sa fille.*"

Un clocher dans la forêt, page 25

Et cette générosité partagée par Émélie leur fit prendre une nouvelle décision par rapport à Édouard dont l'état de santé s'était grandement détérioré en peu de temps. Il fallait assurer de plus en plus une présence à ses côtés.

« *Émélie engagea donc une femme, madame Philéas Boutin, pour prendre soin de son père. Cette femme, bonne comme le jour, était surnommée "Ti-Peloute" à cause de sa petite taille et du surnom de son mari Peloute Boutin. Elle restait en face d'Édouard et n'avait qu'à traverser le chemin pour lui servir ses repas du matin et du soir. Le midi, Émélie prenait la relève en préparant elle-même le repas d'Édouard que ses enfants allaient lui porter.* »

Un clocher dans la forêt, page 25

Voilà qui dans l'esprit d'Honoré et d'Émélie allégerait les tâches d'Alice dans la cuisine et au ménage de la maison. On faisait d'une pierre deux bons coups de soulagement, l'un du côté d'Édouard et l'autre du côté d'Alice.

Honoré comptait aussi sur le téléphone pour diluer quelque peu l'envie de sa fille de partir; en effet, grâce à l'appareil, elle pourrait communiquer souvent avec ses amies de Shenley ou de Mégantic. Arme à double tranchant car elle pourrait aussi parler bien plus souvent à celui qu'elle appelait son fiancé gros comme le bras.

Alice et Stanislas, suite à l'altercation avec Honoré le jour de la grande demande, avaient arrêté le 9 octobre comme jour de leur union devant Dieu et les hommes. On avait concédé quelques mois à Honoré à sa demande même. Pour qu'il apprivoise l'idée. Sans savoir qu'il s'agissait d'une manoeuvre dilatoire lui donnant peut-être le temps de tuer l'idée, non de l'apprivoiser. Il faisait tout pour parvenir à ses fins. Même qu'il se mit à endoctriner les enfants dans le dos d'Alice.

"Ce gars-là vient vous chercher votre deuxième mère."

"Ça va faire mourir Émélie, Eugène, comprends-tu ça ?"

"Bernadette, va falloir que tu travailles trois fois plus fort à frotter les planchers à cause de 'meu-eusieu Michaud'..."

"Berthe, Berthe, viens ici m'écouter... écoute, si l'ami Michaud à Alice se marie avec elle, il va l'emmener au bout du monde... ben loin pis tu vas pas la revoir..."

Armand fut le moins impressionné par le propos alarmiste de son père. Il répondit par une boutade de sa composition qui n'en fit pas moins rire Honoré bien qu'il n'ait pas atteint son but avec lui.

"Michaud, on va arracher toutes ses dents. Il va avoir l'air d'un vieux pepére : Alice en voudra pus pantoute..."

Malgré tout ce qui se passa devant elle ou se trama derrière son dos, Alice garda le cap sur son avenir; et sa volonté demeura inflexible : elle épouserait Stanislas Apollinaire Michaud, télégraphiste de Mégantic, le 9 octobre prochain. C'était écrit dans le ciel et ça le serait bientôt et pour jamais dans les registres paroissiaux.

Le nouveau quinquagénaire courait donc tête première à

la défaite. Ses fonctions de maire, ses problèmes au lac Frontière, la mise en service de la ligne téléphonique, l'arrivée de *Chasseur* au sein de la famille, l'addition d'une 'machine' automobile au patrimoine familial, l'acquisition d'une terre en or noir d'Alberta, les incessants lavages de cerveau subis par les enfants, rien ne changea d'une ligne les lignes du destin.

Honoré imagina partir pour la guerre afin que le choc retienne Alice à la maison. Bien sûr qu'un 'vieux' de 50 ans aurait fait rire de lui par les officiers de recrutement de l'armée. Et il n'en parla à quiconque de peur de se faire pointer du doigt par les moqueurs comme Cipisse Dulac ou même l'aveugle Lambert qui ne se gênerait pas. Dernier fruit de son imagination fertile : il disparaîtrait avant le mariage afin de le bloquer, d'obliger les futurs à en reporter la date... au printemps peut-être... Peine perdue... On ne céderait pas à son chantage... Émélie fut la première à le conseiller à sa fille et à son futur gendre.

« *Bien qu'il finit par donner son accord, Honoré n'accepta jamais vraiment cette union qui lui ravissait sa dernière grande fille. Jusqu'au bout, il fit preuve de mauvaise volonté. Quelques jours avant la date des épousailles, Honoré disparut, causant tout un émoi dans l'entourage des futurs mariés. Devant l'évidente désertion de son père, Alice demanda à Alfred d'être son témoin à la place d'Honoré. C'est sur les instances de monsieur Pilon, qui avait rencontré Honoré à son chantier du lac Frontière et à qui ce dernier avait confié sa dernière peine, que le père de la mariée, revêtu d'une tenue de bûcheron, regagna sa demeure une heure avant le mariage d'Alice.*

La cérémonie fut donc célébrée le 9 octobre à cinq heures du matin. À la lumière des fanaux et sous la pluie battante, le cortège nuptial se dirigea à pied à la faveur des trottoirs de bois. Pour cette occasion, Alice avait revêtu un tailleur bleu marine qui lui allait à ravir. La réception eut lieu dans la salle à manger au rez-de-chaussée de la maison familiale en présence des amies d'Alice: Blanche Jobin, Marie-Ange Ferland et Alice Foley, de la famille Michaud et des membres de sa propre famille. Pour ses invités, Alice avait commandé un gâteau chez le pâtissier Kerhulu de Québec et Berthe, alors âgée de six ans, récita devant tout le monde "Le petit Jésus s'en va à l'école"

"Le petit Jésus s'en va à l'école

En portant sa croix dessus son épaule.

Quand il savait sa leçon, on lui donnait du bonbon,

Une pomme douce pour mettre à sa bouche,

Un bouquet de fleurs pur mettre sur son coeur.

C'est pour vous, c'est pour moi

Que Jésus est mort en croix."

La fête se termina deux heures plus tard à sept heures du matin. Les époux prirent le train à Saint-Évariste en direction de Montréal pour y effectuer leur voyage de noce. C'est le frère de Stanislas, Samuel, qui conduisit les époux à la gare dans sa voiture...»›

Un clocher dans la forêt, page 55

*

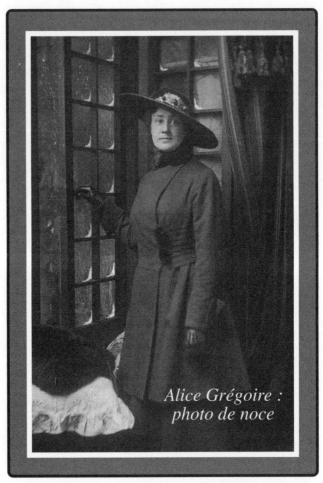

Alice Grégoire :
photo de noce

Un cadeau du photographe Vachon de
Lac-Mégantic à la nouvelle mariée.

Au cours de l'avant-midi, Berthe se rendit chez les Foley avec Bernadette qui la conduisit dans le grenier de la cuisine d'été. À son retour de l'école, Eugène Foley les y retrouva et l'on s'amusa à jouer à la messe de mariage, Bernadette et Berthe personnifiant le couple des nouveaux époux, et Eugène incarnant le prêtre officiant la cérémonie.

Quand vint le moment pour Bernadette de s'en aller prendre son repas avant de partir pour le couvent, elle le fit seule, sans ramener sa petite soeur à la maison, comme elle l'aurait dû. C'est que Memére Foley, qui aimait beaucoup les enfants, invita la petite Berthe à manger un bol de soupe aux choux en sa compagnie à la table de cuisine. Puis l'enfant retourna chez elle en sautillant de bonheur dans la rue détrempée par la pluie du matin. Le trottoir de bois ne commençait que plus loin, à la hauteur du magasin en allant vers l'église.

La fillette fit son entrée dans la grande bâtisse et se retrouva nez à nez avec son père qui, autant qu'Émélie, s'était demandé plus tôt pourquoi elle ne revenait pas avec Bernadette. Il la dévisagea puis l'examina de la tête aux pieds pour découvrir que ses petites bottines à boutons étaient maculées de boue.

–Reste drette là, toi ! Bouge pas de là... Si tu grouilles d'un pouce, ça va aller mal pour toi...

Et Honoré se rendit à un casier debout près du téléphone au-dessus de l'évier au fond du magasin. Il y prit un fouet à 'boghei' dit fouet à mise, et se dirigea vers l'enfant qui était morte de peur et de peine.

–C'est-il assez laid, une petite fille sale comme un chien crotté un jour de noce ! Pourquoi que tu t'es pas changée de chaussures pour courir les chemins ? Pourquoi que tu reviens à cette heure-là ?

L'homme déplia le fouet dont il savait la portée, et le lança devant en le faisant claquer sur le plancher aux pieds de l'enfant. Jamais Honoré n'aurait battu quelqu'un ni même un cheval avec cet instrument qu'il fallait vendre au magasin, mais il voulait donner à Berthe une leçon par la peur plutôt que par la fessée comme il l'avait fait avec Bernadette.

Et sans doute que la petite servait d'exutoire aux frustrations refoulées en lui depuis l'arrivée de Stanislas Michaud dans le décor, et qui avaient connu leur aboutissement final – du moins le croyait-il– ce matin-là en l'église voisine.

À la peur ressentie par Berthe succéda la peine profonde que devait lui infliger Émélie le moment d'après. Sa mère, témoin de son arrivée, de l'état de son linge, du geste d'Honoré, en remit...

« *La frousse que lui flanqua l'avertissement non équivoque de son père ne fut rien comparé à la peine qu'elle éprouva immédiatement après lorsque sa mère prit ses belles bottines en cuir verni et les accrocha sur un clou hors de portée de l'enfant.* »

Un clocher dans la forêt, page 86

Peut-être bien qu'Émélie, par son geste, punissait en réalité Alice dont le départ définitif meurtrissait son coeur au fond duquel restaient enfouies et cachées des larmes amères. Peut-être pas. Ce qui est certain, c'est qu'un mois plus tard, à force de voir les yeux attristés de la fillette quand elle fixait ses bottines au clou, elle finit par les décrocher en maugréant pour les lui redonner. Ce fut un grand moment dans la vie de le petite Berthe Grégoire...

***

Berthe Grégoire à 5 ans

Chapitre 31

1916

Premier janvier 1916 : cinquantième anniversaire de naissance d'Émélie. Bien qu'elle ait vu le jour le 31 décembre, il était arrivé voilà longtemps que seuls Honoré et elle-même s'en souviennent. Pour les enfants, vu qu'on la fêtait le jour de l'An, elle était donc née un premier janvier. Bien plus, à qui demandait sa date de naissance, elle répondait le plus souvent : le premier janvier 1866 et non le 31 décembre 1865.

Le repas était l'oeuvre, presque le chef-d'oeuvre d'Éva. Arrivée la veille avec Arthur et leurs deux enfants, Ti-Lou (Raymond) et Lucienne, voici qu'elle ensoleillait de nouveau la demeure familiale. Un troisième enfant était en route, mais ce ne serait pas en cette année-là qu'elle rattraperait Alfred dont l'épouse Amanda était aussi enceinte, elle qui, après Raoul en 1912 et Rachel en 1913, avait donné naissance à Gérard en 1915.

–Comme ça, vous faites un concours de bébés, dit soudain Émélie en s'adressant à la fois à Éva et son fils Alfred assis du côté du poêle avec leurs conjoints.

La femme qui entourait sa tasse de thé de ses deux mains et la tenait à hauteur du menton, songeait depuis un moment au temps qui fuit. Et voici que sans l'avoir fait à dessein, elle venait d'interrompre un échange enflammé entre Honoré et son gendre Arthur dont il était flanqué sur sa droite.

La disposition des personnes autour de la table ne s'était pas faite au hasard et avait relevé de la décision d'Éva. Soucieuse du moindre détail, elle avait attribué une place à chacun comme à une table de noce.

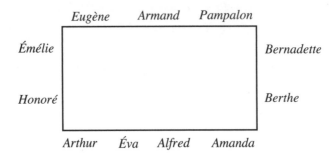

Un grand absent : Édouard Allaire. Le père d'Émélie n'était pas bien de sa santé. Ses 83 ans lui pesaient trop lourd sur les épaules. Il avait maigri au point d'en être méconnaissable. Mais il restait debout et Ti-Peloute continuait de veiller sur lui tout autant qu'Émélie qui gardait le contact par téléphone trois fois par jour. Par chance, le vieil homme n'avait guère perdu de sa faculté auditive et il s'était vite habitué à répondre au téléphone, contrairement à d'autres personnes de cet âge comme Restitue qui parlaient trop loin du cornet ou bien hurlaient dedans comme si elles avaient cru que leur voix devait parcourir une vraie distance pour parvenir à l'interlocuteur éloigné. La magie de l'invention n'opérait pas en eux, prisonniers de leur vieil âge.

Le chien *Chasseur* allait de l'un à l'autre, quêtant une caresse de celui-ci, un mot de celle-là, un rien d'une troisième personne. Il parvint à Honoré, mit son derrière sur le plancher de bois verni, pencha la tête et lança vers son maître une vague des ondes de sa fidélité :

–C'est que tu veux, toi ? lui demanda Honoré avec affection sans retirer toute son attention du propos courant de son gendre.

L'animal moucheté de noir émit un silement qui se perdit parmi les voix humaines et pourtant parvint à Honoré. Et Honoré lui flatta le dessus du museau en poursuivant son échange verbal avec Arthur.

Eugène avait hérité de cette place, à la droite de sa mère et face à Arthur, non sans raison en l'esprit d'Éva. Toujours il avait devancé son âge réel et voici qu'aux abords de ses quinze ans, il se comportait comme quelqu'un d'au moins vingt, sauf quand il participait à des jeux organisés par son grand frère Pampalon. Et alors, il retrouvait les rires ingénus de son enfance. Éva devinait qu'il avait remplacé Ildéfonse dans le coeur caché de leur mère. Émélie ne pouvait se retenir de le révéler par des lueurs du regard, par le choix de ses mots quand elle lui parlait, par des sourires à peine esquissés. Certes, la chambre d'Ildéfonse demeurait un musée funèbre, mais sept années enterraient sa mort. Et on n'en parlait jamais pour ne pas réveiller des souvenirs trop douloureux voire poignants encore, surtout s'il fallait les ressasser avec insistance. Seul Eugène avait droit aux mêmes attentions de la part d'Émélie : des gestes invisibles pour tous mais qui n'échappaient pas au sens profond de l'observation, inné chez Éva.

Amanda s'entendait bien mieux avec les enfants qu'avec les adultes. Son rire excité leur plaisait. Son émerveillement devant leurs petits gestes les étonnait. Et ça les faisait grandir à leurs propres yeux de se savoir perçus autrement que par les adultes en général qui, le plus souvent, les regardaient comme des petits riens quand ils daignaient les regarder. Éva lui avait donné pour voisine de fête la joyeuse Berthe que les gros yeux de son père auraient peut-être écrasée sans cela. Et la maîtresse d'école en Amanda questionnait sans arrêt l'enfant sur ses jeux et préoccupations quotidiennes comme si elle avait été une grande.

Armand possédait une personnalité complexe. Il dévorait à belles dents la liberté de jours heureux et insouciants tout en ressentant le besoin d'encadrement, tel un enfant qui apprend à marcher, aidé par des mains adultes, et qui voudrait qu'on le laisse aller sans le relâcher. Il aurait ses neuf ans au mois de juin; on le disait le garçon le plus beau de la famille et du village, lui qui arborait des cheveux blonds bouclés, des yeux d'un bleu profond et une bouche finement dessinée. Devant lui, Émélie perdait sa réserve naturelle et pour cette raison, on le croyait le préféré de sa mère. Peut-être l'était-il à l'égal de son grand frère Eugène.

–Un concours de bébés ? s'enquit Alfred.

–Ben oui : chaque fois que notre Amanda...

Émélie s'arrêta au milieu de la phrase. Il y avait des oreilles un peu jeunes pour entendre pareil propos : celles de Berthe, d'Armand et même de Bernadette...

–Bah ! je me comprends...

–Pour en revenir à ce qu'on disait...

Honoré avait entendu Émélie sans l'écouter et la situation politique canadienne le ramena dans un couloir qu'il partageait avec son gendre. On se parlait de conscription obligatoire et on s'entendait pour dire que le gouvernement fédéral, si conservateur soit-il, n'aurait jamais le culot d'outrepasser la volonté de la province de Québec sur cette question.

Pampalon et Eugène se parlaient de l'entretien des chemins d'hiver par-dessus la tête d'Armand, se demandant si un jour prochain on se servirait de camions comme aux États pour débarrasser les routes des accumulations de neige ainsi que le prédisait le docteur Goulet.

Bernadette pour sa part cherchait à capter toutes les conversations à la fois et son attention, folle comme le balai, allait dans tous les sens sans jamais parvenir à se fixer quelque part.

Deux grands absents à la table : Alice et son époux. On se passait aisément de lui, mais difficilement d'elle. Émélie en voulait à Honoré qui continuait de faire la vie dure à ce pauvre Stanislas et à 'monter' les enfants contre lui, le ravisseur du rayon de soleil de la maison. Certes, Alice n'avait pas rompu avec sa famille et loin de là. Chaque mois, elle prenait le train pour Saint-Honoré où elle passait une couple de jours et chassait alors la morosité que son départ avait fait entrer dans la place. Quelques jours plus tard, Stanislas venait la chercher en voiture pour la ramener à Lac-Mégantic. Seulement on était en hiver et les automobiles ne circulaient pas dans les campagnes au pire de la saison morte de sorte qu'il aurait fallu héberger Michaud, ce qui paraissait un geste contre nature à Honoré et quelques-uns des enfants.

"De quoi parler avec un bleu ?" disait souvent Honoré à son épouse qui l'incitait à ouvrir son coeur à ce gendre qui prenait si bon soin de leur fille.

Là-dessus elle ne pouvait lui donner grand tort, étant elle était aussi une libérale convaincue et engagée qui appelait de tous ses voeux le jour où ces messieurs voudraient bien consentir aux femmes le droit de voter aux élections.

"Parle-lui de trains !"

"Quel intérêt ?"

"À toi de le trouver !"

Quand on eut mangé le gâteau de fête, Berthe quitta la table tout doucement en se glissant lentement hors de sa chaise, contourna Amanda, Éva et leurs conjoints pour s'approcher de son père, les genoux tremblant comme des feuilles au vent. À la place de *Chasseur* qui avait trouvé refuge dans la douce chaleur dégagée par le poêle, Berthe resta sans rien dire en attendant que son père la regarde. Arthur trouva un prétexte pour rompre le lien verbal qui allait de lui à son beau-père après avoir reçu un coup de coude dans les

côtes de la part d'Éva. Il savait que la fillette avait une demande à faire à son papa au nom de tous et se tut.

–Monsieur...

L'enfant blêmit et redevint muette. Honoré la regarda et
demanda :

–Tu veux quoi, Berthe ?

Le ton était neutre, bien plus qu'il ne l'avait été avec
Chasseur un peu plus tôt. Elle ramassa tout son courage de
petite fille et lança sa demande :

–Au nom de la famille, voulez-vous nous bénir ?

On approuva de partout autour : applaudissements de
Bernadette et Pampalon, rires d'Amanda et Alfred, mots
d'Éva et Arthur, signes de tête d'Émélie et d'Eugène.

Honoré haussa une épaule, fit une moue signifiant son
accord résigné, parla :

–D'abord que c'est la tradition, levez-vous de table et
mettez-vous à genoux.

Ce qui fut fait.

Il prit la parole. Utilisa des hésitations pour avoir l'air
d'improviser et pourtant, il avait préparé son laïus :

–Je... vous bénis... comme chaque année... Je bénis tous
nos enfants... même ceux qui sont pas là... même ceux qui
sont partis pour toujours... Ceux qui sont ici... Alfred, Éva,
Pampalon, Eugène, Bernadette, Armand, Berthe et ceux qui
sont partis... Ildéfonse, Henri, Armandine, les deux autres
qui sont morts jeunes... Je bénis surtout notre chère Alice qui
a pas pu se rendre aujourd'hui à cause des chemins... Par la
main du père, c'est le bon Dieu qui vous bénit. Et... je vous
dirai aussi que par ma main passe la bénédiction du père
d'Émélie... il me l'a fait savoir au téléphone. D'ailleurs, on va
aller recevoir sa bénédiction plus tard dans l'après-midi. Asteur, je veux dire un mot à propos des cinquante ans de ma
chère épouse Émélie. Comme elle s'en rend compte, cinquante ans, ça fait pas mal du tout. Je les ai depuis onze

mois et ça m'a pas rendu malade. Émélie continue d'être la femme forte de l'évangile. Elle voit à tout. Tout ce qu'elle touche est bien fait. Ça veut pas dire qu'on est d'accord sur toute la ligne et c'est tant mieux. Parce que personne à part le pape est infaillible sur cette terre... Et quand un se trompe, l'autre est là pour au moins le faire réfléchir. À deux, ensuite à trois avec Alfred, puis à quatre avec Éva, à cinq avec Alice et à six avec Pampalon, on a construit ce qu'on appelle un beau patrimoine. Bernadette, je t'oublie pas et je trouve que tu fais de la belle ouvrage dans l'entretien du magasin. C'est propre grâce à toi. Bon, pour revenir à Émélie, disons-lui merci. Elle a pas perdu une minute de sa vie. Jamais une. Comme la religion est l'âme d'un peuple, elle est l'âme de la maison... donc notre religion. En réalité, c'est elle qui devrait vous bénir chaque année parce que sans elle, la famille cesserait d'exister. On s'ennuie d'Éva, d'Alice, d'Henri, mais sans eux, la famille continue. Sans Émélie, ce serait la fin. Et ça, c'est pas prêt d'arriver... Bonne année à chacun d'entre vous !

Émélie fit des signes de tête. Éva savait que c'était sa façon de camoufler ses larmes. Les phrases entendues dans la bouche d'Honoré étaient simples, dépouillées, mais avaient le pouvoir de toucher chacun en son for intérieur par le ton qu'il y avait mis et la lenteur du débit.

Berthe jeta un oeil vers Éva qui lui fit un signe, et la fillette retourna à sa place...

Même si dans son coeur, elle parla souvent aux grands absents, Ildéfonse, Henri et Alice, Émélie eut une belle journée, surtout par la grâce d'Éva. D'ailleurs toutes deux, hasard, étaient coiffées et habillées semblablement ce jour-là. Chacune portait des cheveux lisses sur les côtés de la tête et un chignon sur la nuque. Et les robes de tissu brun à frisons sur le corsage semblaient provenir des mêmes mains de couturière.

Quand Émélie fut au lit avec son époux, ils prirent un moment pour parler du vieux passé. Ça aussi, c'était la tradition. On le faisait ainsi à deux à chaque jour de l'An. Et Pétronille, Georgina et Marie, qui parmi les disparus du 'règne' d'Émélie avaient occupé les plus belles places dans son coeur, vinrent elles aussi s'asseoir à la table du grand banquet annuel de la souvenance aux côtés d'Ildéfonse, d'Henri et de celle qui manquait tant à tous cette année-là : l'énergique et si vivante Alice...

***

Chapitre 32

1916...

C'était une journée semblable aux autres de ce mois de janvier pas très rigoureux. D'aucuns disaient que l'hiver avait un mois de retard. Les tempêtes de neige s'étaient faites peu nombreuses depuis novembre et personne n'avait pu dire, pas même une seule fois pour de vrai : *c'est épouvantable, on voit ni ciel ni terre aujourd'hui.*

D'un autre côté, le soleil s'était montré avare de ses dons. Et en ce troisième tiers du mois, on ne l'avait vu briller au-dessus de Saint-Honoré qu'à deux ou trois petites reprises.

Soeur Ste-Adélaïde était assise à son bureau à ne rien faire d'autre pour le moment que de prier. Malgré l'épaisseur de son vêtement, elle avait toujours froid durant la saison hivernale sans jamais s'en plaindre. Mais elle gardait les mains et les bras cachés dans un fourreau cousu à même son habit de religieuse. Prier ainsi lui réconfortait le coeur et lui permettait de se réchauffer les membres supérieurs. Quant à ses pieds, elle ne les laissait pas en contact avec le plancher sauf un coin du talon qui servait à les supporter comme il se devait. Et puis elle avait fait mettre une laize de tapis sous son bureau.

"On aura beau être Mère Supérieure, on n'est pas exempt

de la grippe ou du rhume," disait-elle souvent à table devant les cinq religieuses dont elle avait la charge et la direction en même temps que celle du couvent à quatre étages et à six classes construit cinq ans auparavant pas loin de l'église et voisin d'elle du côté est.

En dehors de ses vêtements, guimpe, cornette, voile, n'apparaissaient au regard et bien entourés, que ses yeux où se pouvait lire une sorte d'ironie mordante qui cachait une vieille souffrance, son nez pointu, ses lèvres qui semblaient faites pour demeurer closes et qui pourtant s'agitaient fort et vivement quand elle parlait, et, en fine pointe en bas du masque, un menton perdu, presque absent.

On frappa à la porte.

–Entrez, Mère Marie-Albert.

La visiteuse obéit. Elle resta debout dans l'embrasure. La supérieure ordonna :

–Veuillez aller préparer la chapelle pour la bénédiction du Saint-Sacrement.

–Oui, Mère.

–Monsieur le curé est sur le point d'arriver : allez le recevoir à la porte d'entrée. Il n'aime guère qu'on le fasse attendre, surtout en plein hiver.

–Oui, Mère.

–Allez et laissez la porte entrouverte.

–Oui, Mère supérieure.

–Merci.

–Merci, Mère.

Soeur Marie-Albert se rendit à la chapelle qui s'ouvrait devant la porte voisine. Il lui fallait y allumer des cierges et pour cela, elle aurait à utiliser une paille servant d'allumette avec laquelle il lui suffirait de transporter la flamme d'une rangée de lampions aux candélabres. Incapable d'en trouver une, elle parvint au même résultat en se servant d'un lampion fiché dans un contenant de verre rouge. Elle achevait sa tâche quand la sonnette de la porte se fit entendre. Sans réfléchir et fort imprudemment, elle déposa le petit lampion sur la tablette du châssis et courut à l'extérieur de la chapelle. Le curé Lemieux, avait dit Mère Supérieure, n'aime guère attendre, le nez devant la porte d'entrée.

Elle ouvrit, salua bien bas le prêtre qui ôta son chapeau noir puis son manteau plus noir encore, et les suspendit lui-même à un crochet fixé au mur tout en parlant du temps clément que janvier continuait de dispenser à la terre beauceronne... et canadienne sans doute également.

La classe de sixième année assisterait à la cérémonie du jour et Mère Saint-François, la titulaire, fit sortir les élèves du couloir au-dessus. Et les précédait dans l'escalier quand elle s'écria soudain :

–Seigneur, le feu !

Le prêtre et soeur Marie-Albert se trouvaient encore dans le vestibule d'entrée, à la porte entrouverte.

–Que se passe-t-il donc ? dit le prêtre qui avait entendu et pouvait voir l'horreur dans le regard de celle qui venait de donner l'alerte.

La supérieure sortit de son bureau et l'on accourut à plusieurs à la chapelle. Le feu embrasait tous les rideaux et léchait le bois sec du châssis.

–Faites évacuer le couvent et vite ! lança le curé. Que tous les enfants sortent par les escaliers de secours. Ils ont tout juste le temps de s'habiller et de sortir.

L'évacuation se déroula dans l'ordre sous la direction de soeur Sainte-Adélaïde tandis que le prêtre et soeur Marie-Albert essayaient en vain d'éteindre l'incendie naissant, et que plusieurs élèves étaient dépêchés dans le voisinage pour appeler à l'aide les hommes valides. Il y avait bien l'eau courante dans le couvent, mais les robinets ne remplissaient pas les seaux assez rapidement et on dut bientôt se rendre à l'évidence : la bâtisse était perdue.

Plusieurs villageois s'amenèrent. Quelques hommes entrèrent malgré la fumée dense répandue partout maintenant.

–Il n'y a plus rien à faire sinon essayer de protéger l'église, ou bien tout le village va y passer, dit le prêtre qui tenait sur sa bouche et son nez un linge mouillé.

–On va la sauver, l'église avec l'aide du bon Dieu ! déclara Elzéar Racine.

Tous se retrouvèrent à l'extérieur. Une colonne de fumée s'échappait maintenant par la fenêtre dont les vitres avaient éclaté sous la chaleur. Il fut ordonné aux enfants de retourner à la maison. Mais de plus en plus de gens arrivaient de toutes les parties du gros village et d'autres, alertés par l'énorme colonne de fumée, accouraient depuis le fond des rangs, devinant qu'une grave conflagration était en progression. La plupart d'entre eux pensaient à l'église.

Ils vinrent par dizaines, armés de seaux et de courage, et organisèrent rapidement des chaînes d'arrosage. Les Bellegarde, Octave et Joseph, les Veilleux, Marcellin et ses fils Omer et Philias, Joseph Foley qui n'était pas très bien de sa santé, Firmin Mercier, son gendre, Napoléon Martin. Et des Champagne, des Pelchat, des Jobin, des Beaulieu, les Dulac, les Lepage du neuf, des Beaudoin... Uldéric Blais attela sa jument la plus rapide et s'amena du fond du quatre à fine épouvante. Gédéon Jolicoeur fut l'un des tout premiers à venir d'un rang, accompagné de ses fils Wilfrid, Joseph et Philippe : quatre paires de bras de plus pour transporter les seaux d'eau et arroser non pas le brasier dont l'intensité rendait maintenant sa proximité insoutenable, mais les abords de l'église pour empêcher la flamme de s'y installer.

Les meilleures protections du temple paroissial consistaient en la distance de deux cents pieds le séparant du feu de même que son revêtement de tôle. Il y avait bien plus grand danger de l'autre côté où des maisons risquaient à tout moment de s'embraser à leur tour. On craignait pour toute la partie est du village.

–C'est à notre tour d'y goûter ! s'exclama Honoré Grégoire quand les Jolicoeur se présentèrent à lui pour recevoir des ordres.

Car quand on est maire, on doit savoir quoi faire...

Sur les entrefaites, Théophile Dubé vint conférer avec Honoré qui dut faire attendre les Jolicoeur. Il fut décidé d'établir une chaîne d'eau entre les deux puits les plus rapprochés à l'exception de celui du couvent rendu inaccessible par l'intensité des flammes et leur proximité.

Et voici que le feu prenait encore de l'ampleur. Il avait de quoi se nourrir dans cette grande bâtisse, la plus importante du village après l'église...

–Gédéon, t'es un bon homme de commandement, dit Honoré à Jolicoeur, établis une chaîne d'eau entre le puits à Bilodeau de l'autre côté du chemin. Je vas vous rabattre des hommes avec des chaudières.

Dubé dit :

–C'est quoi qu'il nous reste comme puits ? Le tien, c'est trop loin. Celui du presbytère itou.

–Faut aller de l'autre bord de la rue plus haut : on n'a pas le choix. Plus bas, sont connectés sur l'aqueduc Labrecque tout comme moi. En plus que c'est trop loin déjà : ça prendrait cent hommes pour une seule chaîne d'eau.

On ne se rendait pas compte encore qu'il était trop tard pour empêcher une conflagration. La chaleur et les brandons étaient à mettre le feu à la toiture de la maison voisine du couvent. Cyrille Beaulieu, le propriétaire, aidé de quelques hommes, avait déjà entrepris de sauver les meubles. Et tout ce qu'il était possible de sortir de la résidence l'était déjà ou le serait bientôt. Son épouse avait emmené les enfants au magasin Grégoire où ils seraient en sécurité tant que l'église ne brûlerait pas. Et personne ne le prédisait, le vent ne bougeant –et fort peu–, que dans la direction contraire.

Village de Saint-Honoré quelques mois avant l'incendie de janvier 1916

Toute l'attention fut donnée à la maison Beaulieu, mais en vain. La toiture que l'on ne pouvait arroser s'embrasa. Les meneurs d'hommes ordonnèrent l'envoi de tous les bras valides du côté est, vers le magasin Champagne. Il faudrait bloquer le feu quelque part par là... ou bien dans quelques heures, la moitié du village serait réduite en cendres.

Malgré la défense qui leur avait été faite de rester 'au feu', plusieurs élèves ne tardèrent pas à revenir de chez eux pour voir brûler leur grande école. Non seulement la bâtisse était-elle la proie des flammes, mais aussi tout son contenu et cela voulait dire leurs petites affaires : sac d'école, cahiers, crayons, coffrets et tous ces trésors personnels enfouis dans les pupitres d'écolier.

Bernadette Grégoire et Julia Racine se tenaient côte à côte sans rien dire. L'une soupirait parfois et l'autre lui répondait par un soupir encore plus long et profond. Une main se posa doucement sur l'épaule de Bernadette qui se retourna et s'exclama :

–Tiens, la petite Pomerleau de Saint-Benoît. Comment ça se fait que t'es venue au feu ? C'est trop loin, chez vous...

–Mon père a une jument de chemin; on est venus en sleigh fine.

–Vous l'avez su comment ? Avez-vous le téléphone ?

–Mon père a vu la boucane au loin pis il a pensé que c'était l'église.

À quatorze ans maintenant, Éva possédait les attributs d'une femme adulte tandis que Bernadette n'en était pas encore là; mais le courant continuait de bien passer entre les deux. Et la joyeuse visiteuse forma un trio avec les deux autres. Julia lui dit qu'elle habitait la maison en face du magasin et la lui désigna du doigt. Une fois encore, Éva ressentit quelque chose au fond de son coeur devant cette image.

Devant un tel sinistre, aucune scène ne dure bien longtemps. Les spectateurs sont nerveux et sentent le besoin de parler à tous pour se faire rassurer. Il vint s'ajouter une jeune fille au trio d'adolescentes quelques instants plus tard : Éveline Martin.

–T'es chanceuse, toi, t'as fini ton école, lui dit Bernadette.

Éva toisa cette jeune fille et devina qu'elle devait avoir 17 ou 18 ans vu sa taille et ses formes que le tissu de son manteau serré à la taille et au buste ne dissimulait pas et, au contraire, accusait. Réponse fut donnée à son interrogation par la réponse d'Éveline :

–J'ai dix-sept ans, moi. Toi, t'as rien que 12... pis toi itou, Julia... et toi ?

–Elle, c'est Éva Pomerleau, dit Bernadette.

–Connais pas.

–Elle vient de Saint-Benoît.

–Ben moi, je m'appelle Éveline Martin pis je viens du bas de la Grand-Ligne. T'as quel âge, Éva, toi ?

–J'ai eu mes quinze ans au commencement du mois de novembre.

–J'pensais que t'en avais douze ou treize...

–Ben non, j'ai quinze.

–Pis comment c'est que le feu a pris ? demanda Éveline.

–Dans la chapelle, dit Bernadette.

Et la petite conversation se poursuivit alors que le feu prenait encore de l'ampleur, réchauffant tellement les spectateurs qu'il leur était possible sans inconvénient dû au froid de défaire les boutons de leurs vêtements du dessus, ce que ne tarda pas à faire Éveline.

Alors Bernadette proposa une prière pour que le feu ne touche pas à l'église, non plus qu'aux maisons des alentours. D'où les jeunes filles se trouvaient, impossible de voir que déjà la résidence de la famille Beaulieu flambait. Ce furent quelques Avé auxquels Éveline et Éva ne participèrent pas beaucoup, la première n'y croyant pas fort et la seconde détaillant l'autre sans en donner l'air.

Éveline portait une jolie robe couleur de la brique rouge foncé. Elle qui avait le goût du fard et du maquillage léger prenait le temps chaque matin d'enduire ses lèvres d'un soupçon de rose qui lui conférait un air de belle santé et de fraîcheur. Éva lui trouvait une beauté simple et unique. Il y avait chez la fille d'Odile la froideur de janvier combinée à la chaleur du brasier. Personne ni rien n'aurait pas pu mieux symboliser la situation présente que cette jeune fille à la fois ouverte et distante, sensible et indifférente, enveloppante et farouche. Et l'incendie lui apparaissait, à elle, non pas comme un sinistre, mais comme un immense hymne à la vie. Car après un couvent, un autre couvent. Ce n'était que du bois qui brûlait comme dans le poêle de la maison. La tragédie de ce monde, pour elle, ce n'était pas le changement, c'était la fin de la vie. Or, la vie ne faisait que commencer et pas question de songer même à son autre extrémité...

Des cris venaient de loin, ceux des hommes énervés qui pensaient mieux agir en dépensant le plus possible d'énergie. Ils se mélangeaient aux crépitements issus de la fournaise et au roulement sourd des flammes qui dévoraient les bois secs de la bâtisse et les digéraient en émettant des bruits prolongés, caverneux, lointains et envahissants.

–C'est le démon qui a voulu ça ! s'exclama soudainement Bernadette.

–Quoi ? dit aussitôt Éveline, le mot bourré d'incrédulité.

–Un feu d'enfer, répondit Bernadette en montrant le brasier de ses mains ouvertes, y a que le diable qui peut faire ça de même. C'est lui qui a mis le feu dans la chapelle.

–Ben non, voyons, le démon se mêle pas de ça. Tant qu'à mettre le feu, il aurait pu faire brûler tous les élèves dans la bâtisse...

Voilà qui avait du sens aux oreilles d'Éva. Elle se deman-

dait si l'une des autres en dirait quelque chose. Mais Bernadette voulut se protéger de pareils mots sacrilèges et referma
son manteau noir sur sa personne frissonnante.

Émélie ne pouvait voir brûler le couvent depuis le magasin. L'église se dressait devant son regard. Mais les flammes
dansaient si haut qu'elle en apercevait parfois les ondulations
rougeoyantes à travers le clocher. Armand l'inquiétait. Malgré la défense qu'elle lui avait faite plus tôt, il s'était faufilé
par la voie du hangar et sûrement qu'il assistait aux premières loges au navrant spectacle que personne, à part elle-
même, n'aurait voulu rater.

D'autres familles à part les Beaulieu avaient trouvé refuge au magasin et voilà qui suffisait mille fois à le garder
ouvert. On ne pouvait laisser de jeunes enfants dehors en
plein janvier, même pas par une journée aussi douce que
cette désolante journée.

Et puis il vint une visiteuse, la dernière personne que la
marchande s'attendait à voir ce jour-là. Et même les autres
jours car la dame était si vieille et si peu apte à prendre le
chemin enneigé et par conséquent glissant pour des jambes
aussi usées et affaiblies.

Restitue tremblait comme une feuille sèche sous vent
frisquet d'automne quand elle se trouva à l'intérieur après
que la porte lui ait été ouverte par Émélie qui s'exclama :

–Madame Jobin, c'est que vous faites sur le chemin en
plein milieu de l'hiver de même ? Vous allez attraper la mort,
c'est certain.

–La mort, ma petite fille, elle m'a déjà attrapée; il lui
reste rien qu'à m'emporter... là où c'est qu'on va se retrouver
tous sans exception un jour ou l'autre : dans la belle vallée
de Josaphat.

La voix chevrotait; le pas vacillait; la main semblait
inerte dans la mitaine tombante. Mais la vieille philosophe
conservait la parole intacte. Elle reprit :

–Je vas avoir mes 84 ans aux premières lueurs du printemps : mon règne achève.

–C'est que ça vous fait de voir brûler notre beau couvent neuf à matin, madame Jobin ?

–Personne de mort : c'est ça qui compte.

–Vous avez pas eu envie de voir brûler le couvent, vous ?

–Ça serait plus de ton âge que du mien, d'aller voir ça, Émélie.

–Je dois être vieille parce que ça m'intéresse pas non plus.

–Tu veux que je te dise après toutes ces années que je te connais, Émélie Grégoire ? T'es plus sensible que le reste du monde pis c'est pour ça que tu fais tout pour le cacher autant.

–Ça, c'est mon père qui a dû vous dire ça durant vos parties de cartes.

–Édouard a jamais parlé de ça... Il est cachottier tout autant que toé.

–Ça, par exemple, je le sais. Il a aimé deux femmes toute sa vie : une morte et l'autre mariée.

–Ouais, c'est une chose qui arrive à certains hommes, d'en aimer deux en même temps. Me semble qu'une à aimer, ça devrait suffire. Bah, ça compense pour ceux qui en aiment aucune pis ça, c'est pas rare.

Jusque là, les deux femmes se trouvaient de part et d'autre du comptoir des dames. Émélie pensa qu'il vaudrait mieux faire asseoir sa visiteuse, si peu solide sur ses patins :

–Restitue, venez donc vous assire à l'autre bout. Y a une chaise qui vous attend.

–Je venais rien qu'au bureau de poste.

–Vous avez pas envie de placoter un peu plus ?

–Certain que j'en ai envie.

–Ben venez vous assire...

Eugène Grégoire en était à sa dernière année d'études au couvent de Shenley. Il avait été décidé de l'envoyer parfaire sa formation au collège du Sacré-Coeur à Lac-Mégantic vu que maintenant sa grande soeur Alice vivait en cet endroit où la vie bougeait au rythme des trains qui y passaient tous les quarts de jour. Et puis l'adolescent pourrait visiter sa famille chaque mois bien plus aisément : pas même une heure ne séparait les deux gares de Mégantic et de Saint-Évariste.

Pour le moment, ce qui accaparait l'esprit et même les mouvements physiques du jeune homme de treize ans, c'était le feu et la foule. Et les filles de son âge dont la blonde et belle Orpha Bilodeau. Mais voici qu'il aperçut Orpha avec son amie Alice Talbot, ce qui découragea son approche. Il avait beau les côtoyer à l'école, il y avait par les soeurs un interdit de mélange des sexes dans les jeux ainsi que dans les classes. Tout sentiment devait donc passer par les yeux à moins que l'audace de certains ne les pousse à les exprimer en mots écrits sur des papiers furtifs.

Non, il n'avait pas osé se déclarer à Orpha de crainte de faire rire de lui. Et sa poésie amoureuse ne dépassait guère les rêves qu'en faisait son coeur à la lecture de Hémon ou de Hugo. Aucun amour n'est plus grand, plus noble, plus durable qu'un amour secret. Car il est en perpétuelle ascension. Tandis qu'un amour dévoilé voit vite la naissance du problème amoureux. Tandis qu'un amour consommé entre aussitôt sur le vaste plateau de l'uniformité. Tandis qu'un amour passionné et partagé ne dure souvent pas plus longtemps qu'un couvent qui brûle.

–C'est que t'attends pour entrer dans la chaîne d'eau ? dit une voix énorme derrière son dos.

L'adolescent décroisa les bras et se retourna pour subir le regard foudroyant d'Honoré qui, en pareille circonstance, ne tolérait pas qu'un membre de sa famille restât à ne rien faire quand rageait pareil cataclysme qui lançait au ciel et au village ses flamboyantes menaces. Émélie hébergeait du monde. Bernadette, il le savait bien, priait. Armand avait couru si fort pour venir donner l'alerte au magasin au début de l'incendie qu'on avait cru un instant qu'il ne reprendrait jamais son souffle, lui qui l'avait déjà plus court que les autres garçons de cet âge. Quant à Pampalon et Alfred, ils avaient fourni les premiers bras de la première chaîne d'eau puis ils avaient couru à trois reprises de l'église aux hangars dans les deux sens, pour y quérir des échelles longues permettant d'accéder à la toiture de l'église et en déloger des tisons si le vent devait en charrier jusque là.

–Ben...

–Y a pas de ben... prends tes pattes pis va offrir tes bras à ceux qui arrosent les maisons par là... Le feu, c'est pas à le regarder qu'il va s'éteindre.

Eugène refusa le reproche en son for intérieur. Mais il comprit que son père cachait sa peur profonde, sans doute issue des graves événements de septembre 1908 alors que le feu de forêt avait frappé aux portes du village.

–Ben O.K, j'y vas.

–C'est ça : vas-y !

Et leurs chemins bifurquèrent. Honoré continua de recruter des bras. Eugène courut voir Alphonse Champagne pour offrir les siens.

Mais déjà, une deuxième maison après celle des Beaulieu, prenait feu. Les femmes gémissaient et tâchaient de prier; les hommes juraient et leurs 'sacres' annulaient sûrement les effets des oraisons féminines dans les oreilles du grand Maître.

Orpha et Alice avaient été témoins du bref échange entre Honoré et son fils. Les cinquante ans du marchand n'avaient pas affaibli le son de sa voix et seulement deux ou trois personnes silencieuses les en séparaient.

–Il est plus beau que jamais ! s'exclama Alice en demiton pour faire plaisir à son amie.

Car Orpha se sentait tout aussi attirée par Eugène que lui par elle. Un sentiment tout aussi platonique et qui avait grand-peur des qu'en-dira-t-on !

Par contre, il y avait un pacte du silence signé cordialement entre les deux jeunes filles de treize ans. Sauf qu'audelà d'un des silences se trouvait un sentiment encore plus profondément enfoui : celui d'Alice pour Eugène. Elle était la seule vraiment, cette fois, à le connaître. Mais ne se comptait aucune chance à côté de sa flamboyante compagne dont tout l'être à part la rousse blondeur rappelait celui d'Éveline Martin : féminine, sûre d'elle, charmeuse sous des dehors impassibles aux teintes de l'indifférence. Tout pour se faire remarquer; tant pour se faire désirer...

Toutes deux étaient vêtues de manteaux noirs à mi-mollets et rien sur la tête. Les lueurs du feu allumaient celles même de la chevelure d'Orpha pour lui conférer une nuance rosée et un aspect moiré.

–Si le feu peut pas sauter de l'autre bord !

–Ils disent que le vent est d'ouest : pas de danger pour vous autres, Orpha.

La maison Bilodeau située de l'autre côté du chemin semblait hors d'atteinte pourvu qu'on en arrosât copieusement la façade, ce à quoi s'appliquait une équipe à laquelle se joignit Eugène après avoir essuyé un refus ferme et poli de la part d'Alphonse Champagne qui lui avait dit craindre que des bras de 13 ans n'affaiblissent et ralentissent la chaîne d'eau. Là-bas, on faisait des efforts surhumains pour sauver le magasin ou bien il serait fort difficile de le reconstruire, les pertes surpassant à coup sûr et considérablement les faibles assurances privées contractées par le propriétaire à l'ouverture de l'établissement. C'est qu'il aurait fallu une assurance-paroisse à laquelle participer et que prônaient depuis un certain temps Louis Champagne et Jean Jobin sans parvenir à intéresser un nombre suffisant de gens malgré des incendies de village assez fréquents et parfois majeurs dans la province, désastres dont les journaux faisaient état chaque fois.

Quand les jeunes filles aperçurent Eugène Grégoire parmi les sapeurs de fortune s'interposant entre le brasier qui s'intensifiait encore et la maison Bilodeau, elles tricotèrent à travers les curieux et se rapprochèrent...

Une troisième maison, celle de la famille Duval, devint la proie des flammes. Plusieurs le virent et la nouvelle, issue de plusieurs bouches à la fois, parcourut toute l'assistance en un rien de temps. Le couvent, une maison, deux, trois : plus rien ne pourrait bloquer le chemin à ce monstre dévoreur revenu, pensaient d'aucuns, se venger de la pluie de 1908 qui avait protégé le village in extremis.

Tous les hommes n'avaient qu'un mot à la bouche : une pompe à feu. Comme dans les grandes villes. On lèverait une taxe spéciale. On forerait de nouveaux puits. Les plus progressistes parlèrent même de puits artésiens plongeant droit dans la nappe phréatique. Mais ce blabla qui leur donnait un faux sentiment de sécurité n'avait aucune prise réelle sur l'incendie. Le curé crut le moment venu de mettre vraiment la main à la pâte. Féru de médailles à l'effigie de plusieurs saints différents, à commencer par le Sacré-Coeur, il se rendit au-delà de la troisième maison et commanda à l'élément destructeur de s'arrêter là. Il déclara que plus rien ne lui serait concédé. Le servirent en son entreprise le revêtement de pierre de cette dernière maison avant le complexe commercial et résidentiel de Louis Champagne, de même qu'une forte concentration de bras solides faisant partie non plus d'une seule, mais de trois chaînes d'eau dont l'une, la plus efficace, s'était mise spontanément sous la direction du solide et inspirant Uldéric Blais.

Le feu culminait dans la bâtisse du couvent. Le toit s'ef-fondra et une rumeur parcourut la foule quand on entendit le son fêlé et gémissant de la cloche qui fit une première chute d'un étage.

Depuis son retour au feu, Armand se tenait avec son ami Wilfrid. À pas même neuf ans, ils ne pouvaient que nuire aux hommes en train de lutter farouchement contre les flammes et, le sachant, les deux garçons se tenaient à distance, surveillant tout, apprenant ce qu'ils auraient à faire quand leur tour viendrait de soutenir un pareil combat dans leur avenir d'adultes.

Et Armand apprit que plusieurs parmi les sapeurs avaient apporté avec eux un flasque de whisky qu'ils se passaient de l'un à l'autre non sans l'avoir soulevé dans une sorte de geste de prière équivalant à celui d'un *Avé* bien tassé.

Les religieuses se tenaient en un petit attroupement serré sur le perron de l'église et parfois entraient se réchauffer à l'intérieur et prier pour que le village n'y passe pas en entier puis ressortaient et regardaient le triste spectacle. Un homme qui les repéra vint les trouver. C'était Elzéar Racine qui venait parler à Mère Supérieure non en tant que forgeron ou citoyen, mais en tant qu'autorité; car il était le président de la commission scolaire depuis six mois.

–Venez dans le tambour, lui dit-elle quand il lui demanda quelques minutes de son temps.

Une fois à l'intérieur, il prit la parole :

–C'est pour vous rassurer pis vous dire que le couvent, on va le rebâtir pour le mois de septembre qui vient. On va utiliser les anciennes écoles pour finir l'année scolaire des enfants...

–Mais nous autres, les religieuses, où est-ce que nous allons pouvoir nous loger, monsieur Racine ?

–J'peux pas vous dire pour l'heure, mais le mieux serait à l'hôtel Central.

–Vous n'y pensez pas : à l'hôtel Central ?

–Il y a là trois étages et on pourrait en réserver un pour vous six. Tout l'étage et personne d'autre n'y serait admis. C'est au coeur du village. Madame Lemay vous nourrira : c'est une ben bonne cuisinière. Autrement, aucune maison du village est assez grande vous loger toutes pis faudrait que vous soyez séparées pour le restant de l'année scolaire.

Le feu réveillait en Tine Racine et combien d'autres sur le terrain l'esprit du pionnier par lequel un coup du sort ne vous laisse pas morfondu... et fait saliver pour se mieux cracher dans les mains...

Eugène montrait aux gens de la chaîne d'eau que malgré son jeune âge, il ne ralentissait pas le rythme. Mais il fallait qu'il y voie. Et il y voyait.

Le grand brasier dévoreur avait maintenant avalé deux étages du couvent et son appétit féroce diminuait. Ses trois descendants qui étaient à se repaître chacun d'une maison, durent s'en contenter. Un mur les empêcha de se reproduire. Un mur d'hommes. Un mur d'eau. Un mur de médailles. Un mur de prières. Et puis le vent faible tomba complètement. Plusieurs respiraient leur soulagement à commencer par Louis Champagne et les membres de sa famille dont surtout son fils Alphonse, commis de 21 ans et futur marchand à la place de son père quand il choisirait de dételer.

Un son de cloche se fit entendre, sans doute le dernier, et qui annonçait la chute imminente du premier étage et de son contenu en tisons et en flammes. Bernadette Grégoire essuyait une larme. Éva lui dit qu'elle avait entendu un homme répéter de tous bords tous côtés qu'un nouveau couvent serait construit à temps pour la nouvelle année scolaire.

–Ça doit être Tine Racine, le père à Julia, qui a dit ça, commenta Éveline. C'est lui, le président de la commission scolaire. Il reste là-bas, en face du magasin...

Éva se tourna; une fois encore, elle ressentit une impression bizarre de déjà vu au fond de son coeur en apercevant la maison désignée... comme toutes les fois avant ce jour...

Deux adolescentes de l'âge de Bernadette survinrent : Corinne Mathieu et Imelda Lapointe. Les suivaient sans en avoir l'air trois garçons de leur âge : Philias Bisson, Fortunat Fortier et Joseph Roy que tous surnommaient Pit et que d'aucuns, plus méchants, appelaient eux, *Pit-à-grosse-tête*.

–Ils vont-ils arrêter de nous suivre, eux autres ! dit Corinne à Bernadette d'une voix assez forte pour que leurs poursuivants entendent.

Elle n'obtint d'eux que des rires entremêlés.

–Je te dis que perdre leur école, ça leur fait pas grand-chose, eux autres, soupira Bernadette en se demandant pourquoi elle n'avait pas vu Eugène Foley depuis le début de cet incendie.

Elle se disait que le garçon était si sensible qu'il n'aurait peut-être pas été capable de soutenir un spectacle aussi désolant que celui de la destruction du couvent et devait s'être réfugié dans son petit domaine en haut de la cuisine d'été où malgré la froidure, il allait souvent prier et méditer comme il était recommandé aux enfants de le faire par les soeurs et par les prêtres.

Puisqu'ils n'étaient pas les bienvenus autour de jeunes personnes de leur âge ou de plus âgées comme Éveline et cette étrangère, les trois adolescents décidèrent de s'en aller plus loin quitte à revenir plus tard et essayer de nouveau de se faire valoir.

Ils allèrent vers la maison Bilodeau. Et formèrent un arc de cercle derrière Orpha et Alice qui prirent bientôt conscience de leur présence et, contre toute attente, s'intéressèrent à eux.

–Si c'est pas le p'tit Fortunat ! s'exclama Orpha.

–Ben oui : soi-même en personne.

–Vous êtes pas dans une chaîne d'eau, vous autres ?

–Ils veulent pas de nous autres, dit Pit Roy.

–Ont peur de se faire pousser dans le dos par nous autres, enchérit Philias Bisson.

Le trio rit à gorge déployée, surtout Fortunat dans son style tout aussi nerveux que joyeux.

C'est à ce moment que, profitant d'un court instant de répit, Eugène Grégoire leva la tête pour apercevoir sa chère Orpha en train de fraterniser avec des jeunets de onze ans pas plus. Jamais elle ne lui adressait la parole, à lui qui en avait pourtant treize. Il en conçut de la contrariété et une barre de tristesse vint entraver son front. Et si lui se mettait à parler à Alice Talbot ? Il fallait que les choses bougent avant qu'il ne s'en aille étudier à Mégantic. Se déclarer à Orpha. Mais s'il devait échouer dans sa tentative...

–Hey, Grégoire, tu casses la ligne, lui dit en souriant l'exubérant Édouard Foley qui tendait vers lui un seau rempli d'eau.

–Excuse.

–Pas grave ! Et pis, arrête donc de regarder les belles filles blondes, l'artiste à Honoré.

La réputation de l'adolescent dépassait maintenant les frontières de la résidence familiale. Il avait participé à des pièces de théâtre amateur. On le voyait souvent un livre à la main. Il écrivait dans un cahier brouillon qui n'avait rien à voir avec les matières de l'école. On le disait poète. On le trouvait distrait.

Sauf qu'il n'aimait guère se faire qualifier d'artiste. Car on associait aisément ce vocable à celui d'efféminé, ce qu'il n'était pas ni ne voulait être.

–Foley, tu dis n'importe quoi.

–J'dis pas ça pour t'offenser. Eugène, mon petit frère, nous parle souvent de Victor Hugo : j'ai rien contre ça.

–Y a pas rien que Victor Hugo qui a écrit des livres...

Les seaux allaient d'une main à l'autre et Eugène dans son anxiété du moment, à cause de l'attitude d'Orpha et de celle de Foley, entreprit de donner une leçon de littérature à ce jeune homme de vingt ans qui avait quitté l'école sitôt ses classes primaires faites.

–Chateaubriand, ça te dit quelque chose, ce nom-là ? Musset ? George Sand ?...

–C'est pas du monde de par icitte certain.

–Rien de plus certain : c'est des Français de France... Comme Victor Hugo... qui ont écrit des livres.

–Comment tu dis ça ? George... Cenne ?

–Pas cenne, Sand.

Édouard était bilingue, pratiquement élevé par Euphemie Dennis, pure Irlandaise, et si souvent en contact avec la langue de Shakespeare. Il connaissait la signification du mot :

–Sand comme sable...

–Ben non, ben non. Sand comme... Sand...

Des éclats de rire de Fortunat et Orpha vinrent chercher l'attention de l'adolescent qui se tut malgré les protestations de Foley :

–Continue de m'en apprendre, Grégoire.

–Plus tard, Foley.

Tout fut bientôt sous contrôle. Le grand brasier s'était affaissé sur lui-même au milieu de craquements sinistres et les trois maisons finissaient de se consumer et de former des ruines noires et fumantes. Les Champagne souriaient d'aise malgré ce grand malheur : c'est qu'il ne les avait que frôlés.

Honoré alla parler à Louis :

–Content pour vous autres.

–A qui le dis-tu, Noré !

–Une maison qui brûle, ça se remplace. Un couvent qui brûle, ça se remplace. Une église qui brûle, ça se remplace. Les corvées de paroisse. La solidarité collective. Mais un magasin qui brûle, c'est la pire catastrophe. Impossible d'assurer les stocks au grand complet en plus de la bâtisse et on se retrouve tout seul pour rebâtir. J'ai prié pour que ça t'arrive pas, mon Louis. Surtout que t'es encore jeune...

Seulement sept ans les séparaient, mais Champagne ne disposait pas des reins financiers d'Honoré et tout le monde savait bien cela.

–J'aurais pas pu m'en relever, tu le sais.

–C'est ça que je disais.

–Pis j'sais que t'es sincère en me disant que tu voulais pas que ça m'arrive.

–Pas plus que tu voudrais que ça m'arrive, Louis.

–Certainement pas !

Uldéric Blais se joignit à eux. Les trois hommes n'avaient pas à se le dire, mais en fin de compte, ils sortiraient tous trois gagnants de ce grand malheur du jour. Chacun vendrait à la collectivité des matériaux et en tirerait profit. Aucun des trois n'y songeait ni ne se réjouissait de la situation. Leur deuil était le même que celui de tous.

D'autres effets secondaires positifs résulteraient du désastre : des petits comme la mise en pension chez les Grégoire d'Anna-Marie pour qu'elle soit en mesure de finir son année scolaire au village; des plus importants comme l'instauration d'une assurance de paroisse dans les mois suivants ou encore comme le revêtement en amiante qui habillerait le nouveau couvent dont les travaux de construction seraient lancés dès le printemps.

Certains terminèrent la journée à moitié ivres. Des spectateurs silencieux entourèrent les ruines jusqu'à la noirceur. Tôt le matin suivant, une personne lourdement vêtue se rendit près des lieux de l'incendie et y resta debout, immobile.

C'était Émélie Grégoire.

Elle se souvint du soir lugubre de 1908 où dans un échange avec Éva, il avait été question d'années grises. Ce désastre de 1916 en constituait un autre point focal. À quand le prochain désastre ? se disait-elle en soupirant.

Avant de retourner au magasin pour une autre lourde journée de travail, elle prit la décision d'offrir gratuitement à tous les élèves du couvent un cahier neuf et un crayon.

Bientôt la cloche de l'église annoncerait la messe du matin, mais elle n'avait pas le temps d'y assister. Toutefois, en passant devant l'église pour regagner le magasin, elle n'oublia pas de se signer.

Il fallait que cette paroisse, une fois encore, se retrousse les manches. Et ce n'est pas elle, Émélie Allaire, qui baisserait les bras, années grises ou pas...

***

Chapitre 33

1916... un été gris

Sceptique devant la vie; stoïque devant la mort. Voilà ce qu'était devenu Édouard Allaire en cette dernière année de son séjour sur la terre du bon Dieu. À 83 ans, il était temps de finir ses bagages commencés pour de vrai le jour de sa première attaque cardiaque. En réalité, quand il songeait, assis devant sa fenêtre à regarder passer les voitures ou bien à attendre la venue de son petit-fils Eugène lui apportant à manger, ou encore celle de Ti-Peloute qui, de la maison d'en face, lui rendait visite deux fois par jour pour lui préparer les repas du matin et du soir, c'est à la facture dérisoire du temps qui passe qu'il pensait. Tout n'avait duré que l'espace d'un éclair fulgurant entre le 23 novembre 1832, jour de sa naissance à Saint-Henri et ce juillet 1916 qu'il percevait comme son dernier mois ici-bas.

Quand on va mourir, ce ne sont pas les événements de sa vie qui comptent, mais les êtres de sa vie. Ceux qu'on a connus, qu'on a chéris, qu'on a réprimandés ou félicités, ceux qui vous ont regardé dans les yeux pour vous donner un morceau, si minime soit-il, de leur âme. Édouard leur rendait visite à tous par l'imagination. Les verts pâturages du passé lointain surgissaient de la poussière de la rue principale et ramenaient à son esprit les Marie-Josephte, Pétronille, Joseph-Édouard, Georgina, Marie et, en silhouette éthérée et souriante derrière les disparues, une autre disparue depuis tant d'années déjà : Marie-Rose, belle comme la nature, bonne comme la terre, douce comme le bleu du ciel.

C'était l'avant-dernier jour du mois, le 30.

Combien de fois dans sa vie, avait-il mesuré les sentiments enracinés dans son coeur par toutes ces années ? Des milliers et des milliers. Ça et le travail constituaient les piliers de son bonheur. Et les drames de la séparation avaient érigé les colonnes de la tristesse et du déchirement qui rendent l'édifice d'une vie encore plus solide.

Oui, le temps lui apparaissait chose bien futile à côté des âmes rencontrées. Elles étaient là, devant ses yeux, les Pétronille, Georgina, Marie et Marie-Rose.

C'était l'avant-dernier jour de juillet.

C'était dimanche.

Les voitures avaient passé pour se rendre au coeur du village. Les cloches, à toute volée, avaient annoncé la grand-messe. Puis au moment de la consécration, le tinton avait dit au vieil homme que le miracle de la transsubstantiation venait de se produire et que bientôt, la messe prendrait fin. Tout cela était chose du passé déjà et voici que les premières voitures ramenaient les cultivateurs chez eux dans l'un ou l'autre des trois rangs à l'ouest du village : la Grand-Ligne, le 10, rang des pionniers et le Petit-Shenley.

Les premiers piétons parurent dans son champ de vision et le vieillard reconnut les passants malgré sa faible vue. Les fillettes qui sautillaient de joie en marchant touchaient son coeur plus que toute autre personne. Parmi elles, la petite Angélina Nadeau qui lui rappelait tant Marie au même âge. Pimpante, légère, le front auréolé de joie pure... Il n'avait jamais osé lui demander d'entrer pour la serrer fort dans ses bras; on aurait pu prendre cela pour autre chose qu'un épanchement du coeur. Mais chaque fois qu'il l'apercevait, un vieux chant lui venait aux lèvres et ce matin encore, il le fredonna sans trop prononcer chaque mot, parfois marmonnant les sons seulement sur lesquels en son être profond, des mots clairs et beaux s'inscrivaient. Le titre : *Souvenirs d'un vieillard.*

Petits enfants, jouez dans la prairie,
Chantez, chantez le doux parfum des fleurs;
Profitez bien du printemps de la vie,
Trop tôt hélas ! vous verserez des pleurs.

Dernier amour de ma vieillesse,
Venez à moi, petits enfants;
Je veux de vous une caresse,
Pour oublier, pour oublier mes cheveux blancs.

Couplets et refrain se succédèrent jusqu'au dernier alors que des larmes commencèrent de rouler sur les joues du vieil homme pour aller mourir dans sa barbe blanche.

En vieillissant, j'ai connu la tristesse;
Ceux que j'aimais, je les ai vus partir...
Oh ! laissez-moi vous prouver ma tendresse,
C'est en aimant que je voudrais mourir.

Eugène Grégoire prit le panier sur la table de cuisine et sortit de la maison. Comme tous les midis, il se rendrait chez son grand-père Allaire lui apporter son repas préparé par Émélie. C'était de gaieté de coeur qu'il le faisait depuis quelque temps, depuis qu'il parlait avec Alice Talbot quand les choses adonnaient. Sur son parcours, il passait devant la porte de sa maison et l'adolescente ne se gênait pas pour se manifester quand elle le voyait venir de loin, car elle savait l'heure de son trajet aller et retour.

Incapable de se déclarer à Orpha, vengeur à cause de l'incident du jour du grand incendie, dès janvier, il s'était mis à parler à l'autre jeune fille, sans craindre l'échec. L'effort demandé pour accoster quelqu'un est bien moindre quand on n'est pas en amour avec la personne : il l'avait constaté.

Alice le tut à Orpha. Et comme ses brèves rencontres avec Eugène se déroulaient toujours dans son bout du village, quelque part entre le magasin et chez Allaire, son amie ne le sut pas. Et la flamme qui brûlait en le jeune homme pour l'une devint un feu doux pour l'autre comme il arrive si souvent en ces affaires de coeur tout aussi imprévisibles que mystérieuses.

Moins souvent qu'auparavant, Eugène utilisait-il l'une des bicyclettes de la maison pour se rendre chez son grand-père et la raison en était précisément son désir de parler avec Alice; or le vélo l'emmenait trop rapidement à destination. Il prit donc son moyen de transport préféré : ses deux jambes. Et marcha.

Alice, il l'avait vue, s'était rendue à la grand-messe et serait dehors sans doute, dans une balançoire entourée d'arbres où il leur arrivait de jaser quand il passait par là. Elle y était à lire Maria Chapdelaine qu'il lui avait prêté quelque temps plus tôt peu après la fin des classes.

L'incendie de janvier les avait éloignés pour mieux les rapprocher. On avait rouvert les anciennes écoles et envoyé les garçons d'un côté et les filles de l'autre. Et c'est cela qui avait poussé Eugène à lui parler. Chacun prenait des nouvelles de ce qui arrivait dans l'autre école. On regrettait le temps du couvent. Et on se désolait du départ imminent du jeune homme pour Lac-Mégantic où il poursuivrait ses études au mois de septembre.

–Salut !

–Salut, Eugène ! Viens-tu t'asseoir dans la balançoire ?

–J'pourrais pas longtemps, faut que j'apporte à manger à mon grand-père.

–C'est comme tu veux.

–Ben un peu en tout cas.

Il prit place devant elle et ce fut un échange agréable. Ils se lurent des passages du livre annotés par lui et par Émélie.

–Tu devrais revenir après-midi, lui dit-elle quand il s'apprêta à poursuivre son chemin.

–Ben oui... certain... Je vas revenir...

Il continua en gardant bien dans sa tête le souvenir du beau visage tranquille de cette jeune personne, de ses cheveux noirs comme la nuit et qui faisaient briller ses yeux plus que le jour. Alice était un être bien moins flamboyant que son amie Orpha, mais ô combien plus sécurisant, attachant et simple. Pourtant, sa réserve naturelle lui conférait un certain mystère qui attirait Eugène, lui, l'artiste qui cherchait sans cesse des territoires nouveaux où poser les yeux de son âme.

Bientôt, il frappa à la porte du 'vieux' et la poussa comme toujours, sans attendre qu'on lui ouvre. Voilà qui était entendu depuis longtemps entre les deux. Voilà qui évitait des efforts à chacun, surtout au vieil homme, qui préférait sa berçante aux pas pénibles qu'il ne pouvait plus faire sans canne ni sans douleur aux jambes et un peu partout dans sa personne usée.

–Grand-papa !

De l'autre côté de la rue, Ti-Peloute comme tous les jours, vit arriver Eugène et se mit à la fenêtre pour surveiller le moment de sa visite et s'assurer que tout allait bien. Elle se fit plus attentive ce jour-là. Un pressentiment l'habitait depuis quelques jours. Ces mots bizarres d'Édouard annonçant sa fin prochaine : bien des personnes âgées en avaient, mais pas de cette sorte en laquelle se trouve un élément de signature, un aspect incontournable et irréversible.

–Grand-papa, répéta Eugène qui se rendit poser le panier sur la table sans voir le second panier qui l'y attendait toujours, vu qu'on en utilisait deux, l'un qui restait chez Édouard et l'autre à la maison, et que remplissait Émélie un peu avant midi chaque jour.

L'adolescent aperçut son grand-père assis comme de coutume dans sa chaise berçante devant la fenêtre. Il en fut rassuré et s'approcha. Il lui fallut à peine quelques secondes pour comprendre que le vieil homme avait rendu l'âme. Ses yeux restés ouverts étaient fixes. Sa bouche ne s'était pas refermée après qu'en fut sorti le dernier mot avec le dernier souffle.

–Grand-papa ! dit Eugène pour la troisième fois, sachant qu'il lui parlait inutilement.

Alors le jeune homme contempla la mort. Elle ne lui faisait pas horreur comme à bien d'autres. Il y avait une signature en effet dans ce visage chosifié par l'horloge du destin : celle d'un long parcours parsemé de petites joies et de grandes peines. Et même si le vieillard chantonnait la tendresse au moment de traverser la grande muraille, la tendresse était partie avec son âme vers un ailleurs où tout n'est que tendresse.

Il regarda ensuite les mains toutes tachées, ces ossements desséchés, crispés autour des bras de la chaise, agrippés à la vie pour la retenir ou peut-être arc-boutés à elle pour la mieux quitter. Ce n'était pas vraiment beau, la mort, mais ça semblait si facile...

Eugène soupira à plusieurs reprises, planté devant le cadavre qui semblait cloué à sa chaise. Il se demanda un moment s'il devait le toucher puis se ravisa. Et regarda le téléphone mural à l'arrière. Le 'central téléphonique' n'était pas encore disponible à cette heure-ci du dimanche. Et ne le serait pas avant midi. Il devrait donc rapporter la nouvelle à la maison en y retournant à pied. Puis il se souvint que la téléphoniste, madame Racine, devinerait en regardant le tableau des interconnections, qu'il y avait un cas d'urgence.

Eugène se rendit à l'appareil, tourna la manivelle de la sonnerie, écouta dans le récepteur :

–Oui, lui fut-il répondu comme à un demi-sourd.

L'opératrice croyait avoir affaire à Édouard.

–Madame Racine, mon grand-père est mort. Pouvez-vous me connecter chez nous et chez monsieur le docteur Goulet s'il vous plaît ?

–Certain, Eugène, certain !

Émélie cessa de dresser la table quand sonna le téléphone. Devinant la raison de cet appel en dehors des heures normales, elle dit à Honoré qui lisait le journal en se berçant:

–C'est Eugène qui va nous dire que mon père est mort.

–Ben voyons donc !

–Tu vas voir.

Elle répondit. Lui avait cessé de lire et il écoutait du regard par-dessus son exemplaire du Soleil.

–Allô !

....

–Je le savais.

...

–Demande à Ti-Peloute Beaudoin d'aller avec toi...

En ce moment, le docteur Goulet arriva sur la ligne et dit à son tour 'allô'...

–Docteur, c'est madame Grégoire. Eugène est chez mon père; il dit qu'il est mort dans sa chaise. Pouvez-vous y aller le plus tôt que vous pourrez ?

...

–Eugène, si t'as pas peur de rester là, on arrive, ça sera pas long. Le temps de téléphoner à Freddé...

On raccrocha. Il se passerait bien cinq ou dix minutes avant que les Grégoire et le docteur ne viennent. Eugène ignora la demande de sa mère à propos de Ti-Peloute et choisit plutôt de rester là en attendant. Et de faire une dernière prière en compagnie de son grand-père, un personnage qu'il aimait beaucoup et dont l'âge avancé ne lui répugnait pas. Il prit l'autre berçante de la cuisine et la déplaça pour qu'elle soit en parallèle avec celle de l'homme décédé. Et il commença de se bercer en fredonnant...

Il se peut bien qu'une alchimie inconnue des humains ait agi à ce moment, que l'âme du disparu se soit trouvée encore dans la pièce, que son esprit inspirât celui de son petit-fils. Toujours est-il que l'adolescent se mit à chanter, comme il l'avait fait à plusieurs reprises du vivant de son grand-père, cet air familier que le vieil homme avait chanté en mourant. Plus étonnant encore, Eugène fredonna les seuls couplets que le vieillard n'avait pas chantés avant de rendre l'âme sur le mot 'mourir' qui mettait le point final au si beau chant.

Quoique bien vieux, j'ai le coeur plein de charmes;
Permettez-moi d'assister à vos jeux.
Pour un vieillard outragé, plein de larmes,
Auprès de vous, je me sens plus heureux.

Petits enfants, vous avez une mère,
Et tous les soirs, près de votre berceau,
Pour elle, au ciel offrez votre prière.
Aimez-la bien jusqu'au jour du tombeau.

En vieillissant, soyez bons, charitables;
Aux malheureux, prêtez votre secours,
Il est si beau d'assister ses semblables :
Un peu de bien embellit nos vieux jours.

Petits enfants, quand j'étais à votre âge,
Je possédais la douce paix du coeur;
Que de beaux jours ont passé sans nuages !
Je ne voyais que des jours de bonheur.

Voici qu'on poussa la porte et que l'on entra. Eugène en finit avec son chant. Son envie de pleurer lui venait de son bonheur profond. Il venait de communier avec l'âme de son grand-père. Cette fin n'avait pas détruit Édouard, elle en avait fait un être de lumière. Et cette lumière douce et brillante illuminait tout l'être intérieur de l'adolescent voire même son regard.

–Eugène ?

C'était Ti-Peloute.

–Madame Beaudoin... mon grand-père... il est mort... il est parti ailleurs...

–Oh, sainte bénite !

–Son coeur a dû s'arrêter comme ça.

–Il me l'avait dit qu'il s'en irait comme un petit poulet avant la fin de juillet.

Eugène sourit devant le choix des mots un brin candide de cette femme pas mal candide.

Les événements suivirent leur cours normal.

Alfred fut là le premier, avant même ses parents et le docteur. Dès l'appel d'Émélie, il avait attelé et fait courir son cheval à fine épouvante d'un bout du village à l'autre. Des larmes lui vinrent aussitôt aux yeux alors qu'il se rappelait des scènes vécues jadis auprès de cet homme qui lui était si cher.

Puis arriva le docteur en automobile. Des voisins vinrent aussi. Émélie qui avait pris le temps d'endosser du noir, survint ensuite avec Honoré. En se changeant de vêtements, la femme avait enveloppé sa tristesse loin au fond de son coeur, refusant pour une fois de songer aux malheurs du passé. Puis elle avait regardé vers le cimetière et pensé : *enfin, vous allez revoir Marie-Rose* !

Des hommes transportèrent le corps sur son lit. On téléphona à Octave Bellegarde. Il dit qu'il disposait d'une bonne dizaine de cercueils et que l'on pourrait aller en choisir un à n'importe quelle heure de la journée ou de la soirée. Pour ce qui concernait la dépouille, il prendrait toutes les dispositions nécessaires. Émélie voulut que son père soit exposé là même, dans sa maison grise.

Honoré demanda à Alfred de se rendre à la gare de Saint-Évariste afin d'envoyer un télégramme à Jos pour l'informer et du même coup prévenir Henri là-bas aux États. On ne se fiait pas assez encore à la ligne téléphonique pour atteindre les gens d'outre-frontière. Trop de friture sur la ligne. Des interruptions de la communication.

Émélie se montra digne et froide comme toujours. Mais elle avait du mal à rester en contrôle d'elle-même. Cette coquille de raison dont elle avait enrobé ses sentiments quand elle avait changé de vêtements craquait de toutes parts. Et s'infiltraient en elle des images du passé : souvenirs imbibés de tristesse et de douleur profonde. Elle ravalait souvent pour que le noeud ne se resserre pas autour de sa gorge au point de l'étouffer.

À travers le brouhaha qui suivit, Honoré l'observa sans le laisser paraître. Passé le cap des cinquante ans, Émélie faiblissait. Et risquait d'éclater entre maintenant et l'enterrement. Il lui fallait éviter cela, le mieux étant de la tenir éloignée de la dépouille quand cela serait possible. L'homme croyait à tort qu'un effondrement de sa femme, même temporaire, pouvait déclencher en elle une maladie quelconque; il ignorait que les larmes arrosent la douloureuse brûlure de l'âme provoquée par un deuil profond et ajoutent du soulagement au soulagement que le temps apporte.

Ce soir-là, dans leur chambre, les époux discutèrent et planifièrent en vue des jours à venir :

–On va faire comme de coutume, un ira aux funérailles et l'autre restera au magasin.

Émélie protesta sans conviction :

–Pas aller aux funérailles de son père : ça se fait pas.

–On peut pas laisser Alfred tout seul pour tout faire au magasin. On peut pas fermer le magasin un jour de semaine. L'enterrement, c'est mardi.

–Pampalon, c'est pas un bon à rien.

Il dit sans sourire ni même en avoir l'envie :

–Le vois-tu, se faire demander un corset ?

–Non, pas trop...

–Bon, c'est décidé : je vas aller aux funérailles, tu vas garder le magasin.

–Et puis Alfred pourra aller au service : il aimait beaucoup son grand-père.

–C'est Éva qui voudra te remplacer au magasin quand elle verra que tu vas pas à l'église.

–Éva comprend vite : suffit de lui expliquer les choses par un ou deux regards.

Émélie soupira, se tourna, garda les yeux ouverts pendant longtemps... Mais se refusa à remettre en question la décision de son mari dont elle savait l'intention cachée... Et elle tâcha de concentrer toute son attention à un événement heureux : l'inauguration prochaine du couvent tout neuf, érigé, disait-on, en un temps record...

Au même moment, dans leur chambre, Eugène expliquait à son jeune frère Armand le sens de la mort. Il en savait bien plus qu'un autre de son âge sur la question en raison de ses nombreuses lectures...

*

Eugène et Armand Grégoire

Le 11 septembre de cette année-là deviendrait mémorable pour tous les habitants de la province de Québec. Bizarrement, le deuil enregistré ce jour-là, malgré la douzaine d'hommes qui trouvèrent la mort, fut plutôt celui d'une structure métallique soit la travée centrale du pont de Québec, longue de 640 pieds et qui s'écroula dans le fleuve tandis qu'on la soulevait afin de la souder aux deux bras cantilever surplombant déjà le fleuve, lesquels on avait mis 16 ans à construire en passant par le grand désastre de 1907 alors que la grande construction s'écroulait pour la première fois.

–Un peu plus et on y allait, déclara Honoré à Émélie alors que, appuyé au comptoir des dames, il lisait dans le Soleil le compte rendu de la catastrophe de la veille.

–Aller où ça ?

–À Québec... voir l'installation de la travée centrale. On l'aurait vue tomber dans le fleuve.

–Douze hommes qui meurent : c'est pas le plus beau spectacle à voir...

–Bah, une curiosité malsaine, j'en conviens avec toi, mais on l'a tous au fond de soi.

–Pas moi !

–Sainte Émélie, priez pour nous.

–Si tu veux que je te répondes à ça, tu vas te tromper. J'ai rien d'autre à dire...

–Non, mais dis-moi que t'aurais refusé de venir à Québec hier, si je te l'avais proposé avant-hier.

–Peut-être que j'aurais dit oui... mais pas dans l'espoir de voir tomber le pont. J'aurais pu rendre visite à Obéline, Alice, les grossistes... Comme quand je me rends à Québec.

–T'étais venue à la pose de la première pierre par le Premier ministre Laurier. On lui a serré la main.

–Oui, mais pas dans l'espoir d'assister à un désastre.

–Ah, j'comprends ce que tu veux dire. Mais il reste que

la nature humaine, c'est la nature humaine. Et que moi, Honoré Grégoire, ben j'suis un humain comme les autres.

–Serais-tu en train de vouloir dire que la Émélie Allaire, c'est pas du monde ?

Il rit jaune devant le regard menaçant de son épouse :

–T'es du monde, mais pas tout à fait comme les autres.

–Ça te chicote tant que ça ?

–Pourquoi que ça me chicoterait tant que ça ?

–Parce que tu me trouves pas à la mode. Parce que je garde mes vieux vêtements pour sortir ensemble quand on nous invite à une noce ou une bénédiction de quelque chose.

–Y a un lieu où c'est toi la femme qui est le plus à la mode avec son linge.

–Où ça ?

–Aux funérailles de quelqu'un...

–Ah toi, tu peux ben te complaire à lire des histoires de désastres !

Honoré sourit, referma son journal et retourna au bureau de poste sans ajouter un seul mot de plus.

Elle le regardait aller en hochant la tête...

***

Chapitre 34

Un an plus tard...

En ce dimanche après-midi de la fin juillet, Éva brodait chez elle, à Saint-Gédéon, assise à la fenêtre à regarder tomber la pluie. Les bardas du matin et du midi avaient pris fin. Arthur était retourné au magasin après le dîner et les trois enfants dormaient pour une heure ou deux. Ti-Lou, 4 ans, Lucienne, 2 ans et Cécile, 1 an, se sentaient choyés par leurs parents, surtout leur mère si pleine de tendresse et d'attention envers chacun.

Éva Grégoire était de ces femmes incapables de se réaliser sans enfants et leur consacrait le plus d'efforts qu'elle pouvait en une époque où bien des parents se contentaient de pourvoir aux besoins essentiels de leur progéniture tout en laissant à l'école et à la religion le soin de parfaire leur équilibre moral par un encadrement rigoureux.

La pluie tambourinait sur les vitres tout près d'elle. L'eau formait des ruisselets sans cesse alimentés par d'autres gouttes, plus grosses et lourdes que la normale. Au moins, le tonnerre s'était-il éloigné après avoir géré un violent orage électrique une heure plus tôt.

–S'il faut que ça dure toute la journée, Saint-Gédéon va partir à l'eau ! soupira la jeune femme qui redonna une bonne part de son attention à son travail patient.

Il n'y avait plus guère de place pour l'ennui dans sa vie, avec trois jeunes enfants qui lui exigeaient beaucoup de temps alors que le magasin en prenait au moins la moitié. Il restait bien peu d'espace pour le repos dans sa vie, mais à 28 ans, l'énergie continuait de jaillir des profondeurs de ses réserves. Et de se renouveler au fil des jours.

Quand le coeur va, tout va ! disait-elle souvent à Émélie et aux amies nombreuses qu'elle comptait maintenant dans sa paroisse d'adoption.

Et la pluie frappait les vitres, encore et encore...

Arthur travaillait sûrement dans les livres de l'entreprise.

Éva aimait fredonner des airs d'autrefois. Elle s'arrêta à l'un d'eux, fort triste :

J'ai pleuré en rêve :
J'ai rêvé que tu étais morte...
Je m'éveillai et les larmes coulèrent de mes joues.
J'ai pleuré en rêve :
J'ai rêvé que tu me quittais...
Je m'éveillai et je pleurai amèrement longtemps après.
J'ai pleuré en rêve :
J'ai rêvé que tu m'aimais encore...
Je m'éveillai, je m'éveillai et le torrent de mes larmes coule toujours, toujours !

–Ma petite femme souffre d'ennui aujourd'hui ! dit soudain une voix derrière elle.

–Pas du tout, Arthur, pas du tout ! C'est la pluie.

–C'est beau, aimer la pluie comme toi. La plupart des gens s'en plaignent.

–La pluie, c'est comme les pleurs : ça fait du bien.

–Pas pour d'aucuns... En plus que ça dépend de la pluie... et que ça dépend des pleurs.

–Tu veux pas t'asseoir avec moi un bout de temps ? On va parler... du bonheur.

–C'est bon, je m'approche une berçante.

–Je viens d'aller voir aux enfants : ils dorment tous les trois comme des bûches.

Arthur prit place et croisa les bras :

–C'est quoi le bonheur pour Éva Grégoire ? Le bonheur, c'est différent pour chacun, ne crois-tu pas ?

–Sûrement ! dit-elle en s'arrêtant. Sinon toutes les femmes voudraient le même homme dans leur vie. Les autres ne les rendraient pas heureuses.

–Le pauvre homme, il en aurait sur le dos.

Elle sourit.

–Le pauvre homme, ce serait toi. Toutes avec un Arthur dans leur vie...

Tous deux étaient endimanchés de noir, ce qui rendait les visages plus blancs que nature. L'homme croisa les bras et commença à se bercer doucement. On écouta la pluie qui dansait sur le toit de la maison. Chacun songeait au bonheur familial et souhaitait que cela dure en moins cinquante ans encore.

–On dit qu'à tout le monde, il manque toujours quelque chose, Arthur. Qu'est-ce qui nous manque, à nous deux ? À toi d'abord...

–Un peu plus d'un peu tout.

–On dit que trop, c'est pire que pas assez.

–Peut-être pas pire... mais pas assez, ça doit pas être drôle tous les jours.

Elle redit ce qu'on s'était souventes fois dit depuis les premières rencontres avant le mariage :

–On a eu de la chance, toi et moi. Deux enfants de marchand général. Des diplômes. Un bon départ.

–C'est pour ça que je te dis qu'il me manque rien sinon un peu plus d'un peu tout.

–L'ambition, c'est normal : on est des humains.

–L'équilibre, c'est d'être bien tout en cherchant à améliorer notre sort dans l'honnêteté et le respect des autres.

–Les gens t'aiment bien, ici, à Saint-Gédéon, Arthur.

–Et toi aussi. Jamais entendu personne dire gros de même contre toi par ici.

Ils furent interrompus par la sonnerie du téléphone.

–Ça serait maman que ça me surprendrait pas, dit Éva qui posa son travail et se rendit à l'appareil.

C'était Honoré. Il eut un court échange avec sa fille puis voulut s'entretenir avec son gendre qui lui répondit à son tour. On se parla surtout du temps qu'il faisait.

–Jamais vu une pluie aussi forte tenir aussi longtemps ! s'exclama Arthur.

–Dis à Éva qu'hier, Alice à Sem Grégoire s'est mariée avec Auguste Poulin de Saint-Martin. Sont allés en voyage de noce à Saint-Georges. Revenus sur le coup de midi. Le bon Gus a noyé son moteur de machine quelque part dans le rang 9 de Saint-Benoît. A été obligé de continuer en 'robetail' qu'il a emprunté à Médée Pomerleau. Sont arrivés ça fait une demi-heure, mouillés jusqu'aux os.

–Le robetail avait pas de toiture ?

–Tant que tu voudras. La pluie tombe poussée par le vent des bouts de temps. Paraît qu'on montant les côtes, l'eau remplissait la boîte de la voiture. Ça se vidait pas à mesure par les fentes et ça débordait. Même phénomène en remontant les côtes. Je te dis que... ben ils y ont goûté...

–Vont se souvenir de leur voyage de noce. Bon je vais conter tout ça à Éva tout à l'heure... Comment il s'appelle déjà, le gars qui a noyé son moteur ? Quelle sorte d'automobile avait-il donc ?

–S'appelle Gus Poulin... Auguste. Ça vient de Saint-Martin. Un bon petit gars. Infirme un peu d'une jambe. Éva le connaît, c'est certain.

–Dans quel âge ?

–L'âge ? Sais pas au juste... Émélie, sais-tu l'âge de marié d'aujourd'hui, le p'tit Poulin de Saint-Martin qui veut s'établir par ici pour ouvrir un garage ?... Il aurait 24 ans que ma femme me dit.

–À part de ça, monsieur Grégoire ?

–Écoute, Arthur, je t'appelle par souci. Pas de danger pour nous autres, sur les hauteurs de Shenley, mais vous autres, sur le bord de la Chaudière... si jamais il vient un coup d'eau, penses-tu que...

Arthur éclata de rire :

–On est à l'abri. Faudrait le déluge pour nous atteindre, monsieur Grégoire.

–C'est vrai que c'est pas le printemps, mais...

–Les pires débâcles, ça nous touche jamais, nous autres, à Saint-Gédéon. Les dommages, c'est plus bas : Saint-Martin parfois, Saint-Georges souvent, Beauceville surtout... et le bas du comté...

–Bah ! ça va finir par finir comme dirait Cipisse Dulac...

Quand l'échange eut pris fin, Arthur reprit sa place auprès de sa femme et lui répéta ce que lui avait confié Honoré.

–Ça va finir par finir, dit-elle à son tour en regardant la grisaille extérieure.

Mais la pluie continua de tomber avec la même intensité pendant une douzaine d'heures d'affilée. Au beau milieu de la nuit, Éva qui ne parvenait pas à dormir, se rendit à la fenêtre de la chambre à coucher et il lui parut que de l'eau frôlait la maison. Elle réveilla Arthur par des mots presque affolés.

–La rivière peut pas se rendre jusqu'ici, Éva, voyons.

–Allume un fanal et viens voir par la fenêtre.

C'est avec horreur que l'évidence lui apparut bientôt. En effet, la rivière était quasiment là, et risquait d'inonder les bâtisses.

–Ton père a eu un pressentiment; le pire arrive.

–Va falloir prier fort...

Les eaux ne montèrent plus. Quand l'aube parut au bout de douze heures de pluies torrentielles, on vit devant soi non plus une rivière tranquille, mais un fleuve déchaîné qui charriait des granges, des remises, des arbres, des animaux terrifiés ou noyés, des billes de bois en quantité, et même des maisons.

Un véritable cataclysme s'était abattu sur toute la vallée de la Chaudière. Un événement inoubliable.

Devant la grande porte du magasin, le couple regardait passer devant cette puissante force de la nature. Il soupira :

–Le bon Dieu nous a protégés, Éva.

–Espérons qu'il continuera de le faire...

*

Un mois plus tard, Éva, Arthur et les enfants prirent la route pour Shenley. Le sort leur préparerait là-bas un coup bien pire que celui du 31 juillet qui, somme toute, n'avait causé que bien peu de dommage à leur propriété.

«Personne ne pouvait se douter que ces retrouvailles familiales pleines d'effusions allaient causer la mort de la petite Cécile. Toute à sa joie de pouvoir bercer la dernière-née d'Éva, Berthe, âgée de sept ans, en oublia sa rougeole et s'amusa pendant un après-midi complet avec le nourrisson. De temps en temps, elle prenait la suce de la petite et la trempait dans la mélasse en léchant l'excédent avant de la

remettre dans la bouche du bébé. Le virus de la rougeole profita de cette proximité pour s'attaquer à cet organisme sans défense et c'est ainsi que Cécile mourut de cette maladie un mois après la dernière visite d'Éva à Saint-Honoré. Ce fut très dur pour Berthe, la petite dernière d'Émélie, d'apprendre qu'elle avait été la cause de ce décès...»

Un clocher dans la forêt, page 47

*

Si les feux de village furent nombreux en 1916-1917 et affligèrent trois paroisses de la Beauce, Saint-Honoré, Saint-Georges et Saint-Victor, les décès se multiplièrent au cours de l'automne 1917, qui tous, touchèrent les époux Grégoire au plus haut point.

Ce fut d'abord leur si grande amie et marraine d'Henri, Restitue Lafontaine qui s'éteignit le 13 septembre à l'âge de 85 ans, contente de partir à l'aventure tout comme Édouard l'année précédente. Puis la fille d'Éva, la pauvre petite Cécile Boutin une semaine plus tard qui succomba à la rougeole. Le 13 novembre, le plus fidèle client du magasin, Louis Carrier, passa à son tour de vie à trépas. Malgré les premières neiges, la grande faucheuse ne perdit pas son souffle et voici que le seize décembre, elle frappa chez les voisins immédiats. Joseph Foley mourut à 60 ans. De chagrin à cause du départ de Lucie, son épouse, fut-il répété. Dépérissement général. Anémie. Cancer. La vraie cause prochaine de sa fin demeura incertaine...

«Depuis la mort de sa femme Lucie en 1912, le pauvre homme avait perdu le goût de vivre. Très souvent, la famille Grégoire apercevait de leur maison, Joseph qui longeait la clôture du cimetière et qui se dirigeait vers l'endroit où sa femme reposait. Il n'entrait pas dans le cimetière. Il appuyait ses bras sur la clôture de broche et regardait pendant de longues minutes la tombe de Lucie juste à côté. Son manège se répéta tellement de fois que la clôture finit par prendre, à cet endroit précis, un pli que tout le monde reconnaissait :

celui que laisse le poids de la douleur.»
                    Un clocher dans la forêt, page 25

–Il manquait plus que ça, dit Honoré à Émélie en revenant à la maison deux jours après l'enterrement de leur voisin et ami de longue date, alors qu'il enlevait son manteau
tandis que sa femme mettait des rondins dans le poêle.

–Que quoi ?

–Le vicaire s'en va de Shenley. Le curé aussi. Les deux.
Les feux, les morts, les départs : qu'est-ce qu'il peut nous
arriver de pire en 1918 ?

–Faut être optimiste, Honoré ! Y aura les naissances, les
mariages, les arrivées. Deux nouveaux prêtres, c'est toujours
intéressant...

–Depuis le temps que tu parles d'années grises, tout d'un
coup, tu prévois que 1918 va être une année meilleure que
les précédentes...

Elle regarda au loin tout en frappant ses mains l'une contre l'autre pour enlever les résidus de bois :

–J'ai pas dit ça. On verra... on verra...

–Si au moins la guerre peut finir...

–Comme tu dis que dit toujours monsieur Dulac : ça
aussi, ça va finir par finir...

–On se le demande : ça fait quatre ans que ça dure.

Émélie soupira de désolation :

–Et que ça fait mourir tous les jours des milliers de jeunes gens pleins de santé et de vie sur les champs de bataille
ou dans les tranchées.

–Pas rien que des hommes : des femmes aussi.

–Y a des femmes soldates ?

–Non, mais garde-malade... D'autres condamnées pour
espionnage. As-tu lu sur l'exécution de Mata Hari ?

Le sujet de la guerre ne soulevait pas beaucoup d'intérêt chez la gent féminine. On en parlait bien rarement entre femmes et l'on prêtait peu oreille aux propos masculins sur la chose. Sauf que 1917, pour un événement spécial, força les épouses et les mères à regarder la guerre en pleine face et à l'interpeller : ce fut la loi de la conscription votée par le Parlement canadien le 6 juillet. Touchées dans leur propre vie, craignant qu'on ne s'emparât de leur fils en âge de servir sous les drapeaux pour en faire de la chair à canon sur les terrains boueux et sanglants de la vieille et lointaine Europe, les femmes du Canada français entendirent la colère des nations ennemies frapper à la porte de leur maison...

Mais pour Émélie, les travaux d'automne et surtout les deuils s'étaient faits si exigeants ces dernières semaines qu'elle n'avait guère pris le temps de lire les journaux de sorte que l'épisode de la belle espionne passée par les armes à Vincennes le 13 octobre n'avait pas d'écho en sa mémoire.

–Tu veux que je te raconte l'histoire de Mata Hari ? demanda-t-il après avoir compris que le silence de sa femme sur la première question était l'équivalent d'un 'non'.

–Les belles histoires, ça endort toujours. Au moins ça de bon...

–Celle-là, c'est pas la plus belle, mais ça intéresse pas mal les hommes qui la connaissent...

–Parle-moi de Mata Hari !

***

Mata Hari

Chapitre 35

1918

Le presbytère demeura le même et pourtant, son visage changea. À cet apôtre de l'éducation des enfants qu'avait été le curé Lemieux (il avait obtenu de la paroisse l'érection du couvent et fait venir les religieuses) durant la décennie qui s'achevait succéda le pasteur de l'autorité et de la piété. L'abbé Proulx, grand, sec et fumeur de pipe invétéré s'installa à la cure de St-Honoré, secondé par l'abbé Joseph Bouchard, vicaire, qui occupait sa fonction depuis moins d'un an.

La fabrique acheta un nouvel orgue Casavant dont le soufflet serait actionné par l'aveugle Lambert.

De petits événements semblables se succédaient pour fabriquer le quotidien de la grande paroisse. On parlait peu de la guerre, mais les journaux en annonçaient la fin imminente. L'Allemagne était exsangue. Les Anglais avaient développé de nouvelles armes dont le puissant char d'assaut et la situation dans les tranchées de ceux qu'on avait surnommés les Boches ou Frisés, devenait chaque jour un peu plus insoutenable, pour eux désespérante.

Et pourtant, la Russie, ennemie acharnée de l'Allemagne, s'était retirée de ce conflit mondial l'année précédente. Et en octobre, avait eu les moyens de faire une Révolution inspirée par ses chefs Lénine et Trotski.

Loin des champs de bataille, Saint-Honoré continuait de progresser à son rythme régulier et soutenu dans l'harmonie de jours plutôt heureux. On y ouvrit une sous-agence de la Banque Canadienne Nationale. Les naissances se faisaient nombreuses et parmi ces heureux événements, on compta la venue au monde de Hélène Grégoire, enfant de Alfred et de son épouse Amanda, Monique, fille de Gédéon Jolicoeur, Mariette, fille de Joseph Buteau, Dorilas, fils de Paul Boutin, Alcide, fils d'Alfred Mercier et combien d'autres.

Et puis les drames... Éva Bellegarde, fille de Désiré, âgée de 17 ans, mourut le quatre mars, emportée par la terrible tuberculose, un mal impitoyable appelé communément consomption et que l'on craignait plus que la peste.

Malgré le décès de Lucie Foley en 1912 et de son époux Joseph fin 1917, la vie continuait d'animer la maison Foley à côté des Grégoire. En dépit de ses 88 ans bien sonnés, Memére conservait tous ses esprits et continuait de diriger avec tact et bonté une maisonnée qui comptait encore plusieurs membres : Édouard, Wilfred, Emil ainsi que Eugène, le benjamin de cette famille de treize enfants, attiré tout autant par la vocation sacerdotale que les charmantes jeunes filles du voisinage, parmi lesquelles Bernadette Grégoire, presque de son âge avec ses 14 ans et sa féminité bien réelle.

La vie appelait des changements tant chez les Foley que chez les Grégoire. Édouard et Pampalon fréquentaient tous deux des jeunes filles de Saint-Évariste depuis un certain temps, et il semblait que ce soit pour le bon motif. À telle enseigne que le onze juin, Édouard Foley épousa Delphine Tanguay en l'église de la paroisse voisine. Il quitta donc la maison familiale et alla s'établir avec sa jeune épouse sur une terre du rang 9, près de la famille Lepage.

Un matin de cet été-là, Pampalon Grégoire était dans sa chambre devant le miroir de la commode en train d'ajuster sa cravate sous son col de celluloïd. C'était le grand jour. Il épouserait dans quelques heures une vigoureuse jeune fille de 17 ans : Ida Bisson de la paroisse voisine.

Son prochain geste fut de tirer sa montre de sa poche pour savoir combien de temps il lui restait avant de prendre la route de son destin et de Saint-Évariste.

Puis la nervosité lui fit ouvrir un tiroir, celui qui contenait divers papiers. Il tomba sur une courte lettre que son frère Eugène lui avait envoyée un jour au collège de Sainte-Marie où Pampalon étudiait. Et la relut, un fin sourire aux commissures des lèvres.

Wilfrid Grégoire
Collège Ste-Marie

j'ai quelque mot à te dire de mes nouvelles qui sont assez bonnes j'ai patiné dimanche toute la prémédie sus bien content de mes patin y coupe pas mal je les aime bien et il patine bien.

Heureusement que son frère avait considérablement amélioré son français depuis cette époque déjà lointaine, songea-t-il. Et puis il regrettait que maintenant, plus personne ne l'appelait Wilfrid comme il le demandait naguère. Mais il acceptait mieux son prénom depuis qu'il avait quitté le collège pour seconder ses parents et Alfred en tant que commis au magasin. Emploi sans salaire qui lui avait valu comme cadeau de mariage rien de moins qu'une propriété en face de l'église, dans laquelle il ouvrirait un restaurant et une boulangerie sitôt après son retour du voyage de noce.

Le jeune homme remit les papiers en place et referma le tiroir pour se regarder à nouveau dans le miroir. Il toucha la pointe de cheveux sur son front; un joyeux événement lui revint en mémoire.

Son meilleur ami, Wilfrid Jolicoeur, voulait alors lui présenter sa soeur Marie-Laure...

En vue de cet événement, Pampalon se rendit chez le

photographe Racine de Saint-Honoré et fit parvenir son portrait à Marie-Laure Jolicoeur. De son côté, Alice Grégoire tentait d'attirer l'attention de celui-ci sur sa meilleure amie Marie-Ange Ferland. Fier d'être au coeur de ces intrigues, Pampalon décréta que le temps était venu de soigner un peu son image. Il décida, un beau matin, de faire disparaître la pointe de cheveux qui garnissait son front et qui lui déplaisait terriblement. Il demanda donc à son ami 'Pitou' Bélanger de lui donner un coup de main. Les deux compères se rendirent dans le haut du hangar et s'installèrent près de la porte ouverte pour jouir d'un meilleur éclairage. Sous les yeux amusés de Berthe et des gamins du coin, Pitou s'empara d'une paire de pinces à broche et se mit à épiler le front de Pampalon. À chaque touffe de cheveux arrachée, Pampalon lâchait un cri et sautait sur sa chaise, au grand ravissement des jeunes venus voir le spectacle...

Ce sacrifice offert à l'autel de la coquetterie ne fut pas vain car il permit d'attirer sur lui l'attention d'une belle jeune fille que Pampalon avait remarquée depuis peu...

Un clocher dans la forêt, page 65

Ida était la fille du postillon de Saint-Évariste. Âgée d'à peine quinze ans, elle en menait plus large qu'un homme, conduisant l'automobile de son père, transportant les sacs de courrier de la gare au bureau de poste et faisant du taxi entre les deux villages. On l'avait surnommée le 'charretier de Saint-Évariste'. Elle travailla un temps au magasin général Dallaire de son patelin et avait 'tenu' le bureau de poste à l'occasion. Une jeune femme forte. Une jeune femme d'affaires. Quelqu'un qui par bien des côtés, ressemblait à Émélie Grégoire.

C'est elle que Pampalon s'apprêtait à épouser...

Et qu'il épouserait quelques heures plus tard...

Émélie et Honoré qui s'étaient tous deux opposés au

choix d'Amanda par Alfred, approuvèrent celui de Pampalon. Les portes familiales s'ouvrirent largement devant Ida, mais continuaient de rester fermées au mari d'Alice qui comptait sur le temps pour l'aider à les entrouvrir...

*

–T'avais raison, Émélie, finalement, 1918 sera une bonne année, dit Honoré à son épouse avant de s'endormir ce soir-là. J'ai hâte d'en faire le bilan quand elle sera finie...

Et pourtant, une bête monstrueuse venue de nulle part était sur le point de faire son entrée au collège d'Arthabaska où elle se diviserait en cent pour se mieux multiplier et se répandre par toute la province de Québec, y compris à Saint-Honoré-de-Shenley : on l'appelait la **grippe espagnole**.

En fait, le mal était apparu aux États-Unis, dans un camp militaire du Kansas le printemps précédent. Il avait tué pas mal de jeunes hommes. Puis, sans qu'on en connaisse le bizarre itinéraire de voyage, il avait migré en Europe où il avait couru de tranchée en tranchée dans les pays en guerre qui, tous, avaient tu son existence par souci de censure. Seuls les journaux d'Espagne, pays neutre, en avaient parlé d'où le nom de grippe espagnole.

Ce n'est que dans les années 30 (en fait la virologie était née en 1898 quand le Suédois Beijerinck découvrit des micro-organismes encore plus petits que les bactéries et mit en évidence le virus de la mosaïque du tabac, mais il faudra attendre 1935 avant que ne soit cristallisé un virus par le biochimiste Stanley) que la cause probable de la maladie serait déterminée quoique non identifiée formellement : soit un virus quelconque, sûrement un mutant bourré de virulence. Cette année-là, des microscopes plus puissants permettront de découvrir ces dangereuses petites bestioles, mais alors celui qui avait sans doute provoqué la pandémie meurtrière avait mystérieusement disparu de la surface de la terre tout aussi soudainement qu'il était apparu. En attendant les progrès de la science, on parlerait de microbes, de bactéries, et les remèdes pour lutter contre la maladie, tous aussi inefficaces les uns que les autres, abonderaient et feraient la fortune de certains charlatans, vendeurs de poudre de perlimpinpin.

Une tueuse impitoyable que cette grippe !

Plus mortelle que la guerre.

Quasiment aussi rapide qu'un projectile d'arme à feu.

Et qui frappait aussi bien les jeunes gens, jeunes femmes dans la vingtaine, la trentaine, que les plus vulnérables comme les vieillards et les enfants. En fait, l'influenza de cet automne-là semblait avoir un faible pour les forts, ce qui la rendait d'autant plus horrifiante. En pleine santé le soir, malade le matin suivant, décédé le surlendemain : tel était le lot de personnes de tous âges, de toutes conditions sociales, mais au premier chef, de jeunes adultes vigoureux.

Qui donc serait frappé en premier à Saint-Honoré ? La question était sur toutes les lèvres, la peur dans bien des regards, mais l'inconscience dans trop d'esprits.

Comme en 1902, au déménagement du cimetière et en 1908 lors du grand feu qui enrobait le village d'une fumée dense, Émélie, en accord avec le docteur Goulet, mobilisa des femmes et leur demanda de fabriquer des masques. C'est que l'on montrait dans les journaux des illustrations de gens qui, dans les villes, devaient entrer en contact avec des malades ou transporter des corps. Le grand mal se propageait d'une personne à l'autre, il fallait donc en éviter la contagion qui se faisait de manière traditionnelle.

On avait prévu que la municipalité paierait pour le tissu et le travail de confection. À une assemblée du conseil, quelques objecteurs de conscience vinrent s'opposer.

–Pourquoi c'est faire, acheter des masques ? protesta un citoyen pointilleux.

–Pour protéger la santé publique, répondit le maire.

–Pis du bon profit pour le magasin général...

Honoré vit rouge :

–La municipalité va payer pour le tissu et l'ouvrage de confection, monsieur Beaudoin. On peut faire distribuer les masques par le magasin Champagne si vous voulez. Il va y en avoir chez le docteur Goulet, au central téléphonique de monsieur Racine, à la caisse populaire chez Jean Jobin...

–C'est pas moé qui vas se mettre ça dans la face.

–On en mettra un sur votre cercueil, monsieur Beaudoin.

L'homme s'assit sur son entêtement, mais il se tut.

Deux étudiants du collège d'Arthabaska furent donc frappés les premiers au Québec par la maladie venue d'ailleurs par une voie inconnue. Aussitôt les autorités de l'établissement en fermèrent les portes. Plusieurs jeunes gens, porteurs sains du virus, en assurèrent sans le savoir la propagation aux quatre coins de la province dont Lac-Mégantic.

Un cas fut déclaré au collège Sacré-Coeur qui ferma à son tour en même temps que presque toutes les écoles de la province. Eugène Grégoire prit le train et retourna chez lui. Ironie du sort, lui, le fils de parents pour qui la prévention de la maladie était un souci de première heure et de tous les instants, serait le premier de Saint-Honoré contaminé par le virus ravageur...

Il entra au magasin au bord du soir, sa petite valise grise à la main. Plein de gens attendaient la 'malle' comme à l'habitude à cette heure-là. Il en salua plusieurs au passage et se rendit au bureau de poste afin de prévenir son père de son arrivée. Honoré devina la cause de ce retour anormal avant que le jeune homme ne la déclare, et lui demanda d'aller informer aussi sa mère qui travaillait dans les livres en haut, dans son bureau-salon.

En se rendant à l'escalier, il croisa le postillon avec qui il était monté de Saint-Évariste et qui traînait derrière lui sur le plancher les trois sacs de courrier et de journaux. Tous les regards suivaient ces sacs; on craignait le contenu des quotidiens qui, comme les soirs précédents, serait sans doute tout en mauvaises nouvelles sur la grippe et sur la guerre.

Eugène frappa doucement à la porte entrouverte et entra sur un 'oui' d'Émélie qui lui était certainement adressé. Le docteur Goulet se trouvait là aussi et l'on pouvait apercevoir sur le bureau même, deux paniers remplis à ras bords de masques hygiéniques.

–Le collège a fermé ses portes à cause de la grippe.

Le front du médecin se rembrunit. Il lui passa par la tête l'idée que Eugène pouvait couver la maladie. Et demanda :

–Il y a eu des cas ?

–Un... et c'est pas certain.

Voici que les rides de l'inquiétude se creusèrent encore plus sur le front du docteur. Émélie ne le remarqua pas :

–As-tu averti ton père ?

–Oui.

–T'as vu ça ? dit Goulet en désignant les paniers et leur contenu. D'autres sont en voie de fabrication : on va en avoir des centaines pour les paroissiens. C'est aussi valable qu'un vaccin. Si la maladie nous frappe à Shenley, on va l'arrêter net, frette, sec, avec un mur de masques.

–Dommage que monsieur Pasteur soit mort : peut-être qu'il trouverait un vaccin contre la grippe, dit Émélie. C'est pas d'hier qu'il est mort... c'était l'année où on a eu le train... en 1895...

La femme par son blabla cherchait à tuer en elle un mauvais pressentiment, vague mais réel, qui la concernait et la troublait. Elle craignait que le destin n'ajoutât un autre chapitre noir à cette série d'années grises commencée en 1908 par la mort de son fils bien-aimé Ildéfonse.

Le docteur l'y aida par un brin de philosophie joyeuse :

–Vous savez, la plupart des gens ne sont vraiment eux-mêmes que masqués. Bon, côté de la grippe, si elle nous frappe : elle va nous permettre de mieux connaître notre monde.

Émélie reprit la parole :

–Si t'es là, Eugène, ça veut dire que la 'malle' est arrivée. Va porter ta valise dans la cuisine et viens m'apporter un journal d'à soir, veux-tu ?

–Ben oui...

Le jeune homme se dépêcha de faire la 'commission' et bientôt rapporta l'exemplaire qu'il n'avait pas lui-même regardé.

–Je vas voir mes amis en bas, maman.

Elle acquiesça d'un léger signe de tête et mit le journal sur le bureau entre les paniers de masques blancs, sous l'ampoule suspendue qui diffusait sa lumière jaune.

–La paix, on dirait que c'est sérieux, cette fois.

–Quoi de neuf à ce propos, Émélie ? demanda le docteur.

–Les pourparlers de paix pourraient aboutir à un armistice dès novembre...

Cette fois, Eugène emprunta l'autre allée, là où il avait repéré certains de ses amis du même âge : Joseph Mercier, le fils de Firmin, ainsi que Aurèle Lacasse.

–Salut, les gars !

–Salut !

–On t'a vu rentrer avec ta valise.

–Collège fermé : la grippe.

–Tu l'as pas toujours ?

–Ben non, ben non !

L'échange se poursuivit pendant un temps. Eugène n'avait pas vu Alice (Talbot) parmi les gens présents, mais il put apercevoir Orpha et d'autres jeunes filles. Nul doute qu'après la 'malle', l'une d'elles préviendrait son amie de coeur avec qui il correspondait chaque semaine et qu'il voyait chaque fois qu'il venait en vacances. Il vit aussi dans l'attroupement aligné à la table-comptoir du centre Jos Page qui soudain, lui lança une phrase hachée :

–Ah ben le p'tchi Grégouère. T'es pus à Mèkantique, toé?

–J'y retourne dans quelques jours.

Il se produisit alors un petit événement pourtant mémorable. Toutes les têtes se tournèrent vers l'escalier central en haut duquel venait d'apparaître le docteur Goulet au sortir du salon-bureau d'Émélie. C'est que le praticien portait un masque et ainsi, mystifiait les uns en tirant des autres un sourire moqueur. On venait de lire des nouvelles alarmantes à propos de la propagation de la grippe. Ce n'était plus qu'une question de jours avant qu'elle ne frappe la paroisse de son premier coup de fouet, peut-être une question d'heures...

–Mes amis, mes amis, fit le docteur qui avait abaissé son masque et levé les mains pour obtenir l'attention, c'est le grand temps pour chacun de commencer à porter un masque. La grippe espagnole est à nos portes. Ça meurt comme des mouches dans les villes : Montréal, Québec, partout. On a déjà au moins 200 masques de prêts... On va les mettre au bord de la porte du magasin et quand vous allez sortir, vous pourrez vous en prendre un chacun... C'est gratis. Facile à mettre. Facile à porter. Et ça pourrait vous sauver la vie.

Le docteur remit son linge protecteur sur sa bouche, descendit les marches, alla quérir son courrier et marcha dans l'allée de gauche pour sortir de l'établissement tandis que la marchande, elle-même masquée pour faire exemple comme convenu avec le médecin, apporta les paniers et les posa au bout du comptoir des dames.

Des rumeurs avaient eu le temps de parcourir le groupe : Shenley, c'était bien trop reculé dans les concessions pour que la grippe s'y rende. Et puis si le bon Dieu avait épargné la paroisse jusqu'à ce jour, il continuerait de le faire : suffirait de prier ben comme il faut...

Seulement une vingtaine d'unités trouvèrent preneur. On ne voulait pas se mettre en dette de reconnaissance. Conseillés par Eugène, ses deux amis Joseph et Aurèle en prirent chacun trois pour rapporter à la maison...

*

Vingt-quatre heures plus tard, le docteur Goulet fut demandé pour aller visiter un grand adolescent qui, au dire de sa mère au téléphone, était si mal en point qu'il ne pouvait presque plus se lever. Tous ses muscles étaient très endoloris. Il toussait sans arrêt et semblait souvent au bord de l'étouffement. C'était Joseph, fils de Mary Foley et Firmin Mercier. Le docteur se souvint alors que Joseph et Eugène Grégoire s'étaient parlé la veille au magasin, au retour du jeune homme de Mégantic. Il sut que l'influenza si dangereuse venait d'entrer dans la paroisse. Le temps à venir serait âpre et lui-même pourrait bien ne pas s'en sortir puisqu'il entrerait en contact avec tous les malades très certainement.

Il se rendit chez les Mercier en automobile dans les minutes qui suivirent. D'aucuns, qui le virent passer masqué, comprirent. Devinèrent...

Mary, tout aussi resplendissante à 36 ans qu'à 18, lui ouvrit, l'air consterné. Aussitôt, le docteur lui présenta un masque.

–J'en ai. Joseph en a ramené du magasin hier soir.

–En avoir, ça suffit pas : faut le porter.

–Je vais le faire.

–Tout de suite : vous et toute la famille. La maladie est extrêmement contagieuse, madame Mercier.

On se rendit au chevet du malade dans la chambre des parents sur le même étage. Quoique bien enveloppé dans des couvertures, Joseph tremblait, frissonnait, avait du mal à respirer. Ses yeux injectés de sang parlaient de désespoir.

–Apportez-moi de l'eau bouillante dans un plat.

–J'en mets à bouillir.

Le docteur prit la température du patient : 103° F. Il reconnut vite tous les symptômes de la pneumonie. C'était ça, la grippe espagnole en sa première phase. Il le savait par les récents bulletins médicaux reçus depuis deux mois alors qu'on avait commencé à lui envoyer de la littérature sur la pandémie. Mais en seconde et dernière phase, le teint du malade virait au bleu, sa difficulté à respirer augmentait en raison d'hémorragies dans les voies respiratoires et d'épanchements pleuraux. Il finissait par se noyer dans ses fluides corporels.

Tous ceux qui en étaient atteints n'en mouraient pas : la moitié d'entre eux en réchappait. Mais le taux de mortalité, disait-on, était le plus élevé de toute l'Histoire des pandémies de maladies infectieuses.

–Quand est-il tombé malade ? demanda le docteur lorsque Mary revint avec une bouilloire remplie dont elle versa le contenu dans un plat posé sur la table de chevet.

–À matin. Son père est parti tout seul pour aller travailler sur la terre.

–Madame, pour commencer, allez mettre votre masque sans tarder.

–J'ai encore oublié. J'sais pas où c'est que j'ai la tête.

Elle revint masquée après quelques instants. L'homme était assis à une certaine distance du lit sans rien faire.

–Il va se passer quoi asteur ?

L'air morfondu, il dit à mi-voix étouffée par le linge :

–Je le sais pas plus que vous.

–Il va pas mourir toujours ? C'est un petit gars de seize ans, docteur. Mourir à cet âge, c'est inhumain.

–Le grand patron est là-haut. Moi, je ne peux vous dire qu'une chose : il a cinquante chances sur cent de gagner la bataille. En attendant, la lutte lui appartient.

Joseph qui entendait tout, rouvrit ses yeux et regarda sa mère, puis le docteur, puis sa mère encore. Il murmura en claquant les dents, le coeur sûr de son coup :

–Je vas m'en sortir, je vas m'en sortir...

Et il referma les yeux.

Le docteur donna des consignes. On ne devrait laisser personne entrer dans la chambre. Mary devrait se laver les mains avec du savon du pays et abondance d'eau la plus chaude possible chaque fois qu'elle aurait à s'approcher de son fils.

–Vous pouvez rien faire de plus ?

L'homme secoua légèrement la tête et soupira :

–Hélas ! Hélas ! Hélas !

*

Le docteur se lava les mains et retourna à son bureau. Il garda le secret sur l'événement, sachant que le bruit en courrait malgré lui très bientôt.

Une heure après le souper, il reçut un appel de Firmin Mercier qui le réclamait d'urgence. De retour à la maison, l'homme avait trouvé non pas un, mais deux malades : Joseph et son jeune frère Paul âgé de quatre ans. Et voici que Mary elle-même avait été prise de malaises après le repas et qu'elle avait dû s'aliter...

Les lignes téléphoniques furent encombrées toute cette soirée. Et personne de Saint-Honoré ne s'endormit sans savoir que la grippe espagnole était devenue un grave péril en la demeure.

Le docteur Goulet lui-même informa Honoré de la chose sur le perron du magasin, sans trop s'approcher de crainte que ses vêtements ne soient contaminés par la 'bactérie' qui censément causait la maladie.

–Personne a soulevé la question, mais va-t-il falloir marquer les portes des maisons où la maladie sera ?

–Ce serait une bonne mesure préventive. En tant qu'autorité civile, c'est au maire de décider.

–Et aux conseillers... Je vas les appeler immédiatement.

–Y a de la grippe chez Firmin Mercier ! annonça Honoré à Émélie qui était à table, entourée des enfants, Eugène, Armand, Bernadette et Berthe.

–Mon doux Seigneur ! Mon doux Jésus !

Il avait fallu un coup de massue pour que cette femme s'exclame avec autant d'ardeur. Qui plus est, elle hochait la tête sans arrêt pour exprimer son profond désarroi. Eugène devint songeur. Honoré reprit :

–Joseph, le petit Paul et Mary elle-même.

–Une personne sur deux en meurt. Avec l'aide de Dieu, deux sur trois pourraient s'en sortir.

Eugène se demandait si le mal n'était pas entré par lui à Saint-Honoré, s'il ne l'avait pas transmis sans le savoir à Joseph Mercier la veille. Il se dit que si lui-même devait tomber malade, réponse à sa question lui serait donnée.

Émélie ordonna :

–Les enfants, à partir d'asteur, vous allez porter votre masque. Matin, midi, soir, la nuit... Vous l'ôterez pour manger pas plus. Honoré, tu vas faire la même chose et moi aussi à la maison et au magasin. Et on va se laver les mains avant chaque repas comme de coutume, mais aussi entre les repas...

*

Le matin suivant, Eugène présenta à son tour tous les symptômes de la grippe. Émélie qui s'inquiétait de son absence à table se rendit à sa chambre et le trouva tremblant, frissonnant, le souffle court et le teint terreux...

–J'ai la maladie, parvint-il à dire. Mes bras pèsent une tonne... Mes jambes itou...

Au-dessus de son masque, les yeux d'Émélie se remplirent d'horreur. Elle resta longtemps sans rien faire ni rien dire : bloquée, estomaquée, assommée.

–Je vais faire venir le docteur...

Le médecin fut sur place quelques minutes plus tard, de même que les parents du malade. Le diagnostic fut ce que l'on craignait le plus. Après avoir pris la température du jeune homme, le docteur se tourna vers les parents; on lui trouva ce même visage du désespoir que le soir de l'opération d'Ildéfonse en 1908. Il fit un signe négatif et baissa la tête, l'air taciturne...

La même idée passa en l'esprit de tous : qui, dans trois jours, de Mary Foley, de ses fils Joseph et Paul, et d'Eugène Grégoire survivrait ? Deux d'entre eux perdraient la bataille : c'était écrit dans les statistiques et peut-être dans le ciel.

Deux personnes seulement savaient que le vecteur d'entrée de la grippe espagnole à Saint-Honoré était Eugène : le docteur Goulet et l'adolescent malade lui-même...

Les Grégoire crurent, eux comme bien d'autres, que leur fils l'avait attrapée de Joseph Foley. Ils n'en conçurent aucun ressentiment puisque c'était la fatalité. Et se demandèrent avec tristesse et consternation si 1918 serait, tout comme 1908, une autre année noire encadrant neuf années grises...

Et la résidence Grégoire dut, elle aussi, être marquée d'une croix blanche pour signifier à tous que la maladie s'y trouvait.

***

suite dans

Les nuits blanches

Du même auteur :